CAROL DE CHELLIS HILL

DOKTOR FREUDS GEHEIMNIS

CAROL DE CHELLIS HILL

DOKTOR FREUDS GEHEIMNIS

ROMAN

Aus dem Amerikanischen
von
Michaela Grabinger

List Verlag
München · Leipzig

Die Originalausgabe »Henry James' midnight song« erschien 1993
bei Poseidon Press, New York

ISBN 3-471-77899-3

Satz: Franzis-Druck GmbH, München
Druck und Bindung: Mohndruck, Gütersloh

Zum Andenken

an meine Großmutter mütterlicherseits
MARGARET TRAYNOR WARD McCAFFREY
1889–1915

und

an meine Mutter
MARGARET McCAFFREY DE CHELLIS MORRISON
1910–1986

Überbringerinnen des goldnen Winds

INHALT

Manche Autoren sagen, wenn sie von ihren Werken sprechen: mein Buch, mein Kommentar, meine Geschichte usw. Sie tun sich wie ein Bürger, der ein Haus an der Gasse und immer ein »bei mir zu Haus« im Munde hat. Sie sollten lieber »unser Buch, unser Kommentar, unsere Geschichte« usw. sagen, da meist mehr des Guten anderer als von ihnen darin steht.

Pascal, *Pensées*

Eins!
Oh Mensch! Gieb Acht!
Zwei!
Was spricht die tiefe Mitternacht?
Drei!
»Ich schlief, ich schlief –,
Vier!
»Aus tiefem Traum bin ich erwacht: –
Fünf!
»Die Welt ist tief,
Sechs!
»Und tiefer als der Tag gedacht…

Nietzsche, *Also sprach Zarathustra*

TEIL I

DIE BESTIE

1

»Sigmund, gib Obacht!« Oskar packte seinen Freund am Mantelärmel. Die beiden jungen Ärzte waren gerade aus dem medizinischen Institut der Wiener Universität getreten und wollten die Währinger Straße überqueren, da wendete plötzlich die Kutsche mit den vier schwarzen Pferden, Oskar riß Sigmund zurück, und die Gäule stürmten, ohne anzuhalten, in eine andere Richtung davon. »Mein Gott!« sagte Sigmund ganz benommen, als Oskar ihm aufhalf. Er klopfte sich den Mantel ab. »Beinah hätten's dich erwischt«, sagte Oskar mit ernster Miene.

In diesem Augenblick färbte die frühmorgendliche Sonne den Himmel rosarot und tauchte den ganzen Ring in Licht. Als die beiden Männer den Blick wieder hoben, sahen sie die vier prächtigen schwarzen Pferde mit schrillen Glöckchen in gestrecktem Galopp auf sich zurasen. Der Kutscher lenkte die Rösser direkt auf sie zu, riß das Gespann plötzlich herum, als hätte er neue Order erhalten, und schon raste die Kutsche, die Räder im nassen Schnee beängstigend wackelnd, eine andere Straße hinunter. Am Kutschfenster erschien eine winzige behandschuhte Hand, rosarotes Glacéleder mit Perlen und funkelnden Steinen besetzt (»Diamanten, da war ich mir ganz sicher – ein solches Glitzern!« sagte Oskar nachher), eine winzige Hand erschien am Kutschfenster und warf, als hätte sie damit winken wollen, einen kleinen blauen Brief hinaus, dessen Blätter sich in der Luft wie eine Blüte öffneten und, sich entfaltend, auf dem nassen Schnee landeten.

»Das ist wohl für uns!« sagte Oskar zu Sigmund und lief auf den blauen Brief zu, der bereits wieder in Bewegung geriet und schwankend auf einer Spitze tänzelte, bis er schließlich außer

Reichweite geweht wurde. Sigmund blickte der Kutsche nach, die sich zur Stadtmitte hin entfernte.

War das Absicht, oder hat sie nur wollen den Brief loswerden? dachte er. Ein sonderbarer Ort, sich eines Briefes zu entledigen. Allerdings hatte sich die Dame, wie er beim Wenden der Kutsche erkennen konnte, in einem leidenschaftlichen Tête-à-tête mit einem Herrn befunden. Den Brief, so vermutete er nun, hatte sie hinausgeworfen, um ihn vor den Blicken des Mannes zu bewahren, dessen feuriger Umarmung sie sich hingegeben hatte. Waren seine Avancen vielleicht unerwünscht gewesen? Möglicherweise war die Dame bekannt. Oder aber der Herr. Vielleicht ging es darum, einen Skandal zu vermeiden. Vielleicht aber auch nicht Aber sie hatte Oskar und ihn doch wohl gesehen. Oder nicht? Oder jemand anderen, denn auf jeden Fall hatte der Kutscher beim Anblick von Oskar und ihm die Pferde in eine andere Richtung gelenkt.

»Schau dir das an!« sagte Oskar. Er kam mit dem Brief auf Sigmund zu, den Blick auf das gesenkt, was da mit Tinte in winziger Handschrift geschrieben stand.

»Ist es unterzeichnet?« fragte Sigmund.

»Nein, es steht nur das darauf«, erwiderte Oskar und reichte ihm die zweite Seite des Briefes.

»Helfen Sie mir!« stand dort.

Sie hatte den Brief aus dem Fenster geworfen. Blaues Seidenpapier, ein *billet-doux*, wie die Franzosen es nannten. Aufzeichnungen über jene Orte, die sie gequält und ihr Leben verformt hatten, während sie selbst unsichtbar geblieben waren. Dokument der Erinnerungen. Gedanken, ja Handlungen waren in diese dünnen blauen Zeilen gebannt – und schrien jetzt wie verirrte wilde Tiere, damit sie ihr Herz öffnete und sie hinausließ, sie hineinließ.

Sie lief in ihr Zimmer, schlug die Tür zu, warf sich in die tiefe Schwärze und blieb hemmungslos schluchzend auf ihrem Bett liegen. So stark war ihre Erschütterung, daß die Matratze sich hob und senkte, daß ihr Wehklagen und Weinen in der Dunkelheit durch die dicken Vorhänge und die Fensterritzen nach draußen drang, sich, nunmehr abgeschwächt und gedämpft, in die Straßen Wiens stahl, wo diese Schluchzer und Seufzer an jenem Morgen in jedes Einatmen, aus jedem Ausatmen der Menschen auf den Straßen strömten. Ladenbesitzer, den Homburg auf dem Kopf, die sich gerade bückten, um ihre Geschäfte aufzusperren, reckten plötzlich den Hals wie schnüffelnde Hunde – was war das? Es lag etwas in der Luft. Etwas Bekanntes, aber kaum Wahrnehmbares, wie die Wissenschaftler später sagten. Nicht sehr viel später. Nun sollte es nicht mehr lange dauern, bis das Schluchzen, die Konvulsionen dieses einen Frauenherzens sich wie mit dem Atem im Geist ganzer Generationen von Wienern verdichten und ausbreiten würden. Von den Schreien, dem Schluchzen jener verzweifelten Frau in der Dunkelheit und von den Mysterien dieser Dunkelheit sollte schon bald die ganze Welt erfahren.

Die beiden jungen Ärzte setzten ihren Weg fort, wobei sie sich in raschem Wortwechsel und sehr erregt über die Methoden unterhielten, mit denen man in Paris die Hysterie zu heilen versuchte.

Anmerkung des Herausgebers

Dies waren die ersten Seiten des Manuskriptes, welches plötzlich abbrach, so daß Sie sich meine – durch die sonderbaren Umstände seines Auftauchens zweifellos gesteigerte – Neugierde sicherlich vorstellen können.

Ich muß zunächst sagen, daß mir die ganze Sache anfangs absurd, ja geradezu manieriert erschien, und daß es zu diesem Zeitpunkt nicht den geringsten Hinweis auf die ernste Natur dessen gab, was mich bald darauf so sehr beschäftigen sollte. Wenn in einer dunklen, stürmischen Nacht vor einem alten, versteckt im Wald liegenden Haus ein Paket abgelegt wird, ist jedermanns Argwohn sofort geweckt, ganz besonders aber der eines Lesers von Büchern. Und genau dies war geschehen. Ich hatte das ziemlich kleine Landhaus an der Küste von Maine eines Urlaubes halber gemietet, und zwar für mehrere Monate, in deren Verlauf ich mich an der Fertigstellung einer Abhandlung über den mittelalterlichen Mystizismus versuchen wollte, an der ich bereits seit geraumer Zeit gearbeitet hatte. Mir selbst fehlt jeder Glaube an Übernatürliches oder gar Transzendentes; gerade deshalb betrachtete ich mich prädestiniert für das schwierige Unternehmen, mystische Zustände zu erhellen. Ich hatte mich ganz in meine Studien vertieft und dachte zunächst, mein Geist sei möglicherweise von der Überarbeitung schon etwas angegriffen. Ich glaubte, daß die langen Stunden und die Einsamkeit mich zum Objekt jener Visionen oder Halluzinationen hatten werden lassen, die nicht selten durch Nahrungsmangel und/oder Einsamkeit in ebenjenen Mystikern hervorgerufen worden waren, die ich gerade las. Ich allerdings verfügte über Nahrung; außerdem habe ich kaum oder gar kein Interesse an Selbstkasteiung und bringe eine nur sehr karg bemessene Toleranz dafür auf. Wie also soll ich die Ereignisse jenes

Abends erklären? Ich werde sie gar nicht erklären. Statt dessen werde ich sie beschreiben.

Stundenlang hatte der Wind bereits geheult, und als ich aus den Fenstern meiner kleinen Unterkunft spähte, war nichts weiter zu sehen als gegen die Scheiben peitschende Äste und Zweige. Dann war ich mir plötzlich sehr sicher, ein stetes rhythmisches Klopfen an der Haustür zu vernehmen. Das erschreckte mich zunächst, denn das Haus steht in einem dichten Wald, am Ende eines langen und bei sehr nasser Witterung nicht passierbaren Zufahrtsweges. Wieder hörte ich das Klopfen und erstarrte. Kein Einbrecher würde sich auf diesen Pfad wagen; es bedurfte eines gänzlich anderen Grades an Entschlossenheit, um diesen Gang in einer solchen Nacht zu tun. Ich schaltete sofort das kleine Radio an, das vor mir auf dem Tisch stand; vielleicht war ein Gefangener aus dem viele Meilen entfernten Staatsgefängnis geflohen. Denn mittlerweile war ich überzeugt, daß es sich bei dem, was ich da hörte, tatsächlich um ein Klopfen handelte.

Der Radioempfang war stark gestört; ich versuchte es eine ganze Weile, konnte jedoch keine Rundfunkstation finden, die Nachrichten ausstrahlte. Wieder klopfte es.

Ich habe nie eine Waffe im Haus. Ich löschte das Licht in der Diele, damit man mich nicht sehen konnte, und ging langsam auf die Glasfenster zu beiden Seiten der Haustür zu. Durch die Scheibe sah ich eine Art Bündel auf der Türstufe liegen. Ich lugte vorsichtig hinaus, dann öffnete ich, einer plötzlichen Regung folgend, die Tür und zog das Paket herein, und in dem Augenblick, als ich dies tat, schien mir, obwohl mir später klar wurde, daß dies unmöglich war, als sähe ich eine große, schwerfällige Gestalt im Wald verschwinden. Eine schmale, rötlichbraune Spur zog sich hinter ihr her und verlief sich im Kies hinter der Veranda. Doch das Wasser ergoß sich in Sturzbächen über die Steine, und das Blut – denn ich wußte, es war Blut – verschwand rasch.

Ich schlug sofort die Tür zu und sperrte ab. Dann lief ich zur Hintertür und vergewisserte mich, daß auch sie verschlossen war. Als ein der Vernunft verpflichteter Mensch schrieb ich diese Halluzination damals meinen Nerven zu und betrachtete sie als eine durch die Einsamkeit und den Sturm verursachte Anwandlung. Dies war, wie ich fest glaubte, der einzig mögliche Grund für meine Unruhe. Das

Paket, so nahm ich an, war wohl schon vor Beginn des Gewitters durch einen Kurierdienst geliefert worden, und ich hatte es einfach übersehen. Eine andere Erklärung gab es nicht.

Meine Neugier auf das Paket war sehr groß. Ich trug es in die Küche. Dort – ich gestehe es – holte ich ein langes Fleischermesser hervor, das ich schon seit einiger Zeit nicht mehr benutzt hatte, schliff es und legte es neben das Paket. Mit beträchtlicher innerer Erregung riß ich die äußere Verpackung auf, wobei ich die ganze Zeit eine Hand am Griff des Messers hatte, um mich, falls es sich als nötig erweisen sollte, damit sofort auf das zu stürzen, was womöglich aus dem Paket heraussprānge.

Die Verpackung war voluminös; sie wurde durch mehrfach verknotete Bindfäden zusammengehalten, die ich nur mit großer Mühe lösen konnte. Die Schnur wirkte zwar dünn, erwies sich jedoch als extrem schwer zu durchschneiden. Nach einigen Minuten schwitzte ich, nicht nur vor Angst, sondern auch aufgrund der Anstrengung, und als die erste Verpackungsschicht endlich zur Seite fiel und ich ein hohes, rechteckiges Paket ausmachte, überkam mich große Erleichterung. Ich erkannte sofort, daß es sich größter Wahrscheinlichkeit nach um ein Manuskript handelte, und wußte wenige Sekunden später, daß es sich tatsächlich so verhielt. Nachdem ich die zweite Schicht durchschnitten hatte, löste sich das Papier; ich schlug den sonderbaren Einband auf und sah die Titelseite des Manuskriptes, auf der mit schöner, fester Handschrift geschrieben stand: *Doktor Freuds Geheimnis*.

Dann entdeckte ich, daß dem Manuskript unter der Titelseite ein Blatt mit einer völlig anderen Handschrift beigefügt war, das die Überschrift »Zur Erläuterung« trug – ein gleichermaßen merkwürdiges Dokument, dessen Bewertung mir schwerfiel. In dem Schreiben, welches von einem mir unbekannten Professor der Wiener Universität unterzeichnet war, wurde behauptet, das vor mir liegende Manuskript habe man erst einige Monate zuvor entdeckt, nachdem es, so der Professor, wohl im Verlauf des Anschlusses Österreichs an Hitler-Deutschland in Wien konfisziert worden war. Ich wußte nicht, ob er damit sagen wollte, das Manuskript sei kurz vor dem Anschluß verfaßt und deshalb nicht mehr publiziert worden, oder ob es bedeutete, daß das Manuskript in derselben Zeit entstanden war, die es beschrieb, und einfach nie verlegt wurde. Die Beantwortung dieser Frage erwies sich als höchst diffizil, da der Versuch festzustellen, wann und von wem das Manuskript geschrieben worden war, einige Probleme mit sich brachte. Man hatte es mir eindeutig aufgrund meiner Reputation als Gelehrter geschickt. Ein Ergebnis meiner Arbeit über den mittelalterlichen Mystizismus war nämlich, daß ich als Experte für die Entzifferung von Handschriften galt. Kenntnisse dieser Art sind bei der Beschäftigung mit dem Mittelalter unerläßlich, da man es auf diesem Gebiet nun einmal mit vielen Handschriften zu tun hat – jede für sich einzigartig und schwierig. Mein Sachverstand in diesem Bereich führte wiederum zu einem Nebeninteresse und einem beachtlichen Ruf als Kenner der Geschichte pseudonym verfaßter Schriften.

Als ich mit dem Wiener Professor Kontakt aufzunehmen versuchte, mußte ich jedoch zu meiner größten Verwunderung feststellen, daß es sich bei seinem Namen selbst um ein Pseudonym handelte. Es ist mir nie gelungen, in Erfahrung zu bringen, woher das Manuskript stammt.

Beim ersten Durchlesen glaubte ich, ehrlich gesagt, einem dummen Streich aufgesessen zu sein. Wenn es einen solchen Mord, bei dem Sigmund Freud, Henry James und Edith Wharton zu den Tatverdächtigen zählten, wirklich jemals gegeben hätte, wäre es doch sehr unwahrscheinlich, daß dieser Vorfall »der Geschichte verborgen geblieben« sein sollte. Gleichzeitig rief das Buch aber auch nagende Zweifel in mir hervor. Immerhin wurde erst kürzlich bekannt, daß der berühmte Analytiker Dr. Carl Gustav Jung tatsächlich eine Affäre mit einer seiner ersten Patientinnen, der jungen Sabina Spielrein, hatte, die zu heilen ihm übrigens gelang. Das entsprechende Material war der Öffentlichkeit über viele Jahre vorenthalten worden, und es ist durchaus denkbar, daß man auch heute noch weitere Dokumente unter Verschluß hält. Das Freud-Archiv wird leider erst Ende dieses Jahrhunderts geöffnet werden.

Mit großer Neugier wird immer wieder spekuliert, ob Freud eine sexuelle Beziehung mit seiner Schwägerin Minna Bernays unterhielt, die bei der Familie Freud wohnte. Einige Forscher haben sich sogar zu der Behauptung verstiegen, Minna sei von Freud schwanger gewesen und habe auf sein Insistieren hin eine Abtreibung vornehmen lassen. Selbstverständlich würde ein weniger befangenes Jahrhundert als das unsere dergleichen Dinge nicht als so bedrückend empfinden. Solange diese Spekulationen nicht bewiesen sind, lasse ich persönlich mir meine Zweifel allerdings nicht nehmen. Was die Gräfin Gerzl, den Inspektor LeBlanc sowie die amerikanische Familie Main betrifft, so gibt es über sie keine Aufzeichnungen.

Zunächst hielt ich den Text fraglos für fiktional. Zwar datieren alle beschriebenen Ereignisse zwischen 1890 und 1910, doch die Chronologie ist unvollständig und verworren. So wird beispielsweise das Attentat, welches ein italienischer Anarchist 1898 in Genf auf die Kaiserin Elisabeth verübte, mit keinem Wort erwähnt, und gelegentlich gehen Ereignisse des Jahres 1905 solchen des Jahres 1900 voraus et cetera. Alice James starb 1892, also vor dem Dreyfus-Prozeß. Ich dachte, man habe möglicherweise zeigen wollen, daß die Chronologie einfach nur eine von vielen willkürlichen Ordnungssystemen darstellt und daß die Bedeutung von Themen hier die Bedeutung ihrer zeitlichen Abfolge aufhebt. Vielleicht war der Autor der Überzeugung, daß die Geschichte nicht von Ursache und Wirkung vorangetrieben wird. Wenn David Humes' berühmte Billardkugel rollt, *bevor* das Queue sie anstößt, läßt sich gewiß nicht sagen, das Queue sei die *Ursache* dafür, daß die Kugel rollt.

Es bleibt dabei – den Urheber der ungewöhnlichen Geschichte, die zu lesen Sie im Begriff sind, kennen wir nicht. Andere als die vorliegenden Aufzeichnungen gibt es nicht. In welcher Sprache der Text ursprünglich verfaßt wurde, mag der Leser entscheiden.

Auch eine Meinung über die mutmaßliche Entstehungszeit des Manuskriptes möchte ich mir nicht anmaßen. Es hat unerklärlicherweise den Anschein, als ob es inmitten der beschriebenen Ereignisse verfaßt worden wäre, gleichzeitig aber werden die Vorfälle so miteinander verzahnt, wie dies nur in der *Retrospektive* möglich ist. Wenn wir sagen: »In den sechziger Jahren herrschte diese oder jene Grundstimmung«, so können wir dies keinesfalls in den sechziger Jahren selbst sagen. Erst im Rückblick nimmt die Zeit einen allgemeinen Charakter an.

Es handelt sich hier um die Art von Verzahnung, wie sie

gewöhnlich über eine lange Zeitspanne entsteht. Man will sich zum Beispiel Kindheitsereignisse in Erinnerung rufen und verbindet dabei das Geburtstagsfest von Onkel Henry, das stattfand, als man vier Jahre alt war, aus vielerlei Gründen mit der Erinnerung an ein anderes, zu einem ganz anderen Zeitpunkt stattgehabtes Fest. Es ist eine alltägliche Erfahrung im Zusammenhang mit Familienerinnerungen, daß ein Familienmitglied etwa sagt: »Erinnert ihr euch noch an den See – damals, als Raymond die Muscheln aß?« und daß ein anderer ihm widerspricht: »Nein, nein, damals waren wir nicht an dem See, sondern am Meer, und die Muscheln aß nicht Raymond, sondern Lawrence.« Was damals wirklich geschah, läßt sich letztlich zwar meist erschließen, aber oft erst, nachdem man die einzelnen kompliziert miteinander verflochtenen Erinnerungsstränge mühsam entwirrt hat.

Ebendieser eigenartige Aspekt des Manuskripts ließ mich zu der Ansicht gelangen, daß es möglicherweise erst viele Jahre nach den Ereignissen geschrieben worden war. In diesem Fall müßte wohl die Schwester von Cecily Main die Autorin sein. Von dieser Schwester gibt es nicht die geringste Spur, außer vielleicht die folgende, ziemlich merkwürdige: Auf einer der letzten Manuskriptseiten ist ein tintiger Fingerabdruck zu sehen. Ich werde versuchen, die den Vorfall betreffenden Akten der Wiener Polizei ausfindig zu machen, in denen ich auf ihren Fingerabdruck zu stoßen hoffe, denn dann könnte ich sicher sein, daß dieses Manuskript zumindest durch ihre Hände gegangen ist.

Es ist mir sogar der Gedanke gekommen, das Manuskript sei ursprünglich nicht nur wegen der schwierig zu entziffernden Handschrift an mich geschickt worden, sondern auch wegen seines Bekenntnischarakters. Erzählt wird die Geschichte nämlich zum Teil von einer Erzählerfigur, die nur als »ich« oder als »Cecilys Schwester« auftaucht, und das Geständnis dieser Erzählerin erweist sich als ausschlaggebend für die Lösung des Rätsels. Das Wort *Geständnis* wähle ich aufgrund des Aspektes der Mitschuld, die zum Wesen des Verbrechens gehört – wenn Sie das Argument gelten lassen, daß die Zeugenschaft der Erzählerin von ihr erfordert, zu sprechen oder aber mitschuldig zu bleiben. Oder sollte diese auktoriale Verstrickung bewußt herbeigeführt worden sein – um den eigentlichen Charakter ebenjenes »Ichs« auf subtile Weise zu verleumden? Um die Individualität dieses »Ichs« gleichsam mit einem mittelalterlichen Bann zu belegen?

Während sich die Vorfälle einerseits vermischen, kommt es andererseits zu merkwürdigen Verkehrungen. Edith Whartons Affäre mit Morton Fullerton begann erst annähernd zehn Jahre nach dem Erscheinen von Freuds *Traumdeutung*. Im Manuskript dagegen werden beide Ereignisse als simultan dargestellt, so wie es in einem Traum beziehungsweise Alptraum geschieht. Da es in bezug auf die Identität des Autors nun einmal keinen Beweis gibt, kam mir der Gedanke, das Manuskript stamme womöglich gar nicht von einem einzigen Verfasser, sondern von einer buntgemischten Gruppe von Individuen, die, in einer bestimmten Zeit, an einem bestimmten Ort lebend, mit erstaunlicher Kraft die Grenzen ihrer individuellen Lebensgeschichten aufhoben, indem sie ihre einzelnen Identitäten gleichsam zu einem Wesen verdichteten und jedes ihrer miteinander verbundenen Leben mit einer individuellen Stimme darstellten. Dies ist, wie man im Kreis meiner Kollegen bemerkt hat, die recht weitschweifige Umschreibung der Möglichkeit, daß es so etwas wie die »Stimme einer Epoche« gibt, was auch die Verknüpfung von Vorfällen erklären würde, die, wie wir wissen, *unter chronologischen Gesichtspunkten unmöglich* ist.

Schlußendlich haben wir es in dem vorliegenden Dokument auch noch mit seltsamen Erinnerungsverzerrungen zu tun. Die Erinnerung an ein Ereignis kann ja, strenggenommen, dem Ereignis selbst niemals *vorausgehen*, auch wenn man, psychoanalytisch gesprochen, durchaus sagen kann, daß gewisse verdrängte Erinnerungen die Psyche so empfänglich machen können, daß das dann doch wiedererinnerte Ereignis ein früheres »ersetzt« und somit zu einem Ereignis wird, das tatsächlich vor seinem eigentlichen Zeitpunkt stattfand. In besonderem Maße gilt dies selbstverständlich im Falle des Traumas.

Es erscheint mir bedeutsam, über die Umstände nachzudenken, unter welchen sich die beschriebenen Vorfälle abspielten. Das Wien der Jahrhundertwende zeichnete sich in der Kunst und in den Wissenschaften durch eine außergewöhnliche, ja fast beispiellose Vitalität aus. Neue Stilrichtungen entstanden – sowohl in der Malerei, etwa durch Oskar Kokoschka und Gustav Klimt, als auch in Architektur und Design durch Adolf Loos und Koloman Moser und in der Musik durch Komponisten wie Arnold Schönberg und Gustav Mahler – allesamt weltberühmte Künstler.

Naturwissenschaftliche Entdeckungen von großer Tragweite wurden gemacht: Einsteins Relativitätstheorie erschien 1905, bald darauf Ernst Machs Theorie der Empfindung*, welche, wie es manchmal heißt, das Verschwinden des Selbst einleitete – zumindest in begrifflicher Hinsicht. Gleichzeitig aber war dies die Zeit der »Selbstfindung«, eine Zeit, in der, vor allem durch das Werk Freuds, das Fundament für eine neue Wissenschaft von der Seele entstand – die Psychoanalyse.

Gleichzeitig herrschten im Wien jener Epoche jedoch auch Überbevölkerung, Wohnungsnot und Rivalitäten zwischen den Kulturen, als Europäer aller Rassen und Nationalitäten zu Tausenden in die Stadt strömten und zu einem Zusammenprall alles dessen führten, was wir heute mit dem Begriff »konkurrierende ethnische Gruppen« bezeichnen würden. Assimilation versus Abgrenzung wurde heiß diskutiert. Gerade in dieser Stadt, in der Juden in allen Bereichen des bürgerlichen Lebens eine herausragende Rolle spielten und sowohl hochgeschätzt als auch geschmäht wurden, herrschte ein ausgeprägter Antisemitismus. Er erhob auch in Frankreich während der sogenannten Dreyfus-Affäre sein Haupt. Der Fall verlief in drei Etappen: Der erste Prozeß im Jahre 1894 endete mit Dreyfus' Verurteilung, ein zweiter Prozeß fand 1899 statt, und im Jahre 1906 erfolgte die Aufhebung des Urteils. Die Dreyfus-Affäre übte einen enormen Einfluß nicht nur auf die französische Gesellschaft, sondern auch auf das Selbstverständnis der Juden in ganz Europa aus. Theodor Herzl, der für eine Wiener

---

* Machs Buch und Theorie übten nicht nur auf die Wiener, sondern auch auf alle philosophischen Entwicklungen einen enormen Einfluß aus. Die 1886 veröffentlichte und 1900 neu herausgegebene Analyse der Empfindungen und der Beziehungen zwischen dem Physischen und dem Psychischen postulierte eine veränderliche, unsichere Identität und verwarf das beständige Selbst als »unnütze Hypothese«. Das Ich, so Mach, ist nur ein Komplex von Empfindungen.

Zeitung über den Prozeß berichtete, wurde zum Gründer der zionistischen Bewegung. Er lebte in Wien und veröffentlichte 1896 in Form eines Pamphlets mit dem Titel *Der Judenstaat* den ersten Aufruf an die Juden, sich einen eigenen Staat zu schaffen.

Es war eine Zeit der Dissonanzen und der Enthüllungen. Der deutsche und der österreichische Feminismus standen gerade am Anfang. Man kann von einer ungeheuren Blütezeit der Kunst sprechen, zugleich jedoch auch von einer Periode gefährlicher politischer Spaltungen, was wir uns wohl bis auf den heutigen Tag noch nicht ganz erklären können.

Während der Lektüre des Manuskriptes verstärkte sich in mir der Eindruck, daß es in gewisser Hinsicht überaus glaubwürdig ist. Dies brachte mich auf den schrecklichen Gedanken, daß ein solcher wie der hier beschriebene Mord möglicherweise *tatsächlich* stattgefunden hatte, und nur mein Vertrauen in die überlieferte Historie hielt mich davon ab, eine solche Möglichkeit dauerhaft in Erwägung zu ziehen. Außerdem teile ich Henry James' Ansicht, daß Literatur nur die andere Seite der Historie ist. Darüber hinaus gibt es selbstverständlich noch die provokative Meinung, Historiker könnten normalerweise nichts von dem dokumentieren, was sich in den *Seelen* der einzelnen Menschen abspielt. Sie könnten nur Ereignisse belegen und müßten es bei dem Versuch belassen, Gedanken aus Handlungen abzuleiten.

Oder ist es einfach nur absurd? Sind der Mord und die Vorfälle in seinem Umkreis das Werk einer überreizten Phantasie? Dieses Manuskript leitet nichts ab, sondern beansprucht für sich die Wahrheit über die Träume und Phantasien seiner historischen Menschen. In welchem Maße bestimmen die – sozusagen – ungeträumten Träume eines Menschen seine Handlungen? Wie anmaßend müßte diese Erzählerfigur sein, wollte sie sich zu dem Glauben versteigen, sie wisse alles darüber? Diese Anmaßung legt es nahe, daß es sich um das Werk eines Romanautors oder einer Romanautorin handelt. Andererseits wirkt die Geschichte wie ein Augenzeugenbericht. Nicht selten überzeugt mich der Autor oder die Autorin selbst davon, obwohl die Frage nach der Persönlichkeit oder *persona* dieses sogenannten Dokumentes so kompliziert ist, daß an dieser Stelle unmöglich alle ihre Aspekte angesprochen werden können. Die Motive des Autors bzw. der Autorin sind verborgen, unklar, erscheinen mir allerdings gelegentlich, das muß ich sagen, durchaus inspiriert. Ich füge hinzu, daß die impressionistische Technik, die kleinen Farbtupfer hier und dort sowie ihre Kombinationen, die schließlich zu einem einheitlichen Bild zusammenfinden, sich in meinen Augen als sehr wirkungsvoll erwies.

Unter gewöhnlichen Umständen machen es die Prinzipien der Klarheit und Folgerichtigkeit unumgänglich, daß alles, was nicht in das Manuskript »paßt«, durch den Herausgeber getilgt wird. Ich erachtete es als notwendig, meine sonst übliche Vorgehensweise in diesem Fall zu modifizieren und an einzelnen Stellen sogar ganz außer Kraft zu setzen. So habe ich etwa unvollständig durchgeführte Personenskizzen und Gedankenbruchstücke stehenlassen, da sie mir in gewisser Hinsicht zu diesem bemerkenswerten Bericht zu gehören schienen, auch wenn ich bekennen muß, daß ihr jeweiliger genauer Sinn mir völlig klar erst dann wurde, als ich die letzte Seite aus der Hand gelegt und lange, lange Zeit aus dem Fenster geblickt hatte.

PROFESSOR THEO. RYDEWORT

2

In Wien, in der Berggasse 19, ertönten drei Schüsse. Über das Muster in dem abgetretenen Perserteppich ergoß sich Blut.

Schwarze Pferde galoppierten, schwarze Engel in der Nacht, funkensprühende Hufe wie Feuersteine auf dem Kopfsteinpflaster der Straßen. So zogen sie die schwankende Kutsche.

»Schneller, schneller«, beschwor die Stimme den Kutscher, während die stöhnende Frau das blutige Gesicht im Taschentuch vergrub. Rote Flecken durchtränkten den feinen weißen Stoff. Sie blickte ihn an. Ihre Augen verdrehten sich vor Schmerz.

»Beeilen Sie sich! Bitte! Ich fleh' Sie an!« brüllte der Herr. Er streckte den Kopf zur Kutschentür hinaus, und der Kutscher peitschte die Pferde bis zur äußersten Raserei, und dann kippten, in der letzten Kurve, die Räder, und die Frau schrie auf. Durch ihr Taschentuch strömte das Blut wie Wasser in einen Becher.

Durch Wien galoppierten schwarze Pferde mit schaumgesprenkelten Hälsen, schnaubten den Atem von Dämonen – gefrorene Wolken aus Weiß –, und in Paris öffnete der Polizeiinspektor für besondere Aufgaben, Maurice Cheval LeBlanc, langsam erst das eine, dann das andere Auge. So wachte der Inspektor immer auf. Schweißgebadet stützte er sich auf einen Ellbogen. Wieder und wieder riefen sie ihn nach Wien, und er wußte, daß er gehen mußte – eine Serie ungelöster Mordfälle –, aber er war aufgehalten worden. Aufgehalten. Aufgehalten, hatte er ihnen mitgeteilt, durch Kummer und Trauer. Gustav, der Maler, und er waren die ganze Nacht saufend durch die Stadt gezogen, verzweifelt und lebensmüde geworden über dem Tod des jungen

Mädchens Elise. Jetzt hatte ihn etwas aufgeweckt. Als er sich lauschend im Zimmer umsah, wurde ihm bewußt, daß es nur ein Gedanke gewesen war. Er suchte danach, aber alle Gewißheit war von ihm gewichen. Er legte sich zurück, wollte weiterschlafen. Es war drei Uhr morgens, er hatte einen üblen Kater von der Traurigkeit und vom Absinth. Er war mit dem Mädchen befreundet gewesen. Sie hatte nicht länger Modell bleiben, sondern Malerin werden wollen und war auf der Treppe der École des Beaux Arts zu Tode getrampelt worden. Ein Aufruhr, hieß es. Frauen wurden nicht zugelassen, hieß es. Die Menge war außer Rand und Band geraten.

»Nietzsche sagt«, lallte der Maler, völlig betrunken und untröstlich über den Tod des Mädchens, »er hat gesagt, daß der Irrsinn bei einzelnen etwas Seltenes, bei Gruppen, Völkern aber die Regel ist.« Er stöhnte auf und fiel vornüber auf den Tisch. Sein Freund schüttelte ihn. »Gustav, Gustav, nun komm!« Es war höchste Zeit, ihn nach Hause zu bringen.

Irrsinn? Ja. Bei Völkern. So etwas kam offenbar häufig vor. Es war tragisch, das mit dem Mädchen. Es war gefährlich. Für eine Frau war es immer gefährlich, ihrer Zeit *voraus* zu sein. Die kluge Frau, das hätte er ihr gesagt, bewegt sich höchstens *auf gleicher Höhe* mit ihrer Zeit. Sie war ein gutes Modell gewesen. Warum also hatte sie selbst malen wollen? Er hob seinen Freund vom Stuhl und begann den langen Heimweg. Gustav lag über seiner Schulter; so wankten sie durch die Straßen.

Er mußte ihn lesen, diesen Nietzsche. Alle sprachen von ihm. Am meisten Gustav. »Er sagt nicht, daß der Mensch irrational ist«, hatte Gustav erklärt, »er sagt nur, daß er nicht rational ist.« War das so brillant? überlegte der Inspektor und seufzte. Nun gut, er würde ihn lesen, diesen Mann, der verkündete: Gott ist tot. Gustav sagte, obwohl Gott tot sei, lebe die Seele weiter, und Nietzsche gehe es um das Bedürfnis nach Glauben. »Nietzsche sagt, daß es die Religionen sind, die die Welt zerstören. Er stellt die entscheidende Frage: Woher die Allgewalt des Glaubens? Warum muß immer irgend etwas sein?«

Maurice zuckte mit den Achseln und schob sich Gustav auf die andere Schulter. So blieb er stehen, den Blick auf die Steinstufen gerichtet, die zur Mansarde des Malers hinaufführten. All diese Philosophen, all diese Fragen, die Religion, die Frauen, die Gewalt. Was würde aus all dem noch werden? Er wußte es nicht. Er wußte natürlich, warum die Menschen das Bedürfnis hatten zu glauben. Er fand, daß auch Nietzsche dies wissen müßte. Auf der dritten Stufe spürte er, wie Gustav langsam nach unten rutschte. »Los, Gustav, wach auf! Wach auf und geh!« drängte er ihn und spürte, wie in den über seiner Schulter hängenden Körper ein wenig Leben zurückkehrte. Gustav stöhnte. Wir gehen die Treppe nur deshalb hinauf, dachte der Inspektor, weil wir glauben, daß dort oben etwas ist. Um das zu wissen, mußte man kein Philosoph sein. Jeder Bäcker wußte das. Wenn man glaubte, das Brot sei verschwunden, öffnete man erst gar nicht die Ofentür.

Plötzlich fröstelte den Inspektor im kalten Morgendunst. Er spürte ihn noch immer, den nichtgedachten Gedanken, der in ihm lauerte und ihn sogar im Schlaf störte – dieses seltsame, bedrohliche Gefühl, daß irgend etwas sich aus seinem Unbewußten erhob und an ihn heranschlich, unerbittlich, wie ein kalter Zug unter einem Fensterbrett. Sie hatten ihn nach Wien gerufen, aber er wollte nicht dorthin. Er war krank vor Trauer um das Mädchen, und Wien haßte er.

Durch Wien galoppierten schwarze Pferde, schwarze Engel in der Nacht zogen die schwankende Kutsche, und in Paris, spät nachts auf der Île Saint-Louis, dachte der Doktor über seine neueste Patientin nach.

»Ich bin Bettina Gräfin Gerzl, und ich will kein tragisches Leben führen« – mit diesen Worten hatte die Frau sich vorgestellt. »Ich bin hier, um das zu vermeiden.« So stand sie da in ihrem mauvefarbenen Seidenkleid, hielt den Parasol umklammert, dessen Rüschen sich oben wie die Blütenblätter einer Blume kräuselten, und ihre Stimme zitterte.

Der Doktor beugte sich in seinem Sessel vor, wie um sie besser betrachten zu können. Aber er konnte sie sehr wohl ganz deutlich sehen. Es war, als zöge ihre Zerbrechlichkeit ihn zu ihr hin. Wie der Mond das Wasser anzieht, so spürte er sich zu diesem fragilen Geschöpf hingezogen, von diesem Wesen gefesselt, und in dem sonderbaren Zusammenspiel ihres Vorhabens und ihrer Haltung, in der Entschiedenheit dieses unbeugsamen Rückens spürte er, daß dieser Fall, diese besondere Patientin mehr für ihn bereithielt, als ihm je zuvor gewährt worden war.

»Kommen Sie herein ... Nehmen Sie Platz«, sagte er, auf einen Sessel deutend.

»Ich möchte im Stehen sprechen«, erwiderte sie, tat daraufhin aber noch einen Schritt ins Zimmer. Eine eindrucksvolle Frau. Ihre Augen waren so ungewöhnlich – gelbe, honigfarbene Augen mit einem unglaublichen Weiß um die Iris, die ein betörendes Licht ausstrahlten, ein Funkeln. Sie erinnerte ihn an Gemälde, die er früher einmal gesehen hatte. Bilder von Tigern.

Sie blieb stehen, drehte ihren magentaroten und weißen Parasol wie einen Kreisel auf dem Boden, hielt plötzlich inne und klappte ihn zu. Sie rauschte durch das Zimmer, riß sich den Hut – wippende rosarote, mauvefarbene, schwarze Federn – vom Kopf und warf ihn auf einen Sessel. Dann betrachtete sie die Couch und sagte: »Ich weiß alles über diese Behandlung. Da Sie nicht die Absicht haben, mit mir zu schlafen, will ich, daß Sie mich heilen.«

Während dieser Worte war sie an die Couch getreten und hatte sich ermattet darauf niedergelassen. Noch ehe sie ihren inneren Zwang erklären konnte, erhielt der Doktor einen Hinweis darauf, denn er bemerkte sofort, daß sie sich mit beiden Händen an den Hals griff. Er sah zu, wie sie ihr Kleid öffnete, wie die Finger rasch und mühelos, in rhythmischer Routine die kleinen, mit champagnerfarbener Seide bezogenen Knöpfe lösten, bis fast das ganze Mieder aufgeknöpft war. Dann schrie sie plötzlich auf, es klang, als hätte eine Harfenistin die falsche Saite gezupft, und sah ihn entsetzt an. Ihre Finger erstarrten und begannen gleich darauf, diesmal langsam, sich in aufsteigender Richtung zu bewegen. »Ich entwerfe Kleider«, sagte sie. »Heimlich. In einem Atelier, das sich neben meinem Haus befindet.«

Der Doktor saß schweigend in seinem Sessel und rauchte. Gewöhnlich empfing er in Paris keine Patienten, aber sie hatte darauf bestanden, ihn sofort zu sprechen, und gesagt, sie müsse nach Wien zurückkehren. Außerdem hatte sie sich damit einverstanden erklärt, noch in derselben Woche zu einer weiteren Sitzung von Wien nach Paris zurückzufahren. Zunächst sagte er gar nichts. Während er sie beobachtete, ertappte er sich bei Überlegungen über ihren Parasol. Er hatte schon viele hübsche, wunderschön gekleidete adelige Damen an der Seine spazierengehen und ihre Sonnenschirme auf diese Art drehen sehen. Sie waren immer aufgespannt, so rosarot und weiß und hübsch, und auf manchen hatte er gelesen: »Nieder mit den Juden.«

Er trat ans Fenster und blickte hinaus und fragte sich, ob die Gräfin den nächsten Termin wohl wirklich wahrnehmen würde.

Durch Wien galoppierten schwarze Pferde, schwarze Engel in der Nacht, bedrohlich schwankend schoß die Kutsche im einsetzenden Regen dahin, als ein neuer Wolkenbruch donnernd niederging. Blitze erhellten die Straßen, die Häuser, das rotgetränkte Taschentuch, das entsetzte Frauengesicht, in den Straßen hingen neblige Schwaden, und wieder und wieder schrie der Mann: »Fahren S' schneller, Sie müssen schneller fahren!«, während Emma Eckstein* langsam zu Boden sank und das Blut aus ihrer Nase wie Wasser in einen Becher strömte.

Auf dem Schreibtisch des Kriminalkommissärs lag der Bericht über die neueste Frauenleiche. Diese hier war wenigstens nicht verstümmelt. Nach der Schußwunde zu schließen, handelte es sich wohl um einen Selbstmord. Er las:

Begründen läßt sich dies nur mit der Tatsache, daß das Projektil sehr klein ist, und bis zu einem gewissen Grad möglicherweise auch mit der geringen Wucht, die es ausübte. Aus einer unbenützten Kugel, die aufgefunden wurde, läßt sich schließen, daß das Projektil etwa die Größe einer Erbse (Durchmesser 5 Millimeter) hatte. Die Breite des Schußkanals im Gehirn (anterior 12, posterior 18 Millimeter) steht also in keinem Verhältnis zur Breite der Einschußwunde in der Kopfhaut (3 Millimeter) und im Kno-

* Es handelt sich hierbei natürlich um die berüchtigte Emma Eckstein, deren Nasenbluten Freud irrtümlicherweise für ein hysterisches Symptom hielt. Freuds Kollege Dr. Wilhelm Fließ operierte Emma und vergaß ein Stück Gaze in ihrer Nase. Auch die dadurch hervorgerufenen weiteren Blutungen und Infektionen schrieb Freud der Hysterie zu. Die tiefe Freundschaft, die Freud damals mit Fließ verband, trübte sein Urteilsvermögen. Als er Fließ' Fehler erkannt hatte, nahm er ihn öffentlich in Schutz, brachte Fließ selbst gegenüber jedoch seine große Verärgerung und tiefe Enttäuschung zum Ausdruck.

chen (6 bis 8 Millimeter) sowie zum Projektil. Es besteht daher kein Zweifel, daß der Schußkanal im Gehirn ursprünglich wesentlich schmaler war und daß der Durchmesser, den er schließlich aufwies, dem sich ausbreitenden Hämatom zuzuschreiben ist. Die Symptome der allmählichen Kompression des Gehirns sind also auf den zunehmenden Austritt von Blut zurückzuführen.

In Wien schnitt der Mörder mit größter Sorgfalt; löste das Fleisch von den Knochen.

3

Durch Wien galoppierten schwarze Pferde, und Martha Freud wurde jäh aus dem Schlaf gerissen durch den Lärm einer Kutsche, die draußen vor ihrem Fenster auf der kopfsteingepflasterten Straße dahinfuhr. Martha betastete im Dunkeln die andere Seite des Bettes. Leer. Sigi war weg. Ihr Herz begann heftig zu schlagen – nicht aus Angst, aus Wut. Ach ja, natürlich, jetzt wußte sie es wieder – er war mitten in der Nacht zu einer seiner Patientinnen gerufen worden, zu dieser Baroneß wieder einmal. Immer wenn sie ihn rief, stand Sigi sofort auf und ging. Sie zündete die Kerze auf dem Nachtschränkchen an, zog den Schlafrock über und trommelte mit den Fingern gegen die Brust, wie sie es immer tat, wenn sie sich ärgerte. Die Baroneß konnte einen zum Wahnsinn treiben – offenbar wurde sie *ausschließlich* nachts krank. Dann schickte sie ihren Kutscher, und Sigi fuhr immer mit. Immer.

Sie trat ans Fenster und schlug es, als sie Regenwasser unter dem Rahmen hereindrängen sah, wütend zu. Zum Teufel mit der Frau, die ihn zu jeder Nachtstunde rief, und er, Sigi, ach – wie hatte er es ihr noch erklärt? Eine neue Wissenschaft sei das, etwas Experimentelles, die Baroneß leide, er müsse ihr helfen, *und nur er könne ihr helfen.*

Sie lauschte. Türen wurden geöffnet und geschlossen, dann hörte sie Schritte. Leise Angst beschlich sie. Wahrscheinlich nur Minna, dachte sie gereizt. Minna mit ihrer verdammten Schlaflosigkeit – immer war Minna wach, brühte sich zahllose Kannen Kamillentee auf und schlich in dieser schlaflosen Manier umher. Martha schlang sich das Schultertuch um und ging zur Tür. Da hörte sie etwas. Vielleicht war es doch nicht bloß Minna. Sie stand im dunklen, kalten Vorzimmer, zog das Tuch fester um sich, hielt die Kerze vor sich und spürte plötzlich, wie sehr ihr davor graute, ihrer Schwester zu begegnen – Minna mit ihrer weinerlichen Besorgtheit, ihrer gluckenhaften Aufdringlichkeit – »Ach, ist Sigi *schon wieder* weg?« Allein bei der Vorstellung wurden Marthas Wangen feuerrot. Jetzt war sie hellwach. Wie dumm von ihr, geglaubt zu haben, Sigi wäre bei der Baroneß ... In ihrer Aufregung hatte sie ganz vergessen, daß er ja in Paris war.

4

Durch Wien galoppierten sechs Pferde, schwarze Engel in der Nacht, Schaum sprenkelte ihre Hälse, und ...

Kaiser Franz Joseph schritt auf und ab. War es übertrieben zu sagen, daß die Frauen von Wien starben? Durch eigene Hand, vielleicht aber auch als Opfer eines Wahnsinnigen? Die Selbstmorde und Morde nahmen überhand. Warum töteten sich die Frauen? Reiche Frauen, verheiratete Frauen, arme Frauen, Prostituierte. Die Berichte über diese Selbsttötungen waren erschreckend. Und die Gerüchte über die Morde waren Wasser auf die Mühlen der Antisemiten. Ein Mord, zwölf Morde – die Aufklärung wurde immer schwieriger. Er hatte nun doch darin eingewilligt, nach diesem Polizisten aus Paris zu schicken.

5

Elmsville, U.S.A.
An dem Tag, als wir die Sache mit Wien herausfanden, saßen Mama, Papa und ich gerade beim Frühstück, da kam es draußen zu einem Tumult. Timothy, mein Bruder, rannte die Treppe hinunter und zur Tür hinaus, und als wir ihm nachliefen, sahen wir eine Menschenmenge, die um eine Frau auf – ausgerechnet! – einem Fahrrad herumstand. Ich hatte erst dreimal ein Fahrrad gesehen, aber noch nie eine Frau auf einem Fahrrad.

Genau in dem Moment, als ich sah, wer die Frau auf dem Fahrrad war, hörte ich meine Mutter aufstöhnen und sagen: »O nein! Es ist Ida!«

Ida ist meine Tante. Sie ist eine Suffragette, die an Protestmärschen teilnimmt und Aufruhr verursacht, jedenfalls sagt Mama das. Papa sagt immer, sie hätte als Kind nicht genug Liebe bekommen. Sie ist schön und kann tanzen, aber Cecily, die jedem hinterherspioniert, sagt, daß sie nachts viel weint. Mama meint, das käme davon, daß sie kein Korsett trägt, was Mama sehr schockierend findet. Tante Ida hat gesagt, ihre Lebensaufgabe sei es, ihre Schwestern von den Ketten zu befreien. Alle außer mir lächeln darüber und finden es melodramatisch, aber ich beobachte das alles sehr genau, obwohl ich mich um diese Dinge eigentlich nicht kümmern darf, und ich finde es ganz und gar nicht melodramatisch.

Mama und Tante Ida kommen nicht gut miteinander aus. Mama sagt immer, daß Tante Ida zuviel denkt und daß solche Mädchen am Ende unglücklich werden. Jedesmal wenn sie hört, daß Tante Ida geweint hat, sagt sie, daß sie eben doch recht hätte. Ich bin mir da nicht so sicher. Mama weint nie, aber ich glaube, manchmal ist auch sie unglücklich.

Auf jeden Fall war sie es an diesem Morgen, als sie Tante Ida auf dem Fahrrad erblickte. Ida sah großartig aus in ihrer grünweiß gestreiften Fahrradbluse mit den riesigen Puffärmeln und mit diesem geteilten Rock, der auseinanderging, wenn sie in die Pedale trat. Wenn sie den Fuß nach unten drückte, fuhr das Fahrrad; dann erhöhte sie das Tempo und hielt plötzlich an! Und dann drehte sie um! Es war wirklich atemberaubend, und ich dachte mir, das ist es wohl, was Tante Ida gemeint hat, als sie sagte, daß die Frauen sich *emanzipieren* müßten, obwohl sie mir die ganze Zeit erzählt hatte, daß es mit Hilfe der Underwood-Schreibmaschine geschehen würde, weil die Frauen damit Jobs bekämen und unabhängig würden. Aber jetzt glaube ich, daß es mit diesem Fahrrad passieren wird. Mama wandte sich ab und lief ins Haus zurück, wobei sie etwas von der »Schande der Teilung« murmelte. Damit meinte sie aber – das wußte ich genau – Tante Idas geteilten *Rock*. Dann kam Papa grinsend die Treppe herunter, strich sich über den Schnurrbart und sagte: »Na, so was!«

Inzwischen hatten sich alle auf der Straße versammelt. Einige Frauen, Mrs. Saunders zum Beispiel, waren sogar in ihren Schürzen hinausgerannt, um Tante Ida zu sehen, die mit einer Hand ihren Strohhut festhielt und das Fahrrad mit der anderen, also nur mit einer Hand lenkte! So fuhr sie die Straße hinauf und wieder hinunter und drehte sogar Kreise, ohne zu stürzen. Ich wußte, meine Schwester Cecily würde sterben, einfach sterben, wenn sie erfuhr, daß sich in Elmsville etwas so Außergewöhnliches und Überspanntes ereignet hatte, noch dazu durch unsere eigene Tante Ida, und ich es gesehen und *sie* es verpaßt hatte!

Als wir an den Frühstückstisch zurückkehrten, erwartete uns schon die nächste Aufregung dieses Tages. Mary trug gerade die Himbeeren auf, die wir gestern gepflückt hatten, da sagte Papa, er wolle uns etwas mitteilen, und erzählte uns strahlend, daß man ihm die seltene Chance geboten hätte, die Direktion eines Bankunternehmens in Österreich zu übernehmen, und nicht nur sollte Timothy in Wien Medizin studieren, sondern wir alle würden dort wohnen! Ich freute mich kolossal, und um so mehr, als *ich* es *vor* meiner Schwester Cecily erfahren hatte. Allerdings legte sich die Freude wieder, als Mama fast unmittelbar nach Papas Ankündigung sagte: »Ich denke, darüber sollten wir uns in der Bibliothek unterhalten, Frederick.« Papa sah sehr bestürzt drein, denn dieses »Wir sollten uns in der Bibliothek unterhalten, Frederick«, sagte Mutter immer nur, wenn es um ganz ernste Dinge ging oder wenn jemand gestorben war.

Trotzdem konnte ich es kaum erwarten, meiner Schwester Cecily, die zu Großmutter gefahren war, an diesem Abend jedoch zurückkehren sollte, alles zu erzählen.

Als das Abendessen näher rückte, war es nicht mehr sicher, daß wir nach Wien ziehen würden, denn es hatte viele Besprechungen innerhalb und außerhalb der Bibliothek zwischen Mama und Papa und sogar auch Timothy gegeben. Ich hatte nicht daran teilnehmen dürfen. Als ich einmal den Kopf zur Tür hineinsteckte, merkte ich, daß Timothy sehr unglücklich war. Er stand neben Papas Schreibtisch, und genau in diesem Augenblick sah ich, wie die Strahlen der Nachmittagssonne auf das Porträt der Gräfin hinter Papas Schreibtisch fielen.

Die Gräfin Gerzl war Papas Cousine, und sie war wunderschön, aber Tante Ida sagte, sie sehe aus wie eine wilde Tigerin, ihre Augen seien so gelb. Als das Bild eintraf, fanden es alle schockierend, und Mr. Partridge, ein Porträtmaler, wurde beauftragt (was ich aber nicht erfahren sollte), dem Kleid eine Bordüre aus weißer Spitze hinzuzufügen, damit der Busen der Gräfin besser bedeckt wäre. Cecily hatte damals gesagt, das sei ungefähr so, wie wenn man am Rand eines Spazierwegs eine Blumenreihe anpflanzen würde, und Timothy hatte gesagt, man bräuchte sich deswegen nicht zu schämen.

Timothy ist frech und redet von medizinischen Dingen. Er will in Wien Medizin studieren und regt sich deshalb sehr über Mamas Aufregung auf. Als er mich sah, sagte er, er »will nicht darüber sprechen«. Deshalb wartete ich voller Ungeduld auf Cecilys Rückkehr, denn ich wußte, daß sie alles herausbekommen würde. Ganz egal, wie oft man ihr sagt, sie soll keine Fragen stellen und sie soll dies oder jenes gar nicht wissen – irgendwie bringt sie die Leute immer dazu, Dinge zu sagen, die sie gar nicht sagen wollten.

Um fünf Uhr kam Cecily heim, und als sie sich umziehen gegangen war, schlich ich mich die Treppe hinauf und erzählte ihr alles, was sich ereignet hatte.

Cecily sagte, Mama rege sich so auf, weil Wien eine Stadt voller Skandale sei, und zu den größten zähle unsere Verwandte, die schöne Gräfin mit den gelben Augen, deren Name Bettina war, die von Mama aber stets mit »Diese Frau« bezeichnet wurde. Cecily erklärte mir, daß Diese Frau uns ihr Haus zur Verfügung gestellt hatte, daß Mama sich aber wegen des Skandals weigerte, auch nur vierzehn Tage dort zu wohnen, und deshalb seien Papa und Mama die ganze Zeit in der Bibliothek.

Cecily erzählte mir, daß Wien eine kolossal interessante und sündhafte Stadt sei; für Cecily waren diese beiden Wörter gleichbedeutend. Sie sagte, sie hätte Timothy zu Papa sagen hören, daß dort ein Arzt lebt, ein Arzt, bei dem Timothy studieren will, ein Arzt, von dem alle sprechen. Auch Tante Ida wußte von diesem Arzt und hatte seinen Namen zwei Wochen zuvor erwähnt, als Vaters Freund, der berühmte Schriftsteller

Henry James, bei uns zu Besuch war und Tante Ida (die Mr. James ziemlich gern mag, glaube ich) von seiner kranken Schwester Alice erzählte. Timothy und Tante Ida hatten sich den ganzen Vormittag, den wir mit Äpfelpflücken im Obstgarten verbrachten, über Mr. James' Schwester Alice unterhalten, die unter einer grauenhaften Krankheit litt, von der kein Arzt sie kurieren konnte. Einmal hörte ich, wie Tante Ida das *Fen dö s'Jäckle*-Syndrom erwähnte, und ich kam mir sehr dumm vor, weil mein Französisch so schlecht ist. Ich lernte zwar später, daß man es *fin de siècle* schreibt, aber ich stellte es mir noch lange als etwas vor, das etwas mit einem Jäckle zu tun hatte. Fen dö s'Jäckle tritt wohl immer dann auf, wenn das Jahrhundert zu Ende geht, sagte Tante Ida, aber Papa war dann sehr verärgert und sagte, er wüßte wirklich nicht, wie ein Mensch mit normaler Intelligenz an so etwas glauben könnte. Ich dagegen hörte gebannt zu, als über diese Fen-dö-s'Jäckle-Krankheit gesprochen wurde, denn bis zum Ende des Jahrhunderts war es nicht mehr lange hin, und ich dachte mir, daß ich möglicherweise selbst ab und zu furchtbar unter dieser Krankheit litt, die, wie Tante Ida einmal gesagt hat, darin besteht, daß man sich zu viele Gedanken macht. Tante Ida hatte erzählt, sie hätte von einem hochgeachteten Freund, der, anders als Papa behauptete, kein Exzentriker, sondern einfach Historiker sei, gehört, daß so manche Gesellschaft Zeiten größter Unsicherheit durchlebte, wenn das Jahrhundert an sein Ende oder an seinen Anfang käme, jedenfalls wenn es sich wendet, und als Tante Ida Papa das erzählte, sagte er: »Eine jede Gesellschaft durchlebt ständig unsichere Zeiten«, und dann wollte er nichts mehr davon hören.

Es war uns also eigentlich verboten, beim Dinner über Fen dö s'Jäckle zu reden, und Tante Ida wurde darauf hingewiesen, sie solle doch bitte in unserer Anwesenheit nicht derart unwissenschaftliche Themen ansprechen, »die Mädchen sind zu leicht beeinflußbar«. Daraufhin ließ Tante Ida das Thema fallen und schlug ihre Lieblingskur gegen Frauenkrankheiten vor: Arbeit.

Tante Ida ließ Mr. James wissen, sie würde gern einmal ein Gespräch mit seiner Schwester Alice führen, da sie überzeugt sei, daß die Erwerbstätigkeit die *sicherste* Methode für die Heilung von dergleichen Krankheiten ist. Ich sah, daß Mr. James meine Tante Ida ganz entzückend fand, aber als Tante Ida immer weiter über Emanzipation und außerhäusliche Arbeit sprach, blickte er plötzlich doch ein wenig verunsichert drein.

Sie teilte Mr. James mit, daß durch die Underwood-Schreibmaschine bereits Hunderte von Frauen aus einem »gänzlich unbedeutenden Dasein« errettet worden seien und daß er seiner kränkelnden Schwester sehr raten solle, *unverzüglich* eine solche Arbeit anzunehmen. Wieder und wieder versicherte sie ihm, auch für seine Schwester wäre Befreiung möglich, aber nachdem sie Stunde um Stunde Äpfel gepflückt hatten, wobei Mr. James ihr wie immer, auf Cecilys Drängen hin, die Leitern hinauf und hinunter geholfen und sich dabei als *unendlich* umständlich erwiesen hatte, war ihr klargeworden, daß Mr. James' Schwester Alice es niemals in Erwägung ziehen würde, sich von der Underwood befreien zu lassen.

Dann erzählte Timothy Mr. James von dem Arzt in Wien, der die Frau seines Chemieprofessors wegen eines nervösen Leidens behandelt hatte – denn es waren »die Nerven, ganz ohne Zweifel die Nerven«, wie Timothy sich ausdrückte, ganz so, als wäre er schon jetzt ein Doktor –, und Mr. James schrieb sich den Namen und die Adresse des Arztes auf. Cecily wußte es nicht mehr genau, aber sie glaubte, sein Name sei Dr. Floyd. Und als Mama das hörte, sagte sie, Timothy könne nicht bei Dr. Floyd studieren, weil es um diesen Mann skandalöse Gerüchte gebe, und Papa sagte, warum sollte man sich nicht ganz einfach mal mit ihm unterhalten! Schließlich würde er von vielen durchaus respektablen Menschen konsultiert, sagte Papa, sogar vom Prince of Wales, das hätte er gehört, und es sei nichts Skandalöses dabei. Die Menschen erzählten ihm ihre Träume, und er sei keineswegs ein Wunderdoktor oder Wahrsager oder irgend etwas dergleichen, allerdings sei es, sagte Papa, schon sehr sonderbar, denn den Leuten, sehr kranken Leuten, gehe es schon allein dadurch besser, daß sie ihm *Geschichten* erzählen! Zumindest hätte er es so verstanden, und Timothy sagte darauf, das könne nicht sein, es müsse sich um *Hypnose* handeln. Ich wußte nicht, was Hypnose ist, aber Cecily erklärte mir später, daß es so etwas ähnliches ist wie das, was Hexen machen – Menschen verhexen eben.

Durch Wien galoppierten schwarze Pferde, schwarze Engel in der Nacht. Sie flogen durch enge Kopfsteinpflastergassen, auf ihren Hälsen glitzerte der weiße Schaum; der Atem aus ihren Nüstern malte weiße Dampfwolken in die Luft. Unter dem Dröhnen der Hufe bogen die Holzräder der Kutsche gefährlich schwankend um die Ecken, rollten durch die von Gaslaternen erhellten, mit Nebel und Nieselregen verhangenen Straßen, und hinter ihnen her schrie ein junges Mädchen, vor Erschöpfung und Verzweiflung keuchend: »Warten Sie!«, obwohl es wußte, daß die Kutsche jeden Augenblick im Dunst verschwinden würde. Aber dann sah sie, wie sich in der Kurve die hintere Tür der Kutsche öffnete und die riesengroße schwarze Kiste herausglitt, zu Boden stürzte, auf der Seite liegenblieb. Der Deckel löste sich, und aus der Gasse kamen zwei Männer in Capes gelaufen. Ein Blitz tauchte die Straße in grelles Licht, und das junge Mädchen, das wir Clarice nennen wollen, lief durch den strömenden Regen zu der Kiste. Vor ihr lag ein leerer Sarg, der sich nun mit Wasser füllte. Sie stürzte sich auf die Kiste, tastete in ihren leeren, sinnlosen Ecken herum. »Papa... Papa«, aber da war nichts.

So fand der Polizeileutnant sie, eine junge Frau in einem Nachtgewand, das so durchnäßt war, daß man alle Umrisse ihres Körpers sehen konnte, mit Haaren, die sich wie Seetang um sie ergossen. Er hob sie, die in eine tiefe Ohnmacht gefallen war, von den Pflastersteinen auf, hüllte sie rasch in seinen Mantel und brachte sie aufs Polizeirevier.

»Sie haben wohl geträumt«, sagte der Leutnant zu ihr. Sie war sehr schön. Durch ihr nasses, triefendes Haar wanden sich blaue Bänder.

Als er ihre Mutter benachrichtigte, sagte sie, das Mädchen sei gemütskrank. Vor drei Jahren sei ihr Vater gestorben.

In Paris öffnete der Inspektor langsam erst das eine, dann das andere Auge. Violette stand über ihn gebeugt.

Dieses Mädchen, dachte Violette... Er träumt bestimmt von diesem Mädchen, das bei dem Tumult getötet wurde. Von dem Mädchen, das Malerin und nicht Modell sein wollte. Alle hatten ihr erklärt, es sei jetzt für eine Frau nicht die Zeit, Künstlerin zu werden. Modell stehen sei bis zu einem gewissen Grad durchaus ehrenwert. Aber Malen doch nicht! Und noch dazu für ein so hübsches, lebhaftes Mädchen. Elise – wie hieß sie doch gleich weiter? Er war ein anderer gewesen in diesen letzten Wochen. Hing das mit dem Tod des Mädchens zusammen? Schon seit Wochen wurde er nach Wien gerufen, aber er machte keine Anstalten zu gehen. Sie betrachtete ihn, wie er jetzt erwachte, als hätte er geschlafen.

Wien – er wollte nicht dorthin. Wenn sie ihn nach Wien riefen, träumte er immer von Pferden. Das muß an der »Walküre«

liegen, dachte er. »Die Walküre« hatte er in Bayreuth gesehen und war sehr ergriffen gewesen. Er hätte schwören können, sie jetzt zu hören – die Walküren und ihre Rosse, die die gefallenen Helden von der Walstatt holten.

Er fühlte sich zu Boden gedrückt von Erinnerungen, die über seinem Bewußtsein kreisten wie Vögel über der Beute. Von Geiern träumte er und von Falken, geflügelten Raubtieren. Er las Baudelaire, und es ging ihm noch schlechter. Sein Arzt sagte, er leide an der Trauer um Elise. Violette, die eifersüchtig war, sagte, er sei überarbeitet. Warum nur trauerte er so sehr um das Mädchen? Er hatte nie mit ihr geschlafen.

Der Inspektor wußte, daß er den Draht zu seiner Entschlußkraft, zu seinem Willen, der ihm so lange Halt gegeben hatte, allmählich verlor. Sein Wille trieb jetzt, unter der Einwirkung einer Macht, die er nicht kannte, dahin wie eine lose Schnur im Wasser, schwankte, sank, schwankte, ohne etwas anzulocken, nur darauf wartend, mit der Zeit zu sinken. Es war ihm egal. Er konnte sich für nichts mehr begeistern, nicht einmal für seine Arbeit. Er konnte nicht mehr denken. Er war gar nicht da. Er wollte nicht da sein.

Violette, über sein Fieber wachend, sah, daß er nicht mehr schwitzte. Vielleicht. Vielleicht wurde er jetzt gesund. Ein paar Tage noch, hatte sein Arzt gesagt. Sie wußte jetzt: Was immer es war, es war mehr als nur das Mädchen; dieses Fieber schien dem Mann bis ins Mark zu dringen.

6

Wien

In Minutenschnelle hatte sich das Gewitter zu einem tobenden Unwetter gesteigert, das in erbarmungslosem Rhythmus eine Tür zum Klappern brachte. Martha trat in die Küche. Die Uhr zeigte zwei Stunden nach Mitternacht. Das Klappern wurde lauter.

»Minna!« rief sie entsetzt. Ihre Schwester saß am Küchentisch, und zwar sehr *déshabillée*. Ihre Brüste quollen aus dem Nachthemd, ihre Haut war gerötet und glänzte, und auf ihrem Gesicht lag ein merkwürdiges, überraschtes Lächeln.

»Martha, was machst du denn hier?« fragte Minna verblüfft und fügte hastig hinzu: »Ach, es ist bestimmt schwer für dich, jetzt, wo Sigi weg ist.« Sie stand auf und zog sich den blauen Morgenrock fest um die Brust. Im Lampenlicht sah Martha Minnas großen, häßlichen blauen Ring funkeln, den sie, ihrer Vorliebe für alte Dinge folgend, irgendwo gekauft hatte. Martha gegenüber hatte sie stur erklärt, es handle sich um einen seltenen Saphir; Martha wußte, daß es nur gefärbtes Glas war.

»Du meine Güte!« Das laute Geräusch, das wie ein Schuß klang, ließ Martha zusammenzucken, Minna sprang auf und verschüttete beim Hinauslaufen ihren Tee. Martha rief ihr nach: »So warte doch, Minna!« und bückte sich, um die braune Pfütze vom Boden aufzuwischen, aber Minna war schon in der morgendlichen Dunkelheit verschwunden.

Dann hörte Minna die Pferde, das hohe Wiehern; es klang nach einem ganzen Gespann. Und dann gellten zwei weitere Schüsse durch die Luft, und sie schrie auf, als sie das dröhnende Geklapper der fortrasenden Kutsche vernahm, und rannte mit bleichem Gesicht in die Küche zurück.

»Ruf die Polizei!« keuchte Minna atemlos. Erschrocken lief Martha ins dunkle Zimmer, um die Polizei zu rufen, und sah es dort, mit dem Gesicht nach oben, auf dem Boden liegen. Sie taumelte zurück und dachte nur »die Kinder« und rannte in Annas Zimmer, wo sie ihre Tochter fest schlafend fand, eilte in Martins Zimmer und stellte erleichtert fest, daß auch er sich in Sicherheit befand. Dann waren die dröhnenden Pferde weg, und sie hörte nur mehr das heftige Klopfen ihres Herzens. Die Kinder waren nicht aufgewacht, deshalb verschloß Martha rasch die Türen und schlich sich in die Küche zu Minna, die furchtbar mitgenommen wirkte und sich kaum mehr aufrecht halten konnte. Nur den Bruchteil einer Sekunde lang dachte sie, denn sie mochte ihre Schwester gern, sehr gern sogar, zumindest wenn sie nicht eifersüchtig auf sie war – in letzter Zeit war sie oft eifersüchtig auf Minna gewesen –, nur den Bruchteil einer Sekunde lang dachte sie triumphierend, als wären sie Rivalinnen: Ha! Minna hat noch nie Blut sehen können – im Notfall ist sie zu nichts zu gebrauchen! Aber nur eine Sekunde lang. Denn dann warf sie noch einmal einen Blick in den Salon und sah, daß die blutüberströmte Leiche nicht mehr dalag!

Minna hatte den Kopf in die Hände gestützt und stöhnte vor sich hin. Martha führte sie zu einem Stuhl, beruhigte sie und wandte sich dann kurz ab, um Tee aufzugießen. Als sie den Kessel vom Herd nahm, hörte sie wieder das Wiehern, die Pferde waren zurückgekehrt! Schleifgeräusche drangen an ihr Ohr, sie hörte Türen schlagen. Ihre Hand, die den Kessel hielt, erstarrte mitten in der Bewegung, bis ihr ganzer Arm zu zittern begann.

»Das Gewehr!« In Minnas Augen lag der Ausdruck wilder Entschlossenheit, als sie loslief, das Gewehr aus dem Schrank zu holen. Martha ging pochenden Herzens zum Telefon; als sie sich umdrehte, sah sie Minna mit angelegtem Gewehr in den Salon wanken.

Minna war der Ansicht, Martha benötige jetzt ein Beruhigungsmittel. Martha glaubte, Minna sei *in extremis*. Minna ging, ohne daß Martha davon wußte, zur Vitrine, entnahm ihr ein Päckchen mit speziellen Kräutern und schüttete den gesamten Inhalt in den Tee. Martha kostete den Tee und fand, daß er komisch schmeckte. Sie fragte sich, woher Minna diesen Tee wohl wieder hatte.

7

WOHER MINNA DEN TEE HATTE

Schon als Minna die enge Treppe über der Damenschneiderei hinaufstieg, roch sie den unverkennbaren Duft von Rosen. Sie hörte Stimmen. Eine Tür wurde geschlossen, und dann kam ihr eine wunderschöne Frau entgegen, die ganz eingehüllt war in Rosenduft und deren Hut und Kleid aus nichts als Spitze bestanden, aus der feinsten elfenbeinfarbenen Spitze, die Minna je gesehen hatte, aus Spitze, die ihre Körperformen sehr deutlich sichtbar machte. Ihr Hut mit den wirbelnden weißen Gänse- und Kakadufedern verdeckte fast zur Hälfte ihr Gesicht. Als die Frau aber im Vorbeigehen den Kopf hob, wich Minna vor der Schönheit ihres Gesichts und dem freundlichen, neugierigen Blick aus den erstaunten gelben Augen zurück.

»Didi hat also noch eine Kundin«, sagte die Frau mit dem Hut aus Spitze lächelnd.

»Ich, äh, ja«, stammelte Minna. Sie wünschte auf der Stiege nicht gesehen zu werden. »Ich hole ein Kleid ab.« Sie haßte es zu lügen. Natürlich, Didi war auch Schneiderin, aber deswegen ging doch niemand zu ihr. Oder doch kaum jemand.

»Ach ja, natürlich«, sagte die schöne Frau und setzte lächelnd ihren Weg fort.

Als Minna aber vor Didis Tür stand und geläutet hatte, erkannte Didi an ihrem Gesichtsausdruck sofort, daß sie nicht eines Kleides wegen gekommen war.

»Bitte«, sagte Minna. »Es geht um die Kräuter. Ich habe gehört, Sie haben ein Mittel, das ... das Menschen hilft zu vergessen.«

Minna hatte sich Didi als eine alte Frau vorgestellt. Didi war aber nicht alt, sondern ziemlich lebhaft und vergnügt. Sie führte Minna in den Salon, der mit Figürchen und Vasen vollgestopft war. Über die Möbel waren roséfarbene Tischtücher gebreitet. Die Teppiche waren verschlissen und geflickt. Es war ein angenehmer, ein sonderbarer Raum.

»Frau Gerhardt hat mich geschickt«, sagte Minna. »Ich, ich möchte ein Kraut, das vergessen läßt.«

»Bitte setzen S' Ihnen doch«, sagte Didi lächelnd. »Sie sind aber sehr aufg'regt!«

Das hörte Minna nicht gern.

»Nein, nein, ich fühle mich wohl, aber ich habe es eilig.« Immer wieder sah sie über die Schulter verstohlen zur Tür. »Ich brauche das Kraut unbedingt. Haben Sie es?«

»Ich hab' ein Kraut«, antwortete Didi. »Es ist sehr stark. Es wird Sie a paar Tag' lang sehr schwach machen. Dann werden S' anfangen zu vergessen. Sie müssen es zwei Monat' lang alle drei Tag' zu sich nehmen. Danach werden S' vergessen haben.«

»Werde ich alles vergessen?« fragte Minna.

»Nicht alles, aber sehr viel. Es läßt sich nichts g'wiß sagen. Das Risiko müssen S' schon eingehen.« Sie entschuldigte sich und verschwand in der Küche. Nach einiger Zeit kam sie mit einem Tablett zurück, auf dem zwei Tassen mit dampfend heißem Wasser standen.

»Sie sollten's sich gut überlegen, bevor Sie's tun.«

»Kann ich, falls ich mich später doch wieder erinnern möchte, meine Erinnerung zurückgewinnen?« wollte Minna wissen.

Didi sah sie mit strengem Blick an. »Manchmal geht's. Aber es ist schwierig. Überlegen S' Ihnen diese Entscheidung gut. Kommen S' doch einfach in ein paar Tagen wieder.«

»Nein«, sagte Minna. »Es wird mir doch nicht schaden, oder?«

»Der Schaden, den man dabei hat, ist das Vergessen«, erklärte Didi. »Das ist alles.«

»Frau Gerhardt sagte, Sie hätten für alles ein Kraut. Sie haben ihr bei ihrer Schwangerschaft geholfen, als die Ärzte sich weigerten.«

Didi zuckte mit den Achseln. »Manchmal kann ich helfen. Manchmal ist es schon z'spät.«

»Ich will dieses Kraut einnehmen«, sagte Minna. »Ist es das hier, dieser Tee?«

Didi schüttelte den Kopf. »Nein, der Tee soll Ihnen helfen, daß S' ruhig werden. Sie sollen ihn genießen. Trinken S' nur!«

Hastig griff Minna nach einer der Tassen und begann an dem Tee zu nippen. »Geben Sie mir das Kraut?« fragte sie.

»Ja. Aber ich möcht', daß Sie bis morgen warten. Dann können S' wiederkommen. Sie müssen ganz sicher sein. Ich werd's Ihnen in der Küche zubereiten. Übrigens ist es recht teuer.«

Als Minna den Preis vernahm, stockte ihr der Atem, aber sie zögerte nur einen Augenblick. »Ich brauche es, koste es, was es wolle«, flehte sie Didi an. Sie erklärte, daß sie sich sicher sei, ganz sicher, und die Frau ging kopfschüttelnd und widerwillig in die Küche, um alles vorzubereiten.

Wenig später kehrte Didi mit einem kleinen Tablett zurück und sagte: »Das Kraut wird Sie sehr schläfrig machen und dann werden S' sehr, sehr aufgekratzt sein. Ungefähr a halbe Stund' lang werden S' sich benehmen, als ob S' beschwipst wären. Danach werden S' wieder wie immer sein. Zeit haben S' bis vier Uhr; dann kommt jemand.«

Minna holte tief Luft und trank den Tee. Dann lehnte sie sich auf ihrem Stuhl zurück.

Kaum saß die rosenduftende Frau – Bettina Gräfin Gerzl – wieder in ihrer Kutsche, bemerkte sie, daß sie einen Handschuh vergessen hatte. Sie hatte ihn ausgezogen und aufs Fensterbrett gelegt, während sie auf die Fußgänger und Kutschen unten auf der Gasse hinaussah. Hastig sagte sie zu ihrem Kutscher: »Kehren Sie bitte auf der Stelle um!«

Sie stieg die Treppe hinauf und klopfte an die Tür. Didi öffnete; als sie sah, daß die Gräfin davorstand, ließ sie sie, einen Finger mahnend auf die Lippen gelegt, hinein.

»'s schlaft jemand hier«, sagte sie mit einer Kopfbewegung zu Minna, die tatsächlich zu schlafen schien.

Die Gräfin flüsterte: »Mein Handschuh« und eilte zum Fenster. Aber dort lag er nicht. Didi und die Gräfin machten sich daran, die kleine Wohnung danach abzusuchen. Währenddessen richtete Minna sich wie im Traum auf und begann zu kichern. Didi erklärte der Gräfin: »Das sind die Kräuter«, woraufhin die Gräfin wissend nickte.

»Da ist er ja!« rief sie und zog den Handschuh unter einem Tischchen im düsteren Vorzimmer hervor. Sie mußte noch einmal durch den Salon, und als sie ihn durchschritt, rief Minna ihr zu: »Ein so schönes Kleid! Haben Sie es in Paris gekauft?«

Verwundert drehte die Gräfin sich zu ihr um. »Aber ja«, sagte sie. »Es ist von Worth.«

»Wie schön, Sie kennenzulernen«, sagte Minna und erhob sich. »Darf ich mich vorstellen? Ich bin Frau Professor Freud.«* Bei diesen Worten richtete sie sich kerzengerade auf, als wäre dies das Wunderbarste auf der Welt.

»Ich bin erfreut, Ihre Bekanntschaft zu machen«, sagte die Gräfin, nur ein wenig erbleichend, »aber Sie müssen mich jetzt entschuldigen. Meine Kutsche wartet.«

Die Gräfin überlegte, ob dies wohl wirklich die Frau ihres Arztes war. Sie würde die Rede darauf bringen müssen. Didi versuchte inzwischen, Minna wieder auf den Stuhl zu drücken, aber Minna war äußerst unruhig und gesprächig, so daß Didi nichts anderes übrigblieb, als sich auch zu setzen und sich mit ihr zu unterhalten. Nach etwa fünfzehn Minuten trat die zweite Wirkung des Krautes ein. Als sie sah, daß Minna gegen ihre Schläfrigkeit ankämpfte, führte Didi sie zu einem Sessel, und wenige Minuten später war Minna eingeschlafen.

Didi sah auf ihre Uhr. Das Kraut wirkte schneller als sonst. Sie rechnete damit, daß Minna in ein paar Stunden aufwachte – dann würde die Amnesie einsetzen. Auf die Diskretion der Gräfin konnte sie sich verlassen; es war also nicht schlimm, daß Minna ihren Namen genannt hatte. Andererseits sicherte sie ihren Kunden stets strikte Anonymität zu und fühlte sich deshalb doch ein wenig unbehaglich. Aber daß die Gräfin es nun wußte, schadete sicherlich nichts. Nein, es schadete nichts.

Langsam erwachte Minna und sagte zu Didi: »Ach, ich bin wohl eingeschlafen.« Sie wirkte benommen. »Ich, ich bin so müde.«

---

* Es ist merkwürdig, daß Minna sagte, sie sei Frau Freud statt Fräulein Bernays. Es ist jedoch verbürgt, daß sie sich in London nach Marthas Tod so vorstellte.

»Ich hab' Ihnen das Kraut gegeben«, erklärte Didi. »Das Kraut, das Ihnen hilft, daß Sie vergessen. Hier ist der Rest, das reicht für zwei Monat'.«

»Ach ja, natürlich!« sagte Minna. »Wahrscheinlich setzt die Wirkung schon ein. Danke. Aber an diese andere Sache kann ich mich noch erinnern.« Bestürzt blieb sie kurz vor der Tür stehen.

»Das wird rasch verblassen«, sagte Didi, als sie Minnas Gesichtsausdruck sah. Sie kommen alle, dachte Didi, weil sie etwas vergessen wollen, an das sich zu erinnern sie weder ertragen noch missen können.

Sie gab es nicht gerne, dieses Kraut.

8

Minna war der Ansicht, Martha brauche jetzt ein Beruhigungsmittel. Martha glaubte, Minna sei *in extremis*. Das tobende Gewitter, die auf- und zuschlagenden Türen, die wiehernden Pferde – es war eine *ungemein* aufwühlende Nacht gewesen. Minna schüttete reichlich von dem Kraut in den Tee. Als Minna den Kopf einen Augenblick gesenkt hielt, drehte Martha sich rasch zum Herd und gab auch noch drei Schuß Cognac in die Kanne. »Trink das!« sagte Martha und reichte ihr die Kanne. »Nur, wenn du auch etwas davon trinkst«, erwiderte Minna. »Wir sind beide sehr durcheinander.« »*Ich* bin nicht durcheinander«, sagte Martha, die ganz durcheinander war.

»Aber ich werde trotzdem davon trinken.« Martha goß eine große Tasse voll, trank und fand, daß der Tee durch den Cognac enorm gewonnen hatte.

Minna trank ihren Tee geradezu dankbar. Das Kraut, fand sie, hatte ihn erst bekömmlich gemacht.

Martha fand, daß Minna einen ziemlich merkwürdigen Gesichtsausdruck bekommen hatte, den sie geradezu als peinlich empfand. Man hätte fast von einem Ausdruck der *Lüsternheit* sprechen können. Sie fragte sich, warum Minna wohl nachts oft so lange aufblieb.

Als sie den Tee getrunken hatte, wurde Martha sehr müde und schleppte sich zum Sofa, auf dem sie sofort in tiefen Schlaf fiel; sie träumte, daß jemand gegen die Tür trommelte. Dann stürmte der Eindringling mit gezücktem Messer herein, und Martha erwachte mit einem Schrei.

Der Doktor in Paris schlief und träumte die Träume, die ihn berühmt machen sollten. Nicht über alles, was er träumte, sollte in seinen Büchern berichtet werden. Der Mann besaß einen erstaunlichen Mut zur Selbstenthüllung. Aber alles enthüllte er auch wieder nicht.

Sie waren in einem Hotelzimmer; die Tapeten hatten rostige Streifen. Er sah ihr beim Ankleiden zu. Er blickte ihr nach, als sie zur Tür ging. Er betrachtete ihre Hand auf dem Türknauf. Der blaue Stein schimmerte im Licht. Er beobachtete, wie sie die Tür öffnete, hinausgehen wollte, dann aber zögerte, einen Schritt zurück tat und die Tür wieder schloß. Er hörte, daß der Riegel vorgeschoben wurde.

»Sigmund«, sagte sie, »so kann es nicht weitergehen.« Ihre Unterlippe zitterte.

Er hörte es draußen regnen, aber sehr gedämpft, wie im Schlaf. Er legte sich aufs Bett zurück und starrte an die Decke. Da war plötzlich ein Riß, die Farbe hatte sich zusammengerollt wie der Schwamm auf einem Baum im Wald, und durch den Riß sickerte Wasser. Ein Tropfen fiel auf seinen Fuß.

»Ich verabscheue es, bürgerlich zu sein«, sagte sie. »Ja, ich verabscheue es. Ich habe keinerlei Respekt vor dem Bürgertum, nicht den mindesten. Ich verachte die bürgerliche Moral, die falschen bürgerlichen Werte, die bürgerliche Scheinheiligkeit.« Diese Ansprache war, wie er bemerkte, an niemanden gerichtet. Nur an die Tür. »Aber das hier kann ich trotzdem nicht weitermachen.«

»Wenn der einzige Beweggrund dafür dein Schuldgefühl ist, solltest du dich davon befreien. Ich glaube, daß du das kannst. Ich glaube auch, daß dies dein einziger Beweggrund ist. Aber vielleicht gibt es ja doch noch andere – andere, von denen du mir nichts erzählt hast.«

»Ich erzähle dir alles!« Jetzt richtete sie ihre Worte nicht mehr an die Tür, sondern an Sigmund, der auf dem Bett lag und rauchte und den einen, vom heruntertröpfelnden Regen schon ganz nassen Fuß unter die Bettdecke geschoben hatte.

»Du erzählst mir, was du weißt«, erwiderte er leise. »Aber

wir wissen beide, daß das nicht alles ist.« Er hoffte nur, daß sie nicht weinen würde. Er hoffte verzweifelt, daß sie nicht weinen würde. Er wollte nicht, daß sie sich quälte. Er wollte keine Komplikationen, er wollte, daß alles so blieb, wie es war, so wie immer.

»Wenn wir aufhören, dann hören wir diesmal für immer auf«, sagte er. Er sah, wie sie erbleichte. »Das ist die einzige Möglichkeit. Ich bin dafür verantwortlich. Früher war ich einfach nicht stark genug.« Er sah ihr Gesicht jetzt dicht vor der Bettkante, schmerzverzerrt. Sie beugte sich hinunter zu der schneeweißen Bettdecke und zerriß sie mit den Händen. Dann stopfte sie sich einen Fetzen in den Mund, wie um ihn zu kauen oder einen Schrei zu ersticken. Dann stand sie plötzlich hastig auf, öffnete mit wildem Blick ein zweites Mal die Tür, und diesmal lief sie hinaus.

Er sah auf seine Uhr und blieb eine Weile so liegen und rauchte. Die Regentropfen fielen weiter auf seinen Fuß. Er machte keine Anstalten, ihn von der Stelle zu bewegen. Plötzlich fühlte er es auch auf seinen Kopf tröpfeln. Die Zimmerdecke blutete, ließ Erinnerungen in sein Gedächtnis sickern. Wie viele Stunden, wie viele Nachmittage hindurch hatte er sie hier geliebt? Die Tropfen sollten ihn an das Versäumnis erinnern, an das Versäumnis, jedes einzelne Mal im Gedächtnis zu bewahren. Sein Erinnerungsvermögen wurde immer stumpfer, je mehr er sich bemühte. Jetzt, in diesem Augenblick, fielen ihm nur ihr schmerzerfülltes Gesicht wieder ein und die weiße, gestärkte Decke, die sie in ihren Mund zu stopfen versucht hatte, und daß sie sich dabei eine Weile hin und her gewiegt hatte wie ein hungriges, verzweifeltes Kind.

Es tröpfelte weiter, und seine Erinnerungen an diesen Nachmittag und an all die anderen Nachmittage verblaßten, die Erinnerung daran, wann es begonnen und wann es geendet hatte, ob es überhaupt je geendet hatte, selbst als es endete, alle diese Erinnerungen begannen zu verblassen und entfernten sich weiter mit jedem fallenden Tropfen, bis alles so tief versickert war, daß er nicht einmal mehr die Uhrzeit wußte, nur, daß es draußen dunkel war und daß Tropfen auf sein Haar fielen. Das Kopfkissen und sein Fuß troffen vor Nässe.

9

Wo, ach, wo ist Gertrud van de Loo?
Ihre Hand liegt dort im Sand,
Ihre Zehen sind anderswo.

Das neueste Telegramm von Kriminalkommissär Heinrich Voll las der Inspektor mit einer gewissen Bestürzung. Da wurden alle diese Frauen in Wien ermordet, und das einzige, was man fand, waren diese Zettel, vier abgetrennte Zehen und eine Hand. Die Zettel waren leider nicht handgeschrieben, sondern man hatte ausgeschnittene Buchstaben zu diesen Reimen zusammengeklebt. Den Inspektor durchfuhr ein Schauder, der Schweiß brach ihm aus. Er konnte das nicht recht verstehen – es war wohl der letzte Rest Fieber. Mit Verbrechen dieser Art hatte er es schon des öfteren zu tun gehabt, aber diesmal hatte er das Gefühl, alles in sich aufbieten zu müssen, um sich damit auseinandersetzen zu können.

Er wollte nicht weg, doch die Wiener wurden offenbar nicht müde, ihn zu bedrängen. Er las das Telegramm noch einmal durch und spürte, wie seine Hand, als wäre sie die eines anderen, über sein Haar strich. Schon jetzt begann es – fast unmerklich zerfiel alles, was sonst wesentlich zu ihm gehörte, unter dem Gewicht dessen, was er mit Wien verband. Seine eigene Hand glitt über sein Haar wie die eines völlig Fremden.

Morde und Selbstmorde. Ausnahmslos Frauen. Einige der Leichen fand man intakt auf, einige verstümmelt, manchen lag ein Begleitgedicht bei. Erschossen, in Stücke zerlegt, in eine blutige Masse verwandelt. Handelte es sich bei den Suiziden wirklich um Suizide? Warum waren manche der getöteten Frauen zerstückelt, andere nicht? War dies das Werk eines einzelnen oder mehrerer? Erschöpft seufzte er auf.

Dann schob er das Telegramm auf seinem Schreibtisch zur Seite. Er war krank. Nicht tauglich. Sie mußten sich einen anderen suchen. Er war nicht der richtige für diese Aufgabe.

10

In ihrem Pariser Haus in der Rue de Varenne wunderte sich Edith Wharton, daß die Baroneß von Tulow ihr ein Buch hatte zukommen lassen. Denn sie mochte die Baroneß von Tulow nicht, und sie war sicher, daß diese ihr das Geschenk nur in der Hoffnung gemacht hatte, sich dadurch eine Einladung zu einem von Mrs. Whartons Salons sichern zu können. Mrs. Wharton genoß bereits einen ungewöhnlichen Ruf in ganz Paris. Die Baroneß ahnte ja nicht, dachte Edith höhnisch, daß ihr Schicksal an jenem grauenhaften Nachmittag bei Doktor Jean-Martin Charcot bereits besiegelt worden war. Sie hatte fälschlicherweise angenommen, die Baroneß wäre eine seriöse Frau und teilte ihr Interesse an wissenschaftlichen Fragen. Und ihr war auch bewußt, daß sie manchmal überlegte, ob sie sich nicht ein bißchen mehr um Freundschaften mit Frauen bemühen sollte. Die wenigen Freundinnen, die sie besaß, hatten sie deswegen kritisiert. Aber der Nachmittag war eine Katastrophe gewesen.

> KAUM hatte Edith sich neben die Baroneß gesetzt, die hinter ihrem Fächer hemmungslos vor sich hin kicherte, überkam sie einen Augenblick lang Reue. Die Baroneß hatte, den Blick auf ihren Tee gerichtet, gesagt: »Wenn Sie wissenschaftlich interessiert sind, müssen Sie unbedingt Charcot sehen.« Edith hatte von dem staunenswerten Hexenmeister der Hysterie bereits gehört, war jedoch nicht allzu neugierig auf ihn. Die Baroneß bestürmte sie mit dem Hinweis, schon am nächsten Nachmittag werde Charcot eine Demonstration durchführen, zu der sie unbedingt kommen müsse.

Sie waren noch nicht lange dort gewesen, erinnerte Edith sich jetzt, da war die Baroneß, als eine der *hystériques* ohnmächtig über Charcots Arm zusammenbrach, in einen solchen Lachkrampf verfallen, daß sie den Raum verlassen mußte. In diesem Moment war Edith klargeworden, daß sie einen Fehler gemacht hatte. Und dann erst! Als ob das noch nicht genug gewesen wäre! Bei der Erinnerung an die geschmacklosen Versuche der Baroneß, sie diesem widerlichen Arzt aus Wien vorzustellen, schoß ihr das Blut in die Wangen. Allein der Gedanke daran rief in ihr wieder die gleiche Übelkeit hervor, die sie damals verspürt hatte.

»DAS ist er«, hatte sie gesagt und auf ihn gedeutet. »Der dort, mit dem Bart.« Die Baroneß hatte sich zu ihr gebeugt und ihr ins Ohr geflüstert: »Wissen Sie, daß er eine unglaublich schockierende Theorie veröffentlicht hat?«, und Edith hatte erwidert: »Ich lasse mich nicht leicht schockieren«, aber als sie es dann gehört hatte, war sie doch schockiert gewesen, fast vom Stuhl war sie gefallen. »Er sagt, daß Väter ihre Kinder verführen«, hatte die Baroneß gekichert. »Alle miteinander Perverse – Väter und Großväter. Können Sie sich das vorstellen?« Die Baroneß hatte sich in ein hohes, nervöses Lachen hineingesteigert. Ihre Worte schienen widerzuhallen. »Väter und Großväter – können Sie sich so etwas vorstellen?«

Diese Sätze hatten sie bis ins Mark erschüttert, und mit einem Mal hatte sie gespürt, wie ihre Antipathie in Haß umschlug. Plötzlich haßte sie alles an dieser Frau, von der modischen Kleidung bis hin zu ihrer albernen Stimme und ihrer Oberflächlichkeit. Einfach alles.

»Das ist doch absurd«, hatte Edith gesagt, als die Baroneß sie mit diesem mißgünstigen Rivalinnenblick musterte, um ihre Reaktion einzuschätzen. Ihr war klar, daß es der Baroneß darum ging, sie zu schockieren. Sie wußte, daß es auch solche Männer gab, aber im Grunde, überlegte sie, war dieser Bereich den Frauen vorbehalten – dieses Rivalisieren, diese Eifersucht, die sich auf ganz besonders boshafte Weise zur Erscheinung brachte. Als wollten sie nichts lieber, als alles über einen zu erfahren, als wollten sie einen »verstehen«, nur um einen dann vernichten zu können.

Solche Frauen hatte sie schon oft hinter verschlossenen Türen über sich reden hören: »Ich weiß wirklich nicht, wie eine solche Frau jemals über die Liebe schreiben konnte.« Verstärktes Kichern. »Ach, sie ist einfach vornehm, sie hat keinen...« Noch mehr Gekicher, und dann, teils auf französisch, teils auf deutsch, als ob sie nicht fähig wäre, jede dieser beiden Sprachen zu verstehen: »Genau deswegen ist Lily Bart eine solche Lilie – eine Jungfrau.« Und dann schütteten sie sich aus vor Lachen.

Daran erinnerte sie sich wieder, jetzt, als sie das Buch aus seiner Verpackung riß. Freud oder Freund oder Froid oder Fraud – Edith Wharton wußte nicht mehr, wie nun genau, aber allein die Vorstellung, daß dieser sogenannte Arzt über ein solches

Thema öffentliche Vorlesungen gehalten hatte! Sie war plötzlich sehr erregt und stürzte in die Küche, um Wasser zu trinken. Danach wußte sie einen Moment lang nicht mehr, was sie unmittelbar zuvor gemacht hatte. Ach ja, das Buch. Sie ging ins Wohnzimmer zurück und bemühte sich, nicht mehr an jenen Nachmittag zu denken.

DANN hatte die Baroneß sich umgedreht und zu ihrem Erstaunen festgestellt, daß Edith Wharton nicht direkt hinter ihr war. Edith war zu ihrem Automobil gegangen, die Wangen brennend von früheren Demütigungen, aber dann hatte sich die Scham plötzlich in Stolz verwandelt. Sie drehte sich um, stieg auf den Vordersitz, übernahm das Lenkrad von ihrem verdutzten Chauffeur und winkte der Baroneß zu, die da glaubte, sie, Edith Wharton, wisse nichts von Frauendingen.

Edith dachte an Fullerton. Alles wußte sie, alles – sie warf einen triumphierenden, siegesgewissen Blick zurück –, sie wußte jetzt, was alle anderen Frauen wußten. Das hatte Morton Fullerton ihr gegeben. Sie kannte die Freuden des Bettes. Sie wußte um die Macht einer Frau. Sie machte eine wegwerfende Handbewegung; sie war nicht länger Opfer dieses sich überlegen dünkenden, wissenden Lächelns. Sie würden trotzdem mit ihr nie von Frau zu Frau sprechen, das wußte sie sehr wohl. Aber es war ihr gleichgültig. Sie war eine Expertin, wenn es um Kunst ging, um Geschichte und literarische Themen, und viele Männer, die sie kannte, bezeichneten sie überhaupt als eine der wenigen Frauen, mit denen Männer sich nach Tisch unterhalten könnten. Sie wußte Bescheid über Politik und über geistige Dinge und fand, daß sie auch einiges von Philosophie verstand. Das sind die wichtigen Dinge, sagte sie sich, drückte den Fuß aufs Pedal und erhöhte das Tempo des Wagens. Wie gern sie den Wind im Gesicht spürte! War doch völlig egal, was die anderen von einem geröteten Teint hielten.

Jener Nachmittag schien ihr lange zurückzuliegen, mindestens einen Monat, und jetzt schenkte ihr die Baroneß ein Buch. Sie öffnete das Paket mit einem gewissen Bedenken: Sie hatte Angst, es könnte etwas von dem Wiener Arzt sein. Allein die Vorstellung, daß Henry ihn wirklich und wahrhaftig konsultierte! Ein absoluter Scharlatan! Sie mußte sich wieder furchtbar aufregen, als sie daran dachte, während das Packpapier unter ihren Händen zerriß. Aber dann las sie den Titel und verspürte große Erleichterung: *Etiquette für Automobile.* Sie schlug das Buch auf. Von der Autorin, einer Engländerin, einer Miss Dorothy Levitt, hatte sie sogar schon gehört: eine passionierte Automobilistin, die erst kürzlich einen neuen Weltrekord für Frauen aufgestellt hatte, einundneunzig Meilen in der Stunde, und mit endlosen Geldstrafen belegt wurde, weil sie ständig die Geschwindigkeitsbeschränkung von zwölf Stundenmeilen übertrat – ein Drang, den Mrs. Wharton ausgesprochen sympathisch fand. Ihr Blick fiel auf einen mit »Automobil-Mode« überschriebenen Abschnitt:

Unter keinen Umständen dürfen Sie Spitze tragen, und auch lockere Accessoires sollten nicht zu Ihrer Toilette gehören – bereits nach einem halben Dutzend Meilen Fahrt würden Sie Ihre Wahl bereuen. Tweed, Fries, mit »Jaeger« eingefaßtes Homespun oder aber Pelz. Der ideale Sommermantel besteht aus crèmefarbener Serge, die, im Gegensatz zur Seide, nicht knittert, aus Alpaka oder Leinen. Die zum Tweed passende Stoffmütze muß sorgfältig befestigt werden, darüber kommt ein langer Schleier aus Crêpe de Chine… Das Geheimnis der anspruchsvollen Motoristin ist ein kleines Fach im Motorwagen, in welchem Sie saubere Handschuhe, einen Schleier sowie ein Taschentuch, Puderquasten, Haarnadeln und einen Handspiegel aufbewahren…

Dann wurde ihre Aufmerksamkeit auf folgenden Satz gelenkt: »Wenn Sie alleine fahren wollen, ist es angeraten, eine kleine Pistole bei sich zu tragen. Ich selbst habe einen automatischen Colt, dessen Handhabung ich als sehr unkompliziert empfinde, da es praktisch keinen Rückstoß gibt, was für eine Frau nun einmal sehr wichtig ist…«* Nun ja, diese Empfehlung war ihr nicht neu. Und sie steuerte den Panhard des öfteren ohne die

* Dies ist im genauen Wortlaut einem solchen Buch entnommen. Miss Levitt hatte offenbar Berühmtheit erlangt, weil sie an einem Tag in einem Vierzylinder-Gladiator von London nach Warwick und zurück gefahren war.

Hilfe ihres Chauffeurs.* Stets einen Handspiegel und eine kleine Pistole. Nun ja, man konnte nie wissen. Sie hatte tatsächlich, genau für diesen Zweck, eine gekauft. Aus Silber, mit einem Griff aus Perlmutter. Sehr elegant. Wenn sie für ihr Rendezvous mit Fullerton in Wien packte, konnte sie sie eigentlich gleich mit einpacken.

11

Sabina Spielrein entfernte sich eilig von Dr. Freuds Haus. Es goß in Strömen. Sie hatte an die Wohnungstür gehämmert, doch niemand hatte ihr geöffnet. Dr. Freud würde sich niemals weigern, nachts die Tür zu öffnen. Aber wenn niemand zu Hause war, warum hatte sie dann Licht gesehen? Am Nachmittag hatte ihr ein Nachbar auf der Straße gesagt, Dr. Freud sei vielleicht noch in Paris. Aber hielt er sich wirklich noch dort auf? Ihren Brief hatte er nicht beantwortet. Wollte er nichts mit ihr zu tun haben?

Sie hatte Dr. Freud einen zweiten Brief geschrieben, in dem sie ihre Lage schilderte. Auf den ersten hatte er erwidert, sie »leide unter Phantasien«. Den zweiten hatte er gar nicht beantwortet. Diese herablassende Art ärgerte sie. Sie war wütend.

Sabina eilte weiter. Es war gefährlich, sich um diese Zeit draußen aufzuhalten, das wußte sie, aber heute nacht konnte sie nicht schlafen. Bald würde sie am Donaukanal sein. Sie ging sehr schnell, zog den Umhang fester und sah sich vorsichtig um. In diesem Halbdunkel brauchte eine Frau ihre fünf Sinne und einen Spazierstock. Sie packte den runden, glatten Knauf des Silberstocks unter ihrem Mantel noch fester. Das Gehen machte ihr einen klaren Kopf. Erst heute morgen war es zu einem so schrecklichen Streit zwischen ihr und Carl gekommen, und sie wußte, daß sie zu Dr. Freud gegangen war, um Carl noch mehr zu schaden. Darüber empfand sie nun brennende Scham. Sie,

* Es handelt sich hierbei um ein sonderbares Detail, da der literarisch sehr gebildete Kollege, der dieses Manuskript ebenfalls las, mir mitteilte, er glaube, hier zum ersten Mal erfahren zu haben, daß Mrs. Wharton, eine enthusiastische Motoristin, ihr Automobil tatsächlich selbst gesteuert habe.

gerade sie, mußte doch wissen, welch große Probleme aus unterdrückten Impulsen erwuchsen. Trotz ihres Schmerzes war sie zu der Ansicht gelangt, daß sie die Hochherzigkeit aufbringen mußte, Carl zu helfen, und zwar mit Dr. Freuds Unterstützung. Carl brauchte Hilfe; einst hatte er sie gerettet, jetzt durfte sie ihn nicht hassen, sie durfte ihn nicht hassen, sie mußte ihn retten.

Ein schneidender Wind wehte. Die Luft war eisig geworden, und im Weitergehen sah sie, daß die Regentropfen sich verdickten und in Schneeflocken übergingen. Am Wasser blies der Wind zu heftig, als daß sie sich gegen ihn stemmen konnte; sie machte kehrt. Auf ihrem Gesicht brannten Tränen. Heute nacht würde sie ihn – Dr. Carl Gustav Jung –, ihren Arzt, ihren Freund, ihren Geliebten, nicht sehen. Heute abend, hatte er ihr gesagt, treffe seine Frau in Wien ein, und er müsse sie zum Essen ausführen. Nach dem schrecklichen Streit hatte Sabina sich gefügt. Natürlich. Er hatte eine Ehefrau. Sie verstand schon.

Geradeaus vor sich erblickte sie jetzt die Lichter eines Kaffeehauses. Sie öffnete die Tür, um Schutz vor dem Sturm zu suchen, und hatte erst zwei Schritte in den Raum getan, als sie die beiden schon dort sitzen sah. Der Anblick ließ sie erstarren; ein eiliges Paar drängte sich ungeduldig an ihr vorbei, schubste sie in dem Vorraum hin und her wie ein Blatt im Wind. Er hatte ihr gesagt, er müsse sich seiner Frau widmen – ja, das hatte er ihr gesagt, der gute Doktor Jung, ihr Geliebter. Er hatte sich heute morgen von ihrem Bett erhoben, hatte ihr die Schenkel gestreichelt, ihren weichen runden Bauch liebkost, ihre Brüste geküßt, und jetzt saß er dort, direkt vor ihr, mit einer Frau, die *nicht* seine Ehefrau war. Fassungslos stand Sabina da und sah mit an, wie er seine Lippen auf das zu ihm erhobene Gesicht des jungen, sehr hübschen Mädchens drückte. In diesem Augenblick wandte das Mädchen den Kopf und schien Sabina direkt anzusehen, blickte sie an, ohne sie wahrzunehmen, leuchtende dunkle Augen und ein feuchter Mund – eine Schauspielerin, bestimmt war das eine Schauspielerin, in aller Öffentlichkeit mit dem Doktor. Er streckte wieder die Arme aus, und das junge Mädchen berührte seine Hände mit ihren Lippen. Er strich ihr übers Haar, sein bewundernder Blick wanderte über ihr ihm zugewandtes Gesicht mit einem Strahlen, das wie eine Kugel vom Haar des Mädchens mitten in Sabinas Herz traf. Der Anblick ließ sie taumeln, sie wandte sich zur Tür, öffnete sie mühsam und warf sich der Gnade oder Ungnade des Windes entgegen. Ein überwältigendes Gefühl hatte ihren Körper so sehr erschüttert, daß sie nur mit Mühe hinauswankte. Dann wurde sie von heftigem Schluchzen geschüttelt – *Närrin, Närrin* – was für eine Närrin sie doch gewesen war!

Sie hatte ihm geglaubt, hatte Mitleid mit ihm gehabt. Sie vergrub das tränennasse, schneenasse Gesicht in ihrem Muff und kämpfte sich durch den Schnee, durch den Wind hinaus auf die Straße.

12

Die beiden Männer hasten zum Ufer der Donau, mühen sich mit der Leiche ab, die dick verpackt ist.

»Obacht!« sagt der eine, der einen Bart trägt und häßlich ist und dem ein Vorderzahn fehlt.

»Schsch!« sagt der andere, der gut gekleidet und sehr nervös ist. Es bleibt noch Zeit, bevor der Tag anbricht. Die eingewickelte Leiche steckt in einem Sack, den schleifen sie durch den dicken Schlamm, der jetzt durch die plötzliche Kälte immer fester wird.

Der gutgekleidete Mann geht nach vorn, knüpft den Sack noch einmal fest zu und rollt ihn mit einem Fußtritt in den Fluß. Sobald der Sack im seichten Wasser liegt, stapft der Mann durch das dünne Eis am Uferrand hinein, stellt den Fuß auf den Kopf der Leiche und schubst sie hinaus in die starke Strömung. Dann dreht er sich um, holt den kleinen Samtbeutel aus seinem Mantel und öffnet ihn. Da sieht er die funkelnden Augen des Diebs, der ihm geholfen hat, und er überlegt es sich anders.

»Das ist alles«, sagt er, während er ihm zwei Kronen in die Hand drückt. Aber der mißtrauische Blick bleibt auf ihn gerichtet. Er greift in seine Tasche. »Ein schöner Wucherpreis für das bisserl Arbeit, aber meinethalben.« Er gibt ihm zehn Kronen, welche der Dieb gierig anstarrt.

»Bring mir das Pferd, und dann geh!« sagt der Herr.

Achselzuckend steigt der Dieb die Uferböschung hinauf; dort oben steht die Kutsche. Der elegant gekleidete Herr beobachtet ihn. Mit dem zweiten Zugpferd gibt es Schwierigkeiten. Der Mann spannt es aus und führt es ungesattelt am Halfter hinunter zu dem Herrn. Auf halbem Weg die Böschung hinab bleibt das Pferd stehen. Der Mann verpaßt ihm einen Peitschenhieb, das Pferd bäumt sich auf, macht kehrt, reißt die Leine los und flieht in die Nacht.

Der elegante Herr läuft die Böschung hinauf und schwingt seinen Spazierstock.

»Du Trottel!« schreit er und stürzt sich in die leere Luft. Der Dieb ist fort, den Hügel hinauf mit der Kutsche, auf deren fünf Pferde er wie wild einpeitscht.

Der Mann mit dem Spazierstock ist ohne Pferd. Aber er ist fest entschlossen. Fest entschlossen, alle Nachforschungen fehlzuleiten. Er öffnet den Beutel und wirft die Ringe, die Brosche und die Halskette ins Gras der Uferböschung. Dann tastet er in seiner Tasche nach dem Brief, vergewissert sich, daß er noch da ist, und eilt in die Stadt zurück. Eine gute Stunde wird er dafür brauchen, aber er kann es noch vor Tagesanbruch schaffen und den Brief an der Stelle plazieren, die er sich ausgesucht hat.

Während er dahineilt, merkt er, daß es kälter geworden ist und daß der Regen Schnee zu werden beginnt...

13

Sabina läuft weiter, erfüllt von dem Wunsch zu sterben. Sie hat in der Hoffnung, der um sie wirbelnde Wind möge sie erfrieren lassen, ihren Mantel aufgeknöpft. Es ist ihr egal, es ist ihr egal, es ist ihr...

Sie hebt den Blick... hört etwas... ganz still ist die Stadt, nur der Wind und ihr Schluchzen. Sie hört Hufeklappern, und da kommen sie schon um die Ecke durch den Schnee gejagt, fünf schwarze Pferde ohne Kutsche, fünf schwarze Pferde, die sich losgerissen haben, fünf *nebeneinander* die Roßauer Lände hinuntergaloppierende Rosse. Hinterher rennt ein schreiender, mit seiner ungeheuren nassen Peitsche knallender Kutscher. Die Pferde laufen und schlittern, und dann sieht sie, wie die Pferde, durch die Stimme des Kutschers und das Knallen der Peitsche angetrieben, in Formation gehen. So rasen sie nun über den Ring, den Kutscher weit zurücklassend, immer weiter und weiter im Schnee, und der Kutscher schreit »Uah, uah, uah«, während die Pferde weit hinten in eine Kurve biegen, und, immer noch in Formation, verschwinden.

Sabina bleibt stehen. Sie fühlt sich schwach ... sonderbar ... die Pferde. Ihre Brust schmerzt, als hätte jemand sie aufgerissen. Er hat sie verletzt. Wieder wird sie von dem aufwallenden Schluchzen überwältigt; es nimmt ihr die Luft, preßt ihr die Brust zusammen. Ihr Atem geht kurz und stoßweise, Tränen rinnen aus ihren Augen, der Sturmwind peitscht ihr das Haar ins Gesicht, geißelt sie, während sie versucht, durch die Straßen Wiens zu gehen wie eine normale Frau, eine unglückliche Frau, vielleicht wie eine Frau, die sich mit ihrem Liebsten gestritten hat, eine schniefende Frau, aber nicht *das*. Das in ihr aufbrandende Gefühl wird so mächtig, daß sie gegen einen Laternenpfahl prallt. Ein erstickter Schrei entringt sich ihrer Kehle. *Laß mich sterben, o bitte, lieber Gott, bitte, ich flehe dich an, laß mich sterben.*

14

Der Inspektor saß auf einer Bank auf dem Platz. Er hob den Blick. Der Regen und der stärker werdende Wind bewegten die Bäume. Plötzlich spürte er, daß sich jemand neben ihn schlich. Es war Violette.

»Du mußt weg«, sagte sie. »Die in Wien haben schon wieder nach dir telegraphiert. Schon wieder ein Telegramm.« Er vernahm sie nur ganz schwach. Sie legte ihre Hand auf seine, und er fühlte, wie ihre kleinen kühlen Finger sich über der Innenfläche seiner Hand schlossen. Er konnte nichts mehr sagen. Dann spürte er ihre Wange an seiner Wange und den kühlen Druck ihrer Lippen. Er wußte nicht, warum er in der Zeit größter Trauer, da er nichts mehr wollte, als *nichts* zu fühlen, zusätzlich zu dem unbarmherzigen Schmerz auch noch ihre fordernden Lippen auf seiner Wange fühlen mußte. Violette wandte sich ab; der Kuß flog wie der Wind in den Regen, und in ihm breitete sich Dunkelheit aus.

15

Edith Wharton stieg in ihr Automobil, warf sich die Pelzboa um den Hals, rückte ihren ausladenden Automobilhut mit dem sorgsam befestigten Schleier zurecht, erhob sich, zog den Automobilmantel nach unten, putzte ihre Schutzbrille, drückte das Gaspedal durch und entschwand unter lautem Getöse in einer Staubwolke, die selbst die weltläufigsten Pariser schockierte. Schon an das Automobil konnten sie sich kaum gewöhnen, aber mit anzusehen, wie die amerikanische Schriftstellerin fuhr, und die Inbrunst zu erleben, mit der sie die höchsten Geschwindigkeiten erreichte, veranlaßte sogar die wohlwollendsten unter ihnen, über die Anwesenheit der Amerikaner in Paris noch einmal gründlich nachzudenken.

Edith Wharton hatte es schrecklich eilig, zum Bahnhof zu kommen. Dreizehn Minuten blieben ihr noch. Sie nahm die Kurve auf zwei Rädern. Ihr Gepäck wurde hin und her geschleudert, ihre Tasche flog beinahe aus der Tür; dann kehrte das Automobil, bis zur nächsten Kurve, wieder in die normale Straßenlage zurück. Sie mußte nach Wien, unbedingt! Und niemand durfte davon erfahren. Warum? Wegen eines Rendezvous mit Morton Fullerton im Hotel Wandl. Er war mit Mr. Herzl nach Wien gekommen, den er während seiner Berichterstattung über den Dreyfus-Prozeß kennengelernt hatte. Mr. Herzl hatte einen Plan zur Lösung des Judenproblems. Edith Wharton hatte sich bisher nicht allzu viele Gedanken über die Juden gemacht. Einige von ihnen, die besten von ihnen, waren sehr amüsant. Und ungemein intelligent, sagte jedenfalls Henry. Nun gut, Berenson war Jude, aber schließlich bildete Berenson ihres Wissens nach eine Ausnahme zu absolut allem. Sie selbst fand, daß die Juden ja wohl nichts besonders Schreckliches an sich hatten, aber in Paris stellten sie, wegen Dreyfus, derzeit offenbar ein *ziemliches* Problem dar. Und so auch in Wien. Sie standen, dachte Edith Wharton oft, mitten in der Gesellschaft und gleichzeitig an ihrem Rand. Es sah so aus, als ob einfach jeder, der irgendeine führende Position innehatte, Jude wäre – in den Banken, bei den Zeitungen, in den Geschäftshäusern, sogar unter den Musikern! Aber darüber wollte sie jetzt nicht länger nachdenken. Sie mußte diesen Zug erreichen, nach Wien fahren und noch vor dem Wochenende wieder zurück sein.

Mit pochendem Herzen hob sie die Tasche aus dem Automobil und eilte zum Bahnhof. Beim Gedanken an Fullerton und an das Übermaß ihres Begehrens erglühten ihre Wangen. Die fast unerträgliche Intensität, die ihre Gefühle immer dann annahmen, wenn sie bei ihm war, zu ihm fuhr oder ihn verließ, erstaunte sie stets aufs neue.

Ihr fiel wieder ein, daß der blaue Himmel an diesem Morgen sie ergriffen hatte wie eine Umarmung, diese strahlende Lebendigkeit, ein schwebendes Blau, grell und doch zart. Der Himmel schien zu kommen und zu gehen und ihre Gedanken mit ihm, als ob die Farbe Blau ein Gefühl wäre, ein Gefühl mit all seiner Widersprüchlichkeit und Vielfalt, so daß diese leuchtende Undurchsichtigkeit, diese durchsichtige Pracht aus Licht und Blau, dieses Emporhebende sie irgendwie durchdrungen hatte und sie glaubte, dicht über der Erde schwebend zu fliegen. Das Klapp-Klapp-Klack ihrer Absätze auf dem Gehsteig gehörte zu ihrer Art zu fliegen und erinnerte sie ab und zu daran, daß es eine Oberfläche gab, über die sie glitt, eine Fläche, die nicht mehr unter ihr war, um sie zu halten, sondern einfach einen Bestandteil der Umgebung bildete.

Sie wußte nicht, wie sie an diesen Punkt ihres Lebens gelangt war. Sie wußte nur, daß sie sich verzweifelt nach Liebe gesehnt und daß Fullerton, dies erkennend, ihr das Herz geöffnet hatte. Das Erstaunlichste daran war, daß sie sich nicht wie eine Idiotin vorkam, was in Anbetracht von Fullertons Reputation als Frauenheld sehr wohl hätte der Fall sein können. Aber seine Leidenschaft war so groß – wenn er sie liebte, wußte sie einfach, daß sie ihn ganz besaß und zwar, wie sie vermutete, auf eine Weise, die er nie zuvor erlebt hatte.

Sie warf einen Blick auf ihre Uhr. Noch drei Minuten.

16

In Edith Whartons Pariser Haus stand Henry James im Badezimmer und las grauenhaften Schund:

»Anna, die schöne, zauberhafte Anna, deren Jahre noch kaum siebzehn zählten, wußte um den heftigen Schmerz

und die heftigen Freuden einer geheimen Liebe und hatte, mit der rührenden Unschuld ihres arglosen Wesens, ihr Herz, ihre Seele, ihr ganzes Sein – einem Fremden *geschenkt.«* *

Als an die Tür geklopft wurde und man ihn zum Abendessen bat, versteckte er das Buch hastig. Es war widerwärtiger, greller Kitsch, Shilling-Schocker hatte man so etwas früher genannt. Aber ihn fesselte diese Lektüre. Edith würde erst morgen zurückkehren. Er wußte, daß sie in Wien war, mit Fullerton, obgleich er es nicht hätte wissen sollen. Er freute sich auf einen ganzen langen Abend, in dessen Verlauf er sich in die Ausschweifungen dieses abscheulichen Buches versenken konnte. Zu seinem großen Kummer faszinierte es ihn, von Morden zu lesen. Tatsache oder Phantasie – das war ganz egal. Die Lektüre der Schundromane wechselte ab mit Abenden, an denen er *Große ungelöste Mordfalle* las – Londoner Morde, Pariser Morde, ganz egal. Es war dies für ihn ungemein verlockend.

17

Sabinas Hände und Füße wurden ganz taub im eiskalten Wind. Während der Schneesturm sie umtobte, verlor sie jegliches Zeitgefühl; höher und höher türmte sich der Schnee, in den sie immer wieder fiel. Und jedesmal wurde es ihr schwerer, vom Boden aufzustehen.

Nur Sekunden später, so erschien es ihr, tauchte die sonderbare Gestalt im Schnee auf. Im Schein der Straßenlaterne kam ein gutgekleideter Mann auf sie zu, ohne sie jedoch wahrzunehmen. Er stolperte über ihren Stiefel und schien plötzlich, als er den Blick auf sie richtete und sie dort liegen sah, zu begreifen. Mit ausdruckslosen Augen starrte er sie an, dann drehte er sich um und hob seinen Stock auf. Als er sich bückte, fiel aus dem Bündel in seinen Armen ein kleiner, schwerer Gegenstand

---

* Es handelt sich hierbei um eine anonym verfaßte Erzählung aus dem neunzehnten Jahrhundert mit dem Titel *Die Ruinen der Abtei Fitz-Martin.*

und landete auf Sabinas Hals. Sie erschrak. Unter der Laterne sah sie, nur wenige Zentimeter von sich entfernt, im Schnee den Stock mit dem glänzenden Satyrkopf liegen. Sie riß die Augen auf, ihre Lider zuckten, und sie sah deutlich die Pistole, den Stock, seinen Ring. Dann versetzte er ihr einen Schlag und ihr schwanden die Sinne, während er sie mit dem Stiefel wegschob und als tot im Schnee liegenließ.

18

Bettina Gräfin Gerzl, die vielen als die schönste Frau Wiens galt, fand sich bei Anbruch dieses Tages gar nicht schön. Sie saß in ihrer Kutsche, sah in den wirbelnden Schnee hinaus und fühlte einen Schmerz in der Brust. Sie hätte gern geweint, aber sie konnte nicht. Sie war zum Marquis gegangen und hatte ihn um Geld für ihren Geliebten, Philippe, gebeten, der in Paris zusammen mit den Anarchisten verhaftet worden war. Der Marquis aber hatte sie mit seinem grausamen, instinktsicheren Verhalten beinahe bloßgestellt. Natürlich war es, das sah sie inzwischen ein, naiv und dumm von ihr gewesen, die Anarchisten zu unterstützen. Wie hatte sie annehmen können, es würde schon nicht zu gewalttätigen Ausschreitungen kommen? Es lag an Philippe; sie wußte, daß er sie dazu bringen konnte, alles zu tun. Plötzlich mußte sie zu ihrer eigenen Überraschung, gegen die Tränen ankämpfend, laut auflachen. »Du bist so schön«, sagten sie alle zu ihr. Aber wußten sie auch, daß sie einen Geliebten hatte, den sie verabscheute?

Sie griff nach der seitlichen Handschlaufe und versuchte ihre Fassung wiederzugewinnen. Als ihr Blick aus dem Kutschfenster fiel, sah sie, daß der Sturm heftiger geworden war. Gedanken über das Ereignis vom Vorabend schossen ihr durch den Kopf, und immer wieder murmelte sie vor sich hin: »Ich muß dem widerstehen, ich muß es besiegen, ich muß, ich muß.« Der Marquis war auf sie zugegangen und wußte, so schien es zumindest, innerhalb kürzester Zeit instinktiv Bescheid. Sie hatten sich erst einmal zuvor gesehen, und nun legte er ihr inmitten des überfüllten Ballsaales die Hand in einer viel zu vertraulichen Art auf die Schulter. Als er sich zu ihr hinunterbeugte und zu ihrer großen Beschämung sie durch Küsse auf ihre Wange, dann auf ihr Ohr, dann auf ihren Hals zu erregen begann, hatte sie bemerkt, daß er nach Liebe roch. In Sekundenschnelle erkannte er, daß sie völlig hilflos war, und ließ seine Hand in ungemein eindeutiger Weise ihren Hals hinabgleiten, während Bettina Gräfin Gerzl verwirrt und juwelengeschmückt dastand und weder Füße noch Hände zu bewegen vermochte. Eine alte, vertraute Pein ließ sie in verzückter Erregung und gleichzeitig in schwerster Erniedrigung verharren, so als kröche die ekelhafteste, gräßlichste, abstoßendste Schlange über sie und als ließe sie dies in willenloser, hypnotischer Hingabe geschehen, obwohl sie tapfer, aber ohnmächtig dagegen ankämpfte, unfähig, Protest zu äußern, wegzulaufen oder sich zu wehren, gepeinigt von seiner Macht und ihrer Scham.

Gleich daneben war Karl Kraus* gestanden und hatte sie, ohne es zu ahnen, gerettet. Offenbar hatte er angenommen, daß ihre guten Manieren es ihr nicht gestatteten, den amourösen Absichten des betrunkenen Marquis auszuweichen, hatte sich abrupt umgedreht, war zu ihr gegangen, hatte sie am Arm genommen, wie um einen Bann zu brechen, und zum Marquis gesagt: »Jetzt muß ich einmal mit der Bettina sprechen!« Ihr war klar, daß es ihn schockiert hatte, als die Person, die er einmal »die schönste und mutigste Frau Wiens« genannt hatte, sich von ihm losriß, auf den Balkon lief und dort, womit er nun wirklich nicht hatte rechnen können, weinend zusammenbrach. Verlegen war Kraus dagestanden, hatte sie gefragt, was denn geschehen sei, war gänzlich hilflos gewesen angesichts ihres Schmerzes, den sie, die Hände um das Balkongitter gekrampft, nur durch ein rhythmisches Wiegen ihres Körpers zum Ausdruck brachte.

Erst jetzt, allein in ihrer Kutsche, spürte die Gräfin, daß ihre Kräfte endlich wiederkehrten. Es war ein langer, mühsamer Kampf, den sie ständig zu verlieren schien. Ihren Ehemann konnte sie, wenn nötig, bis auf den Tod bekämpfen, ihre Meinung konnte sie in jedem Streit und unter allen Umständen verteidigen, außer in einer ganz bestimmten Situation: Wenn sich

---

* Kraus, ein brillanter, aggressiver Journalist, der 1899 seine eigene Zeitschrift, *Die Fackel,* gegründet hatte, in der er die Scheinheiligkeit der damals in Wien herrschenden Moral entlarvte und lächerlich machte, blieb offensichtlich in allen Phasen seiner beruflichen Laufbahn ein ergebener Bewunderer der Gräfin.

ihr ein fremder Mann näherte und sie berührte, stand sie unter einem plötzlichen, unerklärlichen Zwang. Dann war sie gleichzeitig sehr erregt und wie gelähmt und wie durch Zauberhand dazu gebracht, alle seine Forderungen zu erfüllen. Die Ärzte hatten ihr bisher nicht helfen können. In ihrer größten Verzweiflung war sie nach Paris zu diesem neuen Arzt gefahren. »Es gibt keinen Grund, sich dessen zu schämen«, hatte er ihr erklärt. »Die Ursachen dafür liegen gewöhnlich in der frühen Kindheit, in einer Verführung, die zu einem Zeitpunkt geschah, als man das kleine Mädchen für seine Reaktionen nicht verantwortlich machen konnte.« Im Geiste hörte sie jetzt wieder seine Stimme, seine tröstende Stimme, und die überraschende Erklärung: »Leider ist es in solchen Fällen sehr wahrscheinlich, daß dergleichen Vorfälle in verwandelter Gestalt wiederkehren – so lange, bis es uns gelingt, die Erinnerung an das ursprüngliche Erlebnis vom Unbewußten, wohin es verdrängt worden ist, ins Bewußtsein zu holen.«

Und dann hatte er sie gebeten, einfach alles zu sagen, was ihr in den Sinn komme. Das hatte sie sehr merkwürdig gefunden. Aber sie tat es.

Sie war so in Gedanken versunken, daß sie den Körper zuerst gar nicht sah. Erst *nachdem* sie an etwas im wirbelnden Schnee bei der Straßenlaterne Liegendem vorbeigefahren war, wurde ihr bewußt, daß es sich um eine Frau handeln mußte. Sie beugte sich vor und befahl dem Kutscher, sofort anzuhalten. »Dort hinten!« schrie sie ihm zu und eilte durch den Schneesturm auf die ausgestreckt daliegende Gestalt zu. Als sie sich hinabbeugte, fühlte die Gräfin auf ihrer Wange den warmen Atem der jungen Frau. Sie griff nach ihren Händen; eine war fast erfroren, während die andere noch warm in dem wunderschönen Hermelinmuff steckte. Und dann sah sie das getrocknete Blut am Kopf des Mädchens.

»Den Cognac, rasch, *rasch*!« rief sie dem Kutscher zu, bückte sich und verrieb Schnee auf der eiskalten Hand des Mädchens. Die Schnitt- oder Schlagwunde hatte sich durch die Kälte geschlossen. Wie wild schüttelte die Gräfin das fast leblose Mädchen, schlug ihm erst links, dann rechts leicht auf die Wangen und rieb das Gesicht zwischendurch mit Schnee ab.

»Da«, forderte sie den Kutscher, der mit dem Cognac erschienen war, auf, »reiben Sie ihr die Hände so!« Sie zeigte es ihm und hörte nicht auf, das bewußtlose Mädchen weiter zu massieren und zu schlagen. Das Mädchen hob die Lider, aber der Blick war leer, tot. Die Gräfin schrie sie an: »Stehen Sie auf! Sie müssen aufwachen! Sie müssen trinken! Trinken Sie das!« Und dann schüttelte die Gräfin das Mädchen mit aller Kraft.

»Trinken Sie das! Sie müssen!« sagte sie, als das Mädchen hustete und spuckte, und flößte ihm gleich noch mehr Cognac ein.

»Helfen Sie mir!« befahl sie ihrem Kutscher. Sie schleppten das Mädchen gemeinsam zum Wagen. Erst als die Gräfin bemerkt hatte, daß der Muff des Mädchens zu Boden gefallen war, und zurückging, um ihn aufzuheben, sah sie den Spazierstock. Ein merkwürdiger, vom Schnee fast gänzlich bedeckter Stock mit einem Silberknauf, in den ein Kopf graviert war. Sie nahm ihn und stieg in die Kutsche.

Als sie vor dem Haus angekommen waren, hatte das Mädchen allmählich sein Bewußtsein wiedererlangt. Es wirkte wach, aber sehr verwirrt. Besorgt musterte die Gräfin ihren Fahrgast; dann beugte sie sich erleichtert vor, strich Sabina übers Gesicht und sagte: »Das Glück ist Ihnen gewogen. Nur ein bisserl später, und meine Bemühungen wären vergeblich gewesen.«

»Ich ... ich war im Schnee«, sagte Sabina benommen.

Die Gräfin ergriff Sabinas Hände. »Sie wären beinah erfroren. Sie sind zusammengebrochen. Jetzt kommen Sie erst einmal mit zu mir, ich kümmere mich um Sie.«

Sabina fühlte sich sonderbar, so schwindelig, ihr war, als könnte sie die Hände nicht bewegen. Die Frau gegenüber nahm sie in seltsamen Wellenbewegungen abwechselnd scharf und unscharf wahr. Wie gebannt war Sabina von der Stimme dieser Frau und von ihrem Gesicht. Sie trug einen Mantel und einen Hut aus weißem Pelz, und ihr rotblondes Haar umfloß sie wie das Licht eines Engels.

Es war ihr warm, sie war so müde. Kurz bevor sie einschlief, hörte sie wieder das Hufeklappern jener Pferde – jener schwarzen Pferde mit der Phantomkutsche, die sie gesehen hatte, aber dann sah sie nichts mehr, ihr Kopf fiel nach hinten, und sie träumte vom tiefen, warmen Schnee.

19

Paris
Es gab Träume, dachte er, und es gab Erinnerungen. Manchmal gab es Träume, wie um keine Erinnerungen zu haben oder um sich an die Erinnerung wiedererinnern zu können, und an diesem Morgen war Sigmund Freud sich einen Augenblick lang ganz und gar nicht sicher, um was es sich gehandelt hatte. Eine blitzartige Intuition oder aber eine Erinnerung, er wußte es nicht genau, auf jeden Fall war er durch das Klappern von Pferdehufen und das Quietschen einer Kutsche mit schiefen Rädern wach geworden. Und dann sah er sie genauso unmittelbar vor sich wie damals, als er und Oskar über die Währinger Straße hatten gehen wollen: eine Kutsche und vier Pferde und ein blauer Brief, der über die Pflastersteine tänzelte und davongeweht wurde.

Es war reiner Zufall, verstörte ihn aber dennoch, als er am nächsten Morgen feststellte, daß der auf seinem Schreibtisch liegende Brief von der Spielrein, den man nach Paris weitergeleitet hatte, ebenfalls blau war. Das bedeutete – dessen war er sich bewußt –, daß er ihre Anschuldigungen gegen Jung auf irgendeiner Ebene für wahr hielt. Aber damit wollte er sich nicht auseinandersetzen.

Und es war ihm bewußt, daß er es nicht wollte.

20

»Maurice«, sprach sie ihn leise an. Er hatte aufgehört zu schwitzen. Sie wischte ihm die Stirn ab. Der Arzt hatte gesagt, daß die Krise überstanden sei. Von jetzt an werde die Lungenentzündung nicht mehr bedrohlich sein. »Es ist wieder ein Telegramm aus Wien gekommen. Es ist sehr dringend.« Seine Augen funkelten, als er sie aufforderte: »Sag ihnen, daß ich nicht kommen kann. Nein, ich sage es ihnen selbst... morgen.« Er hatte versucht aufzustehen. Noch ein Tag, dann würde er es vielleicht schaffen. Vielleicht. Er würde es versuchen. Dann wölbte sich der Nachthimmel schwarz und endlos über den Horizont und breitete sich über die grünen Hügel seines Träumens wie ein umgekehrter Sonnenaufgang, eine Schwärze, die den Himmel füllte, indem sie das Rot an den Rand drängte, eine Dunkelheit, die, wie das Licht, von unten her aufstieg.

21

Endlich entspannt, lehnte die Gräfin sich jetzt in ihrer Kutsche zurück. Dieses Mädchen, wer immer es war, würde überleben. Aber warum war sie bei diesem Unwetter ganz allein draußen herumgelaufen? Und die Kopfwunde! Das Mädchen konnte sich an nichts erinnern. Frauen ihres Standes gingen nachts nicht ohne Begleitung, es sei denn in äußerster Verzweiflung. Sitzengelassen worden, mutmaßte sie. Nun denn, sie hatte Glück gehabt, und die Gräfin war froh darüber. Der Vorfall hatte sie von weitaus betrüblicheren Dingen abgelenkt. Sie hatte so vieles zu erledigen in Paris. Und sie mußte den Nachmittagszug erreichen, der um vier Uhr abfuhr.

In letzter Zeit machte sie sich viele Gedanken über die Dreyfus-Affäre. Sie hegte nicht den geringsten Zweifel, daß Dreyfus einer Intrige zum Opfer gefallen war – obwohl dieser berühmte Detektiv, Bertillon, die Handschrift als die von Dreyfus identifiziert hatte. Auch andere hatten Bedenken. Morgen abend würde sie bei den Pro-Dreyfusards dinieren, bei Rosa Fitz-James.* Sorgen machte ihr aber auch die Sache mit Philippe. Sie wollte ihre Bemühungen jetzt mehr darauf richten, Dreyfus zu unterstützen, so daß der Umgang mit den Anarchisten derzeit für sie nicht günstig war. Philippe aber hatte sie auf eine, ihrer Meinung nach, ziemlich gefährliche Weise beeinflußt. Auf jeden Fall gab es jetzt eine mögliche Hilfe. Ihre Freundin Annette, eine Feministin und Radikale, hatte ihr erzählt, sie habe einen Be-

* Es ist nicht klar, ob hier der erste oder der zweite Dreyfus-Prozeß gemeint ist. Durch die Dreyfus-Affäre hatten sich in ganz Paris zahlreiche Salons aufgelöst, da die Pro-Dreyfusards und die Anti-Dreyfusards nicht mehr miteinander redeten. Geradezu dramatisch gestaltete sich diese Spaltung im Fall von Rosa Fitz-James, die Jüdin und Dreyfus-Anhängerin war – ganz im Gegensatz zu ihrem Mann.

kannten, einen einflußreichen Mann bei der Polizei, Inspektor LeBlanc, dem man vertrauen könne. Als Annette ihr sagte, daß sie einen Freund habe, der die Dossiers aufbewahre, war sie schockiert. Äußerst ungewöhnlich. Sie mußte ihn finden, aber sie mußte dabei sehr vorsichtig vorgehen. Und diesen Arzt wollte sie auch wieder aufsuchen. Er hatte ihr, zumindest für kurze Zeit, ein bißchen Hoffnung gegeben. So sehr war die Gräfin in diese Gedanken versunken, daß sie gar nicht die einsame Gestalt bemerkte, die, nachdem sie die Rettung der jungen Frau durch die Gräfin beobachtet hatte, hinten auf die Kutsche geklettert war und jetzt, bei der Einfahrt in den Hof, hinabglitt, um sich zurückzuholen, was sie hätte verraten können.

22

DIE ÜBERFAHRT

Weil der Kapitän wegen sehr ungünstiger Witterung und aufgrund von Sturmwarnungen beschlossen hatte, doch nicht zuerst in Southampton anzulegen, waren wir einen Tag früher in Le Havre eingetroffen.

Vater konnte es kaum erwarten, nach Wien zu kommen, und ärgerte sich darüber, alles neu arrangieren zu müssen. Aber er hatte es getan, so daß wir jetzt, nur mehr Stunden vom Haus der Gräfin entfernt, in einer Kutsche dahinratterten.

Irgendwann muß auch ich eingeschlafen sein, denn plötzlich wurde ich von Tante Idas Ausruf: »Oh, wir sind offenbar am Ziel, aber was für scheußliches Wetter!« aufgeweckt, spürte, wie die Kutsche ein wenig schlingerte, und sah den Regen gegen die Fenster klatschen. Mama und Papa saßen, in Decken gehüllt, mir gegenüber; Tante Ida blickte aus dem einen Fenster, Cecily aus dem anderen.

»Sieh nur!« sagte Cecily und packte mich am Arm. »Sieh mal dort...« Und da sah und hörte ich sie gleichzeitig, fünf schwarze Pferde mit fliegenden Mähnen, die durch die Nacht galoppierten, durch die Graupel und den Schnee, wohl im Geschirr und mit Zugriemen, aber ohne Kutsche dahinter. »Sieh nur, es ist genau so, wie wir es uns *vorgestellt* haben«, sagte Cecily. »Ich kann es kaum glauben.«

»Oh!« Erstaunt sah ich zu, wie die Pferde einen großen Kreis beschrieben und, mit ihren Hufen in Schneewolken stampfend, eine andere Straße hinunterliefen. Als sie so durch den dichten Schneeregen davonrannten, griff ich nach Cecilys Arm und sagte: »Schau mal, es sind nur fünf!« Cecily schreckte auf. »Fünf... ja... ach ja«, sagte sie, lehnte sich zurück und war, was nur Cecily konnte und nur Cecily tat, nach wenigen Augenblicken fest eingeschlafen.

»Sie soll nicht schlafen«, mahnte meine Mutter mich, »gleich sind wir bei der Gräfin« – worauf Cecily, die doch nicht schlief, sich aufrichtete. »Schon?« fragte sie. »Cecily«, mischte sich mein Vater ungeduldig ein, »wir fahren nun bereits seit Tagen!«

»Ja, ich weiß, aber es ist noch so früh am Morgen. Ob sie uns überhaupt schon erwartet?«

»Ich habe ihr telegraphiert«, sagte Papa sehr unwirsch, genau in dem Moment, als unsere Kutsche vor einem prächtigen Haus vorfuhr, mit hohen Bogenfenstern und schönen Türmchen auf beiden Seiten, wie bei einem Schloß. Aus dem Regen war Schnee geworden, der sich rings um unsere Kutsche bauschte, als der Kutscher die Schläge öffnete. Ein Diener kam mit einer Art Karren aus dem Haus gelaufen, und ein zweiter Diener geleitete Mama und Papa die Treppe hinauf. Cecily und ich sahen uns um, so gut es im Licht des frühen Morgens und in dem nassen Schneetreiben ging. Tante Ida und Timothy kümmerten sich um das restliche Gepäck; als wir die Treppe hinaufeilten, hörte ich sie hinter uns streiten. Mama und Papa waren schon durch die Tür verschwunden, die sich bereits geschlossen hatte und jetzt, als wir davorstanden, wieder öffnete, und wir traten in eine prachtvolle, wunderschöne, von funkelndem Licht erleuchtete Eingangshalle. Als mir die Diener den Mantel abnahmen, glitt mein Blick über die Treppe nach oben, wo eine Frau stand, sicherlich die Haushälterin. Sie blickte sehr verwundert drein, kam dann aber schnell die Stufen herunter und sagte: »Guten Morgen! Die Gräfin ist vor kurzem nach Paris abgereist. Wir hatten Sie erst für Donnerstag erwartet.«

23

Als ich die herrliche Treppe im Haus der Gräfin hinaufstieg, sah ich, wie mein Bruder Timothy Main an einem Spiegel vorbeiging und sich zu ihm vorbeugte und seinen Hut mit dem dunkelblauen Band zurechtrückte und seinen neuen Anzug, seine hellblauen Augen und sein strohblondes Haar bewunderte. Ich bemerkte sofort, daß er sich als typisch amerikanisch aussehend empfand, wenn man von den Indianern und den Sklaven mal absah, was man aber, laut Tante Ida, nicht tun durfte. Ich wußte, daß Timothy so amerikanisch wie möglich sein und amerikanisch denken wollte. Ehrenwert denken. Aber ich wußte auch, daß er sich nicht daran hielt. Cecily hatte mir die unglaublich schockierenden und faszinierenden Zeichnungen in seinen medizinischen Büchern gezeigt und die Bilder in seinen Magazinen, die ganz und gar nicht medizinisch waren. Da gab es eine Zeitschrift, die zeigte Damen und Herren mit elektrischen Gürteln, die ihre Geschlechtsteile stimulieren konnten, und auf derselben Seite stand ein Artikel über die schrecklichen Dinge, die jungen Mädchen widerfuhren, deren Eltern ihnen erlaubten, aufs College zu gehen und zu rauchen.

Timothy beugte sich zum Spiegel vor und überlegte, daß er doch immer nur an Sex dachte und an die Liebe und ans Sterben. Hin und wieder auch an Baseball. Aber doch mehr an Sex und an die Liebe und ans Sterben und daran, wie es ihm ans Herz griff, wenn er ein bestimmtes Mädchen mit einem bestimmten Gang in einem bestimmten Kleid dahinschlendern sah. Das Schlimmste daran war vielleicht sogar, überlegte er, während er seine blaue Halsbinde geraderückte, daß er sich dabei nicht verdorben vorkam. Nicht im geringsten. Nicht einmal ein kleines bißchen verdorben wegen dieser Dinge – obwohl er überzeugt war, daß jeder andere sich als verdorben empfunden hätte, wenigstens ein bißchen. Denn das Gefühl der Verdorbenheit hielt er für ebenso sinnlos wie unangenehm. Außerdem hatte er beschlossen, sein Medizinstudium in Wien zu genießen. Sowie die Sexualität, die Liebe, den Tod und noch ein paar andere Dinge.

24

Der Morgen war angebrochen im Hotel Wandl in Wien, und Edith Wharton kleidete sich an. Fullerton war gegangen, da er wegen des Dreyfus-Prozesses mit dem Frühzug zurückfahren mußte, und hatte sie kurz vor Sonnenaufgang ein letztes Mal schlaftrunken geküßt.

Als sie sich jetzt die Strümpfe über die Beine zog, durchfuhr sie ein leichter Schauer. Er war etwas so ganz Außergewöhnliches, dieser neue Körper, den seine Liebe ihr geschenkt hatte. Ihr Empfindungsvermögen hatte sich so verfeinert, daß sie die Freuden, die es ihr bot, kaum zu ertragen vermochte. Selbst diese Strümpfe hier, die jetzt über ihre Haut glitten, empfand sie als eine lüsterne Liebkosung. Es gab Augenblicke, in denen sie den Verstand zu verlieren glaubte.

Aber dann kamen immer die Tränen, als wären ihr Glück und ihr Verlangen die einzigen Dinge, die sie verrückt machen konnten. Das Leben – was ist das? dachte sie beim Anblick ihres Gesichts im Spiegelbild. Und diese Frau – wer ist sie? War es möglich, daß diese Frau, diese strahlende, glückliche, ja, vor allem *glückliche* Frau dort, daß diese Frau *sie* war? Konnte diese Frau mit ihrem Liebhaber in einem Hotelzimmer wirklich die Edith Jones sein, die Teddy Wharton geheiratet hatte und die bis zu diesem Tag mit ihm verheiratet war? Jene Edith Jones hatte *diesen* Körper nie gekannt und auch diese Freuden nicht.

Sie streifte sich das Unterkleid über die Schultern, und als sie an Fullerton und an ihre gemeinsam verbrachte Nacht dachte, wallte die Sehnsucht in ihr auf. Das erschreckte sie, sie sank aufs Bett zurück; die fiebrige Begierde überrollte sie, sie fühlte sich ihr ganz ausgeliefert und so ohnmächtig, als wäre der vor Verlangen feuchte Mittelpunkt ihrer Lust wie ein zum Himmel gerichteter, nach Ewigkeit suchender Mund, der mit einem einzigen langen Saugen jene Quelle in sich zu ziehen versuchte, während ihre Hinterbacken unter ihr zitternd auseinanderstrebten, als suchten auch sie; jede Öffnung gierte nach seiner Berührung. Ihr Körper erbebte von einem Verlangen, das in ihrem Rückgrat auf und nieder wallte und die Mitte ihres Bauches durchdrang, und ihre Brüste schmerzten, als sie sie jetzt berührte, brannten darauf, *seine* Berührung zu spüren.

Taumelnd, kaum fähig zu gehen, versuchte sie sich zu sammeln, um sich mit Anstand und Würde ankleiden, das Zimmer verlassen, die Treppe hinabsteigen, den Leuten zunicken zu können, um also ihre Haltung wiederzugewinnen, bis sie endlich draußen stand, wo sie, beim Anblick der Bäume, anstatt die erhoffte Erleichterung zu finden, in neuerliche Raserei getrieben wurde, in eine gottlose Täuschung. Es kam ihr vor, als löste sich ihr ganzes Wesen plötzlich auf, als sie den Vorplatz überquerte, über den Rasen ging, den Kutscher mit einer Handbewegung fortschickte, sich zu sammeln versuchte – da spürte sie es, dieser neue Dämon kehrte zurück und riß pfeifend, wie ein winziger Tornado wirbelnd vor Leidenschaft und Fröhlichkeit den großen Rasen auf, schlüpfte unter ihren Rock und bohrte sich in ihre Mitte, raubte ihr all ihre Würde, all ihre Erhabenheit und ließ nichts zurück als dieses fundamentale, ursprüngliche *Etwas*, diese animalische Freude. Nichts mehr konnte sie jetzt ohne diese Erregung betrachten, nicht einmal das Gras. Sie konnte nirgendwo hingehen. Sie wußte, daß sie jetzt keine Musik hören durfte, denn sie fürchtete, dabei zu erröten, und sie wagte es auch nicht, ein Kaffeehaus zu betreten, denn ihr war klar, daß schon der Geschmack von Tee an ihren Lippen sie noch mehr erregen würde, daß die extreme sinnliche Wahrnehmungskraft, die über sie gekommen war, ihren ganzen Körper in ein vor erotischen Empfindungen berstendes Gefäß verwandelt hatte. Selbst ihr Geist war davon durchdrungen, ihre Gedanken hatten sich zu barocken Schnörkeln verformt.

Sie ließ sich auf eine Parkbank fallen, stemmte die Hände gegen das Holz, hörte das laute Pochen ihres Herzens und versuchte sich zusammenzureißen. »Also, Edith!« hörte sie sich sagen. »Also, Edith!« Aber es war sinnlos. In diesem Augenblick der Verzückung war die Edith, die sie herbeirufen wollte, gänzlich verschwunden.

25

Vor dem Polizeirevier trappelten die Pferde des Kriminalkommissärs in schnellem Galopp davon, während sein Untergebener, Leutnant Ludwig Stekal, über das Dilemma nachdachte, in dem sich die Polizei befand.

Irgendwann in der vergangenen Nacht war in der Berggasse 19 ein Mord geschehen. Zwei Frauen, allein in einer Wohnung. Die Kinder schlafen. In der Frühe war Leutnant Ludwig Stekal an den Tatort gerufen worden. Eine attraktive Dame, Dr. Freuds Gattin, war ihm ohnmächtig in die Arme gesunken.

»Wann ist es geschehen?« fragte er, während er sie ihrer Bewußtlosigkeit zu entreißen versuchte.

»In der Nacht«, antwortete sie keuchend. Sie lag in seinen Armen, und er beugte sich zu ihrem Gesicht hinunter und schlug sie sanft auf die Wange, so sanft, daß es fast eine Liebkosung war.

Als er das Wohnzimmer betrat, stellte er zu seinem Erstaunen fest, daß einer seiner Vorgesetzten bereits dagewesen war: Der Teppich war blutbefleckt, aber die Leiche selbst hatte man fortgebracht.

»Ach«, sagte er, »dann haben Sie es also schon gemeldet?«

»Nein«, erwiderte sie. Ihre Augen flackerten nicht nur vor Angst. »Es war noch niemand hier.« Sie lehnte sich trostsuchend an seine Brust.

»Nun, wer hat denn dann die Leiche entfernt?«

»Ich weiß nicht«, sagte sie flüsternd, fiel ihm entgegen und verlor erneut das Bewußtsein.

Eine zweite, größere Frau mit einem Schultertuch erschien. »Wir haben Schüsse gehört«, sagte sie.

»Wer sind Sie?« fragte er.

»Ich bin ihre Schwester. Sie hat gesagt, daß sie die Schüsse gehört hat.«

»Und wo ist der Doktor?« fragte er.

»Der Doktor ist«, sagte die Schwester, den Blick sittsam gesenkt, »für eine Weile verreist.«

»Ach«, sagte Stekal, und dann: »Oh!« Es konnte einen wirklich aus der Fassung bringen: ein Mord ohne Leiche, eine Leiche, die sie sozusagen erst suchen mußten. Dann spürte er die Wärme und Fülle ihrer Brüste, die gegen ihn drückten, denn sie war so sonderbar in Ohnmacht gefallen, daß ihr ganzes Gewicht auf seinem Brustkorb ruhte. Und zu seiner großen Verlegenheit fühlte er obendrein, daß sich in seinen unteren Regionen etwas zu regen begann. Mit hochrotem Gesicht versuchte er sie zu einem Sessel zu führen, aber sie lehnte sich nur noch schwerer gegen ihn, drückte mit ganzer Kraft gegen seine Lenden. Selbst durch die Röcke hindurch mußte sie das spüren. Er flehte den Himmel an, sie möge jetzt nicht aus ihrer Ohnmacht erwachen – obwohl er im Grunde gar nicht sicher zu sagen vermochte, wie tief ihre Ohnmacht eigentlich war –, und zog sie über den blutbefleckten Boden. Drüben an der Wand stand eine Couch, und während die Schwester zur Tür ging, legte er die Ohnmächtige auf diese Couch, aber dann – wie es geschah, ist schwer zu sagen – rutschte er aus oder verlor die Balance oder vielleicht zog sie ihn auch hinab – diesen Eindruck hatte er jedenfalls –, so daß sein ganzes Gewicht und vor allem sein Unterleib auf ihr lagen, und sie stöhnte genau in dem Moment auf, als der Kriminalkommissär eintrat.

»Stekal!« brüllte der Kommissär.

Stekal stemmte sich von der Bewußtlosen hoch, die ein Erbarmen hatte und in ihrer Ohnmacht zu verharren schien. Feuerrot salutierte er dem Kommissär und sagte: »Sie hat die Besinnung verloren, Herr Kriminalkommissär. Ich wollte sie hinlegen und bin dabei gestürzt.« Die Augen des Kommissärs funkelten. »Was ist hier vorgefallen? Sagen Sie es mir auf der Stelle!«

»Ich, ich weiß nicht, Herr Kriminalkommissär«, erwiderte Stekal. »Es ist äußerst beunruhigend – es gibt keine Leiche zu diesem Mord.«

»Wer hat die Leiche denn entfernt?« fragte der Kommissär. Stekal fuhr sich mit der Hand über die Stirn. Minna kam herein und bot ihm ein Glas kühles Wasser an, aber er bemerkte ihren mißtrauischen Blick sehr wohl.

Stekal berichtete nun, daß sich zusätzlich zu der Frage, wohin die Leiche verschwunden sei, die Frage stelle, was für eine Leiche es überhaupt gewesen sei. Denn die zwei Damen, von denen die eine allmählich zu sich kam, waren sich in diesem Punkt keineswegs einig. Beide hatten offenbar eine Feuerwaffe gehört, aber die eine sprach von einem Schuß, die andere von deren vier. Und jede war sich ganz sicher. Beide sagten übereinstimmend, sie hätten die Leiche gesehen, ein Mord sei verübt worden, möglicherweise auch ein Selbstmord – obwohl es sich, da die Leiche verschwunden war, nicht gut um einen Selbstmord handeln konnte –, und beide hatten im Hof Geräusche gehört. Hinter dem Haus wollte die eine Schwester eine Kutsche mit fünf in die Nebelnacht fliehenden Pferden gesehen haben. Als sie das aussagte, fühlte sich Leutnant Stekal sonderbar berührt; die Nackenhaare sträubten sich ihm.

»Um wieviel Uhr denn, Fräulein Bernays?« fragte der Kommissär in sehr höflichem Ton.

»Es war drei Uhr«, antwortete sie. »Ich hörte nämlich die Turmuhr schlagen.«

»War es nicht vielleicht eine Kutsche mit sechs Pferden?«

»Nein, es waren fünf. Das Geschirr des zweiten Zugpferdes war noch da, aber kein Pferd. Nein, nein, es war eine Kutsche mit fünf Pferden.«

Es entstand eine Pause. Jeder der Anwesenden dachte bei sich, daß dies wirklich eine Geisternacht sei; nicht nur der Mörder und die Leiche waren weggezaubert worden, sondern auch das zweite Zugpferd.

Daß der Täter geplant hatte, sich hinter dem Haus ein ausgeschirrtes Pferd bereitzustellen, um es später mit der Leiche zu beladen und beide verschwinden zu lassen, war so weit hergeholt, daß ihnen nur übrigblieb, der Wahrnehmung der Schwägerin keinen Glauben zu schenken.

Der Kriminalkommissär und Stekal brachen zu einem Spaziergang auf. Sie fanden, daß in diesem Fall einfach zu vieles fehlte. Dem Pferdegeschirr fehlte das Pferd. Dem Tatort fehlte die Leiche. Der Doktor fehlte, und – was am allerschlimmsten war – es fehlte jede vernünftige Erklärung.

Das war die erste Schwierigkeit. Die zweite war vielleicht sogar noch schwerwiegender. Denn die Schwester behauptete steif und fest, bei der ermordeten Person habe es sich um eine Frau gehandelt, während die Gattin im Widerspruch dazu in der Leiche einen Mann gesehen haben wollte. Die Wiener Polizei hatte viel Erfahrung im Umgang mit widersprüchlichen Zeugenaussagen, aber auf das Geschlecht hatten sich bisher noch alle einigen können.

Stekal sah völlig perplex drein. Er merkte, daß der Kriminalkommissär sich ärgerte. Er wußte, daß sie Anweisung hatten, auf den Inspektor zu warten, der, wenn nichts dazwischengekommen war, mittlerweile eingetroffen sein mußte. Allerdings hatten sie mehrere Telegramme erhalten, in denen ihnen angekündigt worden war, die Ankunft des Inspektors werde sich verzögern. Und jetzt hatten sie schon wieder einen Mord am Hals.

Der Kommissär wußte, daß der Inspektor mit dem Paris-Wien-Expreß nicht vor dem nächsten Abend eintreffen würde. Der Tod einer Studentin hatte ihn von der Abreise abgehalten. Ein Tumult in der École des Beaux Arts. Ein unglücklicher Zwischenfall. Trotzdem, dachte der Kommissär, es geschieht ihr recht – eine Frau, die Künstlerin sein wollte! Ein gewisser Teil der weiblichen Bevölkerung hatte völlig den Verstand verloren, fand er. Er persönlich hegte die Vermutung, daß es mit dem Fahrrad zusammenhing. Das Fahrrad bot ihnen einfach zuviel Freiheit. Unabhängige Bewegungen der Gliedmaßen. Er seufzte. So etwas stellte eine unerhörte Bedrohung dar. Als nächstes, überlegte er, legen sie ihre Korsette ab. Kein Wunder, daß eine solche junge Frau im Tumult zu Tode gedrückt worden war. Es stand in jeder Zeitung.

Aber hier war es ja noch viel schlimmer. Zwanzig Frauen in nicht einmal ganz drei Jahren, und manche von ihnen regelrecht zerstückelt. Und jetzt auch noch diese Gerüchte. Das jüngste Gerücht drohte die Stadt in eine wirkliche Krise zu stürzen. Man erzählte sich nämlich, diese ermordeten Frauen seien Opfer jüdischer Ritualmorde. Und jetzt auch noch das – eine Frau, die man in der Wohnung eines jüdischen Arztes umgebracht hatte. Der Kaiser hielt standhaft seine Hand über die Juden, aber Karl Lueger, dem Bürgermeister, brachte es Vorteile, das Feuer der Antisemiten, die ihn gewählt hatten, zu schüren. Wegen der Leichen der ermordeten Frauen waren sie sich jetzt in die Haare geraten, Lueger und der Kaiser. Die ganze Stadt befand sich kurz vor einem hysterischen Ausbruch. Wenn es noch schlimmer werden sollte, dachte Voll, würde dieser berühmte Inspektor in einem absoluten Blutbad landen.

26

Edith Wharton war sich darüber im klaren, daß Henry es ihr sehr übelnehmen würde, aber ihrer Meinung nach mußten nun Maßnahmen ergriffen werden. Sie mußte tun, was sie konnte, um ihn aus der Hörigkeit – ihrer Meinung nach genau das richtige Wort – zu diesem Fakir – ja, Fakir! – Dr. Freud zu befreien. Seit Henry zu ihm ging, war er nicht mehr derselbe! Sie war jetzt in Wien, stand im Haus Berggasse 19, griff ihre Handtasche fester und schlug den Klopfer mehrmals kräftig gegen die Wohnungstür.

Sofort wurde geöffnet. Die Frau, die ihr gegenüberstand, wirkte bestürzt.

»Ich bin Edith Wharton«, sagte sie, schob die Frau zur Seite und rauschte in die Wohnung. Dann drehte sie sich um und sagte: »Ich möchte Dr. Freud sprechen.«

Edith fiel auf, daß die Frau blaß war.

»Der Doktor ist nicht da«, sagte sie matt, eine Hand auf der Stirn. »Haben Sie einen Termin? Er hat doch allen gesagt, daß er ...« Sie verstummte und schien immer nervöser zu werden.

»Kommen Sie, kommen Sie«, sagte Mrs. Wharton, »lügen Sie mich nicht so an! Ich kann Ihnen versichern« – bei diesen Worten klopfte sie auf ihre große Handtasche –, »daß mein Besuch für den Herrn Doktor höchst ertragreich sein wird.«

»Der Doktor ist nicht da«, sagte Martha noch einmal. »Er ist in Paris.« Mrs. Wharton bemerkte, daß die Frau große, angsterfüllte Augen hatte und daß ihre Wangen eingesunken waren.

»Dann warte ich eben, bis er wiederkommt«, verkündete Mrs. Wharton und setzte sich, zu Marthas Entsetzen, auf den Stuhl neben dem Blutfleck! Und dann machte Mrs. Whartons Fuß genau am Rand des Flecks tapp-tapp-tapp, und Martha griff nach der Tischkante und bemühte sich, nicht in Ohnmacht zu sinken. Hatte sie den Fleck bemerkt? Hatte sie ihn nicht bemerkt? Sie hatten Sigi angerufen und ihn aufgeweckt. Er war mürrisch gewesen und hatte ihnen erklärt, ihre Angstphantasien seien durch das schwere Unwetter hervorgerufen worden. Außerdem hatte er ihnen untersagt, es der Polizei zu erzählen oder gar irgendwelchen Journalisten, und vor allem sollten sie den Fleck, den das Blut aus Emma Ecksteins Nase gebildet hatte, verdecken.

Tapp-tapp-tapp... Fassungslos sah Martha zu, wie Edith Whartons Fußspitze einen Kreis um den Blutfleck zog. »Ich glaube, das ist der Wasserkessel«, sagte Martha plötzlich. »Ich bringe Ihnen eine Tasse Tee.« Und ängstlich geduckt, als würde sie gleich unter dem Dampf zusammenbrechen, floh sie in die Küche. Edith Wharton beschloß, sich ein wenig umzusehen.

Auf dem Tisch lag ein Gästebuch mit der Aufschrift TERMINE. Als sie nachschlug, sah sie, daß es für diesen Tag nicht einen einzigen Eintrag gab. Mit kühnem, herausforderndem Schwung schrieb sie ihren Namen hinein, fügte die Uhrzeit – fünf Minuten nach neun – hinzu und ließ sich wieder auf dem Stuhl nieder. Was um alles in der Welt machte diese Frau so lange in der Küche? Wahrscheinlich war er dort hinten, und jetzt flüsterten sie miteinander. Sie öffnete ihre Handtasche und sah nach, ob das Geld noch da war. Solche Sorgen machte sie sich wegen

Henrys Unruhe und Nervosität, daß sie es für notwendig erachtete, den Doktor mit Geld abzufinden, und sie war bereit zu zahlen. Als sie in ihre Tasche blickte, sah sie die Pistole und den Spiegel, die sie vor dem Bahnhof aus dem Handschuhfach des Panhard genommen hatte. Sie holte die Pistole aus der Tasche, legte sie auf den Tisch und tat dann das gleiche mit dem Spiegel und dem Geldbündel. Dann zählte sie das Geld noch einmal nach. Zuerst würde sie es mit der Hälfte versuchen. Reine Verhandlungssache. Als Martha, ein Tablett mit dem Tee in Händen, zurückkam, griff Edith gerade nach der Pistole, um sie in ihre Tasche zurückzulegen. Martha erstarrte mitten im Zimmer. Der Mund stand ihr offen, und der entsetzte Blick war starr auf Edith gerichtet, als sie das beladene Tablett fallen ließ. Sie schrie auf und wurde ohnmächtig. Die Teekanne zerbrach. Die Pistole fiel mit Krach zu Boden. Edith erhob sich und sagte: »Ach, du meine Güte!« Eine zweite Frau kam herein und schrie: »Was ist geschehen? Was ist geschehen?«

»Sie ist wegen nichts und wieder nichts in Ohnmacht gefallen, wirklich«, sagte Edith, »aber sie sah auch sehr angegriffen aus. Wo ist denn nun der Doktor – jetzt wird er ja wohl herauskommen und seiner Frau helfen, oder?«

»Er ist in Paris«, sagte die zweite Frau, während sie die erste Frau leicht auf die Wangen schlug. »Wer sind Sie überhaupt?«

»Da«, sagte Edith, die, obwohl sie eigentlich nicht wußte, warum, nie ohne Riechsalz aus dem Haus ging, und fuchtelte damit unter Marthas Nase herum. Es dauerte nicht lange, da begann Martha zu husten. Kurze Zeit darauf war alles wieder gut, das heißt so gut es eben sein konnte. Edith hörte, wie die eine in der Küche beruhigend flüsternd auf die bewußtlos Gewordene einsprach. Edith war zu der Überzeugung gekommen, daß der Doktor tatsächlich nicht da war, daß er vielleicht sogar tatsächlich in Paris war, wie sie behaupteten. Allerdings empfand sie diese beiden als in so hohem Maße überreizt, daß sie sich beeilte, ihre Sachen wieder in der Tasche zu verstauen und die Wohnung immerhin höflich, aber doch ziemlich aufgebracht zu verlassen. Sie würde ihn schon finden, und zwar in Bälde.

27

Einige Leute hatten dem Inspektor erklärt, sein Leiden verdanke sich dem Übermaß – dem Übermaß an Essen, an Alkohol, an Gefühlen. Er hatte jetzt nur den Wunsch, sich zu betrinken; obwohl der Alkohol ihn krank machte – aber er wollte auch das, krank sein jenseits aller Tröstung. In dieser Nacht wußte er kaum, wo der Stuhl war, einfach irgendwo unter ihm, als er versuchte, aufzustehen und durch das Café zu gehen, vorbei an den verzerrten Stimmen, Gesichtern, Bitten, Witzen. Er mußte zur Toilette. Es war ihm gerade gelungen, sich zu erheben und auf den Beinen zu bleiben, wobei er sich mit einer Hand an der Stuhllehne festhielt, da wehte ihn eine Vorahnung an, und gleich darauf vernahm er die kalten, ernüchternden Schritte eines Boten, als er sich umwandte und eine strahlende, mit Goldknöpfen und Federn geschmückte Gestalt gleichzeitig spürte und erblickte. Aus dem Dunst einer Bar am Montmartre tauchte ein königlicher Kurier auf.

»Inspektor Maurice Cheval LeBlanc?« fragte er.

Der Inspektor nickte nur andeutungsweise, als ihm die Papierrolle in die Hand gedrückt wurde. Plötzlich nahm er wahr, daß Violette neben ihm saß. Was war es nur, das er an ihr nicht ertragen konnte – ihren Geruch oder den Dunst ihrer Nähe? Es überwältigte ihn fast; er packte die Stuhllehne fester.

»Maurice«, hörte er sie sagen, »Maurice... das kommt aus Wien.« Er hörte, daß sie die Schriftrolle las, und wußte, daß er jetzt verloren war. »Auf Befehl des Kaisers Franz Joseph von Österreich werden Sie höflich um Ihr Erscheinen gebeten...« Er hörte nicht mehr hin. Er hatte ihnen doch gesagt, sie sollten sich an Groß wenden, an Hans Groß, einen hervorragenden Kriminologen, der in Graz lebte. Sie hatten erwidert, Groß sei verreist und nicht abkömmlich. Warum dann nicht Bertillon, hatte er ihnen telegraphiert, wenn sie denn unbedingt einen Franzosen haben wollten? Bertillon, ließ man ihn wissen, sei zu sehr mit Dreyfus beschäftigt, um kommen zu können. Es handle sich um eine komplizierte Mordserie. Man befürchte, daß möglicherweise mehr als nur ein Mann, mehr als ein einziger Mörder im Spiel sei. Menschenleben seien in Gefahr, Frauenleben vor allem. Er müsse unbedingt kommen. Er hatte Entschuldigungen zurückgeschickt. Er war krank geworden. Aber jetzt ließ es sich nicht mehr umgehen.

»Auf Befehl des Kaisers.« Er dachte darüber nach. Warum, in Gottes Namen, schaltete sich der *Kaiser* in eine Mordsache ein?

28

Wo, ach wo ist Gertrud van de Loo?
Ihre Hand liegt dort im Müll
Doch ihr Bein ist anderswo.

Kriminalkommissär Voll legte die jüngste Mitteilung des Mörders beiseite und öffnete das Telegramm des berühmten Pariser Inspektors, der endlich eingewilligt hatte, mit dem Mittwochszug anzureisen.

»Was die Berggasse 19 betrifft«, stand im Telegramm des Inspektors, »so befragen Sie alle Zeugen in Hinblick auf den neuesten Vorfall. Erstellen Sie eine Liste aller Personen, die innerhalb der letzten zwei Wochen vor dem Ereignis einen Besuch in der Berggasse 19 abgestattet haben. Prüfen und befragen Sie sie hinsichtlich des Zwecks ihres Besuches. Nur so können wir hoffen, auf ein Motiv zu stoßen.«

Der Kommissär strich sich den roten Schnurrbart glatt und las das Telegramm ganz langsam noch einmal Wort für Wort. Nun, eine Art Besucherliste hatte er bereits aufgestellt. Erst heute vormittag hatte er sie aus einem der Terminkalender des Doktors gerissen, einfach gestohlen, als Fräulein Bernays, die Schwägerin – eine aufregende, imposante Erscheinung, wie er fand –, ihm kurz den Rücken zuwandte. Gott sei Dank hatte das Dienstmädchen namens Irina sein Eintreten nicht verhindert; sie war hoffnungslos beschränkt, vielleicht sogar ein bißchen verrückt, überlegte er. Fräulein Bernays dagegen hatte ihm den Weg versperrt, so daß ihm nichts anderes übriggeblieben war, als das Blatt zu stibitzen. Er betrachtete die entwendete Terminliste in seiner Hand: Sie datierte von dem Tag genau eine Woche vor dem Mord.

Mittwoch, 22. Februar, 10 Uhr, Dr. Carl Gustav Jung wegen seiner Patientin Sabina Spielrein. Extrem echauffiert.

Mittwoch, 22. Februar, 13 Uhr, Sabina Spielrein wegen Dr. Jung. Extrem echauffiert, voller Phantasien über ihren Doktor.
Donnerstag, 23. Februar, 10 Uhr, Emma Eckstein wegen ihrer von Dr. Fließ durchgeführten Nasenoperation. Fortdauer des hysterischen Zustandes.
Donnerstag, 23. Februar, 14 Uhr, Wilhelm Fließ wegen Emma Eckstein. Gespräch über die sexuelle Periodizität. Henry James in Sachen Alice James.
Dienstag, 28. Februar, 16 Uhr, M.

An mehreren Daten war gar nichts eingetragen. Und dann kam der rätselhafteste Eintrag von allen: einfach S.K.M. Aber es konnte doch nicht sein... Es konnte doch unmöglich Seine Kaiserliche Majestät heißen, oder?

S.K.M. und der Name irgendeiner Frau – es sah aus wie »Ida Bauer«* – ohne Eintragungen, aber wahrscheinlich befanden sich die Eintragungen dazu an anderer Stelle, mutmaßte er. Das herauszufinden, würde er dem Inspektor überlassen. Wie auch immer, es war sonderbar, daß allen in der Liste als Besucher aufgeführten Personen der Name einer Person folgte, die danach gekommen war, und zwar wegen des jeweils vorangegangenen Besuchers. Sehr ungewöhnlich. Und sicherlich auch aufschlußreich in bestimmter Hinsicht. Aber es gab noch andere. Viele andere. Nachbarn, Passanten.

»Vernehmen Sie *jeden*«, hatte der Inspektor strikt angeordnet. »Es gibt immer Leute, die gar nicht *wissen*, daß sie Zeugen sind.« Was er wohl damit gemeint hat? fragte sich der Kommissär. Sollte er jetzt jeden vernehmen, der unter Umständen ein Zeuge sein *könnte*? Aber wie sollte er das denn herausfinden?

Der Kriminalkommissär ging auf dem Bürgersteig gegenüber dem Haus Berggasse 19 nervös auf und ab. Er überlegte, wer wohl so ein Zeuge, auf den man ihn nun angesetzt hatte, sein könnte.

---

* Ida Bauer war die Patientin Freuds, die unter dem Namen »Dora« berühmt wurde. Freud behandelte sie im Jahr 1900; 1902 wollte sie die abgebrochene Analyse fortsetzen, was ihr jedoch verweigert wurde. Freud veröffentlichte die Krankengeschichte erst 1905, nachdem er sich eingestanden hatte, Doras Übertragung auf ihn nicht erkannt und es außerdem versäumt zu haben, sie mit ihrer starken homosexuellen Zuneigung zur Geliebten ihres Vaters zu konfrontieren. Statt dessen hatte er auf ihrer verdrängten Verliebtheit in einen Mann, Herrn K., beharrt.

29

Henry las:

> *Die zornigen Blicke des aufgebrachten Ritters ließen die arme Anna erbeben; Angst und Verzweiflung ergriffen Besitz von ihrer Seele. Der Fremde erschien nicht; er hatte seine heiligen Schwüre vergessen, sein Versprechen gebrochen und sie ihrem Schicksal überlassen. Wohin konnte sie entfliehen? Wie sollte sie den vielen Schrecknissen entkommen, die ihr allesamt drohten? Sie mußte ihre Seele in falschen Schwüren meineidig werden lassen oder aber sich der grauenhaften zweiten Möglichkeit stellen: der gräßlichen Verfluchung durch die eigenen Eltern. – Oh! Wohin, Anna, du Unglückliche, du Verlorene, kannst du entfliehen?*

Henry riß sich von dem Buch los, obwohl er liebend gerne weitergelesen hätte. Er erschauderte geradezu: Nicht der geringste literarische Aspekt, und trotzdem konnte er nicht davon lassen. Morgen früh würde er weiterlesen, und er hoffte von ganzem Herzen, daß sie nicht auf den Treppenstufen sterben möge, bevor er aufgewacht war.

30

»Also wirklich, Henry, warum dauert das denn so lange!« fragte Edith Wharton im Flüsterton. Es war ganz untypisch für Henry, um diese Zeit zu schreiben. Sie war sehr bestürzt darüber, wie unglaublich *merkwürdig* er in den letzten Wochen geworden war – seit dem Tod dieser Frau in Venedig. Und die Besuche bei diesem schrecklichen Doktor Freud hatten seinen Zustand nur noch verschlimmert. Dieses Gerede über das Übernatürliche! Und William stachelte ihn noch zur Beschäftigung mit Parapsychologie an. Es war einfach nicht gut; er schrieb zu viele Gespenstergeschichten und war ganz und gar nicht er selbst. Besonders gereizt wurde sie bei dem Gedanken, daß heute abend etwas schiefgehen könnte, denn der Tisch sah so hübsch aus, und sie erwarteten zwei ihrer berühmtesten und liebsten Gäste: Paul Bourget und seine Gattin. Bourget brachte einen jungen Schriftsteller mit, von dem er sehr beeindruckt war, obwohl dieser noch nicht viel veröffentlicht hatte. Marcel Proust, so lautete sein Name, und Bourget hielt ihn für überaus vielversprechend. Sie wollte unbedingt sein Werk kennenlernen. Henry hatte offenbar schon etwas davon gelesen, denn er pflichtete Bourget in dessen Einschätzung dieses Talents bei. »Allerdings schreibt er endlos über die allerfeinsten Nuancen«, hatte er Edith erzählt. »Unentwegt geht das so, es hört einfach nicht auf.« Und Edith hatte es unglaublich komisch gefunden, daß ausgerechnet Henry eine solche Kritik äußerte. Vielleicht, dachte sie und seufzte tief auf, vielleicht erkennen wir unsere eigenen Schwächen immer nur in anderen.

31

Am nächsten Morgen kleidete der Inspektor sich mit Violettes Hilfe an und ging in ein Café.

Er stellte seine Kaffeetasse ab und seufzte. Er war es gewohnt, sich stark zu fühlen, frühmorgendliche Spaziergänge zu unternehmen und seinen Kaffee schwarz zu trinken, und fühlte sich nun unglücklich über die Mattigkeit, die er noch immer in seinem Körper spürte, während er durch die schmutzigen Fenster des Cafés nach draußen blickte. Er konnte kaum die Straßenlaternen erkennen, die noch immer brannten, obwohl der Tag schon angebrochen war. Aber vielleicht war das trübe Glas ja auch ein Segen. Wenn man weit genug sehen kann, sagten die Alten, dann kann man in die Zukunft schauen. Er war nicht daran interessiert, die Zukunft zu sehen. Die Zukunft hielt für ihn nur Schmerz bereit.

An diesem Morgen wartete er darauf, daß der kleine Laufjunge Pierre mit den Wiener Zeitungen zurückkam. Jetzt hörte er ihn, die Tür zum Café fiel laut ins Schloß. Als erstes schlug er die *Neue Freie Presse* auf, die, wie nicht anders zu erwarten, Neues über den Dreyfus-Prozeß brachte. Er bewunderte Theodor Herzl, der über den Prozeß berichtete, aber er nahm sich nicht die Zeit, den Artikel zu lesen. Er suchte nach einem Bericht über den Vorfall in der Berggasse 19. Wenn sich jetzt sogar der Kaiser einmischte, konnte er sich vorstellen, daß die aktiven Wiener Zensoren alle Hände voll zu tun hatten, um die Sache aus den Zeitungen herauszuhalten. Er blätterte weiter, fand jedoch nichts. Aber dann fiel sein Blick auf eine andere Geschichte, die seine Aufmerksamkeit fesselte:

Das Kind trug eine dunkelblaue Jacke nach der neuesten französischen Mode und einen weißen, mit feinster belgischer Spitze gesäumten Plastron. Der grüne Samtrock des Mädchens war mit zwei Reihen fröhlicher roter Blümerl verziert, eine Reihe mit großen und eine mit kleinen Blüten, deren Farbe geradezu dramatisch mit dem roten Blut in ihrem Haar harmonierte.
Die Blutspur, die sich vom Schädel abwärts über die zerschmetterte Stirn zog und sich über den weißen Plastron und den Rock ergoß, lief in einem vollkommenen, großen roten Kreis aus, der das Motiv der winzigen roten Blümerl darunter zu wiederholen schien. Drei Finger der linken Hand waren gebrochen, und die Polizei sagte, es gebe Hinweise darauf, daß das Kind sexuell mißbraucht worden sei.
Die für das Kind Verantwortlichen, Sophie und Leonard Oberkampf, sind des Mordes angeklagt worden. Heute erschien Sophie vor dem Gerichtsgebäude in einem hübschen gelben Nachmittagskleid, Leonard in einem feschen Gehrock aus schwarzem Samt. Sie wiesen alle Anklagepunkte zurück, gaben aber zu, daß das Kind ein Findling sei und es sich, wie man erst kürzlich entdeckt habe, um die Tochter von Juden handele.

Der Inspektor ließ die *Neue Freie Presse* auf den Tisch sinken und stellte auch seine Kaffeetasse ab. Die Juden, die Juden, immer lief alles auf die Juden hinaus. Einen Augenblick lang wußte er nicht, was ihn mehr anwiderte – das Verbrechen selbst oder diese typisch wienerische Art, darüber zu berichten. Die Wiener, die in vieler Hinsicht sehr kultivierte Menschen waren, konnten noch den grauenhaftesten Tod als ein ästhetisches Ereignis betrachten, einfach als eine andere Form von Theater, und Mord an sich als einen interessanten Zeitvertreib, eine Art pervertierter Kunst.

Das war ihm aufgefallen, weil er es für bemerkenswert hielt, daß ein Mann seiner Profession trotz seiner Ausbildung, trotz der täglichen Beschäftigung mit Schlägereien und Vergewaltigungen auch nach zwanzig Jahren noch mit einem Anflug von Verzweiflung auf jeden neuen Vorfall reagierte. Er dachte wieder an Wien, die Stadt seiner Kindheit. Ihm graute bei dem bloßen Gedanken, dorthin fahren zu müssen, ihm graute vor all dem, was die Stadt für ihn bedeutete. Eine schöne Stadt, aber verflucht von seinen Träumen. Sie machte ihn krank. Und doch würde er fahren. Das Fieber war gewichen, er war bereit. Aber zuerst mußte er noch dem Arzt einen Besuch abstatten, diesem Dr. Freud.

32

Ein lautes Raunen ging durchs Publikum, als Theodor Herzl, der Pariser Korrespondent der Wiener *Neuen Freien Presse*, den Gerichtssaal betrat, in dem der Dreyfus-Prozeß stattfand, und sich, wie immer, auf seinem Platz auf einer der hinteren Bänke niederließ. In dieser Reihe saßen auch einige andere Korrespondenten europäischer Blätter. Morton Fullerton von der Londoner *Times* nickte Herzl höflich zu und schob ein paar Papiere zur Seite, um ihm Platz zu machen. Er sah, daß Herzl an diesem Vormittag einen sehr gut geschnittenen Anzug trug, dunkelblau mit feinen Nadelstreifen. Herzl verströmte einen würzigen Duft. Fullerton nahm sich vor, ihn zu fragen, wo er sein Eau de Cologne zu kaufen pflege – und seine Anzüge.

Für Fullerton gehörte das zu den Freuden eines Parisaufenthaltes – die Kleidung. Er bemühte sich zwar, sein Hauptaugenmerk auf die Dreyfus-Affäre zu richten – die, das war ihm klargeworden, sich zu einer weit größeren Story entwickelte, als er ursprünglich gedacht hatte –, aber es fiel ihm schwer, seine Aufmerksamkeit vom Thema Garderobe auf anderes zu lenken. Noch immer sann er über den Erwerb eines Hutes nach, den er heute morgen bei einem Hutmacher gesehen hatte, einen Homburg, wie diese Hüte genannt wurden. Der Homburg war zuerst in Deutschland getragen worden und dann in Mode gekommen, weil der übergewichtige englische Aristokrat Prince

Edward VII. Gefallen daran gefunden hatte. Fullerton hatte den Homburg – schwarz und aus hervorragender seidiger Wolle gefertigt – aufprobiert und sich damit durchaus elegant aussehend gefunden. Er bildete eine perfekte Ergänzung zu dem, was er heute trug – einen etwas zu aufdringlich gemusterten Nadelstreifenanzug, eine dunkelblau und grün gestreifte Krawatte sowie weiße Gamaschen über schwarzen Lederstiefeln. Seine hohe Selbsteinschätzung wurde durch die bewundernden Seitenblicke bestätigt, die er selbst der sittsamsten Dame entlockte, wenn er sie anlächelte und seinen Hut auf eine ganz bestimmte Art zog.

Seit er sich Mrs. Wharton widmete, hatte er selbstverständlich nicht viel Zeit mit Damen verbringen können. Mrs. Wharton war nicht so attraktiv, wie ihm lieb gewesen wäre, aber sie wußte brillant Konversation zu machen, und die Möglichkeit, sie zu verführen, hatte sich, um das mindeste zu sagen, als eine bemerkenswerte Herausforderung erwiesen. Er ertappte sich dabei, daß er weit häufiger an Mrs. Wharton dachte und sich mit ihr traf, als er ursprünglich erwartet hatte. Er hatte geglaubt, diese Geschichte werde sich langsam anlassen, und so war es auch gekommen. Sie war eine äußerst konservative verheiratete Frau, eine unglücklich verheiratete Frau, wie er wußte. Erst nach Monaten, in denen sie sich nur unterhalten hatten und spazierengegangen waren und – worauf er besonders stolz war – auf feinst abgestimmte Weise miteinander geflirtet hatten, war es zu seiner Erleichterung zu einem plötzlichen Ausbruch ihrer Gefühle gekommen, und sie hatten sich in eine leidenschaftliche Affäre gestürzt. Ihre Leidenschaft hatte ihn geradezu ergriffen, was bei ihm nicht gerade häufig vorkam. Es brachte ihn auf den Gedanken, daß ein langsames Beginnen offenbar die Erregung steigere. Die Frau hatte noch nie zuvor einen Liebhaber gehabt und ging mit der Situation außergewöhnlich gut um. Aber schließlich, überlegte sich Fullerton beglückt, war er selbst ja auch ein ganz außergewöhnlicher Bursche, besonders wenn es um Frauen ging. Bei diesem Gedanken lächelte er. Er hörte, daß sich in der Reihe hinter ihm Leute setzten. Ein Mann murmelte vor sich hin, er habe tags zuvor den Capitaine Dreyfus gesehen, und er wirke einfach nicht verzweifelt genug, um unschuldig zu sein.

»Das Ganze ist eine böse Intrige, das weiß auch Zola«, sagte Herzl zu ihm, während er seinen eigenen Bericht überflog. »Er steht in unerschütterlicher Loyalität zur Armee, und die hängen ihm einfach den Verrat an, den andere begangen haben.«

Fullerton zuckte mit den Achseln. Er berichtete zwar für die Londoner *Times* über den Prozeß, brachte aber im Augenblick nur schwaches Interesse dafür auf. Er dachte an sein Rendezvous mit Mrs. Wharton in Wien. Durch sie war er sich wieder bewußt geworden, welch ein vorzüglicher Liebhaber er war. Er fand es beeindruckend, daß sie bis nach Wien gefahren war, um ihn zu sehen, aber allzuviel dachte er auch wieder nicht darüber nach. Jetzt versuchte Fullerton seine ganze Aufmerksamkeit auf Herzl zu richten, den er zwar bewunderte, in politischen Angelegenheiten jedoch für einen Dummkopf hielt.

»Das Thema Juden liegt immer in der Luft«, sagte Herzl, »einmal mehr, einmal weniger deutlich. Aber der Capitaine ist dabei auch nicht gerade hilfreich.« Fast wie einen nachträglichen Einfall fügte er dann einen Kernpunkt des Falles hinzu: »Zu schade, daß die Franzosen ihre Armee so leidenschaftlich lieben.« Einige Minuten später flüsterte Herzl: »Ich muß Ihnen von meinem Plan erzählen.« Aber Fullerton war mit etwas anderem beschäftigt. Eine schöne Frau mit einem Hut und einem Kleid aus Spitze – einem ganz erstaunlichen Kleid, dessen Spitzen auf den ersten Blick so wirkten, als bedeckten sie direkt ihre nackte Haut, in Wirklichkeit jedoch auf reichlich champagnerfarbener Seide angebracht waren – war eben durch den Mittelgang des Gerichtssaales gehastet, hatte sich auf einer Bank niedergelassen und gleichzeitig ihren Schleier zu lüften versucht. Als sie sich fast unmerklich umwandte, erkannte sie Fullerton, dem bei ihrem Anblick der Atem stockte.

Der Richter betrat den Saal. Im Publikum entstand Unruhe. Die Frau in dem Kleid aus Spitze erhob sich, um ihren Rock glattzustreichen, und richtete den Blick dabei auf Morton Fullerton. Das Herz blieb ihm stehen. Niemals würde er diese Augen vergessen. Gelbe Augen, die Farbe von funkelndem Topas. Er hatte sie schon einmal gesehen, bei einer Soirée in Wien.

33

Niemand, am allerwenigsten der Inspektor selbst, konnte verstehen, warum seine Trauer um die junge Studentin Elise ihn in eine so gefährliche Krankheit gestürzt hatte. Er zwang sich jetzt, das Haus zu verlassen, spazierenzugehen, genug Müdigkeit in seinen Muskeln anzusammeln, um endlich schlafen zu können. Das Fieber war gewichen, aber er fühlte noch immer eine starke Unruhe in sich. So ging er durch Nieselregen und Nebel.

Es war früher Abend. Er war schon bis zum Bois de Boulogne gekommen, da hörte er etwas im Gebüsch. Er blieb stehen; es war ein Liebespaar. Ziemlich lange blieb er auf einer Bank sitzen, nichts vor Augen als das kurze Flimmern des entschwindenden Tageslichts, das hinter den Wolken aufschien und wieder verging. Elise war tot. Warum dann jetzt diese Gedanken an seine Mutter?

»Wir werden uns sehen, ich werde nach dir schicken, mein Liebling«, hörte er sie plötzlich sagen. Damals hatte er seine Mutter zum letzten Mal gesehen, hatte ihr Kußhände zugeworfen. Ihr Hut mit den pflaumenfarbenen Federn und die winkenden weißen Handschuhe, die sich in dem ovalen Kutschfenster allmählich entfernten. Längst vergessene Erinnerungen an sie tauchten jetzt aus dem Nebel auf, als hätte nicht Elise, sondern sie seinen Schmerz hervorgerufen. Die Brust wurde ihm eng, als er an all das dachte, sein Herz zuckte. Er versuchte tief aufzuseufzen, aber es fehlte ihm der Atem. Er hatte das Gefühl, einen Käfig verschluckt zu haben. Er versuchte zu atmen, aber da war wieder dieser Käfig in ihm.

Schließlich stand er auf, machte kehrt und ging, langsamer nun, den Weg zurück, den er gekommen war. Da sah er das Liebespaar aus dem Dickicht kommen. Die Dame sah er zwar nur von hinten, aber ihre elegante Kleidung verwunderte ihn. Es war sehr ungewöhnlich, daß eine Aristokratin sich so bedenkenlos kompromittierte. Sie brachte ihre Garderobe in Ordnung; am Rückenteil ihres Kleides hingen kleine Zweige. Sein Blick fiel auf ihre Hände mit den magentaroten Handschuhen, die jetzt die Hutfedern glattstrichen. Den Mann erkannte er. Er war ein Schurke.

TEIL II

WÄHRENDDESSEN…

1

ZWEI MONATE ZUVOR SPIELTE SICH AUF DER ANDEREN SEITE DES OZEANS DAS FOLGENDE AB

Wir waren überrascht, als wir erfuhren, daß Mr. James uns wieder besuchen wollte, und ich dachte mir, daß es vielleicht wegen Tante Ida sei, die aber gar nicht besonders aufgeregt wirkte, was man von Cecily nicht behaupten konnte. Papa war sehr darauf bedacht, daß der Tisch perfekt gedeckt wurde, denn Mr. James brachte einen Gast mit, eine sehr bekannte Schriftstellerin, eine gewisse Mrs. Wharton, und Papa wollte sicher sein, daß wenigstens einer von uns ihre Bücher kannte, und zeigte sich sehr erleichtert darüber, daß Cecily und Tante Ida jeweils zumindest eines gelesen hatten. Alle hatten von Mrs. Wharton gehört, und um ihren Besuch wurde ein ziemliches Theater gemacht. Ich war mir sicher, daß Cecily die ganze Zeit versuchen würde, diese Dame zu beeindrucken, aber das war ein gewaltiger Irrtum.

Mrs. Wharton war eine imposante Erscheinung und sehr vornehm gekleidet. Sie trug einen eleganten braunen Samtmantel und eine lange Perlenkette. Ihr Kleid war gelb und hatte am Rücken eine kleine Turnüre. Edie, das Dienstmädchen, hatte offenbar schon einmal irgend etwas mit ihr zu tun gehabt – darauf komme ich später zurück –, und für Mama war es augenscheinlich eine große Erleichterung, daß Mrs. Wharton Edie nicht wiedererkannte. Mrs. Wharton war mir im großen und ganzen zu herrisch, als daß ich mich in ihrer Gegenwart hätte wohl fühlen können. Das Dinner war sehr sonderbar, denn Mrs. Wharton richtete fast alle ihre Bemerkungen an Papa und an Mr. James. Außerdem stellte ich etwas fest, was mir schon an dem Apfelpflücktag aufgefallen war, nämlich daß Cecily im Beisein von Mr. James ein völlig anderes Wesen annahm. Sie geriet ganz außer Rand und Band, was sich in einer unglaublichen Munterkeit und Lebhaftigkeit ausdrückte. Nicht daß Cecily nicht immer ziemlich munter gewesen wäre, aber in seiner Anwesenheit bemerkte ich etwas an ihr, das ich nur als eine Art fiebriges Entzücken bezeichnen kann, das ihr in die Wangen stieg und ihre fast schwarzen Augen sehr hell erscheinen ließ. Das Weiße war sehr weiß, und ihre Augen waren zwar nicht gerade schräg zu nennen, aber doch sehr oval, und ihre Wangen so rosig, und das alles zusammen ließ sie wie ein sehr fröhliches, lachendes und immer wieder errötendes Menschenkind aussehen. Aber sie errötete gar nicht – ich glaube, ich habe Cecily noch nie rot werden sehen. Sie war einfach *aufgeregt*, und Mr. James war seinerseits höchst angetan von ihr, das sah sogar ich. Er richtete nämlich die meisten seiner Fragen an Cecily und schien sich jedesmal fast ein bißchen zu ärgern, wenn irgend jemand anderer, mit Ausnahme von Mrs. Wharton, dazwischenfuhr.

Ich konnte nicht alles hören, was sie sprachen, aber ich sah, wie Mama ihre Blicke immer wieder mit einiger Besorgnis und leicht verwirrt zu den beiden wandern ließ, und einmal sagte sie sogar: »So, Cecily, nun mußt du aber Mr. James zu Ende essen lassen und ihm nicht so viele Fragen stellen!«, woraufhin Cecily Mama einen fürchterlichen Blick zuwarf, während Mr. James rasch beteuerte: »Ach, nein, ich bitte Sie, diese Fragen gefallen mir sehr.« Und schon senkte er wieder den Kopf, und Cecily redete weiter in dieser, wie ich fand, für sie irgendwie untypisch ernsthaften Art, und ihr Gesicht hatte diesen konzentrierten, gekünstelten Ausdruck, den sie immer aufsetzte, wenn sie verzweifelt versuchte, etwas Schwieriges zu lernen.

Ich durfte es ja niemandem erzählen, aber einen ähnlichen Gesichtsausdruck hatte ich bei Cecily schon einmal gesehen, als sie Großvaters Anatomiebücher betrachtete. Als Mama und Papa die Bücher unter Cecilys Bett fanden, hatte es einen schrecklichen Krach gegeben, aber dann war ausgerechnet Großvater Cecily zu Hilfe geeilt und hatte Mama und Papa gegenüber darauf bestanden, daß man ihre Fragen über »den menschlichen Körper« beantwortete. Tante Ida wurde dazu auserwählt, diese Mitteilung von Großvater an Cecily weiterzugeben, und des weiteren setzte man fest, daß Cecily eine Stunde pro Woche in den Anatomiebüchern lesen und Großvater dann schriftliche Fragen vorlegen durfte, der sich daraufhin mit Tante Ida beraten sollte, woraufhin Tante Ida Cecily die Antworten übermitteln durfte. Diese Prozedur wurde nun schon seit einiger Zeit durchgeführt, wobei Mama uns alle zum Schweigen verpflichtet hatte, denn niemand außerhalb der Familie durfte davon erfahren, und Timothy verbot sie es überhaupt, mit Cecily über solche Themen zu sprechen.

Nach dem Dinner zogen wir uns in den Salon zurück, und ich lauschte gebannt der Unterhaltung zwischen Cecily und Mr. James. Auch Tante Ida nahm an der Konversation teil, und ich dachte mir, daß Mr. James Tante Ida wohl sehr gern mochte, seine Aufmerksamkeit aber absichtlich eher Cecily zuwandte, wie um jedem, der es mutmaßte, eine möglicherweise aufkommende Peinlichkeit zu ersparen.

Tante Ida hatte ihren Stuhl zu den beiden gerückt, und ich dachte mir, daß sie vielleicht ebenso interessiert an Mr. James sei wie er an ihr. Cecily jedenfalls merkte nichts und plapperte pausenlos darüber, wie hinreißend, einfach hinreißend sie es finden würde, eine Romanfigur zu sein, und dann sagte sie mit einer plötzlichen Kopfwendung zu Mr. James: »Würde es Ihnen nicht selbst gefallen, endlich in einer Geschichte von jemand anderem vorzukommen? Das würde Ihnen doch sicherlich gefallen!«

»Ganz und gar nicht«, erwiderte Mr. James, sichtlich erbleichend. »Nein, überhaupt nicht, ganz im Gegenteil.« Er strich mit dem Finger auf der Innenseite seines Hemdkragens entlang und lief plötzlich ziemlich rot an. Papa bemerkte es, stand auf und öffnete die Terrassentür, um ein bißchen frische Luft hereinzulassen. Cecily aber dachte nicht daran, das Thema zu wechseln.

»Ich will damit nicht sagen«, sagte sie vorsichtigerweise, »daß es jemals jemanden geben könnte, der Ihnen *gleich* wäre, ich meine, Sie sind ein so hervorragender Schriftsteller, aber vielleicht gibt es einen Menschen, der Ihnen geistesverwandt ist ... einen Menschen, der ...«

»Nein, nein, nein, meine Liebe«, fiel Mr. James ihr ins Wort, während er hastig sein Taschentuch herauszog und sich damit sorgsam die Lippen abtupfte, als wollte er auf diese Weise einen Gedanken versiegeln, den er gerade zu äußern beabsichtigt hatte, »ich denke, das wäre eine Herausforderung, welche selbst die begabtesten Erfinder und Chronisten überforderte, denn ich führe ein sehr ruhiges Leben, mußt du wissen, über das es nicht viel zu erzählen gäbe.«

»Nun«, sagte Cecily, »man könnte ja etwas erfinden, um dem Ganzen ein bißchen Würze zu verleihen, meinen Sie nicht?« Bei diesen Worten lächelte sie ihn so süß an, daß es einen Augenblick aussah, als hätte er vergessen, was er sich gerade hatte anhören müssen, denn sein Gesichtsausdruck erstarrte einen Moment lang zwischen dem, was ich für Entsetzen hielt, und dem Vergnügen an Cecilys charmant vorgebrachten Einfällen. Dann belebte sich sein Gesicht sofort wieder, wobei sich der ursprüngliche Ausdruck des Entsetzens in einen der Belustigung verwandelte.

»Erfinden, meinst du?« In seinen Augenwinkeln bildeten sich viele Fältchen. »Du meinst, ein Leben für mich erfinden?« Er betrachtete Cecily, als könnte er sich nur wundern über sie, und ich weiß es zwar nicht genau, aber während der Kaffee serviert wurde, starrte er so gedankenverloren in die Luft, daß ich annehmen mußte, daß er diese Möglichkeit überdachte und sich fragte, wie man sich so etwas nur ausdenken konnte.

Mr. James behauptete, er fühle sich sehr wohl, aber ich glaubte ihm das nicht. Er wollte ganz offensichtlich rasch das Thema wechseln, was Cecily auch endlich tat, aber erst nachdem sie eine Weile über verschiedene Frauenfiguren in Romanen, die sie kannte, gesprochen hatte.

Mir fiel auf, daß sie es vermied, irgendein Buch von Mr. James zu erwähnen. Ich wußte, daß Cecily, die sich normalerweise nicht sehr für Romane interessierte, nach dem Apfelpflücken sofort in die Bibliothek gegangen war und fast alles, was von Mr. James stammte, aus den Regalen geholt hatte. Obwohl sie bis zu diesem Zeitpunkt in ihrem Leben ein gewaltiges Interesse an Großvaters Anatomiebüchern entwickelt hatte, muß ich doch sagen, daß man Cecily zwar als ein sehr neugieriges, couragiertes und kompliziertes, aber doch auch ziemlich oberflächliches Menschenkind bezeichnen mußte. Sie interessierte sich vor allem für Jungen und Haarschleifen, und außerdem war ihr wichtig, daß sie das, was sie Papa in einem Geschäft zeigte, auch bekam.

Es sagt wohl genug, wenn ich hier erwähne, daß Cecily in den Wochen nach Mr. James' erstem Besuch in ihrem Zimmer blieb und las. Mama hatte ihr verboten, sich mit Büchern an den Tisch zu setzen; deshalb verschwand Cecily immer gleich nach dem Dinner, um weiterzulesen.

Zuerst dachte Mama, sie hätte sich die Anatomiebücher in

ihr Zimmer geholt, aber Tante Ida versicherte ihr, daß dies nicht der Fall war.

Die Sache begann mich zu beunruhigen, denn früher war immer ich die Leseratte gewesen, und ich spürte, daß Cecily etwas konnte, zu dem ich nicht fähig war. Es schien, als wäre sie bei ihrer Lektüre leidenschaftlich darauf bedacht, etwas zu entdecken, das sie vor dem Schicksal erretten sollte, von dem sie schon damals wußte, daß es sie ereilen würde.

All diese Dinge gingen mir durch den Kopf, als ich plötzlich hörte, wie Cecily zu Mr. James sagte: »Ich finde, Sie hätten Isabel nicht nach Rom und zu Mr. Osmond zurückschicken sollen. Das war ganz gräßlich.«

Mr. James reagierte völlig verdutzt. Er hüstelte und sagte dann etwas ziemlich Kompliziertes über das Zusammenspiel von Figuren und Handlung, und ich glaube, er benutzte das Wort *glaubwürdig*. Er sagte es, um Cecily zum Schweigen zu bringen, was jedoch keineswegs funktionierte. »Aber *Sie* haben das doch gemacht. Ich hätte etwas anderes eher geglaubt. Sie hätten sie retten können. Ich finde, Sie haben sie gar nicht richtig verstanden. Das Küssen gefiel ihr sehr wohl«, fügte sie hinzu. An dieser Stelle wandte sich Mrs. Wharton um. Sie hatte gelauscht, das war klar, und warf Cecily jetzt einen sehr eindringlichen Blick zu. Vielleicht war es wegen dieses Blickes – ich weiß nicht, was sie dazu bewog –, jedenfalls sagte Mrs. Wharton plötzlich etwas zu Cecily, was diese sehr aufbrachte. Cecily erwiderte nur: »Nein, bestimmt nicht.« Vielleicht hatte sie Cecily gefragt, ob sie Lily Bart sein wolle, denn *Das Haus der Freuden* war ja nun wirklich ein ziemlich bekanntes Buch; aber Cecily hat mir nie gesagt, wie Mrs. Whartons Frage nun eigentlich gelautet hatte.

An dieser Stelle wurde das Gespräch durch Mary unterbrochen, die Likör servierte, was eigentlich ganz gut war, und erst dann wieder aufgenommen, als Mr. James und Mrs. Wharton aufbrachen und Mrs. Wharton sich umdrehte und als Cecily sagte: »Ich, ich behaupte, daß es in gewisser Hinsicht die einzige Art ist, lebendig zu sein. Ich meine, endlich wirklich, wirklich zu leben.« Cecilys Stimme hatte einen ganz neuen Klang angenommen, und zwar einen ziemlich beängstigenden.

»Das meinst du doch sicherlich nicht im Ernst«, sagte Mrs. Wharton, die sich plötzlich sehr unbehaglich zu fühlen schien.

»Aber *ja*«, entgegnete Cecily entrüstet, wandte sich an Mr.

James und packte ihn hastig am Arm. »*Sie* verstehen das doch, nicht wahr? Sie müssen es einfach verstehen!« Dabei sah sie ihn so ernst und flehentlich an, daß er mehrere Schritte zurücktrat.

»Nun ja«, sagte er stirnrunzelnd, »ich denke schon. Wir können uns ein andermal weiter darüber unterhalten. Ich bin jetzt ziemlich müde, und die Kutsche ist schon vorgefahren, und Mrs. Wharton und ich müssen noch heute abend zum Bahnhof.«

Ich sah genau, daß Cecily mit den Tränen kämpfte. Es war eine ziemlich peinliche Situation, aber dann versuchte Mrs. Wharton, sie zu retten, indem sie sagte: »Ich bin mir sicher, daß du letzten Endes in deinem Leben mit dem Menschen, der du nun einmal bist, recht zufrieden sein wirst.« Ich dachte, diese Bemerkung würde der erneut aufgeflammten Diskussion mit Cecily ein Ende setzen, aber leider kam es anders, denn Cecily erwiderte patzig: »Darum geht es mir nicht. Ich habe von etwas ganz anderem gesprochen.«

Die Kutsche entfernte sich vom Haus der Mains. Edith schwieg eine Weile. Dann sagte sie zu Henry:

»Das mit dem Mädchen ist sehr merkwürdig.«

Henry schwieg.

»Cecily, meinst du«, sagte er schließlich, obwohl er genau wußte, von wem die Rede war.

»Natürlich, ja ...« sagte Edith. »Ich finde das Ganze so *kurios*.«

Henry hatte keine Lust, darüber nachzudenken, wie kurios das Ganze war.

»Wahrscheinlich ist es dasselbe wie bei jedem jungen Mädchen – so wie jedes junge Mädchen Schauspielerin werden möchte, meinst du nicht auch?« fragte er sie verlegen.

»Aber *nein*, Henry, es ist etwas völlig anderes. Ich habe so etwas noch nie gehört. Ich finde es sehr bemerkenswert.«

Henry schwieg. Ihm war auf einmal äußerst unbehaglich zumute.

»Überleg doch mal, Henry, stell dir vor, du hättest nur dann das Gefühl, am Leben zu sein, wenn du eine Figur in einem Buch wirst, anders könntest du nicht leben, deine ganze Existenz wäre ohne jeden Wert, es sei denn, du wärst *geschrieben*. Das hat nichts mit literarischem Ehrgeiz zu tun, sondern ist die *absonderlichste* Form von Ehrgeiz überhaupt ... Findest du nicht?«

»Nun ja ... ja ... nein ... ach, ich weiß es nicht«, antwortete er mit wegwerfender Gereiztheit. Es war ihm ein Rätsel, warum sie ihn mit dieser Sache so belästigte. Er hatte wirklich keine Lust, darüber nachzudenken. Und auch darüber, wie es zu verstehen sei, wollte er nicht nachdenken, tat es dann aber doch. *Er* jedenfalls hatte diesen Wunsch noch nie gehabt, weiß Gott nicht!

Der Gedanke, daß er doch einmal durch die Sätze eines anderen beschrieben werden könnte, jagte ihm kalte Schauer über den Rücken. Er würde das niemals wollen, es sich niemals aussuchen. Schon allein die Vorstellung, irgendein beliebiger Mensch könnte es wagen, seine Seelenregungen oder die äußere Kleidung, die er trug, oder überhaupt irgend etwas von ihm zu beschreiben, beleidigte ihn.

Die Kutschräder klapperten, das Geschirr der Pferde bewegte sich rhythmisch, die Hufe stampften, und Henry steigerte sich allmählich in die Vorstellung hinein. Wer würde so etwas tun? Hatte er sich nicht mit jedem Komma, jedem Semikolon, jedem Punkt eines jeden Satzes, den er jemals geschrieben hatte, selbst gemeint, ausgedrückt, beschrieben? War er nicht geradezu in jedem Gedankenstrich, in der Bedeutung jedes Wortes, jedes Satzes selbst enthalten? Wer könnte je den Versuch unternehmen, ihn zu beschreiben in anderen als seinen eigenen Worten? Die Vorstellung, daß ein Teil seines ureigenen Wesens in die Hände anderer geraten könnte, die es dann genau betrachten und den Geist, den zu beschreiben er selbst sich solchen Mühen unterzog, durchdringen und schmälern, ja schmälern würden und das, was kein anderes Bewußtsein als sein eigenes über seine Seele wissen konnte, darin einschlössen! Die Vorstellung, daß einem auf diese Weise Gewalt angetan werden könnte, deprimierte ihn, und als er nun Edith Wharton in der Kutsche betrachtete, deren Gesicht hin und wieder vom Licht einer Straßenlaterne beleuchtet wurde, erfüllte ihn die Tatsache, daß sie ein solches Thema angeschnitten hatte, mit einem wilden Zorn, der ihn erstaunte: Vielleicht hatte sie sogar selbst schon daran gedacht, ihn in eines ihrer Bücher zu stecken! Wegen dieses Gedankens haßte er sie in diesem Augenblick.*

---

* Es läßt sich nicht mit Bestimmtheit sagen, ob James hierbei an die Figur des Selden in *Das Haus der Freuden* dachte. Literaturwissenschaftler haben darauf hingewiesen, daß diese Figur Ähnlichkeiten mit James besitzt.

Und dann mußte er an Constance Fenimore Woolson* denken und spürte, wie sich seine Hand zur Faust ballte.

Miss Woolson wartete bereits auf ihn. Während der Gondoliere das Boot geschickt über den Canale Grande bewegte, sah er sie schon am Kai stehen. Die Kirche Santa Maria della Salute schimmerte im Licht des frühen Morgens. Er seufzte. In letzter Zeit hatte eine leichte Mattigkeit von ihm Besitz ergriffen. Er war sehr froh, sie wiederzusehen. Ihre Gesellschaft empfand er als ausgesprochen unterhaltsam.

Miss Woolson schritt nervös an den Stufen entlang, die den Kanal säumten. Das Wasser plätscherte gegen die Steine, die jetzt im Licht grün und grau aussahen. Der Himmel war bewölkt, aber es schien aufzuklaren, so daß sie erst, als sie einen Blick auf ihre neuen schwarzen Stiefel warf, eine Erklärung für ihr Frösteln fand. Ein Stiefel glänzte vor Nässe.

Wie habe ich das wohl gemacht? überlegte sie, stampfte mit dem Fuß auf und hob den Kopf gerade zur rechten Zeit, um Henry James auf dem vorderen Sitz der Gondel zu sehen, mit makellos weißem Hemd, ebenso untadeliger Krawatte und einem Tweedanzug, der direkt vom Schneider zu kommen schien, obwohl dem sicherlich nicht so war – wußte sie doch, daß Mr. James keineswegs über ein besonders großes Vermögen verfügte. Im Augenblick war sie ein wenig gereizt wegen ihres nassen Fußes. Sie konnte Mr. James nicht mehr warten lassen, um ihre Schuhe zu wechseln, und dabei fand sie es so, nun, so nobel von ihm, daß er ihr angeboten hatte, sie in seiner Gondel abzuholen, obwohl er dafür den ganzen langen Weg über den Canale nehmen mußte. Aber sie hatte ja nur *einen* nassen Fuß, wenn er auch unangenehm kalt wurde, und bald würde sie es ganz vergessen haben, denn heute vormittag wollten sie sich die Caravaggios ansehen, und Mr. James war ein so aufmerksamer, so charmanter, ein so besonderer Freund.

---

* Constance Fenimore Woolson war eine amerikanische Schriftstellerin, die eine enge Freundschaft mit James unterhielt. Sie war nicht verheiratet und, wie angenommen wird, in James verliebt. Eine Figur in einer ihrer Erzählungen ist nach ihm gestaltet. Sie starb in Venedig – vermutlich war es Selbstmord – durch den Sturz aus einem Fenster im zweiten Stock. Als James davon erfuhr, eilte er nach Venedig und verbrannte alle Briefe, die sie von ihm erhalten hatte. James hatte sie immer »Fenimore« genannt.

Der Gondoliere lenkte das Boot an die Stufen heran, so daß es sich an den Stein zu schmiegen schien, als gäbe es keine Wellen dazwischen, und Mr. James und der Gondoliere boten ihr gleichzeitig den Arm. Mr. James ergriff ihre Hand, faßte sie am Ellbogen und half ihr ins Boot, und ehe sie sich versah, hatte der Gondoliere die Spitze der Gondel wieder dem Canale zugewandt und Miss Woolson saß neben Mr. James, und sie begannen sofort, sich ganz konzentriert und ein wenig förmlich miteinander zu unterhalten, wobei Miss Woolson eher zurückhaltend vorging, sich vorsichtig vorantastete, denn sie fühlte sein Interesse an ihr so deutlich, wußte – denn es war nun einmal so –, daß sie zwar vierzig war, aber eben auch sehr sympathisch, sehr zuvorkommend, überaus sensibel und hochgebildet, und schließlich mochten sie die gleichen Dinge, und er war sehr aufmerksam und Junggeselle, es gab Beispiele für dergleichen, und immerhin verbrachten sie ja fast jeden Tag zusammen, und welcher Mann würde soviel Zeit mit einer Frau verbringen, ohne nicht zumindest mit dem Gedanken zu spielen, sie zu heiraten! Mit dem Gedanken spielen? Jetzt lächelte sie ihm zu, und er betrachtete sie mit warmem Blick, und sie fühlte wieder die Hoffnung in sich keimen, denn er betrachtete sie, nun – mit warmem Blick, würde sie sagen, wenn auch nicht ganz so warm, wie sie es sich gewünscht hätte.

2

Mrs. Wharton und Mr. James waren offenbar in Mrs. Whartons Haus in den Berkshires gefahren, das sie The Mount nannte. Ich hatte zufällig gehört, wie sie sich in allen Einzelheiten darüber unterhielten, wie sie zum Bahnhof kämen, und wie Mrs. Wharton sagte: »Ach, hätte ich doch meinen geliebten Panhard hier!« Das war ein Automobil, das sie kurz zuvor in Paris gekauft hatte. Ich fragte Papa, warum ihr Wagen in Paris sei, wenn sie doch hier lebte, und er meinte, die meiste Zeit über lebe sie eigentlich dort, obwohl ihr Mann *hier* wohnte. Der Zufall wollte es, daß Cecily und ich am frühen Nachmittag heimlich mit angehört hatten, wie das Dienstmädchen Edie Mama erzählte, daß Mrs. Whartons Ehemann Teddy ein schrecklicher Trunkenbold sei, und dann folgte entsetztes Geflüster, das wir nie verstanden hätten, wenn wir nicht ganz zufällig in der Vorratskammer gestanden und dort einfach geblieben wären, um, das gebe ich zu, mehr zu erfahren. Auf jeden Fall hieß es, Mrs. Wharton sei sehr unglücklich und würde in seiner Nähe nur krank werden. Depressionen nannten sie das, und dann müßte sie in die Klinik in Philadelphia, wo Edie früher gearbeitet hatte, deshalb kannte sie die ganze Geschichte. Edie war sonst nie gemein, es überraschte mich, sie so tratschen zu hören; allerdings fand ich, daß sie eigentlich ziemlich viel Mitleid für Mrs. Wharton aufbrachte, und Mrs. Wharton war ein Mensch, der nicht gerade Sympathie erweckte.

Dafür, daß sie in Kliniken mußte, war sie eigentlich eine ziemlich imposante Person, fand ich. Und sie war ungeduldig und ziemlich direkt, überhaupt nicht taktvoll oder sanft oder so, und außerdem spürte ich, daß sie absolut nichts mit Tante Ida zu tun haben wollte. Das war mir vom ersten Augenblick an klar gewesen, und Tante Ida auch. Sie war wirklich kein Mensch, den man schnell ins Herz schließen konnte, aber Cecily sagte, das Buch über Lily Bart – es hieß *Das Haus der Freuden* – zeige, daß man, wenn man auch nur daran *dächte*, ein solches Buch zu schreiben, ein freundlicher Mensch sein müsse, und da war ich mir plötzlich nicht mehr so sicher. Aber etwas an Mrs. Wharton faszinierte mich ziemlich, und zwar nicht nur, daß eine so imposante Dame Schriftstellerin war, eine berühmte obendrein, sondern auch die Vorstellung, daß eine Dame mit soviel *Elan* tatsächlich ins Krankenhaus mußte, und zwar wegen Depressionen – und Edie sagte, Depressionen, das wäre ein entsetzliches Gefühl, man wollte dann nicht mehr leben. Diese Vorstellung verwirrte mich so, daß ich gar nicht mehr aufhören konnte, darüber nachzudenken.

3

Was Cecily gesagt hatte, führte bei Henry James zu Überlegungen darüber, ob es jemals einen Menschen geben würde, der irgend etwas über *ihn* zu sagen hätte. Er fand sie überaus faszinierend, diese kurzen Momente, in denen er den Blick zu seinem Bücherregal hob und den Gedanken wagte, daß irgendwann irgend jemand – ein belesener und ihm wohlgesonnener Mensch, wie er hoffte – ein Buch über ihn, Henry James, schreiben könnte. Er betrachtete das Bücherregal, und plötzlich schien es zu leuchten. Nichts als dummes Zeug und Unsinn, das war doch klar, und doch in gewisser Hinsicht erhebend, sich vorzustellen, daß es wirklich einmal *wahr* werden konnte. Er gestattete sich die eitle Regung und malte sich ein Buch aus, ein ganzes Buch, das ausschließlich der wissenschaftlichen Untersuchung seines Werkes gewidmet war. Vielleicht, dachte er versonnen, hatte es sogar goldene Buchstaben. Wenn es sich mit seinem *Werk* beschäftigte, würde er sich darüber wohl ziemlich freuen. Zorn rief in ihm nur jene andere Anspielung hervor.

In dieser Nacht zündete Henry James, bevor er sich schlafen legte, eine lange Kerze an. Edith mochte die Elektrizität nicht, daher gab es keine elektrischen Lampen in ihrem neuen Haus hier in Lenox, Massachusetts. Er beschloß, im Verlauf des nächsten Tages nach London aufzubrechen und von dort auf den Kontinent weiterzureisen. Er nahm einen der langen Briefe von Fenimore zur Hand. Es war ihm ganz besonders schmerzlich, ihren Brief jetzt wieder zu lesen, und er wußte nicht genau, warum er es eigentlich tat. Er wußte nur, daß er sich in den Klang ihrer Sätze, ihrer Zweifel, ihrer scheuen Art, mit ihm zu flirten, versenken wollte, daß er mit aller Aufmerksamkeit in jede Nuance dieser Worte eindringen und aus diesen Spuren die Gefühle herauslesen wollte, die sie ihm in Wahrheit entgegenbrachte.

Während er sich dieser Mühe unterzog, spürte er, daß der Schweiß ihm den Nacken hinaufkroch und bald darauf seinen ganzen Kopf umhüllt hatte. Er dachte sich, daß er wohl Fieber habe, und ging zu seinem kleinen Koffer, um ihm ein Tonikum zu entnehmen, welches er sich in England besorgt hatte, Dr. Seligman's Compound, und das ihm schon bei vielerlei Gelegenheit gute Dienste erwiesen hatte. Das Etikett allerdings fand er entsetzlich, denn es zeigte eine Dame, die ihre Hand an die Stirn geführt hatte und ohnmächtig nach hinten in einige Rosenbüsche zu sinken drohte. Nachdem er das Tonikum eingenommen hatte – und auf das Tonikum sollte er später diese Phantasien zurückführen –, lag er da und sah plötzlich wie im Traum die junge Cecily in einem weißen Kleid mit rosarotem Band und Veilchen an der Taille ins Zimmer treten und sich auf den Sessel ihm gegenüber setzen. Als sie den Blick aus ihren großen dunklen Augen auf ihn richtete, war es, als flehte sie ihn um Hilfe an. Sie war gekommen, ihn um etwas zu bitten – ihr eine Realität zuzuschreiben, die sie sich selbst nicht verleihen konnte, eine Realität, ohne die sie nicht leben zu können meinte.

»Es wäre so schön, wenn Sie es täten«, sagte sie leise zu ihm.

»Nun, nun«, hörte er sich selbst wie von einem anderen Planeten sagen, »ich werde es mir überlegen. Eine sehr ungewöhnliche Bitte, die noch nie jemand an mich gerichtet hat.«

»Aber Sie haben doch sicher daran gedacht. An mich.«

»Nein. Nicht im geringsten, ehrlich gesagt. Weißt du, ich beginne gern mit Figuren, auf die ich selbst komme. Zola wäre einem solchen Vorschlag gegenüber bestimmt aufgeschlossener, vielleicht solltest du ihn einmal besuchen. Du hast mir ja gesagt, daß du ihn bewunderst.«

»O ja, und wie!« erwiderte sie und ließ ihr ausgelassenes, mädchenhaftes, entzückendes Lachen erklingen, das vor Vergnügen an der reinen Lebensfreude überzusprudeln schien. »Aber in seinen Geschichten möchte ich nicht vorkommen. Sie sind so schrecklich unschicklich, und wohin man da gehen müßte – nein, ich glaube nicht, daß mir das gefallen würde.«

»Versuch es einmal mit Tolstoi«, hätte er ihr am liebsten gesagt, »die ländlichen Gegenden Rußlands würden deiner Gesundheit guttun. Unzählige junge Frauen, die aus allen möglichen Gründen blaß geworden waren, fanden dort Erholung.« Aber er konnte gar nichts sagen. Er war fest eingeschlafen, und als seine Lider zufielen, war sein letzter Gedanke der, daß er etwas sagen sollte, aber nicht konnte, und dann hörte er sie auf Zehenspitzen aus dem Zimmer gehen.

4

Meine Schwester Cecily schlief weich und rosig in dem Bett neben meinem. Ihre dunklen Locken schlängelten sich in glänzenden Ringeln über das Kissen, und in der Hand hielt sie, von den Fingern kaum umschlossen, einen Bleistift. Über ihren Beinen lag die Karte von Europa; Österreich war durch ihr Knie im Augenblick leicht erhaben. Ich war früh aufgewacht, denn die

Nachricht von unserer Abreise hatte mich in Aufregung versetzt. Ich hatte kaum geschlafen. Cecily war länger wach geblieben, als sie eigentlich durfte, und hatte meine im Tagebuch festgehaltenen »Vorstellungen« von Wien durch schriftliche Berichtigungen ergänzt. Vor lauter Aufregung hatte ich begonnen eine Geschichte zu schreiben, was ich oft tat (obwohl Mama es ganz schrecklich mißbilligte), aber als Cecily sie gelesen hatte, stampfte sie mit dem Fuß auf und erzählte jedem, es sei viel zu romantisch. Das überraschte mich, denn ich dachte immer, für Cecily wäre niemals irgend etwas zuviel. Aber da wurde ich eines anderen belehrt.

5
DIE ÜBERFAHRT

Tante Ida las gerade ein Buch von Frederick Engels, das eine Dame, die bei uns zu Besuch gewesen war, ihr beim Abschied in die Hand gedrückt hatte.

Wenn Sie nach Österreich fahren und sich bei den Deutschen aufhalten, sollten Sie Engels lesen, hatte die Dame gesagt. Und einen gewissen Marx auch.

Deshalb las Tante Ida jetzt jeden Abend beim Dinner laut Engels vor, und Papa sagte, sie sei so aufrichtig bewegt, er bringe es nicht übers Herz, ihr Einhalt zu gebieten. Aber eines Abends gebot sie sich selbst Einhalt.

Den ganzen Tag über war es regnerisch und windig gewesen, und das Schiff war sehr unangenehm geschlingert, so daß sich im Speisesaal nicht viele Leute einfanden. Die meisten lagen seekrank in ihren Betten, und die wenigen, die in den Speisesaal gekommen waren, zeigten sich sehr schweigsam. Als Tante Ida vorzulesen begann, klang ihre kräftige, leidenschaftliche Stimme lauter als sonst, und ich weiß nicht, ob sie die Passagen schon vorher für sich gelesen hatte oder sich erst während des Vorlesens mit ihnen vertraut machte, jedenfalls erzeugte Tante Idas kräftige, gebieterisch durch den Speisesaal dröhnende Stimme eine Wirkung, die ich nie vergessen werde:

... *Die moderne Einzelfamilie* (sagte Tante Ida stellvertretend für Mr. Engels), *ist gegründet auf die offne oder verhüllte Haussklaverei der Frau ...*

Es war, als wäre etwas explodiert. Ich hörte, wie Mama ein wenig Luft einsog und eine Art »Uuhhh« von sich gab. Dann lief sie rot an, blutrot.

»Tja«, sagte Tante Ida und ließ das Buch sinken, weil sie wohl nicht recht wußte, was sie sonst tun sollte. Dann klappte sie es mit dem Schwung tiefer Befriedigung zu.

»Das ist nun ganz gewiß ein Denker, der einem etwas zum Nachdenken gibt«, sagte sie mit strahlendem Lächeln und sah sich im ganzen Speisesaal des Schiffes um, so daß die blauen Troddeln an ihrem Hut ins Schaukeln gerieten. Zuviel des Guten! hatte Mama über die Troddeln gesagt und sagte es überhaupt oft über Tante Ida, und diesmal fand ich, daß sie wohl recht hatte. Alle hatten aufgehört zu essen. Sie stierten uns mit ihren in der Luft verharrenden Tassen, Gabeln und Messern an, als benähme sich Tante Ida, wie Cecily später sagte, *skandalös*.

»Sie hat es doch nur *vorgelesen*«, sagte Cecily hinterher. »So etwas Albernes habe ich noch nie erlebt, ich finde es wirklich erstaunlich, daß sie es alle so ernst nehmen.« Da zog sie sich gerade hastig ihr rosarotes Kleid aus und versuchte, in das blaue zu steigen.

»Warum ziehst du dich denn um?« fragte ich sie verärgert. »Es ist doch erst zehn Uhr morgens.«

»Ich habe nichts anderes zu tun«, antwortete sie.

»Du könntest lesen oder lernen«, sagte ich, und zu meinem Erstaunen erwiderte sie: »Du hast recht, das könnte ich wirklich tun.« Sie hatte wieder diesen boshaften Gesichtsausdruck. »Ich glaube, ich muß mehr von diesem Mr. Engels lesen. Vielleicht«, sagte sie mit funkelnden Augen, »kann *ich* heute abend vorlesen.« Diese Keckheit verschlug mir den Atem, aber dann konnten wir uns beide nicht mehr zurückhalten und fielen kreischend vor Lachen aufs Bett. Ganz besonders mußten wir darüber lachen, wie Lady Dunbarton am Nachbartisch sich an ihrer Suppe verschluckt hatte und husten und husten mußte. Sie war so gemein, und ihr Gesicht war so komisch, und alle machten ein großes Theater mit ihrem »Na, na, na!« und »Ach, du meine Güte!«, und alle hatten Tante Ida angestarrt, als wäre sie daran schuld, daß die Lady sich an der Suppe verschluckt hatte. Dabei waren mindestens fünf Minuten vergangen, es sei denn, wie Cecily boshaft sagte, sie hätte die Suppe die ganzen fünf Minuten hindurch mit aufgeblähten Backen im Mund behalten, und wenn es so gewesen wäre, dann wäre ihr ganz recht geschehen, daß sie sich verschluckt hatte.

Aber es war eine Riesenaufregung, und mittendrin rutschte einer der Kellner aus und stürzte zu Boden, und alle Teller fielen auf ihn, und noch immer hatten sich alle umgedreht und starrten Tante Ida an, und Cecily und ich tauschten einen Blick, und sie ergriff meine Hand unter dem Tisch, und wir konnten einfach nicht anders, wir kicherten in unsere Servietten, während Mama den Blick mit verdrehten Augen über den Speisesaal schweifen ließ und immer wieder sagte: »Mädchen, Mädchen, Mädchen... Ich bitte dich, Frederick, *unternimm* etwas!« Aber es half nichts. Und ich glaubte, ich müßte sterben vor Lachen, und schließlich mußte Papa uns aus dem Speisesaal aufs Deck hinausführen, damit wir ein bißchen frische Luft bekamen, aber wir mußten noch stundenlang weiterlachen, jedenfalls kam es mir so vor, und der Bauch tat mir schon höllisch weh, und Timothy war auch keine Hilfe. Er stand einfach herum wie ein Bruder, blickte absolut angewidert drein und sagte: »Ich kann es kaum erwarten, endlich an Land zu gehen. Die beiden sind ja völlig närrisch geworden!«

6

Mama sandte vom Schiff aus ein Telegramm an das Hotel in Paris. Sie sagte, sie hätte mit Papa arrangiert, daß wir »im Haus dieser Frau« in Wien nur einen Monat bleiben würden, und Papa wäre einverstanden. Mama war sehr gut im Arrangieren. Sie war durch und durch überzeugt, daß man *Verständigung* erzielen müsse, ein Wort, das sie oft benutzte. Sie und Tante Ida hatten »Verständigung« – von Tante Ida her jedoch nur widerwillig akzeptiert – darüber erzielt, daß Mama sich mit allen Büchern, die Tante Ida uns zu lesen gab, einverstanden erklären mußte. Ich glaube, Tante Ida handhabte das so, daß sie Mama nicht immer genau mitteilte, was in dem Buch jeweils stand.

Das letzte Buch, das sie uns vor der Abreise gegeben hatte, war das *Mutterrecht* von Bachofen,* das sie Mama gegenüber als ein Geschichtsbuch bezeichnete, was es ja auch war. Aber es war ein Geschichtsbuch, in dem stand, daß ursprünglich Frauen die Gesellschaft anführten, und daß nur Frauen in der Lage gewesen wären, so etwas wie Besitz zu erfinden. Tante Ida hatte uns nie dazu verleitet, die Wahrheit zu verschweigen, aber als Mama uns danach fragte, erklärte ich ihr, es sei ein sehr gutes Geschichtsbuch, und als sie Cecily fragte, sagte Cecily, es gebe darin alte Zeichnungen einer äußerst interessanten Kleidermode, aber da warf Tante Ida ihr einen Blick zu, um sie zum Schweigen zu bringen, denn wenn Mama die Kleidermode in dem Buch je zu Gesicht bekommen hätte, wäre sie auf der Stelle tot umgefallen. Die Frauen in dem Buch trugen nämlich Halsketten und Ohrringe und waren halb nackt.

Tante Ida sagte, das wäre wegen des heißen Klimas, und sie hätten sich ausziehen müssen, sonst wären sie vor Hitze gestorben, und Cecily sagte, es sähe dort sehr dschungelig aus, ob sie denn keine Angst vor Giftsumach gehabt hätten, aber Tante Ida sagte nein, die Hitze hätte ihnen wesentlich mehr zu schaffen gemacht.

7

An einigen Abenden auf hoher See erlebten wir ganz reizende Dinners, wie Mama sich ausdrückte. Damit meinte sie, daß niemand irgend etwas Anstößiges sagte und Cecily und ich unser Gekicher im Zaum hielten. Aber am vorletzten Abend vor unserer Ankunft kam die Dame aus England, mit der Tante Ida Bekanntschaft geschlossen hatte, nach dem Dessert, vor Aufregung förmlich flatternd, an unseren Tisch.

---

* J. J. Bachofen war damals sehr populär und einer der ersten Anthropologen, die von einem »weiblichen« Ursprung der Gattung sprachen. Als Beispiel führt er die Lykier an, die von Herodot als matriarchalisch beschrieben wurden. Die meisten Leserinnen und Leser unserer Tage würden wohl zu dem Schluß kommen, daß er ein wenig übers Ziel hinausschoß.

»Um was geht es denn?« fragte Papa sie und gab sich endlich ein wenig Mühe, ihr Gerede über das Parlament in Wien und über einen bestimmten amerikanischen Schriftsteller zu verstehen. Und endlich wurde aus ihrem Gebrabbel und mit Hilfe von Tante Idas Zwischenfragen klar, daß sie über die wilde Wiener Politik sprach.

»Das Parlament ist der reinste Zirkus«, erklärte sie Papa. »Ich kann mir beim besten Willen nicht vorstellen, wie Sie dort überleben wollen. Die Wiener sind charmant und geistreich. Die Musik ist herrlich, das Theater hervorragend, die bildende Kunst äußerst originell – aber die Politik, die Politik, mein Gott! Ich sage Ihnen, es ist so schlimm, daß selbst ein Engländer dabei verrückt werden könnte. Diese Menschen sind so paradox! Ihr Mr. Twain hat das sehr gut erkannt und beschrieben!«

»Ich dachte immer«, schaltete Tante Ida sich ein, »obwohl ich es natürlich nicht mit Sicherheit weiß, aber aus zuverlässigen Quellen ist mir bekannt, daß die Wiener eines hassen, und zwar, erkannt und charakterisiert zu werden, indem irgend jemand über sie schreibt: Die Wiener sind so oder so. Meinen Informationen nach ist es praktisch unmöglich, jemals genau zu sagen, was ein Wiener eigentlich ist.«

»Also«, witzelte Timothy, »›paradox‹ bedeutet so ziemlich alles, dagegen können sie eigentlich nichts haben.« Alle fanden, daß es zwar albern, aber doch treffend sei, und gleich darauf wechselte Papa abrupt das Thema. Allerdings hatte die Dame zuvor noch angeboten, uns die Zeitschrift mit dem Bericht von Mark Twain zu bringen. Tante Ida war sofort einverstanden, weil, wie sie sagte, sie und Papa es für wichtig hielten, den Artikel zu lesen. Papa aber sagte leicht verärgert, er hätte ihn bereits vor unserer Abreise in Amerika gelesen, entschuldigte sich ziemlich hastig, erklärte Tante Ida, sie würde den Bericht von ihm persönlich erhalten, und gab der Dame höflich und sehr bestimmt zu verstehen, sie solle bei uns nicht mit Mr. Twains Artikel aufkreuzen.

Cecily und ich waren inzwischen natürlich bereits wild entschlossen, ihn ebenfalls zu lesen, und im Verlauf des folgenden Tages gelang es uns auch, ihn uns zu beschaffen. Wir fanden die Zeitschrift auf dem Liegestuhl, wo Tante Ida sie vergessen hatte. Das heißt, genauer gesagt, fanden wir ein ziemlich offiziell aussehendes, an meinen Vater adressiertes und mit Briefmarken beklebtes Kuvert, in dem sich die Zeitschrift befand, die Tante Ida gelesen hatte. Ich war sehr neugierig auf diesen Mr. Twain und überlegte schon, ob wir ihn vielleicht in Wien kennenlernen würden, aber Cecily sagte nein, ob ich denn nicht bemerkt hätte, daß Papa sich über den Artikel ziemlich geärgert und etwas wie »Schon wieder diese Judensache« gesagt hätte. Als wir das Kuvert endlich öffneten und zu lesen begannen, war es schon recht spät, das Schiff schlingerte gräßlich, und die Kerze erlosch immer wieder, bis Cecily schließlich sagte, es sei so verwirrend und langweilig, und wenn Wien so wäre, dann wolle sie gar nicht erst dorthin, und immer wieder nickte sie ein und blieb schließlich unter der Decke liegen, aber ich las und las bis tief in die Nacht über diese Stadt, die mir fast wie aus einem Märchen erschien, aber sie war wirklich.

In dieser Nacht träumte ich von Zirkussen und Königen, und gegen Morgen hatte ich einen entsetzlichen Traum, in dem die Löwen los waren und jeden auffraßen. Obwohl Timothy sich für Träume sonst immer so interessierte, schenkte er meinem nicht die geringste Beachtung, sondern sagte nur, er würde von zu viel Dessert herrühren, vielleicht aber auch vom starken Seegang. Ich persönlich fand, daß Timothy den Seegang als viel zu stark einschätzte; er hatte sich nämlich den ganzen Vormittag mit der Kamera beschäftigt, die man ihm zum Schulabschluß geschenkt hatte, und weil das Schiff ohne Unterlaß schlingerte, konnte er keine Aufnahmen machen, was mich freute.

Am späten Vormittag ging ich Tante Ida suchen, die ein Buch über Träume und Symbole besaß. Sie versprach mir, meinen Traum in dem Buch nachzuschlagen, weil sie fand, daß es ein ganz besonderer Traum sei. Da ging es mir sofort viel besser. An Tante Ida mochte ich am liebsten, daß sie gern mit dem Fahrrad fuhr, Bücher über Naturwissenschaften, die Ehe und von Lenin las und trotzdem immer wußte, wie sie einen aufmuntern konnte mit verrückten Ideen wie der, Träume und Teeblätter zu deuten.

8

Kriminalkommissär Voll war sehr aufgebracht an diesem Morgen. Der Kaiser? Warum denn der Kaiser? Wie hatte es dazu kommen können, daß der Kaiser von jetzt an über jeden Aspekt der Ermittlungen unterrichtet werden wollte? »Halten Sie es aus den Zeitungen heraus!« hatte er Voll befohlen. Selbstverständlich, in der Berggasse 19 würde alles ruhig bleiben. Er würde alles Notwendige unternehmen. Es grassierten bereits Gerüchte über jüdische Ritualmorde. Gleich hinter der Lindengasse waren gestern nacht zwei Juden arg zusammengeschlagen worden. Er wußte, daß der Kaiser am frühen Morgen den Grafen Badeni* zu sich bestellt hatte.

---

* Badeni, der bis 1897 Ministerpräsident war, zeigte sich den Wiener Juden wohlgesonnen. Er überredete den Kaiser, der nicht viel für Lueger übrig hatte, diesen im Amt des Bürgermeisters nicht zu bestätigen. Dies zeitigte den unglücklichen Nebeneffekt, daß eine Neuwahl des Stadtrates erforderlich wurde, bei der die Antisemiten vier weitere Sitze erhielten. Die Antisemiten arbeiteten im späten neunzehnten Jahrhundert mit diversen anderen politischen Parteien zusammen und schlugen schließlich die Liberalen. Die Komplexität des Antisemitismus zeigt sich in speziellen Untersuchungen über die damalige Zeit, allen voran in Steven Beller, *Vienna and the Jews, 1867–1938*, und P. G. Pulzer, *Die Entstehung des politischen Antisemitismus in Deutschland und Österreich 1867–1914*. In seinem Bericht in *Harper's*, den Tante Ida während der Überfahrt las, beschreibt Mark Twain das damalige Parlament als das reinste Tollhaus.

TEIL III

DIE FRAU IN DER DONAU

1

Das Morgenlicht war über der Donau heraufgezogen und wieder verschwunden, und der schneebedeckte Fluß lag reglos unter dem Mond wie ein weiches Seidenband. Den feinen, glitzernden Pulverschnee wehte der Wind, der von den Bergen ins eisige Tal jagte, zu leichtem Nebel auf. Der plötzliche Kältesturz hatte die regnerischen Tage beendet und Stürme mit Graupeln und Schnee gebracht. Reisende, die zu Fuß zu gehen wagten, bewegten sich in langsamen, verschneiten Prozessionen dahin, glichen reifbedeckten Leichentüchern. Weiße Kutschen und Pferde mit überfrorenen Mähnen suchten Unterschlupf in den Gasthäusern entlang des Wegs. Am Ufer des Stroms fand das Fortkommen der Reisenden ein Ende.

In dieser Nacht wagten sich, als der Sturm sich gelegt hatte, einige Furchtlose noch einmal hinaus. Auf dem zuvor schneeverhangenen Weg erschien ihnen jetzt die Klarheit wie das Zeichen einer gütigen Macht – das glitzernde Licht, der weiße runde Mond gleich über dem Horizont und die von funkelnden Sternen am blauschwarzen Himmel erhellte Nacht. Beruhigt kehrten sie in ihre Gasthöfe zurück, lachend und gutgelaunt schüttelten sie sich den Schnee von den Schuhen. In dieser Nacht schliefen sie sicher in ihren Betten, eingelullt von den Gedanken an die klaren, hellen Tage, die vor ihnen lagen. Doch unter und in dieser gefrorenen Schönheit entfaltete sich eine andere Geschichte. Glänzend, unbewegt und kalt, gab der Fluß an seiner Oberfläche nichts von der Erzählung preis, die er als Geisel genommen hatte, während das Wasser weiterfloß und tief, tief unten unbemerkt eine Leiche mit sich nahm zum Meer hin.

Der grobe Sack war an Kopf und Füßen zusammengebunden, aber durch einen Zufall öffnete er sich in dieser Nacht, und durch diese Öffnung fielen, wie Juwelen aus einer Tasche, sechs Steine und brachten den Plan des Mörders ins Trudeln. Die Leiche, losgelöst nun, trieb in langer, feierlicher Fahrt nach oben. Dann wurde die Nacht rauh, der Sturm heulte von neuem auf, stürzte Bäume um; knackend verdickte sich das Eis auf dem Strom. Und der Wind drückte alles nieder, schleuderte die Bäume hin und her, zerschmetterte die Äste. Am Flußufer lagen, grotesk dahingestreckt, ihrer Kronen beraubte Stämme. Höher und höher häuften sich Stöcke und Steine, harrte der Damm der verborgenen Flut. Stunden vergingen. Tief unter dem Eis setzte die Leiche ihre Reise fort, die Füße trieben, noch immer zusammengebunden, vorbei, dann die Beine, bis der Leib sich zwischen zwei ins Wasser reichenden Ästen verfing, die ihn als Beute behielten.

Doch die Natur, anders als die Gesellschaft, duldete eine solche Ausplünderung ihrer selbst nicht. Eine neue Woge ließ den Strom anschwellen, riß die Äste los und zerfetzte das Leichentuch. Dem Riß entströmte langes blondes Haar. Wirbelnden Ranken gleich wurden die feinen Strähnen ins Wasser gespien, wanden sich wuchernd wie Klettergewächs, wurden von Unkraut und Gras und faulenden Wurzeln umfangen, bis sie das Eis erreichten und auf der Stelle gefroren. So zum sichtbaren Beweis erstarrt, dicht unter der Oberfläche vom Eis umfaßt, lag sie da und wartete darauf, daß es zu tauen begann.

2

Es war vielleicht noch nicht zu spät. Martha und Minna zogen und schoben, bis der breite Sessel den Fleck verdeckte. Der Sessel war schwer, beide schwitzten.

»Ich finde, der Fauteuil sieht hier sowieso viel besser aus«, sagte Martha.

»Genau«, sagte Minna. Aber aus ihrem Blick sprach noch immer die Angst.

3

In Paris schwang Henry James die Beine über die Bettkante. Als seine Füße den kalten Boden berührten, zog er sie sofort wieder zurück; ihn fröstelte.

Sosehr er die schöne Holzvertäfelung an den Wänden des Parterrezimmers in Edith Whartons Haus in der Rue de Varenne bewunderte, sosehr reute ihn in diesem Augenblick die Begeisterung, die er gleichermaßen den Marmorböden entgegengebracht hatte, denn sie waren elend kalt. Noch herrschte Dunkelheit, und er wußte sofort, daß er aus einem Traum erwacht war. Seit seiner Rückkehr aus Amerika und seit Constance Fenimore Woolsons Tod konnte er nicht mehr schlafen. Als er von ihrem Tod erfahren hatte, war er nach Venedig geeilt und hatte alle erdenklichen Beweisstücke an sich genommen. Und doch kam er nicht zur Ruhe. Die alte Angst wallte wieder in ihm auf. Er befühlte sein Nachthemd; es war schweißnaß.

Er zog es mit einem Ruck aus und erschrak einen Augenblick lang, als ihm bewußt wurde, daß er nun völlig nackt war. Sofort legte er sich wieder unter die Decke; er zitterte. Es war ihm entsetzlich peinlich, so ohne ein einziges Kleidungsstück dazuliegen, obwohl ihm natürlich klar war, daß kein Mensch durch die Zimmerdecke sehen konnte. Nicht einmal Gott konnte das. Manchmal stellte er sich wie ein kleines Kind vor, der Blick Gottes würde durch das Dach, die Zimmerdecke und die Bettdecke dringen und sich auf Henrys nackten Körper und damit unweigerlich auch auf dessen exponiertesten Teil richten. Ein gräßlicher Wind pfiff jetzt durchs Haus. Da fiel es ihm wieder ein.

Gestern nacht hatte er irgendwo im Haus Schreie gehört. Kurz nach Mitternacht war er durch sie wach geworden. Im Licht der Kerze, die er angezündet hatte, konnte er die Uhrzeit lesen, und er hatte – dessen war er ganz sicher – Edith schreien hören. Der Diener hatte ihm versichert, es sei nichts, alles sei in bester Ordnung. Aber bald danach hatten seine eigenen Schreie die Dienerschaft erneut geweckt. Obwohl es völlig dunkel war, brannte sein Gesicht vor Scham, als er jetzt daran dachte. Selbstverständlich wußte er, warum er so aufgeregt gewesen war. Es war der Mord. Er mußte ununterbrochen an den Mord denken. Bestimmt würde es nie jemand herausfinden. Nicht einmal das Dienstmädchen wußte Bescheid, zumindest glaubte er, daß sie nichts wußte. Und auch der Gärtner würde die Leiche nicht finden, denn er hatte sie in den Müll geworfen. Es konnte ihm also nichts passieren. Er hatte keine Konsequenzen zu gewärtigen. Aber jetzt diese Alpträume…

Und alles nur wegen dieses gräßlichen Dr. Freud und seiner endlosen Fragen. Er sah auf die Uhr und richtete den Blick dann wieder zum Fenster. Der Himmel war stark bedeckt, es war doch nicht mehr so früh, wie er angenommen hatte. Er legte sich wieder in die Kissen zurück und griff nach seiner Hose. Er würde sich unter der Bettdecke anziehen müssen. Es war zwar würdelos, aber eben auch sehr kalt.

Diesem Arzt hatte er erzählt, er sei wegen seiner Schwester Alice gekommen. Er hatte nur über Alice sprechen wollen, über Alice und ihre Krankheiten, und herausfinden wollen, ob der Doktor bereit wäre, sie zu empfangen, aber dann hatte der Doktor mit all diesen Fragen begonnen. Grauenhafte Fragen, fand er. Und jetzt hatte er wieder diese Träume. Träume von Fenimore. Und von Italien. Und von *dem Mord*. Den Mord hatte er völlig vergessen; das heißt er hatte geglaubt, ihn vergessen zu haben – und jetzt diese Alpträume.

Inmitten dieser Grübelei wurde ihm bewußt, daß er noch in einem völlig anderen Dilemma steckte: Sein Hinterteil war ganz kalt. Er wollte nichts lieber, als die Hose anzuziehen, aber, so auf dem Rücken liegend, fiel es ihm schwer, seinen Körper zu heben, um sie überzustreifen. Er mußte sich unter der Bettdecke auf den Bauch drehen, das Gesäß emporschnellen lassen und die Hose dabei rasch hinaufziehen, wobei sich sein Gesicht so tief ins Kissen preßte, daß er zu ersticken drohte.

Als ihm dies alles tatsächlich gelungen war, empfand er tiefe Befriedigung. Sobald er seine Hose anhatte, schaffte er es auch, sich aufzusetzen, die Decke ein wenig nach unten gleiten zu lassen und seinen Sweater anzuziehen. Endlich angekleidet, schlug er die Decke zurück und stellte die Füße auf den Boden, wo sie sich, auf der Suche nach den Schuhen, wie die Hände eines Pianisten jeweils um eine Oktave nach links und um eine nach rechts bewegten.

Ihm war klar, daß er sich beeilen mußte, denn die unerbittliche Edith erwachte immer sehr früh, setzte sich kerzengerade im Bett auf und kritzelte auf dem riesigen Tablett ihre Romane herunter. Wie diese Frau arbeitete! Beim besten Willen konnte er sich nicht vorstellen, jeden Morgen drei oder vier Stunden im *Bett* zu sitzen und die Manuskriptseiten auf den Boden zu werfen, von wo das Dienstmädchen – großer Gott, das Dienstmädchen! – sie aufheben und mit ihnen ins Nebenzimmer huschen würde, wo bereits die Maschinenschreiberin wartete. Er fragte sich, ob er wohl genausoviel Geld mit seiner Schreiberei verdienen könnte wie Edith, wenn er sich zu der Unbeherrschtheit hinreißen ließe, die beschriebenen Blätter auf den Boden fallen zu lassen und sie sogleich an die Maschinenschreiberin weiterzuleiten. Aber dann verflog dieser Gedanke. Selbstverständlich konnte er eine solche Vorstellung nur hegen, wenn er *gewöhnlich* sein wollte – nicht daß Edith eine gewöhnliche Schriftstellerin gewesen wäre, aber ihr Werk war nun einmal etwas anderes als seines, beides ließ sich absolut nicht miteinander vergleichen, darüber ließ sich nicht hinwegsehen. Außerdem bewährte sich seine neue Diktiermethode aufs allerbeste.

Er nahm sich vor, das Haus frühzeitig zu verlassen und noch einmal Dr. Freud zu konsultieren. Edith wollte er tunlichst nicht begegnen. Sie lehnte Freud ganz und gar ab. Und dann würde er ihr wieder mehr erzählen, als er eigentlich wollte. Resolute Frauen hatten so etwas an sich – immer vertraute er ihnen Privates an, obwohl er es eigentlich gar nicht beabsichtigt hatte.

Jetzt dachte er darüber nach, ob es überhaupt richtig gewesen war, auf diese scheinbar so wundervolle Amerikanerin, diese Miss Ida Main, zu hören, als sie ihm den Doktor empfahl. Die Zauberin jenes Tages hatte ihn wohl eingelullt. Dieses so überaus entzückende junge Mädchen Cecily hatte ihn mit ihrem kühnen, ungestümen Wesen, das nichts als größte Schwierigkeiten verhieß, während des stundenlangen Äpfelpflückens bestrickt. Als er dann abends mit Miss Ida Main um die Veranda schlenderte, hatte er die Unterhaltung mit ihr als in höchstem Maße radikal und anregend empfunden. Er hatte sofort erkannt, daß sie eine jener Frauen war – die Franzosen nannten sie jetzt *suffragettes* –, die er um jeden Preis zu meiden suchte. Seit der Veröffentlichung von *Die Damen aus Boston* behaupteten sie von ihm, er habe sie in einem schrecklichen Licht gezeichnet. In Ida Mains Benehmen hatte er jedoch nichts Grelles finden können, ihre Konversation war sehr anregend und geistreich gewesen. Er erinnerte sich, wie er im Schatten eines ausladenden Schierlings stand, der über die Veranda hing, und sie ihm von der Geschichtstheorie eines gewissen Professor Bachofen erzählte, eines Anthropologen, der wissenschaftlich belegt hatte, daß Frauen einst mächtige, in Horden lebende kriegerische Wesen gewesen seien und die Welt beherrscht hätten. Bei der Vorstellung dieser Amazonen verdrehte er die Augen. Er wußte nicht, ob es ihn faszinierte oder abstieß, auf jeden Fall rief es ein ziemlich sonderbares Gefühl in ihm hervor, auch jetzt, als er wieder daran dachte – ein Gefühl, welches er, wäre er nicht so schockiert darüber gewesen, fast als eine in die Eingeweide schießende Wohligkeit bezeichnet hätte.

Er hielt den Atem an. Er hörte Schritte und fürchtete, dort draußen auf der Treppe könnte Edith sein.

4

»Ich glaube, ich habe in Wien Ihre Frau kennengelernt«, sagte die Gräfin, auf der Couch liegend, zu Dr. Freud.

Er runzelte verwundert die Stirn.

»Sie war bei dieser Kräuterhändlerin, die ich bestimmter Behandlungen wegen aufsuche.«

»Meine Frau geht nicht zu Kräuterhändlerinnen«, sagte Dr. Freud. »Es kann sich also nicht um sie gehandelt haben. Aber erzählen Sie mir doch Ihre Gedanken dazu!«

»Ich glaube, ich habe Didi sagen hören, daß es ein Kraut sei, das vergessen läßt.«

»Ist es möglich, daß Sie sich das *eingebildet* haben?«

»Nein – nun ja, möglich ist es.«

»Steht mit diesem Ereignis irgend etwas in Zusammenhang, das Sie gerne vergessen würden – zum Beispiel die Tatsache, daß ich eine Frau habe?«

Die Gräfin verzog das Gesicht. Das hätte er wohl gern, dachte sie und ging zu ihrem nächsten Einfall über.

5

Henry James stand auf der Straßenseite gegenüber dem Haus auf der Île Saint-Louis, in dem der Doktor wohnte. Eine Stunde zuvor hatte er beobachtet, wie die Frau mit dem rosaroten und weißen Parasol das Haus betrat. Er warf einen Blick auf seine Uhr und begann auf dem Bürgersteig hin und her zu gehen. Diesmal war er Mrs. Wharton entronnen. Er hob den Blick wieder zur Tür. Der Wiener Arzt bleibe nur zwei Wochen in Paris, hatte man ihm erzählt. Henry James begann zu schwitzen, er zog seine Handschuhe aus. Er war entschlossen, die Straße zu überqueren und hineinzugehen, sobald die Frau das Haus verlassen hatte.

Er ging weiter auf und ab. Jeden Tag ergriff ihn die Bedeutung dessen, was er getan hatte, aufs neue. Die Seele eines Verbrechers glaubte er nun besser zu verstehen als jemals zuvor. Schon bei dem Gedanken an seine Tat begann es am unteren Ende seines Rückgrats zu kribbeln, er spürte wieder den warmen Hals in seiner Hand und war schockiert über das Vergnügen, welches diese Erinnerung ihm brachte – sich vorzustellen, daß er, der schon geglaubt hatte, Handlungen seien ihm verwehrt, einfach reagiert, das Gesetz des Handelns – im wörtlichen Sinne – in die Hand genommen hatte und für einen kurzen Moment zu einem Tier geworden war, das seinen primitivsten Regungen nachgab! Es schauderte ihn, wenn er daran dachte. Dadurch, daß er gehandelt, seinen Körper eingesetzt hatte, war er ein anderer geworden, und das hatte ihn erschreckt. Er hatte sich so tatkräftig gefühlt, so lebendig, als würde er alle seine Gegner mit einer einzigen schwungvollen Bewegung zum Schweigen bringen. Diese Energie hatte ihn fast in Jubel ausbrechen lassen. Aber danach war er schockiert gewesen, schamerfüllt, bekümmert, ihm war klargeworden, was er einer hilflosen Kreatur angetan hatte.

Er wußte selbstredend, daß er sich zu diesen Dingen schon von jeher hingezogen gefühlt hatte. Verbrechen aus Leidenschaft. Aber nur als Beobachter. Der Fall Madeleine Smith hatte ihn schon als Kind fasziniert. Ein Mord immerhin – aber *sie* war frei gekommen. Und zu Recht. Natürlich war es geradezu lächerlich, ein Verbrechen aus Leidenschaft zu vergleichen mit diesem unbedeutenden, einmaligen Akt der ... Gnade, so konnte man es doch nennen, nicht wahr? Er glaubte, sie stürbe, sie quälte sich, ja, das war es wohl gewesen. Er hob die Hand und fuhr mit dem Zeigefinger an der Innenseite seines Kragens entlang, der ihm mit einem Mal unerträglich eng erschien. Wieder sah er auf die Uhr. Die Frau war nun schon eine ganze Weile dort drin. Vielleicht war es ihr erster Besuch bei ihm. Er erinnerte sich, wie es bei seinem ersten Mal gewesen war, damals in Wien...

»Ich bin«, sagte Henry James, »wegen meiner Schwester zu Ihnen gekommen.«

Der Doktor sah ihn so durchdringend an, daß James zusammenzuckte.

»Sie leidet seit einiger Zeit an Erschöpfung, Schwäche, Unpäßlichkeit, ist ziemlich krank, und Dr. Marlowe in Amerika meinte, Sie sollten sie sich einmal ansehen. Ich dachte mir, daß es besser wäre, wenn ich erst einmal selbst zu Ihnen ginge, bevor Sie – das heißt, falls Sie gewillt sind – sich meine Schwester ansehen.«

Plötzlich fühlte er sich sonderbar und wurde sehr verlegen. Er kam auf den verblüffenden Gedanken, er könnte schüchtern sein. Der Doktor, fand er, musterte ihn eher, als daß er ihn normal ansah; dann bedeutete er ihm mit einer Geste, auf einem Stuhl Platz zu nehmen, und griff auf sehr professionelle Weise nach einem länglichen Blatt Papier und einem Federhalter.

»Wie alt ist Ihre Schwester?« Wieder zuckte Henry zusammen. Er wollte nicht ausgefragt werden; er war gekommen, um zu reden.

»Äh, dreiundzwanzig«, antwortete er.

»Erzählen Sie mir etwas über Ihre Mutter und Ihren Vater!«

Henry war sehr erstaunt. »*Ich* soll Ihnen etwas erzählen? Nun, die beiden waren selbstverständlich großartige Menschen. Mein Vater war ein hervorragender Wissenschaftler, ein in mancher Hinsicht schwieriger Mensch, ohne Frage. Ich bin allerdings wegen meiner Schwester hier und...«

»Es ist wichtig für mich, über die Familie so viele Auskünfte wie möglich zu erhalten. Beginnen wir mit Ihrem Vater.« Der Doktor hatte die Stimme gesenkt. Er hatte etwas entdeckt. Henry, der dies spürte und sich darüber ärgerte, richtete sich zur stattlichsten, förmlichsten Körperhaltung auf, deren er fähig war, und begann, mehrere eindrucksvolle und – wie er hoffte – schmeichelhafte Anekdoten über seinen Vater zu erzählen. Er war noch nicht weit gekommen, da fand er die Sache schon weit schwieriger, als er gedacht hatte. Zu seinem beträchtlichen Verdruß fragte ihn der Doktor immer wieder nach Ereignissen in *seiner Kindheit*. Es gelang ihm nicht, sich auf den eigentlichen Grund seines Kommens zu konzentrieren, so daß er sich bereits der Ansicht näherte, es wäre möglicherweise besser, dem Doktor Alice doch nicht anzuvertrauen, als er mitten in einer ziemlich komplizierten Erzählung von William zu sprechen begann, davon, daß William bis zu jenem Jahr immer der Überlegene gewesen war und daß...

Der Doktor unterbrach ihn. »Ich glaube, Sie haben Ihren Vater sehr geliebt«, und dieser Satz, so sanft an dieser Stelle eingefügt, ließ ihn vollständig und zu seiner größten Überraschung die Fassung verlieren. Zu seiner grenzenlosen Scham quollen ihm Tränen aus den Augen; er mußte sein Taschentuch hervorholen.

Der Doktor sprach während dieses Schauspiels kein einziges Wort. Wie eine schwere Kette legte sich das Schweigen um Henry. Er glaubte, seine Brust würde bersten, und dieser Schuft, dieser Quacksalber saß da und genoß, dessen war er sicher, *genoß seine Erniedrigung*.

»Ich muß jetzt wirklich gehen, ich bin ganz überwältigt, es tut mir leid, Ihre Zeit so lange in Anspruch genommen zu haben«, sagte Henry, bereits im Stehen, die Tränen aus den Augen wischend, mit zitternder Stimme, worauf der Doktor, hastig seinen Stuhl zurückschiebend – wieder fiel Henry auf, wie zierlich der Mann war –, erwiderte: »Sie brauchen sich der Tränen um Ihren Vater nicht zu schämen. Ein Kind, das sich nicht geliebt fühlt, *muß* weinen.« Bei diesen Worten schnürte ihn die Kette zu seinem Ärger noch fester ein, und das Zimmer begann sich zu drehen.

»Setzen Sie sich hierher«, befahl ihm der Doktor, und zu seiner eigenen Überraschung gehorchte er. Dann versank das Zimmer in Dunkelheit.

Und jetzt war der Doktor in Paris.

Selbstverständlich hatte er nicht herkommen wollen, aber nun war er hier und schritt vor dem großen Portal auf und ab, das in den Innenhof des am Quai de Bourbon gelegenen Gebäudes führte, hielt das Blatt Papier fest umkrampft und beobachtete eintretende und sich entfernende Besucher. Er war unentschlossen: Er würde es Alice zuliebe tun; gar nichts würde er Alice zuliebe tun. Er ging ein Stück weiter, in eine Seitenstraße hinein, blieb eine Weile vor dem Haus stehen und kehrte dann um. Das tat er dreimal.

Sollte er hineingehen oder nicht? Es mußte sein, und wenn auch nur, um diese Angelegenheit ein für allemal zu klären und den Doktor zu überreden, daß … Sein Körper erzitterte, und als er einen Schritt den Randstein hinab tat, erinnerte er sich, wie schmerzlich sein letzter Besuch geendet hatte, entsann er sich jener roten Wände, die er gesehen hatte, als er aus seiner Ohnmacht erwachte.

Als er die Augen öffnete, sah er den Doktor, schweigend eine Zigarre rauchend, neben sich sitzen. Er richtete sich auf. »Verzeihen Sie«, sagte er, »ich … ich muß einen Schwächeanfall erlitten haben … die Reise … das Wasser …«

»Können Sie sich an das, was Sie mir gesagt haben, nicht erinnern?« fragte der Doktor und sah ihn auf seine merkwürdige Art an. Seine Augen waren so dunkel, man hätte glauben können, ihr Blick bohre sich einem mitten ins Herz. Dabei war er so freundlich gewesen, als James das Bewußtsein verloren hatte.

»Nein, keineswegs«, sagte Henry James verwundert. »Ich … ich habe nicht die geringste Erinnerung daran, überhaupt mit Ihnen gesprochen zu haben.«

Der Doktor sah ihn scharf an.

»Sagt Ihnen das Wort *Läuterung* etwas?« fragte der Doktor. Henry spürte, wie ihm das Blut aus dem Gesicht wich. Was hatte er gesagt, was hatte er nur gesagt? Er mußte ja im Wahn geredet haben!

»Sie haben mir«, teilte der Doktor ihm mit, »von Ihrem Vater erzählt. Das Wort, das Sie benutzten, war ›Läuterung‹.«

»Ja … mein … mein Vater … Ich habe Ihnen wohl erzählt, daß mein Vater … manchmal in … tiefe Verzweiflung geriet … Diese Phasen nannt er immer seine ›Läuterung‹.«

Henry war müde. Nie zuvor war er so müde gewesen. Er ließ sich in den Stuhl zurückfallen.

»Sie sind müde«, sagte der Doktor. »Die Erinnerung an diese Episoden mit Ihrem Vater hat Sie angestrengt. Vielleicht können wir ein andermal damit fortfahren. Vielleicht möchten Sie das ja.«

»Nein!« sagte Henry sofort in viel zu scharfem Ton. »Das heißt, ich wüßte nicht, warum es notwendig sein sollte, daß *ich* wiederkomme... Ich bitte Sie, meine Schwester zu behandeln. Ich – ich bedarf keines Arztes, ich bin völlig gesund.«

»Kurz bevor Sie das Bewußtsein verloren, klagten Sie über Schlaflosigkeit«, erklärte ihm der Doktor. »Als Sie Ihre Schwester beschrieben, erwähnten Sie, daß sie erschöpft sei, bemerkten aber auch, daß sie nicht solche Probleme mit dem Magen habe wie Sie selbst, obwohl Sie, wie Sie mir ebenfalls mitteilten, bereits einen Arzt aufgesucht haben, der keinerlei organische Ursachen für Ihre Magenbeschwerden fand. Es ist möglich, daß sowohl Ihre Schlaflosigkeit als auch Ihre Verdauungsschwäche nervöse Störungen sind, die aus einer quälenden Erinnerung an Ihren Vater herrühren, die Sie verdrängt haben und die Sie sich nicht ins Gedächtnis zurückrufen wollen. Wenn Sie diese Erinnerung mit meiner Hilfe zurückholen, so können wir sie, das ist meine feste Überzeugung, aus der Welt schaffen und mit ihr die Verdauungsprobleme und die Schlaflosigkeit.«

Henry hörte ihm, ausnahmsweise einmal sprachlos, zu. Glaubte dieser Mensch wirklich, er würde seine privatesten Gefühle mit ihm, einem völlig Fremden, besprechen? Aus der erwartungsvollen Miene des Doktors zu schließen, war dies tatsächlich der Fall!

»Ich verstehe«, sagte James, nachdem er sich gefaßt hatte, und strich seine Handschuhe glatt. »Das ist in der Tat hochinteressant. Ich halte mich jedoch wirklich für gesund, für sehr gesund. Sollten Sie mehr über meine Schwester wissen wollen – für den Fall, daß dies für Ihre Entscheidung, ob Sie sie als Patientin annehmen oder nicht, von Bedeutung ist –, bin ich gerne bereit, Sie mit weiteren Angaben zu versorgen, allerdings vielleicht ein andermal. Ich fühle mich im Augenblick nicht besonders kräftig. Ich komme soeben aus Venedig, und das unterschiedliche Wasser schwächt mich meist ein wenig.«

»Sie sprachen auch von Venedig, als Sie ohnmächtig waren«, sagte der Doktor.

Henry spürte, wie sich seine Nackenhaut straffte. »Tatsächlich? Während ich schlief?« Panik flatterte kurz in ihm auf. »Haben Sie mich hypnotisiert, lag es daran, ja?«

»*Nein!*« erwiderte der Doktor streng.

»Was habe ich gesagt? Ich bestehe darauf, daß Sie mir mitteilen, was ich gesagt habe!« Erregt war er aufgesprungen und hatte den Doktor am Rockaufschlag gepackt. Dieses Verhalten war jedoch so untypisch für ihn, daß er, wie er gleich darauf selbst bemerkte, abwechselnd das verdutzte Gesicht des Doktors und seine eigene Hand auf dessen Revers anstarrte.

»Ich – ich bitte um Verzeihung«, sagte er und ließ das Revers sofort los. »Es – es war so verwirrend. Eine enge Freundin von mir ist gestorben.«

»Miss Woolson«, sagte der Doktor. »Ich glaube, Sie sagten, ihr Name sei Miss Constance Fenimore Woolson.«

Henry James sah ihn fassungslos an. Fenimore. Er hatte ihm von Fenimore erzählt! Er setzte sich wieder, diesmal auf die Couch. Seine Hände, sein Nacken, seine Stirn waren schweißnaß. Jetzt sah er sie vor sich, sie tanzte vor ihm in der Luft. Er spürte, daß der Schweiß durch sein Hemd sickerte und bildete sich ein, sein Körper, dieser mit kaltem Schweiß bedeckte Glutofen, würde gleich durch sein Tweedjackett brechen und auf seinem Rücken einen großen nassen Flecken zurücklassen.

»Sie *müssen* mir erzählen, was ich gesagt habe. Ich war ja wie im Delirium... Ich – es war so verwirrend...« Er hatte sein Taschentuch hervorgeholt, tupfte sich damit die Stirn ab und begann, was dem Doktor sofort auffiel, es gedankenverloren mit beiden Händen hin und her zu drehen.

»Sie riefen ihren Namen«, erklärte der Doktor. »Fenimore... Fenimore... vergib mir, sagten Sie.« Henry beugte sich angespannt vor, während der Doktor, der sich abgewandt hatte, jetzt mit dem Rücken zu ihm vor einem Fenster stand. Schließlich ertrug Henry die Spannung nicht länger und fragte: »Und was noch – habe ich noch *irgend etwas* gesagt?« Seine Stimme dröhnte laut in seinen Ohren. Die Sonne war durch die Wolken gebrochen; ihre Strahlen wurden immer greller.

»Ja«, antwortete der Doktor und drehte sich um, so daß das Licht von hinten einen unheimlichen Schatten über sein Gesicht warf. In diesem Augenblick wirkte er mit seinem spitzen schwarzen Bart auf James wie Luzifer selbst. »Ja, Sie sagten, daß sie tot sei. Daß Sie sie getötet hätten.«

6

»Schon wieder ist eine Frau als vermißt gemeldet worden«, sagte Leutnant Stekal zu Kriminalkommissär Voll. »Eine französische Damenschneiderin, Madame Pacquin. Offenbar wieder Selbstmord; ersoffen ist sie. Am Ufer haben s' ihren Schmuck gefunden. Merkwürdig ist, daß es dasselbe Geschäft ist, in dem ein Vorführmädel die Nachricht hinterlassen hat, sie wär' nach Paris zurückgegangen. Madame hat sich damit aber nicht abfinden wollen; sie hat sich sehr echauffiert und geglaubt, daß dem Mädel was angetan worden ist.«

»Sind Sie sicher, daß es sich um dasselbe Geschäft handelt?« fragte Voll.

»Jawohl«, antwortete Stekal. »Ich kann mich gut erinnern, wie die Madame Pacquin persönlich hergekommen ist und Anzeige erstattet hat. Sie hat sich große Sorgen g'macht um das Mädel. Und jetzt ist sie selber verschwunden.«

»Die war hier? Warum haben Sie mich davon nicht unterrichtet?« wollte Kriminalkommissär Voll wissen.

Stekal wunderte sich über den gereizten Ton. »Es war doch nur eine ganz gewöhnliche Vermißtenmeldung. Solche kriegen wir so viele herein ... Ich hab' alles zu den Akten getan. Daß ich das Ihnen erzählen soll, daran hab' ich gar nicht gedacht.«

»Verstehe«, sagte Voll. »Hat sie sonst noch irgend etwas wollen, diese Madame Pacquin?«

Stekal runzelte die Stirn. »Nein, Herr Kommissär.« Jetzt war er doch ein bißchen verlegen. In Wahrheit hatte sie nämlich den Herrn Kriminalkommissär sprechen wollen, aber da der gerade nicht anwesend war, hatte er ihre Angaben, ohne zu zögern, gleich selbst aufgenommen.

»Nun, wir werden der Sache selbstverständlich nachgehen«, sagte Voll.

Dann widmete er sich wieder dem Fall Freud. Ihm fiel auf, daß zu den Leuten, die Freud diese Woche in seiner Wohnung aufgesucht hatten, auch dieser merkwürdige Jude gehörte, von dem er schon gehört hatte – Herzl hieß er, und er hatte vor, alle Juden im Stephansdom taufen zu lassen oder etwas ähnliches.* Herzl wohnte nicht weit von Freud entfernt. Voll be-

* Bevor Herzl sein Manifest *Der Judenstaat. Versuch einer modernen Lösung der Judenfrage* veröffentlichte, hatte er bereits einige merkwürdige

gann, den Terminkalender durchzublättern, um festzustellen, ob es irgendeinen Hinweis auf einen früheren Besuch Herzls gab.

7

Der Inspektor dachte nach.

Er hatte aufgrund seiner Krankheit Dr. Freud nicht selbst verhören können, sondern einen Untergebenen, Lieutenant Cuvée, mit dem Auftrag hingeschickt, den Doktor von den Vorfällen zu unterrichten. Er hatte erwartet, daß der Doktor auf die dramatischen Geschehnisse in seiner Wohnung zumindest schockiert und bestürzt reagieren würde. Statt dessen hatte er sich einem Verhör verweigert. Cuvée war, den dunkelblauen Polizistenhut nervös zwischen den Händen drehend, ans Bett des Inspektors getreten.

»Na, haben Sie ihn angetroffen?«

»Ja«, antwortete Lieutenant Cuvée. Er blickte sehr unbehaglich drein.

»Und?«

»Äußerst unkooperativ.«

»Was hat er gesagt?« fragte der Inspektor.

»Er sagte, das Ganze sei ziemlich lächerlich, alles Unsinn. Er stritt ab, daß es überhaupt einen Mord gegeben hat«, erklärte Lieutenant Cuvée und hob, noch immer irritiert, den Blick. »Er sagte, die Frauen, alle beide – seien hysterisch.«

Lösungen der »Judenfrage« dargelegt. Diese Lösungsversuche reichten von der Empfehlung, sich zu duellieren, bis hin zu dem Vorschlag einer Massentaufe aller Juden, die im Stephansdom durchgeführt werden sollte. Derartige Anregungen verrieten nicht nur Herzls Naivität, sondern zeigten auch, mit welchen Schwierigkeiten ein assimilierter, in Paris und Wien lebender und arbeitender Jude zu kämpfen hatte. Es ist wichtig, darauf hinzuweisen, daß Herzl verzweifelt bemüht war, jegliche »Differenz« zu beseitigen – vor allem für die Generation seiner *Kinder*. Herzl distanzierte sich später von seinem Taufplan. Man muß dazu wissen, daß die assimilierten Juden selbst eine überaus große »Differenz« zwischen sich und den armen Juden, besonders den aus Galizien hereinströmenden »Ostjuden« sahen.

Dieser Fall war schon recht seltsam und erforderte eine ziemlich unorthodoxe Vorgehensweise. Kommissär Voll war durchaus hilfsbereit gewesen, aber es frustrierte den Inspektor, daß die Leiche nicht ausfindig gemacht werden konnte. Jedenfalls stellte er im Geist schon einmal eine Liste der Verdächtigen auf, zu denen auch Freud gehörte. Nichts leichter, als mit dem Zug nach Wien zu fahren, den Mord zu begehen und gleich darauf nach Paris zurückzukehren. Er wertete es als einen sehr bedeutsamen Zufall, daß der Doktor seinem Dienstmädchen für genau zwei Tage freigegeben hatte – für den Tag vor und den Tag nach dem Mord.

Der Inspektor hielt es für das beste, diesen Dr. Freud zu überrumpeln. Er würde heute zu einer Abendgesellschaft bei Dr. Charcot gehen und ihn dort ansprechen. Und morgen früh würde er nach Wien fahren. Unsicher betrachtete er sein Spiegelbild, während Violette ihm das Jackett glattstrich. Da sah er ihren Blick – einen sehnsüchtigen Blick, der in ihm keinen Stolz, sondern ein überwältigendes Gefühl der Unzulänglichkeit hervorrief. Violette wußte, daß sie bei seinem Anblick vor Freude strahlte. So ein stattlicher Mann, dachte sie aufseufzend, und heute abend ist er besonders elegant. Und er gehörte ihr.

Das hieß, er gehörte ihr, soweit das im Augenblick möglich war und solange er noch blieb. Er hatte ihr gesagt, daß er sie liebe, daß es jedoch ein Fehler in seiner Natur, vielleicht auch eine gewisse Charakterschwäche sei, daß er viele Frauen liebe, immer schon viele Frauen geliebt habe, und daß er sich unter keinen Umständen auf ihre Zuneigung beschränken werde. Diesen Standpunkt hatte er von Anfang an vertreten. Und doch machte er auf Violette nie den Eindruck eines Schürzenjägers. Dabei lebten sie nun schon seit über zwei Jahren zusammen. Aber sie wußte, daß der Tag kommen würde, an dem er, wie er immer sagte, weiterziehen müsse. Sie bemühte sich, nicht daran zu denken, während sie ihm das Revers abbürstete.

»Du bist noch nicht richtig gesund, aber ich weiß, daß du unbedingt dorthin willst«, sagte sie.

»Ich bin gesund genug«, erwiderte er. »Es ist wichtig. Er wird nicht mit mir rechnen, und ein unerwartetes Verhör bringt die besten Hinweise.«

»So«, sagte sie. »Jetzt siehst du sehr elegant aus.«

»Ich habe dir angeboten, mitzukommen.«

Sie schüttelte den Kopf. »Ich wüßte doch gar nicht, was ich mit all diesen Leuten reden sollte«, sagte sie leise. Der Inspektor nahm sein mit weißer Seide gefüttertes Cape und legte es sich über den Arm.

Im Treppenhaus traf er Marie-Thérèse, die auf einer Stufe saß und ihren Säugling stillte.

»Ho!« sagte er. »Fast wäre ich auf euch zwei getreten! Warum sitzt du denn hier draußen?«

»In meiner Wohnung ist es so kalt«, sagte Marie-Thérèse. »Es zieht so.« Der Inspektor sah, daß sie sich in Decken gehüllt hatte.

»Geh dort hinein!« sagte er und deutete auf Violettes Wohnung.

»Ich...« Sie hob den Blick zu ihm. »Nein, das können Sie doch nicht...«

»Doch, ich kann. Geh hinein.« Er drehte sich um und sperrte die Tür auf. »Komm!« Er schob sie hinein. Sie sah ihn mit ihren großen Augen an. »Ich bin Ihnen so dankbar«, sagte sie. »Ich kann nicht verstehen, daß Sie für die Polizei arbeiten.«

Der Inspektor zuckte mit den Achseln. »Außer denen würde mich doch niemand nehmen.« Violette war an die Tür getreten. »Mach dir keine Sorgen«, sagte er zu ihr. »Gute Nacht.«

Ihre Besorgtheit rührte ihn. Sie sorgte sich um seinen guten Ruf. Nur wenige Monate zuvor hatte man ihn wegen einer langen Liste von Anklagepunkten vor das Polizeitribunal gestellt. Das hatte er seinem Feind, M. Dumas, und Boudoin, diesem miesen kleinen Pfaffen, zu verdanken.

Dumas hatte mit großem Diensteifer und ausgeprägter Theatralik eine Liste der vom Inspektor verübten »schändlichen Verbrechen« verlesen. Zu diesen Verbrechen zählte die Korrespondenz – dieses Wort hatte er mit besonderem Nachdruck ausgesprochen – mit Prostituierten, der Umgang mit Lesbierinnen, gemeinsame Cafébesuche mit Anarchisten und Sozialisten, die Verbrüderung mit Homosexuellen und Kommunisten sowie eine Unmenge weiterer Indiskretionen. Den entsetzten Gesichtern der Geschworenen hatte der Inspektor entgegengeschleudert. »Er hat noch vergessen zu erwähnen, daß ich auch zu den besten Abendgesellschaften in Paris eingeladen werde.« Und dann hatte er sich leicht verbeugt.

Dumas und Boudoin hatte das natürlich nur noch mehr in Rage gebracht. Er hatte Dumas' wunden Punkt berührt, denn Dumas' Dünkel litt darunter, daß der Inspektor sich unter all die Künstler und Halbweltleute (wie er, Dumas, es nannte) vom Montmartre mischen konnte und trotzdem Einladungen in die exklusivsten Salons der Rue St. Honoré erhielt.

Daran mußte der Inspektor denken, als er jetzt auf die Droschke zuging und mit Vergnügen beobachtete, wie das Licht der Straßenlaternen auf dem dünn fallenden Schnee spielte. Er fand, daß er mit Würde aus dem Tribunal hervorgegangen war. »Eine Ermittlung steht und fällt mit der Information, die man sich beschafft«, hatte er trocken erklärt. »Je mehr Leute man kennt, je mehr Leuten man vertraut, um so mehr Informationen bekommt man. Morde werden inmitten der Gesellschaft verübt. Also muß man die Gesellschaft kennen. Was immer ich mache, mache ich, weil es notwendig ist.«

»Und diese Notwendigkeit kennt keine Grenzen?« fragte Leroux, ein besonders böswilliger Vernehmer.

»Sie kennt keine Grenzen«, sagte der Inspektor, ohne zu zögern.

»Aber es gibt doch sicherlich gesellschaftliche Kreise«, bohrte Leroux weiter, »deren Zugang selbst dem Inspektor verwehrt bleibt! Wenn Sie, beispielsweise, nicht der Gewohnheit frönen, sich als Frau zu verkleiden – eine Gewohnheit, die Sie bisher, meines Wissens nach, nicht angenommen haben –, werden Sie bei einem Mord in einem Harem wohl die Waffen strecken müssen.«

»Obgleich mir nichts ferner liegt, als in die Dienste des Scheichs zu treten«, hatte der Inspektor, wiederum mit einer angedeuteten Verbeugung, erwidert, »kann ich Ihnen versichern, daß ich alles täte, was sich für die Aufklärung des Verbrechens als notwendig erweisen würde.« Seine Keckheit hatte großes Gelächter hervorgerufen, und das Verhör, das als Skandal begonnen hatte, war allmählich im Sand versickert.

Der Inspektor war schon oft im Hause Charcot gewesen. Im Lauf der Jahre hatte er dort jede Berühmtheit des Pariser Lebens und jeden anderen Menschen kennengelernt, der von Charcot eingeladen wurde. Dazu zählten auch die Großfürsten von Rußland, Kardinal Lavigerie, sein eigener Präfekt, Lépine, und der Kunstsammler Tschernwischtschi. Außerdem traf man dort immer zahlreiche führende Politiker, aber auch Maler, Architekten und Schriftsteller.

Was Charcots »Nachmittage« betraf, so hatte der Inspektor die immer gleichen Demonstrationen schon so oft gesehen, daß er die *hystériques* mittlerweile der Täuschung verdächtigte. Die

Heiterkeit, mit der sie glühende Kohlestückchen in den Mund steckten, nachdem man ihnen gesagt hatte, es sei Schokolade, die Art, wie Isabel, die zuverlässigste von allen, sich immer zu dem berühmten *arc-en-ciel* zurückbog, der die Herren in unendliches Verzücken versetzte, und wie sie, wenn man ihr einen Handschuh zuwarf, den sie für eine Schlange hielt, ihre Röcke in skandalöse Höhen hob – das alles wirkte auf ihn einstudiert.

Er bezweifelte keineswegs, daß einige der Mädchen wirklich gestört waren – aber doch wohl mindestens ebensosehr durch das ständige Hypnotisieren wie durch irgend etwas anderes. Viele dieser Mädchen wurden jeden Tag dutzendmal in Hypnose versetzt und durch absurde Suggestionen verwirrt. Er hatte sie auf allen vieren über den Boden kriechen sehen, wobei sie wie Hunde bellten; dann hatten sie sich aufgerichtet, um sich »in Tauben zu verwandeln«, sie hatten mit den Armen gerudert, als versuchten sie zu fliegen. Er mutmaßte, daß Charcot früher ein seriöser Mensch gewesen war, bis der Ruhm – der nach Meinung des Inspektors stets derartige Folgen zeitigte – seine ursprüngliche Mission in ernsthafte Gefahr gebracht hatte. Ins Krankenhaus ging er überhaupt nicht mehr; seine Patienten empfing er daheim in seinem prunkvollen Arbeitszimmer. Und immer noch pflegte er – bei dieser Vorstellung schnaubte der Inspektor verächtlich – Frauen in diese lächerlichen »Eierstock-Gürtel« zu wickeln, die es einer Frau angeblich ermöglichten, ihre eigene Hysterie unter Kontrolle zu halten.

Charcot war davon überzeugt, daß Druck auf die Eierstöcke einen hysterischen Anfall auslösen und auch beenden konnte, und mit Hilfe dieser Gürtel sollten die Frauen ihre Anfälle angeblich selbst regulieren. Einmal hatte der Inspektor den Raum verlassen, als einem jungen Mädchen bei einer Demonstration beide Brüste massiert wurden, um aufzuzeigen, daß dies sowohl die Ursache als auch die Heilung ihrer hysterischen Ausbrüche darstellte. Die Damen hatten gekichert und sich hinter ihren Fächern versteckt, und die Herren hatten zugesehen, wie sie sonst nur in Privathäusern oder in Clubs zusahen. Der Inspektor war wütend; das hatte doch mit Medizin oder Naturwissenschaft nicht mehr das geringste zu tun. Das Mädchen war eindeutig krank und wurde hier zur Belustigung anderer benutzt. Am nächsten Tag empfahl er Charcot in strengem Ton, sein Publikum auf Medizinstudenten zu begrenzen. Aber Charcot hatte damals nur lächelnd gesagt: »Die Öffentlichkeit hat ein Recht, diese Dinge zu sehen.«

Als der Inspektor an diesem Abend in Charcots prächtigen Salon trat, ließ er den Blick über die bereits Anwesenden schweifen, um festzustellen, wer gekommen war. Mit einigem Amüsement bemerkte er, daß die meisten schönen Frauen der *rive droite* sich passenderweise zu seiner Rechten versammelt hatten, während sich die schönen Frauen der *rive gauche* zu seiner Linken befanden. Außerdem fiel ihm auf, daß vom linken Seineufer nur Schauspielerinnen erschienen waren, so daß links von ihm weniger Frauen waren als rechts.

Die Damen vom rechten Ufer erstarrten, ihre Weingläser in der Luft haltend, einen Augenblick und wandten sich erwartungsvoll zur Tür. Als sie ihn sahen, erhellten sich ihre Mienen.

»*Enchanté, ma chérie*«, sagte er, während er Hände und Wangen küßte und sich immer wieder verbeugte. Er bewegte sich durch die Menge der Frauen wie elektrischer Strom durch einen Draht. Es war, als hätte er jede einzelne berührt und sie damit zum Leben erweckt. Genau das dachte sich die Gräfin Gerzl, als sie ihn bei seinem Eintreten beobachtete.

»*Bonsoir*«, sagte der Inspektor, zuerst an alle gerichtet und dann sehr leise, gelassen, innig zu jeder einzelnen. Die Köpfe neigten sich vor, die Köpfe bogen sich zurück, manche senkten den Blick, andere rollten die Augen himmelwärts, so daß sich der Hals in ungeahnte Höhen reckte – es war eindeutig ein ganz besonderer Gast erschienen. Der Inspektor murmelte immer wieder »*Enchanté, Madame, bonsoir*«, während er den Kopf zum Handkuß senkte, und hin und wieder hob er den Blick auf ganz besondere Weise, um in jene ganz besonderen Augen zu sehen.

»Es heißt ja«, sagte die Gräfin de Noailles, die *nicht* zu ihnen gehörte, »daß der Inspektor eine ganz fatale Wirkung auf Frauen ausübt.« Sie sagte es mit einer Mischung aus Neid und Bedauern, da der Inspektor – *hélas!* – sich ihr gegenüber niemals »fatal« gezeigt hatte. Obwohl sie kühner gewesen war, als sie es bei jedem anderen Mann zu sein gewagt hätte, war sie vom Inspektor höflich, aber deutlich ignoriert worden.

Es gab Gerüchte, der Vater des Inspektors sei ein Baron gewesen, und der Inspektor habe nach dessen Tod auf den Titel verzichtet, die Landgüter in Frankreich und Österreich verkauft, von diesem Geld gelebt und den Rest investiert. »Seine Mutter war Jüdin«, sagten die Leute mit einer Mischung aus Neugier und Mißbilligung. Sie sei eine wunderschöne, sehr gebildete Frau gewesen, die den Baron im zarten Alter von sechzehn Jahren geheiratet habe und bereits mit fünfundzwanzig auf geheimnisumwitterte Art gestorben sei. Manche behaupteten, der Inspektor habe einen beträchtlichen Teil seines Vermögens bei jüdischen Kaufleuten angelegt. Andere meinten, er habe es in die amerikanische Pelzindustrie investiert – in Amerika trügen offenbar sogar *Frauen* Pelze! Daher spreche der Inspektor Französisch, Italienisch, Englisch und Deutsch gleichermaßen fließend. Da er überaus gebildet war, überraschte es jedermann, als er einen Posten für Sonderaufgaben bei der Pariser Polizei annahm und sich in kurzer Zeit (manche sagten, es liege daran, daß er einige der in der Zeitschrift *Strand* erschienenen Geschichten über einen Mann namens Sherlock Holmes gelesen habe) den Ruf so großer Scharfsinnigkeit erwarb, daß bereits behauptet wurde, es habe nie ein Verbrechen gegeben, welches der Inspektor nicht hätte aufklären können.

»Ich würde gerne diesen Dr. Freud kennenlernen«, sagte der Inspektor, auf Charcot zutretend. »Ist er heute abend bereits eingetroffen?«

»O ja, ein charmanter Mensch, ziemlich geistreich, aber so ernst – schade. Leider ist ihm offenbar gerade eben etwas dazwischengekommen.« Charcot wirkte enttäuscht. »Als ich Sie eintreten sah, sagte ich ihm, daß ich Sie miteinander bekannt machen möchte und daß Sie selbst ein brillanter Psychologe sind, aber er fühlte sich nicht recht wohl und ging, kurz nachdem Sie eingetroffen waren.«

Das ärgerte den Inspektor und verstärkte seinen Entschluß, Freud zu verhören. Gleich darauf berührte eine schöne Baronesse seinen Arm und fragte ihn, ob er mit ihr tanzen wolle. Während er über das Parkett wirbelte, war er für einen seltenen Moment in seinem Leben völlig ahnungslos, nicht wissend, daß ein Paar gelber Augen ihm mit mehr als nur beiläufigem Interesse nachblickte.

8

Edith beschloß, Henry bei seinem Spaziergang durch den Jardin du Luxembourg darauf anzusprechen. Sie lief direkt auf ihn zu, während er mit völlig geistesabwesender Miene hin und her ging. Bei ihrem Anblick schien er zu erröten, und dann drängte er sie – anders konnte man es nicht nennen – weg von dort. Er hatte ihren Ellbogen fest gepackt, und sie wandte den Kopf noch einmal um, weil sie ein klares Bild des Hauses im Gedächtnis haben wollte. Was versteckte Henry nur? Wer war in diesem Haus?

»Ich habe da einen bezaubernden kleinen Tea-Room entdeckt, gar nicht weit von hier, den möchte ich dir unbedingt zeigen«, sagte er hastig. »Was tust du eigentlich hier? Du warst doch in Les Quatres Vents und hast wieder Bücher gekauft. Ich war ja gerade eben erst selbst dort.« Seine Stimme hatte einen derartig nervösen, dringlichen Unterton, daß sie ihn mitten auf der Straße zum Stehenbleiben veranlaßte.

Abrupt wandte sie sich an ihn. »Henry, wenn du krank bist – ich bin deine Freundin. Du mußt es mir sagen. Du kannst jederzeit in meinem Haus bleiben, so lange du willst. Das *weißt* du doch! Du hast keinerlei Grund, nächste Woche nach London zurückzufahren.«

»Oh!« Er wurde bleich, wirkte völlig verzweifelt. »Aber ich *muß*.« Sofort verfiel er in Schweigen – als ob er schon zuviel verraten hätte, fand sie –, wiederholte dann aber: »Ich *muß* einfach.«

Als sie sich in dem Tea-Room an einen Tisch gesetzt und ihre Bestellung aufgegeben hatten, schielte Edith vorsichtig über den Rand ihrer Tasse hinweg zu Henry hinüber, der schon wieder in die Luft starrte.

»Du sollst es ruhig wissen«, sagte sie, »ich mache mir große Sorgen um dich und kann das Geheimnis nicht länger vor dir verbergen. Ich bin zu diesem schrecklichen Dr. Freud gegangen und habe ...«

Weiter kam sie nicht.

»Was!« rief er. Dann fiel seine Tasse mit Getöse zu Boden. Er sprang auf, als stünde um ihn herum alles in Flammen. »O mein Gott!« sagte er. »O du meine Güte, hat er dir irgend etwas erzählt? O mein Gott!« Er schwitzte aus allen Poren.

»Er war nicht da«, antwortete sie.

Henry sah sie an. »Er hat dir *nichts* erzählt, bist du ganz sicher?« Sein Blick war glasig. Es machte ihr angst.

»Nein, nichts«, versicherte sie kleinlaut. »Henry, ich denke wirklich, es ist für dich besser hierzubleiben, als nach London zurückzufahren. Du brauchst jetzt *Ruhe.*«

»Das ist ein sehr freundliches, überaus großzügiges Angebot, und du weißt, wie gern ich bleiben würde«, erwiderte er, »aber in London warten dringende Angelegenheiten auf mich...«

»Welche dringenden Angelegenheiten?« Es war ein bißchen ungehobelt von ihr gewesen, so in ihn zu dringen, fand sie hinterher, aber seine vagen Auskünfte und die ständige Besorgnis machten sie ja ganz verrückt. »Was hast du denn, Henry?« fragte sie, selbst nicht minder erstaunt über ihre Beharrlichkeit als er. »Henry! Du mußt reden! Irgend etwas quält dich doch, und...«

Er machte auf der Stelle kehrt und ging hinaus. Sie war wie betäubt. Noch nie hatte er sie mitten in einem Gespräch einfach sitzenlassen.

Später, als sie daheim das Feuer schürte, dämmerte es ihr: Er hatte gar nicht wahrgenommen, daß er mitten im Gespräch fortgegangen war. Er hatte einfach vor ihrer Frage fliehen wollen, vor ihr selbst, vor Zwängen jeglicher Art. Irgend etwas quälte ihn, und er wollte ihr nicht sagen, was es war.

9

Als der Richter mit seinem Hammer auf den Tisch klopfte, um die Sitzung zu vertagen, und Fullerton wie eine Gazelle nach vorn sprang, um, dessen war Herzl sich sicher, die Dame in dem Kleid aus Spitze zu begleiten, die mehrmals den Blick auf ihn gerichtet hatte, sah Herzl den Brief, der aus Fullertons Tasche gefallen war und nach hinten flatterte. Er entschuldigte sich hastig und lief dem Brief nach. Es war wohl, dachte er, wieder einer dieser Briefe von der Frau namens Katharine.

Rasch ging er die Straße hinunter und betrat ein kleines Café, setzte sich, entfaltete die steifen Papierblätter und roch das betörende Parfum. Wie einem Zwang gehorchend, las er die Zeilen und stellte sich vor, der Brief wäre an ihn gerichtet:

Mein liebster Morton,
wie ich mich nach dir sehne! Jetzt, da die Sache bekannt ist, muß ich Dir einfach von den vielen Jahren erzählen, in denen diese Liebe mein Herz, meine Seele, meinen Geist überflutete. Ich war geradezu tollkühn vor Verlangen. Aber ich hielt es für falsch! Welch unglückliches Wesen muß ich sein, daß ich solch widerwärtige Dinge für Dich empfinde. Aber sie sind ja gar nicht widerwärtig, sondern die echten, ungezügelten Leidenschaften meiner Seele. Sie sind mein wahres Selbst und warten nun auf Dich und Deine Wiederkehr. Ach, schreib mir doch, ich flehe Dich an! Jede nur erdenkliche Nachricht von Dir würde das verzweifelte Verlangen meiner Seele bezwingen. Ich kann die Neuigkeit noch gar nicht glauben! Endlich bin ich gerettet!

Er unterbrach seine Lektüre und blickte sich in dem Café um. Schon die bloße Vorstellung, irgend jemand, besonders natürlich Fullerton, könnte Zeuge dieser Szene sein, war ihm entsetzlich peinlich. Welche Neuigkeit über Fullerton hatte die Frau denn erfahren, überlegte er. Doch wohl nicht – er hoffte es für sie –, daß er ein vertrauenswürdiger und ehrenwerter Mann sei. Das war er eben nicht. Dessen war Herzl sich sicher.

Er blickte noch einmal um sich und entdeckte plötzlich Inspektor LeBlanc, der den Blick jedoch auf den Tisch gesenkt hielt. Erleichtert atmete Herzl auf; der Inspektor war mit irgend etwas beschäftigt. Aber was, so fragte Herzl sich, studierte er da nur so gründlich?

Als Amboise im Polizeirevier die Skizze von Dr. Freud zurückgab, erkannte der Inspektor das Gesicht sofort wieder. Er hatte sich sogar einmal im Verlauf eines von Charcots »Nachmittagen« mit dem Mann unterhalten. Er konnte sich jetzt ganz genau daran erinnern.

Gleich nach einer dieser Gesellschaften hatte er Dr. Freud im Vestibül getroffen. Er erinnerte sich an seinen ersten Eindruck – ehrgeizig, charmant und äußerst geistreich. Und noch etwas, etwas Unberechenbares, eine Art dämonischer Kraft, mit der er, hatte der Inspektor sich damals überlegt, bei entsprechender Gelegenheit umwerfenden Erfolg erzielen könnte. Bei der kurzen Begegnung war ihm nichts aufgefallen, was auf eine kriminelle Veranlagung hätte schließen lassen. Freud war ein Getriebener, aber kein Verzweifelter – ein bedeutsamer Unterschied. Letztlich vielleicht der einzige Unterschied, der zählte.

Er griff in seine Tasche und zog eine seiner spanischen Lieblingszigarren heraus, eine Rojo Havanna. Er zündete sie an, lehnte sich entspannt auf seinem Stuhl zurück und versuchte die Frau in dem Kleid aus Spitze zu vergessen. Die Frau, eindeutig Aristokratin, war ihm in den letzten Tagen ganz offensichtlich gefolgt. Sie war außergewöhnlich attraktiv, und ihr Interesse galt wohl seinem Beruf, wie er mutmaßte. Vielleicht ein Liebhaber, der in Schwierigkeiten steckte. Er hoffte es sehr. Von ihrem anerkennenden Blick hatte er noch keine Ahnung, als er sich unerwartet umdrehte und sie ansah. Diesen Blick kannte er gut. Frauen, unzählige Frauen hatten ihm einen solchen Blick und mehr geschenkt. Und in diesem Moment sehnte er sich in seiner Müdigkeit danach, ihnen zu entfliehen.

Er hatte Theodor Herzl beobachtet. Der saß ein Stück entfernt an einem Tisch und benahm sich merkwürdig; versuchte einen Brief zu verbergen, den er eben gelesen hatte, und zermarterte sich das Hirn darüber, was das Schreiben genau besagte. Herzl war zutiefst berührt vom Fall Dreyfus und von der Sache der Juden allgemein. Er war ein beeindruckender Mensch, einer, von dem man nicht annehmen konnte, daß er sich in Intrigen verwickeln ließ. Doch jetzt verbarg er offensichtlich etwas.

Es gab Tage, da glaubte der Inspektor, daß wirklich *jeder* etwas zu verbergen hatte.

10

In seiner Wohnung ließ Herzl den parfümierten Brief von Katharine zu Boden fallen. Sein Herz zersprang fast vor Neid. Neid auf die Leidenschaft, die Fullerton in dieser Frau weckte. Er schämte sich, den Brief gelesen zu haben, aber gleichzeitig war er zutiefst ergriffen davon. Er spürte, wie etwas in ihm danach verlangte, diese Katharine zu berühren, deren Offenheit ihn überwältigte.

Mein liebster Morton,
ich muß aussprechen, was in meinem Herzen ist und all die vielen Jahre hindurch dort gefangen war. Erst jetzt fühlt es sich frei, die Schranken zu durchbrechen, sie zu überspringen und Dir die Ekstase meiner Liebe, mein unendliches Begehren...

Er konnte nicht mehr weiterlesen.* Was hatte diese Hemmschwelle niedergerissen? Welcher Mensch konnte von derartiger Offenheit auch nur träumen? Er lag wach in dieser Nacht, aufgewühlt von ihrer Leidenschaft, ihrer Selbsterkenntnis, und kam sich vor wie ein winziges Stäubchen, ein Zufall der Geschichte, jemand, der nichts über sich und sein Herz wußte.

Er lag da und war plötzlich erfüllt von unaussprechlicher Traurigkeit.

Er schlummerte ein und träumte die Träume von Dreyfus. Sein Gesicht lief rot an, als der Kommandant ihm die Epauletten von der Uniform riß, ihm die letzten Fetzen des patriotischen Glaubens an seine Landsleute vom Leibe riß, während Dreyfus, den Blick nach vorn gerichtet, unbewegt seiner Demütigung beiwohnte. Rufe, Obszönitäten waren im Gerichtssaal laut geworden – »Bringt ihn um, den Juden, den dreckigen Juden.« Und dann stand Herzl neben ihm auf der Prozeßliste, und der Kommandant, der jetzt Paul von Portheim war, sagte zu ihm: »Nicht du, Herzl, wir meinen doch nicht dich!« Und dabei hörte er überall um sich herum den Ruf: »Bringt den Juden um! Bringt den Juden um!« Und von Portheim richtete lächelnd einen Finger auf Herzl und sagte: »Wir meinen nicht *dich*«, und dann verwandelte sich sein Finger in einen Revolver und schoß Herzl mitten ins Auge.**

Schreiend wachte er auf.

---

* Darüber, ob Herzls enge Bindung an seine Schwester irgendeine Wirkung auf sein Interesse an diesem Brief hatte, der, wie er wissen mußte, von Mortons Schwester stammte, kann nur spekuliert werden. Mortons Schwester hatte kurz zuvor erfahren, daß sie adoptiert worden war, was es ihr ermöglichte, ihre Liebe frei zu äußern.

** Dieser Traum bezieht sich aller Wahrscheinlichkeit nach auf einen länger zurückliegenden Vorfall in Herzls Leben. Als er einen antisemitischen Aufruf, die Waidhofer-Resolution, entdeckte, die in der Eingangshalle sei-

11

Die Gräfin war sehr bedrückt. Die Pariser Anarchisten, die sie dummerweise unterstützt hatte, steckten jetzt in schrecklichen Schwierigkeiten, und sie war sicher, daß Félix Féneon die Bombe gelegt hatte. Zwanzig Menschen waren in dem Café verletzt worden, hatte sie zu ihrem Entsetzen lesen müssen. Ihr hatte man gesagt, die Bombe werde erst gelegt, wenn das Café geschlossen habe. Schon allein die Vorstellung ließ sie erzittern. Philippe wußte, daß sie niemals bereit gewesen wäre, Gewalt zu unterstützen.

Sie wußte, daß es der Zweck des Plans gewesen war, die Dinge besser zu machen, nicht schlechter. Die meisten Anarchisten, die sie kennengelernt hatte, waren unglaublich naive Idealisten. Einige Gewaltbereite gab es natürlich auch unter ihnen, aber sie hatte klar zum Ausdruck gebracht, daß sie mit ihnen nicht einverstanden war. Und jetzt steckte Philippe in der Bredouille.

Es hieß – zumindest um den Montmartre herum –, dieser Inspektor stehe bestimmten Aspekten der anarchistischen Sache wohlwollend gegenüber. Er stand im Ruf, eine Art Bohemien und Intellektueller zu sein, was man über einen Polizisten bisher noch nie gehört hatte.

Die Gräfin verließ sich nicht auf den Klatsch, sondern hatte sich selbst darangemacht, diesem Inspektor einige Tage lang zu folgen, um, wo immer es möglich war, seine Gespräche mit anderen zu belauschen. Er war offenbar krank gewesen und hatte erst in den letzten Tagen das Haus wieder verlassen. Dennoch war es ihr gelungen, sich einen gewissen Eindruck von seinen Gewohnheiten zu verschaffen, die vom Trinken in düsteren Cafés bis hin zur Teilnahme an Bällen und Soirées reichten.

---

ner Burschenschaft auslag, war er schockiert. Einer seiner Kommilitonen trat zu ihm, blieb neben ihm stehen und sagte: »Selbstverständlich meinen wir nicht dich.« Dennoch trat Herzl sofort aus. Anhand dieses Vorfalls erkannte er die Abgründe des Antisemitismus. Er verließ die Burschenschaft. Sein Kommilitone Paul von Portheim entfachte daraufhin eine Kampagne, deren Ziel es war, allen Juden die Mitgliedschaft in Studentenverbindungen zu verbieten. Drei Monate später beging von Portheim, der, wie er sagte, »jüdischer Abstammung« war, Selbstmord.

Obendrein lebte er mitten in Montmartre mit einer Frau vom Moulin Rouge zusammen.

Die Gräfin mußte lächeln. Er war auf jeden Fall ein Mann, dem die Zuneigung der unterschiedlichsten Frauen galt: Alle möglichen Damen waren vertreten, von der Prinzessin bis hin zur Prostituierten.

Philippe hatte sie angefleht, die Anarchisten zu schützen und ganz besonders ihn, Philippe, selbst.

Aber in Anbetracht der Toten, die der Bombenanschlag gefordert hatte, wußte sie nicht mehr, ob sie ihrer Verpflichtung wirklich nachkommen sollte. Andererseits war ihr klar, daß es ihr kaum gelingen würde, Philippe zu widerstehen.

12

Der Doktor lehnte sich auf seinem Stuhl zurück und griff nach einer neuen Zigarre. Er beugte sich vor, zündete sie an, nahm einen langen, tiefen Zug und blies den jetzt bläulichen Rauch in die Luft. An dieser Frau, der Gräfin, war ihm etwas aufgefallen. Sie war zu ihm gekommen, weil sie an einem quälenden Zwang sowie an nur gelegentlich auftretenden, aber schweren, zwei, drei Tage anhaltenden Depressionen litt und weil sie kein Kind bekam. Es lagen keine organischen Ursachen vor, und sie hatte selbst gespürt, daß die Alpträume, die sie ihr ganzes Leben lang gemartert hatten, irgendwie für ihre Kinderlosigkeit verantwortlich sein könnten. Er fand den Fall sehr spannend, sah bereits neue Möglichkeiten der Therapie. Jetzt sann er über das seltsame Zusammentreffen von Ereignissen nach, welches sie zu ihm geführt hatte.

»Die Kräuterfrau«, hatte sie ihm weinend erzählt, »Didi heißt sie, hat gesagt, das reiche zu tief für ihre Kräuter … Sie hatte von Ihnen gehört. Die Baronesse des Champs war gekommen und hatte um Hilfe gebeten … sie …« Dann war die Gräfin zusammengebrochen.

Bei dieser Erwähnung fiel ihm die Baronesse des Champs, die er in Wien einmal kurz behandelt hatte, sofort wieder ein. Ein merkwürdiger Fall. Sie hatte vor ihrer Eheschließung ihr illegitimes Kind fortgegeben und wurde jetzt, achtzehn Jahre später, aus noch zu erforschenden Gründen von Schuldgefühlen heimgesucht. Sie hatte begonnen die Gläser und das Geschirr in ihrem Haus zwanghaft zu putzen, säuberte es immer wieder, unzählige Male am Tag.

Bei dem Gedanken daran seufzte er laut auf. Er hatte einen Fehler gemacht. Er war zu schnell vorgegangen, und sie hatte die Behandlung nach drei Monaten abrupt abgebrochen, gerade in dem Moment, als er sie und sich kurz vor einer wichtigen Entdeckung wähnte. Sie hatte ihm einen Brief geschickt, und er hatte sie zu kontaktieren versucht, aber keine Reaktion erhalten. Er fragte sich oft, was wohl aus ihr geworden war. Es war ein frustrierender und enttäuschender Fall gewesen, denn zunächst hatte er bemerkenswerte Erfolge erzielen können, obwohl ihr Ehemann, Dr. Eduard Löffler, ein ziemlich bekannter Anatom, sich gegen die Behandlung seiner Frau stark gewehrt hatte. Er hatte Freuds psychologischen Ansatz offenbar für reinen Humbug gehalten und *Die Traumdeutung* als »Traum eines Wilden« bezeichnet.

Der Waschzwang der Baronesse war jedoch verschwunden, nachdem die Patientin ihm gestanden hatte, ihr Kind weggegeben zu haben. Allerdings kehrte das Symptom immer dann zurück, wenn sie ihre Schneiderin zu einer Anprobe aufsuchte. Er hatte keine Ahnung, was an diesen Besuchen bei der Schneiderin bewirkt hatte, daß die Erinnerung wiederkehrte. Er dachte darüber nach und bedauerte, daß seine Gedanken ihn von der Gräfin fortgeführt hatten. Jetzt hörte er sie wieder sprechen.

»Und dann«, sagte sie, »muß ich ihnen folgen, den Männern, wenn sie mir zunicken, und ich …«

Sie war wieder in lautes Weinen ausgebrochen, hatte sich in Scham gewunden. Er dachte darüber nach. Der Zwang der Gräfin, fremden, verführerischen Männern zu folgen, begleitet von den widersprüchlichen Empfindungen intensiven erotischen Verlangens einerseits und dem Fehlen jeglichen körperlichen Gefühls andererseits, stand in irgendeinem, von ihm noch zu entdeckenden Zusammenhang mit der Vorstellung von der Geburt eines Kindes. Ihre Angst vor Schwangerschaft war möglicherweise durch den Gedanken verursacht, das Kind würde auf jeden Fall weiblich sein und, *wenn* es weiblich wäre, dem gleichen Zwang anheimfallen, dessen Opfer sie selbst geworden war. Seine Diagnose lautete Hysterie, schwere Zwangsneurose und einiges mehr.

Auch jetzt, erfüllt von Scham und Schuldgefühlen, bewies die Gräfin ihre hohe Intelligenz. Sie wehrte seine Deutungen mit unschlagbarer Logik ab. Er würde einige Zeit brauchen, um sie davon zu überzeugen, daß ihre Logik hier nur begrenzten Wert besaß. In der Zwischenzeit würden sie sehr vorsichtig vorangehen und den Abgrund ihrer Erinnerung umkreisen müssen, jenen Ort, der diese endlosen Alpträume ausstieß, bis er sie vollständig ausgestoßen hätte.

»Jede Nacht?« fragte er. »Sie haben das jede Nacht? Sie wachen davon auf, und trotzdem können Sie sich an fast nichts erinnern?«

»An nichts«, flüsterte sie. »Jede Nacht, wenn ich aufwache, ist mir, als würde ich daran ersticken, es nimmt mir den Atem, so daß ich nicht schreien kann, ich...«

Es hatte sie wieder überwältigt. Im Traum, überlegte er, herrschte das gleiche Muster wie in ihrer Antwort: intensives Gefühl, so stark, daß sie davon aufwachte, aber dann nichts. Dennoch war er zuversichtlich, daß seine Behandlung erfolgreich sein würde.

13

Manchmal schlug ich morgens die Augen auf und sah, wie sich das graue Licht durchs Fenster schlich und auf die rosarote Decke von Cecilys Bett sickerte, und dann betrachtete ich die schlafende Cecily, und das Herz blieb mir fast stehen, denn meine Schwester war, wenn sie schlief, manchmal so schön, ich konnte gar nicht glauben, daß sie überhaupt zu mir gehörte. Bei Kindern und Ehemännern und Müttern und Vätern hat man das Gefühl, sie gehören zu einem, aber nicht bei Schwestern. Aber wenn ich Cecily so betrachtete, dachte ich doch: Oh, sie gehört wirklich zu mir, und sieh sie dir nur an, das Gesicht gerötet, als wäre sie im Traum gerannt, die dicken schwarzen Locken, die ihr wirr ins Gesicht fielen, die feinen, kaum sichtbaren blauen Äderchen gleich neben dem Auge, die unter ihrer Haut verliefen wie Flüsse von hellem Türkis, und dann ihr Lächeln, der kleine, schmale, herzförmige Mund bog sich nach oben, und dann drehte sie sich auf die andere Seite, schmiegte das Gesicht noch enger ans Kissen, ihre Faust – klein, aber eigentlich ziemlich kräftig für einen ansonsten so feingliedrigen, zierlichen Menschen – packte das Kissen, dann seufzte sie und warf sich wieder herum. Sie träumt wohl, dachte ich mir dann immer, während ich sie im Schlaf betrachtete und von ihrem Gesicht dabei manchmal so beeindruckt war, daß ich zu träumen glaubte. Und dann legte ich mich wieder hin, zog mir die Decke hoch bis zu den Augen und schlief weiter.

Wenn Cecily aufgestanden war und sich ankleidete, hatte ihr Gesicht plötzlich einen völlig anderen Ausdruck. Es wirkte frech, die Augen leuchteten, aber die Miene war jetzt härter, strenger. Wenn wir über König Artus lasen, fand ich immer, daß Cecily genauso war – auch sie verbarg sich vor der Welt hinter einem herabgelassenen Visier. Manchmal fragte ich mich, ob sie wohl je darüber nachdachte, welcher Ritter sie sein könnte.

Ich dachte jahrelang über diese Dinge nach, und dann sagte Tante Ida eines Tages: »Warum ist Cecily für dich eigentlich eher ein Ritter als eine Königin wie Guinevere oder eine Dame wie die Dame vom See?«

»Warum? Weil«, antwortete ich hastig, »Cecily der *Retter* ist. Sie würde nie auf einen Ritter *warten*, siehst du das denn nicht?«

Ich bereute meinen Ton sofort, denn es hatte geklungen, als wäre es das Offensichtlichste auf der Welt und als hätte Tante Ida kein Hirn im Schädel. Aber diese Reue hätte ich mir sparen können, denn Tante Ida lachte und schlug vor Freude die Hände zusammen und sagte: »Ach, du bist wirklich ein kluges Mädchen!« Und dann umarmte sie mich!*

* Mein wissenschaftlicher Anspruch macht es erforderlich, an dieser Stelle anzumerken, daß gegenwärtige, selbst feministisch orientierte Neubewertungen der Artus-Literatur die Frauen, allen voran Guinevere, nicht als passiv sehen.

14

Henry James hatte den Doktor nur widerwillig aufgesucht; nun wußte er, warum.

»Ich glaube«, sagte der Doktor, »Sie werden sich jetzt an den Nachmittag mit Miss Woolson erinnern.« Henry James spürte die warme Hand auf seiner Stirn. Konnte er sich erinnern? O ja, er konnte. Nur zu schmerzlich, allzu schmerzlich wußte er alles, was sie gefühlt hatte.

Miss Woolson und Henry James gingen vor dem Gemälde im Palazzo San Giorgio auf und ab. Miss Woolson trug einen Hut aus lavendelfarbener Spitze mit breiter Krempe, an dem sie seitlich – ein sehr glücklicher Einfall, wie Mr. James fand – ein Veilchensträußchen befestigt hatte. Immer wieder warf sie ihm von der Seite Blicke zu, die sie in seinen Augen schüchtern wirken ließen, was sich aus ihrem bisherigen Verhalten ihm gegenüber eigentlich nicht hatte ableiten lassen. Ganz im Gegenteil – sie hatte recht hartnäckig darauf bestanden, daß er sie heute vormittag ins Museum begleitete. Nicht, daß es ihm eine Last im üblichen Sinne gewesen wäre, denn er fand ihre Gesellschaft durchaus anregend, und für Venedig im Oktober war dies ein ungewöhnlich heller und schöner Vormittag.

Miss Woolson warf Henry James wieder einmal einen Blick von der Seite zu und wunderte sich über die starke Hitze, die er ausströmte. Er nahm ihren Blick wahr, wandte sich ihr unmerklich zu und lächelte. Wußte er es? War er sich bewußt, was für ein heißblütiger Mensch er war? Die doch ziemlich sonderbare Tatsache, daß Mr. James über eine solche – nun ja – Ausstrahlung verfügte, hatte sie erstaunt, und sie hatte den Blick sofort auf sein Gesicht gerichtet, um sich zu vergewissern, daß er sich wohl fühlte. Sie erwartete, ein stark gerötetes Gesicht zu sehen, stellte aber zu ihrer Überraschung fest, daß die gewöhnlichen grauen, fast aschfarbenen Töne seines Teints von dieser überstarken Körpertemperatur nicht beeinflußt wurden. Er machte keine Anstalten, sich von ihrer Seite zu entfernen, und als sie das vor ihr hängende Bild zu analysieren versuchte, während sie ihn über den interessanten Kontrast zwischen Raumaufteilung und Formgebung reden hörte, über die große Ähnlichkeit mit dem Ingres, den sie vor einigen Tagen gesehen hatten, fiel es ihr schwer, ihre Gedanken zu sammeln und ein bißchen charmant oder scharfsinnig darauf einzugehen. Statt dessen wurde sie sich eines vagen, von seiner körperlichen Nähe ausgelösten Unbehagens und einer sich steigernden Angst bewußt, die, wie sie sich zu erklären bemühte, von seinem dicken Wolljackett und seiner Hose sowie von seinem Hut herrührten, und sie dachte, wenn er vielleicht seinen Hut ablegen würde – nun, sie wagte es nicht, sich plötzlich von ihm zu entfernen, obwohl sie wußte, daß diese merkwürdige Hitze seines Körpers, die sich der Luft auf eine äußerst peinliche Weise mitteilte, gegen sie drücken würde, wenn sie noch länger so stehenblieb; auf ihrer Stirn und Oberlippe hatten sich bereits Schweißtropfen gesammelt. Rasch griff sie nach ihrem Taschentuch und preßte es sich gegen die Lippen, um die übermäßige Feuchtigkeit aufzusaugen, und hoffte inständig, seine gute Meinung über sie möge nicht darunter leiden.

»Es ist warm hier, nicht wahr?« sagte sie schließlich, wobei ihr sofort das Blut ins Gesicht schoß. »Für Oktober, meine ich.« Dann schritt sie entschlossen zum Fenster.

»Ich finde es durchaus angenehm«, erwiderte er in liebenswürdigem Ton und wandte sich wieder dem Gemälde zu. Die Umgebung dieses Bildes gefiel ihm ebensosehr wie das Bild selbst. Als er einige Schritte zurück tat, um sich in einer zweiten Betrachtung zu verlieren, streifte sein Blick den Marmorboden, die filigranen, feingearbeiteten Rillen der korinthischen Säulen – absurd und doch perfekt in diesem Haus aus dem siebzehnten Jahrhundert –, die in eine gewölbte Decke ragten, welche die Gemälde an den Wänden auf überaus gelungene Weise zu umfangen schien. Miss Woolson hatte sich zum Balkon begeben und war dort stehengeblieben, so daß ihr helles Kleid sich gegen den Canale Grande abhob – das Profil einer, wie er fand, gutgekleideten Frau mittleren Alters mit einigem Vermögen und beträchtlicher Entschlußkraft, wie man sofort aus der Haltung ersehen konnte, die sie, an das Geländer gelehnt, einnahm, aber dann war da noch mehr, ein verborgenes Sehnen, das er aus der Neigung ihres Kopfes und der jetzt, im Vergleich zu heute morgen, so deutlich gewordenen Veränderung las, einer Anspannung, die sich im Aufklappen und Zuschlagen ihres Notizbüchleins ausdrückte und darin, wie sie immer wieder, wenn auch diskret, versuchte sich den Schweiß von der Stirn zu wischen.

Merkte er es denn nicht? überlegte sie. Konnte es sein, daß ein Mann von seinem Ruhm, seinen Leistungen, nichts von diesen sonderbaren Temperaturschwankungen wahrnahm, die im Zusammenhang mit der jeweiligen Nähe ihrer beider Körper zueinander auftraten? Sie fand, obgleich sie es nicht mit Sicherheit wußte, daß sie an diesem Vormittag wirklich bezaubernd ausgesehen hatte, und seine Bemerkungen über die Veilchen an ihrem Hut hatte sie, obwohl sie sich dessen nicht völlig sicher sein konnte, als Zeichen dafür verstanden, daß er ein zusätzliches Interesse an ihr gefaßt hatte, nicht nur an ihr als Mensch, sondern auch als Frau. Er, Mr. James, hatte zwar nicht geheiratet, aber man konnte nicht behaupten, daß er an der Gesellschaft einer charmanten und, wie sie an diesem Vormittag selbst fand, äußerst attraktiven Frau nicht interessiert gewesen wäre.

15

Das unablässige Klopfen an der Tür ärgerte den Doktor. Wo blieb denn nur das Dienstmädchen? Wenn er sie in der Wohnung brauchte, war sie unterwegs. Wollte er sie draußen haben, war sie bestimmt da und störte seine Studien, seine Patienten, seine Frau, sein Leben. Irina, Irina, Irina. Sobald er den Mut dazu gefunden hatte, würde er sie entlassen.

Verärgert vor sich hin murmelnd, erhob er sich von seinem Stuhl und ging an die Tür. Da fiel es ihm wieder ein. Aber natürlich! Irina war nicht hier in *Paris,* sie war daheim in Wien. Das hatte er ganz vergessen. Kopfschüttelnd näherte er sich der Tür. Er erwartete niemanden; vielleicht war es ein Brief. Es beunruhigte ihn sehr, keinen Brief von Martha bekommen zu haben. Als er die Tür geöffnet hatte, blickte er in ein ganz außergewöhnliches Gesicht; in das sinnliche Gesicht eines stattlichen, leicht zerknitterten, schönen Mannes, dessen Augen ihn unverhohlen musterten.

»Dr. Freud, wie ich annehme«, sagte der Inspektor. »Wenn Sie die Freundlichkeit hätten – ich würde Ihnen gerne ein paar Fragen stellen.«

16

Der Bericht, der am nächsten Morgen auf Volls Schreibtisch lag, las sich äußerst beunruhigend. Gerüchte waren im Umlauf, die Leiche, die aus Dr. Freuds Arbeitszimmer verschwunden war, sei die eines jungen Mädchens gewesen, das im Rahmen eines »Ritualmordes«* in der Wohnung eines jüdischen Arztes getötet worden sei. Während er den Bericht las, überkam Voll zunehmendes Unbehagen. Die Sache wurde komplizierter, als er es sich vorgestellt hatte. Sie alle taten gut daran, den Fall *rasch* aufzuklären.

17

Edith Wharton eilte die Rue de Varenne hinunter, stopfte, während sie lief, das blaßblaue Briefpapier in ihre Handtasche. Mit den flatternden Pelzteilen an ihrem eleganten Mantel sah sie aus wie eine in größte Panik geratene, sehr gut gekleidete Aristokratin. Aufgeregt winkte sie einen ihr entgegenkommenden Panhard zu sich, der von einem unablässig hupenden Chauffeur in hellgrauer Uniform gesteuert wurde. Das Automobil blieb neben ihr stehen. Sie bestieg den Wagen und gestikulierte auf den Chauffeur ein, der schließlich ausstieg und ihr den Fahrersitz überließ. Mitten auf der Straße wendete sie und fuhr in hohem Tempo nach Osten.

Henry James stand draußen vor Freuds Ordination. Sekundenlang hatte sich sein Blick auf die Frau mit dem weißen, magentarot gesäumten Parasol geheftet, die das Haus soeben betreten hatte. Als er in den leichten Nieselregen hinaufsah, war ihm, als streiche ein sonderbarer kalter Wind über ihn hinweg.

---

* Die Gerüchte standen wahrscheinlich in Zusammenhang mit einem Fall, der sich 1899 in Polen ereignet hatte. Der Schusterlehrling Leopold Hilsner wurde damals beschuldigt, eine neunzehnjährige Schneiderin rituell ermordet zu haben, um so an Christenblut für seine Matzen zu gelangen. Nach Verbüßung einer Zuchthausstrafe von achtzehn Jahren wurde Hilsner begnadigt. Der Fall erregte zu seiner Zeit großes Aufsehen.

Er zog seinen eleganten braunen Gehrock mit dem Samtkragen enger um sich. Es schien ihm unmöglich zu vergessen. Zu seiner Erleichterung wurden seine Gedanken durch das Getute dieser höchst befremdlichen Hupe unterbrochen. Der große metallfarbene Panhard bog um die Ecke; am Steuer saß Mrs. Wharton, Cook, den Chauffeur, freundlich lächelnd an ihrer Seite.

»Großer Gott!« murmelte Henry James erstaunt.

»Steig ein!« sagte sie.

Er erkannte sofort, daß dies alles ihrer gehobenen Stimmung zu verdanken war, trat mit einem feinen, belustigten Lächeln auf das Trittbrett, streckte Cook hilfesuchend die Hand entgegen und stieg ein.

Mrs. Wharton war zwar um den Eindruck bemüht, sie wäre guter Stimmung, hatte in Wahrheit jedoch eine ziemlich schlaflose Nacht hinter sich. Nach langem Zögern war sie zu dem Entschluß gelangt, einen zweiten Brief zu verschicken, von dem sie eine Kopie angefertigt hatte, welche sie in ihrer Handtasche aufbewahrte. Sie hatte William James schon einmal geschrieben, fand jedoch, daß die Sache nun doch sehr dringlich wurde. Sie konnte sich des Gefühls eines drohenden Unheils einfach nicht erwehren; anders wußte sie es nicht zu benennen. Und dieses Telegramm machte die Sache auch nicht gerade besser. Diese Neuigkeit, die sie heute morgen von der Riviera erhalten hatte. Über Nietzsche. Nachdem er jahrelang versucht hatte, die Geister vom Äther zu scheiden, war er nun, so hatte das Telegramm ihr mitgeteilt, kein geistig gesunder Mensch mehr.

Und dies, so fand sie zumindest, ließ zusammen mit ihren Beobachtungen über Henry, den Brief so dringend geboten erscheinen. Bis zu diesem Zeitpunkt hatte sie geglaubt, in einer wirklich guten Zeit zu leben. Jetzt war sie sich dessen nicht mehr so sicher. Das Jahrhundert wendete sich, und sie sah Traditionen, Regeln und Lebensweisen aufbrechen in der Hoffnung auf Verbesserung. Aber auch dessen war sie sich nicht mehr sicher. Und in Anbetracht der zarten Konstitution, wie sie Henry nun einmal zu eigen war, und nach dem, was er am Abend zuvor gesagt und was sie von ihren Freunden erfahren hatte – nun, es gingen da einfach zu viele merkwürdige Dinge vor sich. Dieser Arzt beispielsweise, den er (heimlich, das war ihr klar) wieder aufsuchen wollte. Ihre Gedanken wanderten hin und her zwischen Nietzsche, ihr selbst und

Henry. Sie seufzte. Ganz Europa wußte es – es war eine gefährliche Epoche. Europa wußte es, aber die Menschen wußten es nicht. Nicht einmal Edith Wharton wußte es wirklich. Vielleicht handelte es sich um die Art von Wissen, die erst aus der historischen Perspektive erwachsen kann. Aber die Menschen spürten es, auch wenn sie mit ihren Lustbarkeiten wie verrückt dagegen kämpften. Und deshalb hatte sie den Brief geschrieben.

»*A la droite*«, rief sie fröhlich. Ihr Schal flatterte im Wind, und sie nahm die Kurve so gnadenlos, daß der Wagen auf zwei Reifen dahinschlitterte. Henry James hielt seinen Hut fest und ließ erst, als sie wieder geradeaus fuhren, ein Lachen über sein Gesicht gleiten. Dem armen Cook bereitete Mrs. Whartons Fahrstil die reinsten Höllenqualen.

18

»Nun würde ich Ihnen gerne«, sagte der Inspektor, das Verhör – wie der Doktor hoffte – abschließend, »noch einige Fragen über Ihre Frau stellen.« Der Doktor erbleichte fast unmerklich; der Inspektor bemerkte es wohl, tat aber, als hätte er es nicht gesehen.

»Ich wüßte nicht, warum das notwendig sein sollte«, erwiderte der Doktor in dem kühlen Ton, in den er so leicht verfiel. Ah, dachte der Inspektor, ich habe den Nerv getroffen oder vielleicht – er blies das Streichholz aus und warf es in den Aschenbecher –, vielleicht eine Arterie. Der Doktor schritt inzwischen, schneller als sonst, vor den Fenstern mit den vorgezogenen Läden auf und ab. Diesen Inspektor fand er widerlich. Er wollte ihn auf der Stelle loswerden. Er beugte sich vor und griff nach der Stuhllehne, um seinen Zorn zu zügeln. Der Inspektor bemerkte, daß alles Blut aus den fast weiß glänzenden Fingerknöcheln des Doktors gewichen war, gab jedoch keinen Kommentar dazu ab.

»Uhh ... huh«, machte der Inspektor; der Doktor zuckte zusammen. Diese kleine Äußerung irritierte ihn – als hätte der Inspektor damit ein schonungsloses Urteil über die Glaubwürdigkeit seiner Äußerung abgegeben.

»Nun, ich habe vollstes Verständnis dafür, daß Sie das nicht für nötig erachten, aber, Herr Doktor, bei allem gebührenden Respekt, Sie sind der Arzt, und ich bin der Inspektor, und bei derart ernsten Angelegenheiten wie dieser sehe ich mich leider gezwungen, das Verhör fortzusetzen.«

»Das ist doch lächerlich!« platzte Freud heraus. »Sie haben alle nötigen Informationen, und bisher gibt es keinerlei Hinweis darauf, daß irgendein Grund besteht, *irgend etwas* fortzusetzen. Sie haben keine Leiche und nur einander widersprechende Zeugen für einen Vorfall, der aller Wahrscheinlichkeit nach überhaupt nicht stattgefunden hat.«

»Sie zweifeln die Aussage Ihrer eigenen Frau an?« fragte der Inspektor scharf.

»Meine Frau, Herr Inspektor, ist, wie jede andere Frau auch, hysterischen Anwandlungen ausgesetzt. Selbst Männer« – er warf ihm einen vielsagenden Blick zu – »leiden gelegentlich an Hysterie. Ich bin nicht zu Hause; es gab ein Gewitter. Sie hat große Angst vor Gewittern.«

»Aber Ihre Schwägerin«, sagte der Inspektor. »Sie hat nur Angst vor Blut, und sie hat Blut gesehen.«

»Sie leidet unter Schlaflosigkeit. In halbwachem Zustand ist alles möglich.«

»Auch Ihre Frau hat das Blut gesehen ...«

»Den Blut*fleck* hat sie gesehen, Herr Inspektor«, blaffte Freud ihn an, bereute es aber sofort. Ein Fehler.

»Ja, altes Blut, möglicherweise. – Aber warum sollte sich auf Ihrem Teppich ein so auffallend großer Blutfleck befinden, Herr Doktor? Sie führen doch keine Operationen durch, nicht wahr? Oder könnte es sein, daß Sie gelegentlich –«

»Ich führe keine Operationen durch«, erwiderte der Doktor kühl.

»Ah, Sie führen keine Operationen durch ...« Der Inspektor trat ans Fenster; die Schöße seines langen Mantels gerieten in leichte Schwingungen. Der Inspektor strahlte immer Ruhe aus, selbst während er sein Opfer erbarmungslos verfolgte.

»Aber ist es denn nicht denkbar, daß irgendein anderer dort Operationen durchführt?« fragte er.

Freud setzte sich. Der Inspektor registrierte die Veränderung seiner Gesichtsfarbe. Schweiß bedeckte seine Stirn. »Herr Inspektor, ich denke, das Verhör ist hiermit beendet. Weder ich selbst noch irgendein Mitglied meiner Familie stehen Ihnen für

Ihre groteske Vernehmung weiter zur Verfügung. Guten Morgen.«*

Der Inspektor betrachtete den Doktor ohne jede Spur von Groll. »Ah«, sagte er, »das ist aber sehr schade.« Damit nahm er seinen Hut und ging zur Tür. Kurz davor blieb er stehen.

»Ich bedauere, Ihnen mitteilen zu müssen, Herr Doktor, daß ich mir die notwendigen Papiere beschaffen und Ihnen vorlegen werde, und daß Sie, wie ich befürchte, gezwungen sein werden, alle weiteren Fragen zu beantworten. Überdies wird es notwendig sein, sowohl Ihre Frau als auch Ihre Schwägerin in Wien zu verhören. Es ist meine Pflicht, Sie darüber zu informieren, Herr Doktor, daß an der Sache etwas nicht stimmt. Es könnte sich, wie Sie meinen, um einen Vorfall handeln, der nur in der Vorstellung Ihrer Frau und Ihrer Schwägerin stattgefunden hat, aber diese Vorstellung wurde doch aller Wahrscheinlichkeit nach von etwas stimuliert, das bis zum heutigen Tag nicht erklärt werden konnte. Es ist meine Pflicht und mein Wunsch, mich mit diesen Vorstellungen vertrauter zu machen, um der Wirklichkeit des Vorgefallenen auf die Spur zu kommen. Sehen Sie, wenn der Vorfall sich nicht von selbst erklärt, ist es meine Aufgabe, ihn anderen zu erklären, damit auch sie ihn verstehen. Guten Morgen, Herr Doktor.« Der Inspektor setzte seinen Hut auf und schloß die Tür hinter sich.

Sigmund kochte vor Wut. Eine Ermittlung. Eine Untersuchung der Phantasien in seinem eigenen Haus. »Es gibt Gedanken, die nicht sofort ausgedrückt werden, Schlüssel zu unserem Verständnis.« Das war zuviel. In seinem eigenen Haus! In seinem Haus und in bezug auf seine eigene Frau plante dieser Mensch nichts anderes, als eine Psychoanalyse durchzuführen! Das war die größte, die allergrößte Unverschämtheit! Er ging hinaus, ging spazieren. Er ging die Champs-Élysées entlang, durchquerte den Jardin des Tuileries, wanderte im Park um die Brunnen herum. Er ging und ging, immer noch kochend vor Wut, und wer ihn sah, sah, daß er im Grunde weniger ging als vielmehr vor sich hinstampfte.

---

* Die Spannung, unter der Freud hier steht, ist zu verstehen, denn wahrscheinlich wurde ihm zu diesem Zeitpunkt bewußt, daß Fließ' mißglückte Operation an Emmas Nase durch die Entdeckung des Blutflecks auf dem Teppich in der Öffentlichkeit bekannt werden könnte.

19

Für den Inspektor war es keine Frage, daß Freud etwas verbarg. Es fiel ihm schwer, sich diesen Mann als Mörder vorzustellen, aber es war schon sonderbar, wie hartnäckig er darauf bestand, daß sowohl seine Frau wie auch seine Schwägerin halluziniert hätten. Der Inspektor hatte soeben ein Telegramm von Kriminalkommissär Voll erhalten, aus dem zu ersehen war, daß er dieselbe Theorie verfolgte. Auch das fand der Inspektor merkwürdig.

20

Freud schlug die Fensterläden zurück und sah hinaus auf die Seine. Schmählicher Unsinn, diese ganze Ermittlung! Trotzdem mußte er Vorkehrungen treffen. Es war bereits viel zuviel Schaden angerichtet worden. Wie hatte er nur den Blutfleck entdeckt? Er starrte auf den Fluß. Es war ein merkwürdiger Fluß, voller Abfall und Schmutz. Es mußte aus den Zeitungen herausgehalten werden. Er hatte auch an seine anderen Patienten zu denken. Aber während er zwischen Fenster und Kamin auf und ab ging, sich hin und wieder bückte, um das Feuer anzufachen, wurde ihm bewußt, daß er sich nicht nur um seine anderen Patienten sorgte. Bei dem Gedanken war ihm, als zöge sich seine Brust zusammen; er richtete sich rasch auf, um den Schmerz zu mildern. Vielleicht hatte er sich den Magen verdorben. Zuviel zum Frühstück gegessen. Die Aufregung. Er wollte partout nicht, daß die Sache mit Emma und Fließ jetzt ans Licht der Öffentlichkeit kam. Er mußte sofort mit Emma reden. Und mit Fließ. Bei dieser Vorstellung stockte ihm das Blut, eine flüchtige Empfindung, die ihn jedoch erschreckte, als hätte sich seine gesamte körperliche Existenz innerhalb eines Augenblicks verändert, als wäre das Blut, das ihm jetzt durch die Adern raste, gar kein Blut mehr, sondern grau und kalt und widerlich wie die Ausdünstungen der Seine. Er spürte den enormen Druck, diese Enthüllung zu verhindern, koste es, was es wolle. Jetzt erinnerte er sich wieder daran, an diese endlosen Besuche vor seiner Entdeckung.

21
EMMAS NASE

DER Doktor ging nervös in seinem Arbeitszimmer auf und ab. Er hatte ihr schon oft gesagt, daß die Operation ein Erfolg gewesen sei. Dann warf er ihr einen so wütenden Blick zu, es grenzte an Haß. Schon vor längerem hatte er beschlossen, vor keinem Gedanken in bezug auf einen Patienten mehr zurückzuschrecken; er duldete dieses Gefühl aber nur einen kurzen Augenblick lang, dann wurde es plötzlich durch heftige Sorge abgelöst, denn aus ihrer Nase troff das Blut, floß ihr über Lippen und Kinn und sammelte sich in der Kuhle zwischen ihrem dünnen weißen Hals und der zitronenfarbenen Seidenbluse. Er stürzte zu ihr, griff nach einem Taschentuch und drückte es mit großer Kraft an den rechten Nasenflügel. Er blickte hinab auf ihre Augen, diese graublauen, angsterfüllten Augen. Sie hielt den Atem an.

»Atmen Sie!« sagte er ganz ruhig. »Sie können ruhig atmen. Es ist nichts Arges. Es hört schon auf.« Er nahm das bluttriefende Taschentuch aus weißem Leinen fort, wunderte sich kurz darüber, daß die Gerinnung so langsam einsetzte, und sah schließlich erleichtert, daß die Blutung aufgehört hatte.

Sie stand auf, wischte sich den Hals ab und wandte sich zu ihm. Wie er diesen Blick haßte, den sie immer aufsetzte, diesen wunden Blick, als wäre es seine Schuld, als würde er es darauf anlegen, ihr weh zu tun. »Ich hab' geglaubt, ich wär' geheilt«, sagte sie schließlich. »Ich hab' geglaubt, diese Operation …«

»Die Operation war ein voller Erfolg«, unterbrach er sie hastig. »Daß diese Symptome noch vorhanden sind, hängt mit der Hysterie zusammen, das habe ich Ihnen ja erklärt.« Es machte ihn wütend, daß sie auch nur eine Sekunde lang an Dr. Fließ' Erfolg zweifeln konnte.*

Bei diesen Worten zuckte die Frau zusammen. Das heißt, innerlich zuckte sie zusammen. Nach außen hin nickte sie,

---

* Wie bereits oben von mir erwähnt, blieb Freud aufgrund seiner engen Freundschaft mit Fließ, die teilweise an Vergötterung grenzte, einige Zeit lang blind gegenüber der Erkenntnis, daß Fließ gepfuscht hatte. Freud hatte Fließ einige Jahre zuvor erlaubt, seine, Freuds, eigene Nase zu operieren.

zeigte sich dankbar für seine Fürsorge. Sie wußte ja, wie außergewöhnlich, wie gütig, wie unendlich um ihr Wohlergehen bemüht er war. Sie selbst hegte zwar insgeheim Zweifel an der Operation. Wenn durch diese Operation eine Verbesserung eingetreten sein sollte, warum war dann jetzt alles viel schlimmer als vorher? Diese Gedanken gestattete sie sich nur einen Moment lang; dann legte sie sich rasch die Hand an die Stirn und ließ sich wieder auf der Couch nieder.

»Ich kann jetzt weitermachen«, sagte sie tapfer.

»Gut«, sagte er und setzte sich wieder in seinen Sessel.

Aber plötzlich stand er, einem Impuls folgend, noch einmal auf; er hatte gesehen, daß ihr der Lichtstrahl in die Augen fiel, und zog die Vorhänge vor das Fenster. Dann kehrte er aufseufzend zu seinem Sessel zurück.

22

Timothy befaßte sich eingehend mit der Hysterie. Jetzt wollte er wissen, wer Anna O. war. Er glaubte zu wissen, wer Anna O. war. Er las ihre von Breuer und Freud verfaßte Krankengeschichte. Er dachte immer wieder darüber nach und ging jeden Abend am Fluß entlang, durch den Park, und suchte nach dem Mädchen in dem langen weißen Kleid. Manchmal setzte er sich auf eine Bank, und dann sah er sie. Manchmal lief sie durch seine Träume. Er hatte gehört, daß ihr Vater sehr krank sei.

An diesem Morgen flocht sie sich nach dem Ankleiden das Haar einmal anders. Zufällig fand sie ein paar schmale rosa Seidenbänder, ein ganz helles Rosa, und flocht sie in den Zopf, der auf ihren Rücken hinabfiel. Sie drehte sich sofort zum Spiegel, um sich anzuschauen, und stellte überrascht fest, daß sie sich hübsch fand, daß es ihr wichtig war, hübsch zu sein; das überraschte sie.

Die Träume ... die Träume waren so wild, sie wünschte sich nichts mehr, als sie loszuwerden. Auf Zehenspitzen ging sie an der Tür zum Dienstbotenzimmer vorbei, die Treppe hinunter und zum Geschirrschrank. Sie machte Blaubeertee, trug ihn, dampfend auf dem kleinen Tablett, die Holztreppe hinauf und setzte sich an das Bett ihres Vaters. Er schlief noch. Sie fühlte sich wie ein kleines Kind, als sie in sein Zimmer schlich und ihr Gesicht dicht an seines hielt und sagte: »Papa, schläfst du noch?« Stundenlang konnte sie sein Gesicht so betrachten, im Schneidersitz auf dem Fußboden, das Kleid um sich gebauscht, den langen Zopf auf dem Rücken, an ihrem Blaubeertee nippend und seine Züge erforschend. Und hin und wieder sagte sie: »Papa... bist du wach?« Wenn er erwachte, was er immer mit einem erstaunten Gesichtsausdruck tat, sprang sie, von Erleichterung durchströmt, auf und begann hektisch sein Bettzeug glattzustreichen.

»Oh, Papa, es ist so ein schöner Tag heute, und du schaust schon viel besser aus!« rief sie wie unter einem Zwang. Sie vermochte beim besten Willen nicht zu sagen, ob er nun viel besser oder nicht vielleicht sogar viel schlechter aussah, ihre Erschöpfung angesichts der Krise des kranken, hilflosen Vaters war so groß, daß sie nur blind weitermachen, den Zustand für vorübergehend ansehen und versuchen konnte, ihm durch ihre Zuversicht, ihre Hingabe die Kraft zu schenken, welche diesem Körper so fehlte. Aber ihre Zweifel umkreisten sie beide, sie und ihn. Das Wissen um die Tiefe seines Kummers, ihr Wissen um den langen Abschiedstanz, den sie nun miteinander tanzten, und obwohl die Musik zu diesem Tanz kaum wahrnehmbar war, obwohl ihr Rhythmus hart und neu war und sie beide ihn kaum hören konnten, beschlossen sie, ihn auf die alte Art zu tanzen, zu alten Weisen, um-ba-ba, eins, zwei, drei, einen Walzer, dessen fließender Rhythmus ihnen wohlbekannt, dessen Form ihnen vertraut war, dessen Ende sie erahnen konnten und das den Trost bringen würde, daß es kein wirkliches Ende gab. Nur eine Pause, bis ein neuer Walzer begann.

Der andere Klang aber, den sie beide vernahmen, fügte sich nicht in den ebenmäßigen Rhythmus ihrer Erwartung. Er tönte kalt durchs Haus, unmelodisch gefügt, und sein Ende ließ sich nicht erahnen, nicht einmal erdulden, er reizte so sehr, er sollte aufhören, mußte aufhören, aber als er endlich aufhörte, brachte sein Ende ihnen beiden keine Erleichterung. Wie eine Sirene, gesandt, einen Fluch auszusprechen, erfüllte ihr quälender Schrei das Haus. Allein Berthas Geschäftigkeit machte diesen Schrei erträglich, sie ertrug ihn, indem sie ordnete, glattstrich, Tee machte, einkaufen ging, bis eines Tages die Musik auch von ihr Besitz ergriff. Sie wollte sich bewegen und konnte es nicht. Diesmal wollte sie den Kopf von der Musik abwenden, aber sie konnte nicht. Sie war gefesselt. Ihre ganze rechte Körperhälfte war erstarrt, unbeweglich, als läge sie an den Boden gepreßt unter einem Zug. Sie war gelähmt.*

23

Am nächsten Morgen lief, gerade als der Inspektor den Zug nach Wien besteigen wollte, Lieutenant Cuvée auf ihn zu und reichte ihm ein Blatt Papier. »Die Seite aus dem Terminkalender«, stieß er atemlos hervor. »Aus seinem Pariser Terminkalender. Ich habe sie abgeschrieben.«

»Ausgezeichnet«, sagte der Inspektor und steckte sie in die Tasche. »Danke.« Er drehte sich um und wollte gerade die Stufen zum Zug hinaufsteigen, da drängte sich eine wunderschön gekleidete Frau in einem atemberaubenden grünen Seidenkleid und einem riesigen Hut mit einem Schleier und grünen und magentaroten Federn an ihm vorbei und eilte das Treppchen empor. Sie ging vor ihm durch den Gang und ließ plötzlich ihre Tasche fallen.

»Oh!« sagte sie, schon in einer Körperdrehung nach hinten begriffen, als sie die Tasche aus der Hand gleiten fühlte.

Er bückte sich, um die Tasche aufzuheben; als die Frau den Schleier lüftete und der Blick aus den gelben Augen auf ihn fiel, ging ein Riß des Wiedererkennens durch ihn, so unglaublich tief, daß er zurückschrak. Das fein gezeichnete Gesicht, die glatte, mandelfarbene Haut trafen ihn wie ein Blitz. Ganz sicher eine Russin. Sie stellte ihm Fragen, sagte dann aber: »Verzeihen Sie«, denn sie war sich ihrer Wirkung auf ihn plötzlich bewußt geworden, und sein Gesichtsausdruck rührte sie. Seine Augen waren so durchsichtig; sie fand es sonderbar, daß sie ihn so tief bewegt hatte.

---

* »Bertha« war Bertha Pappenheim – der wahre Name der Hysteriepatientin »Anna O.«, deren Krankengeschichte Breuer und Freud aufzeichneten.

Er drehte ihr den Rücken zu. Er wollte sich nicht so ergreifen lassen. Zumindest nicht jetzt. Ihm fiel auf, daß sie stark verschleiert reiste, fast wie unter einer Maske, und es schoß ihm durch den Kopf, daß diese Maske vielleicht zu jemandes Gefallen aufgesetzt worden war, ihm zu Gefallen nämlich. Dies war die Frau, die ihm schon seit Tagen folgte, ohne daß er wußte, weshalb. Es war – milde gesprochen – ungewöhnlich, daß eine Dame wie sie, die offensichtlich der höheren Gesellschaft angehörte und wohlhabend war, allein reiste.

Er wandte sich von ihr ab und setzte sich auf seinen Platz. Er blickte aus dem Zugfenster und hoffte auf Schlaf, auf Dunkelheit, damit ihm verborgen blieb, was sie, tief im Herzen wußte er's, ihn träumen lassen wollte. Er seufzte auf, legte den Kopf in den Nacken und gönnte sich einen letzten Gedanken an sie. Er betete zu Gott, sie möge sich als dumm erweisen. Wenn sie intelligent war, mußte er ihr aus dem Weg gehen, sonst war er unweigerlich verloren.

Es war absurd, daß eine solche Frau sich mit Hilfe eines Schleiers und üppiger Hutfedern maskierte. Frauen mit schönen Gesichtern, überlegte der Inspektor, glaubten immer unbemerkt zu bleiben, wenn sie eine solche List anwandten. Ihr pelzbesetzter Mantel und der elegante Hut wiesen sie als Aristokratin aus, aber es war kühn, viel zu kühn für eine Frau, allein im Paris-Wien-Expreß zu reisen und den Fuß auf eine Fußbank zu stellen, so daß ihr ganzer Schuh enthüllt wurde und, wie der Inspektor schockiert bemerkte – und es gab nur wenig auf der Welt, das den Inspektor schockieren konnte –, sogar ihre Strümpfe den Blicken freigegeben waren. Jetzt merkte er, daß sie ihn musterte, und da er nicht seinen elegantesten Gehrock trug, fand er es erstaunlich, daß sie ihn mit einer nur als interessiert und amüsiert zu beschreibenden Miene beobachtete.

Die Gräfin strich ihre Handschuhe glatt, während sie ihn beobachtete. Dieser Inspektor war ein sehr attraktiver Mann, obgleich nicht attraktiv im üblichen Sinn. Er hatte ein ziemlich volles, leicht zerknittertes Gesicht, aber gerade in einem düsteren Antlitz wie diesem, erwartete man – erwartete zumindest Bettina – am wenigsten solch strahlend blaue Augen; solch sensible, melancholische, wunderschöne Augen im Gesicht eines berühmten Inspektors. Noch ungewöhnlicher aber war sein Gebaren – sein sonderbares Lachen, die Art, wie er seine Zigarre hielt, der Elan, mit dem dieser ziemlich massige Mann sich durch den Gang des Zugs bewegte. Als sie ihre Tasche fallenlassen und er sie ihr galant aufgehoben und sie mit einer reizenden kleinen Verbeugung gebeten hatte, doch vorauszugehen, hatte sie einen Augenblick lang geglaubt, er habe Verdacht geschöpft, den Gedanken aber sofort beiseite geschoben. Sie war ihm äußerst umsichtig gefolgt. Er konnte gar nicht mißtrauisch geworden sein.

Als er aufwachte, sah er, daß sie den Platz gewechselt hatte und jetzt fast vor ihm saß. Er betrachtete sie; eine Strähne glitt aus der Haarnadel.

Er betrachtete ihren Nacken, die gelöste Haarranke, ihre blassen Finger, die sie wieder feststeckten. Ihr Haar war zu einer weichen Rolle nach hinten gekämmt. Das goldene Haar, das sich schimmernd von der mandelfarbenen Haut abhob, fesselte seine Aufmerksamkeit eine intensiv empfundene Sekunde lang; dann dachte er an ihre Stimme, an ihr Gesicht, und als er einschlief, wirbelten ihm diese Bilder durch den Kopf wie ein leichter Wind um ein uraltes Denkmal, wie ein Lüftchen, das den Staub von einer alten Inschrift bläst, die vor langer Zeit in die Zwischenräume seiner Seele eingemeißelt worden war.

24

Kurz bevor der Inspektor aus dem Schlaf schreckte, hielt der Zug schlingernd an. Der Inspektor stand auf, um nachzusehen, was der Grund für den Aufenthalt war. Er schlenderte den Gang hinunter und dachte wieder an die Dame vor ihm. Als er ihr die Tasche aufgehoben hatte, hatte sie hastig auf ihn eingeredet – ob er auch nach Wien fahre. Ob er wisse, wann sie dort eintreffen würden. Ob er diese Strecke schon einmal gefahren sei. Er hatte sich einen Gesichtausdruck angewöhnt, der es nahelegte, ihm *keine* Fragen zu stellen; um so mehr hatte ihn ihre Unerschrockenheit überrascht. Etwas leicht Bedrohliches in diesen Fragen hatte ihn veranlaßt, seine Antworten ausweichender zu formulieren, als er es normalerweise für nötig erachtet hätte. Außerdem ahnte sie selbstverständlich nicht im geringsten, daß er sehr wohl wußte, daß sie ihm in den zurückliegenden Tagen gefolgt war. Warum, das wußte er nicht. Aber er wußte, daß er es bald herausfinden würde.

Er ging an dem Mann mit dem Hut vorbei, der hinten mit seinem Notizblock saß. Irgendein Journalist, der über den endlosen, verfluchten Dreyfus-Prozeß berichtete. Er dachte sich, dieser Prozeß werde wohl nie aufhören, er hatte etwas Tiefliegendes, Verzerrtes in der französischen Seele getroffen, und wie bei allen verzerrten Dingen fiel es auch hier schwer, das Ende abzusehen.

Die Gräfin genoß es, den Inspektor zu beobachten. Er gehörte eindeutig zu den – ihrer Ansicht nach viel zu selten anzutreffenden – Männern, die sich an Frauen erfreuten, und zweifellos hatte es ihm Vergnügen bereitet, sie anzuschauen, so schockierend es auch war, wenn eine Frau ihrer Stellung den Rock so weit über die Schuhe zog.

Natürlich fragte sie sich, was er wohl so ganz allein in diesem Zug machte.

Bettina liebte Zugreisen. In Zügen kannte sie niemand – obwohl, einmal hatte sie diesen grauenhaften Bürgermeister und seine Frau getroffen. Ihrem Mann war es längst egal, was sie machte, solange sie bei öffentlichen Anlässen mit ihm zusammen auftrat und nichts gegen seine Jagdleidenschaft einzuwenden hatte. Aber jetzt steckte Philippe in Schwierigkeiten und drängte sie, ihm zu helfen. Sie hatte gehofft, der Inspektor würde sich als nützlich erweisen, wenn es ihr gelänge, sein Interesse zu wecken, und Philippe würde sie dann in Ruhe lassen. Aber sie mußte vorsichtig sein, sehr, sehr vorsichtig. Wenn der Inspektor zu viel herausfände, würde das die Sache am Ende noch gefährlicher machen.

Sie blickte aus dem Fenster. Der Zug fuhr wieder an.

Als sie den Schleier hob, um besser auf die Felder draußen sehen zu können, rief ein Mann mit Hut, ein Journalist der *Neuen Freien Presse*: »Gräfin!«, und sie schnellte vor Schreck auf. »Hätte nie erwartet, Sie hier zu treffen!« sagte der Mann dümmlich grinsend. »Und obendrein ganz allein... Würd' schon gern wissen, warum. Meinen Chefredakteur interessiert Ihre Reise bestimmt ganz außerordentlich, und meine Leser selbstverständlich auch.«

Die Gräfin haßte diesen Mann, diesen Wilhelm Auerbach. Er war ein Klatschmaul, ein hinterhältiger, bornierter, gewöhnlicher, unbedeutender Mensch, dessen einziges Interesse darin bestand, das Leben anderer zu zerstören. Hatte er sie zusammen mit Philippe gesehen? Die Gräfin stand auf und blickte verzweifelt um sich. Als sie den Inspektor sah, der gerade zu seinem Sitz zurückkehrte, sagte sie: »Aber ich reise doch mit meinem Onkel!«, lief den Gang hinunter, faßte den überraschten Inspektor am Arm und drehte sich mit einem Lächeln zu dem Schurken Auerbach um.

»Sie müssen uns jetzt entschuldigen«, sagte sie. »Wir haben viel zu besprechen. Meine Tante ist nämlich vor kurzem verstorben. Ich muß Sie bitten, meinen Onkel nicht weiter zu sekkieren.« Der Schreiberling zog sich sofort in den nächsten Waggon zurück, während sie ihre hellen Augen auf den Inspektor richtete und ein kaum vernehmbares »Danke« flüsterte.

»Sehr verehrte gnädige Frau«, sagte der Inspektor, »ich pflege die Wahrheit nur selten zu verschleiern. Vielleicht haben Sie die Güte, mir den Grund dieser Irreführung zu erklären?« Seine Augen glänzten. Eigentlich fand sie es unter seiner Würde, auf so barsche Art freundlich zu sein, aber immerhin hatte er sie ein bißchen zum Erröten gebracht.

»Hier ist meine Karte«, sagte sie und drückte sie ihm in die Hand. »Ich bedarf dringend Ihrer Dienste. Hier kann ich es Ihnen nicht erklären. Ich bitte Sie, mich in Wien aufzusuchen, dann werden Sie alles erfahren.« Sie ließ den Blick durch den Waggon schweifen. »Und um einen weiteren Gefallen möchte ich Sie noch bitten: Seien Sie so freundlich und stellen Sie sich nach unserer Ankunft am Bahnhof einfach neben mich. Das wird genügen.«

»Sie glauben offenbar nicht, daß dieser Journalist von Ihrer Geschichte überzeugt ist«, sagte der Inspektor.

»Diese widerliche Kröte ist überzeugt«, antwortete die Gräfin leise. »Ich kann ausgezeichnet lügen.«

»Eine gefährliche Gabe«, erwiderte der Inspektor und steckte die Karte in die Tasche. Er sah, daß sie zögerte, daß seine Bemerkung sie getroffen hatte. »Der erfahrene Lügner erfährt alles stets als letzter.«

Der Inspektor seufzte und setzte sich wieder auf seinen Platz. Er hatte gesehen, wie ihr das Blut in die Wangen schoß. Selbst eine so kühne Frau wie diese bringe ich zum Erröten, dachte er.

Er seufzte noch einmal und richtete den verzweifelten Blick auf die Landschaft dort draußen, als könnte sie ihn zumindest für kurze Zeit hinwegtrösten über die plötzlich auf ihn einstürmende Vision ganzer Myriaden von Frauenherzen, die ihm zuflogen, was immer er auch sagte, tat oder unterließ. Hatte je ein Mann so viele Briefe, *billets-doux* und heimlich zugesteckte Zettelchen erhalten mit der Bitte um ein Stelldichein, um Gewißheit, ein Wort, einen Blick, um ein noch so geringfügiges Zeichen dafür, daß er das gewaltige Beben ihrer menschlichen, allzu menschlichen Herzen erwiderte?

Er wußte, er war ein Mann, der die Frauen liebte, sie gern um sich hatte, sie gern betrachtete und mit manchen von ihnen gern plauderte. Sie erfreuten ihn, egal welchen Alters sie waren. Es bereitete ihm ein ungeheures Vergnügen, den Wäscherinnen in Le Havre zuzusehen, wie sie die riesigen Wäschebündel die Treppen hinauftrugen; er genoß es, ja empfand es als lustvoll, diesen Frauen nachzusehen, wenn sie, die großen Bündel auf dem Kopf balancierend, mit wiegendem Hinterteil die Treppen emporstiegen, und die üppigen Busen der Berliner Barmädchen gefielen ihm ebenso wie die winzigen nackten Brüste der unterernährten jungen Frauen der französischen Oberschicht, die er gelegentlich gesehen hatte.

Nutzte er die Frauen aus? Bei diesem Gedanken glitt ein wehmütiger Ausdruck über sein Gesicht. Er nahm Gelegenheiten wahr, die sich, so fand er, ungewöhnlich häufig ergaben. Diese Seite seines Wesens offenbarte der Inspektor niemandem, obwohl er das Gefühl hatte, als kennten die Frauen sie schon seit jeher. Was Krankheiten betraf, so hatte er Glück gehabt. Ein Arzt, dem vor einiger Zeit die Geschichte seiner zurückliegenden Lebensjahre zu Ohren gekommen war, hatte ihn ungläubig angestarrt und gesagt: »In Anbetracht Ihrer Abenteuer hätten Sie schon vor Jahren an Syphilis sterben müssen.«

Der Inspektor schlief gern mit Frauen, nahm es jedoch nie leicht. Nie, so überlegte er jetzt, war ihm das Unglück widerfahren, mit einer Frau ins Bett zu gehen, die er zum jeweiligen Zeitpunkt nicht aus ganzem Herzen und von ganzer Seele begehrte. Die Konvention bestimmte, daß verheiratete Männer es hin und wieder als eine Pflichterfüllung taten, damit ihre Ehefrauen Kinder gebaren – was ihm so lächerlich und gleichzeitig tragisch erschien, daß er nur den Kopf schütteln konnte über die Schrecken, welche die katholische Kirche, ja in den Augen des Inspektors eigentlich jede Kirche über die Zivilisation gebracht hatte.

Er dachte sehr viel darüber nach, welchen Schaden diverse Institutionen der Zivilisation zugefügt hatten, und stellte aufgrund seines Berufs oft Überlegungen an, wohin das alles führen werde. Er mutmaßte, daß die überdurchschnittlich intensive Beschäftigung mit den schlechtesten Seiten der menschlichen Natur seinen Blick zu sehr verdüstert hatte, und um sich von dieser Verdüsterung befreien zu können, brauchte er Trost. Er fühlte sich wie ein Mensch mit unstillbarem Hunger – Hunger nach Essen, nach Musik, Literatur, Frauen. Trost fand er an den üppigen Rundungen des weiblichen Körpers, in dessen Wärme, Dunkelheit, Duft. Ohne das konnte er nicht leben. Es war das Gegengewicht zu den schwarzen, fürchterlichen Gespenstern seines Alltags, seiner Arbeit und seiner Wanderungen durch die Straßen Europas auf den Spuren des Mörders, des Zerstörers, des Vergewaltigers, des Menschen, der Leben raubte. So kam es, daß der Inspektor fast täglich, oft zweimal, gelegentlich sogar dreimal am Tag für sich und die Frauen in seinen Armen das süße, kurze Liebesversprechen erneuerte.

Von seinem Platz hinten im Waggon sah Theodor Herzl, daß der Inspektor sich mit der Gräfin Gerzl unterhielt. Auch den Journalisten Auerbach sah er. Merkwürdig. Gerade als er sich erheben wollte, um die beiden zu begrüßen, warf der Inspektor ihm einen Blick zu, der nichts anderes bedeuten konnte, als daß er sitzenbleiben solle. Das erregte seine Neugier noch mehr. Er lehnte sich zurück und starrte in die Landschaft hinaus. Er dachte viel an den Dreyfus-Prozeß. Er hatte sich einverstanden erklärt, die Berichterstattung zu übernehmen, ohne sich zunächst darüber im klaren zu sein, wie wichtig dieses Verfahren für die Sache der Juden werden würde. Jetzt überlegte er, ob seine Gefühle die eines verängstigten Menschen oder eines Sehers waren.

Er hatte das Mädchen kennengelernt, um das der Inspektor trauerte. Damals, in dem Café. Es war ihm wieder eingefallen, weil er dem Inspektor dort von seinem Plan erzählt hatte. Das Mädchen, Elise hatte sie geheißen, hatte ihnen den Kaffee serviert.

»Ich habe mir Gedanken gemacht«, sagte Herzl und beugte sich über den kleinen Tisch, »und ich denke, ich habe das Judenproblem gelöst.« Der Inspektor hob die Brauen. »Ich habe mit Pastor Clement gesprochen und glaube, daß wir eine Massenkonversion durchführen können... ein gigantisches öffentliches Ereignis, bei dem wir alle Juden konvertieren. Damit wäre die unangenehme Tatsache, daß sie so anders sind, so... also, damit wäre das gelöst, verstehen Sie?« Der Inspektor hatte ihn fassungslos angestarrt.

»Das kann nicht Ihr Ernst sein«, sagte der Inspektor und bestellte noch einen Kaffee.

Herzl reagierte entrüstet. »Natürlich ist das mein Ernst. Ich gebe zu, es ist... aber...« Er interpretierte den schweifenden Blick des Inspektors – ein Zeichen der Verzweiflung – als mangelndes Interesse. »Verstehen Sie denn nicht, daß etwas geschehen muß? Die Vorfälle häufen sich. Die Juden werden auf offener Straße geschlagen... und Dreyfus... Spüren Sie das denn nicht? Spüren Sie das wirklich nicht?« Er schlug vor Erregung mehrmals mit der Faust auf den Tisch, so daß der Kaffee über den Tassenrand und auf seine Notizen und Papiere schwappte.

»Selbstverständlich spüre ich es«, erwiderte der Inspektor, »aber wir brauchen nicht die Umsicht eines Blinden, um das Problem zu lösen. Sie sind ein Narr!«

»Ich bin kein Narr! Der Papst persönlich ist bereit, sich mit mir zu treffen. Er unterstützt den Plan!«

»Ach, wirklich?« bemerkte der Inspektor und brach plötzlich in boshaftes Gelächter aus. »Sind Sie bereits so verblendet, daß Sie sich an den *Papst* wenden, um die *Juden* zu retten?«

»Nur so werden die Juden sicher sein«, gab Herzl zurück.

»Einen sicheren Juden – das gibt es nicht!« fauchte der Inspektor verärgert und traurig. Dann legte sich ein häßliches Schweigen über den Tisch. »Der Prozeß regt Sie zu sehr auf«, sagte der Inspektor nach einer Weile mit plötzlich sehr müder Stimme. »Gehen Sie heim. Versuchen Sie, einen klaren Kopf zu bekommen.« Er gab Elise ein Zeichen; als das Mädchen an den Tisch kam, wurde er ruhiger. Sie brachte frischen Kaffee und lächelte und erklärte ihm lachend, sie werde sein Porträt schon noch malen.

Beim Bezahlen und Hinausgehen hatte ein peinliches Schweigen zwischen ihnen geherrscht. Draußen verabschiedete sich der Inspektor von Herzl und erklärte, er würde sich gern wieder einmal mit ihm unterhalten. »Man muß länger darüber nachdenken«, sagte er und klopfte Herzl auf die Schulter, was diesen noch mehr erzürnte. Glaubte er denn wirklich, er, Herzl, hätte nicht bereits sehr, sehr viel über die Sache nachgedacht? Viele hielten das Ganze für lächerlich. Solange ein Jude reich war, bestand nicht die geringste Gefahr für ihn. Zumindest nicht in Wien. Und die Juden *liebten* Wien, liebten Wien auf eine Art, wie kein Pariser Jude

Paris liebte. Die Juden waren leidenschaftliche Deutsche. In Frankreich gab es ein kleines lokales Problem wegen der Dreyfus-Sache. Nur ein kleines lokales Problem. So sahen sie es.

Das Gespräch mit dem Inspektor hatte Herzl traurig gemacht. Jetzt aber wußte er, wie naiv sein Plan gewesen war. Damals, so überlegte er, war er einfach viel zu verzweifelt gewesen, um ihn zu Ende zu denken.

25

Leicht gereizt öffnete Sigmund Freud endlich den Brief von Sabina Spielrein. Der Vormittag brachte ihm ohnehin lauter Schwierigkeiten, außerdem hatte er diesem anstrengenden Mädchen bereits schriftlich mitgeteilt, daß sie unter einer Phantasie leide, wie sie bei weiblichen Patienten in bezug auf ihre Ärzte sehr häufig anzutreffen sei. Er hatte ihr in unmißverständlichen Worten erklärt, daß Dr. Jung ein sehr glücklich verheirateter Mann sei, überdies ein Kollege, dem er nur die allerhöchste Bewunderung zollen könne. Ihr Hinweis, er habe sich ihr auf eine nicht als professionell zu bezeichnende Weise genähert, sei schlicht absurd.

Trotzdem überflog er den Brief auf dem Weg zu seinem Arbeitszimmer. Dann setzte er sich und las ihn noch einmal. Der Tonfall des Mädchens beeindruckte ihn. Sie war entweder *sehr* raffiniert, oder aber an der Sache war mehr, als er sich vorstellen konnte. In dem Schreiben schwang überaus viel Sympathie für Jung mit; das Mädchen beschwor Freud, Maßnahmen in dieser Sache zu ergreifen, die ihrer Ansicht nach Jungs gesamte charakterliche Entwicklung auf das schlimmste beeinträchtigen könnte. Das Mädchen war eine gute Beobachterin, und wenn sie die Wahrheit sagte, so waren die von ihr gegen Jung erhobenen Vorwürfe äußerst bedenklich. Sonderbar nur, daß sie ihn nicht bestraft sehen wollte; sie empfand keinen Zorn. Sie wollte seine Besserung, weil sie wußte, daß seine Position innerhalb der psychoanalytischen Bewegung sonst Schaden nehmen würde.

Freud stand auf und begann hin und her zu gehen. Es war unwahrscheinlich, sagte er sich, daß ihre Anschuldigungen der Wahrheit entsprachen. Es hatte ihn enorme Überwindung gekostet, aber schließlich hatte er an Dr. Jung geschrieben; der hatte die Vorwürfe nachdrücklich zurückgewiesen, und das wiederum hatte er Sabina schriftlich mitgeteilt. Sabina Spielrein. Eine junge Russin, wie er sich erinnerte, die Jung am Burghölzli in der Schweiz wegen Schizophrenie behandelt hatte.

Er nahm Hut, Mantel und Spazierstock und machte sich auf den Weg zur Buchhandlung Les Quatres Vents. Vielleicht, überlegte er, sollte er noch einmal mit Jung über die Sache sprechen. Jetzt stellte er fest, daß er in Jungs Leugnen eine vage Unaufrichtigkeit gespürt und das Gefühl verdrängt hatte. Es konnte nicht schaden, das Thema noch einmal zur Sprache zu bringen. Aber es ärgerte ihn, daß er die Sache nicht aus dem Kopf bekam. Er hatte Jung doch mit größter Sorgfalt darauf vorbereitet, ihm in der Führung der psychoanalytischen Bewegung nachzufolgen. Abgesehen von Jungs Einfluß und seinen Fähigkeiten, wußte Freud, daß es weit einfacher sein würde, der Psychoanalyse öffentliches Ansehen zu verschaffen, wenn an ihrer Spitze kein Jude stand. Das war sein Plan, und es gefiel ihm ganz und gar nicht, daß diese Spielrein ihm einen Strich durch die Rechnung machte.

26

Das Schlimmste an ihren Gefühlen für Morton Fullerton, überlegte Edith Wharton, war, daß sie sich mit ihnen wie eine Figur in einem schlechten Roman vorkam, eine rührende Frau mittleren Alters, die zum ersten Mal die Liebe erfuhr. Aber dann schalt sie sich sofort wieder für dergleichen undankbare Gedanken. Fullerton hatte sie tief bewegt. Außerdem wußte sie, daß er sie leidenschaftlich liebte, so schwierig er auch war. Ja, schwierig war er, weiß Gott. Auch das wußte sie. Es hatte *viele* Frauen in seinem Leben gegeben. Wer war diese *Katharine*, und warum schrieb sie ihm weiterhin Briefe? Zuerst war sie unsäglich eifersüchtig gewesen, aber dann hatte Morton sie auf seine sanft tröstende Weise beruhigt.

Sie stand auf und ging ins Speisezimmer. Der Tisch war mit ihren Lieblingsblumen geschmückt, mit rosarotem Rhododendron frisch vom Land. Bald würde Henry zum Abendessen kommen.

Voller Energie schritt sie das Zimmer in seiner ganzen Länge auf und ab und genoß die Freude, welche ihr die Erinnerung an den letzten mit Fullerton verbrachten Nachmittag bereitete. Als sie den Vogel hörte, eine Nachtigall, die am späten Abend hin und wieder wunderbar tirilierte, erschien es ihr wie ein Widerhall des sehnenden, schwellenden Gefühls, das sie beim Anblick Fullertons jedesmal von neuem überkam. Sie ging in den Salon auf der anderen Seite des Hauses und sah Henry still dasitzen und Zeitung lesen. Sollte sie es ihm erzählen? Jetzt? Wie sollte sie es ihm erzählen? Einfach herausplatzen damit? Ich habe mich unsterblich in Morton Fullerton verliebt. Eigentlich war gar nichts dabei. Henry wußte, daß sie keine richtige Ehe mit Teddy führte. Er würde nicht schockiert sein. Außerdem mochte er Morton.

Aber sie wollte nicht, daß irgend jemand außer ihr selbst und Morton Bescheid wußte. Das Geheimnisvolle daran, die Tatsache, daß es ganz allein ihnen beiden gehörte, rief ein schwindelerregendes Lustgefühl in ihr hervor.

Wieder sang der Vogel. Sie betrachtete Henry. Ihr Herz schlug heftig, und sie war von einem so tiefen und bewegenden Gefühl erfüllt, daß sie unwillkürlich aufstöhnte.

»Henry.« Ihre Stimme klang brüchig.

»Was ist?« Er hob den Blick von der Zeitung.

»Der Vogel«, sagte sie. »Hörst du das?«

Wie auf ein Stichwort hin stimmte die Nachtigall ihren schwermütigsten Gesang an.

»Ach«, sagte Edith fröhlich, »ach, hör nur! Ach!« Das Lied des Vogels erfüllte sie mit so starken Empfindungen, daß sie zu zerspringen glaubte; Tränen traten ihr in die Augen. Sie griff nach ihrem Taschentuch.

»Mhm«, brummte Henry, der den Blick gnädig zur Tür gewandt hatte und dem Nachtigallengesang lauschte. In Wahrheit ärgerte er sich über die Störung, aber etwas warnte ihn, ein unerklärliches Unbehagen angesichts der Gefühlsaufwallung, die Mrs. Wharton hier zur Schau stellte – eine Gefühlsaufwallung, welche sich nicht allein mit dem Hinweis auf das Geträllere erklären ließ. Dieses Unausgeglichene ihres Charakters schrieb er der Anwesenheit Morton Fullertons zu. Eine lange zurückgedrängte Empfindung war entfesselt worden, und obwohl er dies für sie als durchaus förderlich einschätzte, ärgerte er sich darüber. Er lebte und atmete das Innenleben von Frauen, aber nur so, wie er es sich vorstellte. In seinen Büchern stand selbst die winzigste Reaktion in seiner Macht. Mit Mrs. Whartons Intellekt fühlte er sich sicher und heimisch. Nicht aber mit diesem Gefühl. Die ganze Landschaft war im Wandel begriffen, ein Erdrutsch drohte. Es war wohl angeraten, sich so bald wie möglich zurückzuziehen, um sich nicht selbst zu gefährden.

»Ach«, sagte Edith, »sie hat aufgehört zu singen.« Aber Henry las und hatte es offenbar nicht gehört. Als sie aufblickte und ihre Tränen trocknete, fiel ihr plötzlich auf, daß Henry in letzter Zeit zurückgezogener denn je wirkte. Sie sah eine Weile aus dem Fenster, dann ging sie sich fürs Abendessen umziehen. Sie beschloß, beim Dinner mit Henry zu reden. Immer wenn sie an Morton dachte, empfand sie Glück. Und das war ein ganz neues Gefühl – glücklich zu sein. Sie lächelte viel, ohne jeden Grund. Und sie fühlte sich so leicht und beschwingt, als hätte sich die Luft um sie in Wasser verwandelt, dessen einziger Zweck darin bestand, sie wie eine Ente auf seiner Oberfläche zu tragen. Man kann nie wissen, dachte sie, was das Leben einem bringt. Henry würde nichts dagegen einzuwenden haben; diese Angst hatte sie nicht. Aber er erschien ihr in letzter Zeit so empfindlich, und sie war ein wenig enttäuscht darüber, daß er gewissermaßen vor ihrem Glück zurückzuckte, als wollte er um keinen Preis erfahren, welcher Quelle dieses Gefühl entsprang. Deshalb hatte sie geschwiegen, aber jetzt, als sie die Treppe hinaufhüpfte, spürte sie, daß sie das Geheimnis mit jemandem teilen mußte, einfach teilen *mußte*!

27

Am Bahnhof in Wien verbeugte der Inspektor sich vor der Gräfin und willigte ein, ihr am kommenden Dienstag um zwei Uhr nachmittags einen Besuch abzustatten. »Das Haus wird mit meinen amerikanischen Verwandten bevölkert sein«, erklärte die Gräfin. »Sie sind gerade eingetroffen. Ich habe sie noch nicht gesehen, aber mein Cousin ist ein bekannter Bankier, und ich bin sicher, daß es ihm eine Ehre sein wird, Sie kennenzulernen.« Das bewies ihm, daß sie, wie er vermutet hatte, seine Aufmerksamkeit im Zug tatsächlich mit voller Absicht auf sich gelenkt hatte. Sie hatte etwas anderes vorgehabt, das jedoch durch den miesen kleinen Journalisten vereitelt wurde.

Der Inspektor hatte das Gefühl, bei dem Täuschungsmanöver der Gräfin eine völlig passive Rolle gespielt zu haben, was seinem Wesen so eklatant widersprach, daß er das Ganze, noch während es sich zutrug, innerlich mit Distanz beobachtet hatte. Er wußte, daß die menschliche Natur derart beschaffen war, daß etwas dem Charakter völlig Fremdes häufig, wenn man sich das Leben des betreffenden Individuums nur genau und lange genug ansah, in ebendiesem Charakter begründet lag. Der stille Buchhalter, der im Affekt seine ganze Familie auslöschte, die pflichtbewußte Tochter, die ihre Eltern vergiftete – das alles und mehr hatte der Inspektor erlebt. Dergleichen Vorfälle waren nicht »völlig unvorhersehbar«, wie die Presse und die Kirche sie bezeichnete. Wer solche Taten beging, war nicht »vom Teufel besessen«. Die Saat der Gewalt keimte in viel zu engen Lebensräumen. In der Provinz mit ihren Heimlichkeiten, der erzwungenen Vertrautheit, den Kleinstädten mit all ihrer Beschränktheit – gerade dort wurden manche der abscheulichsten Verbrechen verübt. Er dagegen war ein Mensch, der seinen Begierden nachgab, und so empfand er die »charakterfremde« Willfährigkeit gegenüber dieser Dame als sehr verwirrend. Er dachte an Flaubert und an *Madame Bovary* – der Roman hatte ihn tief bewegt: die vollkommene Entfaltung des Unausweichlichen.

28

Das Fiakerpferd klapperte seinen einsamen Weg durch die erleuchteten Straßen, und der Inspektor stellte zu seiner großen Befriedigung fest, daß man ein neues, elektrisches Beleuchtungssystem installiert hatte. Schon dies allein, so überlegte er, würde helfen, die Barbaren abzuwehren, welche nächtens die Unschuldigen ausraubten. Aber noch während er diese Überlegungen anstellte, überkam ihn ein merkwürdiges Unbehagen. Es entsprang der kaum wahrnehmbaren, mit seinem Alter oder dem Alter des Jahrhunderts offenbar zunehmenden Erkenntnis, daß mehr als das Wunder der Elektrizität vonnöten wäre, um die umherziehende Bestie in Schach zu halten. Vielleicht würde er morgen abend in die Oper gehen. In diesem Augenblick fuhr eine Kutsche vorbei; der Inspektor hob kurz den Blick und sah den hinteren Teil eines großen, mit rosaroten Federn geschmückten Hutes. Er wußte, daß es die Gräfin war. Er lehnte sich auf seinem Sitz zurück und begann Pläne zu schmieden. Er würde die Oper besuchen, in ein Kaffeehaus gehen und seinen Lieblingskaffee trinken, sich seine Lieblingsmehlspeise gönnen, den Streitgesprächen der Künstler im Café Central zuhören, vielleicht auch ein Schäferstündchen mit Lena oder Katharina oder Eva verbringen. Er würde sich auf die Freuden dieser außerordentlichen Stadt stürzen, um die drohende Melancholie zu bändigen, die er nur hier, nur in Wien, empfand.

Sein Vater war hier den besten Ärzten Europas unter den Händen gestorben, selbst die fähigsten waren machtlos gewesen, irgend etwas gegen seine Symptome auszurichten. Langsam war sein Vater gestorben, jeden Tag etwas mehr erloschen, und sein heroischer Gleichmut und seine vornehme Haltung hatten es dem Sohn noch schwerer gemacht, dieses Sterben zu ertragen.

Vielleicht war der Tod seines Vaters der Ursprung jenes undurchdringlichen Geheimnisses, das ihn dazu trieb, den Tod anderer zu erkunden. Aber hier, in dieser prächtigen Hauptstadt, empfand er Angst, Angst vor der Zukunft. Sein Vater hatte ihm einen Titel hinterlassen, Geld und die Privilegien der Reichen. Seine Mutter, eine exotische, dunkle Schönheit, war, als er neun Jahre zählte, während einer Reise verschwunden. Sie hatte ihm versprochen, ihn einen Monat später zu sich zu holen, hatte ihm erklärt, es sei im Augenblick das beste, wenn er bei der Gouvernante und der Familie seines Vaters bleibe. Der Inspektor hatte eine Träne im Auge, als er an das schöne Gesicht hinter dem Kutschfenster zurückdachte, die schmale, behandschuhte Hand – ein magentaroter Handschuh –, die ihm winkte, ihm Kußhände zuwarf, während sie in die Nacht hinausfuhr.

Einen Monat später war sie tot. Ihr Schiff sank während der Fahrt durch die Straße von Messina – eine tödliche Überfahrt im Winter, aber vermeintlich gefahrlos im hellen Sommersonnenlicht. Plötzlich war ein Sturm aufgekommen, und alle ertranken. Es habe sich zwischen Skylla und Charybdis ereignet, hieß es, und von dem wenigen, was er über das Leben seiner Mutter wußte, hatte er den Eindruck, daß sie schon oft zwischen den beiden Ungeheuern gewesen war. Sie hatte ihm geschrieben: »Mein lieber Sohn, ich bin fortgefahren, um ein wenig Zeit zu gewinnen. Heute abend setze ich auf die schönste Insel über, die ich kenne. Dort, bei meiner Schwester und den einfachen Menschen und den grünen Bergen, werde ich in Sicherheit sein. Wenn ich meine Kraft wiedergefunden habe, komme ich und hole Dich zu mir. Aus tiefstem Herzen sende ich Dir meine Liebe, Mutter.«

Den letzten Brief seiner Mutter kannte er noch immer Wort für Wort auswendig. Er konnte nicht wissen, daß die Tränen, die in ihm aufquollen, schon vor Stunden entstanden waren, schon beim ersten Anblick der Dame in der Kutsche. Jetzt konnte er nur mutmaßen, ob es an der Liebe oder an deren Unzulänglichkeit lag, daß eine so lange, schreckliche Spur im Herzen eines Menschen zurückblieb.

Es verging noch einige Zeit, bis der Fiaker vor der Pension angelangt war. Man hatte dem Inspektor gesagt, es handle sich um eine saubere, vertrauenswürdige Unterkunft. Er bezahlte den Kutscher und stieg erschöpft aus. Als er bemerkte, wie nahe am Prater gelegen die Pension war, freute er sich, denn das verhieß schöne lange Spaziergänge. Vielleicht, dachte er, hoffte er, würde er sogar zum Trabrennen gehen. Dann fiel ihm ein, daß es noch eine Weile hin war bis zum Frühling. Aber im Prater mit seinen langen Alleen und den weiten Auen konnte er sich verlieren. Darauf freute er sich.

29

Um die Mitternachtsstunde zerrten sie die gepeinigte Nonne aus dem Bett und warfen das erbarmungswürdige Opfer tief in das schaurige Kerkerverlies! – Stöhnen, Seufzer, schrille Schreie hallten abwechselnd von den rauhen Wänden wider: Die Folterqualen des Hungertodes erwarteten die unglückliche Nonne. Kein Mitleid linderte ihr Elend. In des Gewölbes Mitte stand der ihr zugedachte Sarg, während ringsum an den Wänden und auf dem Boden in alle Richtungen verstreut die grausigen Insignien des Schmerzes und der Folter zu sehen waren. Eine schwach flackernde Lampe, die von den wuchtigen Dachbalken hing (wie um dem Opfer mit unerhörter Klügelei die Sicht zu rauben und jedes Nachsinnen über anderes denn ihr dro-

hendes Schicksal zu verhindern), diente dazu, sie an die Schrecknisse zu gemahnen, welche sie übermannen sollten, und ihr die gräßlichen Werkzeuge ihrer Marter zu zeigen.

»Also, wirklich, Henry!« Edith trat ein, und Henry ließ das Buch erschrocken fallen. Sie sah es auf dem Boden aufschlagen und fragte neugierig: »Was liest du denn da?«

»Nichts«, antwortete er und hob es auf.

»Nun, Henry, es läßt sich nicht leugnen, daß du liest, und du kannst nicht gut lesen, ohne etwas zu lesen, nicht wahr? Wenn du nicht willst, daß ich weiß, was du liest, ist das für mich selbstverständlich völlig akzeptabel.« Das sagte sie mit einer Miene, die deutlich zum Ausdruck brachte, für wie wenig akzeptabel sie es hielt, und Henry starrte verlegen auf seine Füße.

»Ich dachte, du arbeitest«, sagte er leise.

»Ich habe selbstverständlich nicht gearbeitet, schließlich ist es ein Uhr Mittag. Warum sollte ich um diese Zeit arbeiten?« Sie beugte sich vor und tauschte die Blumen aus. »So weit ist es mit mir noch nicht gekommen. Du weißt doch, daß ich um zwölf Uhr aufhöre.« Natürlich wußte er es. Er sah sie vor sich, wie sie jeden Vormittag dasaß und beschriebene Seiten zu Boden gleiten ließ, so daß sie wie Blütenblätter hinabschwebten und unordentlich herumlagen.

»Henry«, sagte sie plötzlich, »ich muß dir etwas sagen. Es ist meine letzte Warnung, das versichere ich dir. Ich glaube, daß Dr. Freud für dich gefährlich ist. Ich habe ihn in der Buchhandlung Les Quatres Vents gesehen, er kaufte gerade ein Buch über Hexerei. »So«, schloß sie, »nun habe ich es dir gesagt.«

»Er ist kein Hexer«, erwiderte Henry, »und er hat meine Verdauungsbeschwerden gelindert. Selbst wenn er ein Hexer wäre und sie bessern könnte, würde ich zu ihm gehen. Verdauungsstörungen sind etwas Schreckliches.«

»Wenn er nicht, nun, sagen wir, sonderbar ist, warum hat er dann ausgerechnet den *Malleus maleficarum* gekauft?«*

* Freud interessierte sich für die Ähnlichkeiten zwischen den mittelalterlichen Theorien über Besessenheit und der »Theorie einer Spaltung des Bewußtseins«. Der *Malleus,* auch »Hexenhammer« genannt, war eine sehr populäre misogyne Abhandlung aus dem 15. Jahrhundert, verfaßt von Dominikanermönchen, welche die Ansicht verfochten, jede Frau sei eine potentielle Hexe.

»Das weiß ich auch nicht«, sagte Henry, der sich über das Gespräch ärgerte. »Vielleicht ist er einfach neugierig. Oder er übt sich in der Hexenkunst. Er ist nämlich ziemlich arm, glaube ich. Ich habe gehört, daß er nicht gerade viele Patienten hat. Vielleicht versucht er sich für die Zukunft finanziell abzusichern. Möglicherweise ist Hexerei ja *die* neue Geldquelle.«

Edith mußte lächeln, ohne es zu wollen. Wenn Henry über etwas nicht sprechen wollte, wurde er oft witzig.

»Ich glaube, du bist sehr durcheinander«, sagte Henry nach einer kurzen Pause leise. »Du hast offensichtlich etwas über seine Theorien gelesen oder davon gehört, und sie machen dir angst.«

»Sie machen mir angst? Aber selbstverständlich. Hexerei, Dämonenlehre – natürlich macht mir das angst, wenn ein naher Freund damit zu tun hat.«

»Nein, ich meine die Sache mit der Erinnerung.«

Er sah, wie sie kaum merklich blasser wurde, und dann stand sie auf und widmete sich plötzlich intensiv den Blumen, wischte die abgefallenen Blütenblätter vom Tisch in die Hand, wozu sie sonst immer das Dienstmädchen aufforderte. Die frischen Blumen pflückte sie stets selbst, aber die verwelkten mußten andere forträumen.

»Es ist wahr, es gehört nicht zu meinen Lieblingsbeschäftigungen, über die Vergangenheit nachzudenken«, erklärte sie. »Ich kann es nicht ausstehen, aber darum geht es hier nicht. Ich meine, ich habe da etwas gehört, daß« – zu seiner Verwunderung lief ihr Gesicht mit einem Mal blutrot an – »er Dinge über Kinder gesagt oder geschrieben hat, die mich wirklich schockieren. Und ich habe gehört, daß er in Wien absolut skandalöse Vorlesungen hält.«

»Auf mich wirkt er nicht im mindesten skandalös«, sagte Henry, dem es plötzlich Unbehagen bereitete, daß Edith dieses Wort in die Unterhaltung eingeführt hatte. »Aber wenn du mich jetzt entschuldigen würdest – ich habe noch einige Besorgungen zu machen.«

»Henry.« Sie stand mit dem Rücken zu ihm, und ihre Stimme zitterte. »Sag mir – was macht er eigentlich mit dir?«

30

Ich lag im Bett und dachte an den ersten Morgen im Haus der Gräfin. Ich war an jenem Morgen sehr früh aufgestanden, und als ich aus dem Fenster sah, blickte der Mann mit der Pistole zu mir herauf. Es war noch fast dunkel, und aus irgendeinem Grund, einem Grund, den ich bis heute nicht kenne, trat ich ans Fenster. Ich war noch nicht angezogen, und als ich in dem wunderschönen blauen Zimmer mit den dunkelblauen Samtvorhängen neben meinem Bett stand, sah ich den Mann, und er sah wohl auch mich, denn in dem Augenblick, als er die Pistole verstohlen, mit Seitenblicken nach rechts und links, in die Hülle zurücksteckte, hob er den Blick und sah direkt zu meinem Fenster, und genau in diesem Moment entdeckte ich, daß man, egal, wer man in Wahrheit zu sein glaubt, niemals wirklich weiß, wer man ist. Was ich dann tat, überraschte mich selbst so sehr, daß ich immer noch nicht glauben kann, daß ich tat, was ich tat. Zu meiner – zugegebenermaßen etwas schwachen – Rechtfertigung kann ich nur sagen: Ich wurde ein Opfer, Opfer einer mir bis dahin unbekannten Leidenschaft, die mein Gewissen und meine Vernunft vollkommen außer Kraft setzte.

Ich schämte mich so sehr, daß ich mir diese Gedanken auch jetzt kaum eingestehen kann. Ich weiß nur, daß ich an jenem Morgen, als mein Blick sich mit dem des Mannes traf, plötzlich mein Nachthemd öffnete, mein Unterhemd losband und es vorn aufklaffen ließ, so daß meine Brüste hervorragten. Und während ich sie berührte, hob im gleichen Augenblick, als wüßte er heimlich Bescheid, der Mann dort unten den Kopf und sah direkt zu meinem Fenster, und ich trat wie hypnotisiert ganz ins Licht, mein Nachtgewand weit offen, und er hielt inne und starrte, und ich starrte hinunter, und als ich die Pistole sah, die er in der Hand hielt, als ich sie im Morgenlicht funkeln sah, legte er den Finger an die Lippen, wie um *Schsch* zu sagen, und ich, ich gebe es zu, tat dasselbe. Und obwohl er ziemlich weit weg war, stand sein Gesicht ganz klar und unvergeßlich vor mir, und ohne zu wissen, was wir enthüllen, was wir verbergen sollten, warum das Schicksal uns miteinander verschworen hatte, ohne zu wissen, was mich dazu trieb – denn das ist die einzig zutreffende Beschreibung –, ganz in sein Blickfeld zu treten, wußte ich in diesem Augenblick, daß wir uns vereinigt hatten.

Wenn ich darüber nachdenke, was ich ziemlich häufig tue, kommt mir das Ganze wie eines jener Ereignisse vor, die sich im Leben gerade dann einstellen, wenn man so vollständig aus seiner angestammten Rolle tritt, daß man, so man das Glück hat, nicht vor Scham zu vergehen, an sich Seiten entdecken kann, deren Anerkennung die Gesellschaft schwierig gemacht hat, und daß diese von einem selbst nicht anerkannten Seiten den Lauf des Lebens radikal verändern können. Ich war jung damals, in meinem siebzehnten Jahr, genau gesagt, und weder verheiratet noch daran interessiert, es zu sein, zumindest nicht mit den Herren, die sich mir bis dahin vorgestellt hatten und in den Augen aller anderen recht geeignet waren. Ich glaubte, ein ganz besonderes Schicksal in mir zu tragen, eine Vorstellung, die durch Märchen oder durch meine Phantasie entstanden war, und dem Verderben anheimzufallen, wenn sich dieses Schicksal an mir nicht erfüllte, denn das war und ist meine Ansicht über das Los von Frauen, die zu sehr daran glauben, daß sie nur tief genug schlafen müssen, damit der Prinz sie ihrer Bestimmung zuführen wird. Ich hoffte aber, daß es weder Illusion noch Phantasie sei, sondern ein tief in mir ruhendes Wissen, welches mir sagte, daß ich, wenn ich mich von anderen Frauen meiner Schicht und meines Charakters unterscheiden und selbst herausfinden könnte, wer ich wirklich *bin*, ja, wenn ich mich in ein bislang nicht vorstellbares, aber *gewußtes* Ich zurückziehen könnte, wie Alexandra Kollontai* es ausgedrückt hatte, dann, so hoffte ich, würde ich endlich sein, was zu sein mir *beschieden* war.

Bis dahin fühlte ich mich wie in einer Falle gefangen. Ich glaubte, daß ich, wenn ich es nur zuließe, leben könnte, als wäre ich ein verzaubertes Wesen – der König der Löwen, dazu verdammt, im Körper einer Maus zu hausen, oder, noch schlimmer, der Prinz, der, bis der Bann gebrochen war, sein Leben als Frosch verbringen mußte. Ich fühlte mich wirklich so, als hätte jemand, den ich nicht kannte, mir schon ganz früh die Zauberschlinge um den Hals gelegt und mich mit einem Schwall von Zaubersprüchen meinem uneigentlichen Schicksal überantwortet.

Irgendwann glaubte ich dann nicht mehr, ein Löwe zu sein, sondern, wie Cecily, das Herz eines Löwen zu haben; nur hielt

* Alexandra Kollontai war eine russische Revolutionärin und Freundin von Ida. Aus einem hier nicht wiedergegebenen Exzerpt geht hervor, daß sie Ida und deren Familie mehrmals besuchte.

mein Los, die Alltagsroutine mit ihren Knicksen und Korsetten und ihrer kontrollierten Auswahl an korrekten Kurzromanen, für dieses Herz, gemessen an seiner Größe und Kraft, nicht annähernd genug Nahrung und Übung bereit. Aber an jenem Morgen, als ich zu dem Mann hinaussah, der zu mir heraufsah, und als ich wußte, daß für mich nun eine gefahrvolle Reise begann, zu der jenes heimliche Wissen mich trieb, da spürte ich, daß der Löwenkäfig erzitterte.

Ich zögerte, es aufzuzeichnen, hatte jedoch erst kurz zuvor herausgefunden, daß es mir, wenn ich sehr aufgewühlt war, guttat, etwas zu skizzieren. Ich zeichnete dann auf einen kleinen Block, den ich immer bei mir trug.

31

Sigmund Freud machte sich Sorgen. Er hatte Martha ausdrückliche Anweisungen erteilt. Dieser Inspektor stellte ein Problem dar. Er wollte nicht, daß irgend jemand Fusselproben vom Teppich nahm. Er wollte nicht, daß das Thema »Blut« *in irgendeiner Weise* erörtert wurde. Er wollte nicht, daß die Sache mit Fließ, die an der Nase der Eckstein durchgeführte Operation, an die Öffentlichkeit gebracht wurde. Er hatte Martha genaue Anordnungen erteilt, trotzdem war ihm unbehaglich zumute. Der Inspektor war ein viel zu kluger Mann. Nachdem er über alles noch einmal nachgedacht hatte, kam er zu dem Schluß, daß ihm keine Wahl blieb. Er mußte sofort zurück nach Wien.

32

Edith Wharton hatte erfahren, daß dieser fürchterliche Dr. Freud, den sie »den kleinen Schleicher« nannte, »ganz unerwartet« die Rückreise nach Wien angetreten hatte, weil die Behörden in Paris hinter ihm her waren. Es hatte sich offenbar ein Zwischenfall ereignet, der die Polizei sehr aufbrachte – was

Edith Wharton wiederum wenig überraschte. Sie hatte Henry bereits dazu überreden können, sich von ihr nach Wien, wo er sich eine Aufführung seines Stückes ansehen wollte, begleiten zu lassen, da dieser widerliche kleine Mann ihn schon fast zerstört habe. Es gab nur eine Möglichkeit, Henrys endloses Gerede über diese Katze zu beenden, und zwar indem sie den Doktor ohne Umschweife darauf ansprach.

Sie konnte nicht verstehen, wie es diesem Freud gelungen war, Henry einzureden, beim Tod des Tieres habe es sich um Mord gehandelt. Es war auf jeden Fall höchst untypisch für Henry, etwas derartiges zu tun, aber offenbar hatte die Katze ihn nachts gestört, und er hatte in einem Wutanfall einfach einen Schuh oder irgend etwas anderes nach ihr geworfen, woraufhin das Tier, nun ja – es war ganz bestimmt ein Unfall –, sein Leben ausgehaucht hatte. Während sie diese nur sehr vage Überlegung anstellte, merkte sie, daß ihre Gedanken plötzlich abschweiften. Sie wollte nicht zuviel Zeit auf solche Sorgen verwenden, schließlich hatte sie sich Gedanken über Mr. Fullerton und über einen Termin bei Worth zu machen, wo sie ein neues Kleid anprobieren sollte, das, wie sie hoffte, noch vor ihrer Abreise nach Wien fertig sein würde.

Bei Worth wollte sie sich auch mit Mr. Fullerton treffen, und als sie daran dachte, griff sie plötzlich nach den gelben Iris, die er ihr gebracht hatte. Sie waren schon alt, vertrocknet und verblaßt; zwei davon hatte sie zwischen den Seiten ihres Tagebuchs gepreßt, in dem Gedanken standen, von denen sie nicht geahnt hatte, daß sie jemals in ihr entstehen würden. Sie, eine Schriftstellerin, hatte in dieses Tagebuch Dinge geschrieben, von denen sie sich nie hätte träumen lassen, hatte Gefühle, deren Macht über sie ihr völlig unbekannt gewesen war, auf papiernen Seiten festgehalten. Sie war es nicht gewohnt, so tief und leidenschaftlich bewegt zu sein, schon gar nicht von einem Mann. Sie warf einen langen Blick in den Spiegel und betrachtete ihr Gesicht. Das kantige Kinn, das ihr nie gefallen hatte, erschien ihr jetzt weicher. Ihr Gesicht, das, wie sie wohl wußte, nie hübsch gewesen war, hatte stets einen starken Charakter widergespiegelt, der ihr Sicherheit gegeben hatte; jetzt glaubte sie ihn sich wandeln zu sehen. Sie machte sie ein klein wenig unsicher, diese neue Weichheit; sie drehte sich rasch um, griff nach ihrem Sonnenschirm und brach zu ihren vormittäglichen Besorgungen auf.

33

Der Doktor hatte nun wirklich genug von diesem unangenehmen Polizeiinspektor. Und dann widerfuhr ihm auch noch das Unglück, von der streitlustigen Mrs. Wharton angegangen zu werden, die ungestüm seine Türglocke betätigt und ihn zu sprechen verlangt hatte. Er forderte das Mädchen auf, ihr mitzuteilen, daß er bereits nach Wien abgereist sei. Sie reagierte darauf mit einem beleidigenden Briefchen, aber er war nun einmal nicht in der Stimmung, die grundlegenden Annahmen der Psychoanalyse einer Frau zu erklären, über deren Verstand diese zweifellos hinausgingen.

Freud schritt in seinem Arbeitszimmer auf und ab. Obwohl er wegen des Inspektors sehr beunruhigt war, dachte er ständig an diesen James. Ein wichtiger Fall. Der Mann war, eigener Aussage zufolge, seiner Schwester wegen gekommen, litt jedoch selbst unter schweren Symptomen. Schlaflosigkeit, Verdauungsbeschwerden und nun obendrein eine Zwangsvorstellung, die von der Strangulierung einer Katze herrührte und, so mutmaßte Freud, von allem, was diese Tat repräsentierte. Seine Identifikation mit dieser Frau, dieser Constance Fenimore Woolson, beispielsweise, war sehr merkwürdig.

Freud trat an die westliche Wand des Zimmers und dachte nach. Er mußte mit jemandem über diesen Patienten sprechen, aber mit Fließ konnte er nicht mehr so offen reden wie früher. Sie stritten sich jetzt häufig. James, dieser arme Mensch, war überzeugt, für den Tod Constance Fenimore Woolsons verantwortlich zu sein, dabei handelte es sich eindeutig um einen Suizid. Er dachte an James' sturzbachartig vorgetragenes Geständnis: »Ich kenne sie, ich kenne sie, ich wußte es die ganze Zeit, ich wußte, daß sie sich nach mir *sehnte* und empfand Abscheu davor. Ich, ich –« Dann war er zusammengebrochen.

Und dann die Sache mit der Katze. Er wusch sich jetzt immer die Hände. Sie riechen nach Katze, sagte er. Nach toter Katze.

Wunderbar, auf seine Weise; perfekt auf seine Zwecke abgestimmt.

Welch außerordentliches Beispiel einer Verschiebung! Freud hob den Blick und wurde plötzlich, da sich ihm eine Lösung in Aussicht stellte, ganz heiter.

34

Ganz London sprach davon. Der berühmte amerikanische Schriftsteller Henry James, ein scheinbar umgänglicher, eleganter, sehr vornehmer Junggeselle, war mitten in der Nacht aufgestanden und aus dem Haus gegangen und hatte draußen auf seinem Rasen im Licht des silbernen Mondes – eines Januarmondes, so groß und leuchtend, daß seine Helligkeit keinen Zweifel daran gestattete, daß sie gesehen hatten, was sie gesehen hatten –, dort draußen auf dem Rasen hatte Henry James in seinem grünen Pyjama, im Licht dieses ganz besonderen Mondes und vor den Augen aller seiner Nachbarn, seine Katze stranguliert.*

Macht nichts, sagte die Dame von nebenan; es war eine furchtbare Katze. Aber als dann nach der Entdeckung des Kadavers die Dame vom Tierschutzverein kam und die Todesumstände ermitteln wollte, erklärte man ihr, James sei *ganz plötzlich* auf den Kontinent gereist. Was sie sonderbar fand. Er hatte (wie sein Dienstmädchen ihr erzählte) noch nicht einmal sein Gepäck aus Amerika ausgepackt.

35

Der Inspektor hatte – für ihn ganz untypisch – das Blatt Papier von Lieutenant Cuvée beim Besteigen des Zugs in die Tasche gesteckt und sich von der Gräfin derart ablenken lassen, daß er gar nicht mehr daran dachte. Als er am nächsten Morgen aufwachte, fiel es ihm wieder ein; er sprang aus dem Bett und griff in seine Rocktasche. Er überflog die Liste mit den Namen derer, die Freud in Paris am Tag nach dem Mord besucht hatten – und sah, wie eine Perle glänzend:

---

* Dies gehört zu den außergewöhnlichen biographischen Vorkommnissen, die ungeachtet ihrer Außergewöhnlichkeit bewiesen werden konnten. Dem wißbegierigen Leser sei Stephen Donadios Buch *Nietzsche, James and The Artistic Will* (New York: Oxford University Press, 1972) empfohlen, in dem der Vorfall untersucht wird.

22. Februar, halb acht, Henry James

sowie eine zusätzliche Notiz in Freuds Handschrift: »Sprach von Mord.«

Cuvée mußte James unverzüglich verhören.

Er zog sich rasch an und ging zum Revier, wo er sich dem Kriminalkommissär Voll vorstellen wollte, dem Mann am anderen Ende der Telegramme. Merkwürdigerweise war er gar nicht neugierig auf ihn.

36

Der Inspektor war überrascht, Kriminalkommissär Voll in solcher Aufregung anzutreffen. Voll erklärte ihm, die Dinge hätten in den vergangenen Tagen eine äußerst unglückliche Wendung genommen. Die Frau des Chemikers, der die Probe von Freuds Teppich genommen habe, sei eine Plaudertasche und habe in der ganzen Stadt herumerzählt, daß in der Berggasse 19 ein Mord verübt worden sei und, schlimmer noch, daß es wieder einmal ein perverser Judenmord gewesen sei. Diesmal, so habe sie behauptet, hätten sie die rituelle Tötung eines armen, unschuldigen Mädchens durchgeführt.

Das Volk sei in Aufruhr.

Die Juden seien in Aufruhr.

Gerüchteweise war zu hören, nachts sei man auf der Straße nicht mehr sicher, weil die Juden sich jetzt Christen suchten, die sie opfern könnten. Voll hatte von diesen Gerüchten erst erzählt, als der Inspektor in Wien eingetroffen war. Denn es handelte sich um nichts als Gerüchte – der Kommissär war mittlerweile davon überzeugt, daß in der Berggasse 19 nie ein Mord stattgefunden hatte. Das alles waren nur die Phantasien hysterischer Weiber. Voll hatte keine Lust dazu, Tumulte einzudämmen. Er wollte die Angelegenheit abschließen, für erledigt erklären. Das Ganze machte ihn mißmutig. Und zu allem Übel mußte er heute abend mit dem Mann nachtmahlen, der sich als »dein weniger glücklicher Bruder Wilhelm, der arme Tramwayfahrer« bezeichnete. Das Selbstmitleid dieses Bruders rief in Voll die Frage hervor, ob Blutsverwandtschaft überhaupt etwas zu bedeuten habe. Daß ein so erbärmlicher Kerl wie Wilhelm derselben Quelle entsprungen sein konnte wie er selbst, sah er als ein Rätsel, das über seinen Verstand ging.

»Ich halte dafür, daß im Fall Freud eindeutig Halluzinationen im Spiel sind«, verkündete Voll dem Inspektor im Brustton der Überzeugung. »Wir sollten auf der Stelle bekanntmachen, daß es weder eine Leiche noch einen Mord gab, um den Gerüchten über Ritualmorde jede Grundlage zu entziehen. Der Kaiser persönlich hat darauf hingewiesen, daß wir uns diese Gerüchte nicht leisten können, weil die Antisemiten bereits für beträchtliche Aufregung sorgen.«

Voll sah den Inspektor an, als erwartete er dessen sofortige Zustimmung.

»Ich muß erst noch eigene Ermittlungen durchführen«, erwiderte der Inspektor.

»Aber das habe *ich* doch bereits alles getan«, warf Voll hastig ein. »Die Chemiker haben nichts gefunden, nichts Auffälliges an den Fusseln, nicht das geringste. Es war eine Gewitternacht. Die Weiber sehen doch immer irgend etwas.«

Der Inspektor musterte ihn. »Ich werde eigene Ermittlungen anstellen. Teilen Sie dem Kaiser mit, daß ich ihm bald Bericht erstatten werde. Was nun diese anderen Mordfälle betrifft, bei denen es Leichen gegeben *hat*, so werden Sie mir bitte freundlicherweise Einzelheiten über die Ausführung der Taten berichten.«

Volls Stimmung schlug, wie der Inspektor bemerkte, fast von einer Sekunde auf die andere um. »Ich werde meinen Kollegen bitten, sie mit Ihnen durchzugehen. Es ist völlig hoffnungslos. Ich verfolge die Sache nun schon eine ganze Weile.« Er zuckte mit den Achseln und verließ den Raum. Der Inspektor blieb sitzen und dachte nach. Ein sonderbarer Mensch, dieser Voll. Vielleicht war er frustriert.

An dem Freud-Mord paßte einiges nicht zusammen. Das war ihm sofort klargewesen. Der Fall erforderte eine Analyse, die sich von seiner sonst üblichen Vorgehensweise unterschied. Er wünschte sehnlichst, aber vergeblich, das Ganze hätte sich in einer anderen Stadt als Wien zugetragen, denn hier, in Wien, fühlte er sich schwächer als sonstwo auf der Welt. Eine nicht greifbare, bedrohliche Stimmung hatte ihn überkommen, seit er aus dem Zug gestiegen war. Als er heute morgen auf dem Weg zum Revier über den Schwedenplatz gegangen war, hatte er ironisch gedacht, welch grandiose Stadt dies doch war. Die Unmenge von Denkmälern und Karyatiden hatte ihn immer schon erstaunt; sobald er den Blick hob, sah er steinerne Augen, die ihn anstarrten, und unwahrscheinliche Kombinationen – Menschengesichter, Nixenschwänze, Drachenflügel und ein Engelslächeln. Die Architektur, vor allem die historisierende Ringstraßenarchitektur, beeindruckte ihn sehr. Aus jeder Ecke der Stadt sprach das Streben nach Schönheit, aber anders als Rom oder Venedig, inspirierte Wien ihn nicht, sondern versetzte ihn in Weltuntergangsstimmung. Er mußte alles versuchen, um dieses Gefühl abzuschütteln; aber noch während er das dachte, spürte er das leichte Zittern, das im Nacken begann, das Rückgrat hinabwanderte, im Unterleib kreiste und sich schließlich in der Magengrube festsetzte. Vielleicht, dachte er manchmal, begann selbst sein Atem vor Angst zu zittern, wenn er die Straßen seiner Kindheit entlangging.

37

»A so a Tag, a so a Leben«, sagte Wilhelm, der unglückliche Bruder des Kriminalkommissärs, als die Tramway an der Haltestelle Kärntner Straße hielt. Zwei Herren mit Homburg stiegen ein. Traurig nickend nahm er die Fahrkarten entgegen. Ach, ächzte er für sich, a so a fader Tag, a solchener trostloser Tag, und i, i hab' nix zum Tun. An solchen Tagen hoffte er auf Regen. Ganz stark hoffte er auf Regen, denn wenn es regnete, konnte er wenigstens den Arm ausstrecken und den Hebel betätigen, der den Scheibenwischer über das Vorderfenster der Tramway gleiten ließ. Das machte er gern. Wenn er das machte, hatte er das Gefühl, etwas Sinnvolles zu tun.

Und sonst? Umadum und umadum und umadum um den Ring. Schubertring, Kärntner Ring, um den ganzen Ring umadum. An manchen Tagen hatte er Glück, dann befahlen sie ihm, andersherum zu fahren.

Wilhelm sprach nie zu irgendwem ein Wort. War ja eh nix zum Sagen. Und zum Tun? In einer Tramway tut nie wer was. Sein Bruder Johann hatte Diebstähle, sein Bruder Johann hatte Prostituierte, sein Bruder Johann hatte Mordfälle, große Rätsel,

Blut und Propaganda, Schießgewehre und Messer und das Grauen, und er? Er hatte goa nix.

Er klingelte. Albert Einstein stieg ein, klopfte sich den Staub vom Hut. Müde von der Konferenz, gab er Wilhelm seine Fahrkarte. Leise stahl sich die Tramway in die Nacht hinaus. An der nächsten Haltestelle, Akademiestraße, stand eine einsame Gestalt, ein junger Mann, der bös' dreinschaute. Er gab dem Tramwayfahrer die Fahrkarte und knurrte wütend vor sich hin. Er hatte Schwierigkeiten mit einem Gemälde, das er bei sich trug. In einer Ecke des Bildes hatte er es mit A. H. signiert.* Beim dritten Klingeln bestieg Gustav Mahler, der eigentlich zu Fuß zur Oper hatte gehen wollen, mit seiner Symphonie No. 5 unter dem Arm die Tram und zeigte sich erfreut, an der nächsten Station auf Gustav Klimt und Margarete Wittgenstein zu treffen, deren Vater Klimts Secessionsgebäude finanzierte. Sie begrüßten Mahler und erzählten ihm, daß sie eine Panne mit der Kutsche gehabt hätten. Wilhelm bemerkte wohl, daß der Mann, der mit der Frau eingestiegen war, seltsame Kleider trug, hatte aber keine Ahnung, daß es sich um den Künstler handelte, der in Wien gerade für soviel Aufregung sorgte.**

Den anderen Fahrgästen fiel dagegen die Garderobe von Margarete Wittgenstein auf. Das war eine Dame! Es versetzte Wilhelm einen Stich, daß eine solche Aristokratin nur dann in seine Tram stieg, wenn die Kutsche fahruntüchtig war. Mit *der* Nase und *dem* Geld – Jüdin, gar kein Zweifel. Die Juden, dachte er sich, hatten die besten Berufe und verdienten das große Geld. Diese Falotten! Und außerdem hatte er gehört, daß sie Christenkinder umbrachten und ihr Blut tranken.

Mit diesen Gedanken fühlte er sich schon viel besser. Der Pfarrer, sein Pfarrer, hatte ihm von den Gemetzeln und der Gier der Juden erzählt, daß ihm fast das Blut im Leib erstarrt war. Wenn er darüber nachdachte, fand er lustigerweise, daß es für ihn eine Hetz war, an die Greueltaten der Juden zu denken. Es war aufregend. Heute abend würde er auf eine Versammlung gehen. Ein Anhänger von Schönerer hatte ihn

---

* Ich bezweifle sehr, daß es sich hierbei, wie von anderer Seite behauptet, um Adolf Hitler handelte. Hitler hielt sich erst um das Jahr 1909 in Wien auf.

** Dies dürfte eine Anspielung auf die Wiener Künstlergemeinschaft »Secession« sein, eine von Gustav Klimt angeführte Avantgarde-Bewegung. Margarete Wittgenstein ist die Schwester von Ludwig Wittgenstein.

eingeladen. Der Kaiser mochte Schönerer nicht, das wußte er. Zum Teufel mit dem Kaiser! Er hatte das Recht, sich für sein erbärmliches Los wenigstens *a klans bisserl* zu revanchieren. Warum hatten die Christenmörder alles und er nichts? Bei diesem Gedanken drückte er aufs Pedal, und die Tram fuhr weiter. Wilhelm verfluchte sein Schicksal, sein Leben, seine Müdigkeit, seine Erbärmlichkeit – seine traurige Existenz, in der nichts zu erreichen war, die ihm nichts bot, ihm nichts einbrachte, diese kümmerliche, zusammenstibitzte Existenz, genannt Das Leben.

38

Als Sigmund sie anrief und ihr mitteilte, daß er früher, nämlich schon heute, zurückkehren werde, hatte Martha es mit der Angst bekommen. Es war ein teures und lästiges Gerät, aber sie hatten schließlich doch beschlossen, eines installieren zu lassen, für Notfälle. Obwohl Sigmund das Telephon haßte, hatte er sie sofort angerufen, um ihr zu sagen, wie dringend die Sache sei. Sie war erstaunt gewesen, mit welcher Heftigkeit er sich über den Polizeiinspektor äußerte und ihr jedes Gespräch mit ihm verbot. Um so aufgeregter war sie dann, als der charmante, liebenswürdige Mensch an der Tür sich als ebenjener vorstellte und ihr erklärte, er denke nicht im Traum daran, sie zu verhören, sondern wolle sich nur kurz umschauen, wobei er ihr lächelnd ein Dokument zeigte, welches ihm, wie er sagte, das Recht gebe, dies zu tun. Sigmund hatte ihr verboten, dem Inspektor in irgendeiner Weise behilflich zu sein, aber da er ein so angenehmes Verhalten an den Tag legte, welches sie sogar daran zweifeln ließ, daß er wirklich ein Inspektor war, bat sie ihn guten Gewissens herein.

Er lächelte sie freundlich an und sagte: »Wird nicht lang dauern.« Hinten sah sie Irina, das Dienstmädchen, lauern, wie sie es immer tat, den Staubwedel in der Hand, wie mitten in der Bewegung erstarrt. Martha fühlte sich von diesem Mädchen bis aufs Blut gereizt. Immer schlich sie so herum und lauschte, *tat* aber im Grunde nie etwas. Sigi hatte sie sich von einer Vermittlung kommen lassen in der Hoffnung, sie werde den Kindern das Erlernen der englischen Sprache erleichtern. Aber dann hatte sich herausgestellt, daß sie ein *grauenhaftes* Englisch sprach und obendrein ein äußerst unangenehmes Dienstmädchen war.

»Irina«, sagte sie in scharfem Ton, »der Inspektor wünscht sich die Wohnung anzusehen.«

Der Inspektor warf einen Blick auf das Mädchen. »Wer ist denn das?« fragte er schmunzelnd.

Irina zog einen Schmollmund und lächelte affektiert. Sie betrachtete ihn abschätzig: »Ik bin das Dienstmädschen, direkt von London, bitte sehr. Meine Name is' Irina.«

»Ah ja«, sagte der Inspektor, ohne seine Belustigung zu verbergen.

»Irina arbeitet seit sechs Monaten bei uns«, erklärte Martha rasch. »Sie war bereits nach Hause gegangen, also schon vor dem, dem –« Der Inspektor sah sie an. Er fand es merkwürdig, daß sie nicht auf das Wort kam. »Dem Gewitter«, sagte Martha. »Sigmund hat mich daran erinnert, wie ich auf Gewitter reagiere; ich bin dann immer ganz konfus.«

»Selbstverständlich«, sagte der Inspektor und begann sich in der Wohnung umzusehen. »Und das Fräulein Schwester war auch ganz konfus während des Gewitters?«

»Aber ja, o ja! Sie war durchaus konfus wegen irgend etwas. Ich meine, natürlich war sie ganz konfus.« Martha war sich vage des Verbots bewußt, mit ihm zu sprechen, aber sie hatte sich in seiner Gegenwart von der ersten Sekunde an wohl gefühlt.

»Darf ich mich setzen?« fragte der Inspektor, ging, zu Marthas großer Verwunderung, in die Küche und ließ sich auf einem der Stühle nieder.

»Aber nehmen Sie doch im Wohnzimmer Platz!« wandte Martha ein. »Ich bitte Sie.« Sie deutete auf den Salon und dachte bei sich: Impertinent sind diese Franzosen!

»Nein, ist schon gut so. Hier haben Sie die Leiche erstmals gesehen, nicht wahr?«

»O ja, nein, nein. Ich meine, wahrscheinlich war da ja gar keine Leiche. Sigmund hat mir erklärt, wie es zu einer solchen Halluzination kommt, daß es bestimmt eine war.«

»Passen Sie auf«, sagte der Inspektor, sprang auf die Füße und packte sie grob an den Armen, »es ist sehr wichtig: Entweder glauben Sie, daß Sie eine Leiche gesehen haben, oder Sie glauben es nicht. Also – haben Sie eine gesehen?« Seine strahlend blauen Augen fixierten sie mit einer Härte, die sie überraschte.

»Ja, ja, selbstredend«, stammelte sie. »Ich meine, ich… ich *glaube*, daß ich sie gesehen habe, aber Minna sagt…«

»Was Minna sagt, ist ganz egal. Sie erzählen mir, was *Sie* gesehen haben, und überlassen es mir herauszufinden, wer recht hat.« Er ließ ihre Arme los; Martha sah ihn wütend an. Sigmund war so bestimmt gewesen, so ausdrücklich, aber dieser Mensch wirkte nun einmal so… so *offiziell*.

»Sagen Sie mir, ob ich mich irre«, forderte er sie auf, während er einen der hölzernen Küchenstühle packte, »aber war es nicht so, daß Sie« – er deutete auf den Stuhl –, »nachdem Sie vom Gewitter wach geworden waren, die Treppe hinunterstiegen und Ihre Schwester hier sitzen sahen?« Er deutete auf den Stuhl an der gegenüberliegenden Tischseite. »Ist das korrekt, verehrte, gnädige Frau?«

Martha nickte. »Ja, sie saß da, ein bißchen weiter links.«

Zu ihrer Verwunderung verschob der Inspektor den Stuhl um die kleine Distanz, die sie angezeigt hatte, und fragte sie: »So, ist es jetzt richtig?«

»Ja.«

»Gut. Und jetzt erzählen Sie mir genau, Schritt für Schritt, so gut Sie sich erinnern können, was Sie in jener Nacht getan haben, was alles geschehen ist.«

»Also, ich, ich«, sagte Martha, »ich kam herein, und da saß Minna, sie trank Tee, und dann war da ein Geräusch, wie ein Schuß, ein Schuß oder eine Tür, die ins Schloß fiel, da war ich mir nicht sicher, und dann schrie Minna und zeigte, zeigte dorthin, und ich sah hin, und da sah ich eine Leiche.«

»Sahen Sie Blut?«

»Ja, nein, also, ich glaube schon. Da lag ein Mann, und ich lief hinauf, um nach den Kindern zu sehen, und dann kam ich wieder herunter, und Minna war ganz bleich, sehr bleich, und dann krachte es noch einmal, und…«

»Bevor Sie die Treppe herunterkamen oder danach?«

»Bevor ich herunterkam. Als ich hinunterging, schlug noch eine Tür zu, und Minna war kreidebleich und sagte, ruf die Polizei, und – nein, vorher hatte ich ja noch Tee gemacht, ich fand, wir brauchten Tee. Minna kann ja kein Blut sehen, deshalb machte ich Tee.«

»Was für einen Tee?« fragte der Inspektor und dachte sich: Also doch Blut!

»Was für einen Tee?« Die Frage schien Martha sehr zu verblüffen.

»Ja. Wenn Sie die Freundlichkeit hätten, ihn mir zu zeigen.«

Martha zögerte.

»Also«, sagte sie schließlich, »ich habe einen starken schwarzen Tee geholt, und dann habe ich ihn aufgebrüht.« Er vermutete, daß sich hinter ihrem Zögern etwas verbarg. »Sie machten den Tee... Sie machten ihn, weil Sie so aufgeregt waren. Gaben Sie etwas hinein? Fügten Sie irgend etwas hinzu, was man für einen aufgeregten Menschen üblicherweise hinzufügt – Cognac oder dergleichen?«

Martha warf ihm einen wütenden Blick zu. »Ja, ich habe ein bißchen Cognac hineingegeben.«

»Weiter!« sagte der Inspektor. Martha war erleichtert, daß er sich an dem Cognac nicht zu stören schien.

»Und sie trank den Tee, und ich trank auch ein bißchen, und...«

»Haben Sie die Küche zu irgendeinem Zeitpunkt nach der Teezubereitung verlassen?«

»Bitte?«

»Haben Sie die Küche zu irgendeinem Zeitpunkt nach der Teezubereitung verlassen?«

»Aber nein!« erwiderte Martha. »Warum hätte ich denn... Oh, o ja, ja, doch, ich ging ans Telephon, bevor ich den Tee trank, und dann holte ich das Gewehr.«

»Das Gewehr?« fragte der Inspektor erstaunt. Von einem Gewehr war noch nie die Rede gewesen.

»Das Gewehr, das wir dort drüben aufbewahren.« Sie deutete auf einen Gegenstand im Schrank, der für den Inspektor wie eine unmögliche altmodische Donnerbüchse aussah.

»Können Sie damit schießen?« fragte er sanft.

»Nein, eigentlich nicht, aber ich nahm es und ging damit ins Wohnzimmer, aber die Leiche war weg. Da war gar nichts mehr.«

»Und Minna?« fragte der Inspektor. »Ihre Schwester?«

»Sie fiel in Ohnmacht.«

Aha, sagte er sich. Also doch Blut. Auch davon war im Bericht des Kommissärs kein Wort gestanden.

Insgeheim beglückwünschte er sich bereits zu seiner Verhörtechnik, da sah er, wie sich im hinteren Teil der Küche ein Schatten bewegte. Es war bestimmt das Dienstmädel, das alles mit anhörte. Er schob den Stuhl zurück und tat, als ginge er zum Ofen, wirbelte plötzlich herum, griff hinter den Schrank und packte die beschämte Irina.

»Ist es deine Gewohnheit, dich in Schränken zu verstecken und Gespräche zu belauschen?« Er hielt sie an den Handgelenken fest und sprach ziemlich schroff mit ihr.

»Nein, mein Herr, aber in die letzten Tage habe ik imme nur hier und da was gehort, und ik wollte die ganze Geschikte einmal von Anfang bis Ende horen, damit ik weiß, ob ik der Polizei irgendwie konnte helfen.« Sie sah ihn mit so unverhohlener Scheinheiligkeit an, daß er einen Augenblick lang sogar amüsiert war.

»Ich verstehe. Und – kannst du der Polizei helfen, jetzt, wo du alles weißt?«

»Ik weiß nikt, mein Herr, aber ik werde daube nachdenken, Sir.«

Ihre Unverschämtheit war entwaffnend. Ansonsten hatte sie ja, weiß Gott, wenig Anziehendes. Ein abgehärmtes, fahles Gesicht, und das Haar lag ihr auf dem Kopf wie Stroh. Die Augen, denen er die Fähigkeit absprach, etwas anderes als Argwohn auszudrücken, waren von wäßrigem, leblosem Grau und hatten dicke, überhängende Lider, die immer halb geschlossen wirkten. Er schätzte sie auf höchstens neunzehn Jahre, aber sie hatte etwas so Aschfahles an sich, daß man sie auch für vierzig halten konnte.

Der Inspektor betrachtete ihr Gesicht und kam zu dem Schluß, daß sie zu dumm war, um eine gute Lügnerin zu sein.

»Von jetzt an machst du dich bemerkbar! Ich werde mich später mit dir unterhalten. Geh in der Zwischenzeit bitte weiter deinen Pflichten nach.«

Irina hüpfte aus der Küche, während Martha mit offenem Mund dastand.

»Ich muß mich entschuldigen. Wirklich, dieses Mädchen ...«

Der Inspektor hob den Kopf. »Nur tote Dienstmädchen sind nicht neugierig, verehrte, gnädige Frau.«

Er ärgerte sich – allerdings nicht über die dümmliche Indiskretion des Mädchens, sondern über die Tatsache, daß sie sein Gespräch mit Frau Freud in einem äußerst wichtigen Moment unterbrochen hatte. Vernehmungen waren immer eine heikle Angelegenheit. Er hatte das Gefühl, daß vorhin etwas ans Tageslicht gedrängt hatte, daß er kurz davor gestanden hatte, gewissermaßen etwas geschenkt zu bekommen. Er versuchte die Stimmung dieser Augenblicke wiederherzustellen.

»Noch einmal von vorn, wenn Sie gestatten. Ich würde gern rekonstruieren, was Sie damals taten.« Er war von so ausgesuchter Höflichkeit, daß Martha sich sofort wieder beruhigte.

»Bitte setzen Sie sich doch, gnädige Frau«, sagte er, auf einen Stuhl deutend, und sie nahm Platz und sah zu, wie er alles, was sie ihm vorhin erzählt hatte, genau nachmachte.

»Sie«, sagte er, während er gewandt auf den Herd zuschritt, »waren hier, und Ihre Schwester saß dort drüben, als Sie die Treppe herunterkamen, und dann sind Sie dorthin gegangen«, er imitierte ihren Gang zum Schrank, »und haben Tee herausgeholt, ja?« Martha nickte. Er ließ den Blick über die Teedosen schweifen. Es waren nur drei. »Wären Sie so freundlich, mir zu zeigen, um welchen Tee es sich handelte?«

Martha lächelte ihn zögerlich an. Ein seltsamer Kauz! Es spielte doch keine Rolle, welchen Tee sie getrunken hatten!

»Nun, ich bin mir nicht ganz sicher, wir trinken nämlich meistens Kaffee – ah ja, der hier war es.« Sie deutete auf die gelbe Dose ganz hinten und fügte zu ihrem eigenen Erstaunen hinzu: »Glaube ich jedenfalls.«

»Sind Sie sicher?« fragte er begierig.

Martha erblaßte. Sie hatte ihm nämlich aus ganz bestimmten Gründen nicht sagen wollen, welcher Tee es gewesen war. Sie wußte genau, daß es nicht der aus der gelben Dose war, sondern der Kräutertee, den Minna gekauft hatte; sie wußte es ganz genau, weil sie sich erinnerte, daß er so stark gewesen war, daß sie bedenkenlos den Cognac hineingeben konnte, ohne daß man ihn herausschmeckte.

»Nein, doch nicht, nein, nein, ich glaube doch nicht«, sagte sie. »Es war der andere. Der in der grünen Dose.« Er hatte es geschafft, daß sie sich dieser völlig unwichtigen Frage wegen zu schämen begann. Sie wünschte sich sehnlich, er möge endlich das Thema wechseln.

Der Inspektor hob den Deckel der Teedose und roch am Inhalt. »Ein sehr starker Tee! Wären Sie so liebenswürdig, mir eine Tasse zu machen? Und zwar, wenn ich bitten darf, genau so wie an jenem Abend!« Martha war verdutzt. »So gut Sie sich eben erinnern können. Wenn der Tee nicht ganz genau so ist wie damals, macht es nichts. Wir werden schon herausfinden, was geschehen ist, auch wenn unsere Bemühungen im Moment noch etwas unbeholfen wirken.«

»Es war ein so schreckliches Gewitter«, sagte Martha, während sie sich bemühte, genau so in der Küche herumzugehen und Tee zu machen, wie sie es beschrieben hatte.

Zu ihrer Überraschung schnüffelte der Inspektor intensiv an dem Tee und begann zu trinken.

»Ein recht starkes Gebräu«, teilte er ihr lächelnd mit. »Dieser Tee tut mir sehr gut.« Er nippte wieder daran. »Ich möchte mir sogar selbst etwas von diesem Tee kaufen. Wo haben Sie ihn her?«

Martha fand ihn wirklich *sehr* charmant und wunderte sich darüber, wie aggressiv Sigi auf ihn reagiert hatte.

»Ach, den habe nicht ich gekauft – Minna hat ihn gekauft, damit sie besser schlafen kann.«

»Ich verstehe«, sagte der Inspektor, lehnte sich auf seinem Stuhl zurück und zog lange an seiner Zigarre. »Irre ich mich, wenn ich mich zu erinnern glaube, daß im Polizeibericht davon die Rede ist, daß Ihre Schwester die Gewohnheit hat, ihren Schlaf mit Hilfe von Kamillentee zu fördern?«

»O ja, ja, das tut sie, sie hat Kamillentee, ja, aber diesen Tee hat sie ja erst vor kurzem gekauft. Ich habe mir selbst einmal eine Tasse gemacht, als Minna nicht da war, und der Tee war so stark, und damals, in der Nacht, fand ich, daß sie etwas Starkes brauchte, und die Dose stand auch noch ganz vorn, und da«, sie hob die Schultern, »habe ich ihn eben genommen.«

»Schwindlig ist mir noch nicht davon«, sagte der Inspektor.

»Er ist nicht annähernd so stark wie der, den Minna immer trinkt«, erklärte Martha rasch. »Sie trinkt ihn so stark – so stark würde ich ihn Ihnen niemals geben.«

»Ich verstehe. Und damals, in jener Nacht, haben Sie ihn da auch so stark getrunken?«

»O ja«, sagte Martha. »Ja, doch.«

»Und wieviel?«

»Also, das weiß ich nun nicht mehr.« Sie blickte ihn an. »Ich wüßte nicht, warum das wichtig sein sollte.«

Bevor der Inspektor ging, teilte er mit, daß er am nächsten Nachmittag um ein Uhr wiederkommen und mit Minna sprechen werde.

Martha mußte sich entschuldigen und mit gesenktem Blick erklären, daß Minna nicht zu sprechen sei und er an einem anderen Tag wiederkommen solle.

»Auch recht«, sagte er. »Sie hatten mich ja sicherlich nicht erwartet.«

Natürlich hatten sie ihn erwartet, das wußte er sehr wohl. Sie waren vorgewarnt worden. Mit Martha hatte er leichtes Spiel gehabt. Bei Minna würde es, wenn er dem Bericht des Kommissärs Glauben schenken konnte, schwieriger werden.

39

Als wir an diesem Morgen zum Frühstück hinuntereilten, hörten wir, daß unten gestritten wurde und daß Türen zugeschlagen wurden, und als wir ungefähr auf dem zweiten Treppenabsatz waren, sahen wir mehrere Männer in schwarzen Mänteln und Hüten der Reihe nach zur Haustür hinausgehen und hinter ihnen einen sehr dicken, mürrischen Mann, der – das war mir sofort klar – Leopold, der Mann der Gräfin, sein mußte und den Männern hinterherbrüllte: »Nein, ich hab' nein g'sagt! Meine Frau wird mein Haus nicht in eine Synagoge verwandeln!«

Als wir ins Speisezimmer traten, ging gerade der letzte Mann hinaus. Die Köchin kam und erklärte uns, Leopold, der Gemahl der Gräfin, hätte sich sehr »aufgepudelt« und in größter Eile das Haus verlassen. Papa sah sehr merkwürdig drein, und Mama fragte ihn: »Was geht hier eigentlich vor, Frederick?«

Papa sagte: »Ich weiß nicht... er hat sich offenbar sehr aufgeregt. Es hat irgend etwas damit zu tun, daß Bettina zum Judentum konvertiert.« Mama blickte ihn ganz verwirrt an. »Warum tut sie das?« Papa zuckte mit den Achseln. »Ich weiß es wirklich nicht.«

»Ich weiß, daß er sehr aufgeregt war. Er hat die Rabbiner hinausgeworfen.«

»Nun«, sagte Mama mit schweifendem Blick, »es waren ja wohl auch ziemlich viele... Wie seltsam diese Männer aussahen.«

»Sieh mal, die Tierköpfe!« rief Cecily plötzlich aus der Eingangshalle, und ich lief zu ihr und sah durch eine offenstehende Tür in ein Zimmer, das seit unserer Ankunft immer verschlossen gewesen war. Es war vollgestopft mit Tierköpfen, den gräßlichsten, die ich je gesehen hatte.

»Die gehören Leopold«, sagte Cecily. »Die Köchin hat mir erzählt, daß er oft auf die Jagd geht.«

Langsam schlichen wir durch das Zimmer und betrachteten die schönen Schnitzereien an der Decke und die Tierfelle auf dem Boden. Überall sah man Unmengen von kleinen Statuen und Rosetten, und wirklich jeder Zentimeter Seidentapete war mit Gemälden und Photographien bedeckt. Es war ziemlich voll.

Weil Cecily und ich uns mit dem Ankleiden Zeit gelassen hatten, waren Papa und Mama schon zum Weggehen fertig, als wir zum Frühstück hinunterkamen. Die Köchin sagte uns, wir sollten noch auf einen weiteren Gast warten, eine junge Frau namens Sabina. Ich hatte Timothy an diesem Morgen noch nicht zu Gesicht bekommen und erfuhr, daß er in aller Frühe zur medizinischen Fakultät aufgebrochen war. »Er ist so *nervös*«, sagte Cecily. »Ich bin froh, daß er jetzt etwas über die Nerven lernt. Er erscheint mir so *überaus* aufgeregt. Manchmal glaube ich schon, daß er Tante Idas ›Fen-dö-s'Jäckle‹-Krankheit hat.« Sie wandte sich ab und setzte ihr Gespräch mit Berta, der Köchin, fort; die beiden hatten nämlich schnell Freundschaft geschlossen. Berta war eine dicke Frau mit rötlichem Gesicht und duftete nach Keksen. Schließlich sagte sie, wir sollten uns zum Frühstück an den riesigen Tisch im Speisezimmer setzen und dort auf den jungen Gast der Gräfin warten, der bald kommen würde. Auf dem Tisch lag eine Zeitung, die schlug ich auf. Die erste Seite war ziemlich komisch. Zwischen den Artikeln gab es nämlich immer wieder ganz große leere Stellen, als wäre die Druckerschwärze nicht haften geblieben. Ich zeigte es gerade Cecily, da tauchte endlich diese Sabina auf.

Sie war groß und ziemlich blaß. Sie begrüßte uns ein bißchen schüchtern, sprach aber fast perfekt Englisch, und als ich sie fragte, wie lange sie gebraucht habe, um es zu lernen, erklärte sie – und dabei wurde sie ganz rot –, sie fände nicht, daß sie es gut spräche. Es beeindruckte sie sehr, daß Cecily und ich ein bißchen Deutsch konnten. Cecily hatte alle und jeden mit ihrer Sprachbegabung erstaunt. Mir war klargeworden, daß sie die jeweilige Sprache nur zu hören brauchte, und obendrein hatte sie französische und deutsche Romane entdeckt, die sie besonders gern las, weil Mama nicht wußte, was in ihnen stand.

Mama hatte als junges Mädchen einen privaten Lateinlehrer gehabt, aber außer Englisch konnte sie keine moderne Sprache.

Cecily fragte Sabina ohne Umschweife, warum sie da war und wo sie wohnte, und ich fand meine Schwester fast schon *unverschämt*, aber Sabina ging höflich auf die Fragen ein, obwohl sie mir sehr verletzlich vorkam. Ihre großen braunen Augen waren fast zu groß für ihr feines Gesicht, und mir fiel auf, daß die Haut unter ihren Augen sehr dunkel und mit Puder überdeckt war.

Ich beschloß, das Gespräch zu unterbrechen und Cecilys Aufmerksamkeit auf die Leerstellen in der Zeitung zu lenken, und fragte Sabina, was sie zu bedeuten hätten. Zu unserem Erstaunen erzählte Sabina, daß Geschichten, die bestimmte Leute in den Wiener Zeitungen nicht sehen wollten, einfach weggelassen würden, und statt dessen erschienen dann die großen leeren Stellen.

»Sehr merkwürdig«, sagte Cecily. »Ich wüßte so gerne, was da *nicht* steht, Sie nicht auch?«

Sabina lächelte und sagte, in Wien wäre sehr oft das, was nicht da sei, das Interessanteste überhaupt.

Ein Dienstmädchen brachte noch mehr Zeitungen, auch den *Paris Herald*, und bemerkte, diese Zeitung würde die Gräfin ungemein amüsieren. Offenbar las sie am liebsten die »Salons«-Kolumne, in der berichtet wurde, was für wundervolle Colliers und Ringe man sich gegenseitig geschenkt hatte. Cecily schlug sofort die Seite auf und las aus der Kolumne vor. »Umberto, König von Italien, hat seinem Neffen, der demnächst heiraten wird, eine Villa in der Nähe von Turin sowie vier prächtige Reitpferde geschenkt. Der Papst sandte eine heilige, mit Diamanten besetzte Reliquie, und die Duchesse de Mouchy eine Juwelenkollektion, darunter zwei schwarze Perlen, sowie ein Diamanten-Diadem, einen Kutschenteppich und einen englischen Ponywagen mit zwei Ponys.« Außerdem stand da, daß Prince Edward von England mit großen Edelsteinen auf den Handschuhen in Paris herumlaufe und alle Handschuhmacher in den Wahnsinn treibe, weil sie mit dem Handschuhmachen nicht mehr nachkämen. »Zusätzlich«, las Cecily vor, »kaufte er zehn Homburgs, welche in Paris zur Zeit sehr in Mode sind.« Nachdenklich ließ sie die Zeitung sinken. »Es klingt so aufregend«, sagte sie. »Dort würde ich jetzt gern sein.«

»Du fährst bestimmt bald einmal hin«, sagte Sabina. »Soviel ich weiß, ist die Gräfin oft in Paris.«

Cecily fragte Sabina: »Fahren Sie auch oft nach Paris?«

»Nein«, antwortete Sabina. »Ich studiere Medizin.«

»Hier?« fragte Cecily erstaunt. »Eine Frau? Die haben Sie zugelassen?« Wieder einmal hatte ihr Gesicht diesen sehr sonderbaren Ausdruck. Sie blickte finster drein und biß sich auf die Lippe.

»Ich hatte gute Beziehungen«, erklärte Sabina. »Natürlich hoffen manche, daß ich es nicht schaffen werde.«

»Oh!« rief Cecily. Es klang sehr mitfühlend, was mich ein wenig überraschte, und dann drückte sie das aus, was auch ich dachte: »Das *darf* nicht passieren. Sie *müssen* es schaffen!« Mit diesen Worten stand sie auf. Sie war ganz rot geworden.

»Ich werde es schaffen«, versicherte Sabina mit fester Stimme. »Wenn meine Gemütsverfassung gut bleibt, kann ich es schaffen. Das ist mein einziges Problem.«

Cecily sah sie an und sagte: »Sie *dürfen* sich nicht entmutigen lassen! Sie sind sicherlich eine sehr gute Studentin.«

Da blickte Sabina uns sehr, sehr traurig an.

»Das Studium ist kein Problem«, sagte sie leise. »Aber ich werde oft von Gefühlen befallen, die ich nicht bändigen kann.«

Cecily und ich schwiegen erschrocken. Wir wußten nicht genau, was das bedeuten sollte, und ich glaube, sogar Cecily hatte Angst davor, mehr zu erfahren.

Ich wechselte sofort das Thema, und wir fanden heraus, daß Sabina erst seit kurzem mit der Gräfin befreundet war. Cecily wollte sie gerade weiter ausfragen, da klingelte es an der Tür – zum ungefähr fünften Mal an diesem Vormittag. Der Diener ließ ein halb erfrorenes Mädchen in unserem Alter herein, ein bißchen jünger vielleicht. Sabina erhob sich von ihrem Stuhl. Auch Cecily stand sofort auf und folgte ihr. Ich konnte meine Neugier natürlich nicht im Zaum halten und ging auch in die Eingangshalle hinaus.

Das zarte, durchgefrorene Mädchen trug mehrere Sweater und komische uralte Stiefel. Die waren mit Lumpen festgebunden. Sabina redete mit dem Mädchen. »Es freut mich, daß ich euch kennenlerne«, sagte sie zu uns und knickste in ihren schrecklich zerrissenen Kleidern. »Ich habe in dem Buch, das mir die Gräfin geschenkt hat, viel über Amerika gelesen.« Dann machte sie wieder einen Knicks. Sabina betrachtete ihre Stiefel, die ganz zerfetzt und riesengroß waren.

»Warum bist du gekommen?« fragte Sabina.

»Ich hab' einen Brief für die Gräfin«, sagte das Mädchen und gab Sabina den Brief. »Die Gräfin schenkt mir Geld und Kleider und manchmal auch Bücher. Darauf bin ich sehr angewiesen. Ich hab' nur die Schuhe von meinem Bruder, und ich muß arbeiten gehen. Ich muß bis heute abend heimlaufen und morgen früh mit der Arbeit anfangen.«

»Gehst du zur Schule?« fragte Sabina freundlich.

»Ich arbeite. Nachts lese ich«, sagte das Mädchen.

Cecilys Reaktion auf dieses Mädchen war sehr überraschend. Ich bemerkte, daß sie blaß geworden war, sie schien aber zutiefst beeindruckt. Cecily stellt meist unendlich viele Fragen, aber diesmal stand sie vor Verwunderung einfach nur so da. Sabina unterhielt sich noch einige Minuten lang mit dem Mädchen und verschwand dann in einem Zimmer. Während sie weg war, redete Cecily mit dem Mädchen.

»Ich welcher Fabrik arbeitest du?« wollte sie wissen.

»In einer Bronzefabrik«, sagte das Mädchen.

»Wann beginnt die Arbeit?«

»Um fünf Uhr früh.«

»Macht es Spaß?« fragte Cecily.

Das Mädchen sah sie ungläubig an, als hätte sie die Frage gar nicht gehört. »Was?«

»Ob es Spaß macht, in einer Fabrik zu arbeiten. Ob es dir gefällt.« Das Mädchen verzog das Gesicht. Ich glaube, sie dachte, daß Cecily sich über sie lustig machte, aber dann wurde sie eines Besseren belehrt, denn Cecily sagte: »Ich würde das nämlich auch gern ein- oder zweimal machen, einfach um es mir mal anzusehen... Erzähl mir doch, was du da eigentlich tust.«

»Ich löt' mit einem gasgetriebenen Blasebalg«, berichtete das Mädchen. »Es ist sehr heiß und nimmt mich sehr her, aber ich spar' mir so viel Geld zusammen, daß ich mir eigene Schuh' kaufen kann.« Das sagte sie ganz stolz. Ich zuckte zusammen, als ich dieses Bekenntnis hörte. »Im Frühling hab' ich Geld verdient und für den Winter g'spart, im Sommer brauch' ich nämlich keine Schuh'«, erklärte sie, »aber dann ist die Mutter krank g'wesen, da haben wir kein Geld g'habt, dann bin ich auch krank g'wesen und hab' mir keine Schuh' kaufen können.«

Schuhe waren ihr offenbar das Wichtigste, das hatte ich inzwischen verstanden. Gleichzeitig konnte ich ihr nicht recht glauben. Mir kam es so vor, als wäre sie direkt aus einem Roman von Mr. Dickens, den wir gerade lasen, ins Haus der Gräfin spaziert.

Plötzlich richtete das Mädchen ihre Aufmerksamkeit auf ein Buch von Cecily. Es war ein blaues Buch. Das Mädchen starrte es an.

»Du liest Schiller?« fragte sie mit leuchtenden Augen.

»Na ja, meine Tante Ida hat es mir geschenkt«, sagte Cecily und nahm das Buch in die Hand. »Hast du es gelesen?«

Das Mädchen schüttelte den Kopf. »Das da nicht«, sagte sie leise, und Cecily gab, wie ich nicht anders erwartet hatte, dem Mädchen das Buch und bestand darauf, daß sie es behielt. Das Mädchen war ganz überwältigt vor Freude.

»Ich hab' nicht viel Zeit zum Lesen. Abends helf' ich der Mutter beim Nähen. Wenn ich fertig bin, darf ich lesen. Aber wir wohnen alle in einem Zimmer, da ist es schwierig.«

»Alle in einem Zimmer? Ihr habt nur ein einziges Zimmer in eurem Haus?« fragte Cecily.

Das Mädchen nickte.

»Wer wohnt denn da, du und deine Mutter und dein Vater?«

Das Mädchen schüttelte den Kopf. »Meine Brüder, meine Schwester und meine Mutter und manchmal der Freund von meiner Mutter.«

Cecily starrte sie an. »Wie viele Betten habt ihr denn?«

Das Mädchen ließ den Blick von Cecily zu mir und wieder zu Cecily wandern, weil sie sich nicht entscheiden konnte, wem sie die Antwort geben sollte.

»Zwei haben wir«, sagte sie und sah zu Boden.

»Wie heißt du?« fragte Cecily.

Das Mädchen hob den Blick und sagte überraschend stolz: »Adelheid.«

Da kam Sabina zurück, und hinter ihr trat Berta ein mit neuen Stiefeln und mehreren Kleidungsstücken.

»Komm mit!« sagte sie. »Da hab' ich neue Sachen für dich, und a bisserl Geld geb' ich dir auch. Aber wegen der Gräfin wirst zurückkommen müssen, die ist nämlich grad nicht da. Hast weit zu gehen?«

Das Mädchen wirkte jetzt sehr niedergeschlagen. »Ich kann nicht wiederkommen, ich brauch' ja einen ganzen Tag für den Weg, und ich muß doch in die Fabrik. Und am Sonntag muß ich der Mutter beim Nähen helfen.« Sie brach fast in Tränen aus.

»Dann bringen wir es dir«, sagte Cecily plötzlich. »Alles, was du brauchst. Wir bringen es dir, Adelheid. Ich habe Schuhe und Sweater, die ich nicht brauche.« Sabina sah Cecily an. »Ich glaube nicht, daß deine Eltern dir erlauben werden, so weit weg zu gehen«, sagte sie sanft.

»Aber ich gehe trotzdem«, versicherte Cecily. Ich war sehr erstaunt über ihre plötzliche Großzügigkeit. Mir oder unseren Cousinen oder irgendwem sonst hatte sie nie etwas geschenkt. Aber dann dachte ich mir – was vielleicht hartherzig war –, daß

Cecily deshalb gehen wollte, weil es uns auf jeden Fall verboten würde, wenn irgend jemand es herausfand.

Das Mädchen sah Cecily mit zweifelndem Blick an. Dann sah sie zu Sabina hinüber. »Danke«, sagte sie schließlich und folgte Sabina zur Treppe. Als Adelheid einige Zeit später zurückkam, war sie wie verwandelt. Sie trug Schuhe, Mantel und Hut und wirkte unglaublich glücklich. Sie dankte Sabina und schrieb ihre Adresse auf ein Stück Papier, das Cecily für sie geholt hatte. Sie gab es Cecily mit einem Blick zurück, den man am besten als den Blick eines Menschen beschreibt, der nicht im Traum erwartet, daß der andere jemals wirklich kommen wird.

»Auf Wiedersehen«, sagte Adelheid, und dann war sie verschwunden wie ein Geist.

Kaum war das Mädchen weg, begann Cecily tausend Fragen zu stellen: Wer war sie, warum arbeitete sie in einer Fabrik, wie viele Mädchen arbeiteten in Fabriken, wie war diese Arbeit, warum war sie so arm, hatte ihr Vater denn kein Geld, warum hatte sie eigentlich keinen Vater, warum ging sie nicht zur Schule, wie viele Kinder lebten so wie sie? Und so weiter und so weiter mit einem solchen Schwall von Fragen, daß Sabina nach einer kleinen Weile ganz erschöpft war.

»Ich glaube, das reicht fürs erste«, sagte sie schließlich. »Wir können uns morgen weiter darüber unterhalten, wenn du willst.« Sie teilte uns mit, daß die Köchin gesagt hatte, wir sollten nach oben gehen und uns umziehen, weil Mama gleich zurückkommen würde und wir nachmittags Besuche machen würden. Sie erklärte uns, daß die Gräfin schon frühmorgens weggegangen war, sich aber zum Mittagessen in einer Konditorei mit uns treffen wollte.

»Kommen Sie auch?« fragte ich Sabina. Sie lächelte und sagte nein, ihre Mutter würde bald in Wien eintreffen.

Cecily sagte mir, sie finde Sabina *sehr* rätselhaft, weil die Köchin ihr nämlich erzählt hatte, daß die Gräfin Sabina halb erfroren im Schnee liegend gefunden hatte. Cecily war tief beeindruckt davon, daß Sabina Medizin studierte, und ich war es auch.

Cecily und ich erkundeten den restlichen Vormittag über ein bißchen die Gegend um das Haus der Gräfin in der Strudlhofgasse. Die Straße klang nach Strudel, deshalb konnte ich mir den Namen gut merken, außerdem war da eine prächtige Treppe, die ich bestimmt immer finden würde. In dem Bezirk gab es schöne Häuser und Parks und viele Statuen und Denkmäler. Wir hofften, daß wir für immer im Haus der Gräfin wohnen bleiben durften, denn es war sehr geräumig und einladend. Als wir nach unserem Erkundungsgang zurückgekehrt waren, um uns für den Lunch umzuziehen, hörten wir jemanden an der Tür. Wir dachten, daß es Papa und Mama wären, die zurückkamen. Aber dann sahen wir zu unserer Überraschung einen ziemlich großen, bärtigen Mann mit schwarzem Mantel und einem hohen Hut ziemlich aufgeregt im Salon hin und her gehen. Er sprach mit Leopold, dem Mann der Gräfin, der uns nicht gerade enthusiastisch begrüßt hatte.

Leopold und der Mann im schwarzen Mantel unterhielten sich ziemlich lebhaft; je weiter wir die Treppe hinunterkamen, um so lauter wurde das Gespräch. Der Mann im schwarzen Mantel war offenbar sehr wütend auf den Grafen, und Cecily, die vor nichts zurückschreckt, wollte schon dazwischengehen, da öffneten plötzlich Papa und Mama die Haustür. Der Mann im schwarzen Mantel hörte daraufhin sofort zu reden auf, und Leopold drehte sich um und blickte sehr verärgert, was er anscheinend immer ist. Mama scheuchte uns die Treppe zum nächsten Stockwerk hinauf, aber da die beiden Männer sehr laut sprachen, konnten wir, als wir über das Geländer hinweg nach unten blickten, fast alles sehen und hören.

Papa ging sofort in den Salon, um Leopold zu begrüßen, und dann hörte ich, wie Leopold dem großen Mann, der Rabbi Bloch hieß, Papa auf englisch vorstellte. Ich konnte nicht ganz genau verstehen, was sie sprachen, aber nachdem sie ein bißchen weitergestritten hatten, gingen sie alle zur Tür, und Papa sah sehr besorgt aus. Schließlich sagte Leopold: »Und wenn diese Ritualmordsache aber doch in der Thora steht, was machen wir dann, Rabbi?«

Da wurde der Mann im schwarzen Mantel noch größer und noch zorniger. Seine Augen rollten in den Höhlen, und er schlug mit der Faust auf den Tisch in der Eingangshalle. »Aber keineswegs steht das in der Thora! Wie können Sie so etwas auch nur eine Sekunde lang annehmen?«

Ich wußte nicht, was die Thora war, aber ich wußte, daß der Rabbi sehr, sehr gekränkt war. Nachdem sie noch ein bißchen weiterdebattiert hatten, ging Leopold hinaus, und dann ging auch der Rabbi. Cecily wollte sofort wissen, was es mit dem Ritualmord auf sich hatte und was die Thora war. Mama wußte das natürlich nicht, aber Papa erklärte uns, daß die Thora die jüdische Bibel ist und daß ein schreckliches Verbrechen verübt worden war und daß wir jetzt keine Fragen mehr stellen sollten.

40

Cecily und ich waren sehr aufgeregt. Wir sollten uns nämlich mit der Gräfin in einer Konditorei treffen, die Hofzuckerbäckerei Demel hieß. Wien, das hatten wir inzwischen herausgefunden, war voller wunderbarer Orte, wo die Leute den ganzen Tag Kaffee tranken, deutsche, italienische und französische Zeitungen lasen, sich in Gespräche vertieften und die köstlichsten Süßspeisen aßen. Tante Ida sagte, es wäre unmöglich, sich nicht in Wien zu verlieben, weil man sich in Wien sowohl auf die geistigen als auch auf die leiblichen Genüsse verstand! Wir waren zu früh dort, weil wir es kaum erwarten konnten, die Gräfin kennenzulernen, aber keiner sagte: »Wie sollen wir sie erkennen, wenn sie kommt?«, weil wir alle sicher waren, daß wir sie sofort erkennen würden. Wir hatten noch nicht lange gewartet, da begann Cecily, die kaum dazu kam, ihren Kuchen zu essen, weil sie ständig aus dem Fenster starrte, zu kreischen: »Da ist sie! Da ist sie!« Und Tante Ida, die bis zu diesem Augenblick sehr nachdenklich gewesen war, sprang auch auf, und ich erblickte durchs Fenster die eindrucksvollste Frau, die ich je gesehen hatte.

Ihr Hut war aus Spitze, ein weißes, rüschiges, schaumiges Wunderwerk schwellend-schwingender Volants, und erst ihr Kleid! Es war schockierend und prachtvoll und, genau wie der Hut, aus weißer Spitze, die aufreizend ihren Körper entlangfloß, und sie drehte spielerisch einen Sonnenschirm aus weißer Spitze hin und her und schritt von ihrer Kutsche auf die Straße, wo ein Herr mit einem blauen Filzhut auf sie wartete.

»Die Gräfin! Die Gräfin!« flüsterte Cecily. Wir standen alle auf, und Mama sah sehr beunruhigt drein, als diese außergewöhnliche Frau mit strahlendem Lächeln die Zuckerbäckerei betrat und sofort auf unseren Tisch zusteuerte.

Papa erhob sich, um sie zu begrüßen, und als sie den Kopf

neigte, um ihn zu küssen, schwebte der Duft von Rosen durch die Luft. An ihrem Hals funkelten Diamanten. Papa sagte: »Bettina, das ist Emily, meine Frau« – Mutter nickte ihr zu –, »an Ida kannst du dich sicher erinnern« – auch Tante Ida nickte –, »und das sind die Kinder.« Papa stellte sich hinter den jeweiligen Stuhl, während er Cecily und mich vorstellte. Timothy stand auf und versuchte der Gräfin die Hand zu küssen, was er nicht besonders gut konnte. Seine Lippen landeten schmatzend auf ihrem spitzenbedeckten Handgelenk, aber das schien sie nicht weiter zu stören, denn sie machte uns sofort etwas atemlos mit ihrem Begleiter bekannt, einem Monsieur Soundso, und dann brachte man, während das ganze Café uns anstarrte, zwei Stühle, und Monsieur Soundso und die Gräfin setzten sich, um mit uns Kuchen zu essen.

Geschmeidig glitt die Gräfin auf ihren Sitz neben mir, die weiße Spitze raschelte wie Taft. Ihre Augen waren die schönsten Augen, die ich je gesehen hatte, golden und braun, aber eher golden, und strahlend weiß um die Iris. Normalerweise verwendet man keine besonders große Mühe darauf, das Weiße in den Augen von Menschen zu beschreiben, aber dieses Weiß war einfach aufsehenerregend und, so dachte ich mir, vielleicht noch bemerkenswerter wegen der sehr dunklen Wimpern, die dieses Weiß umgaben, und die Augen waren zwar nicht gerade schrägstehend, aber doch sehr mandelförmig, was durch ihre ziemlich hohen Wangenknochen noch betont wurde, so daß man den Eindruck eines ganz ungewöhnlichen, energischen Gesichts hatte.

Die Gräfin sprach mit großer Wärme und sehr schnell auf englisch, französisch und deutsch, manchmal alle drei Sprachen in einem einzigen Satz. Mama sagte kaum etwas, aber die Gräfin tat so, als bemerkte sie es nicht – was ich ihr hoch anrechnete –, und redete einfach weiter auf ihre trällernde Art, über uns und wie sehr sie sich freute, uns zu sehen, über die köstlichen Mehlspeisen in der Zuckerbäckerei, begann dann mit einer Beschreibung ihrer Zugreise und schloß mit Empfehlungen guter Kleidergeschäfte. Man hatte uns bereits gesagt, daß das Modeatelier unmittelbar neben dem Haus der Gräfin von ihr selbst geführt wurde, daß das aber für eine Angehörige des Adels als nicht schicklich galt, auch ihr Mann nicht damit einverstanden sei und niemand davon wußte. Tante Ida hatte uns erzählt, daß man einige Entwürfe der Gräfin sogar in Paris gesehen hatte, daß sie aber nur heimlich, nachts, arbeitete, damit niemand davon erfuhr.

Die Gräfin beschrieb uns sehr lustig, wie ein gewisser M. Worth in Paris ein Kleid für sie entworfen hatte. Sie machte diesen M. Worth an seinem Zeichentisch nach – »er tat, als wäre er Rembrandt«, sagte sie und bewegte ihre Hände vor und zurück und ließ dann den Kopf auf den Tisch sinken, um uns die geistige Erschöpfung des M. Worth nach dieser großen Anstrengung zu zeigen. Mama mußte lachen, obwohl sie gar nicht wollte. Es war wirklich witzig. Cecily und ich konnten gar nicht mehr aufhören zu kichern.

Die Gräfin hatte Cecily und mich aufgefordert, noch etwas zu essen, und wir waren gerade dabei, unser jeweils drittes Gebäckstück zu bestellen, da schaltete sich Mama ein und verbot es uns. Ich war so fasziniert von der Gräfin, daß ich kaum sprechen konnte, aber Cecily begann ihr sofort von dem jungen Mädchen zu erzählen, das ohne Schuhe in ihr Haus gekommen war, und daß die Köchin nicht gewußt hatte, was sie tun sollte, daß sie dem Mädchen dann aber, weil Sabina darauf bestanden hatte, Kleider gegeben und gesagt hatte, sie solle wiederkommen. Als Cecily die Geschichte erzählt hatte, schwiegen alle, und die Miene der Gräfin veränderte sich. Sie sah plötzlich sehr traurig aus und dann sehr zornig.

»Selbstverständlich soll sie wiederkommen, und ich werde sie einkleiden«, sagte sie. »Ich gebe vielen dieser Mädchen Kleider, aber Wohltätigkeit ist keine Lösung. Ich kenne das Mädel. Es ist intelligent, und ich werde dafür sorgen, daß es eine Ausbildung erhält.« Sie schwieg eine Weile. »Aber dieses Mädchen ist nur eines von vielen, und selbst wenn ich fünfhundert retten würde, was mir nicht möglich ist, wäre es wie nichts.« Sie sah Papa an. »Es ist absurd, und es muß ein Ende haben. Findest du nicht auch, Frederick?«

Papas Miene war sehr ernst. Cecily war still. Es war nicht geschickt von ihr gewesen, so rasch etwas so Unangenehmes zur Sprache zu bringen, aber die Gräfin sagte: »Du brauchst dich nicht zu schämen, ein so schmerzliches Thema aufgeworfen zu haben. Es liegt ja in der Luft. Es verschwindet nicht einfach so, und ich hoffe, daß durch gründliches Nachdenken letztlich doch einmal eine Lösung gefunden wird, obwohl …« Sie stockte. »Ja, ich muß zugeben, daß ich mir nicht mehr sicher bin, wie diese Lösung aussehen könnte.«

Papa sagte: »Nun, euer Parlament wird in Kürze über Wohnungsbaumaßnahmen abstimmen. Das klingt doch schon sehr vielversprechend. Soweit ich gehört habe, schlafen manche Leute hier ja sogar auf den Bäumen.«

Die Gräfin zuckte mit den Achseln. »Ja, sie haben keine Unterkunft und schlafen auf den Bäumen, und es wird im Parlament erörtert. Es ist alles, was wir im Augenblick haben, dieses erbärmliche« – plötzlich hellte sich ihr Gesicht auf –, »aber oft so amüsante Parlament.« Dann sagte sie, an Cecily und mich gewandt: »Wollt ihr euch amüsieren? Dann müssen wir morgen ins Parlament gehen.« Ihre Augen funkelten. »Wir setzen uns auf die Empore und sehen ihnen zu, wie sie über die Resolution debattieren. Es verspricht ein sehr erhellender Tag zu werden, aber in der Früh habe ich erst noch einen Termin bei einem Schneider; treffen wir uns um zehn.«*

41

Wo, ach, wo ist Gertrud van de Loo?
Ihr Kopf liegt dort im Schlafgemach,
Die Ärmchen anderswo.

Kriminalkommissär Voll schob dem Inspektor die Papiere auf dem Schreibtisch hin. »Seit wann erhalten Sie diese Zettel?« fragte der Inspektor.

---

* Gemeint ist hier wahrscheinlich eine jener unglaublich rüpelhaften Parlamentssitzungen, über die Mark Twain, der damals in Wien lebte, für *Harper's* berichtete. Graf Badeni, ein Reformer, hatte mehrere Sprachverordnungen erlassen, durch die beispielsweise Tschechisch die zweite offizielle Sprache in Böhmen und Mähren wurde. Die Konservativen und Deutschnationalen taten sich daraufhin zusammen, um den Beschluß mit Hilfe einer Verschleppungs- und Verhinderungstaktik zu annullieren, bis Badeni schließlich gehen mußte. Immer wenn ein Abgeordneter das Wort ergreifen wollte, zog diese Parlamentariergruppe Pfeifen, Schlittenglöckchen, Mundharmonikas, Posaunen, Jagdhörner und Schnarrtrommeln hervor und betätigte sie, bis der Redner im Lärm untergegangen war. Badenis Rücktritt erfolgte wenige Tage, nachdem er über sechzig Polizisten in den Reichsrat gerufen hatte, um den Saal räumen zu lassen. Der Reichsrat war in dieser Zeit durch zahllose Konflikte praktisch beschlußunfähig,

Der Kommissär hob die Schultern. »Seit zwei Monaten ungefähr. Ich habe Grund zu der Annahme, daß es sich bei mehreren dieser Fälle um ein und denselben Mörder handelt. Als ich zunächst annahm, daß in der Wohnung Freuds ein Mord stattgefunden habe, hielt ich es für das Werk dieses Mannes. Jetzt bin ich allerdings sicher, daß es nichts als Hysterie war. Schließlich gibt es keinerlei Hinweis auf die Existenz einer Leiche.«

Der Inspektor sah ihn scharf an. Verkündete der Kommissär diese Information, als wäre er stolz darauf? Der Inspektor schüttelte den Kopf, wie um wachzuwerden. Er war plötzlich sehr, sehr müde. Gestern abend in der Oper hatte er sich hervorragend gefühlt. Der Komponist und Dirigent Gustav Mahler, ein Jude, war allen Protesten zum Trotz zum Hofoperndirektor ernannt worden und hatte das Orchester ganz vorzüglich geleitet, wie der Inspektor fand. Und dann hatte er diese Frau gesehen. Die Gräfin. Sie war erst spät in ihre Loge gekommen, in der Mitte des zweiten Akts. Das hatte ihn geärgert. Es war, fand er, die typische Angewohnheit von Frauen, die einen Liebhaber hatten, erst im letzten Akt zu erscheinen.

Er las noch einmal den vor ihm liegenden Zettel.

»Kann ich die anderen auch sehen?«

Voll nickte und zog drei weitere Zettel hervor. Der Inspektor überflog sie. »Haben Sie Leichenteile gefunden?«

Wieder nickte Voll. »Ein paar Buben haben auf einem Spielplatz eine Hand gefunden.«

Jetzt betrachtete der Inspektor die anderen Zettel genauer. »Auf dem mit der Hand«, sagte er, »heißt es, das *Bein* ist anderswo. Der Kopf wird gar nicht erwähnt.«

»Nein«, sagte Voll.

»Suchen Sie weiter. Wenn wir einen zweiten Teil der Leiche gefunden haben, wird es vielleicht einfacher.«

»Warum denn?« fragte Voll hastig. Der Inspektor gab ihm keine Antwort. »Wo ist der Terminkalender?« fragte er, ganz mit seinen Gedanken beschäftigt. Voll kramte in einer Schublade. »Wir mußten das Original zurückbringen«, sagte er, »um keinen Verdacht zu erregen.«

»Aber Sie haben mir doch erklärt, daß Sie keinen Verdacht haben«, wandte der Inspektor ein. »Sie sind doch überzeugt, daß es reine Hysterie war.«

---

so daß der Kaiser gelegentlich von der Notstandsgesetzgebung Gebrauch machen mußte.

»*Jetzt* bin ich davon überzeugt, Herr Inspektor, jetzt. Aber am Anfang wollte ich meinen Verdacht nicht verraten, Sie verstehen.«

Der Inspektor nickte. Er verstand nicht; der Mann widersprach sich. Er ging noch einmal die Ergebnisse der Verhöre durch, wobei er widerwillig zugeben mußte, daß Voll recht gut im Vernehmen war, zu seiner Befriedigung aber feststellen konnte, daß er selbst es noch besser beherrschte.

Er verließ das Revier und ging in den Prater. Beunruhigende Fälle. Amputation, Mord und dann noch diese verwirrenden Ereignisse im Hause Freud. Er überquerte die Straße und verschwand zwischen den schönen Bäumen des Parks mit ihren ausladenden Ästen. Er liebte diesen Park, das konnte er mit Fug und Recht behaupten. Ein herrlicher Ort. Traumverloren ging er weiter, dachte an nichts, außer, gelegentlich, an die Gräfin. Sie war nicht schön im herkömmlichen Sinn. Ihr Gesicht war energisch und ein bißchen starr. Sie war sehr schreckhaft, das hatte er bemerkt. Er fühlte sich zu ihr hingezogen. Was dagegen Voll betraf, so konnte er ihn nicht ausstehen. Auch dafür konnte er keinen Grund nennen, aber Volls ganze Persönlichkeit stieß ihn ab. Als er ihm vorgestellt wurde, hatte er unwillkürlich einen Schritt zurück getan. Der Inspektor zuckte mit den Achseln. Er würde das beste daraus machen.

Einige Stunden lang saß er auf einer Parkbank und dachte an gar nichts. Dann beschloß er, Lisette zu besuchen, und stand auf. Ja, das würde seine Stimmung bestimmt heben.

42

Timothy beobachtete Bertha Pappenheim*, die in einem dünnen, weißen Leinenunterrock, einem Kamisol, weißen Söckchen und Schuhen die Donau entlanglief, ins Licht hinein und

* Anspielungen dieser Art, wie sie über das gesamte Manuskript verstreut sind, finde ich persönlich sehr irritierend. Es ist aufgrund der chronologischen Ordnung ganz einfach unmöglich, daß dies Bertha Pappenheim, Breuers erste Hysteriepatientin, ist, von der Freud und Breuer gemeinsam in der berühmten Krankengeschichte »Frl. Anna O...« berichteten. Es ist denkbar, daß es sich um eine Traumgestalt Timothys handelt, die aufgrund

dann wieder ins Dunkel, je nachdem, ob der Mond hinter Wolken und Bäumen verschwand oder hervortrat. Der junge Mann beobachtete von den Bäumen aus, den Drachen in seinen Händen drehend, wie die weiße Erscheinung einer jungen Frau mit fliegenden blonden Haaren dahinrannte, als wäre sie verrückt. Jetzt sah er, daß sie am Ufer stehenblieb. Wie in Trance wiegte sie sich hin und her, hin und her, als befände sie sich in einer urzeitlichen religiösen Zeremonie, in einer harmonischen Totenklage mit dem Wasser; dabei hatte sie die Augen weit geöffnet, als suchte sie den Himmel nach der Göttin ab, die sie am besten unterweisen könnte.

Der junge Mann zog an seiner Zigarette und legte den Drachen auf den Boden, wand die Schnur sorgsam um einen Baum und versuchte sie zu verknoten. Niemand würde den Drachen finden, aber er wollte nicht riskieren, daß der Wind ihn davontrug.

Mit steifen Schritten ging er am Waldrand entlang zu dem Mädchen hinüber, das am Ufer stand; es blieben noch etwa dreißig Meter zwischen ihm und ihr. Er sah siegessicher um sich

---

seiner Lektüre der Krankengeschichte zustande kam. Er hatte bereits in Amerika von ihr geträumt. Selbstverständlich kann es auch eine reale Frau gewesen sein, auf die er sein Wissen projizierte. Anna O.s bemerkenswerte Symptome, die nicht zuletzt Ausdruck einer außergewöhnlichen Einbildungskraft waren, bestanden u. a. darin, daß sie von Breuer schwanger zu sein glaubte und tatsächlich derart ausgeprägte psychosomatische Symptome zu entwickeln und zu »zeigen« begann, daß der arme Breuer sich überfordert fühlte, mit seiner Gattin die Flucht ergriff und das bemitleidenswerte, noch immer seiner Hysterie ausgesetzte Mädchen zurückließ – obgleich dies natürlich nicht der *offiziellen* Version entspricht. Jedenfalls verbietet der zeitliche Rahmen dieses Dokuments die Annahme, daß es sich bei der von Timothy beobachteten Frau um Bertha Pappenheim handelte. Als mögliche Lösung des Rätsels fällt mir nur ein, daß Timothy wahrscheinlich eine Phantasiefigur sah; schließlich studierte er damals in Wien Medizin und hatte daher mit Sicherheit von dem Fall gehört. Interessanterweise engagierte sich »Anna O.« später, obwohl sie nie »geheilt« worden war, sehr für soziale Belange. Ich selbst habe diesen Fall immer für äußerst bemerkenswert gehalten, insbesondere die Tatsache, daß die Patientin in emotionalen Krisen »in fremden Zungen sprach«. Außerdem geht bekanntlich die heute so populäre Technik des freien Assoziierens auf sie zurück. Sie hatte die Idee, so zu verfahren, auch wenn natürlich erst Freud diese Vorgehensweise dann theoretisch faßte. Sie nannte es »chimney sweeping« – »Kaminkehren«, womit sie wohl den Akt des inwendigen Reinigens meinte.

und stürmte los, packte ihre Hände, die sie ausgestreckt über das Wasser hielt, als versuchte sie jemanden zu erreichen, und zog sie rasch an ihren Körper.

»Oh!« sagte sie erschrocken. Als er ihr die Arme an den Seiten weiterhin festhielt, veränderten sich ihre noch immer weit offenen Augen.

»Ist schon gut«, sagte er sanft zu ihr. »Du träumst. Ich muß dich nach Hause bringen.« Ihr schönes Gesicht, ihr warmer Hals entzückten ihn. Sie war stark und versuchte seinem Griff zu entkommen, aber er hielt sie ganz fest und spürte ihre warmen Brüste. Das erschreckte ihn so, daß er seinen Griff lockerte; sie zog ihre Hände weg und lief los. Nach wenigen Metern hatte er sie eingeholt, sie wehrte sich, schrie, als er ihr die Hand auf den Mund legte, sie zu Boden zwang und in seiner wachsenden Erregung und Angst immer wieder sagte: »Schon gut, ich werde dir nichts tun, schon gut, schon gut.« Wild ihre Augen, wilder noch ihr Körper, der sich so sinnlich unter ihm hob und senkte, aber er hielt sie fest, bis sie ruhiger wurde, ihm unwillig den Kopf zudrehte und kühl fragte: »Was wollen Sie?«

»Ich«, sagte der junge Mann erschrocken, als er ahnte, was sie meinte, »will dir nur helfen ... Du kannst doch nicht um diese Zeit in einem solchen Zustand herumlaufen.«

»Ich träume nicht«, sagte sie. »Ich bin doch im Park, oder nicht?«

»Ja«, antwortete er, auf dem Mädchen liegend. Sein Kopf tat schon weh, weil er ihn starr in die Höhe hielt. Aber er hatte Angst, sie würde wieder weglaufen, wenn er aufstand.

Dann stellte sie ihm noch eine Frage. Und noch eine.

Und er gab ihr Antwort. So sprachen sie eine Weile miteinander. Der Mond verbarg sich hinter den Bäumen und einer Wolke und kam wieder hervor und verbarg sich wieder im steten Rhythmus ihrer Fragen, und mit jeder seiner Antworten sank der Kopf des jungen Mannes tiefer, bis sein Gesicht so nah an ihrem war, daß sie seinen warmen Atem spürte. Da konnte er, so auf ihr liegend, die weichen Brüste fühlen, und sie fühlte die harten, krausen Haare auf seiner Brust und sein Hemd und das wundervolle Gewicht und die Straffheit seines Körpers, und ihr Atem, der jetzt in Stößen kam, nicht weil sie Angst hatte, sondern aus einem anderen Grund, und sein Atemhauch ganz nah an ihrem Hals, und sein bärtiges Gesicht, das jetzt an ihrem lag, und dann sprachen weiche, feuchte Lippen in Küssen zu ihr, und die Antworten auf ihre Fragen sandte er an ihren Hals. Da durchfuhr ihren Körper das wunderbare, süße Zittern, als ob die Erde bebte, und auch dem jungen Mann verging Hören und Sehen, nur den süßen Duft dieser feuchten Stelle an ihrem Hals roch er und den Duft ihres Kleides und die nasse Dunkelheit ihrer Locken, die sich über ihren Hals breiteten. Er wußte nicht, wie lange sie so lagen, welcher Bann sie gefangenhielt, aber als sie aufstanden, war ihr Kleid feucht vom Tau und klebte an ihren Hüften, und ihr Rücken und seine Schuhe waren naß.

Er führte sie zur Hintertür ihres Hauses. Sie öffnete den Dienstboteneingang und trat ein. Sie wandte sich nicht zu ihm um und sagte auch nichts; er sah nur den Rücken ihres weißen Kamisols, den weißen Unterrock, der noch immer an den runden Schenkeln klebte, ihre grasbeschmutzten, nassen Strümpfe und Schuhe. Er sah sie in das Haus gehen und die Tür schließen, hörte, daß der Riegel vorgeschoben wurde, und blieb noch eine Zeitlang erstaunt stehen, wußte nicht, welche Ereignisse ihn hierhergebracht hatten und wie er von hier wegkommen sollte. Er hätte nichts lieber getan, als ihr zu folgen, und machte sich tagelang Vorwürfe, nicht genug Mut oder Geistesgegenwart oder Phantasie aufgebracht zu haben, um der Begegnung ein vollkommenes Ende zu bereiten. Diese Begegnung zu einem Ende führen, sie steigern, sie fortsetzen, ja, aber nicht in Heimlichkeit versinken lassen, all die Gefühle, die ihn und das Mädchen eingeschlossen hatten, als wäre er in einen Kessel mit kaltem und dann kochendem Wasser geworfen und dann als ein Blinder herausgerissen worden. Nach den extremsten körperlichen Empfindungen, die ihn jemals bestürmt hatten, blieb ihm nichts als ein Taschentuch aus weißem Leinen.

Er stand vor der Tür, bis der Morgen dämmerte; und als er drinnen die Dienstboten rumoren hörte, schien er wie aus einem Bann des Begehrens zu erwachen. Er richtete sich auf, holte das weiße Leinentaschentuch hervor und band es sich ums Handgelenk.

Er wartete jeden Tag und jede Nacht auf sie, und am Schweif seines Drachens sahen die Leute etwas, das dort gar nicht hingehörte, fast ein Segel, ein quadratisches Segel, das umherwirbelte, wie um den Drachen aus dem Gleichgewicht zu bringen, so daß er schwirrte und schlingerte. Ein vorbeigehender Mann sagte zu ihm: »Mußt den Fetzn do forttun, der Drochen kann ja goa net fliagn.« Aber der junge Mann schwieg. Er ließ das Drachensegel über der Donau flattern und saß unbewegt, viele Stunden oft, unter einem Baum.

43

Früh am nächsten Morgen in Paris teilte der Diener Edith Wharton mit, unten sei ein Polizist und wolle Mr. James sprechen. Erschrocken befahl sie ihm, noch zu warten, und kleidete sich rasch an. Normalerweise zog sie sich erst am späten Vormittag, kurz vor dem Lunch an, aber heute morgen würde sie sogar das Schreiben sein lassen, um herauszufinden, was da vor sich ging. Henry, dachte sie, als sie zur Treppe eilte, war wegen der Sache mit der Katze bestimmt nicht freiwillig zur Polizei gegangen, obwohl ihr Bridget, das Dienstmädchen, erzählt hatte, daß er jede Nacht mehrmals im Schlaf »Mord, Mord, Mord« schrie. Sie seufzte, trat in den Salon und teilte dem Polizisten mit, daß sie nicht allzuviel Zeit zu erübrigen habe und den Grund seiner Anwesenheit daher in möglichst knapper Form zu erfahren wünsche. Lieutenant Cuvée musterte sie scharf.

»Ich bin hier, um mit Mr. James zu sprechen.«

»Das weiß ich. Er ist aber nicht im Haus, und wenn er im Haus ist, fühlt er sich nicht wohl. Ich wünsche daher nicht, daß man ihn unnötig aufregt. Sie können mir ruhig sagen, um was es sich handelt.«

»Sind Sie seine Gattin?« fragte Lieutenant Cuvée, obwohl er, dachte Edith, bestimmt wußte, wie es sich verhielt.

»O nein. Ich bin Edith Wharton. Ich bin seine Freundin und überdies gut bekannt mit dem Präfekten«, erklärte sie stolz. Cuveé wirkte nicht besonders beeindruckt. Edith versuchte verzweifelt, auf den Namen des Präfekten zu kommen, mit dem sie doch einmal anläßlich eines grauenhaften Diners, das irgendwer irgendwo für irgend jemanden gegeben hatte, bekanntgemacht worden war.

»Es tut mir leid«, sagte Lieutenant Cuvée, »aber ich muß mit ihm persönlich sprechen. Um welche Zeit erwarten Sie ihn zurück?«

Sie warf einen Blick auf die Uhr. Henry verließ das Haus jeden Tag um elf. »Ich denke, gegen vier Uhr nachmittags wird er wieder hier sein. Um diese Zeit kommt er jedenfalls meistens zurück. Kann ich ihm sagen, um was es sich handelt?« fragte sie gereizt.

»Es handelt sich um eine Ermittlung«, antwortete der Lieutenant, zog ein schwarzes Lederbüchlein hervor und klopfte mehrmals auf den Einband. »Ich habe nur einige Fragen an ihn.« In Edith Wharton schlug etwas ein wie ein Meteorit. Sie erkannte das Buch ... Genau so eines hatte sie schon einmal gesehen. Es konnte nur ein Zufall sein. Er sah, wie sie das Buch anstarrte. »Das ist doch der Terminkalender eines Arztes«, sagte sie nervös.

»Ja.«

»Geht es in der Sache um einen Arzt?« Ihm fiel auf, wie nervös sie plötzlich geworden war, und er argwöhnte, daß Henry James sich vielleicht doch im Haus aufhielt.

»Wie kommen Sie darauf?«

»Nun, da Sie den Terminkalender eines Arztes in Händen halten, liegt diese Annahme doch recht nahe.«

»Konsultiert Mr. James einen Arzt?« fragte Lieutenant Cuvée.

Edith Wharton hütete ihre Zunge. »Das ist mir nun wirklich nicht bekannt.«

»Hat er in Ihrer Gegenwart jemals einen gewissen Dr. Sigmund Freud erwähnt?«

Die Frage überrumpelte sie. »Nein, nein, das heißt ja ... äh, nein, also, ich habe nicht direkt gehört, daß er diesen Namen erwähnte, aber ich selbst habe von diesem Arzt gehört. Ein ausgesprochener Scharlatan, finden Sie nicht auch?«

Lieutenant Cuvée erwiderte zunächst nichts. Dann sagte er: »Er hat einen guten Ruf in Wien. Aber ich glaube, er empfängt auch hier Patienten. Für kurze Zeit jedenfalls. Der Vorfall ereignete sich in Wien, aber man hat mich angewiesen, auch seine Pariser Patienten zu befragen und herauszufinden, ob diese Leute nicht etwas Licht in die Sache bringen können. Sagen Sie Mr. James, daß ich wiederkomme, es sei denn« – er ließ den Blick durch den Raum schweifen –, »Sie erlauben mir, hier zu warten.«

»Es wäre mir lieber, wenn Sie wiederkommen würden«, erklärte Edith rasch. Sie war enorm nervös, mußte aber unbedingt noch eine Frage stellen. »Welcher Vorfall eigentlich?«

»Es ist in Wien zu einem Unglücksfall gekommen«, sagte Lieutenant Cuvée. »Ich habe hier die Liste all seiner Pariser Patienten, und wir hoffen, die Ermittlung – vielleicht war ja auch gar nichts – abschließen zu können, bevor die Zeitungen davon erfahren. Ich muß ihn darauf vorbereiten, daß die Namen aus dem Buch möglicherweise in die Hände von Journalisten gelangen, und –« Wieder klopfte er auf das Buch, kam aber nicht mehr dazu, noch etwas zu sagen: Er sah, daß sich ihre Gesichtsfarbe auf die Erwähnung des Wortes »Zeitungen« hin verändert hatte; Sekunden später lag die unbezwingliche Frau in tiefer Ohnmacht vor ihm auf dem Boden.

44

Noch nie war Edith Wharton so in die Enge getrieben worden. Kaum hatte dieser Lieutenant ihr Haus verlassen, rief sie das Dienstmädchen und gab Anweisung, es sei unverzüglich ihre kleine Reisetasche zu packen und das Lunch abzusagen, da sie den Zug nach Wien erreichen müsse. Als sie später darüber nachsann, erinnerte sie sich, daß sie an gar nichts gedacht hatte, sondern nur verzweifelt und wild entschlossen gewesen war. Sie wußte einfach, daß sie nach Wien fahren und den Beweis vernichten mußte, sofort, sofort, sofort.

Bridget hatte Mrs. Wharton kaum jemals in so aufgelöstem Zustand erlebt; deshalb drückte sie ihr, nachdem sie das Auto bepackt hatte, das Cook zum Bahnhof fahren sollte, eine kleine Phiole mit Laudanum in die Hand. »Nur ganz wenig, immer daran denken: Nur ganz wenig! Versuchen Sie, im Zug zu schlafen. Sie sehen gar nicht wohl aus«, sagte sie besorgt, und Edith Wharton nahm die Phiole, dankbar für alles, was sie ein wenig beruhigen konnte. Sie hatte plötzlich das Gefühl, den Verstand zu verlieren.

Es war dunkel, als der Zug in Wien ankam; Edith Wharton wurde vom Schaffner geweckt. Sie war noch sehr benommen von dem Laudanum, riß sich aber zusammen und stieg aus, packte ihre Handtasche und die kleine Reisetasche und rief einen Fiaker herbei. Sie hatte keine Ahnung, *wie* sie es tun würde, aber sie wußte, daß sie es tun würde. *Sie mußte es schaffen.* Noch während sie das dachte, streifte sie sich hastig die Handschuhe ab und tauschte sie gegen ein Paar aus, das sie in der Handtasche mitgenommen hatte. Es war dies bereits der zweite Handschuhwechsel. Sie waren jedesmal völlig durchnäßt gewesen.

45

Dr. Fließ in Berlin riß das Kuvert von Sigmund auf. Sehr ärgerlich! dachte er kopfschüttelnd. Ständig machte Sigmund sich wegen irgend etwas Sorgen. Zuerst hatte er Angst, jung zu sterben, dann ärgerte ihn seine Einflußlosigkeit, und jetzt geriet er in Zusammenhang mit Emma Ecksteins Blut wegen irgendeines Polizeiermittlers in Panik. Dr. Fließ zuckte mit den Achseln und legte den Brief beiseite, ohne ihn ganz gelesen zu haben. Seine Frau hatte zum Abendessen gerufen.

46

Edith Wharton wartete in ihrem Hotel, bis Mitternacht vorbei war und sie sicher sein konnte, daß alle schliefen; erst dann bestellte sie einen Fiaker. Sie bat den Fiaker, in einiger Entfernung vom Haus zu warten, und ging zu Fuß die dunkle Straße hinunter. Sie war viel zu entschlossen, um Angst zu empfinden, obwohl der Hotelportier sie gewarnt hatte, allein loszufahren, da in Wien ein Mörder unterwegs sei.

Sie fand das Haus Berggasse 19 und ging durch die Toreinfahrt in den Hinterhof. Schlagartig wurde ihr klar, daß sie nicht das geringste gesehen hätte, wenn nicht zufällig Vollmond gewesen wäre.

Sie tastete sich an den Fenstersimsen entlang, spürte plötzlich etwa in Schulterhöhe einen Luftzug und schaute nach. Das Fenster war offen. Sie drückte es mit der Hand noch weiter auf und versuchte ihre Augen an die Dunkelheit zu gewöhnen. Als sie den Kopf durch die Fensteröffnung steckte, dachte sie, wie absurd es doch gewesen war, einen Hut aufzusetzen. Sie nahm ihn ab und legte ihn auf den Boden. Dann zog sie sich mit beiden Armen hoch und schaffte es beinahe, sich ganz hinaufzuhieven. Nun hob sie ziemlich plump ein Bein zum Sims hinauf, beugte sich vor, spürte, daß sie mit den Hüften abrutschte und das Gleichgewicht verlor, stieß einen Schrei aus und landete – bums! – mitten auf Dr. Freuds Teppich.

Sie blinzelte ein bißchen und klopfte sich die Kleider ab; dann versuchte sie aufzustehen. Ihre Wangen brannten. Die Vorstellung, entdeckt zu werden, entsetzte sie. Sie wartete noch eine Weile, um ihre Augen an die Dunkelheit zu gewöhnen, holte dann eine kleine Kerze hervor, die sie eigens mitgebracht hatte, zündete sie an und begann sich umzusehen.

Zu ihrer Erleichterung befand sie sich im richtigen Zimmer und sah sofort – daß der Schreibtisch mit dem Besucherbuch draußen im Vorzimmer stand. Sie schlich auf Zehenspitzen hinaus, wobei sie sich sehr langsam bewegte aus Angst, es könnte irgend etwas auf dem Boden im Weg sein, und stand dann endlich vor dem Buch. Während sie hastig die Seite mit jenem schicksalhaften Tag suchte, hörte sie plötzlich ein Geräusch. Ihr Herz raste; sie erblickte ihren Namen, ergriff die Seite, riß sie aus dem Buch, blies die Kerze aus und trat den Rückweg quer über den Teppich zum Fenster an.

Das Geräusch war lauter geworden. Es waren Schritte. Der Schweiß brach ihr aus, und ein leichtes Zittern ging durch ihren ganzen Körper, als sie die Hände zum Fenstersims hob. Sie zog das Fenster auf, sprang wagemutig hinunter, erfuhr eine schmerzhafte Landung auf der Seite, rollte in ein Gebüsch, stand auf und eilte zu der Straßenecke, an der sie den Fiaker hatte warten lassen.

Dem Fiaker fiel auf, daß sein Fahrgast schneller als angekündigt zurückgekommen war. Ihren Hut hatte sie vergessen, und ihr Haar war ganz zerzaust. Sie wich seinem Blick aus, sprang in das Gefährt und rief ihm durchs Fenster zu, er solle zum Hotel zurückfahren.

Im Fiaker geriet sie dann schier außer sich. Sie hielt die Seite in der Hand. Das *rton* war im Buch verblieben.

Sie hatte nur *Edith Wha*.

47

Henry begann darüber nachzudenken, ob nicht vielleicht die Sorgen über die Ereignisse der letzten Wochen zu einer ernsthaften Veränderung seines Geisteszustandes geführt hatten. Seine sonst stets gehegten literarischen Interessen hatte er samt und sonders beiseite geschoben und war einer gespenstischen Faszination durch »die Maschinerie« erlegen, als welche er sich die diese Geschichten aufpumpende Erzähltechnik vorstellte. Dennoch widmete er sich auch weiterhin mit großer Neugier diversen Mordprozessen und empfand es als eine Wohltat, als er an diesem Abend etwas über Madeleine Smith las:

Meine Herren Geschworenen, die Anklage gegen die Gefangene lautet auf Mord, und die für Mord vorgesehene Strafe ist der Tod, und diese simple Erklärung reicht aus, uns an den feierlichen Ernst dieses Ereignisses zu gemahnen, welches Sie und mich von Angesicht zu Angesicht mit … *

48

Nachdem er von lautem Klopfen wach geworden war, öffnete Carl Gustav Jung die Tür und nahm eine telephonisch erfolgte Mitteilung in Empfang. Sie stammte von Freud. Was mochte Schreckliches geschehen sein, daß Freud um acht Uhr morgens in sein Hotel eilte und mit ihm sprechen wollte?

49

Minna saß dem Inspektor nervös in ihrem Sessel hin und her rutschend gegenüber. Sie wünschte, Sigi wäre hier. Gestern abend war er gekommen, hatte aber das Haus in aller Frühe

* Dies ist John Inglis, Präsident der Anwaltskammer und brillanter Verteidiger der Madeleine Smith während des Madeleine-Smith-Prozesses im Juli 1857, in dem die gebildete und ziemlich hübsche Miss Smith angeklagt war, ihren Liebhaber Emile vergiftet zu haben, unmittelbar nachdem sie, Zeugenaussagen zufolge, eine Aufführung von *Lucrezia Borgia* gesehen hatte.

wieder verlassen, um sich mit Dr. Jung zu treffen. Martha hatte gesagt, der Inspektor werde erst um ein Uhr mittags kommen, und Sigi hatte gesagt, um diese Zeit werde er wieder daheim sein. Und jetzt war der Inspektor vier Stunden früher erschienen! Ihr war denkbar unbehaglich zumute. Es war kalt; der Ofen war nicht ordentlich angeheizt worden. Der Inspektor hatte es vorgezogen, seinen weiten Macintosh anzubehalten, der sich, während er zigarrepaffend auf und ab ging, bei jeder Kehrtwendung wie ein Cape um ihn bauschte, so daß der Gummisaum in ewig gleichem Rhythmus gegen den Holzstuhl schabte. Später erinnerte sie sich wieder an den Tonfall seiner Stimme, so sanft, so eindringlich, und an das schrille Schaben des Regenmantels am Stuhl, jedesmal wenn er sich umdrehte und an der Zigarre zog und etwas zu ihr sagte, und daß er dann stehengeblieben war und die Asche in den großen Aschenbecher klopfte, den er in die Küche mitgenommen hatte.

Er bemerkte, daß sie sehr nervös war. Er dachte darüber nach und beschloß, mit Fragen über Martha fortzufahren.

»Erzählen Sie mir von Anfang an, was damals in der Nacht geschah. Am besten wäre es, wenn Sie umhergehen und mir genau zeigen würden, an was Sie sich erinnern, wo genau Sie saßen, wo Sie standen – soweit Sie sich dessen entsinnen, selbstverständlich.«

»An viel kann ich mich nicht erinnern«, erklärte Minna. »Wie Sie wissen, führt Dr. Freud es auf meine überaktive Phantasietätigkeit zurück – es war Nacht, ein Gewitter tobte …« Sie hob die Schultern.

Bei der Erwähnung des Doktors unterdrückte der Inspektor seinen Zorn. Fast wie ein konditionierter Reflex, dachte er.

»Ich weiß von dem Gewitter, aber normalerweise machen Gewitter Ihnen doch nichts aus, nicht wahr?« Er sah sie scharf an. Minna senkte den Blick. »Nein, normalerweise nicht.«

»Aber in jener Nacht waren Sie ängstlicher als sonst. Ängstlich weswegen? Hatten Sie Schwierigkeiten einzuschlafen?«

»Nun … ja«, sagte sie, den Blick noch immer zu Boden gerichtet. Er sah, daß sie die Lippen ganz fest aufeinanderpreßte. Es gibt also etwas, über das sie nicht sprechen will, dachte er.

»Ich … ich habe oft Schwierigkeiten mit dem Einschlafen«, sagte sie.

»Aber damals war etwas Ungewöhnliches, nicht wahr?«

Jetzt sah sie ihn mit großen Augen an. »Nein ... nein, nur, nur das Übliche.«

»Aha«, sagte der Inspektor. »Es war also nichts« – er legte eine bedeutungsvolle Pause ein – »*Ungewöhnliches* daran, daß Sie damals nicht einschlafen konnten, nichts veranlaßte Sie dazu, ängstlich auf und ab zu gehen, ist das richtig?« Dabei musterte er sie mit solchem Unschuldsblick und so direkt, daß sie ganz sprachlos war. Er hatte aufsehenerregend blaue Augen.

»Nun ja, das stimmt schon«, gab sie zu, preßte aber sofort wieder die Lippen zusammen. Er lächelte und atmete entspannt durch. Eine im Lügen ungeübte Frau war immer eine *erbärmliche* Lügnerin.

»Nun gut, fahren wir mit den Ereignissen jener Nacht fort. Martha hat, wie ich annehme, ebenfalls einen leichten Schlaf, daher treffen Sie beide sich oft in der Küche und trinken gemeinsam Kamillentee, ist das richtig.« Der Inspektor wußte genau, daß dies nicht zutraf, wartete aber gespannt auf Minnas Reaktion.

»Nein, nicht ganz.«

»Ach? Ist Martha denn nicht auch oft lange wach?« fragte er.

»Nein«, sagte Minna lachend, »ganz im Gegenteil. Martha schläft normalerweise wie eine Tote. Es überraschte mich, daß sie aufwachte.«

»Aha«, sagte der Inspektor. »Dann hat sie also keine Angst vor Gewittern?«

»Nun, sie mag Gewitter nicht, aber es gab schon schlimmere, die sie nicht aufwecken konnten. Ich weiß nicht, warum sie aufwachte. Vielleicht weil Sigmund nicht da war ... obwohl« – sie konnte es sich nicht verkneifen – »er nachts häufig zu Frauen in Not gerufen wird.«

»Aha«, sagte der Inspektor mit leuchtenden Augen. »Häufig nachts, zu Frauen?«

Minna ärgerte sich über die Anspielung. »Die meisten seiner Patienten sind Frauen, wie Sie, Herr Inspektor, inzwischen wissen dürften. Diese Frauen leiden an nervösen Störungen, die sich jederzeit verschlimmern können, was bei einigen meistens nachts geschieht.«

»Ich verstehe«, sagte der Inspektor. »Ich kenne mich in diesen Dingen so wenig aus. Kann man sagen, daß die meisten seiner Patientinnen ihn nächtens zu sich rufen?«

»Nein, nicht die meisten«, antwortete Minna. »Sie können ihn ja fragen. Ich selbst weiß nur von einer, der Baroneß Friesen. Sie ist schon seit vielen Jahren seine Patientin.«

»Ich verstehe.« Der Inspektor holte sein Büchlein hervor und trug eine kleine Notiz ein.

»Dr. Freud hat Ihnen aber sicherlich mitgeteilt, daß dies höchst vertraulich und die Dame extrem nervös ist. Ich glaube nicht, daß er damit einverstanden wäre, wenn Sie versuchen würden, sie zu vernehmen. Im Gegenteil, ich glaube, daß er alles ihm Mögliche tun würde, um Sie daran zu hindern. Er ist gestern abend hier eingetroffen. Er hatte keine Ahnung, daß Sie uns vernehmen wollten. Er hat mir verboten, überhaupt mit Ihnen zu sprechen, aber ich sehe ein, daß mir nichts anderes übrigbleibt. Über seine Patientinnen werde ich allerdings von jetzt an kein Wort mehr sagen.«

»Ungeachtet der Wünsche, die der gute Herr Doktor hegt, verehrtes Fräulein«, sagte der Inspektor, »ist es mein Recht, ja meine Pflicht, mit dieser Vernehmung fortzufahren. Wir haben es mit einem Mord zu tun, und ich habe die Aufgabe, den Schuldigen zu suchen.«

»Selbstverständlich«, erwiderte Minna gequält. »Aber was ist mit Ihrer Aufgabe, die Leiche zu finden und den Beweis dafür, daß tatsächlich ein Mord stattgefunden hat? Ist das nicht auch vordringlich, Herr Inspektor?«

»Ich bitte um Verzeihung, aber ich behandle beides in ein und demselben Verhör. Leugnen Sie denn, daß Sie eine Leiche auf dem Boden liegen sahen?«

»Ich weiß nicht mehr genau, was ich gesehen habe«, antwortete Minna schnippisch.

»Sehr verehrtes Fräulein, darf ich Sie daran erinnern, daß, falls hier ein Mord geschah und der Täter sich dort draußen herumtreibt, Sie oder ein Ihnen nahestehender Mensch zu den gefährdeten Personen zählen, und für den Fall, daß ich mit meinem Appell an Ihren Gerechtigkeitssinn und Ihre Mitmenschlichkeit gescheitert bin, appelliere ich hiermit an Ihren Überlebenswillen und bitte gerade Sie als Frau, die Angelegenheit nicht auf die leichte Schulter zu nehmen. Die Sache kann schwerwiegende Folgen nach sich ziehen, gerade für Frauen, die nach Unabhängigkeit streben und nachts allein durch die Straßen gehen.«

Minna richtete sich mit einem Ruck auf. »Aber… ich… ich… gehe nicht nachts allein auf die Straße und sogar tagsüber nur hin und wieder. Es entspricht in keiner Weise meiner Gewohnheit.«

Der Inspektor mochte sie nicht, mußte sich aber wohl mit dem zufriedengeben, was sie ihm anbot. »Und wenn Sie tagsüber allein ausgehen, wohin gehen Sie da?« Wieder durchbohrte sie der gnadenlose Blick seiner tiefblauen Augen.

»Nun ja, hierhin und dorthin... auf einen Spaziergang, ein bißchen umherschlendern, zum Markt vielleicht, das kommt ganz darauf an«, sagte sie lässig und mit so geflissentlicher Beiläufigkeit, daß sein Argwohn auf der Stelle erwachte und er mit dem untrüglichen Instinkt seiner Profession gerade diesen Augenblick wählte, um sie zu überrumpeln. Die Teedose, die er an sich genommen und unter seinem Mantel versteckt hatte, zog er nun mit theatralischer Geste hervor und sagte im anklagendsten Ton, den er aufbieten konnte: »Vielleicht um *Tee* zu kaufen, gnädiges Fräulein?«

Der kalkulierte Effekt, den er damit erzielte, entzückte ihn geradezu. Ihr Gesicht lief dunkelrot an. Sie biß sich auf die Unterlippe. Sie war ertappt. Bei was, das wußte er noch nicht. Aber er würde auch das herausfinden.

»Nun, es kann auch zum Teekaufen sein«, stimmte sie ihm hastig zu und versuchte ihre Fassung wiederzuerlangen. »Ist es ein Verbrechen, Tee zu kaufen, Herr Inspektor?«

»Nicht im mindesten«, erwiderte er, beeindruckt von ihrer neugewonnenen Haltung. »Im Gegenteil, diesen Tee, den Sie da gekauft haben und den Ihre Frau Schwester in jener Nacht zubereitete, finde ich sehr wohlschmeckend und hätte gern selbst davon. Hätten Sie die Güte, mir zu sagen, wo Sie ihn gekauft haben?«

Minnas Gesicht war jetzt leichenblaß. Sie hielt den Kopf schräg nach hinten, so daß das Kinn zur Decke ragte. Aber schon Sekunden später hatte sie sich wieder gefaßt. Als sie den Inspektor ansah, war ihr Blick eisig. »Bei Schönlichler vielleicht... Ich, ich weiß es nicht mehr«, sagte sie leise.

»Und warum nicht, liebes gnädiges Fräulein?« fragte er. »Ist es schon so lange her?«

»Sehr, sehr lange«, sagte sie stockend.

»Das muß ja eine ganz besondere Dose sein, die das Aroma und den Geschmack so gut konserviert. Gibt es so viele Kräuterteehändler in Wien, daß Sie sich nicht mehr entsinnen können, welcher es war?«

»Ich weiß es nicht mehr.«

»Finden Sie es nicht auch sehr sonderbar, daß Sie sich, obwohl dieser Haushalt nur über drei Sorten Tee verfügt, darunter ein einziger Kräutertee, nicht mehr erinnern können, wo und wann Sie diesen Kräutertee gekauft haben?«

»Ich habe ein schlechtes Gedächtnis«, erklärte Minna, der alles Blut aus dem Gesicht gewichen war.

»Nun gut, das wäre es dann für heute, mein Fräulein.« Der Inspektor erhob sich, deutete nickend eine Verbeugung an, schob das Notizbuch in die Tasche, drapierte den Macintosh um sich und rauschte aus dem Salon.

Als Martha vom Fenster aus die wehenden Mantelschöße des Inspektors auf dem Bürgersteig erblickte, eilte sie in die Küche, wo zu ihrem Erstaunen Minna auf einem Stuhl saß, den Kopf zurückgebogen, eine Hand am Hals. Es sah aus, als befände sie sich im Zustand größter Panik, vielleicht aber auch nur, wie Martha sich später dachte, in einer Art Imitation von Panik.

»Minna«, sagte sie sanft, »was ist denn?«

Sofort richtete Minna sich auf und nahm die Hand vom Hals, aber ihre Augen sahen sehr traurig aus. »Nichts ist«, sagte sie leise.

»Hat er dich aufgeregt? War er grob zu dir?«

Minna schloß die Augen. »Ich ... es ist nichts. Ich bin müde, das ist alles. Bitte entschuldige mich.« Sie stand auf und ging, ohne Martha auch nur einmal direkt angesehen zu haben, in ihr Zimmer.

Der Inspektor hatte es nicht zur Sprache gebracht, aber sehr wohl gewußt, daß Minna durch das Zimmer von Sigmund und Martha gehen mußte, um ihr eigenes zu betreten. Einen anderen Zugang gab es nicht.

50

Beschwingt schritt die Gräfin durch die Kärntner Straße, eine der elegantesten Straßen Wiens, bog in eine Seitengasse und betrat den Laden von Herrn Moser, wo sie die Knöpfe an ihren dunkelgrünen Samthandschuhen neu annähen lassen wollte. Mit ihrem Brokatmantel und dem kupferroten Haar, das unter dem braunen, mit wehenden weißen Straußenfedern bestückten

Filzhut hervorquoll, bot sie einen Anblick, bei dem Männer und Frauen innehielten. Als sie in das Geschäft von Herrn Moser rauschte, stürzte das Personal aufgeregt aus dem Hinterzimmer – »Die Gräfin, die Gräfin, die Gräfin!« Es lebten damals in Wien weiß Gott nicht wenige Gräfinnen und Herzoginnen, aber als die Schneider und die Verkäuferinnen aus dem Hinterzimmer liefen, um die Gräfin zu sehen, wußte Herr Moser, daß es nur eine sein konnte: Bettina von Gerzl, die – mit zwei Ausnahmen – das Herz eines jeden Wieners erobert hatte.

»Betttttttiiiina«, rief er und breitete die Arme aus, während sie ihm entgegeneilte, um ihn zu begrüßen. Als er ihre Wangen mit seiner Wange berührte, roch er das Rosenwasser, mit dem sie sich zu parfümieren pflegte, und sofort durchströmte ihn das Wohlbehagen, das er in ihrer Gegenwart immer empfand.

»Oh«, sagte sie und strich über den Ballen grüngoldenen Samts, der auf einer der Theken lag. »Wunderschön. Den muß ich haben. Könnte man daraus nicht herrliche Handschuhe machen, Herr Moser? Sie wissen ja, wie sehr ich extravagante Handschuhe liebe.«

Herr Moser lächelte. »Selbstverständlich, wie Sie wünschen. Es ist ein neues Muster, kommt selbstverständlich aus Jouy. Allerdings ist er nicht für Handschuhe, sondern für einen eleganten Mantel gedacht.«

»Ich möchte Handschuhe daraus fertigen lassen«, sagte die Gräfin.

»Bettina!« Herr Moser senkte die Stimme. »Wir müssen miteinander sprechen. Es sind gefährliche Gerüchte im Umlauf.«

»Ich weiß«, erwiderte Bettina mit einem Lächeln. Er sah sie an. Sie konnte es unmöglich wissen. Sie konnte doch unmöglich über diese Infamie Bescheid wissen und dabei so heiter sein. Er beugte sich zu ihr hinunter und flüsterte ihr ins Ohr: »Die Comtesse de Pougy ist heute vormittag aus Paris gekommen. Sie ...« Er sah sich unruhig in seinem Laden um, »sie erzählt überall herum, daß ... daß Ihre Großmutter in Rußland, daß ...« Wieder verstummte er, so sehr verblüffte ihn die Gelassenheit, die aus ihren erstaunlich gelben Augen sprach, »daß Sie Jüdin seien. Sie müssen diesem Gerücht auf der Stelle entgegentreten.«

»Dazu besteht nicht der geringste Anlaß«, gab die Gräfin zurück. »Es gibt das Gerücht, aber ich habe es selbst in die Welt gesetzt« – Herr Moser wurde rot –, »um zu zeigen, daß dieses Gerede über Antisemitismus nicht der Wahrheit entspricht«, erklärte sie und strich ihm übers Revers. »Sie sehen mich doch jetzt, da Sie es wissen, nicht anders als vorher, nicht wahr, mein Freund?« Sie betrachtete ihn, und er bemerkte etwas Schneidendes in ihrem Blick, das an den Schliff eines Diamanten erinnerte, etwas, das er schon oft in diesen Augen gesehen hatte, in diesen gelben, einst topasfarbenen Augen, die sich jetzt in Diamanten verwandelt hatten, härter, herausfordernder, gefährlicher geworden waren.

»Sie spielen ein äußerst gefährliches Spiel, Bettina. Das dürfen Sie nicht tun.« Er hielt ihren Arm fest umklammert.

»Ich muß es tun«, erwiderte sie und löste sich langsam aus seinem Griff.

51

Wenn es dunkel war, wanderte Timothy am Fluß entlang und suchte seine schöne Nachtwandlerin.

In dieser Nacht, heute nacht, hatte er besondere Vorkehrungen getroffen und seine Kamera in der Nähe eines Baums aufgestellt. Er würde sein Gespenst einfach auf Film bannen, dann hätte er es für alle Zeiten.

Der Morgen dämmerte schon; er hielt es für das beste, die Kamera in einem kleinen Gebüsch nicht weit vom Fluß entfernt zu verstecken. Dort stand auch eine Bank, und er hatte schon einen Plan. Sorgsam verstaute er die Kamera, verließ das Versteck und schlenderte den Fluß entlang. Das Gerät war gut verborgen. Er ging an der Donau auf und ab; es war schon sehr hell jetzt, aber er sah das Mädchen nicht und kehrte niedergeschlagen um. Er war so enttäuscht, daß er zuerst gar nicht mehr an die Kamera im Gebüsch dachte. Aber dann wandte er den Blick und sah, daß die Bank, die er ausgesucht hatte, um sich mit dem Mädchen darauf niederzulassen, bereits besetzt war. Eine Frau saß dort. Sie hielt den Blick gesenkt, die Hände waren gefaltet, sie war offenbar tief in Gedanken versunken oder aber sehr erschöpft und nahm ihn gar nicht wahr. Er sah sich um. Ein Wunsch ergriff Besitz von ihm. Er wollte eine Photographie machen, jetzt gleich. Die Kamera war bereit. Aber der alles zerstörende Blitz. Er wußte, daß sie es ihm nicht gestatten würde, wenn er sie fragte.

Er beschloß, es einfach zu wagen, füllte die Schale mit Pulver und stellte Blende und Entfernung ein. Die Frau bewegte sich nicht. Kein Blick, kein Schrei, nichts, und das bedrückte ihn noch mehr. Aber er war so müde, und ihm war so kalt im Morgendunst, daß er nur mit den Achseln zucken, den Apparat schultern und nach Hause gehen konnte.

Als Cecily ihm auf der Treppe begegnete, blickte sie ihn finster an und sagte: »Jetzt habe ich dich mit deinem Photoapparat ertappt! Was machst du eigentlich damit?«

52

Er eilte zur neuesten Leiche. Wenigstens war es diesmal keine Frau.

»Es gibt eine Tendenz«, erklärte der Inspektor, während er sich über die Leiche beugte, »das Opfer für alles verantwortlich zu machen, selbst für die eigene Ermordung. Es reicht nicht aus, ein Opfer zu sein, das Opfer muß auch noch der Aggressor sein.« Mit diesen Worten legte er das Tuch über die Leiche und wies Kriminalkommissär Voll an, sie ins Leichenschauhaus bringen zu lassen.

Kriminalkommissär Voll warf dem Inspektor einen merkwürdigen Blick zu. »Aber wir haben einen Brief gefunden. Er hat einen Abschiedsbrief geschrieben.«

»Ja, Herr Voll«, sagte der Inspektor, »aber die Waffe wurde aus diesem Winkel abgeschossen.« Er drückte Voll die Pistole in den Nacken. »Der rechte Arm ist, wie Sie sehen konnten, schwer arthritisch. Die Leiche ist noch warm, trotzdem läßt sich der rechte Arm nicht heben, schon gar nicht zum Hinterkopf. Der Mann wurde erschossen, danach hat man ihm die Waffe in die Hand gedrückt. Es gibt, wie Sie sagen, keinerlei Hinweise auf Raub; wir müssen deshalb geduldig und vorsichtig seine Familienangehörigen und Kollegen befragen, um ein Motiv und einen Mörder zu finden, der zwar raffiniert genug ist, einen Abschiedsbrief zu hinterlassen, aber nicht raffiniert genug, um uns narren zu können.« Der Inspektor drapierte den Macintosh um sich und ging.

53

Der Inspektor hatte genug von Todesfällen und Leichen. Er fand, daß es jetzt an der Zeit sei, sich den erfreulicheren Attraktionen Wiens zu widmen, und beschloß, noch einmal zu Lisette zu gehen, der allerbesten Strudelbäckerin der Stadt. Sie begrüßte ihn mit ihrem ganzen Zuckerbäckerinnencharme: Sie duftete nach rohem Teig, und ihre Haut glänzte so hefig wie die schimmernde Kruste eines frischgebackenen Brotlaibs. Ihre Arme waren mehlbestäubt, und ihre rosaroten Backen glühten von der Ofenhitze. Das Tischtuch hing so tief über die Kanten, daß es sich noch über den Boden ergoß.

Bei seinem letzten Besuch hatte er zugesehen, wie sie den Strudelteig immer dünner ausrollte und dehnte und auszog, bis er über die Tischkanten hing, und war entzückt gewesen. Noch nie hatte er eine so gute Strudelbäckerin erlebt! Und wie das schmeckte, der gebackene Strudel, dessen federleichte Teigrüschen nur einen Augenblick auf der Zunge blieben, um dann sofort um die Nüsse und Rosinen und den süß-sauren Apfelgeschmack im Mund herum zu schmelzen! Selbstverständlich hatte er mit ihr geschlafen, es war ihm unmöglich gewesen, es nicht zu tun. Obgleich er sich über seine Motivation Gedanken machte. War sie strikt auf das Backen beschränkt, so wäre er wohl gezwungen gewesen, über die Frau jedes Bäckers und Konditors der Stadt herzufallen. So verhielt es sich aber nicht, beruhigte er sich selbst. Wenn er allerdings, überlegte er aufseufzend, seinem Appetit ganz nachgäbe und genug Zeit dafür erübrigen könnte, würde sich wohl auch diese Möglichkeit schon bald in Realität verwandeln.

»Schön, daß S' wieder da san«, sagte sie freudig lächelnd; in ihrem rosigen Gesicht erschienen tiefe Grübchen. Hübsche Augen hat sie, dachte der Inspektor. Der Ausdruck in diesen Augen gefiel ihm, und beim Anblick ihrer kurzen, drallen, tief im Teig vergrabenen Arme, ihrer Schürze und des mehlbestäubten Gesichts erwachte eine sehnsuchtsvolle Erinnerung in ihm. Auf ihrem Kopf saß eine weiße Mütze, unter der ein paar blonde Locken hervorlugten, und überall schwebte Mehl in der Luft. Auf den Fenstersimsen sah der Inspektor kleine Blumentöpfe mit Thymian und roch den intensiven Duft des Krauts. Die Hitze des Ofens, ihr gehauchtes Lachen, das Süße – ja, so mußte man es nennen – das Süße an ihr erfüllten ihn mit Befriedigung.

Er nahm sich einen Stuhl und war einfach glücklich, in der Wärme dieser Backstube zu sein und die Arme dieser Frau wieder und wieder in die riesige Teigschüssel tauchen zu sehen.

»Den Strudel«, sagte Lisette, »mach' i' hintennach. Z'erst mach' i's Roggenbrot, dann zwaa Schwoarzbrot, no, und dann an Strudel.«

Der Inspektor seufzte und sah aus dem Fenster. Mehrere Stunden würde er jetzt hier bleiben. Er stellte sich vor, wie Voll und die anderen dort draußen herumrannten und Köpfe und Füße und Rümpfe suchten, und hatte ein etwas schlechtes Gewissen, weil er hier war. Aber nur ein bißchen. Was nützte denn alle Weisheit, wenn man sie nicht anzuwenden wußte?

Er lächelte Lisette zu, die fröhlich mit ihm poussierte. Sie hatte das Roggenbrot in den Ofen geschoben und holte gerade ein Schwarzbrot heraus, dessen Duft die Luft durchdrang.

Entspannt und gutgelaunt stand er am Herd, rührte die dicke, gelbe Vanillecreme und sah Lisette beim Ausrollen des Teigs zu.

Als der Strudel im Ofen lag, wandte der Inspektor sich der nächsten Aufgabe zu, den Zuckerengerln. Er hatte sich einverstanden erklärt, Lisette bei der schwierigen Herstellung von Engeln, Harfen und Heiligen aus gesponnenem Zucker zu helfen, die für ein Fest zu Ehren eines österreichischen Heiligen gedacht waren, an dessen Namen er sich nicht erinnerte. Es war eine langwierige Arbeit, der Zucker mußte in genau der richtigen Länge gesponnen werden. Er hatte nur unter der Bedingung zugestimmt, ihr zu helfen, daß sie ihm verriet, wo sie die Schokolade für die Schokomakronen kaufte, deren Geschmack unvergleichlich war. Als er ihr seine Hilfe als seinen Anteil an diesem »Geschäft« anbot, hatte sie ihn kühl angesehen und gesagt: »Dös san *meine* Makronen.«

»Aber ich würde sie doch nur in Paris machen«, hatte er eingewandt.

Sie hatte sich geweigert, aber immerhin angeboten: »Wann S' ma hölfn, kennan S' die Hölfte von die Hoarfn hobn.«

Er überlegte es sich und willigte ein. Die Zuckerharfen waren ganz wunderbar. Wenn er nicht gar so gierig gewesen wäre, wenn er beiläufiger, gelassener, nonchalanter gewesen wäre, hätte sie ihm vielleicht verraten, woher die Schokolade kam. Er würde es noch einmal anders versuchen, aber für den Rest des Nachmittags gab er sich mit den Harfen zufrieden und begann den Zucker auf dem Herd in einem ihm angenehmen Rhythmus zu rühren, der ihm das Gefühl gab, seine Stimmung wirke sich auf alle Ingredienzien aus, und wenn er Glück hätte und entschlossen wäre, würde sich ihm, sobald die Harfen aus dem Zuckergespinst auftauchten, eine Lösung zeigen.

»Wann Eahna woam is«, sagte Lisette schüchtern, aber nicht zu schüchtern, »kennan S' Ihr Frackl in mei Zimmer legn.« Sie deutete auf eine schmale Tür in der Wand.

Der Inspektor nickte zustimmend.

Da stand Lisette plötzlich vor ihm. »Bis sechse«, sagte sie, »kummt kaana mehr.«

Sie sperrte die Hintertür und die Vordertür ab, die vom Haus in die Backstube führte. Dann verschwand sie in ihrem Zimmer, und als sie wiederkam, trug sie einen langen, dünnen weißen Kittel und war barfuß. Er staunte über die Leichtfüßigkeit, mit der sie, vor sich hinsummend, vom Ofen zur Brotschüssel lief. Im Anblick ihrer großen Brüste, die bei jeder Bewegung hin- und herschaukelten, lag etwas Hypnotisierendes; sie eilte vom Tisch zum Herd, zur Schüssel, zum Ofen, zum Eisschrank, schlug Eier auf und mahlte Mohn und ließ bei jedem Aufenthalt an einer dieser Stationen den exotischen Geruch von Muskat oder Nelken oder Honig in die Luft entweichen. Und dann lag sie in seinen Armen, und ihrem geröteten, mehlbedeckten Gesicht entströmte ein Geruch nach Zucker und Mandeln und Teig. Er ließ seine Lippen auf ihre Brüste sinken und atmete den Vanilleduft ein. An ihrem Ohr schmeckte er gemahlene Mandeln. Dann tauchte er den Kopf in den süßen Teig ihres Bauchs, und sie wälzten sich auf den Strohmatten. Manchmal geriet er mit dem Bein oder dem Rücken auf den kalten Kachelboden und rollte sich wieder auf die Matte und verlor sich gleich wieder in der süßen Masse ihres Körpers und den Duftschwaden der Brote im Ofen.

Er zog sich wieder an. Er wußte, daß er jetzt irgend etwas sagen mußte. Er mußte etwas über das nächste Mal sagen. Denn so vergnüglich es war, es bereitete ihm Unbehagen zu wissen, daß er nicht mit dem Herzen dabei war, denn sein Herz war woanders.

Er saß an dem langen Holztisch und hielt ihre Hände in seinen. »Ich werde dich eine Weile nicht sehen«, sagte er leise.

»Wie lang?«

Er empfand Unwillen. »Lang. Ich muß weg.« Er sah, wie sich die Tränen in ihren Augen sammelten, und er war froh, gelogen zu haben.

In dieser Nacht griff er, bevor er schlafen ging, zu dem Band Nietzsche, in dem er in letzter Zeit gelesen hatte. Das war ein ganz außergewöhnlicher Kopf, und nur ganz selten verfehlte die Prosa dieses Mannes seine berauschende Wirkung auf ihn. Aber dann seufzte er. Heute nicht mehr. Heute abend hatte er nicht die Nerven, den Blick so tief ins Dunkel zu senken. Nietzsches Worte waren in Sternenlicht gedruckt, sie schienen durch das Dunkel, brannten sich ins Hirn. Sie waren zu tiefgründig, zu verwirrend, zu mitleidsvoll; zwischen den scheinbar so grausamen Zeilen spürte der Inspektor ein mitfühlendes Wesen. Er sah den Mann vor sich, über den er schon so viel gehört hatte, Geschichten wie die, daß er sich über ein Kutschpferd warf, das geschlagen worden war und am Boden lag, um der Kreatur weiteres Leid zu ersparen. Heute roch er nach Lisette, nach Vanille und Teig, heute konnte er nicht Nietzsche lesen. Als seine Lider sich über dem satten Körper schlossen, überlegte er, warum er nicht glücklich war. Es hatte etwas mit dieser Frau zu tun, dieser Gräfin, und damit, daß er wieder in Wien war.

54

Nach jedem Gespräch mit der Gräfin hatte Rabbi Bloch viel zu grübeln. Heute grübelte er vor allem darüber, ob sie nicht vielleicht recht hatte. Er hatte ihr vorgeworfen, unverschämt und oberflächlich zu sein. Jetzt war er sich dessen nicht mehr sicher. Konnte es sein, daß sie recht hatte, daß sich seine Leute und er durch einen *Mantel* voneinander unterschieden? Darüber sinnierte er, während er durch die Straßen ging. Es war einfach lächerlich, fand er, einerseits auf jeden Fall; was das Andererseits betraf, so wußte er nicht recht. Wer waren diese Leute überhaupt? Die Welt war voller Juden, die nie in der Thora lasen, voller Juden, die konvertiert waren, um, wie sie behaupteten, Universitätsprofessuren zu erhalten, voller Juden, die die Ostjuden verabscheuten, voller Juden, die andere Juden wegen deren *péjess* und schwarzer Mäntel haßten. Er sollte eine Mahnrede halten. Er sollte der Welt sagen, daß der verachtete schwarze Mantel der Mantel der Bürger im Mittelalter war, unverändert seit jener Zeit.

Der Rabbi fühlte sich matt. Niemand weiß, wer ein Jude ist, niemand weiß, wer ein Deutscher ist, dachte er. Österreicher gab es überhaupt nicht; es gab Kroaten, Ungarn, Böhmen, Deutsche, Polen, Serben, Slowaken und Italiener, und vielleicht, vielleicht, er seufzte, eine Handvoll Österreicher. Seine Juden lasen nicht die Thora; sie lasen mit großer Leidenschaft Goethe und Schiller und waren deutscher als die Deutschen, und manchmal fragte er sich, ob das der Grund für all die Probleme war.

Er kam an den Donaukanal, sah auf das rasch fließende Wasser und blickte über das dick vereiste Ufer zur anderen Seite hinüber. Der Wind blies bitterkalt; so blieb er nur wenige Minuten und wandte sich dann wieder zum Gehen. Vielleicht sollte er keine weiteren Einladungen zu den Diners der Gräfin annehmen. Persönlich war sie ihm ja sehr sympathisch, und er fand es erstaunlich, daß sie konvertieren wollte. Aber diese Diners waren enervierend. Er war stolz auf seinen Glauben und seine Lebensvorstellungen. Mit anhören zu müssen, wie Herzl davon sprach, man solle die Juden ins gelobte Land schicken... Der Mann war ein Phantast. Niedergeschlagen kehrte er dem Fluß den Rücken zu.

Die Stimme des Fanatikers Kraus klang ihm in den Ohren. »Dr. Freud, erklären Sie mir die Bedeutung *dieses* Traums«, hatte Kraus gesagt. »Den habe ich nämlich jede Nacht. Jesus steht unter den Toten, die sehr, sehr verzweifelt sind, und sagt zu ihnen: ›Gott ist tot. Ich habe gelogen. Ihr seid nur wiederauferstanden, um das zu erfahren.‹« Und dann war Kraus in ein sarkastisches meckerndes Lachen ausgebrochen. Es hatte äußerst theatralisch und schockierend gewirkt, und der Rabbi hatte Abscheu empfunden. Für Kraus war das ganze Leben nur mehr ein bitterer Witz, überlegte der Rabbi. Er war jetzt auf dem Franz-Josefs-Kai und ging schneller. Kraus' Traum, oder als was immer er es bezeichnete, machte ihn wütend. Kraus war ein brillanter Mann, aber sah er denn nicht, daß die Menschen nicht weiterwußten? Sie brauchten etwas in sich, Zuversicht, eine Richtschnur, da half doch solches Gerede nicht. Kraus wußte ja selbst nicht weiter, das war dem Rabbi klar. Wahrscheinlich würde er noch zum Katholizismus übertreten.

Der Rabbi schritt jetzt noch schneller aus, aber nach einer Weile wurde er so traurig, daß sein Gang sich unvermittelt verlangsamte, obwohl er ihn zu beschleunigen suchte. Er wußte es einfach nicht. Er wußte es nicht. Der Traum hatte ihm einen

Stich versetzt; er brauchte Jesus nicht, um diese Nachricht zu erfahren. Manchmal hatte er das Gefühl, ein schreckliches Gewicht laste auf ihm, das waren die Zeiten des Zweifels. Ja, manchmal hegte selbst er, der hingebungsvollste Rabbi, Zweifel. Gott war schwierig. Manchmal war er überzeugt, Er habe die Menschheit ganz verlassen. Er war erst wenige Schritte weitergegangen, da spürte der Rabbi, wie sich seine Brust schmerzhaft verengte, und fiel mit dem Gesicht zu Boden.

55

»Es ist ein *Zwang*«, erklärte die Gräfin Dr. Freud zornig und entrüstet. »Ich habe keine Wahl – wissen Sie, wie das ist, wenn man keine Wahl hat? Diese Männer können mit mir machen, was sie wollen... und ich füge mich. Sie nicken mir zu, und ich folge ihnen!« Jetzt schrie sie, und gleich würden die Tränen kommen, Tränen der Wut und des Schmerzes. »Ich folge ihnen...«, wiederholte sie mit brechender Stimme, »wie eine Hündin folge ich ihnen, wie eine verzweifelte, ängstliche Hündin.« Sie brach zusammen. Diese Momente zählten für den Doktor zu den allerschwierigsten. Sie mußten gemeinsam versuchen, ihr ursprüngliches Trauma aufzudecken. Er würde ihr keinen Gefallen tun, wenn er sie nur tröstete. Aber er empfand ihre Demütigung mit. Für eine Frau ihres Temperaments und Charakters mußte es besonders schwer sein, unter einer zwanghaften Unterwürfigkeit zu leiden, dachte er, rutschte unruhig auf seinem Fauteuil hin und her und schlug vor, morgen weiterzumachen.

56

Der Inspektor wanderte durch die Gassen und dachte über die Verhöre nach. Sie hatten seinen Verdacht bestätigt, daß in diesem Haus zweifellos etwas vorging, an dessen Enthüllung der

Doktor keinerlei Interesse hegte. Ob dieses Etwas nun mit dem Mord oder den Mördern beziehungsweise irgendwelchen Halluzinationen zusammenhing, ließ sich im Augenblick unmöglich bestimmen.

Er schlenderte durch die gewundenen mittelalterlichen Gassen östlich der Rotenturmstraße und der Kärntner Straße, durch die Durchhäuser und Höfe, welche die engen Straßen miteinander verbanden. Dann bog er in eine seiner Lieblingsgassen, die Sonnenfelsgasse mit ihren herrlichen Bürgerhäusern aus dem sechzehnten und siebzehnten Jahrhundert, da fiel ihm im Weitergehen die prächtige Schönlaterngasse ein; er hatte sie rasch gefunden, schritt sie entlang und dachte daran zurück, daß sein Vater ihn als Kind oft hierher mitgenommen hatte, um ihm das »Basiliskenhaus« zu zeigen, wo, der Legende nach, das furchtbare Untier gelebt hatte, das die Bewohner der Stadt in Angst und Schrecken versetzte und mit seinen tödlichen Ausdünstungen vergiftete. Er war davor gestanden, ein ängstlicher Bub an der Hand des Vaters, und hatte sich die Geschichte angehört, in der ein mutiger junger Lehrling mit einem Spiegel in den Brunnen hinabgestiegen war und die Bestie mit deren eigenem Bild niedergestreckt hatte, denn als es sein grausliges Gesicht erblickte, starb es. Der Inspektor blieb stehen und suchte nach dem Haus und der kleinen, in Sandstein gehauenen Nachbildung jenes Ereignisses, über deren rauhe Oberfläche seine Kinderhand oft gefahren war.

Er fand es nicht. Enttäuscht ging er weiter und bog in ein schmales Gäßchen bei der Bäckerstraße. Der Rhythmus seiner Schritte lenkte die von Erinnerungen durchsetzten Gedanken, die nach einem Muster suchten, das sich, wie er deutlich spürte, bald zeigen würde.

Wien verwirrte ihn. Er spürte, während er durch die engen Gassen ging, die Anwesenheit von etwas Animalischem, das erbittert gegen die prächtigen Bauwerke angekämpft hatte, welche die Stadt so bombastisch zur Schau stellte. Die zahllosen Kirchtürme, Triumphe der Gotik, die Renaissancefassaden, barocken Theater und kleinen Häuser aus dem Mittelalter, das alles von Wald umgeben, strahlten eine Atmosphäre aus, die er nicht zu fassen bekam. Er hob den Blick und sah an den Balkon- und Fensterbrüstungen endlose Reihen mythischer Figuren – Faune und Chimären balancierten dort im Mondlicht und auf den Dächern für kurze Zeit gezähmte Wasserspeier und da und dort Nixen, die Wasser für steinerne Heidengötter ausgossen. Dort drüben: von Satyrn gesäumte Türen. Die grinsenden Dachrinnen, die steinernen Untiere der Kirchtürme, die an jeder Ecke erstarrten Geister jagten seine Gedanken, während er den gewundenen Gassen folgte.

Und nachts blickte er oft zu ihnen auf, wenn das Mondlicht ihre Silhouetten umkränzte, wenn ihr sonderbares Glotzen sich plötzlich veränderte. In manchen Nächten glaubte er, wenn er erschöpft war, dort droben auf den Dächern sich etwas bewegen zu sehen, als hätten sie zu tanzen begonnen und dann mit einem Mal aufgehört, so daß alles zu einem grotesken Stillstand kam. Es war die Lautlosigkeit einer zum Sprung bereiten Katze. Dann durchfuhr ihn ein Schauder. Er spürte, wenn diese mythischen, urzeitlichen Kräfte ihren steinernen Bann jemals brächen, so nur hier, in Wien, der Stadt, die man Stadt der Träume nannte. Und wahrlich, er hoffte nicht, dieses Schauspiel erleben zu müssen.

57

Heute morgen nun hatten ihn weitere beunruhigende Nachrichten erreicht. Kriminalkommissär Voll hatte ihm erklärt, da Igor Stitkin, der neue Chemiker, nichts gefunden habe und es keinen Hinweis auf die Existenz einer Leiche gebe, müsse man ausschließen, daß überhaupt jemals ein Mord stattgefunden habe, und dies auch sofort öffentlich bekanntgeben. Dadurch entziehe man den Gerüchten und Spannungen jegliche Grundlage. Was das Blut betreffe, so sei es, zumindest nach Ansicht der Chemiker, viel zu alt, als daß es etwas mit einem Mord in jener Nacht zu tun haben könnte.

Der Inspektor aber war nicht dieser Ansicht. Er wanderte umher und dachte nach. Beim Gehen konnte er am besten nachdenken. Und jetzt dachte er sich: Blut ist Blut. Und verräterisch.

Er war gerade in die Schulerstraße eingebogen, da drehte er sich instinktiv um, drückte sich an eine Hausmauer und wartete. Gleich darauf kam ihm raschen Schrittes, mit gesenktem Kopf ein Mann entgegen, der, als er das mit mehreren Schals verhüllte Gesicht hob und den auf ihn wartenden Inspektor erblickte, sehr erschrak, losrannte und über eine Mauer sprang, ehe der Inspektor ihn packen konnte.

58

Sigmund Freud war *sehr* verärgert. Er legte den Kopf in die Hände. Dann hob er ihn wieder und sah Jung an.

»Warum haben Sie Ihre Affäre mit der Spielrein zuerst so heftig abgestritten?« fragte er.

»Das ist doch nichts«, erwiderte Jung. »Es wird keinen Skandal geben. Ich bringe das in Ordnung. Mir ist jetzt klar, daß es ein... Fehler war.«

Kurz bevor Freud das Hotel verließ, hatte Jung ihn so weit beruhigt, daß er fast schon wieder Heiterkeit empfand. Trotzdem war er froh, daß Jung bald wieder nach Zürich zurückfahren würde. Jung war ein unberechenbares Element geworden.

»Kleine Laboratoriumsexplosionen werden bei der Natur des Stoffes, mit dem wir arbeiten, nie zu vermeiden sein«, sagte Freud freundschaftlich aufseufzend zu Jung.

»Genau«, sagte Jung lächelnd. »Immerhin habe ich sie ja geheilt.«

Freud eilte nach Hause, um den Termin mit der Gräfin einzuhalten. Er machte sich Sorgen, denn sie hatte ihn in einem kurzen Schreiben dringend gebeten, sie zu empfangen, war dann aber nicht erschienen. Er wußte, daß das unlängst Besprochene sie sehr mitgenommen hatte. »Ich will keine... keine... Sklavin sein«, hatte sie geschrien und war dann zusammengebrochen. Jetzt machte er sich Gedanken, ob er die Sache nicht zu schnell vorangetrieben hatte, und beschloß, sie aufzusuchen, falls sie heute wieder nicht kam.

Die Energie, die sie für die endlose Verstellung – die körperliche wie die psychische – aufwenden mußte, welche ein solches zwanghaftes Leben mit all diesen Männern erforderte, konnte er nur bewundern. Aber er hegte Zuversicht und war überzeugt, daß sich ihr Verhalten bereits verändert hatte. Die Zwangshandlungen ließen nach; jetzt ging es darum, daß sie nicht in die Verzweiflung geriet, die sie als »den Abgrund« bezeichnete. Von ihrer Fähigkeit, dieser Verzweiflung auszuweichen, war er sehr viel weniger überzeugt. Als Ursprung konnte wohl ein sehr frühes Trauma gelten, das sie sich nicht ins Bewußtsein zurückzurufen vermochte. Aber vielleicht – und bei diesem Gedanken spürte er wieder seinen brennenden Ehrgeiz und seine inbrünstige Hoffnung –, vielleicht lag es ja in seiner Macht, auch dies zu ändern. Der aufkommenden Zuversicht folgte sofort die Angst: Er mußte vorsichtig sein! Sie war sehr empfindsam; es würde schwierig werden. Einmal, das wurde ihm jetzt klar, hatte er sie schon zu weit getrieben und beinahe verloren.

59

Wir waren erstaunt, als wir am nächsten Morgen erfuhren, daß die Gräfin, die versprochen hatte, uns in dem Atelier nebenan einige Kleider zu zeigen, darunter, wie Cecily behauptete, auch mehrere *selbst*entworfene, nicht kommen würde. Es wäre uns vielleicht nicht gar so sonderbar erschienen, wenn wir nicht am Tag zuvor eine ganz außergewöhnliche Lebendigkeit an ihr wahrgenommen hätten. Cecily hatte von der Köchin erfahren, daß die Gräfin häufig unter »nervösen Zuständen« litt und dann tagelang in ihrem Zimmer lag, nichts aß und einfach nur, fast wie eine Tote, ins Leere starrte.

Das berührte mich sehr, und obwohl Mama und Tante Ida einen Einkaufsbummel mit uns machten, mußte ich immerzu an die Gräfin denken und grübelte darüber nach, warum ihr wohl solche Dinge zustießen.

Als wir am Spätnachmittag wieder ins Haus der Gräfin zurückgekehrt waren, sagte ich Cecily, daß ich es nicht glaubte. Wahrscheinlich beschäftigte mich die Sache deshalb so sehr, weil ich gerade *The Castle of Udolfo* las. Vielleicht, so dachte ich bei mir, war etwas Schreckliches passiert. Vielleicht hatte Leopold sie eingesperrt und wir sollten nachsehen gehen. Cecily zeigte sich ziemlich überrascht von meinem Vorschlag, aber dann stimmte sie zu, und wir gingen in den zweiten Stock hinauf und lugten durchs Schlüsselloch. Zuerst sah Cecily durch, zuckte aber sofort zurück und flüsterte mir ziemlich laut zu: »Sie ist tot.«

Da beugte ich mich selbst zum Schlüsselloch hinunter und sah die Gräfin auf dem Bett liegen, die Augen geöffnet, die Arme an einer Seite herabhängend, mit ungekämmtem Haar, bleichem Gesicht und ohne jedes Lebenszeichen. Während ich sie betrachtete, sah ich plötzlich, daß sich eine ihrer Hände bewegte und dann irgendwie anders wieder herabfiel. Cecily zupfte mich ständig am Arm und sagte, wir müßten es Mama erzählen, aber ich flüsterte ihr zu: »Sie ist doch gar nicht tot!« Denn während ich sie anstarrte, sah ich auf dem Gesicht der Gräfin, das überhaupt nicht mehr schön war, nein, ganz und gar nicht mehr schön, sondern ein ziemlich gewöhnliches und sehr müdes Gesicht, also, ich sah darauf Tränen.

»Sie weint«, berichtete ich Cecily, die mich sofort wegschubste, um sich selbst zu vergewissern. Warum, weiß ich auch nicht, aber wir beide waren daraufhin sehr bedrückt und gingen die Treppe zu unserem Zimmer mit bleiernen Beinen und Herzen hinauf. Und nie haben wir, nicht einmal Cecily, irgend jemandem davon erzählt.

60

»Da hätten wir noch etwas für Sie«, sagte Voll. »Noch eine Frau. Im Park. Selbstmord, Gott sei Dank. Eine Witwe.« Er schob einen Stapel Papiere über den Schreibtisch.

»Sind Sie sicher, daß es ein Selbstmord ist?« fragte der Inspektor gereizt.

»*Ich* schon. Sie war allein. Die Waffe wurde hinter der Bank gefunden. Sie hat sich eindeutig selbst in den Kopf geschossen.« Der Kriminalkommissär seufzte mißmutig auf. »Aber es bleibt Ihnen selbstredend unbenommen, eigene Ermittlungen anzustellen, was Sie bestimmt tun werden.«

61

Timothy stand in der Dunkelkammer und zog den Film durch die Entwicklerflüssigkeit. Dann hängte er ihn zum Trocknen auf und betrachtete ihn gründlich; da stach ihm etwas ins Auge. Auf der taufeuchten Bank war der unheimliche, dunkle Umriß eines Menschen zu sehen, der neben der Frau gesessen und eindeutig

Hosen getragen hatte. Der Apparat hatte eingefangen, was seinem Auge entgangen und vom Tag verdampft worden war. Er hielt das Bild in die Höhe. Es war keine besonders gelungene Aufnahme. Er würde sie wohl doch nicht rahmen.

62

Als die Gräfin den dritten Tag nicht erschien, erzählte mir Cecily, daß die Köchin nach oben gegangen sei. Nur Berta, erklärte sie mir, könnte sie nach mehreren in diesem Zustand verbrachten Tagen zum Aufstehen bewegen, ihr etwas Suppe einflößen und das Haar waschen. »Berta sagt«, berichtete mir Cecily flüsternd, »daß die Gräfin aus zwei Menschen besteht, der eine ist tot, der andere lebt. Und dann schnalzt sie leise und sagt: ›'s is ewig schod, 's is ewig schod.‹«

»Meine Güte!« sagte ich, denn ich wußte nicht recht, was ich davon halten sollte. Ich hörte Mama sagen, daß in aller Frühe ein Arzt gekommen sei, den sie mit seinem hohen Hut und seiner schwarzen Tasche die Treppe hinaufsteigen sehen hatte, und als sie das Personal fragte, was denn mit der Gräfin los wäre, hätten alle den Kopf geschüttelt und »Goa nix« gesagt.

63

An vielen Morgen war Timothy dem Mädchen im weißen Kleid gefolgt, das schlafwandelnd durch den Park lief. Jetzt stand er wie verzaubert draußen vor ihrem Fenster und betrachtete ihr nacktes Spiegelbild. Er sah die Brust, ihre Brust, die dort im taumelnden Zwielicht zwischen Hell und Dunkel schwebte, so daß ihr rosenroter Glanz durch das mondbeschienene Glas schimmerte. Rosenrot, bernsteinfarben, golden blühend hob sich die Brustwarze jetzt aus dem samtigen, festen, verschwommen wahrnehmbaren weißen Fleisch, und die Unebenheiten in dem alten Spiegel ließen sie zu einem weichen, bleichen Ballon anschwellen, die Haut, ihre Haut, Moschusduft, Rosenduft, sagte er später. Der Duft der Rosen draußen vor dem Fenster, wo er nachts stand und schaute, und der Wein, der sich neben dem Fenster emporrankte, machten ihn fast trunken vor Freude, und die Blütenblätter fielen im Regen von den Weinblättern auf sein Haar, in seinen Mund.

Ihm wurde schwindlig vom Schauen. Ihm war schwindlig von diesem Anblick, dem leuchtenden Wunder dieser goldenen und rosigen und weißen, weißen Brust, die dort im taumelnden Zwielicht in einem alten, silbrigen Spiegel erblühte, und jetzt hob sie die Hand, drei Fingerspitzen, hob sie und strich darüber und schloß sie wie eine Schere, öffnete sie wieder, schloß sie über der hellen, rosigen Blüte, und dann hob sie die hohle Hand, um die Brust darin zu wiegen, glatt, weich, voll, schwer, sie muß schwer sein, stöhnte er auf, die Silberfrucht glänzte in ihrer Hand, duftend, gefallen, fallend, das Gewicht schwang in ihrer weichen, goldenen Hand, der alte Spiegel zerbrach, der aufsteigende Mond fiel, tausend silbrige Teilchen splitterten, zitterten, schwirrten im Licht. Da hob sie den Kopf und sah in den Spiegel und sah ihn.

Timothy wich zurück. Er war außer Atem, Schweiß quoll unter seinem Strohhut hervor und lief ihm übers Gesicht, sein weißer Anzug war in Unordnung geraten und sein Gesicht so rot, als wäre er gelaufen, und er faßte sich ans Herz und sagte immer wieder, nach Atem ringend: »Schon gut, ist schon gut.«

Mit einem rätselhaften Lächeln entfernte sich das Mädchen von dem Spiegel. Hatte sie gesehen, daß er sie gesehen hatte? Hatte sie *ihn* betrachtet, während er sie durch das Fenster beobachtete, und nicht die bernsteinfarbene, knospende Frucht, die sie so herrlich gehalten hatte?

Nur mit allergrößter Mühe konnte Timothy sich von dem Fenster losreißen.

Sein Kopf war in den Rosen vergraben, in seinen Mund drangen Blütenblätter, und in seine Stirn bohrte sich ein nicht gefühlter Dorn. Hatte sie es gewußt? Sein Herz hämmerte. Er hatte sie errettet, aus ihrer eigenen Verzweiflung errettet, sie in die Nacht zurückgezogen, aufs Gras, in den glitzernden Tau, als sie kurz davor war, sich in den Fluß zu stürzen. Ja, er, Timothy Johnson Main, war in der Abenddämmerung im Park gewesen und hatte dieses Mädchen im weißen Kleid, mit dem blonden, flatternden Haar übers Gras laufen sehen, doch wie ein Automat war sie gelaufen, ihre Augen hatten nichts gesehen, da war er ihr zum Fluß gefolgt und hatte sie vom Ufer weggezogen, als sie sich ins Wasser stürzen wollte, hatte sie erschreckt und mit ihr gekämpft, als sie wegrennen wollte, hatte sie gepackt, und sie war hingefallen, ihre weichen Brüste hatten sich an ihn gedrückt, als seine Hüften sie zu Boden preßten, und sie hatten sich im nassen Gras gewälzt, während sie sich mit Fausthieben seiner zu erwehren, sich von ihm loszureißen suchte, um sich doch noch in den Fluß zu stürzen, hatte geweint, gejammert, war tränenüberströmt gewesen, bis er sie plötzlich geschlagen hatte, geschlagen, wie ein Arzt eine Hysterikerin an die Oberfläche dieser Welt, dieses Ortes, dieses Grundes zurückgeschlagen hätte. Und als sie ihn dann sah, hatte das Entsetzen sich über ihr Gesicht und ihre Augen gebreitet, während der hochstehende Mond ihr Gesicht in eine fahle, fiebrige Scheibe verwandelte, und sie hatte sich losgerissen und war fortgelaufen, und er war ihr nachgerannt, war zweimal auf dem vom einsetzenden Regen aufgeweichten Gras ausgerutscht; dann hatten sich Wolken vor den Mond geschoben, und der Regen war gekommen. Und er war ihr nachgelaufen, hatte sie erreicht, als sie die Treppe zu ihrem Haus hinaufeilte und die Tür hinter sich schloß; dann hatte er sich in einer unerklärlichen, verzweifelten Verfolgungslust seitlich am Haus versteckt und das Licht gesehen und war zum Fenster gegangen und hatte sich auf die Zehenspitzen gestellt, um ihr beim Auskleiden zuzuschauen, um zu sehen, wie sie mit ihrem Haar spielte und ihm ihre Brust zeigte. Und er wußte, daß sie wußte, daß er sie in jener Nacht dort draußen beobachtet hatte, wie festgenagelt in der Dunkelheit vor dem Fenster.

Der Atem hatte ihm gestockt, als er die Brustwarze sah und ihr Lächeln und wie sie sich, ihm den Rücken zuwendend, dem Spiegel entgegenbeugte, ihm ihr gespiegeltes Gesicht zeigte, und so schmerzlich waren die Schönheit und das Verlangen, so entzückt war er von ihrem Widerstand, von seinem edlen Bemühen, sie zu retten, so hingerissen von der Tiefe des Gefühls, das sie in jener hellen Mondnacht in ihm geweckt hatte, daß er nicht anders konnte, als zitternd auf den Zehenspitzen zu stehen und immer weiter in das Fenster zu starren, auf den Spiegel zu starren, auf dem ihr Bild noch lange geblieben war, nachdem sie das Licht gelöscht hatte, noch lange nachdem sie zu Bett gegangen war, noch lange nachdem seine bebenden Muskeln doch schwach geworden waren und ihn gezwungen hatten, die Füße wieder auf die Erde zu stellen in der regnerischen rosenbestreuten Nacht.

64

Der Inspektor lag auf seinem Bett und rauchte. Er ertappte sich oft beim Nachdenken über die Gräfin. Warum konsultierte sie Freud? Diese Gedanken waren an dem Abend in ihm entstanden, an dem er Freud gelesen hatte. Was ging im Kopf dieses Mannes vor? Er hatte die *Studien über Hysterie* beiseite gelegt und war zu dem Schluß gelangt, daß es sich um das Werk eines Genies handelte. Wessen Genies? Das konnte er nicht genau sagen. Breuer oder Freud? Er machte sich eine Notiz; gleich morgen wollte er Breuer vernehmen. Und morgen abend würde er mit der Lektüre von Freuds *Traumdeutung* beginnen.

Während er so dalag, wirbelten ihm Gedanken an seinen Widersacher durch den Kopf. Wer war dieser Mann, dem so sehr an den Träumen, am Wiederfinden der Vergangenheit lag? Er war kein Mensch, der sich begierig auf die großen Empfindungen stürzte; denn der Inspektor erkannte in der obsessiven Anwendung von Kokain – einer zugegebenermaßen verworfenen, anfangs jedoch bejubelten Therapiemethode – und jetzt in der Hypnose ein interessantes Paradox. Dieser Mann, der die Seele aus ihren Fesseln befreien wollte, war überaus interessiert an verdrängten Triebregungen. Was aber wollte er in diesem Fall verdrängen?

65

Wie durch ein Wunder erschien die Gräfin am nächsten Morgen und sprühte vor Lebenslust fast wie drei Tage zuvor. Sie könne nicht mit uns einkaufen gehen, erklärte sie uns, weil sie einen Arzttermin habe und dann ausreiten werde.

TEIL IV

ERINNERUNG UND BEGEHREN

1

Es war ein strahlender Sonntag, wie gemacht für einen Spaziergang im Prater. So lenkte der Inspektor seine Schritte dorthin und schlenderte schon wenig später durch den weitläufigen Park und die Auen. Plötzlich fiel ihm die beiläufige Bemerkung der Gräfin ein, sonntags nachmittags reite sie oft aus.

Er hielt sich noch keine fünfzehn Minuten im Prater auf, da sah er sie. Natürlich. Er lächelte in sich hinein. Er hätte es wissen müssen. Sie ritt einen herrlichen Schimmel, ein Pferd von so anmutigem Gang, daß es bestimmt von Lipizzanern abstammte. Charakteristisch für diese Rasse waren die fast tänzelnden Bewegungen und der federnde Schritt; der lange, graziöse Schweif strich fast über den Boden. Er hatte keinerlei Zweifel, daß sie es war, die dort mit großer Leichtigkeit in leuchtendem, kupferfarbenem Reitkleid dahingaloppierte, das goldene Haar unter dem braunsamtenen Reithut hochgesteckt. Er ging geradewegs auf sie zu, da erkannte sie ihn und blickte ihm entgegen.

»Wie schön, Sie zu sehen!« sagte sie. Ihre Taille war schmaler, als er sie sich vorgestellt hatte, und ihre behandschuhten Hände, die die Zügel hielten, waren winzig. Er fragte sich, ob sie überhaupt die Kraft hatte, ein so feurig wirkendes Pferd im Zaum zu halten.

Das Tier, dachte er, hatte wohl den Winter über wenig Auslauf gehabt. Es bäumte sich vor ihm auf und trat zurück, aber die Gräfin schnalzte ihm beruhigend zu und wirkte ganz gelassen.

»Möchten Sie mit mir ausreiten?«

»Jetzt?« fragte der Inspektor überrascht.

»Ja. Heute ist ein so unerwartet schöner Tag.« Sie wandte sich an den hinter ihr stehenden Reiter und rief: »Oskar, mein Lieber, ich weiß, daß du heute gar keine Lust zum Reiten hast –

hier hast du die beste Entschuldigung. Mein Freund, der Inspektor, würde gern dein Pferd übernehmen.«

»Aber ich bin nicht passend angezogen«, wandte der Inspektor ein.

»Sie brauchen nur Stiefel«, erklärte die Gräfin. »Der Stall ist voll mit Stiefeln. Kommen Sie, nur auf eine Stunde! Oskar« – wieder drehte sie sich zu dem jungen Mann um, der inzwischen abgestiegen war und das äußerst schlanke schwarze Pferd auf den Inspektor zuführte –, »würdest du ihm deine Stiefel leihen? Vielleicht passen sie ihm.«

»Aber wie soll ich denn nach Hause gehen?« fragte Oskar in einem Tonfall, aus dem herauszuhören war, daß er tun würde, was immer die Gräfin ihm befahl.

»Wir bringen dich zum Stall. Das kurze Stück kann dein Pferd auch zwei Reiter tragen.«

»Sie sieht aber sehr schwach aus«, wandte der Inspektor ein, während er die schwarze Stute musterte.

»Sie sieht schwach aus, ist aber sehr schnell, und es wäre gut, sie ein bisserl müd zu machen, sonst geht sie mit Ihnen durch – es sei denn, Sie wissen sehr gut mit Pferden umzugehen.«

»Ein wenig weiß ich es schon«, erklärte der Inspektor.

Oskar hatte sich, dem Befehl der Gräfin Folge leistend, ins Gras gesetzt und zog mühsam die Stiefel aus. Er warf dem Inspektor erst den einen zu, in den dieser zu seiner nicht geringen Überraschung mühelos hineinschlüpfte, dann den anderen. Beruhigt stellte der Inspektor fest, daß das Pferd neben einer Bank stand, was das Aufsteigen erleichterte. Er bezweifelte, daß er es, ungeübt, wie er war, fertiggebracht hätte, sich vom Boden aus in den Sattel zu stemmen. Von viel Gelächter und fröhlichen Rufen begleitet, schwang er sich auf das Tier, und Oskar setzte sich hinter ihn. Ganz unerwartet sprang das Pferd sofort los.

»Ziehen Sie an den Zügeln!« schrie Oskar, dessen Arme den Bauch des Inspektors fest umfingen. Der Inspektor versuchte es, aber die Stute war widerspenstig. Plötzlich tauchte vor ihnen der Stall auf, und irgendwie gelang es dem Inspektor, das erregte Pferd durch das richtige Tor zu lenken, so daß Oskar erleichtert abspringen konnte, während das Pferd der Gräfin hufestampfend hinterhergaloppierte. »Sehen Sie, es ist durchaus ein starkes Tier.«

»Das kann man wohl sagen«, bemerkte der Inspektor, dem das Ganze im Grunde Spaß gemacht hatte. »Reiten Sie voraus?«

»Aber selbstverständlich«, antwortete sie lachend und gab ihrem Pferd einen Klaps. Und schon ritten sie in kurzem Galopp in den Park hinein. Der Inspektor hatte sein Tier schon bald unter Kontrolle und hielt sich nur ein, zwei Schritte hinter ihr. »Dort hinüber!« rief sie ihm zu, sprang über eine niedrige Steinmauer und galoppierte über die dahinterliegende offene Wiese. Sofort schlug das Pferd des Inspektors die gleiche Richtung ein und sprang ebenfalls, wobei der Reiter beinahe aus dem Sattel fiel – was, wie er sich überlegte, von der Gräfin möglicherweise geplant gewesen war.

Auf der großen Wiese bemerkte der Inspektor sofort, daß der Boden noch fast gefroren war; der Rasen war aufgeworfen, als wäre gerade eine ganze Herde Pferde darüber hinweggestürmt. Es freute ihn, daß sein Tier jetzt einfach nur laufen wollte, er ließ es laufen, wie ihm der Sinn stand, und war erstaunt und entzückt über die rasende Gangart, die es anschlug. Es galoppierte an der Gräfin vorbei und nahm zwei Zäune; erst dann riß der Inspektor es herum und ritt der Gräfin auf halbem Wege entgegen. Sie blieb nicht stehen, sondern schlug wieder eine andere Richtung ein, und er folgte ihr auf einen langen, geraden, von riesigen Eichen überwölbten Weg.

Auf diesem Pfad galoppierten sie dahin; als sie in eine Kehre einschwenkten, riß das Pferd des Inspektors plötzlich den Kopf nach oben. Mit großem Geschick fing er sich und verlagerte sein Gewicht nach vorn, während das Tier sich aufbäumte. Er hob die Hand, um die hinter ihm reitende Gräfin zu warnen, da es nach Rauch roch. Sie gelangten zu einem kleinen Lagerfeuer, das irgend jemand zurückgelassen hatte.

Der Inspektor stieg ab, band sein Pferd an einem Baum fest und ging zu dem Feuer, um es zu löschen. Als er wiederkam, saß die Gräfin noch auf ihrem Pferd; das durch die Bäume fallende Licht und der Rauch bildeten eine Art Strahlenkranz um sie. Wie ein Kind in einem Märchen glaubte er, einen Zauber vor sich zu sehen, den nur er, er ganz allein, erkennen konnte, und in seinem Herzen brauste ein heftiges Glücksgefühl auf, mit einer Kraft, die ihm die Tränen in die Augen trieb.

Als sie ein paar Schritte auf ihn zugeritten war und sah, daß seine Augen feucht geworden waren, wandte sie sich ab. Es war ganz natürlich, daß ein Mensch, der sich im Rauch aufgehalten hatte, tränende Augen bekam; das war in diesem Moment alles, was sie sich eingestehen konnte; aber das dichte Schweigen zwischen ihnen, als er ihr in die Augen blickte, sagte ihr, daß es mehr war.

Die Gräfin hatte sich im Sattel umgedreht und gab dem Stallknecht Anweisungen, da nahm sie aus den Augenwinkeln eine bestimmte Bewegung des Inspektors wahr und unterbrach sich sofort, um ihn zu beobachten. Er streichelte den Hals des schwarzen Pferdes, und als sie sah, daß das Tier ihm seine Ohren zugewandt hatte, wußte sie, daß er leise zu ihm sprach. Der Stallknecht wartete nur darauf, ihm das Pferd abzunehmen, aber der Inspektor scheuchte ihn mit einer Handbewegung fort und führte die Stute gemächlich weg, wobei seine breite Schulter hin und wieder an die Schulter des Pferdes stieß. Die Gräfin kannte einige Tierliebhaber, die mit Pferden sprachen, aber das glückliche Strahlen, welches über das Gesicht des Inspektors gehuscht war, als seine Hand über den Pferdehals strich, hatte mehr als nur Freude verraten.

Sie stieg ab und ging dem Inspektor entgegen, der mit dem Pferd mehrere große Kreise abgeschritten war und jetzt zurückkehrte.

»Sie sind sehr zärtlich zu einem Pferd, das die meisten Menschen schwierig zu reiten finden«, sagte sie. In ihrer Stimme klang Bewunderung mit. Und Neugier.

»Sie ist ja auch schwierig«, erklärte er und streichelte die Stute noch einmal, »aber nur weil sie für häßlich gehalten wird und die Menschen sie falsch einschätzen.«

Die Gräfin lachte. »Meinen Sie, sie weiß, daß die Leute sie häßlich finden?«

»Nein«, antwortete er lächelnd, »aber sie weiß, daß sie keinen Respekt vor ihr haben. Sie erwarten, daß sie sich fügt.«

»Haben Sie diesen Fehler auch begangen?«

»Natürlich. Ich bin, weiß Gott, kein außergewöhnlicher Mensch, auch wenn ich große Ambitionen hege.«

»Ich habe sie geritten«, erzählte die Gräfin, während sie zum Stall zurückschlenderten, »aber nicht so gut wie Sie. Und auch nicht so schnell, muß ich zugeben.«

»Ich habe sie nicht geritten«, erwiderte er aufseufzend. »Ich bin aufgestiegen und oben geblieben, habe zu einem Gott gebetet, an den ich nicht glaube, und von meinem ausgeprägten Gleichgewichtssinn profitiert, der schon in meiner Kindheit geschult wurde.«

Die Gräfin lachte. »Sie sind zu bescheiden.«

Die Leichtigkeit, mit der dieser massige Mann geritten war, hatte sie überrascht. Als Oskar abgestiegen war, hatte der Inspektor zu Oskars Entsetzen die Kinnkette abgenommen. »Sie wird Sie umbringen, sie wird schnurstracks in einen Baum laufen!« hatte er den Inspektor gewarnt. Aber der hatte mit dem Tier keinerlei Schwierigkeiten gehabt. Es war geradezu erstaunlich, wie das Pferd die Zäune genommen hatte. Wenn Oskar sie ritt, scheute die Stute vor jedem Hindernis. Die Gräfin fragte sich, ob das Pferd wohl Oskars mangelndes Vertrauen spürte.

Nachdem der Inspektor die Stute dem Stallknecht überlassen hatte, strich er ihr noch mit den Händen über die Beine und wies den Knecht ausführlich an, eines der Fesselgelenke mit einer speziellen Salbe einzureiben.

»Sie hat sich an der Steinmauer eine kleine Verletzung zugefügt«, erklärte er. »Das war meine Schuld. Ich hatte keine Ahnung, daß sich auf der anderen Seite ein Graben befand.«

Er begleitete die Gräfin zu ihrer wartenden Kutsche, und sie stiegen ein. Als sie vor seiner Pension hielten, sagte er: »Es war ein wunderbarer Ausritt!« Tief in ihm war eine Erregung, wie er sie schon seit zwanzig Jahren oder noch länger nicht mehr gespürt hatte, ein spitzer Splitter Freude darüber, an der Seite dieser einen Frau zu sein, ein Gefühl von solcher Intensität, daß er dankbar dafür war, daß es sich nur um einen Splitter handelte, denn mehr hätte er nicht ertragen. Und in ihren Augen sah er dasselbe. Er hätte es gerne als Wollust abgetan. Wollust verausgabte sich leicht, ließ sich ebenso leicht vergessen, aber dies war wie dichtes Moos, das Steine bewuchs. Der ganze Nachmittag war zu einem erlesenen Vergnügen, zu einem Ausbruch von Lebensfreude geworden. Sie wurden enthüllt und verführt von ihrer Kühnheit, ihrem Begehren, ihrem Vergnügen, aber gleichzeitig erschraken sie darüber. Ein prickelndes Versprühen großer Schärfe, ein plötzlicher Schwall von Holzrauch in der sonst so klaren, glänzenden Luft. Der Inspektor war ein sinnlicher und empfindsamer Mann und erfahren genug, um zu wissen, daß er diesmal keine Gewalt über sich hatte. Es bereitete ihm Mühe, die Hand ruhig zu halten, als er von der Kutsche herabstieg.

2

Seit meiner Kindheit habe ich die Angewohnheit, Skizzen zu zeichnen, vor allem dann, wenn mich etwas sehr beschäftigt. Cecily findet diese Zeichnungen äußerst treffend. Sie sagt, daß ich mit einigen wenigen Einzelheiten den Gesichtsausdruck von Menschen sehr gut wiedergeben kann. Tante Ida besteht darauf, daß ich die Kunstakademie besuche, aber ich habe ihr und allen anderen gesagt, daß ich keine Lust habe, diese Fähigkeit weiterzuentwickeln. Vielleicht ist sie merkwürdig, diese Gewohnheit von mir, aber ich zeichne lieber für mich. Ich habe ganze Schubladen voll mit Zeichnungen, manche nur auf kleinen Papierfetzen. Diese Miniaturarbeiten machen mir besonders Freude, gerade diese Art interessiert mich am meisten. Vielleicht lag es an diesem Interesse, daß ich mich so für die Kleiderskizzen der Gräfin begeisterte.

Am nächsten Tag regnete es, und ich fragte die Gräfin, ob ich mit ihr in das Atelier gehen dürfe. Ich wußte, daß Leopold für mehrere Tage verreist war. Sie lächelte und sagte, selbstverständlich, und so folgte ich ihr in das Zimmer, das ein Geheimgang mit dem Atelier verband.

»Verrat es niemandem!« sagte die Gräfin. »Manchmal gehe ich spät nachts hierher und nähe ein bisserl. Das erinnert mich dann immer an meine Kindheit, und das genieße ich.«

Im Vorraum des Ateliers saßen mehrere Frauen und nähten Pailletten und Quasten und Federn und Perlen auf die prächtigsten Stoffe. Die Gräfin ging von einer zur anderen, schnalzte hin und wieder anerkennend mit der Zunge, nahm Maß und zeigte, wie die Kleider sitzen sollten. Ich hockte mich hin, sah mir die Skizzen an und hörte den Frauen beim Singen und Geschichtenerzählen zu.

Es arbeiteten dort auch einige Russinnen, die erzählten mir ein wunderbares russisches Märchen von Baba Jaga, einer Zauberhexe, die in einem Mörser saß und mit einem Stößel über den Himmel ruderte. Dann brachte mir die Gräfin einen sehr schönen Schal, den sie gerade bestickte. Er war aus weißer Seide mit kleinen blauen Blümchen und goldenen Weizengarben. Die Gräfin erzählte mir, was ihre Mutter ihr erzählt hatte: daß die Bäuerinnen in Rußland glauben, daß man das, was man auf einen Schal stickt, auch bekommt. Deshalb sticken die Frauen im Frühling Weizen und reiche Ernteerträge auf ihre Schals. Dann zeigte sie mir eine blaue Figur am Ende eines Schals, die wurde die Große Göttin genannt, und sie sagte mir, das sei ein Fruchtbarkeitssymbol, das man auch auf die Servietten von Bräuten stickt. Sie stimmte ein russisches Volkslied an, das ich natürlich nicht verstand, aber sie sagte, es handle von einem Mädchen, das Sonne, Mond und Sterne auf eine Serviette stickt, und dann stickt sie sich selbst einen Ehemann, der in einem Schiff zu ihr kommen soll, und sie erklärte mir, daß das, was man gestickt habe, natürlich sofort in Erfüllung gehe.

Ich fragte die Gräfin, was sie für sich selbst sticken würde, da sah sie mich eine ganze Weile an und sagte: »Das läßt sich nicht in einem Bild ausdrücken« und wandte den Blick ab. Ich wußte nicht genau, was sie damit meinte. Eigentlich wollte ich auch gar nicht weiter fragen, aber irgend etwas trieb mich dann doch dazu. Ich war selbst überrascht, als ich sie fragte: »Aber was ist es denn nun?«

Sie blickte mich wieder an und sagte ein wenig traurig: »Ich möchte frei sein. Ich weiß noch nicht, wie das aussehen würde.« Dann sagte sie nichts mehr. Plötzlich kam es mir ganz still vor in dem Atelier. Da sagte sie: »Komm!« und nahm meine Hand und sagte, es hätte aufgehört zu regnen und jetzt könnten wir Emilie Flöge* besuchen, ihre Freundin, die gerade ein Kleid schneiderte, das ein großer Maler auf einem Gemälde verewigen wollte.

3

Sabinas Mutter ließ sich in ihrem Hotelzimmer in einen Sessel fallen, den Brief in der Hand, den sie, das war ihr jetzt klar, der Polizei zeigen mußte. Sie war aus Sorge um Sabina nach Wien gekommen, obwohl ihre Tochter nicht wollte, daß sie sich einmischte. Nervös stand sie wieder auf und ging in den Aufenthaltsraum. Sie hatte das Gefühl, als gäbe es keinen Ort, an dem sie diesen Brief in Ruhe lesen konnte. Ehrfürchtig entfalteten ihre Hände das Blatt Papier. Sie versuchte sich zu beruhigen, um den Brief noch einmal zu lesen. Sie dachte an den Morgen zurück, an dem sie ihn erhalten hatte.

Als sie gelesen hatte, von wem er stammte, blieb ihr fast das Herz stehen: Dr. Jung. Sie hatte sich auf das Schlimmste gefaßt gemacht: daß er in Sabina verliebt war. Sie hegte eine tiefe Ab-

---

* So hieß Gustav Klimts Geliebte. Sie besaß ein Modeatelier in Wien; ihr Kleid ist auf Klimts Gemälde *Der Kuß* abgebildet.

neigung gegen ihn, und der Eindruck, daß sein Interesse an ihrer Tochter durch und durch unprofessionell und schädlich sei, hatte sich immer mehr vertieft. Allerdings ging es Sabina viel besser, das stand außer Frage. Erst wenige Abende zuvor hatte sie ihrer Mutter erzählt, sie habe vor, im Herbst ihr Medizinstudium fortzusetzen. Aber Madame Spielrein hatte den Verdacht, daß Jung Sabina unter falschen Versprechungen verführt hatte. Sie empfand Wut darüber, daß Sabina so sehr an ihrem gebrochenen Herzen litt.

Als sie den Brief ein zweites Mal zu Ende gelesen hatte, war sie kalkweiß. Eine solche Unverschämtheit! Die unerhörte Rechtfertigung, die dieser Mann da auftischte, war einfach indiskutabel!

... Ein Arzt und seine Patientin dagegen können unbeschränkt lange von jeglicher Intimität sprechen, die Patientin kann und darf alle Liebe und Sorgfalt vom Arzte erwarten, deren sie bedarf. Der Arzt aber kennt seine Grenzen und wird sie nie überschreiten, denn er ist für seine Mühe bezahlt. Das legt ihm die nötige Beschränkung auf.

Ich schlage Ihnen darum vor, um meine Stellung als Arzt, von der Sie wünschen, daß ich sie beibehalten möge, zu umgrenzen, mir ein Honorar auszusetzen als angemessene Entschädigung für meine Bemühung. Damit sind Sie absolut sicher, daß ich meine Pflicht als Arzt unter allen Umständen respektieren werde.

Als Freund Ihrer Tochter hingegen müßte man es dem unbekannten Schicksal überlassen, was geschehen wird. Denn zwei Freunde hindert niemand zu tun, was sie wollen ... Mein Honorar beträgt Fr. 10,– pro Konsultation ...

In freundschaftl. Gesinnung
*Dr. Carl Gustav Jung**

---

* Dies ist historisch belegt. Es handelt sich um den genauen Wortlaut eines Briefes, den Dr. Jung an Frau Spielrein schrieb; der Brief ist hier zitiert nach Aldo Carotenuto (Hg.), *Tagebuch einer heimlichen Symmetrie. Sabina Spielrein zwischen Jung und Freud*, Freiburg i. Br.: Kore 1986, S. 12 f. u. S. 92 f. Für dieses empörende Schreiben gibt es in der Tat keine Entschuldigung. Jung hatte sich ganz offenbar leidenschaftlich in Sabina verliebt und glaubte irrigerweise, die Tatsache, daß er kein Honorar erhielt, rechtfertige sein ungebührliches Verhalten.

Einzelne Wörter gingen ihr durch den Kopf. Schmutzige Wörter, die sie auf der Straße und in Versammlungen gehört hatte. Er gab zu, statt Geld Sabina genommen zu haben! Ihr drehte sich der Kopf. Allein der Gedanke, daß er, ein Arzt, ihr einen solchen Brief über ihre Tochter geschrieben hatte! Sie zitterte vor Wut, aber sie wußte, daß sie sich um die Sache kümmern mußte, wenn sie verhindern wollte, daß ihr Mann diesen Jung umbrachte. Sie machte auf dem Absatz kehrt, nahm ihren federgeschmückten Hut aus dem Schrank, knöpfte den Mantel zu und verließ das Hotelzimmer.

4

Kurz nachdem die Mädchen und die Gräfin gegangen waren, warf Sabina sich ihr smaragdgrünes, hermelinbesetztes Cape über und zupfte vor dem Spiegel ihr Haar zurecht. Sie würde Carl ein letztes Mal besuchen, und obwohl sie mit festen Trennungsabsichten hinging, wollte sie doch so gut wie möglich aussehen. Als sie ihr Gesicht im Spiegel betrachtete, durchfuhr sie eine bizarre Erregung. Sie hatte immer geglaubt, kurz vor und nach der Liebe mit ihm besonders schön zu sein. Aber sie konnte das doch unmöglich auch nur in Erwägung ziehen! Doch nicht gleichzeitig mit dieser anderen Absicht! Nein, das ging nicht! Ihre Wangen röteten sich bei dem Gedanken, sie drehte sich um, griff nach der kleinen braunen Handtasche und legte das Messer hinein.

Freud glaubte, von niemandem gesehen zu werden, und trat rasch um die Ecke. Er warf einen Blick auf seine Uhr. Minna wartete im Hotel auf ihn.

5

Der Doktor legte sich im Bett quer über sie. Sie war gekommen, dachte er, um die Beziehung abzubrechen, aber jetzt lag das dünne weiße Leintuch zerknittert an ihrem Schenkel, das steife Weiß hob sich von ihrer schweißbedeckten, bräunlichen Haut ab. Er sah zu, wie ihr Unterleib sich hob und senkte, und dachte: Sie atmet mit dem Bauch. Das gefiel ihm. Auf ihren Brüsten und Schenkeln lagen feuchte schwarze Haare von seiner Brust. Seine Spuren, dachte er, diese kleinen schwarzen Haarlöckchen, wie seine Brandmale auf ihrem Körper. Er genoß es, sie jetzt zu betrachten, sie war immer so erschöpft, so köstlich duftend, so behutsam. Nie sah sie ihn an. Am Anfang war sie so wild, so verzweifelt, so getrieben gewesen, das hatte ihn überwältigt, und in der Hitze der Liebe glaubte er sie in einer Art Irrsinn – manche Frauen, hatte er gehört, würden dann so. Sie, glaubte er, wußte in diesen Momenten nicht, wer sie war, und wenn es vorbei war, zog sie sich ganz in sich zurück, sah ihn kein einziges Mal an, so übermannt von Scham war sie. Dann, nur dann empfand er Mitleid. Er berührte ihr langes, zu einem Zopf geflochtenes Haar. Aber sie wurde starr, stand auf und ging zur Toilette.

Er legte sich zurück, rauchte, starrte an die Decke. Niemand würde es je erfahren. Und wenn es jemand erführe, würde es niemand glauben. Er sah auf die Uhr. Es war vier. Um fünf hatte er eine Patientin. Er würde bald gehen. Die Patienten konsultierten ihn, um Antworten zu bekommen, und er? Er würde sein Leben, zumindest den Rest, mit der Suche nach einer Antwort für das hier verbringen. Sie stand jetzt dort an der Tür zur Toilette, trug Hut und Mantel. Ihre Kleider legte sie immer dort drin ab. Das Zimmer betrat sie stets nackt und verließ es nackt. Sobald sie sich angezogen hatte, war sie bereit zu gehen.

Er spürte dieses plötzliche Ziehen in seinem Inneren. Wie so oft.

»Ich finde, wir sollten aufhören«, sagte er.

»Nein«, sagte sie nach einer kurzen Pause. »Es hält mich lebendig.«

»Es gibt andere Lösungen.«

»Nein. Es gibt keine anderen Lösungen.«

»Ich finde, wir sollten aufhören«, wiederholte er.

»Willst du mich noch?«

»Das weißt du eh.«

»Dann können wir nicht aufhören. Dann werden wir nicht aufhören. Darum sprich nie mehr vom Aufhören!«

»Ich möcht' dich küssen«, sagte er. Er fühlte sich immer elend, wenn sie ging.

»Ja«, sagte sie leise, beugte sich zu ihm, das hatte sie noch nie getan, und küßte ihn, so daß der Hutschleier über ihm war, küßte ihn sanft auf die Augen, aufs Haar, auf sein Ohr, auf den Hals, aufs Ohrläppchen, auf die Schulter, den Arm, die Achselhöhle, die Brust, der Schleier verrutschte, ihre Zunge fuhr über seinen Nabel und weiter hinunter; dort wurde ihr Mund fest und hart. Seine Hände waren jetzt unter ihrem Rock, tasteten nach den Strumpfbändern, lösten die Strümpfe, rollten sie nach unten, dann fuhr er mit der Hand hinauf, zerriß die Leibwäsche, sie hörte das Reißen, während sie heftig an ihm sog und den Kopf hob. Dann waren seine Finger in ihr, zwei, dann drei, dann vier, einer hinten, zuckten, zerrten, während ihre Zungen sich mit flackernden Spitzen trafen, sie schob sich seine Hand auf die Brustwarze, sie rieb sie zitternd hart, ihre Münder, die verschlungenen Zungen, der hochgeschobene Unterrock, durch die zerrissene Hose, über das pulsierende Harte – »bitte«, sagte sie, und es machte ihn wieder ganz wild, wie sie »bitte« sagte, es klang, als flehte sie ihn an, flehte ihn an aufzuhören und flehte ihn an, in sie einzudringen, und er stieß mit aller Kraft in sie.

Sie war trocken, sie hatte sich zu gründlich gewaschen, und trocken und heftig stieß er, und es tat ihr weh, darum stieß er heftiger, bis es auch ihm weh tat, und dann das stete, lange Stoßen, sie wurde ganz weich und tief und naß, er spürte, wie naß sie geworden war und machte weiter, sein Kopf schwang um seine Schultern wie ein Stein an einer Schnur, wie ein Kind, das einen Stein wieder und wieder und wieder im Kreis herumwirft und ihn dann losläßt, der Stein flog weg und weg und weg, und sie grub ihm die Zähne tief in die Hand, als das schmerzende Würgen aus ihrer Kehle aufstieg. Und sie schrie diesen Schrei; sie klang wie eine Strangulierte, ahhhh, ahhh.

Seine Hand blutete stark. Er würde sagen, er habe sich geschnitten.

6

Sabinas Mutter eilte durch die Gassen. Den Brief von Dr. Jung hielt sie in der Manteltasche fest umklammert. Sie glaubte, einen Entschluß gefaßt zu haben: Madame Spielrein ging zur Polizei.

Als sie um die Ecke bog, wurde ihr allerdings schlagartig bewußt, daß sie damit einen riesigen öffentlichen Skandal heraufbeschwören könnte. Sie blieb stehen und wußte nicht mehr, was sie tun sollte.

Als Sigmund Freud in seine Wohnung zurückgekehrt war, erfuhr er, daß Irina dem Inspektor die Adresse von Jung gegeben hatte. Sofort ging er ans Telephon, um die zwei Menschen, die der Inspektor nun überraschen konnte – Dr. Fließ und Dr. Jung – zu warnen. Fließ in Berlin erklärte sich einverstanden, in einer Woche nach Wien zu reisen; Jung meldete sich nicht. Freud bestand darauf, daß der Hotelangestellte Jung seine Mitteilung unverzüglich in dessen Zimmer vorlesen sollte. Der Mann war nach oben gegangen und hatte an die Tür geklopft, aber nichts gehört. Als er sich umwandte, sah er eine junge Frau die Treppe hinunterlaufen.

Frau Spielrein betrat das Polizeirevier an diesem Morgen in demselben Augenblick, in dem der Inspektor es verließ, um Dr. Jung, der, wie er erfahren hatte, im Hotel Sacher abgestiegen war, einen Überraschungsbesuch abzustatten. Sie rauschte an ihm vorbei, als er die Treppe herunterkam und seinen Schritt in Richtung Hotel lenkte. Aus ihm nicht recht erklärlichen Gründen hatte er das Gefühl, sich beeilen zu müssen, um Jung im Hotel noch anzutreffen. Irgend etwas sagte ihm, daß Jung versuchen würde, dem Verhör auszuweichen. Frau Spielrein ging nun den Korridor des Polizeireviers hinunter und überlegte, ob es klug gewesen war, Sabina den Brief überhaupt lesen zu lassen. Daß Sabina sich aufgeregt hatte, war nur zu verständlich, doch über das, was sie in den Augen ihrer Tochter noch erblickt hatte, war sie geradezu entsetzt. Nie zuvor hatte sie so etwas gesehen. Sie stand vor dem Schreibtisch eines Polizeibeamten und war sich wieder einmal nicht sicher, ob sie überhaupt ein Wort herausbringen würde.

7

Als Martha an diesem Abend früh heimkam, sah sie zu ihrer Erleichterung, daß Sigmund bereits da war. Er umarmte sie; dann sprachen sie über die grauenhaften Vorfälle der letzten Woche. »Was hast du denn mit deiner Hand gemacht?« fragte sie ihn.

»Ich weiß ... ich weiß«, sagte er und fuchtelte damit in der Luft herum, bis Martha sie ergriff. »Ein Schnitt«, sagte er. »Ist nichts Arges.«

»Bestimmt nicht?« fragte sie besorgt.

»Ganz bestimmt nicht.«

»Hoffentlich nicht wie bei deinen Hysterikerinnen«, sagte Minna, die plötzlich das Zimmer betrat, »ein psychischer Schock als Ursache, daß du dir die Hand verletzt hast! Sehen wir uns das mal an!« Sie ergriff seine Hand. »Vielleicht haben sich ja nur deine Gedanken störend auf die Hand ausgewirkt.« Und sie lächelte ihr träges, listiges Lächeln. Es machte Sigmund traurig. Auf Minna verließ er sich ganz und gar. In intellektueller Hinsicht gab es Momente, in denen sie für ihn die wichtigste Stütze darstellte. Er wußte um ihre Schwierigkeiten in diesem Haushalt, selbstverständlich, und genau diese Schwierigkeiten, überlegte er, trieben sie dazu, ihm gegenüber so fremd zu tun. Ja, nur ihre unmögliche Situation in diesem Haushalt trieb sie dazu, dachte er.

8

Im Hotel Sacher klopfte der Inspektor an die Tür; als sich niemand meldete, holte er unten beim Portier den Schlüssel, sperrte auf und fand den sehr überraschten Dr. Jung im Bett liegend vor. Er hatte auf das Klopfen einfach nicht reagiert und statt dessen eine eindeutig frische und sehr ernste Verletzung verpflastert.

Der Inspektor stellte sich vor und fragte, was Jung denn an der Hand habe.

»Ich war wegen einer privaten Angelegenheit sehr durcheinander«, erklärte der Doktor. »Aber jetzt habe ich mich wieder beruhigt. Die Wunde habe ich mir selbst zugefügt. Sie muß nur verbunden werden.« Mit diesen Worten wandte er sich hastig ab.

»Warten Sie, ich helfe Ihnen«, sagte der Inspektor. Er sah sofort, daß Jung sich die Wunde nicht selbst zugefügt haben konnte.

»Plauschen wir ein bißchen«, sagte der Inspektor, zog einen Stuhl heran und lehnte sich, eine Zigarre im Mund, zurück, was Jung in Panik versetzte. Der Inspektor schien sich darauf einzurichten, den ganzen restlichen Tag dazubleiben, wenn es sich als nötig erweisen sollte. »Unterhalten wir uns über diese Verletzung und über andere Dinge. Erst einmal möchte ich Ihnen folgende Frage stellen: Wo und in wessen Begleitung waren Sie, Herr Doktor Jung, in der Nacht des 22. Februar?«

9

Freud war in seinem Arbeitszimmer und versuchte Irina daran zu hindern, daß sie seine Kunstwerke abstaubte, als an der Tür Unruhe entstand. Martha war zum Markt gegangen, und wo Minna war, wußte er nicht, aber die Haushälterin hatte die Tür geöffnet. Er hörte lautes Stimmengewirr, jemand weinte, und dann stürzte zu seinem Erstaunen Sabina Spielrein in sein Arbeitszimmer.

»Ich muß mit Ihnen reden«, erklärte sie schluchzend. »Ich kann nicht mehr ...« Sie sank ohnmächtig auf seinen Stuhl.

Hastig holte er Salmiakgeist, brachte sie wieder zu Bewußtsein, versuchte sodann, sie zu beruhigen und den Grund für ihre Erregung in Erfahrung zu bringen, obwohl er befürchtete, ihn bereits zu kennen.

Als Sabina wieder bei vollem Bewußtsein war, wies er die Haushälterin an, Tee zu bringen, und sperrte, nachdem sie das Zimmer verlassen hatte, die Tür ab. Als er sich umdrehte, streckte ihm Sabina den Brief Jungs an ihre Mutter entgegen. Wortlos beobachtete sie ihn beim Lesen, sah, daß er weiß wurde und seine Hände die Schreibtischkante umklammerten. Auch seine Knöchel waren weiß geworden, aber als er dann sprach, klang er sehr gefaßt: »Ich werde sofort mit Dr. Jung über die Angelegenheit sprechen. Die Sache war bestimmt überaus schwierig für Sie.«

»Hier geht es nicht nur um mich«, sagte sie in einem, seiner Beobachtung nach, aufrichtigen Versuch, sich zu fassen. »Wir hatten, wir wollten eine ganz freie, reine, uneingeschränkte Liebe ohne Vorbehalte.« Sie senkte den Blick. »Ich habe mich nicht gut verhalten... ich konnte es nicht *verstehen*, aber aufgeklärte Liebe muß verstehen... Und wir haben einander im Stich gelassen. Er sagte mir, seine Liebe zu mir sei heilig, es könne ihn niemand so verstehen wie ich.« Sie stand auf, sprach noch eindringlicher als zuvor. »Und es war die Wahrheit.« Sie stockte. »Aber er leidet jetzt unter einer Charakterschwäche, und wenn er noch mehr Frauen helfen oder der große Mann werden soll, der zu werden ihm beschieden ist, müssen Sie ihm helfen.« Dies sagte sie mit Bestimmtheit, aber sehr ruhig.

Freud saß da wie betäubt. Natürlich kannte er Jungs Charakterschwäche, er kannte sogar mehrere. Sie war tatsächlich bereit, ihm zu vergeben. Kummervoll dachte er an seine letzte Begegnung mit Sabina. Auch jetzt beeindruckte sie ihn wieder mit ihrem Mitleid und Verständnis. Von beidem besaß sie mehr als er. Wenn dieser Inspektor oder die Presse davon erfuhr, war die Zukunft der Psychoanalyse in Gefahr.

Nachdem der Doktor das Gespräch mit Sabina zu Ende geführt hatte, ließ er sich auf einen Stuhl fallen. Sigmund Freud war außer sich. Mein Gott, mein Gott, murmelte er und beschwor damit einen Gott, an den er längst nicht mehr glaubte. Das Ganze war ein Skandal. Sabina Spielrein. Das Mädchen war hochbegabt, das mußte er ihr lassen; sie besaß eine intellektuelle Kraft, die nicht einfach abgetan werden konnte. Lichtjahre über Jung hinaus. Es ärgerte ihn, dies zugestehen zu müssen, aber er mußte es ja nur sich selbst zugestehen. Der Mann hatte sie sich tatsächlich genommen. Jung, dieser Falott! Und dann der Brief an ihre Mutter! O Gott! Ein empörendes Verhalten! Unverzeihlich – aber er würde ihm, um seiner eigenen Ziele willen, verzeihen müssen. Andererseits mußte er zugeben, daß er niemals einer Frau solchen Edelmut zugetraut hätte. Das lief allen seinen Annahmen zuwider. Auf jeden Fall aber mußte er etwas unternehmen. Er ging an den Telephonapparat und bat den Portier ein weiteres Mal, Dr. Jung auszurichten, er möge sich sofort zu ihm begeben, egal, um welche Uhrzeit, es handle sich um einen *äußersten* Notfall. Gott, o Gott, niemals durfte dieser schnüffelnde Inspektor von der Sache Wind bekommen. Nie, niemals.

Er lehnte sich an die Tür und spürte plötzlich, daß ihm der Schweiß ausgebrochen war und über Gesicht und Hals lief und daß er sich gegen die Tür stemmte, als würde der Inspektor, dieser imaginäre Eindringling, sich jeden Augenblick mit seinem ganzen Gewicht dagegenwerfen.

Er entspannte sich ein wenig, verharrte aber in derselben Stellung, da maßte es sich Irina plötzlich an, von der anderen Seite her die Tür aufzustoßen. Mit solchem Schwung und solcher Wucht tat sie es, daß er durch das ganze Wartezimmer rotierte und an die gegenüberliegende Wand prallte.

»Was maken Sie denn dort druben?« fragte sie, trat ein und begann mit ihrem unmöglichen, hyperaktiven Staubwedel die Luft selbst abzustauben. Freud richtete sich auf und betrachtete sie mit verächtlichem Blick. Immer wieder überraschte sie ihn und schien allgegenwärtig zu sein.

»Ist es unbedingt notwendig«, sagte er mit zusammengebissenen Zähnen, »diese Abstauberei jetzt fortzusetzen? Sie haben doch erst gestern abgestaubt, oder irre ich mich?«

»Ik will meine Aufgaben gut erfullen, wissen Sie«, gab sie zurück, »obwohl die Helfte von diese Dinge auf Ihre Schreibtisch schon zerbroken sind. Mehr kann ik sie gar nikt zerbreken.« Mit einer Mischung aus Rachsucht und Schadenfreude fuhr sie mit dem Staubwedel über die Statuetten.

Das, was er von ihrem Charakter kannte, fand er durch und durch verwerflich. Sadistisch, ungeschickt, und weiß der Himmel, was noch alles – es war, als versprühte sie in der ganzen Wohnung Gift.

Innerhalb weniger Minuten hätte er sie hinausgeworfen, würde Martha nicht ständig laut darüber klagen, daß es so schwierig sei, Hauspersonal aufzutreiben. Er durchschritt das Zimmer, um sich dem unausweichlichen Duell zu stellen.

»Nun gut. Sie können hier weitermachen. Aber in meinem Ordinationszimmer will ich Sie die nächsten drei Stunden über nicht sehen! Haben Sie mich verstanden?«

Sie warf ihm unter ihren geschwollenen Lidern einen Blick zu.

»Sie werden nok ersticken in diese Staub, Sir«, sagte sie mit einem kleinen Knicks. Er glaubte, sie noch hinzufügen zu hören: »Hoffentlich.«

»Sei's drum«, erwiderte er. »Jedenfalls will ich nicht gestört werden. Wenn ich gestört werde, müssen Sie sich anderswo eine Stellung suchen.«

Er schloß die Tür.

Er mußte sie schon für sehr dumm halten, wenn er glaubte, daß sie nicht merkte, was für ein Quacksalber er war. Aus der ganzen Welt kamen ja die Leute zu ihm, so ein guter Quacksalber war er! Er und dieses ganze Pack! Sie hatte es gründlich satt, und wie, dieses komische Pack. Aus Paris kamen die und aus London, sogar aus Amerika. Und wenn man sie fragte, dann redeten die meisten von ihnen nur Unsinn daher. Der Gutaussehende zum Beispiel, dieser Jung, der war ständig da, und was sie dann immer für einen Unsinn redeten! Und dann diese verrückten Frauen, die immer weinten, und ihre Augen sahen gräßlich aus. Die junge hübsche zum Beispiel, die gerade völlig aufgelöst gegangen war – Gott weiß, was da wieder los war. Und dann die, die mit dem Nasenbluten gekommen war, ganz grauenhaft war das gewesen.

Sie staubte die obersten Bücher im Regal ab. Zu gern hätte sie mit ihrem Wedel einmal über diese Figürchen in seinem Arbeitszimmer gestrichen, über diese widerlichen nackten kleinen Statuen, wo bei manchen alles raushing. Afrikanisch, behauptete er, oder irgendwas anderes, irgend so was Fremdländisches. Antiquitäten, behauptete er, sehr alt. Hat mit Ausländern und Beerdigungen zu tun. Na, das paßte wenigstens. Er sprach ja ständig vom Tod, ständig.

Der Mann hatte Angst, das war klar. Er und dieser Jung, der Große, Gutaussehende mit dem Schnurrbart, erst neulich hatten die beiden den ganzen Nachmittag lang über den Tod geredet. Sie wollte die Aschenbecher ausleeren, und als sie reinkam, redeten sie über den Tod. Beim ersten Mal sprach der Doktor von Häusern, und Häuser bedeuteten Gräber, sagte er, er hätte von einem Haus geträumt und den Traum in seinem Buch erwähnt. Es war ein verrückter Traum, den sie schon gehört hatte, in dem er einen Fiaker durchs Haus fährt. Und der jüngere mit den blauen Augen hatte auch Träume vom Tod. Vom Tod und von Särgen. Sie hatte gehört, wie Freud zu ihm sagte: »Ihr Traum, mich zu entthronen«, und dann hatten sie beide gelacht. Ihn entthronen? Wer war er denn schon, daß er einen brauchte, der ihm auf den Thron folgte? Was der sich einbildete – als ob er der König wäre oder so!

Sie konnte sich anstrengen, soviel sie wollte, sie konnte sich einfach nicht vorstellen, warum so viele Leute zu diesem Menschen kamen. Der *redete* doch immer bloß, und wenn er aufhörte zu reden, dann fingen diese Patienten an zu reden. Reden, reden, reden. Ha! Und er hatte die Frechheit, die Frechheit, das eine Art *Kur* zu nennen! Sie hatte nämlich gehört, wie er es *talking cure* nannte. Eine solche Frechheit! Sie könnte auch Leute durch Reden kurieren, wenn die ihr dafür Geld geben würden! Er und seine Schwägerin waren die ganze Nacht auf und unterhielten sich und tranken Tee, redeten und redeten und redeten noch ein bißchen mehr. Aber was sie dann machten, das wußte sie nicht. Sie lag immer schon im Bett, aber sie wußte ganz genau, daß sie, die Schwägerin, spät nachts die Treppe hinaufging, manchmal sogar erst um vier Uhr morgens. Vielleicht sollte sie das mal dem Inspektor erzählen. Sie hatte ihm bis jetzt noch nichts erzählt, jedenfalls nichts von dem, was sie *eigentlich* gern erzählt hätte, aber er sah wirklich sehr gut aus, ein sehr attraktiver Gentleman, das mußte man schon sagen.

10

»Ich *muß* mit ihm sprechen!« sagte Carl Gustav Jung zu Martha. Als sie die Tür geöffnet hatte und er an ihr vorbeieilte, sah sie, daß seine Hand verbunden war.

Gleich darauf stürzte Freud, das Gesicht starr vor Zorn, ins Wartezimmer. Jung schien es kaum zu bemerken, nickte ihm nur zu und folgte Freud fast fröhlich ins Behandlungszimmer. Freud schloß sorgsam die Tür.

Jung hob seine verletzte Hand. »Wir haben uns ausgesprochen«, erklärte er, und seine blauen Augen funkelten. »Sabina und ich. Wir hatten einige Meinungsverschiedenheiten, das ist schon wahr.« Er blickte zu Boden. »Es war natürlich ein Fehler von mir, ihrer Mutter einen Brief zu schreiben.«

»Ein Fehler! Es war der Gipfel hartherziger Gefühllosigkeit!« brüllte Freud. »Es war durch und durch unprofessionell und unmoralisch. Ich konnte es erst glauben, als man mir den unwiderlegbaren Beweis präsentierte. Dieses Mädchen ist ein Muster an Großherzigkeit und Intelligenz und Ihnen in jeder Hinsicht überlegen!« Diese letzte Bemerkung hatte er nicht beabsichtigt, sie war ihm herausgerutscht. Er hatte den Eindruck, daß ihm in letzter Zeit viel herausrutschte.

Jung seinerseits freute sich nicht schlecht, Freud so erregt zu erleben. Er wußte nicht, woran es lag, möglicherweise aber an seiner Körpergröße, denn in solchen Situationen wurde ihm immer bewußt, daß er mindestens zwei Köpfe größer war als Freud; auf jeden Fall befielen ihn immer dann, wenn der gute Herr Professor in furchteinflößenden Zorn geriet und alle Mitglieder der Wiener Psychoanalytischen Vereinigung einschüchterte, ihn, Jung, beim Anblick des winzigen zornigen Mannes eine wunderbare Ruhe und das sonderbare Gefühl, unberührbar zu sein. Es amüsierte ihn. Sigmunds Wut tat er jetzt ganz einfach ab, indem er auf dessen Hand deutete. »Sie haben sich ja auch verletzt!« Sigmund zuckte zusammen und hob die bandagierte Hand, die Jung in einer spontanen Geste an seine eigene drückte, so daß die Hände der beiden aneinander in der Luft standen wie bei Kindern, die Backe-backe-Kuchen spielen. Die zwei Männer starrten einander in die Augen.

Sigmund zog seine Hand sofort zurück. »Sie haben sich also mit der jungen Frau und ihrer Mutter ausgesprochen?« fragte er mit noch immer eisiger Stimme.

Jung nickte. »Ja, ja. Sie hat mir verziehen.« Er lächelte, eitel wie ein Pfau. »Sie liebt mich wieder ganz unbeschreiblich.«

Dieser Mensch widerte Freud mit einem Mal an. »Und ihre Mutter?« fragte er. »Vielleicht meldet sie es der Polizei.«

»Das hat Sabina schon in Ordnung gebracht«, sagte Jung, noch immer lächelnd. »Dafür habe ich gesorgt. Immerhin habe ich sie ja geheilt.« Freud sah ihn scharf an. Der Falott konnte lügen wie gedruckt; wenigstens wußte er das jetzt. Es erfüllte ihn mit tiefem Bedauern. Zu spät, jetzt war es zu spät, einen anderen zu finden.

Irina hatte selbstredend gelauscht – neben der Wäsche stellte dies eine der wenigen alltäglichen Haushaltstätigkeiten dar, die ihr zumindest ein bißchen Freude bereiteten. Irinas Inspirationen waren zumeist ziemlich weltlicher Art, hatten jedoch, wie irdische Dinge dies nun einmal hin und wieder haben, weitreichende Konsequenzen. Jetzt kam sie auf die Idee, von der anderen Seite der Wand aus unvermittelt gegen das Bücherregal zu klopfen, so daß die Vase kippte und Jung und Freud vor Schreck aufsprangen.

»Großer Gott!« hörte sie Dr. Freud ausrufen und unterdrückte ein Kichern.

»Sehen Sie«, sagte Jung einigermaßen gefaßt, »ein perfektes Beispiel für das Übersinnliche, von dem ich eben sprach, für das Übernatürliche.«

»Sagen Sie doch wenigstens in meiner Gegenwart nicht etwas so Idiotisches!« zischte Freud gereizt. Er dachte darüber nach, daß er selbst diesen Mann dazu ausersehen hatte, das Unternehmen Psychoanalyse nach ihm zu leiten. Er allein war für diese Wahl verantwortlich. In diesem Augenblick schlug eine so gewaltige Gefühlswoge über ihm zusammen, daß er nicht wußte, wie ihm geschah; der sonst so unerbittliche Dr. Sigmund Freud fiel in Ohnmacht.

Irina an der anderen Seite der Wand hörte den dumpfen Aufprall. Selbst nach ihrem Verständnis klang das nicht wie eine Vase, sondern wie ein menschlicher Körper.

Carl Gustav beugte sich über Sigmund, wedelte ihm Luft zu und schlug ihm auf die Hände. Dann stürzte er zur Tür. Als er sie aufriß, fiel ihm beinahe das völlig verdutzte Dienstmädchen in die Arme.

»Bringen Sie kaltes Wasser«, stieß er hervor, »rasch!« Irina trippelte davon. Ihr einziger Gedanke war, daß sie nicht eines Mordes beschuldigt werden wollte. Als sie zurückkam, saß der Doktor zu ihrer Erleichterung aufrecht auf dem Boden und versuchte, wieder auf die Füße zu kommen. Es ärgerte ihn offensichtlich sehr, daß Irina ihn in diesem Zustand sah, und er wies sie kühl aus dem Zimmer.

»Ik wollte nur Assistenz geben«, sagte sie mißmutig und rauschte hinaus.

Freud saß da und dachte über Jung nach.

»Was ist eigentlich los?« fragte Jung.

Freud hob den Blick. Konnte er es wagen, mit ihm darüber zu sprechen? Konnte er es wagen, seinem Protegé, dem Mann, von dem die Zukunft der Psychoanalyse abhing, zu sagen, daß er, der hochgeachtete Dr. Freud, der Ansicht war, der hochgeachtete, oder besser, ehemals hochgeachtete Dr. Jung sei möglicherweise nicht nur moralisch schwach, sondern obendrein völlig meschugge?

Freud stützte den Kopf in die Hände und stöhnte.

»Fühlen Sie sich nicht gut?« fragte Jung. Er glaubte zu wissen, was los war. Freud hatte sich nie ausreichend mit seinen eigenen Rivalitätsgefühlen in bezug auf Jung auseinandergesetzt.

Jung wußte, daß Freud bereits zweimal ohnmächtig geworden war. Das eine Mal während dieser Schiffsreise mit Ferenczi, als Jung großzügig angeboten hatte, Freuds Traum zu deuten, dessen Bedeutung er, Jung, bereits ahnte. Da aber hatte Freud sich geweigert, Jung den Rest des Traums zu erzählen. »Das würde meine Autorität gefährden«, hatte er gesagt und war dann ohnmächtig auf das Deck gesunken. Jung hatte damals das Gefühl gehabt, um etwas betrogen worden zu sein. Er hätte praktisch alles gegeben, wenn er erfahren hätte, was in dem Traum war.

Und dann die Sache in dem Hotel in München; sie hatten darüber diskutiert, ob Jung einem Psychoanalyse-Kongreß vorsitzen sollte. Jung wußte, daß der alte Knabe es nicht liebte, wenn seine Autorität eingeschränkt wurde. Kein Wunder, daß er ohnmächtig geworden war. Zuviel ödipales Konfliktpotential. Zumindest *seinem* Verständnis nach.*

Freud hielt sich weiter den Kopf. Er konnte gar nicht mehr aufhören, vor sich hinzustöhnen. Glaubte Jung tatsächlich an Geister? O Gott, ja, er glaubte tatsächlich daran. Das alte Regal war umgestürzt, und Jung geriet in Ekstase. Jetzt wurde Freud bewußt, daß er ständig verdrängt hatte, welche Faszination Jung für seine Cousine Helene Preiswerk empfand, ein *Medium*, man stelle sich das vor, eine Frau, die behauptete, mit den Toten sprechen zu können!

Die Toten ... die Toten ... die Toten. Er wiegte sich vor und zurück und hielt sich den Kopf. Die Toten stanken ihm. Man mußte ja schon fast glauben, daß es in seiner Wohnung spukte.

Jung beobachtete Freud, der wie in großer Trauer vornübergebeugt auf dem Boden saß. Er nahm an, daß Freud über den Mord in seiner Wohnung schockiert war. Dieser Inspektor war ja doch extrem schwierig. Er hatte Freud noch nichts von seiner Begegnung mit ihm erzählt und überlegte nun, wie er am besten darauf zu sprechen kommen könnte. Plötzlich hatte er eine Idee.

»Wissen Sie, was«, sagte er, und um seine blauen Augen bildeten sich viele Fältchen, so erfreute ihn der Gedanke, »mir ist da gerade eine wunderbare Idee gekommen. Wirklich schade, daß mir das nicht schon früher eingefallen ist!« Er beschloß, Sigmund erst später von den Fragen des Inspektors zu erzählen; im Augenblick fühlte er sich so inspiriert!

»Meine Cousine Helene, Sie wissen schon, Helene Preiswerk, gilt als ein ernstzunehmendes Medium ... Ich weiß, ich weiß«, er hob abwehrend die Hand, »ich weiß, was Sie von diesen Dingen halten, aber ich habe das Mädchen gesehen und bin überzeugt, daß sie glaubwürdig ist. Sie kann Kontakt mit den Toten

---

* Dies ist ein weiteres Beispiel für die angesprochene chronologische Inkongruenz.

aufnehmen, und ich bin mir sicher, daß sie auch das Rätsel um diesen unglücklichen Vorfall in Ihrer Wohnung aufklären könnte. Was meinen Sie?«

Freud sah zu ihm auf. Er hatte einen merkwürdigen Gesichtsausdruck. Als Jung später noch einmal darüber nachdachte, fiel ihm dazu nur das Wort »Fassungslosigkeit« ein.

11

Die Gräfin war an diesem Abend nicht in der Stimmung für ein Diner. Den ganzen Nachmittag war sie mit dem Inspektor durch den Prater flaniert. Er hatte von dem Philosophen Nietzsche erzählt und ihr sein Buch gegeben.

Als der Inspektor ihr Passagen aus Nietzsches Buch vorlas, hatte sie entzückt, verwirrt und amüsiert reagiert. In ihren Gesprächen mit Kraus war der Name schon oft gefallen. Er hielt nichts von den Geistlichen, dieser Philosoph, seien es Katholiken, Protestanten oder Juden. Er glaubte offensichtlich, daß Gott tot sei und daß der Mensch mit Hilfe der Kunst Werte schuf, wenn es denn überhaupt irgendeinen Wert oder Sinn auf der Welt gab. Er spottete über die Scheinheiligkeit der »Wahrheit«. Als der Inspektor, Nietzsche lesend und von ihm sprechend, neben ihr herging, waren in ihr, ohne daß sie wußte, warum, bestimmte, fast traumartige Bilder aufgestiegen.

Es waren die gleichen Bilder, die sie auch jedesmal sah, wenn sie auf der Couch des Doktors lag. Es waren Bilder eines Mannes, irgendeines Mannes, den sie als Kind gekannt und der ihr irgendwie den Willen gebrochen hatte.

Plötzlich hatte sie gefröstelt, und der Inspektor hatte sich zu ihr gewandt und sie gefragt, ob ihr kalt sei.

Die gleichen Gedanken gingen ihr jetzt durch den Kopf, als sie das elegante Haus betrat und ihre Gastgeberin begrüßte. Als sie den Kopf senkte, um die weiche, gepuderte Wange der Baronin Rittenheimer zu küssen, deren hohe, sanfte Stimme sie mit ehrlicher Freude willkommen hieß, verspürte sie Erleichterung. Sie konnte nicht umhin zu bemerken, daß ihr mit diesem Inspektor etwas gänzlich Neues widerfuhr. Seit sie den Dr. Freud konsultierte, überkam sie in Gegenwart von Männern ein immer stärker werdendes Bedürfnis, sich zurückzuziehen. Außer bei diesem Mann. Er gab ihr Sicherheit. Sie ertappte sich dabei, daß sie jetzt wieder an ihn dachte, obwohl sie versuchte, ihren Gedanken eine andere Richtung zu geben.

Sie fühlte sich nicht wohl, und das nicht zum ersten Mal. Sie empfand fast Scham über ihren und ihrer Freunde Reichtum. Es störte sie, daß sie allesamt im prächtigen Speisezimmer des Barons und der Baronin saßen und das köstlichste Essen und die erlesensten Weine genossen, während sie über Armut, Hunger und darüber debattierten, wie die Massen gerettet werden könnten. Überdies hatte sich mindestens die Hälfte der ihr bekannten Gäste schon so manchen Abend in ihren Fauteuils gewunden und aus der Dreyfus-Affäre zu ziehen versucht. Sie seufzte. So war es immer gewesen und so würde es immer sein. Da waren sie alle, die großsprecherischen Kapitalisten, die ein Vermögen machten, während ihre Gedanken nur hin und wieder zum Elend der Armen wanderten. Es hätte wohl eines Sokrates bedurft, um herauszufinden, ob dies nun eine Tugend war oder nicht; denn selbstverständlich stand es ihnen frei, die Armen ganz und gar zu ignorieren. Manchmal fand sie diese Vorstellung sogar angenehmer.

Sie lächelte der zuletzt geäußerten Witzelei hinterher und sehnte sich danach, heimzufahren und mehr von Nietzsche zu lesen, der an ihrer Stelle sicherlich den ganzen Tisch umgestoßen und sie allesamt der Lüge bezichtigt hätte. Der Inspektor hatte sie verwirrt, hatte ihr ihre Indolenz schmerzlich bewußtgemacht. Sie wollte die Kraft, von der Nietzsche sprach. Diese Lektüre hatte sie beflügelt. Hinter Nietzsches Worten spürte sie ihre eigene, ganz persönliche Freiheit. Wenn sie schon die Wahrheit nicht in Erfahrung bringen konnte, so wollte sie wenigstens weise und gerecht handeln. Aber sie wollte noch mehr.

Gerade an diesem Abend fühlte sie, daß alles, was ihr persönlich angetan worden war, auch der ganzen Welt angetan wurde. Sie spürte es durch die Wärme, die der Wein in ihrem Körper erzeugte, durch die Küsse, das Gelächter einer hochprivilegierten Gesellschaft; sie spürte es hinter dem Duft der Blüten in der Luft, als sie den Kopf beugte, um die fein gepuderten, parfümierten Wangen von Madame de Pouvignon zu küssen, der berühmtesten Kurtisane ihrer Zeit, und als sie im Licht schwelgte, das von den Diamanten und Rubinen und Amethysten ihres Colliers ausstrahlte und sich in der beneideten Schönheit ihres goldenen Haars, in dem Feuer ihres Geistes sonnte; sie spürte es und wurde sehr traurig. Sie wünschte sich, es würden nicht tief in ihrem Herzen wie in einem langen Gang mit einem vergessenen Traum dieser Schatten lauern und die Schritte eines einsamen Mannes, der nicht wie ein Fremder oder Dieb daherkam, sondern wie einer, der mit vollem Recht dort war, ein Besitzer, so wunderbar verkleidet, daß die Kinder, die aus dem Licht in den dunklen Salon rannten, ihn für ihren Vater hielten, und er vortreten und sie niederstrecken, zu Boden hauen konnte mit einer Klinge, deren Schneide der Stein des Unglücks und der Trauer scharf geschliffen hatte.

12

»Ich glaube«, sagte der Doktor zur Gräfin, »daß Sie als Kind von einem Mann sexuell genötigt wurden, wobei es sich jedoch nicht um einen Fremden handelte. Wenn die ursprüngliche Verführung in Ihrem Fall von einem Fremden ausgegangen wäre, würden Sie auch jetzt noch in Gegenwart von Fremden Angst empfinden. Nach dem zu urteilen, was Sie mir erzählen, glaube ich, daß es ein vertrauter Mensch war, kein Ihnen unbekannter, ein Mensch, der Zutritt zu Ihrem Elternhaus hatte und zu Ihrem Zimmer, ein Mensch, dem Sie daheim vertrauten. Sie waren ein sehr selbstbewußtes Kind und hätten sich nicht gezwungen gefühlt, sich zu ergeben, wenn es sich nicht um einen Menschen gehandelt hätte, der mit Recht Autorität beanspruchen konnte.«

Es hatte einige Zeit gedauert, bis er sich in der Lage sah, dies in angemessener Weise vorzubringen. Er wußte nicht genau, wieviel er ihr zumuten konnte; er hatte das Gefühl, manchmal zuviel zu sagen. Bei seiner Patientin Ida Bauer* war er auf jeden Fall zu schnell vorgegangen.

»Das Gefühl«, sagte er, »der Glaube, keine Wahl zu haben, ist eine Wiederholung Ihrer ursprünglichen Erfahrung. Als Kind hatten Sie damit natürlich sehr wohl recht, da blieb Ihnen wirklich keine Wahl.«

---

* Wie bereits erwähnt, war dies das junge Mädchen, dessen Fall Freud als den Fall »Dora« bezeichnete.

»Aber jetzt« – er hörte ihre Angst –, »jetzt fühlt es sich ganz genauso an. Ich bin doch kein Kind mehr – warum benehme ich mich so, als *müßte* ich …«

Er unterbrach sie. »So funktioniert nun einmal, wie ich herausgefunden habe, die Seele. So ist die Neurose nun einmal beschaffen. Die Seele treibt Sie zu diesen Wiederholungen, immer in der Hoffnung, daß einmal Sie diejenige sein werden, die den Zwang ausübt und die Sache diesmal ganz anders ausgeht als damals.« Er hielt einen Augenblick inne. »Es liegt aber auch in der Natur der Neurose, daß sich nie etwas ändert. Es wiederholt sich alles immer bloß.«

»Das versteh' ich nicht«, erwiderte sie. »Wenn es jemand … aus meinem Haus war … warum dann immer mit Fremden? Bei meinem Mann leide ich nicht unter diesem Zwang.«

»Gerade weil es sich ursprünglich im privaten Raum und mit einem vertrauten Menschen abspielte, empfinden Sie den Zwang jetzt in der Öffentlichkeit und in Gegenwart von Fremden«, erklärte Freud. »Die Seele dreht alles um, so kann sie die ursprüngliche Verführung zum Ausdruck bringen und gleichzeitig verbergen.«

»Das ist… einfach zuviel«, murmelte die Gräfin. »Warum ist es so grauenhaft, und …?« Sie stockte.

In diesem Augenblick überlegte er später, genau an diesem Punkt beging er den Fehler.

»Sie müssen sich darüber im klaren sein«, teilte er ihr sanft, aber bestimmt mit, »daß Sie als Kind auch große Lust dabei verspürt haben… Sie verfügen über«, sagte er ein wenig zögernd, »eine ungewöhnliche Sinnlichkeit, und diese Sinnlichkeit läßt sich bei einem Kind leicht stimulieren. Die Lust in einem sinnlichen Kind kann, nun ja, überwältigend sein. Die Lust fühlt sich womöglich so an, als würde sie einen vernichten. Verstehen Sie?«

Sie antwortete lange nicht. Dann flüsterte sie: »O mein Gott, Sie meinen, daß mir das *gefallen* hat?« Er hörte, wieviel Überwindung die nächste Frage sie kostete. »Aber warum« – ihre Stimme war ganz dünn geworden, wie ein Draht, der an der Spannung zu zerbrechen droht – »empfinde ich bei der Verführung solche Erregung, solchen Selbsthaß auch, ja, aber auch Erregung, und dann *nichts, nichts*, als ob ich aus Eis wäre? Da ist keine Lust. Nur das Gefühl einer großen Niederlage.«

»Es ist schwer zu verstehen«, sagte Freud. »Um überleben zu können, gestatten Sie sich nur einen Teil des Gefühls.«

»Ein sonderbares Spiel des Schicksals. Es hätte ja so kommen können, daß ich mich nur an die Lust erinnert hätte.«

Er hatte nicht erwartet, daß sie in dieser Situation Humor aufbrachte, reagierte daher überrascht und gönnte sich ein Lächeln über seine Fehleinschätzung.

»Leider sind weder die Menschen noch die Gesellschaft so beschaffen.«

»*Leider* ...« – wiederholte sie, und das Wort schwebte weiter im Raum, während sie darüber nachdachte –, »ein so kleines Wort, aber es bedeutet, daß zuwenig Fortune, zuwenig Glück – genau das ist es doch, nicht wahr? –, daß zuwenig Glück ausreicht, ein Leben zu ruinieren.«

Was sollte er sagen? Er konnte ihr – was er bereits getan hatte – versichern, daß es eine Möglichkeit gab, das »Glück« einer Kindheit zu vergrößern. Er konnte es vergrößern. Aber er konnte eine Kindheit nicht ungeschehen machen. Nein. Plötzlich bemerkte er, daß er von seinem Fauteuil aufgestanden und zum Fenster hinübergegangen war. Auf einmal fühlte er sich wie besessen – nicht nur von seinen psychologischen Ideen, die Tag für Tag an Stichhaltigkeit gewannen, sondern auch von einer überwältigenden Traurigkeit angesichts der Grenzen seiner Macht, und gleichzeitig ergriff ihn, wie er später feststellte, ein unerschrockener, maßloser Ehrgeiz, die sengende Gier, allen Widrigkeiten zum Trotz weiterzumachen, wie ein blinder, verzweifelter Chirurg, der sich vorwärtstasten muß und nur auf seine Hände vertrauen kann, um das erkrankte Schicksal aus dem Innersten der Seele zu reißen. Mehr als Ehrgeiz – vielleicht sogar Rache. Später würde er es als Rache bezeichnen, Rache, die er jetzt deutlich fühlte, die diese Wut in ihm hervorrief, dieses Zittern der Hände, Rache an der unbekannten Gestalt im langen schwarzen Mantel, anständig und »gut«, ein Lehrer, ein Rabbi, ein Vater, ein Anwalt, auf jeden Fall ein Mann. Er fühlte es tief in seinen Handinnenflächen, als er so dastand und seine Gedanken, die ihn fast erdrückten, zu sammeln versuchte, daß er selbst, Sigmund, jetzt würde kämpfen müssen wie einst David gegen Goliath. Er *mußte* es vernichten, das verschlungene Böse, das mit einem einzigen Hieb die ganze Kraft des Vertrauens im Leben eines Kindes zu zerstören vermochte.

13

Der Inspektor trank gerade seine dritte Tasse Kaffee und blätterte im Terminkalender, als er bemerkte, daß eine Seite herausgerissen worden war; auf dem restlichen Fetzchen standen die Buchstaben *rton*. Sofort nahm er den Vergleich mit der Kopie von Cuvée vor. Dort war gar nichts zu sehen. Entweder handelte es sich um einen Fehler und Cuvée hatte die Seite versehentlich herausgerissen, oder aber der Name war eingetragen und *nach* dem Mord entfernt worden. Er würde die Sache verfolgen, so nahm er sich vor, während er den Terminkalender in die Tasche schob, er würde beiden Erklärungsmöglichkeiten gleichzeitig nachgehen.

14

Am nächsten Vormittag wartete der Inspektor mit fast fiebriger Vorfreude auf den nachmittäglichen Ausritt mit der Gräfin. Den ganzen Morgen hatte er sich nicht konzentrieren können, und als er dann bei den Ställen war und das schwarze Pferd sah, das man bereits für ihn gesattelt hatte, wallte ein köstliches Glücksgefühl in ihm auf. Seit zwei Wochen ritten sie nun beinahe jeden Nachmittag zusammen aus. Jetzt erblickte er Bettina, die gerade hinten auf dem Vorführplatz springen übte. Die schiere Freude, sie zu sehen, nahm ihm fast den Atem.

15

Die Gräfin und der Inspektor hatten ihren Nachmittagsritt beendet und schlenderten mit ihren Pferden langsam zum Stall zurück. Die Schweife der Tiere schwangen gemächlich, fast synchron, von einer Seite zur anderen, schlugen die Fliegen von den Flanken. Es war ein gemütlicher Nachmittag gewesen; sie waren über die Wiesen galoppiert und hatten an einem wunderschönen Bach zu Mittag gegessen, aber der Inspektor kam sich wie eine zu stark gespannte Springfeder vor; wenn er der Gräfin noch einen Millimeter näher kam, würde er explodieren. Noch nie war er in der Gegenwart einer Frau, die er begehrte, so verhalten gewesen. Noch nie hatte er so lange mit einer Frau *gesprochen*, die zu berühren er sich sehnte. Aber er fühlte ganz stark, daß er sich zurückhalten *mußte*. Es war fast, als könnte er Bettinas immense innere Unruhe mit den Fingerspitzen ertasten. In stillen Augenblicken nachts warnte er sich manchmal selbst davor, sich auf eine Frau von solch kompliziertem Charme einzulassen. Aber es war bereits zu spät. Er kannte nicht das ganze Ausmaß von Bettinas Komplexität, aber er spürte die Kraft ihrer inneren Widersprüche. Bei den versehentlichen Berührungen – einmal stieg sie ab, und ihre Hand geriet an sein Bein, sein Arm an ihre Taille – spürte er die sofort aufsteigende Hitze und wußte, wenn er sie jemals in seinen Armen halten würde, wäre es, als hätte er einen Feuersturm in einem Glas gefangen.

Die Flanken der beiden Pferde berührten sich im Gehen. Als sie sich durch einen schmalen Weg zwischen den Sträuchern zwängten, spürte der Inspektor seinen Stiefel an Bettinas Rock, und sein Herz begann so rasend schnell und laut zu schlagen, daß er glaubte, sie müsse es hören. Dann erkannte er, wo sie waren, der Stall befand sich nur wenige Meter vor ihnen, und die Vorstellung, sich von Bettina zu trennen, durchfuhr ihn schmerzlich.

»Was ist denn?« fragte sie, als sie sah, wie sein Gesichtsausdruck sich veränderte. »Ist alles in Ordnung?«

Er wandte ihr das Gesicht zu und sah sie an, und die Worte flogen von seinen Lippen, noch bevor ihm ihre Bedeutung bewußt geworden war. »Ich kann es nicht ertragen, mich von Ihnen trennen zu müssen.« Zuerst wirkte sie sehr erschrocken. Sie sah ihm kurz in die Augen, dann senkte sie den Blick. Er kam sich sofort albern vor und wußte nichts zu sagen. Nicht das geringste. Er war zu dreist gewesen. Plötzlich empfand er es als demütigend; die Pferde schritten weiter, und das Schweigen zwischen der Gräfin und ihm wurde so intensiv, daß das Schwingen der Schweife wie Beckenschläge durch die Luft hallte.

»Kommen Sie mit!« sagte sie, führte ihr Pferd plötzlich vom Pfad ab und auf das Feld, über das er am ersten Tag mit ihr geritten war. Sie hatte damals auf eine Jagdhütte am anderen

Ende des Feldes gedeutet, die fast ganz in einem niedrigen Wäldchen versteckt lag. Sie hatte darauf gedeutet und gesagt, diese Hütte werde nicht mehr benützt. Jetzt waren sie aufgestiegen; die Pferde hielten gerade darauf zu.

Sie traten in die Hütte, in der wohl schon seit ziemlich langer Zeit niemand mehr gewesen war. Die Fensterscheiben und Vorhänge waren mit einer dicken Staubschicht bedeckt, und die Sonne schien in breiten, goldenen Streifen hinein. Es roch kühl und nach Wald.

Die Gräfin sah ihn an; ihre Augen, fand er, tanzten unstet hin und her.

»Ich werde – wir sollten Feuer machen«, sagte sie nervös und ging zum Kamin, ohne ihren Mantel abgelegt zu haben. Sie beugte sich vor und warf ein paar Stück Holz in den Kamin; bei jedem Wurf wirbelten Staub und Asche auf.

»Es ist kalt, finden Sie nicht auch?« sagte sie nervös und hob ihm ihr Gesicht entgegen.

Er stand neben ihr; als sie ihm das Gesicht zuwandte, war es auf der Höhe seiner Knie.

Sie sah ihn an, während sie weiter Holz in den Kamin warf, und sprach schnell, hastig: »Ich finde es kalt, wir müssen Feuer machen, nicht wahr, oder nicht?«

Er bückte sich und zog sie zu sich hoch, legte die Arme um sie, sagte: »Es ist nicht nötig, Bettina«, und zog sie sanft an sich.

16

Die Gräfin erzählte uns, daß sie für den Nachmittag ein paar Leute zum Tee eingeladen hätte, die gern einmal Amerikaner kennenlernen würden, vor allem junge Amerikaner. Wir wußten natürlich, daß alle Tante Ida kennenlernen wollten, denn sie hatte schon einige Besuche erhalten. Papa hatte sich darüber endlos aufgeregt. Er hatte Tante Ida in der Vergangenheit schon bei weit mehr als einer Gelegenheit als peinlich empfunden und wahrscheinlich gehofft, sie sicher in den Staaten zurücklassen zu können, wenn er nach Wien ziehen würde. Aber jetzt stellte sich heraus, daß es in Österreich eine aufkeimende Frauenbewegung gab. Ich hatte schon viel zu oft miterlebt, daß Tante Ida mit der Gräfin »Spaziergänge« machte, um nicht zu wissen, daß sie sich dann immer mit Leuten trafen, die Papa anrüchig gefunden hätte. Daß Tante Ida, unter anderem, eine Suffragette war, ärgerte meinen Vater sehr, obwohl sie, vor allem vor Papa, sehr darauf achtete, uns nicht zu »beeinflussen«. »Ich möchte nur meinen Standpunkt vertreten, Frederick«, sagte sie dann immer. »Die Mädchen haben ihren eigenen Kopf, laß sie sich ihre eigene Meinung bilden!«

Die Gräfin, die sich sehr für Politik interessierte und Leute aus dem Parlament kannte, stand den Ansichten von Tante Ida wohlwollend gegenüber; aber es gab auch Streitpunkte. Wenn wir ins Zimmer kamen, und sie stritten gerade, hörten sie sofort auf. Als Papa und Mama nicht da waren, sagte Tante Ida allerdings einmal zu mir: »Komm doch rein! Was soll das Getue? Du kannst ruhig wissen, was du ansonsten raten müßtest.« Das erzählte ich Papa und Mama natürlich nie. Der Streit zwischen den beiden drehte sich, soweit ich es verstand, um folgendes: Tante Ida glaubte, daß Frauen politische Macht erringen müßten, und die Gräfin glaubte, daß Frauen ihre Rechte »nur dann bekommen, wenn es gar keine Regierung mehr gibt und die Menschen sich selbst regieren«. Da hatte Tante Ida der Gräfin mit entsetztem Gesichtsausdruck entgegnet: »Eine intelligente Frau wie Sie kann doch unmöglich so dumm sein, dem Anarchismus das Wort zu reden?« Die Gräfin hatte erwidert: »Ich bin für die Sache der Anarchisten, solange keine Zivilisten angegriffen werden.« Daraufhin hatte Tante Ida sehr verärgert gesagt: »Darüber müssen wir uns einmal ausführlich unterhalten.« Das war alles gewesen.

Trotzdem hielt Papa Tante Ida für einen gefährlichen Einfluß, vor allem auf mich, da niemand Cecily, die schön war, irgendeiner gedanklichen Tätigkeit für fähig hielt, das heißt, bis vor kurzem; aber ich kam schon bald darauf, daß Cecilys Gedanken immer gefährlicher wurden. Ich hatte nämlich bemerkt, daß die früher so rosenwangige und wilde Cecily immer blasser wurde. Das geschah nicht plötzlich, sondern in einer merkwürdigen, unerklärlichen Steigerung.

Auch Mama hatte es bemerkt und schrieb es der Lektüre zu vieler Romane zu. Cecilys Interesse an Mr. James' Romanen hatte Tante Ida sehr erstaunt. Eines Morgens beim Frühstück rief Cecily plötzlich: »Ach, ich bin so entsetzt, daß Isabel Archer zu Mr. Osmond zurückgegangen ist. Das war doch nicht recht, findest du nicht auch?« Diese Frage hatte sie ausgerechnet an Mama gerichtet.

»Wer um alles in der Welt ist Isabel Archer?« fragte Mama verwundert.

»Eine Romanfigur«, erklärte Tante Ida rasch und schoß Cecily einen warnenden Blick zu.

Cecily, die das anscheinend gar nicht gehört hatte, sprach weiter: »Ich kenne sie ziemlich gut, und wenn ihr sie genauso gut kennen würdet wie ich, würdet ihr es genauso unerträglich finden. Daß sie zu ihm zurückgegangen ist, ist wirklich eine Riesenenttäuschung.«

Als wir an diesem Nachmittag alles für die Teegesellschaft vorbereiteten, sagte Tante Ida mir noch einmal, daß sie sich große Sorgen um Cecily machte, weil Cecily sich offenbar so sehr mit den Heldinnen von Mr. James beschäftigte. Cecily hatte zwar auch die Bücher von Mrs. Wharton gelesen, aber die versetzten sie längst nicht so in Erregung wie die Romanfiguren von Mr. James. Uns war beiden klar, daß wir schon so manches Frühstück in der unzulässigen Gegenwart von Isabel Archer genossen hatten; dann bestimmte mehrere Tage lang die Dame aus *Die goldene Schale* die Konversation, was Cecily sehr aufregend fand, denn das war eine neue Figur, und Cecily sprach über sie so, als wäre sie gerade in der Stadt eingetroffen. Und dann kam die Prinzessin Casamassima, an der Cecily ebenfalls ein ungewöhnliches Interesse bekundete.

Das führte natürlich dazu, daß auch ich alle diese Romane las, und ich muß sagen, daß Cecilys größte Anteilnahme letztendlich zweifellos Isabel Archer und ihrem Schicksal galt. Die Sache wurde offenbar so ernst, daß ich eines Abends sah, wie Mama mit Tante Ida sprach und Tante Ida ihr einige Minuten später *Bildnis einer Dame* in die Hand drückte. Das war, kurz bevor sie zum Treffen der deutschen Frauenrechtlerinnen aufbrach; Cecily, die am ersten Treffen teilgenommen hatte, war verboten worden, ein weiteres Mal mitzugehen.*

---

* Es gab nur wenige österreichische Vereinigungen von Frauenrechtlerinnen, da es Frauen in Österreich gesetzlich nicht gestattet war, politische Verbände zu gründen. Eine Ausnahme war Rosa Mayreder, die 1893 den Allgemeinen Österreichischen Frauenverein gründete, für den, nebenbei bemerkt, Mark Twain großes Wohlwollen hegte, das er durch einen Besuch zum Ausdruck brachte.

Cecily hatte nach dem ersten Treffen der Frauenrechtlerinnen den ganzen Vormittag über geweint. Das war eine für sie sehr untypische Tätigkeit, andererseits aber auch wieder nicht überraschend. Mir wurde nämlich langsam klar, daß Cecily verstört war, vergleichbar mit einem entwurzelten Baum, der an einem anderen Ort wieder eingepflanzt wird, aber so, daß der früher fest verankerte Wurzelballen mit dem neuen Boden nicht verwachsen kann. Cecilys Wurzeln ragten also in die Luft, froren im Wind, suchten verzweifelt nach neuem Grund, während die Hälfte des Wurzelballens von seinem früheren Selbst getrennt, unvollständig und sterbend in der Erde lag und sich nach der Hälfte sehnte, die hilflos den Unbilden über der Erdoberfläche ausgesetzt war. Wie sollte sie überleben? Würde sie überleben?

Zu meiner Überraschung ertappte ich mich bei dem Wunsch, Cecily wäre mehr so, wie sie *früher* war, und nicht mehr so sehr die, die sie allmählich *wurde.* Ich fühlte mich sicherer, wenn sie oberflächlicher und lustiger war. Auf jeden Fall hatte sich bei diesem Frauentreffen etwas Bedeutsames ereignet. Cecily war hingegangen, um sich zu amüsieren, sie wollte das Ganze auf die leichte Schulter nehmen und war als veränderter Mensch zurückgekommen. Tante Ida erzählte mir, Cecily sei überzeugt worden, daß das alles durchaus kein »Unsinn« war. Sie hatte fast einen Nervenzusammenbruch erlitten und zu Tante Ida gesagt, daß sie unbedingt Medizin studieren wolle, und sie hätte »das flatterhafte Mädchen doch nur gespielt«, weil alle sie so haben wollten, und *sie* müßte Medizin studieren, nicht Timothy.

Während Timothy, den ich eigentlich immer für den Ernsten gehalten hatte, in letzter Zeit völlig anders wirkte. Er beschäftigte sich sehr mit Photographie und war Tag und Nacht mit seinem Apparat zugange. Er war sogar dem Wiener Photographenverein beigetreten und hatte zu Papa gesagt, er würde weiter Medizin studieren, obwohl er eigentlich eher eine Künstlerseele zu haben glaube und sich irgendwie Ausdruck verschaffen müsse. Timothy war »verknallt«, so sagt man, glaube ich. Er ging mit einem ziemlich dämlichen Gesichtsausdruck umher und kam, wie Cecily berichtete, morgens zu den unmöglichsten Zeiten nach Hause, woraus Cecily schloß, daß er sich mehr mit einer Tänzerin oder irgendeinem Nachtwesen beschäftigte als mit seinen medizinischen Studien, von denen er behauptete, er würde sich ihretwegen bis spät nachts in der Universität aufhalten.

Manchmal aber, sagte Cecily, gehe, wenn sie ihn kommen höre, gerade die Sonne auf.

17

Als der Inspektor die Gräfin verließ, fühlte er sich wie ein Kleinkind, das laufen lernt. Er taumelte und drohte die Balance zu verlieren, als wären sein Körper und sein Geist nicht an das Wesen gewöhnt, das sie jetzt beherbergten. Und auf diesen langen nächtlichen Spaziergängen begann er Geräusche zu hören, leise wie Wasser, das gegen Stein plätschert, aber dann lauter, Geräusche seiner Erinnerung, die klopfte, um freigelassen zu werden. Er fühlte sie kurz auftauchen, dann waren sie sofort wieder gedämpft. Er spürte, daß diese Geräusche, woher immer sie kamen, die Schreie waren, die ihn zurückhielten, ihn dazu trieben, ziellos durch die Stadt zu wandern, in der er, wenn sein Sinn für sie erst geschärft wäre, ihre Richtung erkennen und sie erhaschen könnte.

18

Die Gräfin, obzwar Schneiderin und stets von ihrem Spiegelbild umgeben, hatte kaum ein Gefühl für ihren eigenen Körper. Aber als sie sich an diesem Abend zum Diner umzog, strich ihre Hand wie zufällig über ihre Brüste und Schenkel, und sie erzitterte vor Freude über ihre Schönheit. Alles an ihr erschien ihr mit einem Mal bemerkenswert, so als hätte sie es nie zuvor wahrgenommen.

19

Die Gräfin gab zwar an diesem Abend eine Gesellschaft, aber aus irgendeinem Grund beschlossen Papa und Mama, daß wir nicht daran teilnehmen würden. Wir aßen daher im Hotel Bristol zu Abend. Es tat mir sehr leid, daß ich die Gräfin nicht besuchen durfte, denn ich hatte sie in dieser Woche nur selten gesehen. Allen war aufgefallen, daß sie unglaublich glücklich wirkte. Ich hatte sie noch nie so oft lächeln sehen. Sie war fast *jeden* Nachmittag ausgeritten, hatte uns jedoch, zu Cecilys Kummer, nicht mitgenommen. Tante Ida machte ein ziemlich großes Theater darum, daß wir nicht zum Dinner gingen, weil es, wie sie sagte, sehr interessant für sie gewesen wäre, einige dort anwesende Leute kennenzulernen. Tante Ida war ganz verrückt nach den Wienern. »Diese Wiener«, sagte sie, »sind die lustigsten, klügsten, charmantesten Menschen der Welt.« Ich hatte auch das Gefühl, daß wir etwas sehr Aufregendes versäumten, und Tante Ida, die von uns allen wohl am meisten enttäuscht war, sagte: »Bevor wir gingen, traf ich den Rabbi Bloch. Wir unterhielten uns sehr gut über Otto Weininger, der natürlich wieder einmal zu spät kommen wird.«

»Wer ist Weininger?« wollte Mama wissen.

»Ach, der hat dieses grauenhafte Buch geschrieben«, erklärte Tante Ida, »das sich sehr gut verkauft. Es geht darum, daß die Frauen und die Juden der restlichen Menschheit unterlegen sein sollen. Es ist wirklich ein schlimmes, böses Buch.«

»Und der kommt auch zum Diner?« fragte ich. »Warum lädt die Gräfin einen so schrecklichen Mensch zum Diner ein?«

»Er ist schrecklich, aber auch geistreich«, antwortete Tante Ida. »Außerdem sagte sie mir, daß Karl Kraus ihn innerhalb einer Minute vollständig vernichten würde. Kraus gilt ja als großer Bewunderer der Frauen. Ich habe ihn schon kennengelernt.«

»Und ihn sympathisch gefunden?« fragte Papa ziemlich erstaunt.

»Nein, ganz und gar nicht sympathisch«, antwortete Tante Ida. »Er mag ein Bewunderer der Frauen an sich sein, aber einzelne kann er nicht ausstehen. Diese Stadt ist in mancher Hinsicht schon sehr merkwürdig«, sann sie vor sich hin.

»Was meinst du damit?« fragte Cecily.

»Nun, weißt du, dieses antisemitische Gerede ist wirklich grauenhaft. Aber wenn sie einzelne Juden treffen, wenn sie Herrn Kraus oder Herrn Mahler oder Herrn Szeps kennenlernen, dann hängen die Leute beim Diner ihnen geradezu an den Lippen. Sie wählen den Antisemiten Karl Lueger zum Bürgermeister, und dann sagt Lueger: ›Was a Jud is, bestimm' i!‹ Man hat den Eindruck, als ob es, jeweils auf den individuellen Juden bezogen, gar keinen Antisemitismus gäbe. Es ist fast so, als wäre der Antisemitismus nur eine Einbildung.«

»Wenn eine Gruppe von Universitätsstudenten auf die Köpfe jüdischer Burschenschaftler einschlägt, ist der Antisemitismus wohl schwerlich eine bloße Einbildung«, erklärte Papa. Einen Augenblick schwiegen alle. Cecily und ich hatten schon durch Sabina von der Sache gehört. Ich war sehr erstaunt, denn ich hielt Studenten für weltoffen und liberal; gerade darin bestand, meiner Meinung nach, nämlich das Gebildetsein.

»Es ist offenbar für jeden Juden schwierig, eine Anstellung an der Universität zu bekommen«, sagte Papa. »Abgesehen von der Medizin.«

»Die medizinische Fakultät ist zur Hälfte jüdisch«, stimmte Timothy zu. »Auch die Professorenschaft. Aber ich habe diesen Antisemitismus erlebt, er ist sehr real.«

Es hatte uns alle überrascht, daß Timothy überhaupt mitgegangen war. Seit unserer Ankunft in Wien schien er nur noch mit seinem Medizinstudium und der Photographie beschäftigt zu sein.

20

Henry James war sehr hungrig. Er hatte sich nur deshalb noch während des Essens entschuldigt, weil er weitere Fragen von seiten Ediths einfach nicht ertragen hätte. Er erklärte ihr, er sei krank, und er war krank. Krank vor Schuldgefühlen wegen Constance Fenimore Woolson. Und krank vor Schuldgefühlen wegen dieser Katze. Daß er sie erdrosselt hatte, hatte er Edith gar nicht erzählt. Gut, es war eine schreckliche Katze gewesen, aber er hatte so impulsiv gehandelt! Edith hatte er gesagt, er habe sie mit einem Stein erschlagen. Aber am meisten schämte er sich wegen Constance. Er hatte gewußt, welche Gefühle sie für ihn hegte, und doch ihre Briefe verbrannt. Er klingelte nach Bridget, dem Dienstmädchen.

»Biscuits, bitte«, sagte er.

»Fühlen Sie sich besser, Sir?«

»O ja, ein wenig.«

»Möchten Sie auch ein bißchen Jam dazu, Sir?«

»O ja, ein bißchen Jam wäre schön.«

Das Mädchen brachte drei Biscuits. Als sie eine Stunde später wiederkam und sah, daß er alle aufgegessen hatte, dachte sie sich, daß es Mr. James offenbar doch viel besser gehe. Daß er dann aber sagte: »Haben Sie noch mehr?«, verblüffte sie denn doch etwas.

»Aber ja, Sir. Ich bringe Ihnen noch einen.«

»Bringen Sie mehrere!«

Sie brachte ihm noch drei, dazu Jam, und als sie um sieben wiederkam, um das Tablett zu holen, sah sie, daß alles aufgegessen war.

Als Bridget in die Küche ging, traf sie dort zu ihrer Verwunderung Mrs. Wharton an, die, als sie das Mädchen mit dem Tablett sah, wissen wollte: »Von wo haben Sie dieses Tablett geholt?«

»Von Mr. James, Ma'am.«

»Von Henry? Ach, geht es ihm besser?«

»Ich glaube schon, Ma'am.«

»Was haben Sie ihm gebracht?«

»Biscuits, Ma'am«, antwortete das Dienstmädchen nach einigem Zögern.

»Biscuits ... aber diese Biscuits sind schwer; Sie haben ihm genau das Falsche gebracht. Suppe wäre viel besser gewesen. Er kann doch nicht so schwere Biscuits zu sich nehmen.«

»Er hat sie aber gegessen, Ma'am.«

»Aha«, sagte Mrs. Wharton, der plötzlich ein Verdacht gekommen war. »Nun gut, er hat sie bestellt, aber mehr als einen kann er unmöglich gegessen haben, wenn er noch krank ist.«

»Sechs«, sagte das Dienstmädchen.

»Sechs«, wiederholte Mrs. Wharton nach einer kleinen Pause. »Sind Sie sicher?«

»Ja, Ma'am. Zuerst drei und dann noch mal drei.«

»Nun ja, es sind hervorragende Biscuits«, sagte Mrs. Wharton, verließ die Küche und ging auf die Veranda, um über die Sache nachzudenken. Was, in Gottes Namen, war in Henry gefahren? Er zog sich mitten während des Dinners zurück und aß dann in seinen Räumlichkeiten sechs Biscuits! Daran war nur dieser gräßliche Doktor schuld.

21

Henry fühlte sich nun um einiges wohler und setzte seine Lektüre fort:

> *Im Frühjahr 1856 zeitigte der verderbliche Einfluß des Verführers Erfolg, sein Opfer sank ihm in die Arme... Und wie verderblich dieser Einfluß gewesen sein mußte! – von welch schändlichen Kunstgriffen er Gebrauch gemacht hatte, um sein ruchloses Ziel zu erreichen, läßt sich mit nichts besser beweisen als mit der veränderten Stimmung und Sprache in den Briefen der unglücklichen Gefangenen. Nicht nur ihre Tugend hatte sie verloren, sondern auch, wie der Kronanwalt es nannte, ihr Gefühl für Schicklichkeit. Gentlemen – wessen Schuld war dies – wessen Tun war dies? Glauben Sie, daß ein armes Mädchen ohne Versuchung, ohne Unterweisung in bösen Dingen in solche Tiefen der Erniedrigung sinken würde? Nein. Allein ein äußerer Einfluß – ein überaus verderblicher Einfluß – kann einen solchen Niedergang bewirken.* *

22

Der Inspektor dachte an Freud immer als an den »kleinen Mann«. Er machte sich bewußt, daß er in dieser Angelegenheit dazu neigte, Autorität zu mißachten, sah aber kaum eine Möglichkeit, das zu ändern. Er mochte diesen Arzt nun einmal nicht,

---

* Es handelt sich hierbei um den gleichen Verteidiger wie im oben erwähnten Prozeß gegen Madeleine Smith.

der ja auch wahrlich kein liebenswerter Mensch war. Er stand zwar im Ruf, charmant und geistreich zu sein, der Inspektor fand ihn jedoch arrogant, dickköpfig und arbeitswütig. Und doch erkannte der Inspektor, daß diese große Intelligenz etwas Einzigartiges hatte.

Seine Frau – seine Frau war eine ganz andere Sache. Seine Frau war ein gehorsames Geschöpf, welches, wie der Inspektor vermutete, das beharrlich verfolgte Thema der Freudschen Forschungen als peinlich empfand. Sie war eine bürgerliche Frau, eine von den leidenschaftlichen, die ihre Leidenschaft aber unter einem Berg aus Pflicht und Verantwortung vergraben hatten, eine Hausfrau, wie sie im Buche stand, eine Gattin, die diesen Ehemann einfach hinnahm, dem sie, da war der Inspektor sicher, äußerst gemischte Gefühle entgegenbrachte.

An der Schwägerin dagegen gab es etwas Unterschwelliges, das den Inspektor interessierte. Er sah deutlich, daß sie in den Doktor verliebt war. Die Gattin war eine eifersüchtige Frau, was im gemeinsamen Haushalt zu gewissen Spannungen geführt hatte. Der Doktor aber, davon war der Inspektor überzeugt, war sich, bei all seinem – allerdings irgendwie bizarren – Scharfsinn, der Natur dieser Spannungen nicht bewußt.

Daß ein Mensch, der sich so sehr um die Wahrheit des Gefühls bemühte, unter seinem eigenen Dach so blind sein konnte, faszinierte den Inspektor natürlich nicht nur, er konnte es auch verstehen. Violette, überlegte er, hatte er in letzter Zeit wenig oder gar nicht verstanden. Sie ihn allerdings auch nicht. Als Fremde hatten sie einander kennengelernt, waren einander nahegekommen, und er hatte ihr weit mehr von seinen Hoffnungen und Ängsten enthüllt als jeder anderen Frau, die er kannte. Über zwei Jahre lang hatten sie schlecht und recht zusammengelebt, aber jetzt waren sie wieder wie Fremde. Vielleicht, überlegte er, können wir es manchmal nicht ertragen, daß ein anderer uns, weil er uns kennt, wie in einem Spiegel zeigt, wer wir sind. Deshalb verhalf ihm die Gräfin, die ihn zwar möglicherweise gar nicht verstand, aber begehrte, zu mehr Trost, mehr Liebeswirren, mehr Erregung, mehr Gefühl, als Violette dies hatte tun können.

Bei diesem Gedanken fühlte er ein schmerzliches Ziehen in der Brust. Die Gräfin fesselte ihn, weil sie nichts erwartete: Keine Vergangenheit, keine Zukunft, nur die Macht des Augenblicks, und gerade deshalb rührte sie an die Vergangenheit, er hielt sie in seinen Armen und träumte Träume, die träumen zu können er sich nie hatte träumen lassen. Und somit rührte sie auch an seine Zukunft. Sie wußte es – er merkte es an ihren Bewegungen, am Schwung ihrer Hüften, an ihrem zurückgelegten Kopf, der sich sanft wiegte, wenn er sie umfangen hielt, an ihren Beinen, die sie um seine Taille schlang, während er nackt mit ihr in der einsamen Jagdhütte herumtanzte und das Sonnenlicht den dunklen Fußboden sprenkelte und die grünen Kacheln um den offenen Kamin erstrahlen ließ und die zwei kleinen Fenster an den beiden Seitenwänden von der Morgensonne aufleuchteten, und die Gräfin, deren langes, dichtes rotblondes Haar hinter ihr wehte, sich bei diesem leidenschaftlichen Tanz an seinem Nacken festzuhalten versuchte, aber schwach wurde, die Arme sinken ließ und in die Knie ging, aber er konnte nicht aufhören und trug sie, während sie sich in einem unaufhaltsamen Wirbel wieder und wieder liebten, zog sie auf sich hinunter, und dann schlang sich diese betörende Gestalt, eben noch willenlos wie eine Stoffpuppe, wieder um ihn, stöhnte in Ekstase, bis seine Kraft sich wie in einer Explosion befreite und er ihren Rücken mit einem lauten Schrei gegen die Wand preßte und, sie noch immer in den Armen haltend, auf die Knie sank und beide sich, noch immer vereint, über den Boden wälzten.

Der Inspektor hatte mit vielen Frauen geschlafen, aber was er für Bettina empfand, hatte er noch nie empfunden. Es war, als hätte sich alle Trauer, alle Wut, jedes Bestreben und jede Leidenschaft, die in seinem Körper gewartet hatten wie ein Drachen auf Wind – als hätte sich das alles jetzt erhoben und wirbelte in grenzenlosen Schwüngen und Bögen mit einem Schweif befreiter Freude zum Himmel empor und ließe seine Wut, seine Verzweiflung, seine Armseligkeit hinter sich zurück; auch die letzte Befangenheit war jetzt aus seinem Herzen gewichen, alles beflügelte ihn. Frei für eine neue Verletzlichkeit war er, und dieses Neue spürte er mit einer Mischung aus Verzückung und Schrecken. Er stand in der Mitte seines Lebens; er glaubte nicht, daß dies der rechte Zeitpunkt für solch erstaunliche Neuerung war.

23

Als Edith an diesem Vormittag das Haus verlassen hatte, versuchte Henry James, sich um seine Korrespondenz zu kümmern. Er öffnete mit dem Finger den ersten Brief und entfaltete das dicke Papier, das, wie er sofort sah, von Hals stammte. Seine Hände zitterten, als er der gezackten, unbeholfenen Schrift – merkwürdig, daß ein Maler eine so häßliche Handschrift hatte – entnahm, daß Hals Miss Woolson vor dem Unglück in Venedig gesehen hatte. Mit so warmen Worten habe sie von James gesprochen und über seine Abreise so großes Bedauern geäußert; er habe, schrieb er, eine tiefe Traurigkeit an ihr wahrgenommen. »Sie spielte mit ihren Handschuhen«, las Henry James, »zog sie abwechselnd aus und wieder an, ohne es selbst zu merken. Es war sehr quälend.« Bei diesen Worten setzte sein Herzschlag einmal aus. Auf seiner Oberlippe sammelten sich winzige Schweißperlen. Ihm wurde schlecht. Er klingelte; das Dienstmädchen erschien.

»Ja? Was ist, Sir?« fragte sie.

»Bringen Sie mir rasch ein Glas Wasser – mit etwas Scotch, bitte.«

Als sie mit dem Glas zurückkam, ging er hastig im Zimmer auf und ab. Er nahm es eilig vom Tablett, wandte dem Mädchen sofort den Rücken zu und starrte aus dem Fenster. Er hatte wieder diesen düsteren, dumpfen Gesichtsausdruck. Vielleicht konnte Mrs. Wharton ihn ablenken.

»Ich glaube«, hieß es in dem Brief weiter, »daß es für Sie sehr schmerzlich sein muß, um Miss Woolsons Schicksal zu wissen. Was Sie mir nicht mitteilten, habe ich mir aus dem, was sie mir erzählt hatte, zusammengereimt. Bis jetzt hielt ich es weder für zweckmäßig noch für passend, Ihnen zu schreiben. Jetzt aber, da dieser schreckliche Vorfall an die Öffentlichkeit geraten ist und ich wahrscheinlich außer Ihnen beiden der einzige Mensch bin, der weiß, wie es dazu kommen konnte, fühle ich mich verpflichtet, Ihnen zu schreiben und mitzuteilen, *daß Sie nicht schuld sind* und in dieser tragischen Angelegenheit keine Verantwortung übernehmen sollten, die Sie nicht haben. *Es gibt keine einzelne Ursache.*« Er las es wieder und wieder, und während er sich zu beruhigen suchte, aber immer elender wurde und eine Übelkeit empfand, die auch der Scotch nicht bezwingen konnte, breitete sich der Schweiß von seiner Lippe über Stirn und Wangen aus.

Immer wieder sah er diese Hand über den Tisch langen, in einer Geste, wie sie wohl in ihrem ganzen Leben keine kühnere gewagt hatte, die Hand ohne Handschuh langte über den Tisch und legte sich auf seine Hand – die Dringlichkeit ihrer Miene, als sie sagte: »Ach, Henry, wir haben so vieles gemeinsam, ich hätte so gern, daß Sie blieben«, und dann sein Zurückprallen vor dem Gefühl ihrer Haut an seiner Hand, obwohl er es gar nicht wollte. Seine Nerven zuckten, ehe er sie unter Kontrolle bringen konnte, Schock, Entsetzen machten sich auf seinem Gesicht breit, als er die Stärke ihrer Zuneigung erkannte, ja fühlte und ebenso spürte, wie sehr er sich dagegen sträubte, in welche Gefahr es ihn brachte, dieses Bedürfnis wahrzunehmen, das ihr so deutlich im Gesicht geschrieben stand. Er hörte seine eigene scharfe, verächtliche Stimme: »Das kann ich nun wirklich nicht. Gehen wir!« Noch bevor sie sich den Handschuh übergestreift hatte, war er aufgestanden und schob seinen Stuhl zurück, um dem entsetzlichen Augenblick zu entfliehen.

Er sah sie vor sich, wie sie bei dieser Demütigung errötete, ebenfalls aufstand, hastig den Handschuh anzog, völlig aufgelöst, den Tränen nahe, sofort hinauslief, um sich wieder zu fassen, und dann zu ihm zurückkam, ohne den Blick auch nur ein einziges Mal zu heben. Und dann sie beide in der Gondel, und er brachte es nicht über sich zu sagen: Ich hatte nicht die Absicht, Sie zu kränken, es tut mir aufrichtig leid… Ein Abgrund von Schweigen statt dessen, ein unerträglicher Druck, bis der Gondoliere ans Ufer fuhr und er, obwohl sie nicht seine, sondern nur die Hand des Gondolieres ergriff, endlich sagen konnte: »Ich würde gerne bleiben, aber es gehört nun einmal leider zu meinen Eigenarten, Pläne nicht ändern zu können.«

»Selbstverständlich«, sagte sie mit einem zu breiten, zu blassen, zu zittrigen Lächeln. »Vielen Dank für den wundervollen Tag.«

»Wir treffen uns morgen um eins und besichtigen die Kirchen«, sagte er.

»Ja«, sagte sie und biß sich auf die Lippe, »natürlich.«

Der nächste Tag war grau. Sie schickte eine Mitteilung. Das Wetter sei zu schlecht. Sie wünschte ihm eine gute Reise.

Er haderte mit sich. Er hätte ihr doch gestatten können, die Hand einen Augenblick auf seiner ruhen zu lassen! Das hätte er ihr doch gestatten können!

Das Dienstmädchen trat ein, fand ihn vor dem Kaminfeuer schlafend und hatte den Eindruck, daß er ziemlich krank aussah. Das Feuer brannte lodernd, er aber zitterte wie ein nasser Hund, der von draußen ins Haus kommt, zitterte und zitterte, wie um sich von einem feuchten, grauenhaften Klima zu befreien, ehe es ihm in die Knochen drang.

24

Freud fühlte sich recht matt. Er hatte nicht damit gerechnet, heute morgen Patienten empfangen zu müssen, aber sie hatte ihm mitgeteilt, daß sie ihm etwas erzählen müsse; es sei dringend.

»Wie oft haben Sie diesen Traum geträumt?« fragte er die Gräfin.

»Ich träume ihn schon seit Jahren.«

»Aber Sie wollten ihn mir unbedingt *heute* erzählen. Bisher haben Sie ihn nie erwähnt.«

Sie antwortete mit einem sehr leisen »Nein«.

»Und was ist der Grund dafür, was glauben Sie?« fragte er sanft. Minuten vergingen. Er hörte die Uhr ticken.

»Ich habe mich zu sehr geschämt.«

»Ah. Und warum dann heute?«

Sie spielte mit ihrem Taschentuch. »Es gibt einen Mann, einen neuen Mann, den ich sehr gern habe... nicht wie die anderen. Er ist etwas ganz Besonderes für mich. Ich möchte gesund werden... ganz schnell. Da habe ich mir gedacht, ich muß Ihnen erzählen, was ich Ihnen vorher nie erzählen konnte... Bei diesem Mann schäme ich mich nicht. Es ist ganz anders als mit den anderen.« Trotzdem wandte sie jetzt den Kopf ab.

»Ihren Traum, diesen Traum, der Sie quält, haben Sie den jede Nacht?«

»Fast jede Nacht«, sagte sie aufseufzend. »Ich wache schreiend auf.«

»Sie sind heute zu mir gekommen, weil Sie es für wichtig erachten, mir diesen Traum zu erzählen. Trotzdem erzählen Sie ihn mir nicht.«

»Ich vergesse ihn immer wieder«, erklärte sie. »Ich vergesse, daß ich ihn geträumt habe, bis ich ihn wieder träume... Wenn ich aufgewacht bin, kann ich mich nicht mehr daran erinnern.«

»Versuchen Sie es«, bat er sie. »Versuchen Sie etwas von diesem Traum zu erinnern.«

Sie schwieg eine Weile. Dann sagte sie: »Ich sehe einen Umriß... es ist ein Buchstabe.«

»Beschreiben Sie ihn!« forderte er sie auf.

»Ich kann nicht... Ich kann ihn nicht lesen.«

Als sie ging, erschrak er über ihren Gesichtsausdruck. Ihr Blick war leer. Aber als er sie fragte, antwortete sie, es gehe ihr gut.

25

Der Inspektor war enttäuscht. Schlimmer noch, er war verbittert. Die Gräfin hatte ihm eine Mitteilung zukommen und ihn wissen lassen, daß sie krank sei und ihren Ausritt mit ihm absagen müsse. Traurig betrachtete er den Brief, bis ins Herz getroffen, daß er nicht einmal ihre Schrift trug, sondern von jemand anderem geschrieben worden war, von einer Bediensteten wahrscheinlich. Hatte er sie falsch eingeschätzt? Hatte sie genug von ihm? Eine Weile quälte er sich mit dergleichen Überlegungen; dann versuchte er, sich auf die Arbeit zu konzentrieren.

26

Sigmund Freud warf einen Blick auf seine Uhr. Es war dies der dritte Tag, an dem die Gräfin nicht zu ihrer Analysestunde erschien. Möglicherweise hatte er ihre seelische Kraft doch überschätzt. Vielleicht war er zu weit gegangen. Selbstverständlich durfte er sie nicht aufsuchen, solange sie ihn nicht darum bat. Solange niemand anrief. Trotzdem. Nervös ging er im Arbeitszimmer auf und ab und hoffte, daß sie morgen kommen würde. Wenn nicht, dann, überlegte er, war das Risiko zu groß; dann würde er zu ihr gehen müssen.

27

Wo, ach wo, ist Gertrud van de Loo?
Ihr Füßchen steckt in meiner Tasche.
Ihr Kopf ist anderswo.

Kriminalkommissär Voll faltete wieder einmal eine schriftliche Mitteilung auseinander. Gertrud van de Loo gehörte tatsächlich zu den Vermißten. Bislang aber hatte man weder den Rumpf noch sonst etwas finden können. An manchen Tagen hielt er alle Verbrechen des gesamten Jahrhunderts für Verbrechen der Abwesenheit. Abgängige Personen. Verlorengegangene Identitäten. Vermißte Leichen. Nur gut, daß der Herr Bertillon in Paris ein Verfahren zur Identifizierung erfunden hatte. Ein detailliertes Klassifikationssystem. Aber selbst diesem Bertillon konnte ein Fehler unterlaufen. So hatten sie beispielsweise im Fall Dreyfus Anklage erhoben.* Der Kriminalkommissär dachte lieber nicht weiter darüber nach.

Was derzeit in Wien passierte, würde selbst den berühmten Bertillon überfordern, hieß es. Deshalb hatten sie den Inspektor hergebeten. Den Inspektor rief man, hieß es, wenn alle konventionellen Methoden versagt hatten. Aber *das hier* konnte nicht einmal er aufklären! Plötzlich stieß Kommissär Voll ein lautes, würgendes Lachen aus und hieb mit der Faust auf den Schreibtisch wie mit einem Hammer. Im Polizeirevier hoben alle erstaunt den Blick.

---

* Im ersten Dreyfus-Prozeß stellte der *bordereau*, die Liste, die man im Papierkorb fand und die Dreyfus angeblich geschrieben hatte, ein wichtiges Beweisstück dar. Dabei hatte Bertillon – fälschlicherweise, wie sich später herausstellte – die Handschrift als die des Hauptmanns Dreyfus identifiziert.

28

Das Leben, fand Edith Wharton, wurde immer absurder. Da saß dieser Polizist in ihrem Wohnzimmer und stellte ihr Fragen, nur weil diese gräßliche Baroneß von Tulow ihr ein Buch über das korrekte Benehmen bei Automobilfahrten geschenkt hatte!

»Ja, natürlich besitze ich eine Pistole, und ich hatte auch früher eine Pistole oder was auch immer. Eine Pistole ist etwas sehr Angenehmes, verstehen Sie, und es wird ja auch empfohlen, daß man als Automobilistin eine mit sich führt. Dieser Empfehlung bin ich gefolgt.«

»Und diese Pistole führten Sie zufälligerweise auch in der Nacht mit sich, als Sie die Wiener Wohnung von Dr. Freud aufsuchten?« fragte Lieutenant Cuvée in kühlem Ton.

»Ja, zufälligerweise. Ich hatte sie in der Tasche.«

»Und welchen Zweck hatte Ihr Besuch, wenn ich fragen darf?« hakte Lieutenant Cuvée nach.

»Das ist leider streng vertraulich.«

»Wäre es denkbar, Madame Wharton, daß Sie ein schändliches Motiv hatten, die Pistole mitzunehmen – vielleicht das Motiv, jemanden in dieser Wohnung zu erschießen?«

Edith Wharton sah ihn verblüfft an.

»Das ist völlig lächerlich!«

»Ist es denn nicht wahr, Madame Wharton, daß Sie in der Nacht des 25. Februar gegen Mitternacht vom Hotel Regina mit einem Fiaker zur Wohnung des Dr. Freud gefahren sind? Und ist es nicht wahr, daß Sie das Anwesen in jener Nacht betraten und Ihren Namen aus dem Terminkalender entfernten beziehungsweise zu entfernen versuchten und dann gestört wurden, als Sie daran gingen, der in dieser Wohnung befindlichen Person Schaden zuzufügen? Und hinterließen Sie vielleicht keine Beweise – nämlich einen Ihrer Hüte?« schoß es aus ihm heraus, und Edith fiel fast vom Stuhl. »Einen Ihrer Hüte, von dem Ihr Dienstmädchen bereits ausgesagt hat, daß es Ihrer sei, und der am Morgen des neunzehnten von einer Bediensteten des Dr. Freud gefunden wurde? Und entspricht es nicht der Wahrheit, daß Sie den Versuch unternahmen, Ihren Namen aus seinem Terminkalender zu entfernen, wobei Sie jedoch eine Spur Ihres Besuchs hinterließen, nämlich *rton*, und wie, Madame, wollen Sie alle diese äußerst verdächtigen Umstände erklären, das würde ich gerne wissen!«

Zu Cuvées vollständiger Überraschung wirkte Edith Wharton nicht im geringsten schockiert, sondern schickte sich an, ihm eine Lektion in Sachen Literatur zu erteilen.

»Das ist einfach absurd! Glauben Sie im Ernst, eine Mörderin würde, erstens, so dumm sein, einen Hut zu tragen, und dann auch noch an den Tatort zurückkehren und nur die halbe Seite mitnehmen? Ich muß schon sagen, Lieutenant Cuvée, in diesem Genre sind Sie wahrlich nicht belesen, sonst würde Ihnen die unglaubliche Absurdität Ihrer Logik aufgehen, von Ihren Vermutungen gar nicht zu reden. Kommen Sie mal hierher«, fuhr sie fort und klopfte auf das kleine Sofa, neben dem eine hellere Lampe brannte, »damit ich Sie vollständig über diese widerliche Angelegenheit aufklären kann. Ich habe eine ganze Menge Bücher des detektivischen Genres gelesen, und es gibt da Regeln, wissen Sie, und Motive, und genau darauf richten Sie nicht annähernd genügend Aufmerksamkeit.«

»Es ist keine Frage der Lektüre, Madame«, wandte Lieutenant Cuvée etwas barsch ein. »Wir fordern keine Interpretation, sondern eine Erklärung hinsichtlich der Umstände. Es gibt auch so etwas wie Tatsachen, Madame, und für diese Tatsachen fordern wir Erklärungen. Ich muß Sie darauf hinweisen, daß Sie unter Verdacht stehen.«

Eine ziemlich verwirrende Stunde war vergangen; als er das Haus verließ, konnte er nicht sagen, ob sie ihre Lage als Verdächtige überhaupt begriff. Sie betrachtete das Ganze offenbar ausschließlich als eine literarische Situation. Soweit er verstanden hatte, war sie an nichts anderem interessiert als daran, ob Cuvée schwören würde, wirklich schwören würde, über ihre Aktivitäten diesem Monsieur James gegenüber Schweigen zu bewahren und ihren Namen unter allen Umständen aus den Zeitungen sowie aus jeder Verbindung mit dem Namen Dr. Freuds herauszuhalten.

In seinem Bericht erwähnte er ihre tiefe Abneigung gegenüber Dr. Freud, die ihm um so bemerkenswerter erschien, als er diese Verdächtige gut beobachtet hatte. Tagelang war er ihr gefolgt, hatte sich nach ihren Einkäufen erkundigt und herausgefunden, daß sie im Verlauf weniger Tage in der Buchhandlung mehrere Bücher über Themen erstanden hatte, die einer Frau mit geistigen Interessen durchaus angemessen waren. Sie war sehr rege: Über den Besuch mehrerer Museen, Modehäuser und Salons hinaus, verbrachte sie einen Großteil ihrer Zeit mit dem Kauf von Büchern und schien sehr viel zu lesen. Nicht nur Abhandlungen über die Kunst der Renaissance, was ihn nicht überraschte, sondern auch die neuesten Werke der Sozial- und Naturwissenschaften. Die Abneigung gegen Freud mußte also persönliche Gründe haben.

29

Sigmund Freud hatte Kopfschmerzen. Er war umgeben von Phantasien – Phantasien links, Phantasien rechts –, und jetzt beschäftigte ihn in seiner eigenen Wohnung das allergrößte Phantasiegebilde: ein imaginärer Mord, dessen Zeuge seine Frau und seine Schwägerin geworden waren, die beide schworen, die Schüsse gehört und die Leiche gesehen zu haben. Daß es sich um eine Phantasie handelte, bewies die Tatsache, daß sie sich nicht darauf einigen konnten, wer nun eigentlich und ob überhaupt irgend jemand ermordet worden war. Was diese Sache betraf, so hegte er keinerlei Zweifel. Martha neigte, wie er wohl wußte, vor allem bei Gewittern zur Hysterie. Aber Minna! Schlaflosigkeit, ja, vage Behauptungen nein. Und dann dieser widerliche Inspektor mit seiner Arroganz und seiner ewigen Schnüffelei. Nur mit Mühe war es ihm gelungen, seine Terminkalender zu retten, die das schreckliche Dienstmädchen an dem Nachmittag damals gerade dem Inspektor übergeben wollte.

»Er bat mik fur sie, ja, ja«, sagte sie.

O Gott, o Gott, beschwor er den Gott, an den er nicht glaubte. Schemuels Erklärung fiel ihm wieder ein: »Gott inszeniert Stücke, aber er vergißt die Heldin, vergißt die Handlung, er tut, was er will; das ist die einzige Erklärung – vergeßlich, trügerisch, impulsiv.«

Vielleicht hatte Schemuel recht. Das gesamte Fundament seiner geliebten Theorie reichte nicht aus, das elende Dilemma zu erklären, in dem er sich befand. Fremde gingen in seinem Wohnzimmer herum und befragten die Bediensteten, hielten seine Frau stundenlang als Geisel für zerrüttende Verhöre, richteten Unheil in den Köpfen seiner Kinder an und flößten seinen Patienten Angst und Argwohn ein. Es war eine grauenhafte Stunde gewesen. Und das alles ging von diesem abscheulichen Inspektor aus. Und Minna! Minna, auf die er immer gezählt hatte! Mit seinem hinterhältigen Charme hatte der Inspektor sie verzaubert, und sie hatte tatsächlich gesagt: »Nun, ich finde ihn sehr intelligent und äußerst überzeugend!« Intelligent! Dieser Bulle von einem Mann mit dem Gemüt eines Ochsen und dem Scharfsinn eines Huhns! Die kluge Minna! O weh!

In dieser Nacht kam er zu dem Schluß, daß Schemuel unrecht hatte. Gott war kein Narr. Es gab überhaupt keinen Gott. Es war ein Bedürfnis, ein zutiefst neurotisches Bedürfnis. Er hatte dieses Bedürfnis an sich selbst erlebt. Hätte er es zugelassen, so wäre in dieser Nacht sein Kissen von bitteren Tränen getränkt worden. Aber er ließ es nicht zu. Er spürte seinen Entschluß fester werden. Er würde diesen Inspektor besiegen. Er würde ihn vernichten. Er, nicht Gott, würde dieser Sache auf der Stelle ein Ende machen.

30

Der Inspektor war erschöpft. Wollte sie nichts mehr mit ihm zu tun haben? Krank, hatte sie geschrieben. Sie werde sich bei ihm melden. Drei Tage war das nun her. Nein, es lag bestimmt schon sehr viel länger zurück.

31

Wir waren ein wenig überrascht, als es der Gräfin, die sich die ganze Woche nicht wohl gefühlt hatte, plötzlich besserging und sie uns mitteilte, der Inspektor, der schon einige Besuche in ihrem Haus gemacht hatte, würde mit uns zum Ball des Barons Todesco gehen. Zu diesem Maskenball mußte sich jeder als eine historische oder literarische Gestalt verkleiden. Cecily wollte ein grandioses Kleid, das fast ganz orangefarben sein sollte. Die Gräfin hatte es entworfen; sie hatte aber nichts Orangefarbenes gefunden und es deshalb aus roten und gelben Streifen genäht, die zusammen ganz fabelhaft aussahen. In diesem orangeroten Kleid ging Cecily als Lady Macbeth, und ich ging als

Marie Antoinette, worüber Tante Ida zutiefst entsetzt war, aber mir gefiel nun einmal die Perücke.

Die Gräfin hatte sich als Königin Guinevere verkleidet und der Inspektor als Kaiser Friedrich I., der, wie er stolz verkündete, eine Art Barbar war. Mama und Papa gingen gar nicht mit. Der Inspektor, der Tante Ida begleiten sollte, in Wirklichkeit aber der Begleiter der Gräfin war, sah sehr eindrucksvoll aus, und wir waren alle sehr aufgeregt.

Der Ball war so ziemlich der schönste Ball, den ich jemals erlebt hatte. Die Gräfin hatte mir von den ungeheuren Maßen des langen roten Teppichs erzählt, der von der Straße über den Rasen bis zur Haustür reichte, und von 120000 Kerzen, die auch wirklich überall brannten, wie mir schien. Cecily und ich waren ganz aufgeregt, als wir Mrs. Astor eintreten sahen, und ein Mädchen, das mit der Gräfin befreundet war, flüsterte, daß drei französische Dienstmädchen gestorben seien und daß Mrs. Astor deswegen so spät komme, denn die französischen Dienstmädchen seien sehr zart gewesen und daran gestorben, daß sie Mrs. Astor all die vielen Diamanten und Rubine auf den Kopf gehäuft hätten! Das war der erste richtige Ball, den wir in Wien besuchten – einfache Abendgesellschaften gab es dort natürlich fast jeden Tag –, und so hoffte ich insgeheim, daß wir vielleicht Mr. Strauß persönlich erleben könnten, wie er das Orchester dirigierte, und daß wir alle Leute den Donauwalzer tanzen sehen würden. Cecily wußte nicht, ob es der Donauwalzer oder ein anderer war, auf jeden Fall hatte sie gehört, daß man beim Walzer immer im Kreis tanzte und ganz schwindelig würde und daß man den Walzer ganz lange ganz schnell tanzte, so daß die Leute plötzlich auf der Stelle tot umfielen und daß der Walzer ein ziemlich gefährlicher Tanz sei.

Tante Ida sagte, das sei ein lächerliches Gerücht, das die Wiener wahrscheinlich in Umlauf gebracht hätten, weil sie sowieso immer so ein Theater ums Sterben machten und sogar richtige *Paraden* abhielten, wenn Leute gestorben waren, und es dann immer ein Riesenspektakel wurde, und wir sollten nichts darauf geben.

Der Abend verlief sehr fröhlich, bis zu dem Augenblick, als wir uns alle auf der Tanzfläche aufgereiht hatten und Tante Ida als Antwort auf eine Frage des Grafen Aehrenthal* einen russischen Schriftsteller zitierte (Tante Ida fand immer mehr Gefal-

---

* Dies muß Alois Lexa Graf Aehrenthal sein, der 1908 die Annexion Bosniens und der Herzegowina durch Österreich-Ungarn erwirkte.

len an allem Russischen) und der Graf Aehrenthal erwiderte, ja, ja, wie die großen Russen sagen: »Das Leben ist ein Märchen, erzählt von einem Dummkopf, voller Klang und Wut, das nichts bedeutet.«

Als Tante Ida erklärte, dieses Zitat stamme von Shakespeare, stockte allen der Atem.

»Na«, sagte ich verlegen, »das ist aber auch eine schreckliche Vorstellung... nicht wahr?«

»Ein tapferer Gedanke ist es«, widersprach der Inspektor leise. »Wenn man es glaubt, ist es schwer, weiterzuleben.«

»Sie glauben es also nicht?« fragte die Gräfin. Der Inspektor wirkte überrascht.

»Nein«, sagte er mit einem trägen, zögernden Lächeln, »wenigstens nicht den letzten Teil.«

»Ah, demnach glauben Sie, daß ein Märchen, das von einem Dummkopf erzählt wird, einen Sinn haben könnte!« sagte die Gräfin mit funkelnden Augen. Manchmal hatte ich den Eindruck, daß sie ihn neckte.

Der Inspektor seufzte auf. »Die Frage ist doch, was Sinn überhaupt ist. Alles hat einen Sinn, das Trällern des Vogels, das Toben der Verrückten. Es liegt nur an unserer Unzulänglichkeit, zumindest an meiner Unzulänglichkeit, daß der Sinn sich unserem Verständnis manchmal entzieht.«

»Aber gibt es nicht einige Dinge«, schaltete Cecily sich ein, »die wirklich keinen Sinn haben? Die nirgendwohin führen und nichts bewirken, beispielsweise diese gräßlichen Konzerte, in die wir immer gehen müssen, wo sie schöne Musik spielen und auch die Leute schön sind, sich aber nur um ihr Aussehen kümmern und nur über Geld reden?«

»Sinnlos, nun gut, für dich. Quälend für dich, das mag wohl sein. Aber wenn sein Auge klar ist, sieht der Beobachter es als Teil eines Musters, das einen Sinn ergibt.«

»Wer ist dieser Beobachter?« fragte ich.

»Die Zeit und die Historie und der Mensch, der noch in hundert Jahren leben wird.« Ich sah den Inspektor an, aber ich konnte nicht erkennen, ob er lächelte.

»Glauben Sie, daß dies uns Klarheit bringen wird?« warf die Gräfin ein. »Diese Dinge, die wir Zeit und die Historie nennen, was immer das auch sein mag?« Das Licht fiel auf die Diamanten an ihrem Hals und auf die winzigen Schweißperlen, die sich zwischen ihren Brüsten gesammelt hatten. Ich begann zu glauben, daß der Körper der Gräfin Wärme in Licht verwandelte.

Der Inspektor zuckte mit den Achseln. »Es ist eben alles, was wir haben«, sagte er und nahm ihren Arm. »Tanzen wir!« Sie eilten auf die Tanzfläche. Ich blieb stehen, wie hypnotisiert von der Ausstrahlung des Inspektors und der Tatsache, daß er nicht gesagt hatte: »Wollen wir tanzen?«, sondern einfach ihren Arm genommen hatte; aber dann unterbrach Cecily meine Gedanken mit einem strengen Blick und sagte: »Timothy hat mir erzählt, daß du ein Buch über Elektrizität liest!« Ich wurde rot. »Nur ein ganz dünnes«, sagte ich.

»Hoffentlich findet Vater das nicht heraus!« warnte Cecily mich. »Aber du brauchst dir keine Sorgen zu machen. Du verstehst das sowieso nie.« Mit diesen Worten warf sie ihre schwarze Lockenmähne zurück und rauschte auf die Tanzfläche, direkt auf Carl Lobmeyr zu, ließ mich, getroffen und an ihren letzten Worten schluckend, einfach stehen. Aber diese Herausforderung verwandelte mein bis dahin ziemlich zaghaftes Interesse in wilde Entschlossenheit. In diesem Augenblick schwor ich mir, daß ich mir die Elektrizität nun wirklich erobern würde, aber ganz heimlich, ohne es irgend jemanden wissen zu lassen; und so verdankte ich ihnen in diesem Augenblick des wachsenden Schmerzes die klägliche Freude an den Illusionen, die sie sich über mich machten, an ihrer ungerechten Einschätzung. In diesem intensiv empfundenen, transzendenten Augenblick hielt ich mein Vorhaben für einen Akt der Rache und glaubte, daß sie alle daran sterben würden.

Ich machte wie ein Gladiator auf dem Absatz kehrt und ging zur Terrassentür.

»Mir ist kalt«, sagte sie zum Inspektor, der sofort den herabgeglittenen Schal ergriff und ihn ihr wieder über die Schulter legte, wo er die Hand einen Augenblick zu lange ruhen ließ. Einen solchen Mann war sie nicht gewohnt, einen Mann, der zu allem fähig war. Sie spürte jetzt, daß der Inspektor eine stählerne Entschlußkraft besaß, daß er sich nicht abbringen lassen würde, und diese Haltung ängstigte sie ein bißchen. Die Gräfin war es nicht gewohnt, sich vor ihm zu fürchten. Angst galt doch nur in den grausamen Stunden außerhalb der Zeit, in denen die fremden Männer ihr zunickten und sie ihnen folgte. Als hätte er ihre Gedanken gelesen, erschütterte er sie jetzt, indem er seine Hände einen Moment auf ihr Haar legte und leise sagte: »Hab keine Angst!« und gleich darauf zu den anderen Gästen zurückkehrte. Diese Geste, die Art, wie er ihr seine Hände vor allen

Leuten auf den Kopf gelegt, sie dadurch für sich beansprucht hatte, ohne sie zu kompromittieren, sie mit Fürsorglichkeit und Zärtlichkeit und Besorgtheit für sich beansprucht hatte, diese Geste ließ sie erröten.

Erst ziemlich spät an diesem Abend fiel mir auf, daß Cecily fast nur mit einem jungen, sehr hübschen russischen Kavallerieoffizier getanzt hatte. Er trug eine weiße Jacke, rote Hose, viele goldene Tressen und einen Degen! Ich sah einen Ausdruck an ihr, den sie manchmal hatte, wenn sie sehr aufgeregt war, und der sozusagen fast ihre Haut sprengte. Sie sprach immer rasend schnell, wenn sie in dieser Stimmung war, und hüpfte ganz aufgeregt herum. Sie hatte viel Punsch getrunken, und ich sah, daß der Inspektor zu ihr ging und ihr das Glas aus der Hand nahm, das sie gerade zum Mund führen wollte. Sie lächelte ihn an, als ob es ihr gar nichts ausmachte, und tanzte gleich wieder die nächste Polka mit. Ich sah sofort, daß der Inspektor den hübschen Kavallerieoffizier, der übrigens Nikolai hieß, nicht ausstehen konnte. Ich hörte, was sie miteinander sprachen; ich hatte inzwischen nämlich einige Übung im Lauschen. Der Offizier sagte zum Inspektor: »Aber Sie haben doch ein Dossier über die Kollontai, das würde ich mir gerne einmal näher ansehen.« Daraufhin erwiderte der Inspektor ziemlich vage: »Ich pflege Dossiers nicht aus der Hand zu geben. Sie wird Ihre Privilegien nicht gefährden, das kann ich Ihnen versichern.«

»Woher wollen Sie das wissen?« fragte Nikolai verwundert.

»Sie wäre gern eine Bedrohung«, erklärte der Inspektor, »aber von den Anarchisten haben Sie weit mehr zu fürchten.«

»Ich hätte das Dossier trotzdem sehr gern«, sagte der junge Mann entschieden. »Ich werde Ihnen den Befehl erteilen, es mir auszuhändigen. Ich werde es durch den Zaren erwirken lassen.« Der Inspektor hatte nur mit den Achseln gezuckt. »Die Franzosen sind dafür bekannt, daß sie ständig irgend etwas verlieren«, sagte er und ging.

Dann gerieten mir Cecily und Nikolai aus dem Blick, und erst viel später hörte ich, wie Tante Ida dem Inspektor etwas zuflüsterte, und begann mir um Cecily Sorgen zu machen. Sie hatte ihm nämlich zugeflüstert, daß Cecily und Nikolai schon seit einiger Zeit nicht mehr da waren. Sie hatte überall nach ihnen gesucht; er solle ihr doch bitte helfen, die beiden zu finden. Noch nie hatte ich Tante Ida so aufgeregt gesehen. Als ich sie fragte, was los sei, sagte sie: »Ach, Cecily sah ein bißchen unwohl aus, ich dachte mir, daß sie vielleicht zuviel Fisch gegessen hat«, was natürlich überhaupt nicht stimmte. Sie machte sich Sorgen wegen Cecilys Temperament und dem Punsch.

Der Inspektor verschwand, und ich tanzte mit einem unglaublich langweiligen jungen Baron, der mich unbedingt zu einem Zweirad-Ausflug am nächsten Nachmittag überreden wollte. Da das weniger langweilig sein würde, als mit der Gräfin seine Mutter zu besuchen, sagte ich zu. Gott sei Dank war er ein ausgezeichneter Walzertänzer, denn als nächstes wurden mehrere Walzer gespielt, und ich vergaß die Aufregung um Cecily.

Erst später wurde mir klar, daß etwas Ernstes vorgefallen sein mußte. Als wir gehen wollten und ich fragte, wo denn Cecily sei, sagte Tante Ida mit schmalen Lippen: »Sie ist schon in der Kutsche.« Ich sah den Inspektor in einer Ecke mit Nikolai sprechen. Beide waren sehr erregt. Ich dachte mir, daß Cecily wahrscheinlich eine Zigarette mit ihm geraucht hatte oder etwas in der Art, und rannte zur Kutsche. Cecily hatte einen ganz verträumten Gesichtsausdruck und schien sehr glücklich zu sein.

»Was ist los mit dir?« fragte ich sie, aber sie rollte nur mit den Augen und sagte: »Du hast keine Ahnung vom Leben.« Dann fiel sie auf der Stelle in tiefen Schlaf. Verwirrt lehnte ich mich auf dem Sitz zurück, während Tante Ida die Kutsche bestieg, und zwar sehr wütend; dann kamen der Inspektor und die Gräfin. Tante Ida sagte: »Man hätte ihr nicht erlauben dürfen, Punsch zu trinken; er war viel zu stark«, und dann meinte sie, daß sie wohl selbst schuld daran sei. Daß sie ein so aufgewecktes Mädchen nicht noch hätte dazu ermuntern dürfen.

Am nächsten Morgen teilte Cecily mir mit, daß sie rasend in Nikolai verliebt sei und ein heimliches Treffen am Museum mit ihm vereinbart habe. Ich sagte ihr, wenn es wirklich ein Geheimnis sei, dürfte ich ja wohl nichts davon erfahren, und erzählte ihr, daß alle sich über ihr Benehmen am Abend zuvor sehr aufgeregt hätten. Als sie das hörte, wurde sie knallrot und begann die Schreibtischschubladen und ihre Schrankkoffer nach irgend etwas zu durchsuchen. Sie warf mir einen überheblichen Blick zu und sagte, daß sie eine Frau sei und kein Kind und auch erwarte, wie eine Frau behandelt zu werden. Ich empfand das als eine Herausforderung und sagte: »Wenn du eine Frau bist, bin ich auch eine. Du bist nur ein Jahr älter als ich.« Da sah sie mir voller Mitleid in die Augen und sagte: »Aber du hast die Liebe noch nicht kennengelernt« und stürzte aus dem Zimmer.

Ich folgte ihr aber zum Museum und weiß deshalb, daß Nikolai dort nie auftauchte. *Darum* weinte sie auch das ganze Abendessen hindurch, und nicht weil sie schreckliches Kopfweh hatte.

32

Freud hatte sich wegen des veränderten Zustands der Gräfin in einem wahren Erfolgsrausch befunden. Den Namen ihres neuen Geliebten wollte sie zwar nicht preisgeben, aber es überraschte ihn nicht, daß sie sich mittlerweile sicher genug fühlte, die Erinnerung an ihre Alpträume zuzulassen.

Die Gräfin lag auf der Couch und erinnerte sich an ihren Traum.

»Der Traum handelt von einem Kind«, erklärte sie. »Das Kind ist mein Kind… Das Mädchen hat ein Mal auf der Stirn, ein *S*. Das ist der Buchstabe, an den ich mich nicht erinnern konnte.« Sie sprach langsam, fast monoton. »Die Schwestern, die mir das Kind bringen, sagen: ›Sie wurde Ihnen geboren, aber sie wird immer jemand anderem gehören und nie, nie sich selbst‹, und dabei nicken sie und seufzen und summen grauenhaft vor sich hin.«

Er sah, daß sie bleich geworden war und mit beiden Händen an ihrem Taschentuch zerrte.

»Aber diese Schwestern kann außer mir niemand sehen, niemand kann sie hören, und auch das Mal kann nur ich sehen.« Sie begann zu schluchzen. »Deshalb kann ich es nicht tun. Ich will kein Kind haben, das als Sklave geboren wird.« Sie war jetzt so erregt, daß sie von der Couch fiel, mit den Fäusten tobend auf den Boden schlug und immer wieder »Nein, nein, nein!« schrie.

Er intervenierte sofort und versuchte sie zu beruhigen.

33

Cecilys Verdrießlichkeit hielt mehrere Tage an. Aber dann gab es eines Morgens, als ich zum Frühstück hinunterkam, plötzlich ein neues Problem. Mr. James war offenbar auf dem Weg nach Wien, und jetzt machte Mama sich Gedanken, welche Auswirkung *dies* wiederum auf Cecily haben würde. Erst an diesem Morgen hatte Mama von der Gräfin erfahren, daß Mr. James hierherkam, um sich die Premiere eines von ihm geschriebenen Theaterstücks anzusehen, und die Gräfin hatte Mr. James für nächste Woche zum Dinner zu uns eingeladen. Die Gräfin war anscheinend mit seiner Freundin Mrs. Wharton gut bekannt und wurde von ihr immer in den Salon in der Rue de Varenne in Paris eingeladen.

»Wir Wiener«, sagte die Gräfin, »sind in Paris sehr begehrt. Man behandelt mich dort wie eine Exotin.«

»Sie sind ja auch ziemlich exotisch«, sagte Cecily, die gerade in der Tür auftauchte. »Ich finde Sie ganz anders als alle anderen Menschen, die ich kenne.«

»Einzigartigkeit allein bewirkt noch keine Exotik, aber wenn du mich so empfindest, habe ich nichts dagegen einzuwenden«, erwiderte die Gräfin. »Du kennst Mr. James also schon?«

»O ja«, sagte Cecily, »wir sind sogar gute Freunde. Er ist ein außergewöhnlicher Romancier.«

»Ich habe seine Bücher nicht gelesen«, erklärte die Gräfin. »Ob sie mir wohl gefallen würden?«

»Das Besondere an Mr. James ist seine wissenschaftliche Ausrichtung, seine psychologische Analyse«, sagte Tante Ida. »Vor allem in bezug auf Frauen, muß ich sagen. Die meisten Menschen mögen das nicht, aber mir gefällt es ausgezeichnet. Er behandelt natürlich nur eine ziemlich exklusive und privilegierte Menschengruppe. Aus seinen Büchern erfährt man jedenfalls nicht, daß es schreckliche Dinge in der Welt gibt, unterdrückte Bauern, beispielsweise, oder Sklaverei.«

»Also wirklich, Ida«, warf Mama ein, »ich dulde nicht, daß du allen mit dem endlosen Wiederkäuen solch grauenhafter Dinge den Appetit verdirbst! Ich finde, du solltest dich statt dessen lieber auf christliche Themen konzentrieren.«

Tante Ida reagierte darauf ein bißchen verstimmt und sagte, daß Sklaven zu haben leider äußerst »christlich« sei, und zwar im schlimmsten Sinne des Wortes; und daß die gemeinsten und grausamsten Sklavenhalter ihre Sklaven manchmal sogar zu Tode gepeitscht hätten, »weil sie nicht gottesfürchtig waren«.

Tante Ida hatte sich in Rage geredet und erklärte nun: »Im Namen dieses christlichen Gottes ist auf der Erde mehr Böses getan worden als im Namen von irgend etwas anderem, außer vielleicht einem anderen Gott!«

So aufgebracht hatte ich Tante Ida noch nie erlebt, und ich dachte mir, daß sie zwar wahrscheinlich recht hatte, aber vielleicht nicht ganz soviel Zeit mit Alexandra Kollontai* verbringen sollte, sonst wußte ich nicht, wie sie weiter in unserem Haus leben wollte. In unserem Haus nahm allmählich etwas Gestalt an, auf das keiner vorbereitet war. Mama, die von alldem nichts verstand und jeden Christen für einen guten Menschen hielt, der immer rechtmäßig handelt und nicht im Traum an Sklaverei denkt, tat mir sehr leid. Wahrscheinlich glaubte sie nicht einmal, daß es Sklaverei jemals wirklich gegeben hatte, und genau wegen dieser Ansicht waren, Tante Ida zufolge, manche guten Menschen ausgesprochen gefährlich.

34

Leopold fragte sich, was in Bettina gefahren war. Sie gab sich unnahbar, und obendrein hielten sich offenbar ständig Rabbiner im Haus auf. Zuerst Bloch, dann sah er Güdemann; den, der jetzt mit seinem langen schwarzen Mantel und dem schwarzen Pelzhut ins Wohnzimmer trat, kannte er noch nicht.

»Das ist mein Mann, Rebbe«, sagte Bettina. Leopold trat zurück und rief schockiert: »Rebbe!« Herr im Himmel, dachte er, jetzt haben wir auch noch Chassidim im Haus! Er musterte den Mann mit äußerstem Befremden. Es gab keine Chassidim in Wien – der hier mußte aus Minsk sein.

Kaum war der Rabbi gegangen, läutete es an der Tür, und Leopold sah den Oberrabbiner Güdemann eintreten. Er verbeugte sich vor Leopold und begrüßte die Gräfin. »Ich kann

---

* Wie bereits oben erwähnt, war dies eine russische Revolutionärin, die, wie aus von mir gestrichenen Passagen eindeutig hervorgeht, Ida gut kannte. Sie war jedoch keine Feministin.

nicht lange bleiben«, sagte er. »Ich wollte Ihnen nur diesen Brief persönlich übergeben.« Er reichte ihr ein Schreiben und sagte mit einer Kopfbewegung zu dem chassidischen Rabbi hin, der sich vom Haus entfernte: »Wie ich sehe, war der Fürst der Thora gerade hier«, was sogar Leopold ein Grinsen entlockte.

Später am Abend sagte Leopold zu ihr: »Es mag ja sein, daß du zum Judentum konvertieren willst, Bettina, obwohl du der einzige Mensch sein dürftest, der Jude werden will in einer Welt, in der alle Juden zum Katholizismus konvertieren. Aber wie auch immer, ich werde es nicht dulden, daß in meinem Haus Gottesdienste abgehalten werden.«

»Sie waren nicht wegen Gottesdiensten da«, sagte Bettina.

»Warum waren sie dann da?«

Sie seufzte. Leopolds irrationale Eifersucht, die immer entstand, wenn er über irgend etwas keine Kontrolle hatte, ärgerte sie. »Es geht um Herzl und dieses Pamphlet, das er veröffentlich hat«, erklärte sie schließlich. »*Der Judenstaat.* Es herrscht eine große Aufregung darum.«

»Wie ich höre, sind die Rabbiner nicht sehr angetan davon.«

»Güdemann ändert ständig seine Meinung«, sagte die Gräfin. »Erst hält er es für eine gute Sache, dann findet er, daß Judentum nichts mit Nationalität zu tun habe und daß Nationalismus reaktionär sei; dann wieder ist er der Ansicht, daß die Juden, wenn überhaupt, zuallererst Deutsche sind, deutscher als die Österreicher, und erst an zweiter Stelle Juden; ein andermal ist er überzeugt, daß man die Juden für alle Zeit als Außenseiter betrachten wird. Ach« – sie seufzte –, »ich weiß nicht. Das Pamphlet hat alle in helle Aufregung versetzt. Niemand weiß, was nun zu tun ist.«

»Es steht jeden Tag in den Zeitungen«, sagte Leopold und klopfte auf die Titelseite des *Tagblatts.* »Moritz Szeps ruft nach einem österreichischen Zola*, aber es gibt keinen.«

»Es gibt Karl Kraus«, erwiderte die Gräfin.

»Kraus wird die Juden, die nach Palästina gehen wollen, niemals verteidigen. Kraus ist der leidenschaftlichste Wiener, den es gibt, und vielleicht der letzte Wiener überhaupt.«

»Ja«, sagte die Gräfin, »die Liberalen haben sich jetzt gegen die Juden gewendet, nur der Kaiser hält noch seine Hand über

* Zola war der französische Schriftsteller, der auf den Titelseiten der Pariser Zeitungen mutig sein *J'accuse* veröffentlichte und im Zusammenhang mit der Dreyfus-Affäre von einem antisemitischen Komplott sprach.

sie... Für manche Probleme gibt es offenbar keine Lösungen, und dies scheint mir so eines zu sein.« Leopold beobachtete sie, während sie das sagte. Plötzlich stand sie auf und verließ ohne ein Wort der Entschuldigung den Raum. Das machte Leopold wütend. Er kam sich zunehmend überflüssig vor.

35

Der Inspektor ging spazieren und versuchte Ordnung in die Dinge zu bekommen. Er schlenderte durch den Belvederegarten. Zur Zeit gefiel es ihm besonders, am Oberen Belvedere zu stehen und die unter ihm liegende Stadt zu betrachten. Die große Sphinx dort faszinierte ihn; sie hatte einen sonderbaren Gesichtsausdruck. Ihm war aufgefallen, daß es auch Dr. Freud auf seinen Spaziergängen zum Belvedere zog. Wenn der Inspektor ihm gefolgt war, hatte er mehr als einmal erlebt, daß Freud geraume Zeit vor ebendiesem Monument stehenblieb.

36

Nachdem sie es sich im Zug nach Wien bequem gemacht hatten, wiegte der stete Rhythmus der Räder Edith in eine gewisse nachdenkliche Ruhe, und sie ertappte sich dabei, daß sie ziemlich beharrlich über Dr. Freud nachsann. Sie hatte erfahren, daß Henry gar nicht so unzufrieden mit dem Doktor war, wie er ihr gegenüber ursprünglich angedeutet hatte. Manchmal kam es ihr so vor, als respektierte er ihn geradezu.

Nach einer Weile fragte sie, zu ihrer eigenen Überraschung: »Über was redest du denn nun, wenn du zu ihm gehst?«

Den gereizten Unterton in ihrer Stimme hörte Henry sofort heraus. »Ach«, sagte er, »er stellt mir immer Fragen über meine Kindheit.«

Daraufhin entstand eine merkwürdige, bedeutungsschwere Pause.

»Und, erzählst du ihm etwas darüber?« fragte Edith schließlich.

Er dachte, daß die Frage, die sie eigentlich stellen wollte, aber nicht stellte, wohl folgendermaßen lautete: Sagst du ihm die Wahrheit?

Es wäre ihm nicht eingefallen, dem Doktor etwas anderes als die Wahrheit zu erzählen, soweit er sie erinnern konnte. Aber der Doktor drängte ihn in sonderbare Richtungen.

»Es ist« – Henry zögerte –, »es ist informativ.«

»Inwiefern?« wollte Edith wissen.

»Insofern, als man Gedanken gehabt haben könnte, die einem auch in den Sinn kamen, aber ebensogut auch wieder nicht, das heißt, sobald man darauf hingewiesen wird, erkennt man sie plötzlich, vor allem die in bezug auf die Mutter und den Vater.«

Edith merkte, daß sie sich auf ihrem Sitz im Abteil immer weiter zurücklehnte, bis sie plötzlich zu ihrem Erstaunen mit dem Kopf an die Lampe hinter dem Sitz stieß.

»Oh!« rief sie. Sie fand es abscheulich, geradezu widerwärtig, daß dieser Doktor über die *Sexualität* von Kindern sprach. Ausgerechnet Morton hatte ihr erzählt, er habe eine Vorlesung Freuds über dieses Thema gehört, und sie war so *wütend* auf ihn geworden. »Es ist ekelhaft«, hatte sie mit finsterem Blick gesagt, und Morton hatte, wie sie sich erinnerte, überrascht gewirkt und dann behutsam das Thema gewechselt.

»Ich meine, man sitzt ja nicht oft da und denkt über die Gefühle nach, die man seiner Mutter und seinem Vater entgegenbrachte, und entsinnt sich einzelner Ereignisse aus der Kindheit, nicht wahr?« sagte Henry.

Edith hatte ein sonderbares Gefühl, als er das sagte; eine Mischung aus Übelkeit und einer merkwürdigen Eifersucht überkam sie. Aber sie hatte keine Ahnung, warum.

»Und *tut* er irgend etwas mit dir?« fragte sie.

»Er bittet einen, sich auf die Couch zu legen. Und dann legt er einem die Hand auf die Stirn und fordert einen auf, an Mutter und Vater zu denken, und dann kommen die Erinnerungen.«

»Zeig mir das mal!« sagte sie, stand auf und ging zur anderen Sitzbank im Abteil. Henry war verblüfft.

Edith war ein bißchen verlegen. Sie dachte nicht gern über Erinnerungen nach. Sie manchmal *aufzuschreiben*, das machte ihr nichts aus. Aus unerfindlichen Gründen gelang es ihr eher, sie aufzuschreiben, als daran zu *denken*.

Zu Henrys Verblüffung bat sie ihn, er möge seine Hand auf ihre Stirn legen, was er zwar tat, aber nur wenige Sekunden lang. Edith war offenbar sofort eingeschlafen. Ziemlich erleichtert nahm er seine Hand fort. Es war ihm unangenehm gewesen, Edith zu berühren.

EDITH Wharton kam die Treppe herunter und betrachtete den hellen Sonnenstrahl, der auf den dunklen Wohnzimmerboden fiel, als Lucretia, ihre Mutter, sich plötzlich hastig von der Couch erhob und mit heftigen Bewegungen die roten Samtvorhänge vor das Fenster zog.

»Mrs. William Overson kommt um zwei Uhr«, sagte sie und musterte ihre Tochter mit an Verachtung grenzender Geringschätzung. »Was soll sie nur denken? Sieh dich einmal an!«

Edith blieb einen Augenblick auf der Treppe stehen und ließ den Blick sorgsam von einer Wand des Wohnzimmers zur anderen schweifen. Die Tür zum Speisezimmer stand offen. Die Türen zum Wohnzimmer waren fest verschlossen, aber sie konnte dennoch entkommen. Sie ging die letzte Stufe hinunter und stieß auf ihre Mutter, die den Atem anhielt, als sie sie leicht auf die Stirn küßte und sich dann barmherzig ins Speisezimmer zurückzog. Auf der Suche nach der Köchin ging sie zur Vorratskammer, da hörte sie die schrille Stimme ihrer Mutter: »Wohin gehst du denn da? Ich will dich hier bei mir haben!« Bei diesen Worten klopfte sie heftig auf das plüschige grüne Samtsofa.

Edith drehte sich verschüchtert um, sagte mit einer Kopfbewegung zur Küche hin: »Ich komme gleich wieder, ich hole mir nur einen Muffin«, und öffnete wagemutig die Küchentür.

»Einen Muffin!« wiederholte Lucretia und schlug verärgert mit dem Fächer in die offene Hand, während sie nervös im Wohnzimmer auf und ab ging, ohne zu wissen, woher ihre Nervosität rührte – nämlich daher, daß sie bei dieser Tochter – einen Augenblick lang und in so tiefen Schichten, daß sie es gar nicht wahrnahm – das Selbstbewußtsein, die Unabhängigkeit, die Entschlossenheit gespürt hatte, entgegen ihren, Lucretias Wünschen, in die Küche zu gehen. Von all dem ahnte Lucretia nichts, sie ging weiter auf und ab, entfaltete den Fächer und klappte ihn wieder zusammen und tat so, als sähe sie die vor ihr auf einem Silbertablett liegende Post durch.

Edith bot auch der Köchin die Stirn und holte sich einen Muffin. Sie spürte förmlich, wie ihre Mutter über den Parkettboden, an der Teppichkante entlang, auf und ab ging, eins-zwei, eins-zwei, und ihr wurde plötzlich bewußt, daß die Schritte ihrer Mutter den gleichen Rhythmus hatten wie der Schlag ihres ängstlichen Herzens. Sie spürte, wie die lange Leine, eine Leine wie die, an der man Pferde im Kreis führt, ihr Bewegungsfeld einengte. Sie hatte keinen Appetit. Sie legte den Muffin weg, stand auf und verließ gehorsam die Küche.

Als sie mit düsterem Blick ins Wohnzimmer trat, fauchte ihre Mutter sie an: »Du mußt in Gesellschaft unbedingt ansprechender werden. Mr. Stevens kommt um vier, er will mit dir spazierengehen, und ich will nicht, daß du müde bist.«

Lucretias Stimme wirkte wie Peitschenhiebe auf Ediths zartes und zunehmend nervöses Gemüt. Sie waren im Krieg miteinander, diese Mutter und diese Tochter, und keine von beiden ahnte, wie verzweifelt der Kampf war. Lucretia war immer wütend auf Edith, wütend, weil sie – nun, weil sie eben so merkwürdig war, weil sie keinerlei Interesse an dem hatte, was für eine junge Frau nun einmal wichtig war. Außerdem war sie viel zu intellektuell. Trotzdem hatte sie das Kleid in Auftrag gegeben. Vielleicht richtete das Kleid etwas aus. Es sollte eine Überraschung werden. Lucretia wollte ihr ja Freude bereiten, sie glücklich machen, und sei es auch nur, weil es ihr besser ginge, wenn diese Tochter glücklich wäre.

Edith saß da und schwieg. Sie dachte nach. Sie dachte, bin ich so ruhig, bin ich wirklich so ruhig, oder macht sie mich gefühllos? Liegt es an mir, daß ich nichts sagen will, weil sie immer so wütend ist? Manchmal hatte sie Angst vor ihrer Mutter. Und manchmal wachte sie frühmorgens auf und war von einer Panik erfüllt, die so tief gründete, daß sie keine Worte dafür fand. Dann lief sie durch den Gang zum Schlafzimmer ihrer Mutter, warf sich auf den hohen, weißen Berg aus Daunendecken und fühlte sich dort auf dem Bett einen Moment lang sicher, bis ihre Mutter erwachte, die Augen aufschlug und sofort so zornig wurde, als könnte sie sich niemals an Ediths Unbeholfenheit gewöhnen. Genau das war es nämlich in Lucretias Augen – die Unbeholfenheit des Kindes und ihr noch nicht aufgeflochtenes Haar, das so grauenhaft aussah, dabei wollte sie doch eine hübsche Tochter, ein Geschöpf mit blondem Haar und rosigen Wangen, ein einfaches

Kind, kein widerspenstiges. Sie wollte die Augen öffnen und ein ganz unkompliziertes Wesen dort sehen statt dieses... sie wußte nicht, wie sie es nennen sollte.

Vielleicht würde sich durch das Kleid etwas bessern.

»Ich habe eine neue Schachtel aus Paris«, sagte Lucretia, als Edith ins Zimmer trat.

»Oh!« Einen Augenblick lang leuchteten Ediths Augen auf. Sie liebte Schachteln aus Paris mit eleganten Kleidern und dem leisen Rascheln von Seidenpapier.

Das Dienstmädchen trug die riesige Schachtel herein und stellte sie aufs Sofa. Sie hob den großen Deckel ab und nahm das erste Kleid heraus. Es war malvenfarben, hatte einen handgeklöppelten Spitzenkragen und ebensolche Manschetten sowie eine wunderschöne schwarze Samtschleife am Rücken.

Lucretia war von ihrem eigenen Anblick ganz in Anspruch genommen und hatte viel Freude mit dem Inhalt der Schachtel. Sie hielt das malvenfarbene Kleid vor sich und schritt mehrmals so durchs Zimmer.

»Mrs. Henry Fitch wird vor Neid sterben, wenn ich das hier am Samstag beim Appleton-Ball trage!« Edith fand ihre Mutter sehr schön. Wenn ihre Mutter so schön und beinahe glücklich war, überkam sie plötzlich eine ganz warme Empfindung, eine warme, gute Empfindung, und sie fühlte sich fast wieder sicher. Ihre Mutter entnahm der Schachtel nun ein Kleid nach dem anderen. »Und das hier«, sagte Lucretia, während sie etwas aus dem Seidenpapier wickelte, etwas Rosarotes und Grünes, »ist für dich.« Sie schüttelte das Seidenpapier ab, und Edith riß die Augen auf. Das Kleid war über und über mit Weintrauben bedeckt! Ganze Dolden wunderschöner Trauben wirbelten auf dem Oberteil herum, die Ärmel waren aus hellgrüner Seide in Form von Blättern, die sich in großer Menge wie dichtes Laubwerk hoben und senkten. Das Kleid – eine einzige Farbenpracht und Seidenflut, aber nicht richtig geschnitten... nicht richtig für sie. Sie sah die Miene ihrer Mutter.

»Es gefällt dir nicht«, sagte Lucretia indigniert.

»O doch...«, erwiderte Edith, »aber es ist so elegant... so purpurrot...« Sie wußte, daß sie in Purpurrot immer miserabel aussah. Die Farbe ließ ihre Haut gelb und ihr rotes Haar orange erscheinen.

»Selbstverständlich ist es elegant, schließlich brauchst du etwas Elegantes, du bist ja so...« Ihre Mutter sprach den Satz nicht zu Ende. Trotzdem zuckte Edith bei dem Urteil zusammen. Alles, was ihre Mutter ihr kaufte, sagte dasselbe aus. *So, wie du bist, gefällst du mir nicht*, aber nie war es ganz eindeutig. Denn manchmal war ihre Mutter ja auch ganz anders...

»Bei deinem Debüt im Herbst wirst du dieses Kleid tragen.« Da war es wieder. Eine Ankündigung, ohne daß sie auch nur andeutungsweise gefragt worden wäre. Im Herbst.

»Mein Debüt... im Herbst?« protestierte Edith. »Aber das geht nicht... ich bin doch in diesem Herbst erst siebzehn.«

»Ich weiß, wie alt du bist, du brauchst mich nicht daran zu erinnern«, erklärte Lucretia. »Und im Herbst wirst du debütieren. Es geht nicht an, daß du Gedichte veröffentlichst, aber noch nicht debütiert hast.«

Edith sah verdutzt zu ihr auf. Das war es also! Trotzdem war ihre Mutter nett gewesen, was sie von ihr weiß Gott nicht gewohnt war. Was die Gedichte anbelangte, war ihre Mutter nett gewesen. Sie hatte sie sogar privat drucken lassen, obwohl Edith sie gar nicht in einem Buch haben wollte, sie fand sie wirklich nicht gut genug, aber offenbar hatten sie eine Art Alarm ausgelöst. Monatelang hatte ihre Mutter, desgleichen ihr Vater, in hektischer Betriebsamkeit gesellschaftliche Arrangements getroffen, an denen sie nicht das geringste Interesse besaß.

»Probier es gleich mal an!« sagte Lucretia, während sie die letzten Lagen Seidenpapier von dem Kleid schüttelte. Edith hätte viel lieber ein *blaues* gehabt!

»Was geht denn hier vor?« fragte ihr Vater, der gerade das Zimmer betrat. Edith wandte sich zu ihm um.

Lucretia kehrte gerade rechtzeitig ins Wohnzimmer zurück, um ihren Ehemann dabei zu ertappen, wie er ihre Tochter mit einem Schwall Seidenpapier umgab und sie rasch im Kreis drehte. Die Wangen des Mädchens röteten sich vor Aufregung und Freude, als sie ihr Gesicht an den Bart des Vaters drückte, während die Schachteln und Handschuhe – wie bei einer Explosion, dachte Lucretia – durchs ganze Zimmer flogen, und Lucretia aufschrie: »Aufhören! Sofort aufhören!« Sie hörten auf und drehten sich erstaunt um. »Also wirklich, George«, sagte Lucretia, um Fassung ringend. »Mrs. Overson kommt gleich, und du hast hier das größte Chaos angerichtet!« Jetzt ärgerte sie sich auch noch über diesen unmöglichen Ehemann, und als sie sich bückte, um das

Seidenpapier aufzuheben, lief Edith unerklärlicherweise rot an.

Lucretia wußte nicht, warum sie so wütend auf die beiden war, nur, daß sie es war. Immer brachten sie alles in Unordnung. Lucretia fühlte sich miserabel – traurig, häßlich, zornig. Sie hatte gerade in der Eingangshalle einen Blick auf ihr Spiegelbild geworfen, und die feinen Fältchen an ihrem Hals hatten ihr mißfallen, der Umfang ihrer Taille hatte ihr mißfallen, wie ihr die Schmalheit der Taille ihrer Tochter mißfiel, und doch bedrückte sie die Unfähigkeit ihrer Tochter, jede erdenkliche Vorstellung, Phantasie von sich selbst zu erfüllen, und wenn es ihr gelänge – was dann? Das alles dachte Lucretia nicht im einzelnen, sondern fühlte einfach nur, wie sich diese unausgegorenen Gedanken einen Augenblick lang gegen ihr Bewußtsein drückten und dann abfielen wie das Seidenpapier, das man rasch aufheben, zerknüllen und für alle Zeiten vergessen würde.

Henry James empfand die Zugfahrt als höchst angenehm. Mrs. Wharton stellte wie gewohnt eine anregende Begleitung dar, obgleich ihm an diesem Vormittag eine gewisse Reizbarkeit an ihr nicht entging. Er hatte Constance Fenimore Woolsons Short stories erwähnt, die er gerade las. Der Gedanke an Fenimore lag ihm nie fern, auch wenn es stets ein quälender Gedanke war, und so tröstete es ihn etwas, die Short stories zu lesen, in denen sie, wie er schmerzlich entdecken mußte, seinen eigenen Stil ein wenig nachzuahmen versucht hatte, dabei jedoch erbärmlich gescheitert war. Er wußte nicht, welche seiner Aussagen Edith so gereizt hatten.

Ihre Stimmung war seit ihrer Frage nach Dr. Freuds Technik völlig umgeschlagen. Als Henry ihr die Hand auf die Stirn gelegt hatte, glaubte er, sie sei eingeschlafen, sah aber, daß sie, wenn sie denn schlief, träumen mußte, denn sie begann plötzlich am ganzen Körper zu zittern, und dann schrie sie auf und erwachte. Er fragte sie, ob sie einen Traum gehabt habe, aber sie antwortete mit dieser belegten Stimme, die schon die ganze Zeit über so angespannt geklungen hatte, nein, überhaupt nicht, keineswegs habe sie einen Traum gehabt, sondern eine Erinnerung, und zwar eine unerfreuliche. Dann setzte sie sich auf, wobei sie, wie er fand, ob des Vorfalls ziemlich verlegen zu sein schien, und sagte kein Wort mehr, sondern griff mit stoischer Ruhe zu einem Buch und las.

37

Der Inspektor kehrte in einem unerwarteten Augenblick zur Freudschen Wohnung zurück und forderte höflich, aber bestimmt, eingelassen zu werden. Heute stand Minna in der Tür, während er durch die Räume ging.

»Keines dieser Zimmer hat irgend etwas damit zu tun, wenn es überhaupt je ein solches *Etwas* gegeben hat!« sagte sie verächtlich und fügte hinzu: »Wenn hier überhaupt irgend etwas war, dann zwischen dem Hofeingang und der anderen Seite des Hauses. Ich bitte Sie daher, unsere Privatsphäre nicht länger zu stören und Ihre Ermittlungen auf die *andere* Seite zu beschränken.«

Sie deutete in eine Richtung, hoffend, er werde ihrer Bitte nachkommen, was er jedoch nicht tat. Statt dessen lächelte er milde. »Ist dies das Freudsche Schlafzimmer?« fragte er und schritt auf eines der Zimmer zu.

»Sie wissen es doch ganz genau«, sagte Minna.

»Hier schlief also Frau Freud« – er deutete auf eine Bettseite. »Ja? – Bis sie von dem Gewitter geweckt wurde?«

Er sah sie zögern. Dann deutete sie auf die andere Bettseite.

»Sie schläft dort«, teilte sie ihm mit.

»Aha!« sagte der Inspektor, als hätte er etwas entdeckt. Er sah, daß sie die Stirn gerunzelt hatte.

»Und Sie, Fräulein Bernays, Sie schlafen gleich hier nebenan, in diesem Zimmer, das sozusagen eine Verlängerung des Freudschen Schlafzimmers bildet, ist das richtig?«

»Es ist ein separates Zimmer«, sagte sie, »keine Verlängerung.«

»Tatsächlich!« rief er. »Allerdings verfügt es über keinen eigenen Eingang.«

»Das hatten Sie doch längst festgestellt.«

Er ignorierte ihre Bemerkung. »Da Sie nun einmal keinen festen Schlaf haben, stören Sie da nicht die Freuds, wenn Sie auf dem Weg von oder zu Ihrem Zimmer durch deren Schlafzimmer gehen müssen?«

»Martha schläft immer sehr fest.«

»Und Sigmund?« Er drehte sich plötzlich zu ihr um. Sie sah ihn kühl an.

»Ihn stört es nicht«, sagte sie.

»Aha«, sagte er noch einmal. Dann zündete er sich in aller Ruhe eine Zigarre an und begann wieder auf und ab zu gehen.

»Aber Sie, Fräulein Bernays, Sie verfügen doch über ein, sagen wir einmal, eher ruheloses Temperament und einen leichten Schlaf und leiden oft unter Schlaflosigkeit. Ist es da nicht ziemlich ungünstig, so nahe bei den Freuds zu schlafen? Werden Sie da nie durch« – er legte eine bedeutungsschwere Pause ein – »Geräusche geweckt?« Minnas Antwort erfolgte ohne Zögern: »Da sind keine Geräusche!« Mit diesen Worten kehrte sie ihm den Rücken zu.*

38

Ich war nicht überrascht, als die Gräfin Tante Ida mitteilte, sie interessiere sich auch für die Versammlung in der Universität mit den Pariser Damen, die nach Wien kommen wollten, um über das Frauenwahlrecht zu diskutieren. Als Cecily das gehört hatte, fing sie mich in der Eingangshalle ab und sagte mir, sie würde auch gern mitkommen, weil sie nämlich erfahren habe, daß eine von den Damen aus Paris sich genau wie ein Mann kleidete, und das sei doch urkomisch! Cecily sagte das mit der ziemlich künstlichen, kindischen Stimme, mit der sie gelegentlich sprach, und ich weiß nicht, warum, aber an dieser Affektiertheit und an ihrem Kichern erkannte ich, daß sie etwas verbarg.

Als wir dem Inspektor am nächsten Vormittag erzählten, daß die Gräfin und Tante Ida zu einer Versammlung in der Universität gegangen waren, zeigte er sich sehr besorgt.

»Bei den Studenten dort kommt es ständig zu Unruhen... Heute nachmittag soll im Zusammenhang mit der jüdischen Studentenverbindung auch irgend etwas geschehen – ein Duell, glaube ich.« Er hatte die Stirn in tiefe Falten gelegt, als er das sagte, und ging sofort die Treppe hinunter.

Ich drehte mich zu Cecily um und flüsterte: »Siehst du, gut, daß du nicht hingegangen bist!« Aber Cecily war schon verschwun-

* Alle derzeit einsehbaren schriftlichen Dokumente lassen darauf schließen, daß Freud nach seinem vierzigsten Lebensjahr sexuell nicht mehr aktiv war. In diesem Punkt ist das Gespräch also wahrscheinlich korrekt. Was der Inspektor Minna dabei entlocken wollte, ist jedoch völlig unklar.

den. Ich muß zugeben, daß ich dann kaum mehr daran dachte – bis am Spätnachmittag laut an die Haustür geklopft wurde.

»Rasch«, rief eine junge Frau, die ich noch nie gesehen hatte, »die Gräfin und Ida sind im Spital. Sie sind verletzt!«

39

Mit Tränen in den Augen lief Mama aus Tante Idas Zimmer. Ich dachte, es läge daran, daß sie sich so aufregte, Tante Ida in diesem Zustand zu sehen, aber das war es gar nicht. Am Spätnachmittag sagten Cecily und ich, daß wir noch einmal in Tante Idas Zimmer gehen wollten, aber für den Fall, daß Tante Ida schlief, verbot Mutter uns strikt, hineinzugehen.

Cecily war ganz aufgeregt und marschierte schnurstracks hinein, und da lag Tante Ida, schlief und *sprach*, ja sie sprach laut und deutlich. Ich sah Mama, die nicht wußte, was sie tun sollte, neben der Tür stehen, und Papa versuchte sie zu trösten, und Cecily und ich standen völlig verdutzt vor Tante Ida, die in ihrem weißen Bettzeug lag und deren Haar wie ein Glorienschein aussah, und die Sonne schien herein. Da sah Tante Ida aus wie ein Engel, aber sie sagte die unengelhaftesten Dinge, die man sich vorstellen konnte. Folgendes beispielsweise:

Er küsse mich mit dem Kusse seines Mundes;
Denn deine Liebe ist lieblicher als Wein.
Es riechen deine Salben köstlich.

Dann stöhnte sie ein bißchen, und dann sagte sie das gleiche noch einmal. Cecily starrte sie erstaunt an.

»Frederick, ich bitte dich!« Mama flehte Papa an, uns aus dem Zimmer zu weisen. Ich hatte allerdings nicht die geringste Lust zu gehen. Cecily betrachtete Tante Ida und lauschte wie gebannt dem, was sie zu sagen hatte. Ich fand es merkwürdig und ziemlich schockierend, daß Tante Ida solche Sachen von sich gab, aber ich war sicher, daß Cecily bei ihrer Durchsicht der Anatomiebücher schon viel schockierendere Dinge als das hier gesehen hatte, und konnte nicht verstehen, was der Ausdruck auf ihrem Gesicht bedeuten sollte.

In diesem Augenblick traten ausgerechnet der Rabbi und Leopold ein, die wohl gerade die Gräfin besucht hatten. Mama stürzte auf die beiden zu und forderte sie auf, Tante Ida nicht zu stören. Mir war klar, daß sie verhindern wollte, daß die beiden hörten, was Tante Ida da vor sich hin sagte, aber genau in diesem Moment setzte Tante Ida sich im Bett auf und deklamierte mit ganz klarer Stimme:

Mein Freund ist weiß und rot,
Auserkoren unter vielen Tausenden.
Sein Haupt ist das feinste Gold,
Seine Locken sind kraus, schwarz wie ein Rabe.

Mama beschwor die beiden, das Zimmer zu verlassen, was Leopold dann auch tat, aber der Rabbi sagte zu Mama, sie solle still sein; er lauschte, und plötzlich wurde sie wirklich still, und da erhob Tante Ida wieder laut und deutlich ihre Stimme:

Mein Freund komme in seinen Garten
Und esse von seinen edlen Früchten.

Und jetzt setzte auch der Rabbi eine erstaunte Miene auf und näherte sich Tante Idas Bett und sagte etwas in einer fremden Sprache, und dann drehte er sich zu Mama um, die sofort auf ihn einredete: »Sie ist krank, Rabbi, das dürfen Sie nicht vergessen. Sie hat keine Ahnung, was sie da sagt.« Mamas Gesicht war ganz gerötet, und ihre Lippen waren ganz dünn und gerade wie ein Strich.

Der Rabbi lächelte sie an. »Das ist das *Lied der Lieder*«, erklärte er Mama. »Sie befindet sich in ausgezeichneter Gesellschaft.«

»Was?« rief Mama verwirrt.

»Sie meinen das aus dem Alten Testament?« fragte Papa.

»Ja«, antwortete der Rabbi. »Sie erzählte mir, daß sie es gelesen hat, und einiges daraus hat sie offenbar sehr genau studiert.«

»Was?« stieß Mama noch einmal hervor.

»Sie zitiert die Bibel«, erklärte Cecily stolz, als ob sie selbst darauf gekommen wäre. Dann flüsterte sie mir zu: »Den Teil muß ich auch einmal lesen! Ich verstehe gar nicht, warum der mir bisher nicht aufgefallen ist.«

Mama debattierte mit Papa, und Tante Ida rezitierte weiter, und es herrschte das reine Chaos, bis endlich der Doktor eintrat und uns alle aus dem Zimmer scheuchte. Die nächsten beiden Stunden gingen wir in den Gängen des Krankenhauses immer nur auf und ab und auf und ab, bis eine Schwester kam und uns sagte, daß Tante Ida jetzt wach sei.

Wir liefen den Korridor zu ihrem Zimmer hinunter, und ich denke, Cecily war ein bißchen enttäuscht, daß Tante Ida nicht mehr aus der Bibel rezitierte, obwohl ich persönlich ja nicht überzeugt bin, daß Mama dem Rabbi geglaubt hatte, daß das, was Tante Ida da erzählte, aus der Bibel stammte, aber Mama verbot uns, mit Tante Ida darüber zu sprechen. Cecily sagte später, vielleicht sei Tante Ida ja in Mr. Bidding Jones verliebt, und als sie auf den Kopf geschlagen wurde, kam, als niemand, nicht mal Tante Ida selbst, hinsah, die ganze Liebe heraus; sonst hätte sie wahrscheinlich, sagte Cecily, den zweiunddreißigsten Psalm oder etwas Langweiliges zitiert.

Tante Ida saß aufrecht im Bett und blickte recht fröhlich drein, hatte aber einen riesengroßen blauen Fleck über dem rechten Auge. »Nun«, sagte sie, »daß die uns angreifen würden, hätte ich nie gedacht, muß ich sagen. Normalerweise wissen die Wiener sich ja zu benehmen.« Mama lief hinaus, um mit dem Arzt zu reden, während wir mit Tante Ida weiterplauderten. Cecily fand das Ganze auf gruselige Art ganz wunderbar.

»Gott sei Dank hat einer von ihnen uns gerettet – ein echter Gentleman!«

»Was ist eigentlich passiert?« fragte ich.

»Also, das weiß ich nun selbst nicht so richtig ... Wir demonstrierten bei einer Versammlung, da kam plötzlich eine Gruppe von ziemlich rüpelhaften Studenten und gleich darauf mehrere andere Männer, die alle schrien und brüllten, und Bettina sagte noch zu mir: ›Wir sind mitten in einem antisemitischen Krawall‹, da wurden wir plötzlich umzingelt, und einige der jungen Männer waren schrecklich höflich und versuchten uns zu beschützen, und Bettina war so mutig, sie sah sie nur an und sagte in einem grandiosen Tonfall: ›Lassen Sie uns vorbei!‹« Tante Ida war jetzt richtig aufgekratzt. »Das war wirklich eine Leistung, sehr mutig war das, und plötzlich waren wir umringt von wütenden jungen Männern, die irgend etwas sangen, ich weiß nicht, was, und dann rief Bettina ganz laut: ›Ich bin Jüdin, ich bin Jüdin!‹, und ich gelangte zu ihr und folgte ihr, während sie sich einen Weg durch den Mob bahnte, der es nicht wagte, ihr ein Haar zu krümmen. Sie war so tapfer und so fabelhaft – sie wußten, daß sie eine Adelige war. Aber dann geschah irgend etwas hinter uns, und gleich darauf wurden wir praktisch überrannt. Es waren ganz viele, und zwei dieser Männer packten uns, und einer begann sie zu schlagen und brüllte sie an, sie solle den Mund halten – und, und –« Tante Ida war ganz atemlos. Mama und Papa traten ein und forderten sie auf, sich zu beruhigen, aber sie erzählte weiter: »Die Gräfin schlug zurück, hob mit unglaublicher Kraft die Hand und hieb ihm so fest aufs Kinn, daß er zu Boden fiel!« sagte sie, noch immer staunend. »Und dann retteten uns die anderen, führten uns ein wenig zur Seite. Die Gräfin war nun allerdings bereits schwer verletzt und konnte kaum mehr stehen. Überall war Blut, und dann sah ich, daß auch ich blutete, und einer dieser jungen Männer rief, das sei ja schrecklich, er habe nie beabsichtigt, uns da mit hineinzuziehen, sie bekämpften doch nur die Juden, und Bettina sagte immer wieder: ›Ich bin Jüdin‹, und er sagte immer wieder: ›Sie doch ned, gnä' Frau, Sie doch ned!‹ und war sehr erschrocken und begann zu weinen, und – ach, ich weiß nicht, diese jungen Männer waren ganz außer sich, als sie sahen, was mit uns geschehen war, und dann kam schon der Arzt.«

Sie ließ den Blick durchs Zimmer schweifen.

»Es war so... merkwürdig. Ich werde es mein Leben lang nicht vergessen.«

»Hast du jetzt Angst, zu demonstrieren?« fragte Cecily.

»Nein«, erklärte Tante Ida, brach dann aber in Tränen aus, die, Cecily zufolge, wohl bedeuteten, daß sie doch Angst hatte, aber ich war da anderer Meinung. Ich glaube, sie war einfach traurig, sehr, sehr traurig.

40

»Ich verstehe nicht, warum es für Frauen und Juden so viele Probleme gibt«, sagte Cecily. »Sie haben doch nichts getan. Es kommt mir so vor, als würden die Leute sie nur deshalb angreifen, weil sie so sind, wie sie sind, und nicht, weil sie irgend etwas Böses getan haben.«

Mama erwiderte nichts. Sie wußte, daß diese Fragen Cecily

beschäftigten, weil der Gräfin und Tante Ida so Schlimmes zugestoßen war.

»Du solltest heute vielleicht eine Wanderung machen«, sagte Mama. Ihre Stimme klang dünner als sonst. »Du kannst im Wienerwald wandern, auf dem Weg, von dem du mir erzählt hast, der dir so gut gefiel – erinnerst du dich?« Sie bemühte sich um einen fröhlichen Ton.

Ich sah Cecily an, Cecily sah mich an. »Ich will aber nicht wandern«, erklärte sie.

»Warum denn nicht?« fragte Mama. »Heute ist ein wunderschöner Tag zum Wandern. Es gibt doch nichts Herrlicheres in Wien als den Wienerwald an einem sonnigen Tag – da bekommt man so viele wundervolle Dinge zu sehen. An manchen Tagen glaube ich, Wien ist die schönste Stadt der Welt!«

»Das hat Tante Ida auch immer gesagt, bevor sie angegriffen wurde«, erwiderte Cecily.

»Davon will ich nichts mehr hören. Wir packen ein Lunch ein und gehen wandern!«

»Du wanderst doch nie!« sagte Cecily ziemlich überrascht zu Mama.

»Nun, dann werde ich eben heute damit beginnen. Wir müssen wieder auf fröhliche Gedanken kommen in diesem Haus!« Eine Zeitlang sagte niemand etwas, und ich dachte schon, Cecily würde das Thema fallenlassen, aber ich hätte es besser wissen müssen.

Timothy betrachtete Cecily, als wüßte er schon, was sie als nächstes sagen würde.

»Neulich«, sagte sie, »sind Timothy und ich auf diesem kleinen Weg hinter dem Prater spazierengegangen und wurden am Weitergehen gehindert.«

»Am Weitergehen gehindert? Was soll das heißen, gehindert?«

»Wir wurden nicht am Weitergehen gehindert, Mama, wir wurden nur befragt«, warf Timothy hastig ein. »Es war gar nichts.« Dabei schielte er zu Cecily hinüber.

»Über was denn?« wollte Mama wissen.

»Sie fragten uns, ob wir Juden seien«, erzählte Cecily, »und ich sagte ja, und Timothy wurde wütend und sagte nein, und dann jagten sie uns vom Weg herunter. Sie sagten, für Juden gebe es eigene Spazierwege.«

Mamas Gesicht war kreidebleich geworden. Wahrscheinlich war die Aufregung um Ida und die Gräfin schon genug für sie gewesen. Jedenfalls stützte sie plötzlich den Kopf in die Hände und brach in Tränen aus.

Timothy sagte zu Cecily: »Da, sieh nur, was du angerichtet hast!«

»Das war ich nicht«, sagte sie und stand vom Tisch auf. Wir beschlossen, nicht zu wandern, sondern lieber auszugehen.

41

Weil Cecily das Spazierengehen so verleidet worden war, planten wir für diesen Vormittag etwas ganz anderes. Wir wollten die berühmte Spanische Reitschule besuchen, wo man die schönen weißen Lipizzanerhengste bewundern kann. Sie springen und tänzeln wie Ballerinen, vollführen graziöse Levaden, Courbetten und Kapriolen. Das hatte ich mir schon seit langem ansehen wollen.

Wir hatten gerade das Haus verlassen, da kam uns völlig unerwartet der Inspektor entgegen. Er entschuldigte sich dafür, daß er unsere Pläne durchkreuzte; er wollte uns einige Fragen über den Abend stellen, an dem wir in Wien eingetroffen waren.

Aus Gründen, die ich selbst nicht ganz verstand, beschloß ich, nichts von meinem unheimlichen Erlebnis zu sagen. Der Inspektor blieb nicht besonders lange. Als er gerade gehen wollte, erzählte Timothy ihm, daß in der medizinischen Fakultät jeder von den Morden gehört habe.

42

Die Gräfin und Tante Ida waren erst seit wenigen Tagen aus dem Krankenhaus entlassen worden, da kam Sabina zu Besuch und fragte die Gräfin, ob sie in der Nacht, in der sie sie im Schnee liegen sah, auch ihren Spazierstock gefunden habe. Es war ein schöner Spazierstock, sagte sie, mit einem glatten Silberknauf. Das fände sie ja sehr sonderbar, sagte die Gräfin, sie erinnerte sich nämlich an einen Spazierstock mit einem Silberknauf, nur war der nicht glatt, das wußte sie ganz genau. Sie erinnerte sich nun recht deutlich, daß sie in der Tat einen Spazierstock aufgehoben und durchaus bemerkt, allerdings wieder vergessen hatte, daß er mit einer auffälligen Verzierung versehen war. Der Knauf war ganz und gar nicht glatt gewesen, sondern hatte die Form eines Pankopfes.

»Das kann nicht sein«, beteuerte Sabina. Die Gräfin ließ den Stock suchen, aber die Dienstboten konnten ihn nirgends finden.

43

Irina hatte dem Inspektor erzählt, daß Fließ mit dem Vier-Uhr-Zug aus Berlin eintreffen wolle. Unauffällig wartete der Inspektor im Menschengewimmel des Bahnhofs und beobachtete Freud, der nervös am Bahnsteig auf und ab ging. Mit seinem schwarzen Homburg, dem schwarzen Mantel mit dem Samtkragen und der grauen Hose wirkte der Doktor sehr imposant und, wie der Inspektor fand, beinahe vornehm. Er betrachtete gerade eine Frau mit einem Kind, die in einem Zugabteil saß, und auf seinem Gesicht lag der Ausdruck größter Konzentration. Es war ein sonniger Tag, und das Kind spielte ein endloses Spiel, bei dem es etwas aus dem Abteilfenster warf und dann an einer Schnur wieder zurückzog. Die Frau mit dem Kind war schon einige Zeit vorher dort gewesen, und der Inspektor hatte das Spielzeug zum großen Mißvergnügen des Kindes ins Abteil zurückgeworfen. Das Kind wollte das Spielzeug aber selbst zurückholen.

Freud machte nun eine Reihe ähnlicher Beobachtungen, zog daraus jedoch andere Schlüsse. Er sah in dem Spiel des Kindes eine symbolische, tröstliche Darstellung des Verschwindens und Wiederkommens der Mutter. Als er das Kind »fort« und »da« rufen hörte, wußte er, daß mit Hilfe dieses Spiels die Trennung von der Mutter überwunden wurde.

Er fühlte sich einsam an diesem Morgen auf dem Bahnsteig und wußte nicht, ob diese Einsamkeit das Resultat seines Wissens um die Hoffnungslosigkeit des kindlichen Spiels war, das er in einer andersgearteten Stimmung wahrscheinlich als eine grandiose Leistung interpretiert hätte, oder aber aus der Tatsache resultierte, daß er in Kürze mit Fließ über diese widerwärtige Angelegenheit sprechen mußte. Er hörte einen Pfiff, blickte auf und sah den Zug dampfend in den Bahnhof einfahren. Plötzlich tauchte Fließ am anderen Ende des Bahnsteigs aus dem Rauch auf, winkte und eilte auf Freud zu, der ihn freundschaftlich umarmte.

Er läuft ihm entgegen, wie man einer Geliebten entgegenläuft, dachte der Inspektor hinter dem Fenster. Sehr untypisch! Eine solche Geste hatte er Freud noch mit niemandem sonst vollführen sehen, außer mit seinen Kindern; er war ein sehr aufmerksamer Vater, was den Inspektor freute; die innige Bindung an Fließ gab ihm allerdings zu denken. Aus Gründen, die ihm zu diesem Zeitpunkt nicht voll bewußt waren, schien es ihm mit Freuds Genie vollkommen vereinbar, daß Freud einen ihm nicht ebenbürtigen, leicht versponnenen Kollegen übertrieben schätzte. Diesem Menschenschlag gegenüber legte Freud anscheinend eine gewisse Blindheit an den Tag.

Freud und Fließ riefen einen Fiaker herbei und vertieften sich sofort ins Gespräch. Der Inspektor nahm sich ebenfalls eine Lohnkutsche und folgte den beiden. Zu seiner Überraschung fuhren sie aber nicht direkt zu Freuds Wohnung, sondern zu einem kleinen Kaffeehaus am Passauer Platz, wo bereits Minna und Martha warteten. Fließ und Freud begrüßten die Damen kurz, beachteten sie dann jedoch nicht weiter, sondern setzten ihr Gespräch fort. Neugierig schlich sich der Inspektor in die dahinter befindliche Sitzecke. Das Kaffeehaus war sehr voll, er konnte sicher sein, nicht gesehen zu werden. Er kam gerade rechtzeitig, um Freud und Fließ über einen »neuen Patienten« sprechen zu hören, und spitzte die Ohren.

»Selbstverständlich ist er ein außergewöhnlicher und sehr bekannter Mensch, aber immerhin leidet er unter einem schweren Problem mit seiner Mutter«, sagte Dr. Freud. »Die Umstände sind überaus ungewöhnlich. Er hat tödliche Angst vor ihrer Macht, die er allerdings unter einer überzeugend wirkenden Maske versteckt, so daß er als ein ganz unbeschwerter Bursche gilt. Er leidet unter sexuellen Zwangsvorstellungen, die ich aber noch nicht ganz verstehe. Und er möchte sich von mir behandeln lassen.«

»Und, wirst du ihn behandeln?« fragte Fließ aufgeregt.

«Ich weiß noch nicht.«

»Diese Angst vor der Mutter ist sehr verbreitet«, sagte Fließ. »Meiner Meinung nach ist sie die Wurzel dessen, was du als ›männliche Hysterie‹ bezeichnest.«

»In diesem Fall handelt es sich nicht um Hysterie«, erklärte Dr. Freud. Der Inspektor sah, daß er in seinem Kaffee rührte und einen weiteren Löffel Zucker zugab.

»Bist du sicher?«

»In diesem Fall hat die Angst vor der Mutter einige Berechtigung. Es ist eine Phantasie, das schon, aber gleichzeitig ist es keine Phantasie – ein sehr schwer zu analysierender Fall.«

»Und wer ist die Mutter? Ist sie wirklich so mächtig? Du weißt doch, daß du mir das ruhig anvertrauen kannst.«

Gespannt wartete der Inspektor auf die Antwort und drehte sich auf seinem Sitz halb um, damit er es auch ja verstehen konnte. Er sah, daß Dr. Freud Fließ unverwandt musterte.

»Die Königin Victoria«, sagte Freud. Fließ fiel die Tasse aus der Hand.

Eine Weile später standen die vier auf und gingen noch ein wenig spazieren. Martha runzelte die Stirn. Sie fand Fließ mit seinen endlosen Nasen-Diskussionen ziemlich merkwürdig. Sie dachte an den Nachmittag zurück, als Fließ Freud an der Nase operiert hatte. Als Fließ in die Küche kam und um Handtücher bat, hatte Freud stark geblutet. Egal, was Sigi von ihm hielt – für sie war er ein Fleischhauer. Und obendrein dumm. Sie mochte ihn nicht und seine fixe Idee noch weniger, und seine Patientin, dieses Fräulein Eckstein, konnte ihr nur leid tun.

Als er den vieren folgte, fiel dem Inspektor wieder ein, was Martha bei einem Verhör gesagt hatte: »Ja, sie unterhalten sich sehr viel. Es geht dabei immer um die Nase. Sie sind sehr gute Kollegen. Sie reden ständig über den Tod und über Nasen. Sie treffen sich in Berlin und in Wien, und manchmal halten sie sich wochenlang in den Bergen auf. Sie reden über Zahlen. Wenn Sigmund dann heimkommt, ist er immer ganz durcheinander. Er ist überzeugt, daß er mit neunundfünfzig sterben wird.«*

* Von dieser Erwartung Freuds ist in fast jeder seiner Biographien die Rede. Freud verlieh dieser Angst bei mehreren Gelegenheiten Ausdruck.

44

Nachdem der Inspektor ihnen über mehrere Häuserblocks gefolgt war, ließ er von ihnen ab. Etwas ging ihm nicht mehr aus dem Kopf. Warum bekam er diesen Fall nicht in den Griff? Allmählich fühlte er sich schon wie eine schlechte Kopie dieses Burschen aus dem *Strand Magazine*, dieses Sherlock Holmes. Er hatte das unangenehme Gefühl, zu Schlüssen zu gelangen, die allesamt keine Lösung brachten – ein Linkshänder, der mit einem Skalpell umzugehen wußte und in dessen linkem Schuh drei Nägel steckten –, und bald würde der Mörder wieder zuschlagen. Er beschloß, in die Kanalisation zu gehen. In der Wiener Kanalisation lebten viele Vagabunden und Obdachlose, die nichts lieber taten, als ihm Auskunft zu geben, wenn sie dafür Geld bekamen. Ihren ungastlichen Aufenthalt bewachten diese Menschen sehr sorgsam; Eindringlinge wurden vertrieben. Aber er hatte Kontakt zu einem Mann, der jetzt beim Brunnen hinter dem Platz auf ihn wartete. Der hatte der Polizei erzählt, in der Unterwelt gebe es Leute, die etwas über einen ermordeten Fiaker wüßten.

Die Information hatte sich als fehlerhaft erwiesen; er war enttäuscht und beschloß, noch einmal in den Park zu gehen.

Auf dem Weg dorthin sah er hoch oben auf den Dachgiebeln zwei Figuren, die er zuerst für steinerne Statuen hielt. Dann aber bemerkte er, daß sie sich bewegten, sich umherwälzten, und dann warf die eine Gestalt die andere an die Kante und begann sie mit beiden Händen und einem Strick um den Hals zu würgen. Die große, unten liegende Gestalt erhob sich und nahm der anderen mit einem Ruck die Schlinge ab. Der Inspektor setzte sich und beobachtete den Kampf im Nebel der kühlen Nacht. Er wußte, daß diese zwei, die sich dort oben auf dem Dach jetzt wieder umherwälzten, sich übereinander- und untereinanderwälzten, Nietzsche und der Engel der Finsternis waren.

Bis zum frühen Morgen blieb er so sitzen und starrte in die Bäume, saß im Nieselregen wie ein Mann, der nicht ganz in der Gegenwart ist, sondern geradeaus vor sich hin starrt, verzaubert von Schatten, die sonst keiner sehen kann.

45

Die Gräfin verkündete ganz unerwartet, daß Inspektor M. Le-Blanc abends zum Dinner kommen würde. Cecily war ziemlich aufgeregt, denn die Gerüchte über die grauenhaften Morde wurden immer bizarrer, besonders die über den einen Mord, bei dem der Kopf einer Frau vom Rumpf getrennt worden war und man den Rumpf viele Meilen vom Kopf entfernt gefunden hatte. Die Gräfin hatte gesagt, das sei ja alles gut und schön, aber sie verbiete uns, an diesem Abend von den Morden zu sprechen, weil der Inspektor ein kultivierter Mann sei und sich mit Papa über Musik und Philosophie unterhalten wollte.

Beim Essen sprach der Inspektor dann tatsächlich sehr lange mit Papa über Mozart und Brahms und Beethoven, und Cecily langweilte sich schrecklich, bis der Inspektor sie einmal freundlich ansah und ihr von dem Amerikaner Buffalo Bill erzählte, der ganz Paris begeisterte, und ihr versprach, daß er ihr amerikanische Mokassins schicken würde, wenn er wieder daheim wäre. Cecily und ich bemerkten, daß der Inspektor das Dienstmädchen nach dem Geheimnis der Spargelcremesuppe auszuhorchen versuchte. Das Dienstmädchen ging mehrmals in die Küche, um es herauszufinden, sagte ihm dann aber jedesmal, daß Berta, die Köchin, ihr gesagt habe, sie würde es niemals verraten. Der Inspektor runzelte die Stirn, und ein entschlossener Ausdruck trat auf sein Gesicht.

Die Gräfin war sehr unglücklich. Ihr Mann hatte ihr befohlen, in dieser Nacht in seinem Zimmer zu schlafen. Sie aber wäre lieber gestorben, als das zu tun. In diesem Augenblick haßte sie Leopold. Aber auch dem treuen Inspektor fühlte sie sich entfremdet, einem Mann, der sie so tief berührte. Von dem Augenblick an, als er das Zimmer betrat, hatte sie sich nach ihm gesehnt.

Als sie ihn an diesem Abend betrachtete, begann der innere Aufruhr von neuem. Leopold gegenüber würde sie, wieder einmal, Unwohlsein vorschützen.

Der Inspektor tauchte den Löffel in die Suppe. Spargelcreme war eine seiner Lieblingssuppen. Er kostete noch einmal. Es war eine exquisite, cremige Suppe, aber nicht *zu* cremig. In Deutschland hatte er schon Spargelcremesuppen gegessen, die so stark püriert waren, daß die Konsistenz darunter litt. Einen Moment lang gab er sich seiner Begeisterung über das Geheimnis der Suppe so sehr hin, daß ihm die Bemerkung entging, welche die Gräfin ihrem Gatten gegenüber gemacht hatte.

»Aber ja, es stimmt, Leopold«, hatte die Gräfin gesagt, »ich habe meinen Stammbaum erforschen lassen.«

»Du stammst aus Rußland. Aus russischem Adel«, erklärte Leopold mit rotem Gesicht und schlug mit der Faust auf den Tisch. »Ich habe es vom Schneider erfahren und werde dieses Getratsche hinkünftig nicht dulden. Du wirst auf der Stelle aufhören damit!«

»Na, hörst, Leopold«, sagte die Gräfin, »du hast doch selbst immer gesagt, daß die Juden in Wien alles in der Hand haben, die Musik, die Kunst, die Architektur, die Zeitungen, die Banken – da kann es doch für dich gar nicht so arg sein, daß ich entdeckt habe, daß ich Jüdin bin und gar nicht mehr konvertieren muß.«

»Bettina, ich sage dir«, zischte Leopold ihr zu, »über diese Angelegenheit werden wir noch unter vier Augen reden müssen. Jetzt will ich davon nix mehr hören!«

Der Inspektor bewunderte die Kühnheit der Gräfin, fand den Augenblick jedoch denkbar ungeeignet. Die goldenen Augen der Gräfin wurden grünlich, die dunklen Pupillen schienen sich zu weiten. Der Inspektor sah, daß ihre Unterlippe zitterte, und wußte, daß sie kurz vor einem Wutausbruch stand. Aus einem kurzen Gespräch mit dem gereizten Leopold wußte er überdies, wie gefährlich sich das für sie auswirken konnte. Auf einmal stand der Inspektor auf, faßte sich an den Hals, als bekäme er keine Luft mehr, stieß entsetzliche Laute aus, taumelte auf seinen Stuhl zurück und fiel von dort zu Boden. Sofort war die Gräfin bei ihm.

»Gütiger Himmel!« rief Mama. Auch Papa lief zum Inspektor, und zwei Diener kamen gerannt. Leopold saß da wie versteinert und offenbar ohne jeden Drang mitzuhelfen.

»Riechsalz, rasch!« befahl die Gräfin den beiden Dienern, die versuchten, die massige Gestalt vom Boden aufzuheben. Mit Papas Hilfe gelang es ihnen auch, und das Riechsalz brachte den Inspektor schnell wieder zur Besinnung. Auf Drängen der Gräfin führten sie ihn ins Wohnzimmer und legten ihn auf die Couch. Die Gräfin folgte ihnen auf dem Fuß.

Der Inspektor, dessen Augen geöffnet waren, beteuerte, daß alles in Ordnung sei, und die Gräfin bestand darauf, daß Papa an den Tisch zurückkehrte. Er trat ins Speisezimmer und sagte, die Gräfin werde bald wieder bei uns sein, wir sollten alle mit dem Essen fortfahren. Das taten wir auch; aber alle brannten darauf zu erfahren, was sich dort drüben im Nebenzimmer abspielte.

46

Die Gräfin saß beim Inspektor, hielt seine Hand und drückte ihm eine kalte Kompresse an die Stirn. Er hatte ihre Hand fest umklammert, und als sie seinen Blick erwiderte, glitt ein Lächeln über seine Lippen.

»Ich kann einfach nicht glauben, daß das ein Schmäh war«, sagte sie erfreut.

»Um Ihre Hand zu halten, gnädige Frau, würde ich mich sogar zum Simulieren herablassen, aber ich hatte noch gewichtigere Gründe.«

»Welche denn?« fragte sie.

»Du bringst dich in Gefahr«, erklärte er ganz ruhig.

»Ich ertrage diesen Narren nicht mehr«, erwiderte sie schroff.

»Damit erreichst du gar nichts«, sagte er in heftigerem Tonfall.

»Soll er sich doch von mir scheiden lassen! Das ist mir inzwischen ganz egal!«

»Das darfst du nicht riskieren«, sagte er und ergriff wieder ihre Hand. »Du würdest vor dem Nichts stehen.«

»Das ist mir einerlei!«

»Aber mir nicht. Und dir auch nicht. Die Prinzessin Albrecht ist ein trauriges Beispiel.«

Die Gräfin erblaßte. »O Gott!« sagte sie und ließ den Kopf auf seine Brust sinken. Er nahm seine Hand, die er ihr tröstend auf den Rücken gelegt hatte, wieder weg. Zu viele Bedienstete. Aber er flüsterte ihr hastig zu: »Sie ist im Narrenhaus. Dort will er sie für den Rest ihres Lebens lassen, und er hat die Macht, das zu bestimmen. Er hat sie wegen ihres Ungehorsams dorthin gebracht, das weißt du ja. Es ist nicht recht, aber es ist nun einmal so.«*

Die Gräfin erhob sich und schritt zur gegenüberliegenden Wand des Wohnzimmers. Der Inspektor hörte, daß die Terrassentür geöffnet und wieder geschlossen wurde; sie war also in den Garten hinausgegangen. Nach einer Weile würde sie sich gefaßt haben. Leopold war durchaus fähig, sie zu ruinieren, und das wußte sie auch. Der Inspektor schloß die Augen.

»Ich muß mich für meine Frau entschuldigen«, sagte Leopold. »Sie wissen, daß Bettina eine wunderbare Frau ist, allerdings auch über eine blühende Phantasie verfügt.«

»Daß sie Jüdin sein soll, ist ja wohl eher ein Scherz«, meinte Papa.

»Ach, sie bildet sich alles mögliche ein«, erklärte Leopold, und dann begannen Papa und er herzhaft zu lachen, obwohl ich auf Papas Gesicht gleichzeitig auch einen skeptischen Ausdruck zu sehen glaubte.

Kurz darauf kam die Gräfin zurück, wenig später der Inspektor, der sich ganz erholt hatte. Das Dienstmädchen teilte ihnen mit, daß die Köchin ihre Portionen warm gestellt hatte, aber die Gräfin winkte ab und widmete sich dem Kaffee und dem Dessert. Der Inspektor wirkte sehr ruhig, und über die Sache wurde nicht mehr geredet. Mir war aber klar, daß wir darüber noch etwas zu hören bekommen würden. Die Gräfin war nicht die Frau, die etwas offenbar so Wichtiges zur Sprache brachte und es dann nicht zu Ende führte. Ich wußte, daß Cecily Papa später darüber ausfragen würde. Leopold hatte sich dem Inspektor zugewandt und stellte ihm Fragen über den Nachmittagsausritt.

»Es war herrlich«, sagte der Inspektor.

»Finden Sie es angenehm, das Pferd eines anderen zu reiten, Inspektor?« fragte Leopold. »Oder finden Sie es nur am Anfang angenehm, und nach einer Weile wünschen Sie sich, Sie hätten

---

* Der Hinweis auf die Prinzessin Albrecht spielt auf eine Begebenheit an, die um die Jahrhundertwende in aller Munde war. Der Ehemann hatte sie für verrückt erklärt und in eine Irrenanstalt einsperren lassen, da er glaubte, sie habe die Ehe gebrochen. Er beraubte sie ihres gesamten, nicht unbeträchtlichen Vermögens, so daß sie völlig verarmte. Jede Frau, die eine Scheidung erwog, mußte dieses Risiko eingehen.

ein eigenes Pferd, wo doch ein geliehenes nie ganz frisch ist?« Das fragte er mit einem sehr komischen Gesichtsausdruck.

»Ganz im Gegenteil«, beteuerte der Inspektor. »So wie jeder Reiter ein anderes Pferd vorzieht, hat auch das Pferd Präferenzen in bezug auf den Reiter. Ich glaube, Oskar ist gar nicht recht daran interessiert, sie zu reiten oder ihr Gutes zu tun.« Mit diesen Worten nahm er einen Schluck Wasser, und ich sah, daß die Gräfin aufatmete.

»Wie kommt es«, fragte Leopold verärgert, »daß ich Oskar noch nie mit dieser Stute gesehen habe?«

»Ach, sie ist erst seit kurzem da«, sagte die Gräfin. »Sie hat einen vorzüglichen Ausbilder. Der hat sie ja auch gebracht.«

»Hat sie gebracht?« fragte der Inspektor.

»Ja, der Ausbilder hat sie gefunden, wie sie mit kaputtem Geschirr wild auf dem Ring galoppiert ist. Er glaubt, daß sie als Kutschpferd gedacht war, aber als niemand nach ihr fragte, hat er sie an den Sattel gewöhnt. Sie ist sehr intelligent und lernt rasch. Oskar sagt, daß sie als Fiakergaul ganz ungeeignet ist, viel zu leicht und eigensinnig.«

Der Inspektor hielt die Tasse, die er eben zum Mund führen wollte, auf halbem Weg in der Luft. »Die Leiche fehlt«, hörte er im Geiste Voll mit lauter, kräftiger Stimme sagen, »und desgleichen das zweite Pferd des Vordergespanns.«

47

Kurz nach Sonnenaufgang war der Inspektor bereits im Stall, führte die schwarze Stute hinaus und ritt in den zweiten Bezirk, wo er einen Ganoven kannte, bei dem man Pferde und Kutschen ausleihen konnte. Und zwar heimlich.

Er verließ sich auf seine Vermutung, daß das Pferd genau wußte, wohin es zu gehen hatte, und ließ ihm freien Lauf.

Dem Inspektor war aufgefallen, daß in Wien ein reges Geschäft mit dem Verleih von Leichenwagen betrieben wurde; jetzt wurde ihm klar, daß man das schwarze Pferd dafür benutzt hatte, denn es führte ihn direkt in ein Viertel, von dem, wie er wußte, illegale Unternehmungen ausgingen. Neben dem Stall spielten einige Männer Karten. Er band das Pferd an und ging auf den Mann zu, der ihn schon die ganze Zeit beobachtet hatte und sehr auf einen Auftrag, welcher Natur auch immer, aus zu sein schien.

»Sölbstvaständlich«, sagte der Mann, »wir befördan ollas, was S' woin, Sie verstengan scho.« Der Inspektor hatte Mühe, seinen Widerwillen zu verbergen.

»Dorthin«, sagte er und holte einen Stadtplan hervor.

Der Mann, der keinen einzigen Zahn mehr im Mund hatte, sagte: »Do is' oba a hocher Hügel – do wern S' a großes G'spann brauchen, b'sunders, wann ollas vuller Eis is'.«

»Ich möchte sechs«, sagte der Inspektor.

»Sechse?« Der Mann kniff die Augen zusammen.

»Es ist eine schwere Ladung«, erklärte der Inspektor. »Sechs.«

»Dann brauchan S' an Oswald. Dann miaßan S' an Oswald nehman.«

»Ist er da?«

»Naa«, antwortete der Mann, »den hob i' scho' seit Wochen nimmer g'segn. Der is' vaschwund'n.«

»Es ist aber sehr wichtig. Können Sie mir nicht sagen, wo ich ihn finde?«

»Der is' nia z'ruckkumma vun sei'm letzt'n Auftrag.« Der Mann deutete auf eine kleine Hütte. »De Kleider san no' do, oba s'Pferdl homma aa nimma g'fund'n. Oafach vaschwund'n. Des hot ma vun soich ana Drecksoabeit.« Er wandte sich ab, spuckte und trottete zurück zum Stall.

Der Inspektor ging zu der kleinen Hütte hinüber, deren Tür nicht versperrt war. Er sah einen offenen Kamin und ein Schlaflager auf dem Boden. Für eine so schäbige Umgebung war der Raum außergewöhnlich sauber und ordentlich. Die wenigen Kleidungsstücke lagen schön zusammengefaltet auf einem Stuhl, der mit einer Schnur zusammengeflickt war. Über der Lehne des einen Stuhls hing eine Uniform mit goldenen Quasten und Epauletten. Vielleicht eine Militäruniform, dachte der Inspektor, die für einen neuen Zweck umgearbeitet worden war. Den Mann, der hinter ihm in die Hütte trat, hörte er nicht.

»Was suchen S' denn da?« fragte jemand.

48

Am nächsten Tag fuhr der Inspektor nach Berlin. Mehrere Stunden hielt er sich in der Nähe der Fließschen Wohnung auf und beobachtete das Kommen und Gehen dort. Als kurz nach Mitternacht die Lichter erloschen, schlug er ein Fenster ein und kletterte hinein. Es bereitete ihm keine Schwierigkeiten, einen Einbruch in einer derartigen Situation als gerechtfertigt zu betrachten.

Die ganze Nacht hindurch saß der Inspektor da und las die Briefe, Notizen und Zeitungen auf dem Schreibtisch von Wilhelm Fließ. Der Mann war geradezu besessen von der Nase. Und von Tabellen. Periodizität nannte er das. Eine Tabelle für alles und jedes. Dem Inspektor erschien das Ganze verrückt und völlig unglaubwürdig, ein vom wissenschaftlichen Standpunkt aus völlig vermessenes Zahlenspiel.

Zwischen den Notizen befanden sich Briefe. Er fand den einen, den er gesucht hatte. Er stammte von Freud: »Ich sehe mich gezwungen, so schnell wie möglich umzuziehen. Trotz meiner Arbeits- und Einkommensverbesserungen ist es mir sehr ernst damit, Beruf und Adresse zu ändern.« Was mochte diesen plötzlichen Drang nach einem Wohnungswechsel bewirkt haben? Die Augen des Inspektors leuchteten auf. Das war von größter Bedeutung. Er erhob sich und ging einmal um den Schreibtisch. Dann setzte er sich wieder und las weiter.

Wilhelm Fließ, seine Frau und sein Kind schliefen, während der Inspektor ihr Leben und Fließ' Beziehung zu Freud durchstöberte. So viel Gerede über den Tod! Mein Gott, dieser Freud war wirklich besessen vom Tod. Und dann fand er es. Die Sache mit Emma Eckstein. Die fehlende Nase, das fehlende Glied. Na also! War das des Rätsels Lösung? Freud, der seine schützende Hand über Fließ hielt. Tod und Nasen in einem Brief nach dem anderen. Hm! Auch ein Hypochonder war dieser Freud also, dachte er. Und Fließ mit seinem Gerede über Tabellen und Periodizität war komplett verrückt. Aber die *Briefe*! Wirklich erstaunlich; Freud *vergötterte* diesen Fließ ja geradezu.

Die Stunden verstrichen, und ihm wurde klar, daß die Briefe nicht so aufschlußreich waren, wie er gehofft hatte. Aber Freud war, trotz seiner innigen Bindung an Fließ, offensichtlich außer sich wegen der Behandlung, die Fließ dieser Eckstein hatte angedeihen lassen. Das ließ sich nicht überlesen. Dann aber bemerkte er eine Veränderung im Tonfall der Korrespondenz. Eine Woche vor dem Mord – diese Briefe las er mit besonderer Sorgfalt. Fließ war wütend; er behauptete, Freud habe seine, die Fließsche Theorie über Bisexualität einem Patienten »gesteckt«; der habe sie wiederum einem gewissen Weininger zugetragen, welcher seine Ideen gestohlen und allesamt in dem Buch mit dem Titel *Geschlecht und Charakter* veröffentlicht habe. Der Inspektor seufzte auf. »Jeder Mensch ist männlich und weiblich«, las er. »Dies ist *meine* Entdeckung. Wir sind alle bisexuell…« Der Inspektor las weiter. Dann ein offenbar widerwillig verfaßter Versöhnungsbrief von Freud. Konnte der Ärger über eine Theorie für Fließ Anlaß genug sein, Freud in Mißkredit bringen zu wollen? fragte sich der Inspektor. Nicht, daß er Fließ des Mordes verdächtigte, aber möglicherweise wollte er, daß es so aussah, als hätte einer stattgefunden, um Freud in Verruf zu bringen. Um drei Uhr morgens sammelte er die Papiere ein, die er brauchte, öffnete das Fenster und stieg aus. Um vier Uhr würde ein Güterzug am Bahnhof halten. Der Inspektor mußte unbedingt am nächsten Tag wieder in Wien sein.

49

Nur eine Querstraße vom Polizeirevier entfernt traf der Inspektor Kriminalkommissär Voll, der sich gerade mitten auf dem Bürgersteig mit einem Tramwaykondukteur stritt.

Der komische kleine Bursche war sehr aufgeregt, als Voll, rotgesichtig und fast zischend, sagte: »Ich hab' dir doch gesagt, daß du nie hierherkommen sollst, du Trottel!« Es folgten weitere Beschimpfungen, die der Inspektor nicht verstand; dann eilte der Kleine davon, nachdem er, was dem Inspektor nicht entgangen war, Geld in Empfang genommen hatte.

Der Inspektor ging zu Voll, der über sein Erscheinen sehr erstaunt zu sein schien. »Ich konnte nicht umhin, das mit anzuhören… Darf ich fragen, wer das war?« Voll gelang es nicht, seine Fassung rechtzeitig genug wiederzufinden, um eine vollständige Lüge zu äußern. »Das… das ist mein unglückseliger

Bruder«, erklärte er mit einem Lächeln. »Sie kennen ja die Sorte. Ständig braucht er Geld für den Mietzins und für alles mögliche.«

»Wo wohnt er denn?« wollte der Inspektor wissen.

»In einem schlimmen Viertel, bei Ottakring«, antwortete Voll. »Es tut mir leid, wenn er Sie belästigt hat. Ich habe ihm bereits gesagt, daß er nicht aufs Revier kommen soll.« Der Inspektor nickte und ging. Die wichtigste Frage hatte er nicht gestellt: Er war sicher, daß der Mann Heinrich Voll mit dem Namen Johann angesprochen hatte. Er fühlte sich ausgesprochen unwohl, das Ganze hatte etwas in ihm ausgelöst, das er nicht recht zu greifen vermochte, und gleichzeitig stellte er sich die Frage, ob es denn überhaupt von irgendeiner Bedeutung war, wer Heinrich Voll wie nannte. Der Fall begann an ihm zu zehren. Die seltsamen Zufälle, die ihn durchzogen, das vollständige Versagen jeglicher Theorie als Lösungsansatz. Das und die schauerlichen Körperteile – jeder von ihnen mit einem Gedicht avisiert – die weiterhin überall in der Stadt auftauchten.

50

Der Inspektor sehnte sich nach einem ausgezeichneten Wiener Kaffee und Gebäck. Durch reinen Zufall – ein Faktor, der ihm schon bei mehr als einer Gelegenheit zu Hilfe gekommen war – sah er Edith Wharton am Arm eines sehr elegant gekleideten Herrn aus der Konditorei an der Ecke treten. An ihrem Gang erkannte er sofort, daß die beiden ein Liebespaar waren, was ihn sehr erstaunte. Er hatte bereits ausführlich mit Mrs. Wharton gesprochen und sie für den Typ Frau gehalten, der sich nur selten der Lust hingab. Eine sehr förmliche, verknöcherte Frau, allerdings eindeutig zu großen intellektuellen Leistungen fähig. Das interessierte ihn nun; er beschloß, den beiden auf einige Entfernung zu folgen.

Als sie das Hotel Europa betraten, wartete er diskret mehrere Sekunden, überquerte dann die Straße und winkte den Portier an der Rezeption herbei, der ihm mitteilte, daß es sich bei dem Herrn um Mr. Morton Fullerton, Zimmer 22, handele.

Der Inspektor wandte sich gerade zum Gehen, da sah er Mr. Henry James die Treppe zu ebendiesem Hotel hinaufsteigen. Gebannt und einigermaßen verwundert, trat er rasch in den Treppenschacht, um nicht gesehen zu werden, und beobachtete, wie Mr. James in den Speisesaal eilte. Seine Neugier brachte ihn zu dem Entschluß, die ins Café führende Glastür schwungvoll aufzustoßen. Als er den Dreiertisch erspäht hatte, nahm er nicht weit davon entfernt Platz und bestellte eine Tasse Kaffee, einen Cognac und ein Stück Torte.

Gerade als er seine Gabel zum dritten Mal in die mit Obers bedeckte Sachertorte versenken wollte, erstarben plötzlich Gelächter und Stimmengewirr. Mrs. Wharton starrte ihn an und richtete sich in militärischer Manier auf, wobei sie sichtlich erblaßte. Sie beugte sich vor und flüsterte den zwei Männern etwas zu, dann wandten sie alle drei die Köpfe in seine Richtung. Auf Mr. James' Gesicht lag, wie so oft, ein Ausdruck der Verwirrung und des Erstaunens, während Mr. Fullerton sich ohne die geringste Verlegenheit zurücklehnte und ihn mit einer Spur Amüsement taxierte.

Der Inspektor nickte den dreien freundlich zu, woraufhin Mr. James und Mr. Fullerton nach einigem Zögern zurücknickten. Der Inspektor hob in einer spaßigen Begrüßungsgeste seine mit Obers gefüllte Gabel und schob sie sich in den Mund. Er dachte über die drei nach. Eine *ménage à trois* war das bestimmt nicht. Er war vorhin zwar durchaus überrascht gewesen, aber ein Rendezvous dieser Art konnte er sich denn doch nicht vorstellen. Im Verlauf seiner weiteren Beobachtungen überkam ihn aber das deutliche Gefühl, daß alle drei in ein und dieselbe Liebesaffäre verstrickt waren.

51

Dr. Freud war in gehobener Stimmung. Er warnte sich zwar selbst vor allzu großem Optimismus, aber er hatte nun einmal den Eindruck, daß die Behandlung der Gräfin sehr erfolgreich verlaufen war. Ihre zwanghafte Hingabe an fremde Männer war fast vollständig verschwunden. Sie war offenbar sehr in diesen anderen Mann verliebt, dessen Namen sie nicht nennen wollte.

Als Hauptproblem betrachtete er allerdings ihre Infertilität. Für ihn stand außer Frage, daß auch deren Ursache in der Hysterie zu finden war.

Er beendete seine morgendliche Waschung und betrat das Eßzimmer, um zu frühstücken. Die Kinder plapperten durcheinander; weil er sich zu konzentrieren versuchte, ärgerte er sich über sie. Als Anna aber mit diesem überraschten, gekränkten Ausdruck zu ihm aufblickte, bereute er es sofort, nahm ihre Hand und half ihr, Hut und Mantel für den Gang zur Schule anzuziehen.

Als er sich in sein Arbeitszimmer zurückgezogen hatte, um sich die Notizen über einige Patienten durchzulesen, ertappte er sich wiederum bei Gedanken an die Gräfin. Er hatte gerade mit einigem Aufwand seine Theorie revidiert. Jetzt glaubte er, daß alle Hysterikerinnen, die er bisher behandelt hatte, eher unter Phantasien als unter der realen Verführung durch ihre Eltern oder andere Angehörige des Haushalts litten. Diese Annahme stellte einen bedeutenden Wendepunkt innerhalb seiner Theorie dar. Nur – wie paßte die Gräfin da hinein? In ihrem Fall war der Beweis geradezu überwältigend. Er wollte nicht, daß es so war; er wollte, daß sie in seine Theorie paßte. Aber da gab es nichts zu leugnen. Sie konnte sich zwar nicht entsinnen, wer es getan hatte, doch die Realität war Tag für Tag da, so oder so, überlegte er. Es mußte geschehen sein, als sie noch sehr jung war, dachte er wütend, und sie hatte sich gegenüber den Bedürfnissen ihres Verführers, der schließlich, wie jeder Kindesverführer früher oder später, ihr tyrannischer Belästiger geworden war, als so loyal erwiesen, daß sie die jahrelang aufgestaute Wut und Scham und ihre Eigenliebe zusammen mit seinem Namen tief in sich vergraben hatte.

Er erhob sich und brach zu seinem täglichen Spaziergang am Ring auf. »Ein Sklave... ein Sklave, ich will kein Kind haben, das als Sklave geboren wird.« Mit diesen Worten war sie auf seiner Couch in Tränen ausgebrochen.

Er hatte ihr ganz sanft und mit viel Zartgefühl erklärt, daß sie die Phantasie hatte, ihre eigene Sklaverei würde noch einmal durchlebt werden. »Glauben Sie nicht, haben Sie nicht die Phantasie, daß es für Ihr Kind auch anders kommen könnte?« hatte er sie leise gefragt. »Es könnte ein männliches Kind sein, dann würde es nicht dazu kommen.« Es hatte zögernd geklungen, und er war sich sofort bewußt gewesen, einen Fehler gemacht zu haben. Sie hatte nur zornig »Nein!« gebrüllt. Wirklich gebrüllt. Ihre inneren Schrecken waren plötzlich alle in diesem Ordinationszimmer versammelt. Er fühlte sich der Aufgabe nicht mehr gewachsen. Er war zu rasch vorangeschritten. Zu rasch – wieder einmal. Zu begierig war er in seiner Arroganz wieder einmal gewesen, sie es selbst entdecken zu lassen. Gedankenversunken ging er weiter, aber langsamer als vorher, belastet von heftiger Selbstkritik, wie er sie schon lange nicht mehr geübt hatte.

Er wollte sie nicht verlieren. Er wollte nicht versagen. In den nächsten Tagen durfte er nur zuhören. Sonst würde ihre Wut, ihre explosive Wut, seine Bemühungen zur Gänze zerstören.

52

Der Inspektor ging im Wohnzimmer auf und ab und neidete dem Ehemann dessen Vorrechte. Er stellte sich Leopold dort oben vor; die Gräfin hatte zwar ihr eigenes Boudoir, aber vielleicht war der Gatte gerade dort, sah sie aus der Wanne steigen, sah zu, wie sie sich puderte.

Ungeduldig warteten wir alle auf die Gräfin. Dann stieg sie endlich die Treppe herab und teilte als allererstes dem Inspektor mit, Leopold werde nachkommen. Sie lief sofort auf ihn zu, und die freundliche Ungezwungenheit, die sie, außer in Leopolds Anwesenheit, fast immer ausstrahlte, durchflutete den ganzen Raum. Da sich mehrere Leute im Salon versammelt hatten, begann sie sofort mit dem Vorstellen und schuf eine Atmosphäre, die einen wundervollen Abend versprach.

Leider kam es anders. Es gab mehrere Anläufe zu Gesprächen, die dann jedoch stockend im Sand verliefen. Zwischen Mrs. Wharton, Mr. James und dem Schriftsteller Karl Kraus, der gerade mit der Herausgabe einer eigenen Zeitschrift begonnen hatte, schienen Spannungen zu bestehen. Als Kraus hörte, daß ein Stück von Mr. James im Theater aufgeführt werden sollte, spottete er: »Hoffentlich spielt man es auf englisch – das Deutsch, das in Wien gesprochen wird, ist nämlich so schlecht, daß Ihr Text nur noch wie Geschwätz klingen wird.«

Mr. James erwiderte, das Stück werde nicht in englischer Sprache aufgeführt, woraufhin Mrs. Wharton Kraus unverblümt fragte, warum er es für notwendig erachte, die deutsche Sprache zu verdammen statt der einzelnen Menschen, die sie verdürben.

»Ich gebe mich nicht damit ab, etwas so Unbedeutendes wie Individuen zu zerstören«, erklärte Kraus ihr mit seinem sonderbaren Lächeln.

»Aha – nachdem unzählige Philosophen das Gegenteil behaupteten, haben Sie also plötzlich beschlossen, das Individuum als etwas Unbedeutendes zu betrachten!« schaltete die Gräfin sich ein. »Welcher Gegenstand genügt Ihrer Zerstörungslust denn? Kein geringerer wahrscheinlich als der Staat, nehme ich an.«

»Der Staat, wenigstens dieser hier, ist ein vollkommenes Beispiel dafür, daß die schlechtesten Aspekte des menschlichen Geistes die irrsinnige Fähigkeit besitzen, stets zu überleben.«

»Nun, ich dachte, Dr. Darwin hätte uns gezeigt, daß wir auf sehr schöne Art zu überleben imstande sind«, sagte Mrs. Wharton. »Sie liegen völlig falsch – Überleben ist ganz und gar nicht irrsinnig.«

»Das Überleben dieser verblühenden, bombastischen, destruktiven Lügen-Gesellschaft ist ein einziger Hohn und markiert das Ende der Zivilisation. Wenn die Gesellschaft verfault, so beginnt die Fäulnis in der Zunge und breitet sich von dort über den restlichen Körper aus«, erklärte Kraus in gewohnt dramatischem Redeschwall und erhob sich von der Tafel.

»Ich glaube«, sagte Henry James, »daß Sie sich mit Ihrer Ansicht in Übereinstimmung mit der Philosophie des Talmud befinden. Steht nicht im Talmud, ›die Auslassung oder Aufnahme eines einzigen Buchstaben kann die Zerstörung der gesamten Welt bedeuten‹? Ich bin selbst ein großer Bewunderer dieser Ansicht.«

Edith Wharton warf ihm einen Blick zu. Wien hatte wahrhaft kuriose Auswirkungen auf die Menschen! Ausgerechnet Henry zitierte den Talmud – das mußte man sich einmal vorstellen!

»Sie haben völlig recht«, sagte der neben Mr. James sitzende Mann. »Herr Kraus befindet sich häufig in Übereinstimmung mit dem Talmud, häufiger wohl, als ihm selbst lieb ist.«

»*Wirklich* lieb«, fuhr Kraus ihn an, »ist mir das Wissen darum, daß nichts hier irgend etwas bedeutet, daß die Sprache hier einfach aus Lauten besteht, die vorgeben, Wörter zu sein, sinnlose Geräusche, die die Leere anfüllen sollen. Wenn die Sprache ihre Bedeutung verloren hat, hat auch das Leben sie verloren.« Kraus drehte sich um und hob beide Hände in einer Geste der Bestürztheit.

»Überaus dramatisch«, bemerkte Mrs. Wharton, »aber nicht ganz korrekt. Womit ich sagen will, daß Sie sich setzen sollen!« Was Kraus zu jedermanns Überraschung auch tat.

»Erklären Sie mir, liebe schriftstellernde Dame«, sagte Kraus hohnlächelnd, »wo mein Fehler liegt!«

»Sie haben hier hervorragende Schriftsteller. Ich lese gerade etwas von diesem jungen Mann, diesem Hugo von Hofmannsthal. Der sich, wie ich hinzufügen darf, über genau das gleiche Thema deprimiert zeigt.« Sie sagte es aber so, daß ich den Eindruck hatte, daß sie überhaupt nicht deprimiert war. »Sein *Brief des Lord Chandos* ist jedoch alles andere als schlecht.«

»Er ist jung«, erwiderte Kraus und fuchtelte mit seinem Glas durch die Luft wie jemand, der viel getrunken hat. »Auch er wird einmal ein Heine werden. Ein Moses, der mit seinem Stab auf den Felsen der deutschen Sprache schlägt, aber es fließt nur Eau de Cologne heraus.«

Kraus begann theatralisch zu lachen. Keiner stimmte in sein Gelächter ein.

»Sie sind wirklich davon überzeugt, der einzige Mensch zu sein, der die deutsche Sprache mit der ihr gebührenden Sorgfalt und dem entsprechenden Schönheitssinn im Munde führt, aber ich glaube nicht, daß es nur der falsche Gebrauch des Deutschen ist, den Sie beklagen, sondern Sie beklagen auch das Fehlen von etwas, das es hier nicht gibt, etwas, das den Russen zu eigen ist.« Sie schwieg einige Sekunden lang. »Die Russen haben Seele. Die Österreicher nicht.«

»Aber ich bitte Sie, Liebste«, sagte ein Mann mit einem Monokel und langem weißem Bart. »Die Hälfte der Russen, die ich kennenlernen durfte, haben deutsches Blut in den Adern, sofern sie nicht, wie Sie selbst, zum Teil italienischstämmig sind. Ich glaube nicht, daß Sie wissen, was Sie da reden.«

»Selbstverständlich haben sie deutsches Blut«, stimmte die Gräfin zu, »aber uns Russen macht nun einmal nicht das Blut aus.« Die goldenen Augen der Gräfin waren vor Ärger grünlich geworden. »Russe wird man nur durch Rußland.«

Leopold, der während dieser Worte den Raum betreten hatte, entgegnete mit einem, wie mir schien, listigen Blick: »Na, und macht nicht erst Österreich den Menschen zum Österreicher, meine Liebe?«

»Nein, weil es gar kein Österreich gibt, sondern nur konkurrierende Volksgruppen, die von einem alternden Kaiser und einer veralteten Idee mehr schlecht als recht zusammengehalten werden«, sagte die Gräfin.

»Ah, ich widerspreche entschieden!« warf Kraus ein. »Österreich hat sehr wohl eine Seele, seine Seele ist Wien, so verbogen und verwirrt und verrückt diese Seele auch sein mag.«

»Ich bitte Sie!« Jetzt sprach eine Frau namens Wittgenstein, die von einem berühmten Maler gemalt worden war. »Natürlich hat Österreich eine Seele. Soviel Schönheit und Musik und künstlerischen Ausdruck kann es doch ohne Seele gar nicht geben. Die Sprache ist Deutsch, da haben Sie recht, aber die Seele ist wienerisch.«

»Wien hat seine Musen, aber Rußland hat Seele, das ist der Unterschied«, beharrte die Gräfin.

»Meiner Ansicht nach«, sagte Mrs. Wharton zur Gräfin, »muß man, wenn man über die Seele reden will, bei Italien anfangen und bei Italien aufhören.«

Und ehe wir's uns versahen, begann ein gräßlicher Streit darüber, was Seele bedeutet und was nicht, und ob jeder eine hätte, und dann – ich weiß gar nicht wie, aber so ist das nun mal bei Dinnerpartys – kam die Gräfin ziemlich bald von der Seele Rußlands auf den amerikanischen Präsidenten zu sprechen und auf die Frage, wie er wohl den armen hungernden Menschen in Rußland helfen würde. Papa regte sich sehr darüber auf, weil er ja in diesen politischen Dingen mitmischte, und sagte, Amerika würde sein möglichstes versuchen, aber Rußland wäre so – »aufrührerisch«, glaube ich war das Wort – geworden, daß es schwierig zu entscheiden wäre, was man gegen die Anarchisten unternehmen sollte, die dort vollkommen den Verstand verloren hätten, und gegen die ständigen Erhebungen gegen den Zaren und für die Menschen, die unter all dem zu leiden hätten.

Die Gräfin war kreidebleich geworden. »Es stimmt«, sagte sie aufgebracht, »die Situation in Rußland ist sehr schwierig.

Ich weiß selbst keine Lösung mehr.« Das überraschte mich – die Leidenschaft, mit der sie das sagte, und daß sie jemals geglaubt hatte, sie wüßte eine Lösung. Ich meine, Tante Ida war schon oft auf Lösungen gekommen, aber ich war es einfach nicht gewöhnt, die Gräfin als einen Menschen zu sehen, der soziale Missionen dieser Art erfüllte. Aber vielleicht hatte ich mich ja auch geirrt. Davon ganz abgesehen, begann ich mich allmählich zu fragen, welche Nationalität die Gräfin eigentlich hatte. Ich verstand nicht, wie wir verwandt sein konnten, und nie wollte es mir einer mal erklären.

Als das Gespräch einige Zeit später auf das Thema Juden kam, erhielt ich eine Vorstellung von Mr. Kraus' Naturell. Sogar Mrs. Wharton wurde weiß wie die Wand.

Edith Wharton hatte gehört, daß Kraus brillant, aber unmöglich sei und sich für radikale Ansichten wie die Legalisierung der Prostitution begeisterte. Er stand im Ruf, den Frauen gewogen zu sein, aber seine Bemerkungen waren einfach empörend. Und jetzt wieder die Sache mit den Juden – sie hatte es satt. Jedermann in Paris und jetzt auch hier in Wien redete über die Juden.

Kraus erregte sich gerade über Theodor Herzl, hielt in den höchsten Tönen eine flammende Rede und schlug mit der Faust auf den Tisch. Seine Sprachgewalt verblüffte Henry James. Kraus sprach ungemein geistreich, ein wilder Magier, dessen Worte die Luft wie Kristallgeschosse durchdrangen, strahlend schön, prächtig, klar und gefährlich. Kraus war ein komischer Kauz, dachte James bei sich, denn wenn man ihn ausschließlich in bezug auf seine Empfindungen einschätzen wollte, mußte man zu dem Schluß gelangen, daß er sich nicht im mindesten für Gerechtigkeit interessierte, sondern ein verbitterter Misanthrop war. Kraus, so schien es, haßte *jeden* außer, wie James bemerkt hatte, der Gräfin, die gerade von ihrem Stuhl aufgestanden und zu Kraus hinübergegangen war, um ihm etwas zuzuflüstern.

Kraus beruhigte sich wieder, nachdem die Gräfin vorgeschlagen hatte, man solle das Gespräch erst nach dem Dessert fortsetzen, was sie, wie ich zuerst glaubte, bestimmt nur tat, um ihren Gästen eine Verlegenheit zu ersparen; aber als ich dann darüber nachdachte, kam ich darauf, daß sie einfach den richtigen Augenblick abgewartet hatte, um die Diskussion auf den dramatischsten Moment des Abends zu verschieben.

Plötzlich sagte der Inspektor zu Theodor Herzl: »Mein lieber Theodor, ehe wir fortfahren, über Ihre verschiedenen Lösungen hinsichtlich der schwierigen Judenfrage nachzudenken, sind Sie vielleicht gewillt, sich dem Thema Theater zuzuwenden, denn Mr. James' neues Stück hat bald in der Burg Premiere, und dort ist ja auch, glaube ich, letztes Jahr Ihr eigenes Stück aufgeführt worden.«*

Herzl schluckte den Köder, das Gespräch war jetzt auf das Theater und die mißliche Lage des Dramatikers gebracht – ein Thema, über das Mrs. Wharton eine entschiedene Meinung hatte. Dem Inspektor war daran gelegen gewesen, jegliche politische Diskussion zu unterbinden, denn er fühlte, daß die anwesenden berühmten und mächtigen Zeitungsverleger und Chefredakteure sich gegen sämtliche wie auch immer gearteten Vorschläge Herzls ausgesprochen hätten. Über die Dreyfus-Affäre und Herzls Ideen erhitzten sich die Gemüter der Gäste eines jeden Salons in Wien und Paris.

Irgendwann verlor der Inspektor den Gesprächsfaden und schielte zur Gräfin hinüber, die so eifrig diskutierte, daß der beobachtende Blick ihr völlig entging. Sie hatte, fand er, den schönsten Hals aller Frauen, die er kannte. Er konnte sich nicht sattsehen an diesem Hals, und heute, da ihr Haar aus dem Gesicht gekämmt war und das Amethyst-Collier an ihrem Schlüsselbein funkelte, wirkte sie noch aufregender als sonst. In diesem Moment zeichnete ein Schatten einen tiefschwarzen Strich über ihre linke Gesichtshälfte. Sein Verlangen, die Hand auszustrecken und diesem Schattenstrich über ihren weichen weißen Hals zu folgen, war so stark, daß er mit beiden Händen seinen

---

* Es ist wichtig festzuhalten, daß Herzls Ideen von den Juden zum größten Teil als absurd betrachtet wurden, was ursprünglich auch für seinen Vorschlag galt, den Staat Israel zu schaffen. Wahrscheinlich können wir heutzutage die Ansichten der assimilierten Juden im damaligen Wien gar nicht mehr bewerten, denn diese Menschen zählten zweifellos zu den erfolgreichsten innerhalb ihrer Gesellschaft, und viele waren in bezug auf alles Deutsche sehr patriotisch. Die Assimilation erschien den meisten von ihnen als eine notwendige und begrüßenswerte Lösung der sozialen Konflikte jener Zeit. Andere wiederum betrachteten die Assimilation als einen schwerwiegenden Verlust ihrer Identität und ihres kulturellen Erbes. Der sowohl in persönlicher als auch in politischer Hinsicht komplizierte, verschlungene Weg, den Herzl in jener Zeit zu gehen gezwungen war, erfährt eine sorgfältige Erkundung in Ernst Pawels Biographie *Labyrinth of Exile* (New York: Farrar, Straus, & Giroux, 1989).

Teller packte, um sich zurückzuhalten. Cecily, die bemerkte, daß er den Teller umklammerte, hob überrascht den Blick, dem er jedoch auswich.

Das Dessert wurde serviert, und ich dachte schon, die Diskussionen hätten sich gelegt, man würde seine Gedanken endlich auf einer friedlichen oder doch zumindest zivilisierten Ebene austauschen, ohne sich, wie vorhin, über die Juden zu ereifern. Aber da stürzte sich Mr. Kraus auf Mr. Schnitzler, der auch Theaterautor war und obendrein Arzt und am anderen Tischende saß.

»Sie sind ja ganz still, Schnitzler. Das liegt aber gewiß nicht daran, daß Sie Angst haben, aus sich herauszugehen. Vielleicht haben Sie eine Beobachtung für unsere amerikanischen Freunde parat, zu deren Ehren dieses Diner stattfindet.« Er nickte uns sehr förmlich zu. »Vielleicht haben Sie eine Beobachtung auf Lager, die sie in ihre Heimat mitnehmen können, etwas nicht allzu« – Kraus machte eine Kunstpause, um die Spannung zu steigern – »nicht allzu Bissiges.«

Arthur Schnitzler musterte Kraus geringschätzig und amüsiert. Er liebte es nicht, in derartige Situationen gebracht zu werden, das war eindeutig, aber er schaffte es, eine elegant lässige Haltung einzunehmen, und sagte, an Kraus und Papa gewandt: »Zumindest im Augenblick bin ich kein meinem vorzüglichen Freund Karl Kraus ebenbürtiger Meister des allumfassenden Aphorismus.« Er nickte ihm zu. »Ich bin nur Arzt und Bühnenautor. Wien lügt wie ein Traum, die Stadt singt uns Lieder über unser lügnerisches Selbst vor. Alles nur Masken und Täuschung. Wunderschöne Masken, aber eben Masken. Und mir scheint, der Zustand der Menschen in Paris und Wien ist ganz ähnlich.« Er nippte an seinem Wein und legte eine dramatische Kunstpause ein. »Niemand glaubt an sich selbst oder an irgend etwas anderes, und wenn Sie mich fragen, haben die Leut' völlig recht damit.«

Diese Bemerkung verblüffte die ganze Gesellschaft so sehr, daß ein peinliches Schweigen entstand, das eine Ewigkeit zu dauern schien. Nur der Inspektor, der Schnitzler scharf beäugte, empfand offenbar keine Verlegenheit.

Plötzlich ergriff Henry James das Wort: »Ich verstehe, was Sie über die Selbsttäuschung sagen wollen. Merkwürdigerweise ist gerade einer Ihrer deutschen Philosophen, Nietzsche, über den Mrs. Wharton und ich uns schon oft unterhielten, in bezug auf ebendieses Thema sehr überzeugend.«

»Und wie!« rief Mrs. Wharton, die jetzt überaus eindrucksvoll zu sprechen begann und schon nach kurzer Zeit die Aufmerksamkeit aller anwesenden Gäste erregt hatte.

Der Inspektor lauschte Edith Whartons Worten mit großem Interesse. Die Frau erschien ihm wie ein Knäuel von Widersprüchen – einerseits schlich sie sich in Freuds Arbeitszimmer, um nicht in seine Theorien verwickelt zu werden, andererseits drückte sie sich hier so klar aus, wirkte so gebildet und selbstbewußt, daß man den Eindruck gewann, sie fürchte sich vor nichts und niemandem.

»Nietzsche, müssen Sie wissen«, erläuterte sie voller Begeisterung, »lehrt uns, daß wir imstande sind, ins Nichts hineinzugehen, und zwar fröhlich und kraftvoll, mit der ganzen Wucht unseres Wesens, ja, daß wir fröhlich ins Nichts treten müssen!« Plötzlich unterbrach sie ihren Redefluß, als hätte sie mehr gesagt, als sie beabsichtigt hatte.

»Aber ist es nicht vielmehr ein Oxymoron«, erwiderte Henry James in ruhigen Worten, »ein Taschenspielerkunststück – etwas also, dem er angeblich so ablehnend gegenüberstand –, wenn er der Ansicht ist, man könne in ein *Nichts*, in die Bedeutungslosigkeit, fröhlich hineingehen? Ich gebe zu bedenken: Wie sollte dies möglich sein?« Er hatte sich an Mrs. Wharton gewandt, und wieder kam es zu einer peinlichen Pause, in der sie sich ganz spontan vorbeugte und ihm die Hand auf den Arm legte. »Ach, Henry, du mußt es aber tun. Und du tust es ja auch. Ist dir nicht bewußt, daß du es tust?«

Er antwortete so leise, daß ich es nicht hören konnte, aber ich glaubte zu erkennen, auch wenn ich es nicht ganz sicher wußte, weil die Lichter im Lüster sehr hell waren und es vielleicht nur eine Spiegelung war, aber ich glaubte zu erkennen, daß Mr. James' Augen ganz glänzend wurden, so als hielte er die Tränen zurück.

»Ach Gott«, sagte Kraus, »jetzt kommt der mystische Unsinn. Das letzte, was dieses Land brauchen kann, ist der mystische Nihilismus, den die meisten Leute, die Nietzsche falsch lesen, immer aus ihm herauslesen. Den *wirklichen* Nietzsche liest ja keiner.«

»Ich finde es ziemlich schwierig«, warf Tante Ida ein, »herauszufinden, wer der wirkliche Nietzsche ist.« Ich glaube, sie war selbst überrascht, mit Karl Kraus übereinzustimmen. »Ich habe den Mann gelesen und finde ihn äußerst verantwortungslos. Dieses Gerede über Herdentiere und Bestien und den

›Willen zur Macht‹ – er verlangt ja geradezu, daß wir knüppelschwingend aus den Sümpfen kriechen.«

»Ich glaube, da haben Sie ihn nicht ganz verstanden«, warf Mrs. Wharton ein. »Meiner Ansicht nach fordert er uns dazu auf, die Schreibfedern zu schwingen, nicht die Knüppel. Nur die Kunst wird uns letztlich aus diesem, äh«, sie zögerte, »Sumpf erretten, wie Sie es ausgedrückt haben.«

»Wie soll die Kunst uns vor dem Tier in uns schützen«, widersprach die Gräfin, »wenn nicht einmal Gott dies vermochte, der ja, Nietzsche zufolge, tot ist?«

»Genau das ist das Problem«, erklärte Mrs. Wharton. »Gerade ohne Gott ist man auf die Kunst angewiesen. Und auf die Liebe«, fügte sie erstaunlicherweise hinzu.

»Aber das ist doch absurd«, fiel Leopold ihr ins Wort. »Schaut's euch doch an, alle miteinander, mit euren schönen Kleidern und dem guten Wein, den ihr trinkt. Ihr wißt doch nix. Ich war in Afrika, wo alle Menschen Bestien sind!«

»Wirklich?« fragte Tante Ida. »Ich habe einen Freund, einen Anthropologen, der mir erklärt hat, daß die von uns so genannten primitiven Kulturen intelligenter sind als unsere eigene. Im Hinblick auf die Haltung gegenüber Frauen, beispielsweise.«

»Sie sind ja narrisch!« sagte Leopold, als wäre dies eine Tatsache. »Das sind Wilde. Die tragen keine Kleider, schlafen in Hütten und sprechen primitive Sprachen.«

»Und Sie sind ein Fetzenschädel!« schrie Peter Altenberg, ein Schriftsteller, den die Gräfin mir kurz vor dem Essen vorgestellt hatte. »Sie kennen keine einzige afrikanische Sprache!»*

»Manche schwarzhäutigen Menschen aus Afrika schreiben ein hervorragendes Englisch«, sagte Tante Ida zu Leopold. »Von dieser Lektüre könnten Sie alle durchaus profitieren. Sie sollten Ihren Nietzsche beiseite legen und einmal einen sehr wichtigen amerikanischen Autor lesen, nämlich W.E.B. Du Bois, der *The Souls of Black Folk*** geschrieben hat.«

Am Titel dieses Buches entzündete sich der nächste Disput, denn wir sprachen alle englisch, und ein Baron verstand den Ti-

---

* Auch wenn es vielleicht kaum zu glauben ist – es gibt Historiker, die der Ansicht sind, daß der Ausdruck »Black is beautiful« auf den Wiener Schriftsteller Peter Altenberg zurückgeht. Er war in eine Afrikanerin verliebt, die zu einem Ende des 19. Jahrhunderts im Prater errichteten Aschanti-Dorf gehörte.

** *Vom Wesen der Schwarzen.* Das Buch wurde 1903 veröffentlicht.

tel falsch und dachte, Tante Ida habe *The Souls of Black Volk* gesagt. Er lief knallrot an, erhob sich und begann zu schimpfen, schwarze Deutsche gebe es nicht, sie seien alle weiße Arier. Es entstand eine große Aufregung, die darin gipfelte, daß der Baron brüllte: »Wir sind reine, reine, reine Deutsche!«

Als der Baron den Salon verließ, sagte der Inspektor: »Diese Sache mit der Reinheit spukt den Leuten ständig im Kopf herum – die Reinheit ihrer Körper wie ihrer Seelen. Das ist eine ganz fatale Angelegenheit! Reinheit hat nichts mit Gottgleichheit zu tun, sondern wird uns alle noch umbringen.«

Damit war das Faß endgültig am Überlaufen. Ich muß sagen, nie zuvor hatte ich eine Abendgesellschaft erlebt, weder in den Vereinigten Staaten noch in Wien selbst, bei der es so hitzig zuging wie bei dieser.

»Das ist keine triviale Angelegenheit!« Kraus explodierte förmlich, seine Fäuste hämmerten auf den Tisch. Weingläser gingen zu Bruch, der Rotwein schlängelte sich in Bächen über das weiße Tischtuch, und auch die Adern auf der Stirn von Karl Kraus sahen aus wie kleine Flußläufe. Herzl, der sich attackiert fühlte, hatte ein wutverzerrtes Gesicht. »Glauben Sie, ich halte das für eine triviale Angelegenheit?« Auch Herzl brüllte jetzt. »Es geht hier um Tod oder Leben!«

»Sie sind Zionist. Zionisten, Antisemiten – alles eine Bagage! *Ihr* habt doch einen Reinheitswahn! *Ihr* sortiert doch die Leut'!« donnerte Kraus.

»Sie Dummian!« rief Herzl. »Sie verstehen gar nichts!«

»Ich verstehe sehr wohl, daß Sie alles ruinieren!« Kraus war außer sich.*

---

* Herzls 1896 erschienene Broschüre *Der Judenstaat* führte unter den Juden in ganz Europa zu großen Meinungsverschiedenheiten. Die russischen Zionisten behaupteten, die Idee als erste gehabt zu haben, und waren verärgert. Viele Wiener, unter ihnen Moritz Benedikt, Chefredakteur der *Neuen Freien Presse*, waren sehr bestürzt über die separatistische Idee, die ihrer Ansicht nach den Antisemiten in die Hände arbeitete. Tatsächlich begrüßten zahlreiche Antisemiten die Idee eines zionistischen Staates, da sie die Juden separieren und ins Exil schicken wollten. Auch die bereits überaus komplexen nationalistischen Gefühle in Österreich erhielten durch diesen Konflikt neue Nahrung, was in einem wütenden Ausbruch Moritz Benedikts gegenüber Herzl zum Ausdruck kam, der trotz Benedikts Widerstand auf einer Veröffentlichung seines Pamphlets bestand. Benedikt sagte: »Aber du bist ja nicht einmal Österreicher! Du bist Ungar!«

»Meine Herren! Meine Herren!« Leopold wollte beruhigend einschreiten, aber die Schlacht tobte heftig.

»Warum müssen Sie die Juden absondern? Warum, warum nur müßt ihr immer abseits stehen? Ich bin Jude! Und ich bin wienerischer als der wienerischste Wiener!« kreischte Kraus.

»Da hast du's!« schnauzte Leopold die Gräfin an. »Da schau her, was du angerichtet hast!«

»Ich wünschte, es wäre so einfach, daß ich es angerichtet hätte«, spöttelte die Gräfin. »Dann könnte ich es nämlich auch beenden.«

Kraus und Herzl waren von ihren Stühlen aufgesprungen und eilten, den Inspektor und Mr. Mahler, den Komponisten, im Schlepptau, in den Salon. Die Gräfin war blaß und hielt ihren Kopf merkwürdig schief. Mama hatte die Augen auf den Schoß gesenkt und sagte: »Ich hasse diese Streiterei, Frederick!« Ich wußte aber genau, daß sie damit eigentlich sagen wollte: Bringt dieses Thema nur ja nie mehr zur Sprache! Ich überlegte, ob die Gräfin wirklich Jüdin war, denn dann waren Papa und ich ja vielleicht auch Juden. Das flüsterte ich noch am selben Abend Cecily ins Ohr, aber sie sagte, ihr sei es egal. Tante Ida nahm mich beiseite und erklärte mir, das Ganze sei eine ernste Sache, und ich hörte ihr zu, aber ich verstand nicht ganz, wie ernst es war und daß Dinge, die die Identität betreffen, Sachen auf Leben und Tod waren. Tante Ida hatte mir erklärt, daß man in der jüdischen Religion als Jude galt, wenn die Mutter Jüdin war, und wenn der Vater Jude war, konnte man sich selbst entscheiden. Das kam mir ziemlich komisch vor. Aber was die Gräfin anging, so überlegte ich schon, wie es sich nun eigentlich mit ihr verhielt. Einige Zeit später, als sich alles wieder etwas beruhigt hatte, sagte plötzlich Cecily, die sehr schweigsam gewesen war: »Ich frage mich« – und dabei sah sie zuerst Mrs. Wharton und dann Mr. James an –, »*wer* von Ihnen beiden in hundert Jahren als der wichtigere Autor gelten wird. Welche Ihrer Figuren werden dann noch lebendig sein?«

Alle holten tief Luft. Dann wurde es völlig still.

»Nun, das kann ich dir schon jetzt sagen«, sagte Tante Ida. »Mr. James wird als der wichtigere Autor gelten. Aber das«, erklärte sie Mrs. Wharton, die über das Gespräch völlig entsetzt zu sein schien, »hat nichts mit einer literarischen Beurteilung Ihres Werkes zu tun, für das ich, wie ich Ihnen bereits sagte, die höchste Wertschätzung hege.«

Mr. James war perplex. »Mrs. Wharton ist eine hervorragende Schriftstellerin«, sagte er, »und ich habe keine Ahnung, wie Sie die Zukunft einer Sache, welche doch der reinen Spekulation anheimgegeben ist, so kühn vorherzusagen vermögen.«

Er wußte selbst, daß seine Verteidigungsrede für Mrs. Wharton schwach ausgefallen war, denn insgeheim konnte er nicht umhin, Idas Prophezeiung für völlig zutreffend zu halten.

»Aber weder ich selbst noch ein Mensch meines Geschlechts wird die Geschichte der nächsten hundert Jahre schreiben«, sagte Tante Ida. »Wer immer diese Geschichte schreiben wird – und das werden ganz bestimmt Männer sein, das kann ich Ihnen versichern –, wird die Entscheidung treffen.«

»Es ist albern«, warf Edith Wharton ein, »anzunehmen, daß Männer, nur weil sie Geschichte schreiben, weibliche Romanciers für weniger wichtig als männliche erachten werden, wirklich albern. Ein Romancier ist ein Romancier, und ein Kritiker ist ein Kritiker, ganz egal ob männlich oder weiblich.«

»Aber das ist ganz und gar nicht egal!« widersprach Tante Ida, und jetzt war allen, ob Mann oder Frau, so unbehaglich zumute, daß keiner recht wußte, was er oder sie tun sollte. Mama zog sich in die Küche zurück. Die Gräfin dagegen hörte weiterhin aufmerksam zu.

»Es kann Ihnen doch nicht entgangen sein, Mrs. Wharton«, sagte Tante Ida, »daß viele Männer glauben, Frauen seien nicht imstande zu denken, und wenn es beim Schreiben um Denken geht und Männer das, was Frauen denken, nicht achten, nun, dann können sie sicherlich auch nicht glauben, daß Frauen, die nicht denken können, zu schreiben verstehen. Genau das wollte ich sagen.«

»Es scheinen mir in der Tat viele Frauen auf intellektuellem Gebiet nicht diszipliniert genug zu sein, um irgend jemanden, Mann oder Frau, davon zu überzeugen, daß sie denken können!« sagte Mrs. Wharton.

»Aber Denken«, erwiderte Tante Ida, »besteht doch aus mehr als nur aus Gerede über Kriege und Revolutionen und Politik und (das fand ich ein bißchen unfair) italienische Architektur (ein Lieblingsthema von Mrs. Wharton), und wenn es um ein Denken geht, das nicht unbedingt intellektuelles Denken, nichtsdestoweniger aber Denken ist, dann wird es problematisch.«

Mrs. Wharton starrte Tante Ida mit einem unbeschreiblich harten Gesichtsausdruck an. Ich dachte, wütender könnte sie gar nicht mehr werden.

Jetzt schaltete sich wieder Mr. James ein. »Ich glaube nicht, daß es große Unterschiede im Denken gibt. Ein Romanautor oder eine Romanautorin, da stimme ich Ihnen zu, ist in erster Linie Romanautor beziehungsweise Romanautorin und erst in zweiter Linie Mann beziehungsweise Frau. Das Schreiben beseitigt diese Differenz.«

»In außergewöhnlichen oder bestimmten Fällen mag das so sein«, sagte Tante Ida. »In Ihrem Fall möglicherweise und selbst in Mrs. Whartons Fall. Aber der Sachverhalt, den ich hier zu beschreiben versuche, kann sehr heikel sein, und ich weiß nicht, wie ich Sie im Augenblick von meiner Meinung überzeugen könnte.«

»Mich werden Sie davon nie überzeugen!« rief Mrs. Wharton ungestüm. »Ich finde Ihr Argument bösartig, es tut jedem unrecht.«

Henry James drehte sich der Kopf. Selbstverständlich hegte man den Wunsch, das eigene Werk möge bestehen, und wenn er Edith so betrachtete, konnte er sich einfach nicht vorstellen, daß dies auf ihr Werk zutreffen werde. Oh, er liebte sie, natürlich. Sie hatte den edelsten Geist, den unterhaltsamsten, umfassendsten und schärfsten Geist, der ihm bei einer Frau begegnet war. Er hatte sich immer gewünscht, sie wäre ein klein wenig attraktiver, aber sie war so großartig und verfügte über einen so weiten geistigen Horizont, das machte es fast wieder wett. Nur ihre Sprache! Sie erfüllte ihren Zweck perfekt, selbstverständlich, aber zwischen dem Autor und der Welt stand nun einmal die Sprache des Autors. Wenn er sich verzweifelt danach sehnte, die Welt zu berühren oder in sich aufzunehmen, stand ihm dafür nichts anderes zur Verfügung als Sprache, seine *ureigene* Sprache, die sich entlang der staubigen Pfade seines Denkens wand und wieder entwirrte, bis die poetische Vision sich offenbarte, so präzise, so exakt wiedergegeben, daß er glücklich und erlöst war. Für Edith dagegen – er wußte es nicht, aber er stellte es sich so vor – war alles ganz anders. Er hatte immer den Eindruck, daß sie ihre Bücher einfach absonderte, und konnte sich nicht vorstellen, daß sie ihrer Sprache innerlich genauso verbunden war wie er der seinen.

Mein Blick wanderte von Mr. James' Gesicht zu dem von Cecily. Sie sah plötzlich aus, als würde sie jede Sekunde vor Kummer explodieren.

»*Davon* rede ich doch überhaupt nicht!« rief sie plötzlich. »Ich will wissen, wer in hundert Jahren noch *leben* wird! Seht mich an! Was wird aus mir?« Ihr Gesicht war ganz verzerrt. Ihre Stimme klang gepreßt, und sie atmete schwer. »Was wird aus mir, aus mir?« Sie schlug sich mit der Faust an die Brust, und während Cecily so dastand, waren wir alle sprachlos vor Entsetzen über diesen Ausbruch. »Sie, Sie!« Es klang, als fände sie plötzlich keine Worte mehr. Sie sprach jetzt zu Mrs. Wharton: »Sie werden sie geschaffen haben«, dann wandte sie sich an Mr. James, der starr vor Schreck war, »und Sie werden sie in Theaterstücke gesteckt haben, und alle«, zischte sie, »werden von ihnen wissen, von Isabel Archer und Lily Bart, und was wird aus *mir*, aus *mir*, aus *mir*? Was passiert mit mir?« Ihr Gesicht war vom Zorn und von den Tränen ganz rot geworden. So wutentbrannt hatte ich Cecily noch nie gesehen. »Was wird aus mir? Was wird man von mir wissen? Ich werde aufhören, einfach aufhören, und kein Mensch wird es merken oder sich darum scheren – *Ich hasse Sie, ich hasse Sie, ich hasse Sie*!« Mit diesen letzten Worten brüllte sie in zügellosem Zorn Mr. James an, dessen Gesicht mittlerweile die Farbe eines Tischtuchs angenommen hatte. Dann verließ sie die Tafel. Mama war aus der Küche herbeigeeilt und lief hinter ihr her, wobei sie völlig entsetzt vor sich hinmurmelte: »Cecily, Cecily, ach je, ach je, ach je!«, während Papa zu Mr. James sagte: »Es tut mir sehr leid... Es tut mir so schrecklich leid, ich verstehe das nicht, so ist sie doch sonst nie... Ich, ich habe sie noch nie so gesehen...«

Papa war das Ganze unglaublich peinlich. Mr. James war wie betäubt. Er hatte seine Gabel auf den Teller gelegt, fuhr sich unablässig mit der Zunge über die Lippen und drehte den Kopf erst zu mir, dann zu Tante Ida, dann zu Mrs. Wharton. Mrs. Wharton wirkte weniger bestürzt, vielmehr einfach baff. »Sonderbar, sehr, sehr sonderbar«, sagte sie, »sich so etwas vorzustellen.« Offenbar kreiste jetzt ein und derselbe Gedanke ständig in ihrem Kopf, denn sie rollte ganz unbeabsichtigt die Augen, und mir selbst ging es ja auch nicht anders. Ich dachte nämlich, daß Cecily glaubte, daß sie irgendwie nicht real wäre, daß niemand sie *kennen* würde, wenn sie nicht auf den Seiten eines Buches erscheinen würde, wahrscheinlich eines von Mr. James verfaßten Buches oder aber, was jedoch eindeutig zweite Wahl war, in einem, das Mrs. Wharton geschrieben hatte.

Das alles kam mir sehr komisch vor, aber ich konnte es auch verstehen. Denn es gab Augenblicke, in denen verstand ich wirklich, zumindest glaubte ich zu verstehen, was in Cecily vorging, und in diesen Augenblicken fühlte ich mein Herz springen und dachte, ich wüßte genau, was sie meinte, denn ich selbst sehnte mich ja auch danach, in Mr. James' Sätzen wiedererschaffen zu werden, mich durch diese langen, gewundenen, labyrinthischen Herzensergießungen zu neuem Leben erwacht zu fühlen. Ich wünschte mir so sehr, innerhalb dieser Sprachräume definiert, am Leben erhalten und erlöst zu sein. Das Allermerkwürdigste war für mich aber wohl, daß ich das Gefühl hatte, Cecily hätte sich in jenem Augenblick am Tisch mit dieser schroffen, wilden Bitte in den Augen an mich gewandt. Daß *ich* es tun sollte, so lautete ihre Botschaft, und als ich darüber nachdachte, bemerkte ich, daß meine Hände sich zu Fäusten ballten und wieder streckten und so das Tischtuch heftig kneteten. Ich konnte nicht aufhören damit und dachte einen Moment lang, bald würde das ganze Geschirr auf der Tafel zu wackeln beginnen. Vielleicht lag es an meiner Besorgnis über Cecily, ich weiß es nicht, auf jeden Fall schaffte ich es nicht, dem nächsten Gesprächsthema aufmerksam zu folgen, und ehe ich mich's versah, war ich schon im Begriff, eben das zu offenbaren, was ich unbedingt vor allen hatte geheimhalten wollen. Wir hatten uns in ein anderes Zimmer zurückgezogen, da hörte ich, wie jemand auf die Morde zu sprechen kam. Der Inspektor erklärte, er sei zuversichtlich, daß der Fall bald gelöst sein werde. Dann erwähnte er das Datum des Mords, und uns wurde bewußt, daß er genau in der Nacht stattgefunden hatte, in der wir in Wien eingetroffen waren!

Als der Inspektor Berichte über fünf schwarze Pferde erwähnte, erzählten wir sofort, daß wir solche Pferde am Morgen unserer Ankunft in Wien gesehen hatten. Das löste beträchtliche Aufregung aus, und dann sprach der Inspektor, der wahrscheinlich einen sechsten Sinn hatte, mich an und fragte: »Und hast du an jenem Morgen noch irgend etwas Ungewöhnliches gesehen?«

»Nun ja, den Mann mit der Pistole natürlich«, sagte ich. Alle Blicke richteten sich auf mich.

Als ich die verblüffte Gesellschaft betrachtete, wich mir alle Farbe aus dem Gesicht. Natürlich stimmte es, ich hatte wirklich einen Mann mit einer Pistole gesehen, aber richtig war auch, daß ich nicht wollte, daß irgend jemand das erfuhr. Ich war sehr erstaunt über das, was ich da gerade gesagt hatte.

»Was für ein Mann, was für eine Pistole?« fragte Tante Ida.

»Ach, ich weiß auch nicht«, sagte ich mit brennenden Wangen.

»Wo, meine Liebe«, sagte der Inspektor ganz sanft, »hast du das gesehen? Im Haus oder auf der Straße?«

»Auf der Straße, glaube ich.«

»Aha«, sagte der Inspektor. »Und um welche Uhrzeit hast du die Pistole auf der Straße gesehen? Warst du da noch in der Kutsche?«

»Ja, ja«, log ich stammelnd.

»Davon hast du nie erzählt!« sagte Papa.

»Nein. Ich war mir nicht so sicher«, erklärte ich. Tante Ida und Papa saßen in einem merkwürdigen Winkel vornübergebeugt am anderen Ende des Tisches; offenbar konnten sie nicht recht glauben, was sie da hörten.

»Es war bestimmt nicht wichtig. Überhaupt nicht wichtig, bestimmt nicht«, sagte ich hastig.

»Nun, vielleicht war es wichtig, vielleicht nicht«, erwiderte der Inspektor. »Es hat keinen Sinn, weiter darüber zu sprechen. Trinken wir noch ein Glas Wein!« Er hob sein Glas und begann eine lustige Geschichte zu erzählen, für die ich sehr, sehr dankbar war. Ich konnte gar nicht fassen, wie leicht ich aus der Sache wieder herausgekommen war.

Ich hätte natürlich wissen müssen, daß der Inspektor ein viel zu kluger Mensch war, um die Angelegenheit auf sich beruhen zu lassen.

Spät an diesem Abend kam er noch einmal auf mich zu und fragte mich mit seiner trägen, ruhigen Stimme noch einmal nach der Pistole. Aber mir war klar, daß ich es ihm noch nicht erzählen konnte. Ich erinnerte mich daran, wie schrecklich aufgeregt ich gewesen war und wie sehr ich mich geschämt hatte, während der Mann mit der Pistole und ich uns ansahen. Ich dachte daran zurück, wie er sie und noch etwas anderes ausgepackt hatte, etwas, das gleich neben dem Paket im Schnee funkelte, etwas Silbriges am Boden.

In dieser Nacht ging ich mit dem Gefühl zu Bett, daß die Themen der abendlichen Unterhaltung – Frauen, Sprache und Juden – uns alle traurig gemacht hatten. Ich sah zum Fenster hinaus, wo Mr. James und Mrs. Wharton auf dem eisglatten Gehweg zu ihrer Kutsche stolperten. Sie stützten sich gegenseitig, als sie nacheinander ausrutschten. Sie hatten die Köpfe gesenkt und führten ein ernstes Gespräch, aber so weit ich mich auch hinauslehnte, so sehr ich mich auch bemühte – was sie sprachen, konnte ich nicht verstehen.

53

In der Nacht wachte Henry auf. Er dachte an Cecily. Sie wollte unbedingt eine Figur in einem seiner Bücher sein und war gleichzeitig wütend auf ihn, weil er seinen Figuren, vor allem Isabel, nicht das Schicksal mitgegeben hatte, das sie, Cecily, sich für sie wünschte. Vielleicht wollte sie Isabel Archer sein, aber sie wollte etwas anderes tun, sie wollte nicht zu Osmond zurückgehen. Und das störte ihn. Hatte er sich dem Leben, seinen Figuren gegenüber wirklich verantwortungslos gezeigt? War es, wie Cecily fand, ein Fehler, ein schrecklicher Fehler gewesen, Isabel zurückzuschicken? Es hatte ihn verblüfft, verwundert, als sie sagte: »Sie haben doch Ihren Lesern gegenüber die Verpflichtung, *sich etwas Besseres auszudenken.*« Die Vorstellung, daß es ihm vielleicht tatsächlich nicht gelungen war, die Möglichkeiten seiner Figuren zu erweitern, machte ihm schwer zu schaffen. Hätte er den Kuß weglassen sollen? Nach einer Weile war seine Stirn feuchtkalt vor Schweiß, und er begann zu frieren. Es war dunkel. Kein Mondlicht. Er saß aufrecht im Bett und hörte deutlich seinen eigenen Herzschlag. Er hatte genug, genug von sich selbst. Angst überkam ihn, als würde er noch immer daran schreiben, als hätte er es nicht beendet. Als wäre er ein Dilettant. Es gab noch viel mehr Fragen – die Fragen hinsichtlich der Glaubwürdigkeit. Die Frage nach der Kunst. Aber schließlich verfaßte er ja keine Lehrbücher, dachte er plötzlich sehr gereizt.

54

Die Abendgesellschaft ging mir nicht mehr aus dem Kopf. »Wer ist eigentlich dieser Ernst Mach, von dem die Gräfin gesprochen hat?« fragte ich Tante Ida am nächsten Tag.

»Ach«, antwortete sie mit einer wegwerfenden Handbewegung, »das ist einer dieser sogenannten brillanten Philosophen, einer wie der verrückte Weininger, du weißt schon. Wahrscheinlich hat er Frauen gegenüber eine genauso grauenhafte Einstellung. Mit Sicherheit kann ich das allerdings nicht sagen, ich habe ihn nicht gelesen.«

»Aber«, fragte Cecily, »warum ist er dann so wichtig? Warum sind alle über dieses ›Ich‹ so aus dem Häuschen geraten?«

Timothy hatte sich ausnahmsweise einmal zum Dessert zu uns gesetzt und sagte altklug: »Also, Mach behauptet ja, es gebe kein Ich – wir seien gar keine richtigen Menschen.« Sofort danach machte er sich wieder daran, die Salzburger Nockerln zu verschlingen, was mich zu der Frage reizte: »Und wer ißt dann hier gerade die Nockerln?«

»Niemand«, antwortete Timothy mit vollem Mund. »Ich bin und du bist nur ein Bündel von Empfindungen, und jeden Augenblick verändern wir uns.«

»Jeden Augenblick?« fragte ich ungläubig.

»Aber selbstverständlich«, sagte er und beendete sein Frühstück. Das Wort »selbstverständlich« benutzte Timothy sehr oft.

»Um ehrlich zu sein, ich hasse Philosophen«, erklärte Cecily, »wirklich, ich hasse sie. Die stellen doch immer die gleichen Fragen. ›Was ist das Leben?‹ ›Gibt es einen Gott?‹ ›Wer sind wir?‹ ›Was wissen wir?‹ Und keine Antwort stellt sie je zufrieden.«

Ich sah, daß Tante Ida darüber lächelte; ich aber lächelte nicht. Ich machte mir Sorgen, denn ich hörte gerade Timothy zu. »Ich persönlich glaube ja nicht, daß das Ich eine Illusion ist«, sagte er ziemlich großspurig. »Das heißt, ich glaube schon, daß das Ich eine Illusion ist, aber ich glaube nicht, daß die Vorstellung, daß es ein Ich gibt, eine Illusion ist.« Er klang fast selbst wie ein Philosoph, fand ich. Aber ich wollte nicht hören, daß das Ich eine Illusion ist. Ich wußte nämlich ganz genau, was eine Illusion war, und wollte nicht selbst eine sein.

»Was soll das heißen, das Ich ist eine Illusion?« fragte ich meinen Bruder. Alle sahen mich an und waren, wie ich selbst, erstaunt über meinen drängenden Ton. »Was soll das denn heißen?« fragte ich noch einmal. Ich war jetzt ziemlich verärgert.

»Nun«, sagte Timothy und kippte seinen Stuhl leicht nach hinten, »nun«, wiederholte er, »von den Theorien Freuds und anderer habe ich eine Menge gelernt. Wir erfahren jetzt immer mehr über die Seele. Die Menschen vergessen, wer sie wirklich sind, sie verdrängen ihre Erinnerungen, aber Dr. Freud sagt, die Erinnerungen werden trotzdem wiederkommen und ihnen bewußt werden. Die Lügen«, erklärte er, wobei er sich vorbeugte und uns mit seinen Worten große Angst einjagte, »türmen sich auf und kommen zurück und treffen einen wie ein Bumerang!« Er sprang von seinem Stuhl auf, und ich erschrak so sehr, daß mir der Atem stockte. »Wir sind nicht, wer wir zu sein vorgeben!« rief Timothy. »Wir sind voller Gefühle, von denen wir gar nicht wissen, daß wir sie haben! Wir sind alle Schauspieler! Wir sind vollgestopft mit heimlichen Ichs.« Mir wurde langsam schlecht. Mir fiel wieder ein, was Schnitzler gesagt hatte: »Das Theater ist ungeheuer wichtig für Wien, Wien liebt seine Theater, sie sind ihm Freude und Schmerz. Nachts, wenn Wien schläft, ist es besonders schön, wie ein Traum, der uns Lieder über unser wahres Selbst vorsingt. Die Masken Wiens sind real. Unsere Täuschungen sind uns genauso wichtig wie unsere Enthüllungen. Das muß man über Wien lernen.«

Ich entschuldigte mich und bat, aufstehen zu dürfen.

»Du siehst richtig mitgenommen aus«, sagte Tante Ida. »Du mußt Tee trinken.« Ich schüttelte den Kopf, aber Tante Ida zwang mich sitzenzubleiben und schenkte mir Tee nach. Das Gespräch machte ihr offenbar nicht das geringste aus. Sie war voller Energie.

»Ich finde, diese Deutschen sind sehr unangenehme Leute«, erklärte sie.

»Also wirklich, Ida«, unterbrach die Gräfin sie, über ihre Empörung lächelnd, »das sind doch Wiener. Sie sprechen zwar deutsch, aber es gibt da durchaus Unterschiede!«

»Diese deutschsprachigen Leute«, sagte Tante Ida spitz, »sind einfach lächerlich. Und arrogant. Das muß man sich einmal vorstellen: Habt ihr gehört, wie dieser Mann gestern abend in vollem Ernst sagte, Shakespeare wäre besser, wenn er seine Stücke auf deutsch geschrieben hätte?«

Die Gräfin lächelte. »So denken viele. Hast du Shakespeare schon einmal auf deutsch gehört?«

Tante Ida hielt sich die Ohren zu und kreischte: »Schon allein die Vorstellung!« Aber dann begannen die Gräfin und sie zu lachen, und ich war entschuldigt.

Ich aber lachte nicht. Ich dachte nach. Am meisten angst machten mir die anderen Ichs. Wie viele waren es und wo waren sie und zu was, fragte ich mich, waren sie wohl in der Lage?

55
DER ERSTE TRAUM DES INSPEKTORS

In dieser Nacht konnte der Inspektor nicht schlafen. Er hatte einen Traum.

Er sah Karl Kraus – nicht Jakob – die Leiter hochklettern, und die Leiter bestand aus Wörtern; die Wörter aber waren Eiskristalle. Immer wenn er ein Wort ergriff und sich schlingernd hochzog, verschwand dasjenige, auf dem er gerade gestanden hatte, unter seinen Füßen. Es sah also aus, als würde Kraus hinaufsteigen, aber je länger der Inspektor zusah, um so stärker wurde sein Eindruck, daß es sich um eine Art Luftbild handeln mußte und daß Kraus gar nicht hinaufstieg, sondern statt dessen der Himmel sich einfach nach unten bewegte hinter diesen befestigten Kristallen, die vorgaben, helle Sterne zu sein, und die Illusion ermöglichten, Kraus steige hinauf.

Dann tauchte hinter dem beweglichen Trugbild ein Gesicht auf. Es war Nietzsche. Er versuchte ihm etwas zu sagen.

»Können Sie nichts ändern?« hörte der Inspektor seine eigene Stimme Nietzsche anflehen. Eine stimmlose Stimme, die wie das Rauschen von Blättern klang, antwortete. Dann hörte er wieder seine eigene Stimme durchs Universum hallen wie einen Donnerschlag. »Können Sie nicht Haß und Verzweiflung aus der Welt schaffen?« schrie er.

»Doch, doch, ich kann es, ich kann Haß und Verzweiflung mildern.« Die Antwort war von Freud gekommen.

»Das Herz hat seine Gründe«, hörte er die Gräfin flüstern.

»Es ist meine Aufgabe, diese Gründe zu erkennen und sie, wo es sich als fruchtbar erweist, zu verändern«, erklärte Freud.

»Es ist anmaßend«, warf eine alte Frau ein, »die Existenz Gottes zu beweisen.«

»Und ich glaube, daß es ebenso anmaßend ist, sie vorauszusetzen«, sagte Sabina, die plötzlich neben der alten Frau stand.

»Ja«, sagte der Inspektor. »Zu behaupten, es sei Gott, der uns durchströmt, nur um eine Rechtfertigung für unser schrankenloses Ich zu haben ... Hören wir auf mit Gott, Gott ist nur ein Wort, eine Ausrede für Mord«, stammelte er und merkte zu seiner Überraschung, daß er weinte.

»Aber es *gibt* das Böse, das wirklich Böse«, wandte die Gräfin ein, »und es *muß* bekämpft werden.«

Da sah er Pascal, der über des Inspektors Aporie sehr verwundert war, auf einer Wolke sitzen.

»Ich bin in einem Traum«, sagte der Inspektor und erwachte.

Die Abendgesellschaft hatte ihn durcheinandergebracht. Nicht das Gerede – in Paris hatte er jede Menge Gerede gehört –, sondern etwas anderes.

Vielleicht die Gräfin, die neben ihm am Tisch gesessen und ihm zärtlich die Hand auf den Arm gelegt und ihn mit ihren Blicken angefleht und ihm zugeflüstert hatte: »Aber dieser Mach und Nietzsche und all die anderen – wenn es keinen Gott gibt und wenn es kein Ich gibt, sondern nur die Sprache, was *ist* dann überhaupt? Es ist doch nicht möglich, es kann doch nicht sein, daß wir selbst so zerbrechlich sind, nicht wahr?«

»So zerbrechlich ... nicht wahr?« klang nicht mehr wie eine Stimme und Wörter, sondern wie eine lange, gefährliche Hand, die aus dem Nichts hervorgestreckte Hand eines Zauberers, die durch den Körper des Inspektors gestoßen war und alles Blut aus seinem Herzen gepreßt hatte.

56

Henry James schlief wie ein Gehetzter. In unregelmäßigen Abständen wachte er auf und döste dann wieder ein. Im Halbdunkel erschien ihm Arthur Schnitzler: »Wien singt uns Lieder über unser wahres Ich vor. Alles nur Masken und Täuschung.«

Nur glaubte er, Schnitzler »Venedig« statt »Wien« sagen zu hören, und erwachte mit laut klopfendem Herzen.

Schweißnaß und zitternd stand er auf, zog seinen Morgenmantel an und begann auf und ab zu gehen. Er öffnete das Fenster und sah hinaus. Der Mond stand rund und hell am Himmel. Alles war still. Furchterregend still. Angespannt beugte er sich vor. Er wollte das Lied hören, Nietzsches Lied; Lerche, Nachtigall, Verkünder des Tages, aber er hörte nur einen durchdringenden, gellenden Schrei, ein gequältes, unkenntliches Heulen. Schweißnaß und fiebrig griff seine Hand nach Feder und Papier, er setzte sich und begann, ruhiger geworden, langsam und rhythmisch wie ein Dirigent mit seinem Stab, die süßen, ungleichmäßigen Noten des Noch-nicht-Liedes zu spielen.

57

Morton hatte nicht die Absicht gehabt, herumzuschnüffeln. Aber Edith war nicht da. Während er in ihrer Hotelsuite wartete, ging er an den Schreibtisch, um etwas zu suchen. Über die Intimsphäre hatte er sich noch nie große Gedanken gemacht. Er suchte nach einem seiner Briefe, den er unbedingt zurückhaben wollte.

Als seine Finger sich durch die hohen Briefstapel tasteten, fiel sein Blick auf ein blaues Samtband. Einer plötzlichen Regung folgend, zog er die Mappe heraus und löste das Band. Nachdem er zu Ende gelesen hatte, mußte er erst einmal eine Weile sitzen bleiben. Er war sehr bestürzt. Das hatte er nicht von ihr erwartet. Nicht im Traum. Zuerst war er fast schockiert. Dann dachte er, es müsse sich um einen Entwurf für eine Erzählung handeln, sicher. Aber er war sich nicht sicher. Als er es las, dachte er immer nur daran, wie wütend sie gewesen war, als er ihr erzählt hatte, er habe eine Vorlesung von Freud besucht.

»WEISST du, meine liebe Edith«, hatte er zu ihr gesagt, »es ist gar nicht so ungewöhnlich, daß Kinder benutzt werden. Du regst dich über diesen Freud immer so maßlos auf.«

»Ich finde es *widerlich*«, hatte sie ihn angefahren. »Bevor ich von dieser Vorlesung hörte, hatte ich keine Ahnung, daß er solche Dinge behauptet. Diese Wiener sind einfach widerlich. Ihre Kinder können einem leid tun.«

»Leider«, hatte er spitz erwidert, »beschränkt sich das nicht auf die Wiener, meine Liebe.«

Dann hatte er das Thema gewechselt; ihre Erbitterung, das, was er für ihre Prüderie hielt, hatte ihn ein wenig amüsiert. Und jetzt das! Er wußte gar nicht, wie er es bewerten sollte. Andererseits, dachte er, handelte es ja womöglich von ihm. Vielleicht hatte er sie dazu inspiriert!

Fragment aus Beatrice Palmato *von Edith Wharton**

»Ich war«, fügte er sanft hinzu, »so unglaublich geduldig, weißt du –«

Es war warm in dem von ein, zwei Lampen mit rosaroten Schirmen erhellten Zimmer. Im Kamin brannte ein kleines Feuer; davor lag ein glänzendes schwarzes Bärenfell, auf dem mehrere purpurrote Kissen verteilt waren.

»Und jetzt, Liebling«, sagt Mr. Palmato, indem er sie zu dem breiten Diwan zog, »laß mich dir zeigen, was einander zu zeigen nur du und ich das Recht haben.« Während er das sagte, umfaßte er ihre Handgelenke; dann sah er ihr in die Augen und wiederholte in eindringlichem Flüsterton: »Nur du und ich.« Nie war seine Berührung sanfter gewesen. Schon vibrierte, wie immer, jede Faser ihres Körpers unter dieser Berührung, jetzt aber mit einer weit leidenschaftlicheren Begierde, welche der Entbehrung und dem dumpfen Elend ihrer Ehe entsprang. Sie ließ sich nach hinten auf die Kissen fallen, gleich darauf kniete Mr. Palmato an ihrer Seite und näherte sein Gesicht dem ihren. Wieder wurden ihre brennenden Lippen von seiner Zunge geteilt, die langsam zwischen ihre Zähne drang und dann in einer langen, forschenden Liebkosung in die Tiefen ihres Mundes tauchte, während seine Hände

---

* Bei diesem bisher unveröffentlichten Text handelt es sich aller Wahrscheinlichkeit nach um ein Romanfragment, von dessen Existenz die Öffentlichkeit erstmals in der von R.W. Lewis verfaßten Biographie Edith Whartons unterrichtet wurde.

im gleichen Augenblick sanft den dünnen Stoff ihres Morgenrocks zur Seite schoben.

Nacheinander enthüllte er ihre Brüste, welche, so empfand sie, ihm entgegenragten, die Warzen korallenhart, jedoch für seine nahende Berührung empfänglich wie weiche Lippen. Jetzt hielten seine warmen Hände jede Brust wie in einer Schale, drückten sie, formten sie, kneteten sie sanft, und er flüsterte ihr zu: »Wie das Brot der Engel.«

Eine Sekunde darauf hatte seine Zunge ihren kraftlosen Mund verlassen und wand sich wie eine weiche, rosige Schlange abwechselnd um jede Brust, wechselte von einer zur anderen, bis seine Lippen sich fest über der Brustwarze schlossen und mit zärtlicher Gier daran sogen.

Dann schlug er ihren Morgenmantel plötzlich ganz zurück, flüsterte: »Ich will dich restlos, damit meine Augen all das sehen, was meine Lippen nicht zu bedecken vermögen«, und schon war sie nackt, lag vor ihm in ihrer frischen jungen Blöße und hatte wirklich das Gefühl, seine Augen würden sie mit hitzigen Küssen bedecken. Aber Mr. Palmato war nicht müßig und hatte ihr, noch während diese Empfindung sie durchfuhr, einen Arm unter den Rücken und so um sie gelegt, daß seine Hand wiederum ihre linke Brust umfing. Gleichzeitig spreizte seine andere Hand sanft ihre Beine und begann den alten Pfad hinaufzuwandern, den sie schon so oft im Dunkeln gegangen war. Jetzt aber war es hell, sie war entblößt, und als sie, an seinem dunklen, silbergesprenkelten Haar vorbei, an sich hinabblickte, sah sie ihre gespreizten Knie, die gestreckten Knöchel und Füße. Plötzlich fielen ihr Austins rohe Avancen ein, und sie erbebte.

Die Hand auf ihrem Weg nach oben hielt inne, sofort hob er den dunklen Kopf. »Was ist denn, mein Liebstes?«

»Ich erinnere mich an – letzte Woche –« stammelte sie kaum hörbar.

»Ja, Liebling. Das war ein grausames Erlebnis – doch jede Frau muß es einmal durchleben. Jetzt werden wir die Früchte ernten.«

Aber sie hörte ihn kaum, denn die vertraute, süße Hingabe durchdrang sie aufs neue. Als sich seine Hand höher und höher stahl, spürte sie, daß die geheime Knospe ihres Körpers anschwoll, erregt zitterte, darauf brannte, endlich zu erblühen. Ah, sein geschickter Zeigefinger rieb sie, trieb ihre festen Blütenblätter sanft auseinander und belegte deren empfindsame Ränder mit einer Kreisbewegung, die so zart und doch so ungestüm war, daß von der pochenden Mitte aus schon wollüstige Blitze durch ihren ihm überlassenen Körper bis in die Fingerspitzen und die Enden ihres gelösten Haars schossen.

So köstlich war diese Empfindung, daß sie am liebsten gefleht hätte, sie endlos zu verlängern; doch plötzlich beugte er den Kopf noch tiefer, und abgründig erschaudernd spürte sie, wie seine Lippen sich auf die bebende, unsichtbare Blüte senkten, spürte den leichten, festen Druck seiner Zunge, die kräftig und doch so unendlich zart die geschlossenen Blätter auseinanderzwang und sich tiefer und tiefer durch die glühende Spalte drängte, welche bei ihrem Nahen aufzuleuchten schien.

»Ah –« keuchte sie, preßte die Hände auf die spitzen Brustwarzen und schleuderte die Beine auseinander.

Sofort wurde eine ihrer Hände gepackt, und während sich Mr. Palmato aufrichtete und über sie beugte und seine Lippen nochmals auf die ihren legte, spürte sie, wie seine kräftigen Finger ihr wieder den starken, glühenden Muskel in die Hand drückten, den sie scherzhaft seine dritte Hand zu nennen pflegten.

»Mein kleines Mädchen«, stöhnte er und sank neben ihr zu Boden. Sein muskulöser Oberkörper war nackt, seine dritte Hand stand bebend aufrecht zwischen ihnen; auf ihrer Spitze perlte ein Tropfen.

Sie verstand sofort, an was seine Worte sie gemahnen sollten, glitt am Diwan entlang so weit nach unten, bis ihr Kopf seine Körpermitte erreicht hatte, stürzte sich auf das geschwellte Glied und begann es mit ihrer Zunge zu umschmeicheln. Es war ihrem Blick zum ersten Mal ausgesetzt, und ihr Herz schwoll vor Erregung: Daß ihre Berührung durch den Anblick bestätigt wurde, verstärkte die Empfindung, welche sich ihrer eifrig schlängelnden Zunge mitteilte. Mit stoßendem Atem trieb sie ihre Liebkosung immer tiefer in die dicken, festen Falten, bis das Glied ihre Lippen sprengte und ihr den Atem nahm, als wäre sie seiner Gnade ausgeliefert. Dann war es auf einmal fort, ihre Knie wurden auseinandergedrückt, und sie sah es vor sich, über sich, wie einen rotglühenden Blitz und sank zurück in einen neuen Abgrund des Entzückens, fühl-

te es auf sich sinken, fühlte, wie es die geheimen Tore öffnete und in die tiefsten Tiefen ihres verlangenden Körpers tauchte...

»War es genauso... letzte Woche?« flüsterte er.

58

Als Henry James am nächsten Morgen aufstand, mußte er unablässig an Cecily denken. Er hatte ihr einen Museumsbesuch versprochen, aber die Wirkung, die sie auf ihn ausübte, brachte ihn ziemlich aus der Fassung. Er fand es selbstredend unmöglich, daß jemand den Wunsch hatte, eine Romangestalt zu sein, konnte die Sache aber dennoch nicht ganz vergessen.

Er kleidete sich an und ging früh hinaus; ein Spaziergang im Burggarten war immer sehr angenehm. Bei der Abendgesellschaft neulich hatte Cecily ihm zugeflüstert: »Ich muß unbedingt unter vier Augen mit Ihnen sprechen, es ist wichtig!«, und er hatte erwidert, sie würden sich ja sehen, wenn sie ins Museum gingen, obwohl er sehr wohl wußte, daß sie dann nicht allein sein würden. Sie verwirrte ihn, aber gleichzeitig empfand er eine elementare Sympathie für sie; deshalb war er auch nicht allzusehr erstaunt – immerhin kreisten seine Gedanken um sie –, als Cecily plötzlich mit ausgebreiteten Armen, seinen Namen rufend, auf ihn zulief. Als sie nahe genug war, sah er, daß sie einen geradezu ekstatischen Gesichtsausdruck hatte.

»Ach!« rief sie, als sie vor dem erstaunten Dichter angelangt war und umarmte ihn stürmisch. »Ich bin so froh, Sie hier zu treffen, so froh – Sie allein können mich retten!« Da sah er erst, wie aufgewühlt sie war, denn sie vergrub ihr Gesicht, die tränennassen Wimpern, in seinem Mantel und preßte sich zitternd an ihn. Mr. James geriet in die größte Bestürzung, war empört und peinlich berührt über dieses weibliche Wesen, welches sich auf so unfeine, zügellose Art und Weise auf ihn stürzte, aber seine Empörung wurde gemildert, ja gemildert und besänftigt von dem Mitleid, das er für das schluchzende Mädchen dort empfand.

Ein sonderbares, nur schwer verständliches Mitgefühl überkam ihn und der Drang, sie zu trösten, ihre Angst erträglicher zu machen, genau das Bollwerk zu sein, nach dem ihre Seele so sehr verlangte. Diese eines Gentleman wenig würdige, ja recht eigentlich vulgäre Anwandlung ergriff ihn mit all ihrer befremdlichen Macht, die um so stärker wurde, je befremdlicher er sie fand, und ohne es zu wollen – oder gerade weil er es nicht wollte, das konnte er nicht sagen –, riß er die Arme nach vorn und legte sie um den zarten, bebenden Rücken, und, merkwürdiger noch, seine Stimme sagte *na, na, na*, bis das Zittern aufhörte und ein tiefes, erschauerndes Seufzen zu hören war und das dunkellockige Köpfchen, das tränennasse Gesichtchen, sich mit einem Ausdruck solch dankbaren Flehens erhob, daß er ein weiteres Mal spürte, wie seine Hand sich ausstreckte und ihr eine Haarsträhne aus der Stirn strich. Aber sofort nach dieser Geste taumelte er zurück; ihm war bewußt geworden, welches Schauspiel sie da boten. Seine Arme hingen steif zu beiden Seiten des Körpers herab. Er bot ihr seinen Arm und sagte: »Wir gehen jetzt in diese Konditorei dort drüben, und du trinkst eine Tasse Tee, dann wird dir gleich viel wohler sein«, spürte aber, wie sie sich, als sie die Straße überquerten, mit einer Absicht, die er sich nicht erklären konnte, an seinen Arm drückte, und als sie auf die Zuckerbäckerei zugingen, merkte er, daß sie zu hüpfen begann, und sah, daß ihre Augen, obgleich in ihrem Gesicht noch die Spuren der Tränen waren, wundersam leuchteten, und als sie »Oh, danke!« sagte und vor ihm eintrat, so daß die Glöckchen an der Tür ertönten, war ihr Lächeln süß, süßer, als er es je gesehen hatte.

59

Die Gräfin betrachtete den Inspektor. Seine Brust, eine geschwellte Erhebung, die bis zum Nabel reichte, wo sie unvermittelt abfiel wie ein Berg, der sich dem Tal zuneigt, hob und senkte sich in langsamem, stetem Rhythmus. Frühmorgens, gegen vier, war sie erwacht und hatte sich, so natürlich, wie eine Rose sich der Sonne zudreht, ihm zugewandt. Sanft liebkosten ihre Lippen die bergähnliche Erhebung, ihre Zunge wühlte in seinem Fleisch wie eine Biene, die sich mit dem Bauch im Blütenstaub wälzt.

Sie wollte jetzt nur von seinem Körper, seinem Duft umgeben sein. Er war anders als alle Männer, die sie gekannt hatte. Sie legte sich wieder zurück und genoß die unglaubliche Befreiung in ihrem Rückgrat, in ihrem Bauch und die Leichtigkeit rund um ihr Herz. Sie hatte das Gefühl, aus der dunklen Kälte der Verstimmung errettet worden zu sein, in der ihre Seele jahrelang geschmachtet hatte. Gänge mit vielen Türen, in denen Männer plötzlich auftauchten und sie heranwinkten und sie ihnen mit dieser scheußlichen, unterwürfigen Erregung folgte. Dieser Mann aber hatte sie nicht zu sich gewinkt. Sie hatte ihn bewußt, aus freiem Willen und freudig gerufen, und er war gekommen.

Der Inspektor spürte ihre Lippen auf seinem Körper wie aus der Fallhöhe eines weit zurückliegenden Nachmittags, als er mit Freunden eine Ballonfahrt unternahm und der Korb bei einem fast fatalen Unfall Schaden nahm und sich neigte. Er und zwei andere waren schon an den Seiten herausgefallen und hielten sich mit Mühe und Not fest, bis sie gelandet waren. Als sie so über der Erde schwangen, hatte er den köstlichen, erschreckenden Wunsch durchlebt, den Korb loszulassen und zu fallen, und bei der Gräfin erging es ihm genauso. Wenn er sie liebte, ließ er los, kippte und schwelgte im langen, langsamen Fall endloser Lust. Halb schlafend hob er die Hand und berührte ihr Haar.

Die Gräfin nahm seine Hand, hielt sie, betrachtete ihn, hoffte, er möge noch nicht erwachen. In solchen Momenten befiel sie beinah Verzweiflung und ein schmerzhaftes, körperliches Verlangen, als wollte sie von allem fortgeschwemmt werden, in seinem Duft, in seiner Berührung ertrinken. Wo sie früher mit anderen Männern erschöpft und schmerzerfüllt »Aufhören!« gefleht hatte, wallte in ihr im Augenblick der höchsten Lust mit ihm aus einer anderen, ursprünglichen Quelle ein endloser Strom des Begehrens auf, ein anhaltender Schrei – der wahre Schmerz ihrer Seele. Sie wußte, daß dieser Schrei im Augenblick der Liebe aus einer unerreichbaren Tiefe in ihr nach mehr, mehr, mehr schrie.

Sie konnte inzwischen nicht einmal mehr vorgeben, Leopold zu lieben. Es war wie der Regen, der auf einen Stein plätschert, jeden Zentimeter bedeckt, aber nichts verändert. Leopold war kein Narr; er glaubte nicht, daß sie ihn jemals geliebt hatte. Aber er schätzte es sehr, eine schöne Ehefrau zu besitzen. Und jetzt war sie nicht einmal mehr andeutungsweise liebevoll. Deshalb schlug er mit der Faust auf seinen Schreibtisch, brüllte die Bediensteten an, war ständig gereizt und aufgewühlt. Er wußte, wenn er sie zur Rede stellte, würde er sie verlieren, aber als er den Ausdruck in ihren Augen sah, mußte er seine ganze Selbstbeherrschung aufbieten, um es nicht zu tun.

TEIL V

DIETRICHE

Die Zeit war belebt, hat auch wieder einen neuen und für die vorhandene Sammlung von Dietrichen glatt aufgehenden Fall eines 18jährigen Mädchens gebracht.

Freud über »Dora« an Fließ
14. Oktober 1900

Wir haben die Kunst, damit wir nicht an der Wahrheit zugrunde gehen.

Nietzsche

1

Der Inspektor hatte Freud versichert, er werde seine Patienten nicht weiter befragen, und hielt sich auch daran. Als aber Kriminalkommissär Voll die nervöse junge Frau hereinführte, die sich weigerte, mit jemand anderem als dem »höchsten Vorgesetzten« zu sprechen, änderte er seinen Entschluß. Sie sei, sagte sie, wegen der »Gerüchte« über den Mord gekommen. Voll, den ein so junges, merkwürdiges Mädchen nicht interessierte, hatte sie abzuwimmeln versucht, aber als der Inspektor ihren Namen hörte, war ihm sofort klar, daß es sich um das Mädchen handelte, das Freud in seiner Krankengeschichte als »Dora« bezeichnet hatte.* Auf den Inspektor wirkte sie intelligent und aufgeweckt, trotzdem empfand er sie als eher unangenehm: Sie war gleichermaßen eigensinnig wie verletzlich, was, wie er aus Erfahrung wußte, ein eingehendes Verhör schwierig machen würde. Daß ihre und Freuds Wege sich getrennt hatten, überraschte ihn nicht.

Dem Inspektor fiel ein Gespräch ein, das er mit der Gräfin geführt hatte. Er hatte einmal davon gesprochen, daß der Doktor seiner Ansicht nach aller ärztlichen Erfahrung zum Trotz wohl kein wirkliches »Gespür« für Frauen habe. Die Gräfin hatte widersprochen, aber der Inspektor sagte, er finde, daß Freud, wenn man das Delikate der von ihm als Untersuchungsgegenstand gewählten Phänomene bedenke, genau das nicht habe, was er dazu eigentlich brauche. Dann hatte der Inspektor seinen Daumen am Zeigefinger gerieben, die Gräfin angesehen und gesagt: »Es ist ein bestimmtes Fingerspitzengefühl, so wie

* Der richtige Name der Patientin, die in der Krankengeschichte »Dora« genannt wird, lautet Ida Bauer.

ein Schneider Seide von Schantung unterscheiden kann oder Satin von Baumwolle.« »Ich verstehe«, hatte die Gräfin eisig bemerkt. »Für dich sind Frauen also Waren.« Ihr Ton hatte ihn gekränkt, ihr Ärger ihn verwundert. Manchmal verblüffte ihn ihre Eifersucht.

Als Dora jetzt neben ihm ging, wandte er ihr seine volle Aufmerksamkeit zu. Sie, die junge Frau, die in Freuds Wohnung ein und aus gegangen war, fühlte sich wahrscheinlich bedroht, dachte er, aber was sie ihm nun erzählte, belehrte ihn eines besseren. Sie sah ihn an und sagte: »Als ich von dem Mörder hörte, dachte ich, das muß ich sein.«

Er starrte sie an. Aber sie hatte offenbar nicht gescherzt.

»Ich verstehe nicht recht«, sagte der Inspektor. »Sie glauben also, Sie hätten einen Mord verübt?«

Sie schüttelte den Kopf. »Nein, ich habe geglaubt, ich sei dort ermordet worden. Ich läge dort tot, und dieser Mensch, ich, der Türen durchschreitet und die Gassen entlanggeht, das wäre ein Geist. Ich glaubte, daß mein wahres Ich tot ist, umgebracht ohne jeden Beweis.« Sie sah ihn an. In ihrem Blick lag Verzweiflung.

»Wissen Sie, wie es ist, zu sterben, ohne daß man den Beweis für einen Mord hat?« fragte sie ihn. Dann packte sie ihn so fest am Arm, daß er über ihre Kraft staunte. Das Ganze war völlig bizarr, trotzdem rührte ihn die Geschichte, und er fragte sie sanft: »Wer war es? Wer hat Sie getötet?« Plötzlich wurde sie von ihren Gefühlen überwältigt, sie lehnte sich schluchzend an ihn. Er brachte nicht aus ihr heraus, ob es ihr Vater gewesen war oder ihre Mutter, ein Freund ihres Vaters, Freud oder alle zusammen oder sogar der Zorn des Mädchens selbst oder ihr Gefühl völliger Wertlosigkeit. Dieses Mädchen hatte nichts Liebenswürdiges an sich. Dabei war sie noch so *jung*! Ein grauenhaftes Unrecht mußte an ihr verübt worden sein, dessen war er sicher.

Kurz darauf ging sie, und als sie die Straße entlangschritt, wußte er, daß er sie nicht wiedersehen würde. Er hatte ihr angeboten, sie zu einem Fiaker zu begleiten, aber sie hatte abgewinkt. Sie war aus einem bestimmten Grund zu ihm gekommen, der ihm nicht klargeworden war, aber sie hatte erreicht, was sie wollte. Er hatte ihr gesagt, er stehe kurz vor der Aufklärung; das hatte sie offenbar, zumindest für den Augenblick, beruhigt.

Er setzte sich wieder an seinen Schreibtisch, doch ihr angsterfülltes Flüstern ging ihm nicht mehr aus dem Kopf: »Mein wahres Ich ist tot. Man hat meine Seele ermordet und diesen Geisterkörper zurückgelassen, der jetzt durch die Gassen geht. Das hat man mir angetan, aber es gibt keinen Beweis, denn ich kann den Raub meiner Seele ebensowenig beweisen, wie die Philosophie ihre Existenz beweisen kann.« Das hatte ihn schockiert. Und jetzt fiel ihm wieder ein, daß ihn ein Schauder durchfahren hatte, als sie zum Schluß, während ihre Finger ihn fest umklammerten, sich tief in seinen Arm bohrten und ihre Augen ein trübes, stumpfes Licht aussandten, zu ihm sagte: »Es ist das perfekte Verbrechen.«

2

Der Inspektor brauchte mehr Unterstützung. Aber welcher Art genau, das wußte er selbst nicht recht. Stekal blieb bei der Stange, ihn mochte der Inspektor recht gern. Aber Voll war viel zu widersprüchlich für seinen Geschmack. Voll war pedantisch, methodisch, logisch und ganz und gar verantwortungslos. Mit ironischem Grinsen dachte der Inspektor an seinen Besuch daheim bei Voll zurück. Er war, seiner Gewohnheit entsprechend, gekommen, ohne sich anzumelden, und zwar an einem Sonntag. Bei einem Spaziergang durch die Straßen war ohne sein Zutun eine Frage bezüglich des weiteren Vorgehens in ihm aufgetaucht, und er war gleich zu Volls Haus am Stadtrand gefahren. Es lag in einem wunderschönen Waldgebiet, und kurz flammte in ihm die Hoffnung auf, dem verdammten Bürgermeister, diesem Lueger, möge es nicht gelingen, seinem Plan entsprechend hier eine Akropolis zu errichten. Es wäre jammerschade um die Wälder gewesen.*

Er hatte Voll und dessen Familie beim Nachtmahl angetroffen. Voll reagierte deutlich gereizt auf die Störung, brachte aber immerhin genug Höflichkeit auf, ihn hereinzubitten. Die Einladung, sich an dem Sonntagsmahl zu beteiligen, schlug der Inspektor nicht aus. Seiner Erfahrung nach war es immer von Vorteil, die ermittelnden Kollegen so gut wie möglich zu kennen. Er hatte den Eindruck eines typisch bürgerlichen Haushalts, war jedoch verwundert, auf einer Kommode ein großes Porträt Luegers zu sehen. Das Ganze wirkte wie ein Altar. Die Atmosphäre war

---

* Auch Karl Kraus sprach sich gegen diese Akropolis aus. In Wien gab es damals bereits Anfänge einer »grünen Bewegung«.

bedrückend. Die Kinder saßen stocksteif da und fragten, ob sie Brot essen, ob sie sprechen dürften. Volls Frau schien auf ihrem Stuhl immer kleiner zu werden und klang derart verschüchtert, daß er sich Mühe geben mußte, die drei Wörter zu verstehen, die sie zu sprechen wagte. Inmitten dieser alles überlagernden Befangenheit machte Voll die größten Anstrengungen, höflich zu sein. Aber der Inspektor wußte, daß er Volls Tagesablauf durcheinandergebracht hatte und daß Voll das nun einmal haßte.

Immerhin ließ der Kriminalkommissär sich dazu herbei, sein Nachtmahl zu unterbrechen, ging in sein Arbeitszimmer und suchte heraus, was der Inspektor haben wollte. Er war ein unermüdlicher Ermittler, das mußte man ihm lassen. Stolz zeigte er dem Inspektor schriftliche Aufzeichnungen über den bisherigen Verlauf der Ermittlungen, die er jeden Abend mit nach Hause nahm und nach dem Essen studierte, um sicher zu sein, daß jedem Hinweis nachgegangen worden war. Dem Inspektor fielen mehrere gerahmte Urkunden auf, die an den Wänden des Arbeitszimmers hingen: Polizeiurkunden, kirchliche Urkunden und Urkunden einer Wohltätigkeitsorganisation. Er seufzte auf. Er wußte, daß Voll gerne gelobt wurde und sich ärgern würde, wenn er den Ruhm, die Mordfälle aufgeklärt zu haben, mit irgend jemandem teilen müßte. Nun, dachte der Inspektor, so, wie die Dinge standen, würde es wahrscheinlich nichts zu teilen geben.

3

Wir beschlossen, ins Museum zu gehen. Tante Ida, Mrs. Wharton und Mr. James debattierten, ob sie nun die Ausstellung der Secessionisten besuchen sollten, die Mrs. Wharton sehen wollte, weil sie, wie sie sagte, sehr an Mr. Klimt und irgendeinem Gemälde mit dem Titel »Philosophie« interessiert sei.* Aber zum Schluß siegte Tante Ida.

---

* Klimts Gemälde *Philosophie* galt in der Tat sowohl als schockierend wie auch als »häßlich«. Es entstand als Auftragsarbeit für das neue Universitätsgebäude am Ring und erregte in der damals herrschenden, als »Krise des Rationalismus« bezeichneten Atmosphäre gewaltiges Aufsehen. Wie

Ida war gegen ihren Willen sehr beeindruckt von Mrs. Wharton. Die Frau war praktisch ihre Fremdenführerin. Sie wußte offenbar alles über jeden im Kunsthistorischen Museum ausgestellten Maler jeder Periode. Ida fiel auf, daß Mrs. Wharton zwischen ihren Kurzvorträgen immer wieder vor sich hin murmelte, sie würde so gern nach Italien fahren und hoffe nur, die grauenhafte Sache mit dem Mord in Dr. Freuds Arbeitszimmer werde aufgeklärt, und zwar bald. Jetzt ließ Mrs. Wharton sich gerade über etwas anderes aus – über Nietzsche, den sie offenbar erst vor kurzem entdeckt hatte. Ida lächelte verstohlen: Sie fragte sich, was Nietzsche wohl von einer Frau gehalten hätte, die in einem Atemzug über ihn sprach und im nächsten über die Tischordnung beim Letzten Abendmahl.

Ida hatte ihren Nietzsche gründlich gelesen und wußte, daß er, falls sie ihn richtig verstanden hatte, beim Thema Frauen danebenlag, völlig danebenlag. Aber wann immer sie das Thema Frauen als solches zur Sprache brachte, hatte sie den Eindruck, daß Mrs. Wharton trotz ihrer großen Belesenheit erstarrte. Sie verstand nicht, daß eine Frau, die eine so einfühlsame Frauengeschichte wie die von Lily Bart geschrieben hatte, so gar nichts mit den Feministinnen zu tun haben wollte. Ida beschloß, sich nicht mehr darüber den Kopf zu zerbrechen und Mrs. Wharton nur mehr auf dem Gebiet der Kunst in Anspruch zu nehmen.

Wir hatten gerade ein weiteres Gemäldekabinett betreten, da winkte Mrs. Wharton Tante Ida aufgeregt zu sich. Ich wußte nicht, über was Mrs. Wharton und Tante Ida sprachen, aber ich hörte, wie Mrs. Wharton sehr bestimmt sagte: »Im sechzehnten Jahrhundert muß man die dekorative Kunst betrachten, um das wahre Genie zu entdecken. Damals herrschte das Konventionelle vor, was in der dekorativen Kunst ein Vorteil ist. Die sakrale Malerei dieser Periode ist so stereotyp, daß ich bezweifle, ob selbst ein noch größeres Genie als Correggio sie hätte be-

---

Carl E. Schorske in *Wien – Geist und Gesellschaft im Fin de Siècle* (Frankfurt/M.: S. Fischer, 1982) schreibt, betrachtete man in einer Zeit, von der die Philosophen glaubten, sie werde nun »wissenschaftlicher«, Klimts verschwommene, sinnliche Formen (im Gegensatz zu rationalen und intellektuellen) als »künstlerischen Fehlschlag«. Siebenundachtzig Universitätsdozenten unterzeichneten eine Petition, in der das Kultusministerium aufgefordert wurde, das Gemälde abzulehnen.

freien können.« Daraufhin sagte Mr. James etwas, das ich nicht verstand, und dann bogen sie in ein anderes Kabinett ein und begannen wieder zu diskutieren, diesmal über eine Diana auf einem Bild, das Cecily und ich uns nach einigem Sträuben dann auch ansahen.

»Ich finde es amüsant«, sagte Mrs. Wharton, »daß die Äbtissin ausgerechnet Diana als Thema für die Ausschmückung ihrer Wohnräume durch Correggio wählte. Ah, da ist sie ja! Ist es nicht herrlich, daß ausgerechnet Diana klösterliche Keuschheit symbolisieren sollte?«

Dann betrachteten wir einige Gemälde von Venedig, und wieder faszinierte Mrs. Wharton uns mit ihrem Kunstverstand. »Ah, das ist Guardi«, rief sie begeistert und deutete auf ein Bild, das Menschen auf dem Markusplatz zeigte. Sie wandte sich an Mr. James. »Er ist so viel weniger oberflächlich als Canaletto, findest du nicht auch?«

Mr. James sagte, darüber müßte er erst noch nachdenken.

»Canaletto«, sprach sie weiter, »ist doch nur charmant, während wir hier den *grouillement* der Masse haben, das Branden der Menge, die Marktbuden, das wahre Straßenleben!« Es überraschte mich, daß Mrs. Wharton sich für das wahre Straßenleben interessierte; ich hatte sie mir immer nur in Salons vorstellen können. Wir gingen nun zu den Dürerbildern und dann zu denen von Rubens.

Draußen auf der Treppe des Museums sprach Mrs. Wharton dann wieder über das Venedig des achtzehnten Jahrhunderts. Sie sagte, in der damaligen Gesellschaft sei der äußere Schein zweifellos alles gewesen.

»Genau wie in Wien«, sagte Tante Ida, aber Mrs. Wharton sagte, da sei sie nicht ganz ihrer Meinung, obwohl auch einiges daran richtig sei. Sie fand die Wiener sogar noch theatralischer als die Venezianer. »Sie spielen mit allem«, erklärte sie, »und manchmal ist es wunderbar, und manchmal ist es grauenhaft.«

»Letztlich ist es immer grauenhaft, den Spieler nicht vom Spiel unterscheiden zu können«, bemerkte Mr. James sehr ernst.

»Wer kann sich denn da schon wirklich *sicher* sein?« fragte Tante Ida.

»Man muß den Willen haben, ein gewisses Interesse aufzubringen, oder sagen wir besser: ein gewisses Interesse zu artikulieren, beziehungsweise zu erkennen, daß es wichtig ist, den Unterschied zu erfassen. Ich bin gar nicht sicher, daß sie diesen

Unterschied überhaupt erfassen *wollen*; sie *lieben* die Illusion«, sagte Mr. James.

»Vielleicht«, entgegnete Mrs. Wharton, »liegt das an ihrer Musikalität. Wenn die Musik so schnell ist und der Tanz so ausgelassen, will man den Blick nicht heben und erkennen, daß man möglicherweise auf einem Grab tanzt« – sie wandte sich zu Mr. James und sah ihn, wie er fand, ziemlich spöttisch an –, »nicht wahr?«

»Warum hast du das gesagt?« fragte er mit seltsam belegter Stimme. »Auf einem Grab tanzt?«

»Nun, ich denke, das trifft es sehr gut«, erklärte sie. »Du weißt doch, wie einem solche Dinge plötzlich durch den Kopf schießen.«

4

Nachdem wir das Museum verlassen hatten, blieben wir staunend vor dem Kaiserinnendenkmal – wie Tante Ida es nannte – stehen, ein Denkmal, das die Kaiserin Maria Theresia mit ihren Generälen darstellte! Sie hatte offenbar einen großen König namens Friedrich der Große besiegt, was Tante Ida wirklich beeindruckte. Auf Mrs. Wharton dagegen schien die künstlerische Wirkung des Denkmals überhaupt keinen Eindruck zu machen.

Kurz darauf begann Cecily rasend schnell auf Mr. James einzureden, während sie neben ihm hersprang und ihre wunderschöne Tasche aus Paris hin und her schwang, die die Gräfin ihr geschenkt hatte. Unter dem grünen Mantel trug sie ein weißes Kleid mit einer riesigen Schärpenschleife, und als sie einmal eine Pirouette drehte, hoben sich der Mantel und der Rock ein ganz klein wenig, und man konnte den stoffreichen Unterrock sehen, den sie darunter anhatte. Unter der schleierbesetzten Hutkrempe glänzte ihr dunkles Haar. Mr. James und sie machten Pläne für das nächste Treffen; Cecily hatte mittlerweile nämlich genug von Museen. Es gelang ihr allerdings nur eine bestimmte Zeit lang, Mr. James' Aufmerksamkeit zu erregen; dann entzog er sie ihr wieder, wandte sich ab und unterhielt sich mit Mrs. Wharton.

Als wir in der Bellariastraße um die Ecke gebogen waren und gerade den Platz überqueren wollten, fuhr plötzlich eine Kutsche mit einem schmucken Pferd, dessen Hufe hoch in die Luft flogen, neben uns her, und dann wurde eine behandschuhte Hand zum Fenster hinausgestreckt. Gleich darauf war der Kutscher vom Bock gestiegen und half einer entzückenden Dame ganz in Rosa heraus – rosa Tüllkleid, rosa Seidenmantel, rosa Schleier, rosa Schühchen. *Rosa!* Tante Ida blieb der Mund offenstehen. Die Dame trällerte: »Guten Morgen, Mr. James. Wie schön, Sie zu sehen!« und schlug, während sie mir und Cecily und Tante Ida vorgestellt wurde, den Schleier zurück.

Sie hieß Mrs. Langtry und trällerte und drehte ihren Sonnenschirm hin und her und sagte, sie sei nur *auf einen Sprung* in Wien. Sie hatte die schmalste, rosaroteste Taille, die ich je bei einer Lady gesehen hatte. Sie hatte Mr. James am Arm gepackt und zog ihn den Gehsteig entlang und erzählte ihm das Blaue vom Himmel herunter, wie ich normalerweise gesagt hätte, aber in diesem Fall dachte ich »das Rosarote vom Himmel herunter« und erzählte es Cecily, die sehr laut loslachte. Daraufhin blieb Mrs. Langtry stehen und drehte sich um, und Cecily hüpfte nach vorn, auf die andere Seite von Mr. James, was ich ein bißchen zu forsch fand. Er gluckste und murmelte etwas vor sich hin, ich verstand es nicht. Aber ich sah, daß er seinen Hut erst in die eine Richtung und dann in die andere Richtung drehte, während die beiden Frauen, Cecily und Mrs. Langtry, um seine Aufmerksamkeit wetteiferten.

Cecily tat mir leid, denn Mrs. Langtry kam mir wie eine Hexe vor, die Mr. James verzaubert hatte, so wie sie wahrscheinlich alle Männer verzauberte. Sie hatte ein sehr hübsches Gesicht und ein strahlendes Lächeln, aber vor allem ihre Körperhaltung, die Art, wie sie sich an ihn lehnte, wie sie hüftwackelnd die Straße hinunterging, schien ihn ganz außerordentlich in Anspruch zu nehmen. Um nicht ins Hintertreffen zu geraten, versuchte Cecily, so gut sie konnte, seine Aufmerksamkeit auf sich zu ziehen, aber Mrs. Langtry hielt ihr Gesicht *schrecklich* nahe an seinem und blieb oft stehen und rief: »Oh, sehen Sie nur!« und streckte den Finger in die Cecily entgegengesetzte Richtung, so daß Cecily sich immer zu spät umdrehte, wenn das Gezeigte schon vorbei war, und jedesmal fragen mußte: »Was denn? Was meinen Sie denn?«

Das alles geschah, während sie die Straße überquerten. Mrs. Langtry hatte, als sie aus der Kutsche stieg, über die Schulter hinweg gerufen: »Folgen Sie mir!« und dann gesagt, sie hätte sich »so auf den Spaziergang gefreut«. Als wir den Volksgarten betraten, bat sie Mr. James, er solle ihr mit ihrem Sonnenschirm helfen. Die arme Cecily war außer sich angesichts der Zauberkünste, mit der nun Mrs. Langtry Mr. James ganz offensichtlich bezirzte. Mrs. Langtry kannte alle Tricks, all die Frauentricks, die Männern so gut gefallen, und ihr Parfum und ihr Lachen und die Art, wie sie seinen Arm ergriff, zeugten von einer Erfahrung, die Cecily nicht hatte. Ich sah Cecilys Gesicht und daß sie die Zähne zusammenbiß, und da war mir klar, daß sich in ihr etwas aufstaute, das für uns alle gefährlich werden konnte.

Kurz darauf machte Cecily sich von Mr. James los, lief auf den Rasen und tat so, als betrachtete sie etwas, aber an der Neigung ihres Kopfes erkannte ich, wie unglücklich sie war. Ich dachte mir, auch Mr. James müßte das doch sehen, aber er war viel zu sehr beschäftigt mit dieser rosaroten Frau – mit der Art, wie sie ihr Kleid hob, ihren Fuß streckte, ihren Parasol herumwirbelte, lachte und ihm so direkt in die Augen sah, daß es fast schon schockierend war, zumindest für mich. Ich hörte sogar, wie Mama etwas sagte, als diese Frau Mr. James immer tiefer in den Park hineinlockte, und Cecily ging immer weiter weg, bis nur noch Mrs. Langtry und Mr. James im Blickfeld waren. Cecilys düsteres Gesicht auf dem Heimweg sprach Bände.

Als wir im Park um die Kurve bogen, sahen wir eine kleine Menschenansammlung, und Tante Ida rief: »Oh, ein Puppenspiel, das sehen wir uns an!« Sie wollte unbedingt, daß wir alle ganz nach vorne gingen. Wir merkten aber sehr schnell, daß da etwas nicht stimmte. In der Vorführung traten zwei Puppen auf, der lustige Wurstel und der Jud. Das sollten die Figuren sein, die bei uns Punch und seine Frau Judy sind; statt Judy hatten sie aber einen komisch aussehenden Mann mit Bart, der »der Jud« hieß. Der Wurstel schlug den Jud immer mit einem Hammer auf den Kopf, dann lachten die Leute. Als Tante Ida uns wegzog, sah ich noch, wie der Wurstel ihn totschlug.* Die Menschen johlten. Das alles trug nicht gerade dazu bei, unsere Stimmung zu heben.

Trotzdem bestand Mrs. Langtry darauf, Mr. James in *ihrer* Kutsche nach Hause zu bringen; sie habe Bücher daheim, so sagte sie jedenfalls, die ihn sicherlich brennend interessieren würden.

---

* Dieses Puppenspiel wird auch in anderen Berichten über die damalige Zeit erwähnt.

5

Der Inspektor hielt die Gräfin in seinen Armen.

»Wie sollst du denn durch Erinnern gesund werden können?« fragte er sie. Es war ihm schwer verständlich.

»Warum kommt dir das so unglaublich vor?« fragte sie zurück. Ihre weiße Schulter glänzte in der Sonne.

»Für mich ist Erinnerung Vergangenheit, der Tod.«

»So denken die meisten Menschen über die Zukunft: Sie fürchten den Tod, der vor ihnen liegt, nicht die Vergangenheit.«

»Ich fürchte die Vergangenheit«, erklärte er. »Sie ist gefährlich. Ich habe es dir schon einmal gesagt: Der Wal erinnert sich, daß er einst auf dem Land ging; mit dieser Erinnerung schwimmt er zur Küste, strandet und stirbt. Erinnerung führt zu Selbstmord.«

»Auf die Wale mag das zutreffen«, sagte die Gräfin, »aber was dich und mich angeht, so sagt Dr. Freud, nur wenn wir uns erinnern, werden wir einmal frei sein.« Er fand es schrecklich, den Namen Freuds in einem so intimen Augenblick hören zu müssen, und zuckte zusammen. Plötzlich fühlte er sich unwohl, ihm wurde übel, schwindlig. Vielleicht hatte er etwas Falsches gegessen. Er wußte es nicht. Er hielt sich an der Seitenkante des Bettes fest, klammerte sich daran, während das Zimmer sich drehte.

»Maurice«, hörte er sie erschrocken von ganz weit weg sagen, »was hast du denn?«

6

Henry blätterte die Seite um. Es war schon spät, aber er hielt krampfhaft die Augen offen und las weiter im neuesten Buch.

Als der Mann plötzlich ein Licht sah, lief er zur Tür und legte den leblosen Körper auf den Teppich davor. Dann eilte er in die Küche, holte Brandy und Verbandszeug; als er aber wieder bei ihr anlangte, war sie tot.

O Gott! dachte Henry. Es kam völlig unerwartet, daß die Erzählung die Heldin so sterben ließ. Aber vielleicht war sie ja doch nicht die Heldin. Das Ganze war wirklich sehr schlecht gemacht. Trotzdem konnte er es nicht bleibenlassen. Er stand auf, spritzte sich kaltes Wasser über die Augen, legte sich wieder aufs Bett und las weiter.

7

Edith Wharton las Freuds *Studien über Hysterie* mit einigem Erstaunen. Sie mußte wirklich sagen, der Mann schrieb ganz hervorragend und verstand einiges vom Erzählen. Ein geborener Geschichtenerzähler! Als Short stories waren diese Krankengeschichten ohne jeden Zweifel ganz außerordentlich gelungen.

Sie ließ das Buch sinken und starrte in die roten Flammen im Kamin. Also, das hatte sie wirklich als allerletztes von ihm erwartet. Ein Gespür für Literatur, immerhin!

8

Sabina saß an ihrem Schreibtisch und versuchte es in Worte zu fassen. Ihr Studium hatte sie in den letzten Monaten sehr erschöpft, aber sie freute sich, daß sie damit hatte fortfahren können. Sie hatte sich dieses nette kleine Zimmer in Universitätsnähe gemietet und empfand das zurückgezogene Leben als sehr fruchtbar. Beunruhigend fand sie nur, daß die Ermittlungen des in Freuds Arbeitszimmer angeblich verübten Mordes immer noch nicht abgeschlossen waren. Sie wußte nicht recht, was sie davon halten sollte, hatte aber das unangenehme Gefühl, daß der Inspektor, der ihr schon wieder einen Besuch abgestattet hatte, in Wahrheit Carl verdächtigte. In der Vermutung, daß Carl und Freud oft neidisch aufeinander waren, stimmte sie dem Inspektor ja zu; absurd jedoch war es, zu glauben, Carl wäre zu einer solchen Niedertracht fähig, wäre in der Lage, bewußt einen Mord zu planen, um Freud in Verruf zu bringen.

Sie stand auf und ging zum Fenster. Natürlich hatte sie Carls positive Eigenschaften besonders hervorgehoben. Er hatte ihr geholfen, als alle anderen Ärzte versagten. Er war brillant. Wenn es Freud und ihm gelang, besser miteinander auszukommen, würden sie ihre psychologischen und philosophischen Differenzen eines Tages bestimmt überwinden. Das alles hatte sie eindringlich dargestellt, und der Inspektor hatte aufmerksam zugehört.

Sie wußte zwar nicht, wie, aber der Inspektor hatte von dem Brief erfahren. Er hatte angedeutet, daß er Carls Charakter für nicht besonders wertvoll erachtete. Das ärgerte sie: »Wir alle haben unsere Fehler«, hatte sie zu ihm gesagt. »Es gibt da nur graduelle Unterschiede. Er hat mich nicht verführt, Inspektor. Ich war mir meiner Handlungsweise voll und ganz bewußt.« Aber er hatte sie betrogen, auch das war die Wahrheit. Andererseits wiederum war es sein Verdienst, daß sie diese merkwürdige Begabung entdeckt hatte, oder etwa nicht? Er hatte, zugegebenermaßen völlig unbewußt, diese erstaunliche Großzügigkeit geweckt, die sie jetzt in sich entdeckte. Eine unglaubliche Fähigkeit zu verzeihen, ein Maß an Verständnis, das es ihr leichtmachte zu vergeben. Sie hatte dem Inspektor klarzumachen versucht, wie sehr Dr. Jung ihr geholfen hatte, sie hatte ihm erklären wollen, daß es Geheimnisse gab, die Dr. Jung verstand, die sich Dr. Freud jedoch entzogen. Und umgekehrt. Sie brauchten sich, auch wenn sie einander gerade mal wieder nicht ertragen konnten. Ihre Überlegungen zur Mordnacht hatten sie veranlaßt, den Inspektor noch einmal zu sich zu bitten. Der Verdacht, den er gegen Carl hegte, beunruhigte sie. Beunruhigte sie und machte sie traurig. Sie hatte zwar versucht, sich gefühlsmäßig von Carl zu distanzieren, aber sie wußte nicht, ob ihr das gelungen war. Als sie in ihr Schlafzimmer zurückging, überkam sie plötzlich die lebhafte Erinnerung an einen wunderbaren Nachmittag, an jenes Wochenende vor Monaten, gegen das sie sich anfangs so sehr gewehrt hatte.

Sabina hatte keine Lust gehabt, aber dann hatte Carl sie doch dazu überreden können, das Wochenende in seinem Landhaus außerhalb von Wien zu verbringen. Er hatte so liebevoll von seiner Großmutter gesprochen, der er Sabina vorstellen wollte, was sie seltsam fand, denn die alte Frau war in Wirklichkeit gar nicht Carls Großmutter, sondern seine alte Amme. Er stand ihr aber nahe wie einer Blutsverwandten. Sabinas Unbehagen rührte von der Vorstellung her, daß sich in dieser Zeit auch Carls Ehefrau für eine Weile in dem Landhaus aufhalten würde; aus diesem Grund hatte sie sich zunächst geweigert mitzukommen. Aber wie immer hatte Carl sich durchgesetzt, und schließlich hatte sie eingewilligt. Sie wußte nicht, warum er unbedingt wollte, daß sie die Großmutter kennenlernte, aber als es dann soweit war, spürte sie sofort die starke Persönlichkeit dieser Frau. Dabei sah sie sie zuerst gar nicht, sondern hörte sie nur. Sie war aus dem Haus getreten, da drangen Laute aus dem Obstgarten an ihr Ohr; als sie näher kam, hörte sie es deutlicher: das hohe, laute Wehgeschrei einer alten Frau, wie durch die Jahrhunderte getragen. Carl hatte erklärt, sie sei Russin und eine wunderbare Geschichtenerzählerin, und Sabina hatte sich verzaubert gefühlt, als sie den Geschichten von Frauen lauschte, von mächtigen Frauen, magischen Frauen, die zu den erstaunlichsten Verwandlungen fähig waren. Sie hörte die Geschichten von Baba Jaga, die Erzählungen von den Hexen auf dem Berg, von der Generation von Frauen, die mitsamt ihren Zukunftsgeschichten auf die Guillotine gebracht wurden. Der Gedanke an diese prophetischen Frauen ließ sie erschaudern; immer waren sie verfolgt worden. Und von Carl wußte sie auch, daß man der alten Frau nachsagte, sie habe die »Gabe«, ein übersinnliches »zweites Gesicht«, eine unheimliche Fähigkeit, Dinge zu sehen und zu hören, die anderen verborgen blieben.

Als die alte Frau Sabina kennenlernte, sagte sie ihr auf den Kopf zu, sie sei Jüdin. Dann setzte sie sich lange zu ihr und erzählte ihr jüdische Märchen, woraufhin Sabina ihrerseits der alten Frau einige erzählte. Aber ihr kam das alles so seltsam vor, diese Geschichten, die fast gewaltsam aus ihr hervorsprudelten, und plötzlich hatte sie das Gefühl, die alte Frau und sie wären zwei Scheherazaden, die Geschichten spannen und erzählten, um das sichere Verderben zu verhindern. Gleich darauf aber fand sie sich wieder furchtbar theatralisch.

Eigentlich war der ganze Tag unmöglich gewesen. Carl war ihr Arzt, ja, aber auch ihr Geliebter, und sie, Sabina, war jetzt hier bei seiner Familie. Dort im Haus war seine Ehefrau, und Sabina hatte das sichere Gefühl, daß die alte Frau, die Carl als hellseherisch bezeichnet hatte, über ihre Affäre Bescheid wußte. »Sie bringen meinem Enkelsohn ein Geschenk«, hatte die alte Frau gesagt, und Sabina war erblaßt. »Sie werden leiden«, hatte die alte Frau hinzugefügt und beide Hände Sabinas ergriffen, ihr ins Gesicht gesehen und gesagt: »Aber Sie sind bereit zu leiden.« Sabina hatte versucht zu lächeln, doch hier halfen gute Umgangsformen nichts, diese alte Frau wußte um bestürzende Wahrheiten, von denen sie, so glaubte Sabina, manche nicht offenbaren würde. Das ärgerte sie. Sie hatte den Blick gehoben und Carl mit seiner Frau aus dem Haus treten sehen. Er hatte ihr zugewinkt.

»Sabina!« hatte er gerufen, und ihr ganzer Körper hatte sich verkrampft. *Das alles war einfach unmöglich*. Sie mußte etwas unternehmen. *Irgend etwas*. Aber was? Sie drehte sich um und lief den Hügel hinab.

Sie war ganz allein über das herrliche Weideland gegangen und hatte sich eingeredet, sie dürfe sich von der alten Frau nicht erschrecken lassen. Als die alte Frau gesagt hatte: »Auch Sie haben die Gabe«, war Sabina zusammengezuckt. Sie wußte, daß damit das Hellsehen gemeint war, und manchmal war sie tatsächlich selbst überzeugt, die unheimliche Fähigkeit des Gedankenlesens zu besitzen. Aber sie wollte diese Begabung nicht; Prophezeiungen waren ihrer Ansicht nach nur etwas für ohnmächtige, unaufgeklärte Menschen.

Es war ein strahlender Tag, und als sie an den Seen spazierenging und über die grünen Wiesen hinweg auf die mit Frühlingsblumen bedeckten Hänge blickte – zartgelbe und schneeweiße Blüten, Kastanienwäldchen mit kleinen Senken und Lichtungen, durch die sich Forellenbäche schlängelten –, als sie Getreide- und Sägemühlen sah, dachte sie, was für ein schönes, herrliches, reiches Land dies doch war. Sie wurde wehmütig. Sie liebte Rußland, ihre Heimat, aber sie liebte auch Wien. Nirgendwo auf der Welt, dachte sie, gab es soviel Schönes – Musik und bildende Kunst, Literatur, anregende Unterhaltung und eine elegante Gesellschaft, neue Ideen – Wien zählte bestimmt zu den bemerkenswertesten Städten von weltgeschichtlichem Rang.

»Rot.« Die Stimme der alten Frau hinter ihr erschreckte sie. »Rot ist's.« Sabina errötete. Sie hatte sich an einen alten Jausentisch gesetzt, um sich auszuruhen.

»Das Abendrot?« fragte Sabina und drehte sich nach der Alten um. Es ärgerte sie, daß Carl sie mit ihr alleingelassen hatte. Sie spürte einen kalten Wind, aber merkwürdigerweise bewegte sich kein Blatt in den Bäumen. Sie überlegte, ob die alte Frau sie vielleicht mit ihren kohlschwarzen Augen ängstigte, in denen jetzt etwas anderes glomm, ein Blick in die Zukunft vielleicht? Sabina versuchte, die Frau eingehender zu betrachten, aber sie konnte nicht. Sie konnte sie nicht beobachten, denn wenn sich ihre Blicke trafen, empfand sie das Schwarze, Schwelende darin, das *Feuerähnliche*, plötzlich fast wie einen körperlichen Angriff.

»Sie, Sie«, stotterte Sabina, nach Worten suchend, »Sie meinen das Feuer?«

»Ich sehe Feuer«, sagte die Frau; dann ließ sie Sabinas Hand los und blickte zum Himmel hinauf.

»Was brennt denn?« fragte Sabina langsam. Sie hatte auf einmal das Gefühl, als bräche etwas in ihr auf und löste auf einem toten Planeten eine Sirene aus, die immer lauter heulte, um zusammen mit den lodernden Flammen ihre Aufmerksamkeit zu erregen und ihre Gedanken auf undenkbare Dinge zu lenken.

»Was brennt?« fragte Sabina noch einmal mit brüchiger Stimme. Sie griff nach der Tischkante und hielt sich daran fest.

Die alte Frau flüsterte: »Die Juden. Sie werden die Juden verbrennen.« Sie packte Sabina an den Handgelenken, zog sie mit erstaunlicher Kraft vom Tisch, sah ihr eindringlich in die Augen und sagte: »Gib Obacht! Du mußt gut Obacht geben!« Dann ließ sie Sabinas Hände los und ging schlurfend über die Felder wie ein kleines, entschlossenes Tier, eine verzweifelte Botin. Wie unter Zwang folgte Sabina ihr, ging neben der erstaunlich flinken Frau her, die leise etwas vor sich hin sprach, was Sabina fast nicht verstehen konnte. Etwas in ihr wurde von Angst erfaßt, von einer Angst, die ihre Knie zittern ließ.

»Sie brennen... Tausende und Abertausende und noch mehr brennen«, flüsterte die alte Frau mit heiserer Stimme. »...Tausende und Abertausende und noch viel mehr.« Die Angst hatte Sabina jetzt so sehr gepackt, daß sie kaum mehr atmen konnte.

Vielleicht war sie verrückt und die alte Frau auch, denn was sollte das bedeuten? Von Tausenden sprach sie, von Hunderttausenden und mehr, und dann sagte sie noch: »Und keiner sieht sie... keiner hört sie...« Wie konnte man Hunderttausende übersehen oder überhören? Das war doch Irrsinn... eine wahnhafte Phantasie. Als die alte Frau in raschem Schritt über den nächsten Hügel verschwunden war, blieb Sabina erschöpft und verzweifelt zurück. Es ärgerte sie, daß die Sache sie so ergriff.

Dann war Carl aus dem Haus getreten, hatte die schmale Holztür hinter sich geschlossen und stand einen Augenblick im grellen Sonnenlicht. Die Sonne brannte auf seinen großen, schönen Körper herab, und Sabina erschrak wie immer, wenn sie ihn betrachtete. Er beschattete die Augen mit der Hand. Das Sonnenlicht war so gleißend, daß er Sabina, die kaum fünf Meter entfernt stand, nicht sah. Er sah nur seine Frau. Er rief sie und winkte ihr zu, und Sabina spürte wieder den stechenden Schmerz in der Brust, mit dem sie nun schon seit zwei Jahren lebte.

»Pogrome ... Hat die alte Frau Pogrome vorhergesehen?« Sabina erschauderte. Vielleicht hatten sie beide nur eine übertriebene Phantasie. Aber es regte sich noch ein anderer Gedanke in ihr, als sie den Blick über die sanften, grünen Hügel, den klaren blauen Himmel schweifen ließ und auf eine friedvolle bukolische Szene sah: drei Kühe auf dem Hügel, deren braun-weißes Fell in der grellen Mittagssonne glänzte; die ältere bewegte sich gemächlich mit gesenktem Kopf, so daß die große Glocke an ihrem Hals ertönte, dann muhte sie, weil das Euter schon so schwer war. In diesem Moment, beim Anblick der weißgestrichenen Zäune und des blauen Himmels, schien es ihr unmöglich, daß in diesem klaren, hellen Land jemals ein Pogrom stattfinden könnte.

Vielleicht hatte sie Erinnerungen, diese Großmutter, Erinnerungen an etwas Entsetzliches, an eine entsetzliche Zeit. Sie hatte gehört, daß es in Carls Familie väterlicherseits Juden gegeben hatte. Oder sie war einfach ein bißchen verrückt. Sabina dachte nach. Dann seufzte sie. Manchmal konnten die Verrückten klar sehen; diese Klarheit machte sie ja gerade verrückt. Das glaubte sie. Sie dachte an Nietzsche, an seinen wilden Blick, und hörte seine Worte: »Wir haben die Kunst, damit wir nicht an der Wahrheit zugrunde gehen.« Dann war die Wahrheit also grauenhaft? Das wollte sie nicht glauben. Sie wollte glauben, daß die Wahrheit schön war, ewig während, schillernd wie tausend Göttinnen auf einer Wolke. Aber sie hatte in den Seufzern der alten Frau gespürt, daß etwas kommen würde, dessen Anblick nicht einmal die Göttinnen ertragen könnten. Sie würden verschwinden. Ein Schrei, den keiner hört, hatte die alte Frau gesagt.

Es war ein warmer Frühlingstag gewesen, die Frauen hatten Sommerkleider getragen; als Carl Sabina später wiedersah, war er erstaunt, daß sie eine Gänsehaut hatte und fröstelte. Er hatte zu ihr gesagt, sie sehe so entsetzt aus, und als er ihren Arm ergriff, um sie hochzuziehen, habe sich dieser Ausdruck in den des reinen Grauens verwandelt.

Sabina hielt beim Ankleiden inne und setzte sich, saß vor den Erinnerungen an jenes Wochenende. Sie erinnerte sich noch an ihre Gedanken am darauffolgenden Morgen, weil es ein so außergewöhnlicher Tag gewesen war.

Sie fühlte das Blut hinter den Augen pulsieren, als sie sehnsüchtig und hingerissen in den Himmel blickte, in das Blau des blauen Himmels einging, als wäre sie selbst die Farbe Blau. Solche Tage, Tage von dieser visuellen Intensität entsprangen der Sehnsucht nach Liebe. Nicht so sehr der Sehnsucht, geliebt zu werden, als der Sehnsucht zu lieben, einen Menschen oder irgend etwas mit so göttlicher, so umfassender Kraft zu umarmen und festzuhalten, daß man diesen Gegenstand oder Menschen wieder zu sich selbst zurückführen konnte, zu seinem heiligen Selbst. In solchen Momenten empfand sie das spirituelle Wesen von Form und Farbe als Teil eines abgesonderten Lebens, eines pulsierenden Universums, das am Himmel unsichtbar, einer bewußten Empfindung jedoch sichtbar war.

Sie hatte einen Spaziergang über die Wiese gemacht. Sie erinnerte sich, wie fröhlich sie in diesem Augenblick gewesen war, so fröhlich, als wären die Blumen durch ihre Seele gewirbelt, ein Strudel blendender Schönheiten; sie fühlte die Energie, die in ihr wuchs. Sie hatte ein neues weißes Kleid angezogen, war aber barfuß losgegangen, um den weichen Boden unter den Füßen zu spüren. Sie war am Abhang gestanden, hatte die Arme über den Kopf gereckt, sich die Wangen vom Wind kühlen lassen, und ihr nach oben gestreckter, leicht nach hinten gebogener Körper spürte die Hitze und den Duft der Blumen, die kosmische, fruchtige Gegenwart des Lebens. Das Prickeln begann in ihren Füßen und stieg in einem Crescendo in ihr auf, bewegte sich durch sie in einer ekstatischen Vereinigung, die ihren Körper und die Welt eins werden ließ. Sie staunte über diese Harmonie, diese Lust zu leben.

Sie erinnerte sich daran, wie entzückt sie gewesen war. Ihr fiel wieder ein, daß Carl hinaufgestiegen war und sie in seine Arme genommen hatte, und wie sie beide, trunken von der Schönheit und dem Duft des Tages, sich auf die Erde hatten fallen lassen und er mit ihr dort unter der sengenden Hitze gelegen war, beide tief versunken in der Zärtlichkeit ihrer Leidenschaft. Als er dann verzückt, nackt, verwandelt in ihren Armen lag, wußte sie, er war ebenso glücklich wie sie.

Sie erinnerte sich daran, daß ihr das Leben damals vollkommen richtig, kraftvoll und einfach erschienen war. Totale Freiheit und Befriedigung in ein und demselben Augenblick. Sie war voller Freude und ganz offen gewesen, als wären alle Gespenster aus ihrem Körper vertrieben worden. Ihre Arme, ihre Glieder bewegten sich mit großer Leichtigkeit. In jenem Moment hatte sie sich gefragt, wie es sein konnte, daß nur einen Tag zuvor an ebendieser Stelle die Todesengel getanzt hatten. Es war derselbe Hügel, auf den sie mit der alten Frau gestiegen war. Sie hatte diese Gedanken beiseite geschoben und sich wieder Carl zugewandt. Dann hatten sie von weit her leise die Stimmen der anderen gehört, die die Anhöhe hinauftaumelten wie Ballons. Sie hörten sie rufen. Sie setzten sich hin, standen auf und ordneten ihre Kleider. Aber auf ihrem neuen weißen Rock blieb ein brauner Fleck. Sie versuchten ihn wegzureiben, aber er blieb. Eine Nuß, eine Beere, kein Gras. Gras war grün, aber das hier stammte von irgendeiner Wurzel. Eine abfärbende Wurzel hatte einen ansonsten perfekten Nachmittag verdorben.

Sabina stand auf und trat vor den Spiegel. Sie war plötzlich sehr müde. Sie wußte, daß sie sich fertig ankleiden mußte, sonst würde sie viel zu spät kommen. Sie wußte auch, daß sie Olga, der alten Frau, versprochen hatte, sie einmal auf ihren Spaziergängen um Wien zu begleiten, und daß sie der Erfüllung dieses Versprechens auswich. Sie hatte Schuldgefühle deswegen.

9

Es war ein langer, kühler Frühling gewesen, aber an diesem einen Tag war es plötzlich warm geworden, und der Inspektor und die Gräfin unternahmen eine Spazierfahrt, um im Freien zu essen. Ich war gezwungen, ziemlich kühn vorzugehen – ich mußte ein Pferd und eine Kutsche mieten –, um ihnen folgen zu können. Das Pferd der beiden trottete gemächlich den sanft ansteigenden Weg entlang, da hielten sie plötzlich mitten im Feld an und stiegen aus. Den Kutscher hatten sie offenbar angewiesen zu warten.

Ich sagte meinem Kutscher, er solle an ihnen vorbeifahren, was er auch tat, und ich stieg in einem kleinen Wäldchen, ein Stück weiter die Straße hinunter, aus. Der Mann willigte ein, zwei Stunden zu warten. Ich mußte zwischen den Bäumen hindurch am Feldrand entlanglaufen, um sie einzuholen, und dann hörte ich es. Zweige brachen, als ob *mir* jemand folgte. Ich drehte mich um, hörte aber nichts mehr.

Dann vernahm ich ein Wiehern. Ein Pferd, ganz nah, aber nicht sichtbar. Ich sagte mir, nur nicht albern werden wegen eines Reiters, und lief weiter, um sie nicht aus den Augen zu verlieren.

Sie verschwanden auf der anderen Seite des Bergs in einer von Zypressen umgebenen Lichtung. Als ich näher kam, sah ich inmitten der Bäume die Ruine eines einst prächtigen Landhauses. Das schwarze, verrostete, kaputte Tor hing nur mehr in einer Angel und war dicht mit Efeu und Blüten bewachsen. Über dem Tor stand in Buchstaben aus Gußeisen: L'AVVENTURA. Die Gräfin wollte den Inspektor zum Tor ziehen, aber er weigerte sich mitzukommen. Plötzlich brach er zusammen; offenbar war ihm übel geworden, er saß da und stützte den Kopf in die Hände, während die Gräfin neben ihm kniete und auf ihn einsprach. Plötzlich sprang der Inspektor wieder auf und zog die Gräfin den Berg hinunter zum Wald, weg vom Haus. Ich hielt Schritt mit ihnen und sah, wie er der Gräfin den steilen Abhang hinunterhalf, sie abwechselnd führte und stützte.

In dem dichten Wald verlor ich eine Zeitlang ihre Spur; als ich sie wiedersah, gingen sie über eine große Weide. Dann war da ein Bach, und ich beobachtete, wie die Gräfin alle ihre Kleider auszog und in das kalte fließende Wasser sprang. Es mußte an dieser Stelle eine starke Strömung sein, denn sie schwamm hastig dagegen an und blieb doch fast am gleichen Fleck. Aber dann schwamm der Inspektor von der anderen Seite her zügig auf sie zu.

Ich wußte, daß ich das nicht sollte, aber ich beobachtete sie. Die Gräfin war wunderschön im Sonnenlicht, ihre wassernasse Haut, die im Licht golden glänzte, ihr rotgoldenes Haar, das ihren Rücken hinabströmte, und dann wand sie sich in dem grünen Bach, und der Inspektor teilte das Wasser mit seinen bloßen Armen, rasch, mühelos, wie ein Fisch, ein großer Fisch. Er schwamm zu ihr, ich hörte sie lachen, ihr hohes, helles Lachen, und sah auf ihren Wangen den roten Hauch von Äpfeln in der Sonne und daß der Inspektor nasse Haare hatte und auch sein Schnurrbart vor Nässe dunkel war und troff. Und dann hob er sie hoch, und das Wasser lief in kleinen Bächen an ihren Brüsten herab, und mir stand der Mund offen, so schockierend war das für mich und so unwiderstehlich, daß ich den Blick von ihrem nackten Körper nicht wenden konnte, und er bettete sie auf das grasbewachsene Ufer mit den Narzissen und blauen Leberblümchen; er hob sie, als wäre sie eine Elfe und bettete sie dorthin, und sie legte die Hände auf seine Schultern und blickte ihm so glückstrahlend, so überraschungsfroh ins Gesicht, als hätte sie ihn noch nie zuvor gesehen. Er legte sie dorthin und glitt mit einer raschen Bewegung aus dem Bach neben sie ans Ufer, und das Haar auf seiner Brust war schwarz und glatt vom Wasser, und ich wandte mich nicht ab, ich konnte mich nicht losreißen, sondern blieb dort im Baum und sah zu, wie seine dunkle, schwere Hand sich auf ihre Schulter senkte und sie zu sich drehte.

Und dann sah ich, wie sie sich küßten; er küßte ihr Haar und ihren Hals und ihren Rücken, und ich sah, wie ihre weißen Hände sich ruhelos auf seinem Rücken auf und ab bewegten, und dann sah ich seinen Rücken über ihr, und ich schämte mich nicht. Ich konnte gar nicht fassen, daß ich mich nicht schämte, aber ich sah mit fasziniertem Schrecken und mit Erregung zu. Ich war unfähig, mich zu bewegen, ja selbst zu atmen, und fand es schön und schrecklich, daß ich zusah, und dann schwanden mir die Sinne, in meinen Ohren begann etwas zu singen, und die Brust wurde mir eng, und ich wußte nur, daß ich gegen die Äste des Baumes gefallen sein mußte. Es ist ein Wunder, daß ich nicht stürzte, ich weiß nämlich nicht, wie lange ich dort oben hing, denn als ich die Augen wieder öffnete, stand die Sonne tief, und an den Ufern des Baches war das Gras dort, wo sie gelegen hatten, flachgedrückt und glänzte. Sie selbst aber waren weg und hatten nur den seufzenden Wind und den süßen, berauschenden Duft des Klees zurückgelassen.

10

Der Inspektor war sehr erstaunt, als am nächsten Morgen Irina mit einer Nachricht von Freud auftauchte, in der dieser den Wunsch äußerte, der Inspektor möge ihn besuchen.

11

»Wenn es Ihnen konveniert« – Freud zuckte in Anbetracht seiner diesem Inspektor erwiesenen Ehrerbietung zusammen –, »würde ich gerne mit jedem der von Ihnen als ›Verdächtige‹ bezeichneten Personen sprechen, um exakt festzustellen, welche Rolle, wenn überhaupt, die Phantasie bei der jeweiligen Wahrnehmung der Vorfälle gespielt hat. Es liegt mir sehr daran, diese Sache so rasch wie möglich zu einem Abschluß zu bringen. Ich werde Sie in jeder Hinsicht unterstützen.«

Der Inspektor musterte ihn scharf. Er war durchaus bereit, jede ihm angebotene Hilfe anzunehmen.

»Wollen Sie damit sagen, daß Sie willens sind, mir bei den Verhören dieser Personen zu helfen?« fragte er sanft.

»Das gewiß nicht!« entgegnete der Doktor. »Ich darf nichts, was ein Patient mir erzählt, weitergeben. Ich darf es nicht, und ich will es auch nicht.«

»Wie wollen Sie – bei allem Respekt vor Ihrer ethischen Haltung – mich dann unterstützen?«

»Es wäre für jedermann von Nutzen, denke ich«, sagte der Doktor, »wenn ich meine eigenen Schlußfolgerungen aus der Rolle ziehe, welche die Phantasie bei diesen Vorfällen gespielt hat. Ich besitze einige Erfahrung mit dergleichen Dingen. Wenn, was ich annehme, die Vorfälle größtenteils der Phantasie entspringen, wäre es für Sie sehr wichtig, dies zu erfahren. Sie könnten dann mit Ihrer Ermittlung möglicherweise eine neue Richtung einschlagen. Ich halte Sie für einen Menschen, der psychologischen Erkenntnissen nicht ablehnend gegenübersteht; immerhin behaupten Sie ja, die *Traumdeutung* gelesen zu haben.«

Der Inspektor ignorierte die in dem Wort »behaupten« anklingende Anspielung. »Sie könnten für mich wichtiges Material für sich behalten, weil Sie es vermeiden wollen, kompromittierende Privatangelegenheiten zu enthüllen«, gab er zu bedenken.

»Sie müßten eben meinem Charakter Vertrauen schenken«, erwiderte der Doktor und erhob sich zu seiner vollen Größe. »Ich würde niemals einen Patienten verraten, ebensowenig aber Informationen zurückhalten, die mir wichtig erscheinen.«

»Aber«, sagte der Inspektor, stand auf und machte bewußt eine spannungssteigernde Pause, indem er langsam zur gegenüberliegenden Wand schritt, »könnte nicht gerade im Charakter das Bestreben, Mitteilungen zurückzuhalten, zuallererst entstehen? Haben Sie diese Möglichkeit nicht selbst als sehr wahrscheinlich beschrieben?«

Als er sich umdrehte, sah er, daß die Augen des Doktors sich vor Zorn verdunkelten. »Ich bin Wissenschaftler. Ich suche nach der Wahrheit.«

»Sie können die Wahrheit nur in der Form suchen, in der sie sich Ihnen zeigt«, erwiderte der Inspektor. »Bitte verstehen Sie mich nicht falsch. Ich mag Sie nicht, aber ich halte Sie für einen ehrenwerten und, auf Ihre Weise, erstaunlich mutigen Mann. Aber mein Freund Bertillon hat das Problem der Wahrheitssuche jeder Art bereits genau definiert. Ich finde seine Vorgehensweise zwar nicht richtig, immerhin aber verdanken wir Bertillon die Beobachtung, daß man nur sehen kann, was man beobachtet, und daß man immer nur das beobachtet, was man bereits im Blick hat.«

»Eine scharfe Beobachtung. Sie stammt aber ursprünglich nicht von Bertillon«, bemerkte Freud.

»Lassen wir das. Es steht Ihnen frei zu sprechen, mit wem immer Sie sprechen wollen. Es steht Ihnen frei, mir mitzuteilen, was Sie für wichtig erachten. Ich setze keine großen Hoffnungen auf Ihre Methode, aber ich kann sie nicht verbieten, und vielleicht erweist sie sich ja tatsächlich als ertragreich. Erzählen Sie mir etwas über diesen James. Hat er Ihnen gegenüber von Mord gesprochen?«

Der Inspektor hatte die Frage so gestellt, daß sie den Doktor überrumpeln mußte. Er sah, wie Freuds Pupillen sich sofort weiteten und ihm das Blut ins Gesicht schoß.

»Über meine Gespräche mit Patienten kann ich nichts sagen. Wenn Sie mich nach meiner Meinung über die charakterlichen Aspekte des Mr. James fragen würden, müßte ich Ihnen sagen, daß ich im Zusammenhang mit seiner Person einen aggressiven Akt, wie ein Mord ihn darstellt, für so unwahrscheinlich halte, daß ein Nachdenken Ihrerseits über diese Möglichkeit sich nicht lohnen würde.«

»Aber Sie behandeln doch Mr. James nach wie vor im Zusammenhang mit einem Mord, oder nicht?« fragte der Inspektor leise.

»Im Zusammenhang mit einem symbolischen Mord!« stieß Freud hervor. »Mit einem Mord, der viele Menschen quält. Das ist alles. Ich habe Ihnen«, sagte er zögernd, »meine Sachkenntnis zur Verfügung gestellt in der Hoffnung, Ihnen beweisen zu können, daß in diesem Fall die Phantasie eine große Rolle spielt. Ich hoffe, Sie mit Hilfe von überzeugendem Material dazu bringen zu können, daß Sie den Fall abschließen. Ich sehe darin meine einzige Hoffnung, diese unerfreuliche Sache einem Ende zuzuführen.«

»Wen hat Mr. James ermordet – symbolisch?« fragte der Inspektor. »Ich kann ihn natürlich auch selbst fragen. Ich darf nicht länger auf ein direktes Verhör verzichten, das sich für mich als nützlich erweisen könnte. Es sei denn, Sie überzeugen mich davon, daß es nutzlos wäre.«

»Da haben Sie mich ja schön in der Hand«, sagte Freud. »Um meinen Patienten James zu schützen, muß ich jetzt wohl kooperieren.«

»Von ›müssen‹ kann nicht die Rede sein«, erklärte der Inspektor kühl. Freud schritt nervös in seinem Arbeitszimmer auf und ab. Der Inspektor lehnte sich zurück und zündete eine Zigarre an. Er wollte ihm soviel Zeit zugestehen, wie er brauchte.

Plötzlich drehte Freud sich mit einem Ruck um. »Eine Katze hat er getötet, seine Katze. In London. Er ist sehr sensibel. Die Sache hat ihm schwer zu schaffen gemacht.«

»Eine Katze«, sagte der Inspektor leise und sehr verwundert.

»Er traf sie mit einem Stein«, erklärte Freud. »Sie hatte Radau gemacht in der Nacht. Ein unglücklicher Zufall, das ist alles. Es stimmt«, fügte er hinzu, »daß er es als einen Mord erlebt hat.« Freud setzte zu weiteren Erklärungen an, zögerte dann aber.

»Mit einem Stein getroffen«, wiederholte der Inspektor leise. »In der Nacht. Ein bemerkenswertes Ziel für einen unsportlichen Menschen, finden Sie nicht auch?« Er sah den Doktor prüfend an.

»Pech«, sagte Freud.

»Und diese Frau in Venedig – Woolson, glaube ich, war ihr Name«, sagte der Inspektor, »was ist mit der?«

»Suizid«, antwortete der Doktor. »Sie sprang aus einem Fenster im zweiten Stock. Er reagierte sehr bestürzt.«

»So bestürzt«, entgegnete der Inspektor scharf, »daß er nach Venedig eilte und alle seine Briefe an sie verbrannte, noch bevor die Ermittler am Tatort eingetroffen waren? Hat er Ihnen das auch erzählt?« An Freuds erstauntem Gesicht erkannte der Inspektor, daß dies nicht der Fall war.

»Was sagen Sie da?« flüsterte Freud.

»Ich sage nur, daß bestimmte Aspekte im Verhalten des Herrn James ziemlich verdächtig sind. Aber selbstverständlich ist er nicht der einzige Verdächtige. Das Problem bei diesem Fall, wenn es überhaupt ein Fall ist, besteht gerade darin, daß es so viele Verdächtige gibt. Aber ich habe für heute genug gesagt. Auf Wiedersehen und herzlichen Dank, Herr Doktor. Wir werden uns zweifelsohne noch einmal sprechen.« Mit diesen Worten ging der Inspektor. Freud setzte sich auf einen Stuhl; er war zutiefst verstört.

12

»Ich liebe diesen Mann«, sagte die Gräfin. »Ich will ein Kind von ihm.«

»Mir fällt auf, daß Sie nie seinen Namen nennen«, warf der Doktor ein.

»Ja, das stimmt.«

»Haben Sie ihm von Ihrem Wunsch erzählt?«

»Nein.«

Eine Weile herrschte Schweigen.

»Sie sind mit einem anderen verheiratet«, sagte Freud mit Nachdruck. »Darf ich Sie daran erinnern, daß Ihr Mann, Ihren eigenen Worten zufolge, ein aufbrausender Mensch, extrem eifersüchtig und ein hervorragender Schütze ist? Sollte bei Ihnen eine Schwangerschaft eintreten, so wäre das, milde ausgedrückt, sehr gefährlich für Sie.«

Er lehnte sich zurück. Die Sache gefiel ihm nicht. Einerseits freute er sich darüber, das Trauma abgeschwächt zu haben und hätte eine Schwangerschaft als therapeutischen Erfolg gewertet. Andererseits aber würde eine Schwangerschaft sie nun vollends kompromittieren. Er seufzte laut. Glücklicherweise kam die Patientin jetzt auf eine jüngst vollbrachte Leistung zu sprechen.

»Ich habe mich von Philippe getrennt... ich habe es geschafft.«

»Wann?« Er war überrascht. Seit Monaten hatte sie ihm von diesem Vorhaben erzählt, jetzt aber klang es sehr überstürzt. »Ich... ich spürte, daß ich dazu bereit war. Am Samstag bin ich zu ihm gegangen.« Er merkte, daß sie stolz auf sich war, aber er hatte kein gutes Gefühl. Das Ganze war viel zu rasch vonstatten gegangen; irgend etwas störte ihn dabei.

Bevor sie ging, sah sie ihn mit tränennassen Augen an.

»Ich bin so froh, ich kann Ihnen gar nicht genug danken. Dankeschön!« sagte sie, drückte seinen Arm und drehte sich – wahrscheinlich um zu verhindern, daß sie ihn auch noch umarmte, dachte er – schnell um und ging durch die Tür.

Während die Gräfin das Haus des Doktors verließ, dachte sie schaudernd an ihr letztes Zusammentreffen mit Philippe zurück.

»Aha«, sagte Philippe, »du hast dich also verändert. Du weigerst dich, mir gegenüber der Polizei beizustehen, bei der du« – es klang spöttisch – »offenbar einigen Einfluß besitzt.«

Sie wollte nicht nachgeben. »Ja, ich werde dir nicht mehr helfen, Philippe. Ich kann, muß ich gestehen, weder deine politische Richtung gutheißen noch deine Person.«

»Ach nein!« sagte er. Er umkreiste sie wie eine Schlange, wand sich über dem Stuhl, auf dem sie saß. »Immerhin konntest du mich einmal genügend gutheißen, um mit mir zu schlafen. Oder hast du das vergessen?«

»Leider nein«, sagte sie und erhob sich. »Ich gehe jetzt. Ich habe gesagt, was zu sagen war.« Sie trat aus der Tür.

»Aber ich nicht!« schrie er ihr hinterher. »Bettina, ich werde zu deinem Mann gehen, und er wird dich für den Rest deines Lebens einsperren!«

Sie blieb stehen und fühlte die Angst in sich aufsteigen. Dann faßte sie sich und drehte sich zu Philippe um. »Wenn du das tust, werde ich dich bei der Polizei denunzieren. Du hast damals die Bombe im Café L'Aiglon gelegt. Féneon hat es mir erzählt.«

»Das kannst du nicht beweisen!« zischte er sie an. »Das ist eine leere Drohung. Besinn dich, Bettina« – sie hörte seine Stimme, diese Stimme, die sie schon so oft gehört hatte, diese schmeichelnde, bestimmende, manipulierende Stimme –, »ehe es zu spät ist.«

»Adieu, Philippe«, sagte sie.

Zitternd, leichenblaß, kaum fähig, sich aufrecht zu halten, hatte sie sich davongestohlen. Aber sie war *gegangen*. Jetzt begann sie es allmählich selbst zu glauben. Sie hatte sich befreit. Nun sorgte sie sich nur noch darum, was er ihr wohl antun würde oder könnte. Vielleicht hatte er ihr ja nur angst machen wollen. Sie verließ sich darauf, daß Maurice sie beschützte. Sie fühlte, daß sie diese Vertrauenswürdigkeit schon immer bei Männern gesucht, sich aber statt dessen stets mit ihrer Dominanz begnügt hatte.

»Du bist ein sehr komplizierter Charakter, Bettina«, so hörte sie jetzt Maurice leise, müde, verwirrt und wahr in ihr Ohr sprechen. »Ich habe dir gestanden, daß ich dich nie gewählt hätte, eine mit so starken Gefühlen, aber mein Herz hat dich nun einmal gewählt. Nun ja ...« Er hatte gelacht und sich an sie gelehnt und mit seiner Hilflosigkeit gegenüber seiner Leidenschaft kokettiert.

Sie aber wußte es besser. Sie wußte, daß er sie liebte, gerade weil er sie kannte, nicht etwa trotz ihrer komplizierten Natur; und irgendwie vertraute sie darauf, daß er ihr alles vergeben würde, vergeben könnte. Eines war ihr klar: Sie durfte ihn niemals verlieren, denn ihm hatte sie es zu verdanken, daß sie allmählich lernte, sich selbst zu achten. Das durfte und würde sie nie verlieren. Plötzlich hörte sie im Geiste eine Stimme, die sie seit ihrer Kindheit nicht mehr gehört hatte: »Ich *bin* jemand. Ich bin. Ich *bin* jemand!« Es war, als verdrängte die Stimme alle Luft, als sie in den großen inneren Raum eindrang, aus dem alles, selbst die Hoffnung, so lange ausgeschlossen gewesen war.

13

Einem Befehl des Kaisers konnte man sich nicht widersetzen, das wußte der Inspektor sehr wohl. Aber diese jüngste Vorladung versprach nichts Gutes. Vor der Zusammenkunft blieb ihm nur wenig Zeit, seine Liste der Verdächtigen noch einmal durchzugehen. Wie sollte er dem Kaiser erklären, daß er zwar Verdächtige hatte, nicht jedoch den einen Verdächtigen, den er brauchte? Er las sich die Liste noch einmal durch.

Was die sogenannten Verdächtigen betraf, war ihm aufgefallen, daß fast jeder von ihnen etwas verheimlichte oder verbarg.

1. *Edith Wharton verheimlichte ihre Affäre mit Morton Fullerton und noch etwas. Ihr Motiv, Freud zu diskreditieren, war Antipathie.*
2. *Morton Fullerton verheimlichte, daß er, wie James dem Dr. Freud erzählt hatte, von seiner früheren Geliebten erpreßt wurde.*
3. *Freud vertuschte den Fehler, der Fließ an Emma Ecksteins Nase unterlaufen war, möglicherweise aber noch etwas.*
4. *Die Eckstein verbarg die Scham über den Zorn ihres Vaters.*
5. *Der Vater der Eckstein verbarg die Schuldgefühle, die er hatte, weil seine Tochter seinetwegen so viel durchgemacht hatte, sowie seinen Wunsch, Freuds Ruf zu zerstören.*
6. *Henry James verbarg seine Schuldgefühle wegen Constance Fenimore Woolson, der Frau in Venedig, sowie seine Schuldgefühle wegen der Katze.*
7. *Cecily verbarg ihre Liebe zu Henry James.*
8. *Cecilys Schwester verschwieg wichtige Informationen.*
9. *Cecilys Mutter leugnete die gesamte Realität. Cecilys Vater ging jeder unangenehmen Erscheinung aus dem Weg.*
10. *Die Gräfin verbarg ein Kindheitstrauma, dessen sie sich schämte.*
11. *Leopold verbarg seine Eifersucht auf Freud, den Inspektor und jeden anderen Mann, der mit der Gräfin auch nur sprach.*

12. *Minna verheimlichte ihre leidenschaftliche Liebe zum Doktor, ihre Eifersucht auf Martha sowie ihre geheime Kräutermixtur, die »vergessen« ließ. Sie wollte Martha schaden.*
13. *Martha verbarg Todeswünsche in bezug auf ihre Schwester. Sie wollte Minna schaden.*
14. *Jung unterschlug die Verführung seiner Patientin Sabina und seinen Wunsch, Freud in Verruf zu bringen, der ganz offensichtlich kurz davor stand, ihn als seinen Protegé abzusetzen.*
15. *Sabina verheimlichte und verbarg nichts.*
16. *Fließ verbarg seinen Ärger über Freud. Seiner Ansicht nach hatte Freud ihn verraten, indem er einem Patienten seine Ideen zugetragen hatte, die dieser Patient daraufhin als seine eigenen veröffentlichte.*
17. *Ida Bauer, die junge, Dora genannte Patientin, war voller Rachegelüste in bezug auf Freud, was sie jedoch nicht verschwieg.*
18. *Vielleicht hatte ein verrückter Antisemit das Ganze inszeniert, um Gerüchte in Umlauf zu bringen?*
19. *Möglicherweise hatte der Mörder und Zerstückler die Leiche in der Wohnung Freuds deponiert – aber warum?*

Er ging die Liste noch einmal durch. Der einzige Mensch, der ihm helfen konnte, war Cecilys Schwester. Es würde keine schwierige Vernehmung werden. Er hatte bemerkt, daß sie sich wegen irgend etwas, das sie gesehen hatte, schrecklich genierte, und im Grunde nichts anderes wollte, als ihm mehr zu erzählen, aber irgend etwas hielt sie zurück. Seine Leidenschaft für die Gräfin faszinierte sie, das war nicht zu übersehen. Vor allen hatte er es verheimlicht, nur vor ihr nicht. Sie besaß eine schlechte Angewohnheit: Sie folgte ihm, wenn er mit der Gräfin zusammen war; deshalb hatte er sich angewöhnt, alles genau zu überprüfen, bevor sie losfuhren. Er glaubte sicher zu wissen, wie man Cecilys Schwester entwischen konnte.*

---

* Diese Annahme war möglicherweise irrig.

14

Seine Kaiserliche Hoheit, die auch Apostolische Majestät von Ungarn, König von Böhmen, Dalmatien, Kroatien, Slowenien, Galizien und Illyrien war sowie Großfürst von Siebenbürgen, Erzherzog von Österreich, König von Jerusalem, Herzog von Auschwitz, Markgraf in Istrien, Herzog von Tirol und natürlich Kaiser von Österreich, begrüßte den Inspektor in der Hofburg, ohne sich mit Formalitäten aufzuhalten.

»Es ist mein Wille, daß Sie den Fall Freud auf der Stelle abschließen«, erklärte der Kaiser. »Das Parlament ist in Aufruhr. Lueger festigt seine Macht mit Hilfe der Antisemiten und wird die Wahl gewinnen, wenn die Angelegenheit bis dahin nicht beigelegt ist. Die Gerüchte über diesen öffentlich bisher nicht bestätigten Mord in der Wohnung des jüdischen Doktors erschüttern die ganze Stadt. Das Volk glaubt, es handelt sich um einen Ritualmord. Da es keine Beweise gibt, da Sie keine Leiche haben, da Sie keinerlei Hinweise haben, da Sie überhaupt gar nichts haben, möchte ich, daß die Sache offiziell für nie geschehen erklärt wird.«

»Ich bitte um Entschuldigung, Kaiserliche Hoheit«, sagte der Inspektor. »Ich habe einen Teppich mit Flecken gefunden. Blutflecken. Ich brauche nur noch ein bißchen Zeit.«

»Wir haben keine Zeit mehr«, erwiderte der Kaiser. »In der ersten Maiwoche findet der alljährliche Blumencorso statt, normalerweise nichts weiter als eine festliche Blumenschau. Aber ich mag diesen Lueger nicht, und mir gefällt die Vorstellung nicht, daß er der nächste ›König‹ von Wien wird. Deshalb ist mir der heurige Blumencorso ganz besonders wichtig. Es wird ein großes Spektakel. Bis dahin muß der Fall geklärt sein.«

»Wir stehen kurz davor«, sagte der Inspektor. »Ein paar Monate brauche ich aber noch.«

Der Kaiser sah ihn an. »Sie sind Jude, nicht wahr?«

Der Inspektor nickte.

»Ich versuche meine Juden zu schützen. Gehören Sie zu den Juden, die nicht daran interessiert sind, ihre Leute zu schützen?« Diese freimütig gestellte Frage empörte den Inspektor.

»Bestimmt nicht. Aber ich kann doch einen Mörder nicht frei herumlaufen lassen.«

»Manchmal gibt es eben wichtigere Dinge als einen einzelnen Verrückten«, sagte der Kaiser traurig.

»Es steckt vielleicht mehr dahinter als nur ein einzelner Verrückter«, erklärte der Inspektor.

»Was veranlaßt Sie zu dieser Vermutung?« fragte der Kaiser. »Glauben Sie, daß eine ganze Gruppe dafür verantwortlich ist, eine politische Gruppe? Glauben Sie, daß dieser Mord, wenn er je stattgefunden hat, in Zusammenhang mit den anderen Mordfällen steht?«

»Ich glaube«, sagte der Inspektor, entsetzt über seine stockende Sprechweise, »daß wir es hier mit etwas zu tun haben, das über die Möglichkeiten eines einzelnen hinausgeht. Was die Frage betrifft, ob die Mordfälle zusammenhängen, so weist die Tatsache, daß einige der Frauen verstümmelt wurden, andere jedoch nicht, darauf hin, daß mehr als ein Mörder am Werk war. Andererseits bin ich überzeugt, daß sie irgendwie in Zusammenhang miteinander stehen.« Es war ihm peinlich, daß seine Erklärung so vage ausfiel.

»Meine Informanten haben mir mitgeteilt«, sagte der Kaiser, »daß mittlerweile Sie selbst zur Zielscheibe geworden sind.«

»Wer hat Ihnen das gesagt?« fragte der Inspektor verärgert.

»Leutnant Stekal hat berichtet, er habe, als er mit Ihnen unterwegs war, mehrmals Verfolger bemerkt. Wenn Sie ihn nicht begleiteten, sei er nicht verfolgt worden. Was, Inspektor, wenn es dem Mörder gelänge, Sie zu töten? Wie stünde ich dann da?«

Der Inspektor sah ihn an. »Wenn ihm das gelingt, stehen Majestät gut da, denn dann wird es in der Öffentlichkeit heißen, daß in der Wohnung des Doktors nie ein Mord stattgefunden hat und daß ich bei einem Unfall umkam.«

Der Kaiser musterte ihn scharf. »Dann läge es also«, sagte er, »momentan in meinem Interesse, wenn es geschähe.«

»Ich bin mir dessen bewußt«, erwiderte der Inspektor. »Aber Sie haben bereits mehr als einmal bewiesen, daß Sie über aller Politik stehen.«

»In Wien herrscht Rechtschaffenheit – so lange, bis die Geschichte das Gegenteil beweist«, erklärte der Kaiser.

»Die Geschichte ist ein tollwütiger Hund«, murmelte der Inspektor grimmig.

»Ein tollwütiger Hund geifert, so daß man ihn kommen sieht«, sagte der Kaiser, »ein verrückter Mensch tut das nicht. Lassen Sie sich jedenfalls nicht beißen. Ich gebe Ihnen noch fünf Wochen. Grüß Sie Gott.«

15

Nicht nur der Fall Freud, sondern auch der Fall Gertrud van de Loo harrte weiterhin der Aufklärung. Mit enervierender Regelmäßigkeit tauchten die gereimten Zeilen in den Zeitungen auf. Als er eines Morgens die *Neue Freie Presse* aufschlug, sah der Inspektor einen Artikel mit dem Titel »Wo, ach, wo ist Gertrud van de Loo?« Die Gedichte waren gespenstisch. Das jüngste hatte Voll ihm auf den Schreibtisch gelegt:

Wo, ach, wo ist Gertrud van de Loo?
Ihr Fuß ist im Kontor
Und zählt die vielen Groscherl,
Ihr Kopf ist im Salon
Stopft Brot und Wurst ins Goscherl.

»Was könnte das bedeuten?« fragte Voll.

»Ich weiß es nicht«, sagte der Inspektor und zog sich in sein Büro zurück. Er hatte dem Kaiser erklärt, er halte einen Zusammenhang zwischen dem Freud-Mord und dem Van-de-Loo-Mord für möglich, ebenso einen Zusammenhang zwischen den immer noch unaufgeklärten Morden an mehreren anderen Frauen in der Stadt, aber wie dieser Zusammenhang aussah, das konnte er nicht sagen.

In diesem Augenblick, dem Augenblick seiner tiefsten Verwirrung, klopfte es an die Bürotür, und er sah zu seiner Freude, daß der Kurier mit einem Bericht des Chemikers eingetroffen war. Er wußte, wie sehr es Voll ärgerte, daß er seine eigenen Laborexperten eingesetzt hatte, aber er war es leid, ständig auf die Gefühle eines Bürokraten Rücksicht nehmen zu müssen. Die Gutachten von Volls Chemiker waren häufig falsch gewesen, da das Material immer wieder verunreinigt worden war.

Neugierig schlug er Slotkins Gutachten über das Blut vom Teppich auf und begann zu lesen. Sofort stieg Wut in ihm hoch. Dieser Freud log!

16

»Warum«, brüllte der Inspektor, »warum, um alles in der Welt, haben Sie solche Mühe darauf verwendet, zu vertuschen, daß dieses Blut aus Emma Ecksteins Nase stammt, wo doch ebendieses Beweisstück Sie auf der Stelle von dem Verdacht befreit hätte, daß in Ihrer Wohnung ein Mord stattfand? Durch Ihr Täuschungsmanöver haben Sie mich gezwungen, die Ermittlungen noch mehr auszuweiten. Es ist wirklich zum Verrücktwerden – es ergibt nämlich keinerlei Sinn, ausgenommen den einen, einzigen, der in Ihrer leidenschaftlichen Freundschaft zu Dr. Fließ begründet liegt, einer, meiner Ansicht nach, sehr *intensiven* Freundschaft, und ich bin zu der Feststellung gelangt, Dr. Freud, daß Sie ein überaus hartnäckiger und eifersüchtiger Mensch sind.«

Wie das Dröhnen eines Güterzugs hallte diese Erkenntnis in den beiden Männern wider. Ihre Macht und Entschiedenheit erschütterten den Inspektor ebenso wie Freud.

»Sie sind entschlossen, ihn zu schützen, obgleich das für Sie gefährliche und unvorhersehbare Konsequenzen haben kann. Ihre Anstrengungen, Dr. Fließ' Verantwortung in dieser Sache zu leugnen, zeigen, daß auch Sie gut zu täuschen wissen, mein Herr. So sehr ich weiß, daß Sie diesen Aspekt Ihrer Persönlichkeit von sich weisen werden, so sehr bleibt er eben doch ein Aspekt, und mit *dieser* Überraschung muß ich nun weitermachen.« Er hatte, während er sprach, dem Doktor den Rücken zugewandt und sah nun erstaunt, daß Freud direkt hinter ihm stand, das Gesicht zum Fenster gerichtet, den Kopf gesenkt. Seine Haltung zeugte von einer vollständigen Niederlage, die er nicht erwartet hatte.

»Ich hatte recht bezüglich Emma Eckstein«, sagte Freud erschöpft. »Ich heilte sie. Ich hatte recht. Sie wollte es nicht wahrhaben. Und Dr. Fließ hatte sich geirrt. Ihre Vermutung ist völlig richtig. Diese Entdeckung entsetzte mich. Einige Zeit leugnete ich vor mir selbst, daß ein chirurgischer Fehler unterlaufen war. Wer wie ich die bösesten Dämonen aufweckt, um sie zu bekämpfen, muß darauf gefaßt sein, daß er in diesem Ringen selbst nicht unbeschädigt bleibe.«

»Ich vermute, daß Sie sich diesbezüglich entschieden im Nachteil befinden. Dem Exorzisten stand wenigstens Gott zur Seite.«

»Sein Vorteil, wenn es einer war«, spöttelte Freud, »lag einzig darin, daß er daran glaubte. Ein skeptischer Mann wie Sie,

Herr Inspektor, würde es sich doch nie erlauben, etwas anderes anzunehmen! Davon einmal abgesehen« – Freud ging weiter auf das Fenster zu, während er das Thema wechselte – »habe ich das Buch in Ihrer Westentasche bemerkt. Es ist in letzter Zeit immer dasselbe Buch. Es hat die gleiche Größe wie das rote Büchlein, das Sie so sorgsam vor mir verbargen, als Sie mich das erste Mal mit Ihrem Besuch beehrten; es reizte mich, durch genaue Beobachtung herauszufinden, um welches Werk es sich handelte – Pascals *Pensées*. Täuschung ist nicht allein mein Gebiet. Den Prosastil eines so genialen Mannes wie Pascal überlebt der Zweifel nicht«, erklärte er, wobei seine Augen ganz unerwartet funkelten. »Er vermag den Leser zu überzeugen, daß der Zweifel selbst der Satan ist.«

»Sie halten das Ganze also für einen Streit über Prosa, nicht für einen Glaubensstreit?« fragte der Inspektor ironisch. »Denn wenn es darum geht, kann es der meisterhafte Deutsche Friedrich Nietzsche durchaus mit ihm aufnehmen.«

Freud senkte rasch den Blick zu Boden. »Ich habe ihn nicht gelesen«, sagte er und fügte ebenso hastig hinzu: »Ich muß mich jetzt auf meinen nächsten Patienten vorbereiten. Wenn Sie mich bitte entschuldigen wollen.«*

17

Minna verblüffte den Inspektor, als sie die Polizeiwache mit einem großen, gefüllten Kissenbezug betrat.

Sie blieb vor dem Schreibtisch stehen und sagte: »Ich habe am Morgen nach dem Mord die Papierkörbe geleert und den Inhalt aufbewahrt. Dr. Freud sagte mir, ich solle es Ihnen aushändigen... obwohl er es für unwahrscheinlich hält, daß der Mörder, wenn es einen gäbe, eines seiner Gedichte bei uns zurückgelassen hätte.«

»Warum haben Sie diese Beweisstücke bisher zurückgehalten?« fragte der Inspektor deutlich verärgert.

---

* Es ist möglich, daß Freud, der bestritt, Nietzsche jemals gelesen zu haben, jedoch mit dem Vorwurf konfrontiert wurde, er habe bestimmte Ideen von ihm übernommen, sich hier ertappt fühlte.

»Ich dachte, es sei etwas für den Doktor Wichtiges dabei. Hin und wieder wirft er wichtige Notizen fort.«

Der Inspektor musterte sie. Es ließ sich nicht entscheiden, ob sie log oder nicht.

»Sie sind diese Notizen also durchgegangen?«

Sie wich seinem Blick aus. »Es ist nichts Wichtiges dabei.«

»Wenn Sie sich an Beweismaterial zu schaffen gemacht haben, werden Sie mit Konsequenzen zu rechnen haben«, sagte er barsch.

»Das ist alles, was ich gefunden habe«, versicherte sie, hob den Sack vom Boden und entleerte ihn über dem Schreibtisch, so daß die Papierschnitzel sich darauf häuften.

»Viel Glück«, sagte sie, ohne ein Lächeln, und ging.

18

Die Freuds gingen in die Oper. Sie wollten sich eine Vorstellung der neuen Oper *Der Rosenkavalier* von Strauss ansehen. Freud blickte zu Martha und Minna hinüber und war sehr stolz darauf, daß beide so hübsch und zufrieden aussahen. Er konnte es nicht lassen, die Hofoper mit den Augen nach zwei seiner Patientinnen abzusuchen. Er war sicher, daß die Gräfin anwesend war, sie liebte die Oper. Er hoffte, ihren neuen Liebhaber zu sehen. Oder möglicherweise Leopold. Es war nur konsequent, daß sie einen Mann geheiratet hatte, der ein ebensolcher Tyrann war wie der Mißbraucher, dem sie zu entfliehen versuchte.

In diesem Augenblick trat eine Gruppe von sechs Personen ein und ging den Seitengang hinunter. Noch nie hatte der Doktor so schöne Frauen gesehen. Es war eine funkelnde Wiener Nacht. Sein Interesse an Musik war minimal, aber er sah keinen Grund, sich dafür zu rechtfertigen. Seine Ohren horchten auf andere Dinge, sagte er sich. Das Theater war ihm wesentlich lieber. Er hatte gehofft, einer Lesung des jungen Hofmannsthal beiwohnen zu können, aber dann hatte ihnen ein Freund die Opernkarten geschenkt, und er wollte Minna und Martha eine Freude machen. In letzter Zeit hatte er sich nicht viel um die beiden gekümmert.

Als das Licht erlosch, sah er die Gräfin in ihre Loge treten. Sie war in Begleitung der Amerikaner; Mr. James und Mrs.

Wharton waren auch dabei. Ob im hinteren Teil der Loge noch jemand saß, konnte er nicht sehen. Die Gräfin strahlte. Freud empfand fast ein Glücksgefühl, was ihm nur selten widerfuhr. Als das Orchester mit der Ouvertüre einsetzte, erinnerte er sich an das, was sie an diesem Nachmittag als letztes zu ihm gesagt hatte.

»Es gibt eine alte russische Volksweisheit«, sagte sie, »die genau das ausdrückt, was ich jetzt empfinde.«

»Und was empfinden Sie?« fragte er.

»Ich spüre, daß ich den Drachen endlich am Schwanz gepackt habe, ich fühle mich als Siegerin. Aber ich bin noch vorsichtig.«

»Es ist klug, vorsichtig zu sein«, sagte er. »Wie lautet denn nun diese Volksweisheit?«

»Sie handelt nicht von einem Drachen, sondern von einem Bären:

›Ich habe einen Bären gefangen‹, sagt der erste Mann.

›Nun gut, dann bring ihn mit‹, sagt der zweite Mann aus der anderen Stadt.

›Er wird nicht mitkommen wollen‹, sagt der erste Mann.

›Nun, dann komm ohne ihn!‹, sagt der zweite Mann.

›Er wird mich nicht gehen lassen‹, sagt der erste Mann.«

Er lächelte, während er an die Geschichte dachte. Der Bär hatte sie doch gehen lassen, und er war ganz berauscht und aufgeregt, wenn er an die neuen Möglichkeiten dachte, die jetzt vor ihr lagen. Und vor ihm.

19

Henry wünschte, Edith würde ihn nicht so drängen. Selbstverständlich wollte er, daß dieser unselige Mord aufgeklärt wurde. Er hatte einige interessante Bekanntschaften geschlossen und fand, daß die Stadt sich ganz außerordentlich für Klatsch eignete, aber der Winter war grauenhaft gewesen, und jetzt, da es Frühling wurde, war er genauso darauf bedacht, nach Florenz zu fahren, wie sie.

Er betrachtete die Unmengen von Papierschnitzeln, die den Tisch bedeckten.

Der Inspektor war mit den Papierschnitzeln zu ihm gekommen, hatte ihn beiseite genommen und lange mit ihm geredet. Henry hatte ihn eigentlich doch recht sympathisch gefunden. Und dann hatte er darum gebeten, auch mit Edith sprechen zu dürfen. Und dann war er gegangen.

Der Inspektor hatte den beiden diese Unmenge von Papierfetzchen zurückgelassen, die sich über den ganzen Mahagoni-Eßtisch ergoß. Es war wirklich unerhört. Einige der Schnipsel waren so kleingerissen, daß man nicht einmal mehr Sätze darauf lesen konnte, nur mehr einzelne Buchstaben.

»Ich wäre Ihnen sehr dankbar«, hatte der Inspektor gesagt, »wenn Sie es wenigstens versuchen würden. Schließlich sind Sie beide Schriftsteller, und da dachte ich mir, vielleicht könnten Sie einiges davon zusammenstückeln.« Er fand das Ganze lächerlich. Es hatte keinen Sinn, außerdem war er beim Puzzlen noch nie sehr gut gewesen.

Edith hatte sich gerade auf ein relativ großes Fragment gestürzt. »Schau mal«, sagte sie und nahm es von der Mitte des großen Eßtisches, »hör mal dies: ›Man muß die Hand zum Kleister führen.‹ Das könnte doch etwas sein.« Sie hob den Blick.

Henry glaubte, augenblicklich in Ohnmacht zu fallen. Das waren *seine* Worte, die er auf ebenjener Couch geäußert hatte und die der Doktor nicht nur aufgeschrieben, sondern auch noch weggeworfen hatte!

»Solange der Kleister kein Arsen enthält und man ihn nicht verzehrt«, sagte er trocken, »weiß ich nicht, in welchem Zusammenhang das zu dem unseligen Mord stehen sollte.« Edith zeigte eine gewisse Verärgerung, legte den Schnipsel auf den Haufen zurück und begann ihn eifrig nach einem anderen zu durchsuchen.

»Ich weiß wirklich nicht, weshalb wir glauben, daß der Mörder, wenn es denn einen gibt, etwas Schriftliches zurückgelassen hat«, sagte Henry nachdenklich.

»Weil einer von ihnen Mitteilungen hinterläßt, der nämlich, der Leute aufschlitzt. Außerdem wurde ein Kuvert, ein blaues, auf dem Boden gefunden, und keiner in der Wohnung besitzt blaues Briefpapier.«

»Daß ein Kuvert gefunden wurde, bedeutet noch lange nicht, daß es auch etwas enthielt«, murmelte Henry, verärgert über das hoffnungslose Unterfangen.

»Such lieber weiter!« sagte sie. »Wir müssen hier weg.« Er seufzte. Er wußte, daß sie recht hatte, leider. Er hob einen weiteren Schnipsel auf und betrachtete, was nun vor ihm lag. Er hatte jetzt ein *m*, ein *sch*, ein *i*, ein *e* und ein *den*. Damit hatte er *meiden, mieden, schmieden* und *scheiden*. Instinktiv entschied er sich für *schmieden*. Schließlich handelte es sich hier um einen Mordfall.

Er drängte Edith, ihm über ihren Besuch beim Inspektor zu berichten. Zuerst hatte sie es ihm nicht erzählen wollen.

»Nun, es war wirklich äußerst merkwürdig«, sagte sie schließlich. Als sie über den Besuch nachdachte, wurde sie wieder nervös. »Er interessierte sich offenbar sehr für meine Bedenken hinsichtlich Dr. Freud, obwohl ich der Ansicht bin, daß sie jedem einigermaßen intelligenten Menschen geradezu ins Auge stechen müßten. Aus irgendeinem Grund fand er es sonderbar, daß ich die entsetzlichen Theorien dieses Freud ablehne.« Sie zupfte ihr Kleid zurecht und lehnte sich auf ihrem Stuhl zurück. »›Ich sehe einfach keinen Sinn in ihnen, Inspektor‹, habe ich ihm gesagt. Und dann hat er mir etwas erzählt, was ich nicht gewußt hatte, Henry, nämlich, daß Dr. Freud alle seine Theorien erst vor kurzem geändert hat.«

»In welcher Hinsicht?« fragte Henry. »Was soll das heißen?«

»Nun, der Inspektor erzählte mir, daß er ursprünglich annahm, daß die Sache mit den Kindern, du weißt schon, mit den Eltern –«

»Äh, ja«, sagte Henry, stockte jedoch und sagte nicht: »Du meinst, daß die Kinder verführt werden?«

»Nun, offenbar ist er, was diese Sache betrifft, wieder zur Vernunft gekommen, und seine neue Theorie, die ich selbst hätte formulieren und ihm damit jahrelanges sinnloses Nachdenken ersparen können, lautet nun: daß diese Frauen das alles erfunden haben.«

»Nein!« sagte Henry.

»Doch – nichts als Lügenmärchen der widerlichsten Sorte, muß ich sagen.«

»Hm, sehr sonderbar«, bemerkte Henry.

»Aber, und das ist das Merkwürdige daran«, sprach Edith weiter, wobei sie den Kopf leicht neigte, wie immer, wenn sie über erstaunliche Dinge nachdachte, »der Inspektor fragte mich – er beugte sich vor und berührte dabei fast mein Gesicht und war sehr überrascht, Henry, ganz ohne Frage –, er sagte: ›Verstehe ich Sie richtig – Sie finden also diese Theorie *glaub-*

würdiger als die ursprüngliche?‹ Ich sagte, ja, selbstverständlich, und ob er das denn nicht auch finde. Und da, Henry, starrte er mich an und schüttelte den Kopf und sagte: ›Nein.‹«

20

Er hatte die Papierschnipsel bei Wharton und James gelassen, hegte aber keine große Hoffnung, daß die beiden etwas herausfinden würden. Der Inspektor war deprimiert. Noch nie hatte er ein solches Gefühl des Versagens empfunden. Er hatte den Eindruck, das, was ihm direkt vor Augen lag, nicht sehen zu können, und seine Ermittlungen auf diese Weise selbst zu blockieren. Er ging weiter. Er ging, bis es sehr spät war.

Traurig und erschöpft stieg er die Treppe zur Pension hinauf. Er wußte, daß ihn über dieses schreckliche Versagen nichts hinwegtrösten konnte.

21

Am nächsten Tag ging der Inspektor spätnachmittags ins Revier, wo bereits ein Herr aus Paris auf ihn wartete, der seinen Namen nicht hatte nennen wollen.

Als der Inspektor auf sein Büro zuging, vernahm er lautes, rasches Absatzgeklapper und sah von hinten einen gutgekleideten Mann, der vor der Bürotür auf und ab ging. Als der Mann sich zu ihm umdrehte, durchfuhr den Inspektor ein jähes Wiedererkennen. Wo hatte er dieses Gesicht schon einmal gesehen? Ohne ihm seinen Namen zu nennen, erklärte der Mann dem Inspektor ruhig, er habe etwas Wichtiges mit ihm zu besprechen. Als er das sagte, fiel dem Inspektor ein, daß er den Mann damals aus einem Gebüsch im Bois du Boulogne kommen sehen hatte, wo er mit irgendeiner Frau zusammengewesen war. Er erinnerte sich, daß ihm das Paar damals aufgefallen war, weil die sinnliche Ermattung der beiden in so starkem Kontrast zu seiner Verzweiflung wegen Elise gestanden hatte. Das Verhalten des Mannes war ihm vom ersten Augenblick an zuwider.

»Ich nehme an, Sie wissen, warum ich hier bin«, sagte der Mann.

»Ich warte auf Ihre Erklärung.«

»Kommen Sie, Inspektor, kommen Sie«, sagte Philippe höhnisch grinsend. »So dumm können Sie doch nicht sein. Ich bin hier« – er lehnte sich auf höchst arrogante Weise auf seinem Stuhl zurück – »aufgrund unseres gemeinsamen Interesses an einer gewissen ... Freundin.«

Der Inspektor beugte sich vor. Die Spannung war mit Händen zu greifen.

»Ich stehe leider kurz davor, wegen einiger anarchistisch motivierter Bombenattentate in Paris verhaftet zu werden«, sagte er mit einer nonchalanten Handbewegung und beugte sich ebenfalls vor. »Ich möchte aber nicht verhaftet werden.«

Der Inspektor schwieg. Sein Puls raste. »Sie sind Philippe Malville«, sagte er nach einer Weile leise.

Der Mann hob die Brauen. »Ausgezeichnet, Inspektor! Aber man wird mich *nicht* verhaften, Inspektor, denn Sie werden es zu verhindern wissen, und zwar deshalb, weil unsere Freundin in unmittelbare Gefahr geriete, sollten ihrem Gatten bestimmte Informationen« – er legte die Hände aneinander, so daß die Fingerspitzen sich berührten, eine Geste, die der Inspektor nie vergessen würde – »zugänglich gemacht werden, als da wären Briefe, Photographien, Kleidungsstücke.« Er griff in einen kleinen Koffer, den er mitgebracht hatte; dem Inspektor wurde schwarz vor Augen.

22

Mitten in der Nacht wachte Sigmund Freud auf. »Was ist denn?« fragte Martha, die durch seinen Schrei aufgeschreckt war. »Nichts«, antwortete er. »Nichts.« Aber es war nicht nichts, das sah sie. Etwas hatte ihn geweckt. Von seiner Stirn rann ihm der Schweiß in die Augen.

Er versuchte wieder einzuschlafen. Zwei Träume. Der erste über James, dann einer über die Gräfin. James hatte ihn zu Tode erschreckt. Das Blut stammte, soweit er es beurteilen konnte, aus einem Buch, das er gerade las! Was für ein leicht beeinflußbarer Mensch! Wirklich erstaunlich! Der Mann ließ sich ja auf das Buch ein, als wäre es ihm selbst widerfahren. Warum diese bestimmte Symbolik so stark auf ihn wirkte, wußte er noch nicht zu sagen. Es verwunderte ihn, denn wie James selbst zugegeben hatte, beeindruckte ihn keineswegs die literarische Qualität des Werks, sondern das Bild der blutenden Frau. Vielleicht schwang da Religiöses mit. Eine Identifizierung mit Christus möglicherweise. James' Vater war religiös gewesen, allerdings kaum so, wie man sich einen tpyischen Christen vorstellte.

Wenig später wachte Freud erneut auf. Diesmal dachte er an die Gräfin. Sie hatte ihm gesagt, sie werde ihrem Liebhaber alles über ihre Vergangenheit erzählen. Heute nacht, jetzt. Sigmund Freud machte sich Sorgen um sie. Er hatte versucht, sie von ihrem Vorhaben abzubringen. Es gab nicht viele Männer, die für so etwas Verständnis aufbrachten. Wenn er sich überlegte, wie er reagieren würde, wenn Martha ihm dieses, Minna ihm jenes erzählte... Seufzend ließ er den Kopf aufs Kissen sinken, schloß die Augen und gab vor zu schlafen. Manche Dinge mußte man einfach dem Schicksal überlassen. Aber er wußte, daß das feine Gespinst, welches das Schicksal hervorbringen konnte, wenn dieser Mann sie wirklich liebte, wenn er tatsächlich so leidenschaftlich war, wie sie ihn glauben machte – daß gerade dieses Gespinst, diese seine Leidenschaft es ihm unmöglich machen würde, ihr zu vergeben.

Er dachte kurz an seine Brautwerbung um Martha zurück; die Erinnerung versetzte ihm einen Stich. Wenn damals etwas ähnliches über sie herausgekommen wäre, hätte er ihr niemals verzeihen können. Niemals. Er grübelte weiter darüber nach und schämte sich plötzlich seiner Unfähigkeit zu vergeben. Ein merkwürdiges Bedauern. Eine böse Ahnung, daß er vielleicht doch hätte eingreifen und die Gräfin zum Stillschweigen ermahnen sollen. Er spürte, wie Martha ihm verstohlen mit der Hand über den Rücken strich, um ihn zu trösten. »Sigi«, sagte sie, aber er tat, als schliefe er.

23

Der Inspektor ließ der Gräfin ausrichten, er werde sich nach der Theatervorstellung um Mitternacht mit ihr treffen. Sie war verhindert gewesen, da ein Parlamentsabgeordneter sie in ein Gespräch verwickelt und ihr vorgeschlagen hatte, mit ihm zu kommen. Es dauerte einige Zeit, bis es ihr gelang, sich ihm unauffällig zu entziehen.

Sie wußte, daß Maurice sich über ihr verspätetes Erscheinen ärgern würde, aber in ihrer Ungeduld, ihm die Geschichte ihrer Vergangenheit zu erzählen – denn diese Nacht war die Nacht ihres vollständigen Bekenntnisses –, entging ihr, als sie das Zimmer betrat, in welcher Stimmung er sich befand. Noch während sie Hut und Mantel ablegte, platzte sie schon vor lauter Nervosität und Anspannung damit heraus:

»Ach, das Theater war wundervoll, aber um dir das zu sagen, hätte ich mich nicht mit dir zu treffen brauchen. Ich muß dir etwas sagen, Maurice, ich muß es dir jetzt sagen, und ich muß dir alles sagen, und du mußt mich anhören, bitte!« Erleichtert stellte sie fest, daß er ihr den Rücken zugewandt hatte, aus dem Fenster starrte, und offenbar bereit war, ihr zuzuhören.

Er hatte sich umgedreht, weil er es nicht länger ertrug, sie anzusehen. In seinem Kopf hatte ein schreckliches Brausen begonnen. Als ihre Worte in ihn drangen, wandte er sich ihr halb zu, sah sie jedoch nur verschwommen, und was sie sagte, erreichte ihn wie von fern. Sie redete und redete. Worte, die das Allerschlimmste bestätigten. Sie *verkündete* es geradezu. *Erzählte* es ihm. Das Ungeheuerliche vergrößerte die Kluft, die sich zwischen ihm und ihr aufgetan hatte. Bettina schien weit weg zu sein. Er zündete sich eine Zigarre an, während ihre Worte weiter aus der Ferne auf ihn einprasselten. Seltsam, wie klein und dünn ihre Stimme klang. Er strengte sich sehr an, aber es fiel ihm schwer, sie zu verstehen. Die schreckliche Mitteilung, die ihm am Nachmittag gemacht worden war, hatte ihn schwer getroffen, trotzdem hatte er beschlossen, ihr zuzuhören. Aber während sie sprach, hatte etwas von ihm Besitz ergriffen, eine unbekannte Macht hatte ihn überrumpelt, in Erstaunen versetzt. Es war Haß. Jetzt wandte er sich ganz zu ihr; sein Gesicht war weiß, die Augen glänzten. Er fand sie häßlich, häßlich und entstellt, er haßte es, wie sie so elend in ihr Taschentuch weinte, eine jämmerliche, bemitleidenswerte Frau.

»O mein Gott, du verabscheust mich, ich sehe es in deinen Augen!« Aus ihrer Miene sprach das Entsetzen, ihre Stimme brach. »Du haßt mich«, sagte sie ungläubig.

Ja, er haßte sie. In ihm fiel etwas herab, etwas wie die Schneide einer Guillotine, fiel in seine Körpermitte und nahm ihm die Luft zum Atmen.

»Ich ...«, er stockte, »hasse dich nicht.« Seine erste Lüge. Die Wut tobte in ihm, machte dann jedoch eine ironische Kehrtwendung und stieg hinter seinen Augen auf wie ein Feuer, so daß er die Zornestränen über den Betrug zurückhalten mußte. In ihm begann etwas zu bröckeln, er ging zum Bett und setzte sich darauf, mit dem Rücken zu ihr. Daß sie aufgehört hatte zu reden, nahm er nicht wahr.

Schweigen senkte sich über das Zimmer, als wäre ein prächtiger Kristallüster aus großer Höhe herabgefallen und zwischen ihnen zerborsten. Die Gräfin hörte er wie in weiter Ferne schluchzen, sie versuchte, sich wieder zu beruhigen, um ihm sagen zu können, was sie sagen mußte.

Nach einer Weile fragte er sie mit einer Stimme, die in seinen eigenen Ohren wie die eines völlig Fremden klang und Sätze zu sprechen schien, die man aus einer anderen Sprache übersetzt hatte: »Es waren also mehrere.«

»Ja.«

»Und du bist«, es fiel ihm schwer, das auszusprechen, »bereitwillig mitgegangen.«

Er sah, daß sie sich ruckartig auf ihn zu bewegte, und spürte ihre Finger, die seinen Arm fest umklammerten. »Maurice, schau mich an!« Er haßte diesen bettelnden Tonfall und brachte es nicht über sich, sie anzusehen, sondern starrte weiter geradeaus. Sie ging um ihn herum, bis sie vor ihm stand, dann kniete sie sich auf den Boden und flehte ihn mit verzerrtem, verzweifeltem Gesicht an.

»Ich mußte es tun, verstehst du das denn nicht? Ich mußte, ich konnte mich nicht zurückhalten, es ging einfach nicht. Mit dir und mir hat das nichts zu tun, *überhaupt nichts* ...«

Er hatte schon seit einer Weile eine große innere Anspannung in ihr gespürt, die sich jeden Augenblick entladen konnte; jetzt gab sie ihr nach und sank zu Boden. Seine Abscheu verstärkte das nur.

»Steh auf!« sagte er, ohne seine Verachtung noch länger zu verhehlen. »Steh auf!« Er streckte den Arm aus, ergriff ihre Hand und zog sie mit einem groben Ruck auf die Füße, und während er diese zarte Hand noch umfing, versetzte er ihr einen so kräftigen Stoß, daß sie torkelnd nach hinten gegen die Wand fiel. Er atmete hastig, wie ein Mensch, der um sein Leben rennt. Aus großer Distanz hörte er ihre Stimme.

»Nicht!« hörte er sie schreien. »Tu's nicht!« Und dann spürte er etwas hart über seine Wange streichen, er riß die Augen auf und sah sie wieder, sie hatte erneut etwas ergriffen und brannte vor Wut. »Wag es nicht, mich so anzufassen!« schrie sie. »Wenn du das nicht verstehen kannst« – jetzt fauchte sie wie ein wildes Tier –, »dann liebst du nicht *mich*, sondern nur deine Vorstellung von mir, und das will ich nicht. *Das will ich nicht*«, brüllte sie ihn an, und er hörte, wie hinter ihm etwas gegen die Wand krachte.

Rasch schritt er ins Nebenzimmer, um seinen Mantel zu holen. Sein Herz, glaubte er, würde jeden Augenblick stehenbleiben. Als er den Mantel anzog, war das Pochen in seinen Ohren so laut, der Blutandrang in seinem Hals so stark, daß er kaum schlucken, kaum atmen konnte. Er wandte sich zum Gehen.

»Dem nächsten wirst du wahrscheinlich dasselbe über mich erzählen«, sagte er.

Sie stürzte sich auf ihn; sie war schneller, als er erwartet hatte, und sie hatte etwas ergriffen, er wußte nicht, was, etwas Hartes jedenfalls, und schlug es ihm an die Brust, ins Gesicht, bis er Blut ins Auge rinnen spürte und ihre Hände packte.

»O Gott!« sagte sie und ließ die Bronzefigur zu Boden fallen. »O Gott!« Sie trat einen Schritt zurück. »Maurice.«

Er betrachtete ihr Gesicht, während er sich die Hand über die Augen hielt, um das Blut aufzuhalten. »Ich habe dich gesehen, ich habe dich gesehen ... im Park ...«, stöhnte er.

Sie hatte einen wilden Blick, als sie wieder zu schreien begann; ihre Stimme aber klang jetzt merkwürdig leblos. »Ich habe dabei nie etwas empfunden, Maurice, kannst du das nicht verstehen? Nichts! Es ist, als ob man aus Eis wäre, aus reinem Eis. Das einzige, was ich je gefühlt habe«, ihre tote Stimme veränderte sich, sie brach in Schluchzen aus, »war das Schlagen, das Schlagen, das Treten – nur so konnte ich mich lebendig fühlen.«

»*Ich habe dich gesehen!*« brüllte er, blutend, tödlich getroffen. »*Ich habe dich mit ihm gesehen!*«

»Mit wem?« flüsterte sie. »Mit wem?«

»Mit Philippe!« schrie er. »Er hat mir das hier gegeben.« Er warf den blutbefleckten magentaroten Schal vor sie auf den Boden.

Ihr entsetztes Gesicht wurde noch bleicher. »Er sagte, er würde zu Leopold gehen.« Ihre Stimme war nur noch ein Wispern. »Woher wußte er von dir?«

»Was Leopold betrifft, so habe ich deine Sicherheit erkauft«, sagte er mit bebender Stimme. Die Adern in seinem Kopf pochten. »Und zwar mit einem für mich unmöglichen Preis!« Seine Stimme brach, als er ihr das entgegenschrie.

Fassungslos tat sie einen Schritt zurück, griff nach der Dienstbotenglocke und rief: »Ich habe dabei nichts empfunden, ich habe nichts empfunden dabei!«

Der Diener klopfte, trat ein, staunte angesichts der Szene: der Inspektor, die Hände an den Seiten, wie ein im Wettkampf besiegter Mann; seine Arme hingen schlaff herab, in seine Augen tröpfelte Blut. Die Gräfin schrie mit fuchtelnden Armen, blutbefleckt, außer sich: »Eis, sofort Eis bringen!«, um dann hysterisch loszulachen. »Eis, jawohl, Eis! Eis! Eis!« Der Diener lief zu ihr, wobei er dem Inspektor böse Blicke zuwarf, zog sie weg und läutete heftig die Glocke, bis weitere Dienstboten erschienen und den Inspektor fortführten, während die Gräfin, hysterisch lachend und weinend, von ihrer Zofe in ihr Zimmer gebracht wurde, wo sie, wie es später hieß, in hysterische Anfälle von Verzweiflung sank.

24

Der Inspektor erwachte schlagartig aus seinem Traum. Seine Hände umschlossen Bettinas Hals, er würgte sie. Ihre Augen traten aus den Höhlen, ihre Lippen liefen blau an, und er empfand gewaltige Befriedigung, als seine kräftigen Hände ihren schmalen Hals umfingen und ihre Schlagader nicht mehr zu spüren war. Schlaff und reglos lag sie in seinen Händen, da wachte er plötzlich auf. Er zitterte, und es dauerte einige Minuten, bis er überzeugt war, in Sicherheit zu sein, oder zumindest doch in seinem eigenen Bett. Er brauchte einige Zeit, bis er sich beruhigt hatte. Er hatte Angst, sie möglicherweise auf der Straße zu treffen; wenn das geschah, mußte er sofort um die Ecke biegen, um sich nicht, wie er befürchtete, auf sie zu stürzen und sie zu vernichten. *Ein Tod allein*, murmelte er stöhnend, klagte es in seinem tiefsten Inneren, viele Klafter jenseits der Vernunft, *war nicht genug für sie*. Er wollte, daß sie jeden Tag aufs neue starb, als Opfer ausgeklügelter Folterung. Und er wollte dabei zusehen und ganz kühl bleiben, wenn sie um Gnade schrie.

Als er sich einigermaßen gefangen hatte, regten sich moralische Bedenken in ihm. Er hatte sich – fälschlicherweise, wie er jetzt wußte – für ein ganz anderes Kaliber gehalten. Für einen überlegten, vernünftigen Menschen, für einen Menschen mit Gelüsten, ohne Zweifel, aber doch nicht für dieses wilde, sich im Kreis drehende, zerstörungswütige Tier. Er sah sich selbst nicht mehr so wie früher. Sein Blick übersprang sein Bild im Spiegel, als wäre es ihm, wenn er in den Spiegel sähe, unmöglich, seine Schuld an dem, was der Spiegel nicht enthüllen würde, zu ertragen. Diese Vorstellung deprimierte ihn sehr, und seine Pensionswirtin äußerte sich des öfteren besorgt darüber, wie schlecht er in letzter Zeit aussehe; sie könne ihm ein stärkendes Mittel empfehlen. Er wollte kein stärkendes Mittel. Er hatte seinen Stolz und seine Würde verloren und mußte versuchen, mit dem dünnen Schorf, den seine berufliche Verpflichtung über der Wunde gebildet hatte, so gut wie möglich zurechtzukommen. Von wem diese Frauen umgebracht wurden, interessierte ihn nicht mehr. Er wünschte sich sogar, wer immer es sei, möge noch eine töten.

25

Ich hatte die Gräfin schon mehrere Tage nicht gesehen, und Mama sagte mir, sie sei krank, habe vielleicht eine schwere Erkältung. Ich machte mir Sorgen, weil es mir so vorkam, als hätte die Gräfin nie Erkältungen oder etwas ähnliches, sondern immer nur diese schrecklichen nervösen Depressionen, von denen Timothy mir erzählt hatte. Cecily und ich hatten sie damals an jenem Tag sehr krank erlebt, das hatte ich nie vergessen. Ich hörte, wie Mama und Papa etwas von »Leopold telegraphieren« sagten, denn Leopold war irgendwo auf Eberjagd, und ich dachte mir, vielleicht sei es jetzt wieder sehr ernst.

Um so mehr freute ich mich, und um so größer war meine Erleichterung, als ich sie am nächsten Morgen beim Frühstück wiedersah; allerdings legte sich diese Freude nach einigen Minuten. Als ich das Zimmer betrat, sagte Berta gerade, sie müsse etwas essen, aber die Gräfin schüttelte den Kopf. Ich sprach sie mehrmals an, bevor sie mich überhaupt hörte, und als sie in meine Richtung schaute, bekam ich Angst. Ihre Augen waren immer fast golden gewesen und hatten gestrahlt, aber jetzt sahen sie völlig anders aus. Sie waren eher grau als golden und hatten einen Ausdruck, den ich noch nie gesehen hatte, eine wirklich erschreckende Starre. Ihr Haar war zerzaust, und ihr Kinn fiel immer wieder auf die Brust, so als könnte sie es nicht oben halten.

»Sind Sie noch krank?« fragte ich, aber sie schüttelte nur den Kopf, schob den Tee und die Teller von sich und versuchte sich von ihrem Stuhl zu erheben. Das dauerte mehrere Minuten. Sie stützte sich auf den Tisch und bewegte sich wie ein sehr geschwächter Mensch, was sie offenbar auch war. Es dauerte ewig, bis sie die Treppe hinaufgestiegen war.

Kurz danach kam Tante Ida. Als ich ihr von meiner Besorgnis erzählte, reagierte sie zu meiner Enttäuschung völlig mitleidslos. »Mir reicht es jetzt«, sagte sie verärgert. »Schon wieder hat sich eine intelligente Frau auf dem Altar der romantischen Liebe als Opfer dargebracht. Das ist doch idiotisch!« Sie sah mich an. »Und ich weiß, daß du alles darüber weißt – warum auch nicht? –, und deshalb werde ich weder dich noch irgendeine andere mehr schützen. Sie ist eine verheiratete Frau. Was hat sie denn erwartet?«

»Du meinst, der Inspektor...« Weiter konnte ich nicht sprechen.

»Hat sie verlassen«, sagte Tante Ida. »Ich weiß nicht, was passiert ist, auf alle Fälle ist sie am Boden zerstört. Ich hätte ihr mehr Charakter zugetraut, muß ich sagen. Sie benimmt sich ja wie ein Schulmädchen.« Nach diesen Worten butterte Tante Ida ihren Toast so heftig, daß ich ganz erstaunt war.

»Aber warum?« fragte ich nach einer Weile. »Warum hat er sie geliebt, und dann liebt er sie plötzlich nicht mehr?«

»Weil solche Dinge eben vorkommen, darum«, antwortete Tante Ida, und ich dachte mir, daß sie in diesem Augenblick vielleicht das gleiche Gefühl hatte wie damals bei dieser Sache mit ihr und Mr. Biddington Jones, der ins schwärzeste Afrika gereist war und Tante Ida eigentlich mitnehmen sollte, es aber nicht tat.

Das Thema kam nicht mehr zur Sprache, aber über das ganze Haus hatte sich eine große Schwermut gelegt. In den Gängen war Geflüster zu hören, das immer sofort unterbrochen wurde, wenn ich um die Ecke bog, und eines Nachts gab es ganz spät eine große Aufregung im Haus, und Timothy erzählte mir, obwohl er es eigentlich nicht durfte, daß ein Arzt gerufen worden war. Seiner Meinung nach war sie nicht mehr ganz bei Sinnen.

26

Der Inspektor empfand große Schadenfreude, als er erfuhr, daß Freud nichts herausbekommen hatte.

»Es zeugt von Ihrer Überredungskunst, Inspektor«, sagte der Doktor, »daß ich Ihnen, wenn auch widerwillig, die Erlaubnis erteile, meine Patienten zu befragen, vorausgesetzt natürlich, diese selbst haben nichts dagegen. Ich werde sie persönlich über die Umstände unterrichten. Selbstverständlich gibt es für meine Einwilligung eine bestimmte Ausnahme.« Der Doktor strich mit der Hand über sein Revers. »Bettina Gräfin Gerzl können Sie nicht befragen.«

Einen Augenblick lang war der Inspektor überrascht. Er hatte für kurze Zeit vergessen, daß sie zu Freuds Patienten zählte. Er hatte sie überhaupt ganz vergessen unter dem Druck der vergangenen Tage. Aber die Erinnerung kam sofort wieder; rasch wie einen Schlangenbiß spürte er den Bittergeschmack, der sich wie Gift in seinem Mund ausbreitete. Da bemerkte Freud plötzlich, ohne daß er gefragt worden war: »Sie befindet sich in einer schweren Krise.« Er stockte. »Ein Mann, den sie sehr liebte, hat sie betrogen.«

Der Kopf des Inspektors machte einen Ruck, als wäre er von einer Kugel getroffen worden. »Ein Mann hat *sie* betrogen?« wiederholte er mit brüchiger Stimme. Sigmund Freud hob den Blick. Etwas in der Stimme des Inspektors hatte ihn aufmerken lassen.

»Ja«, sagte er ruhig. »Das kommt häufig genug vor. Es handelt sich um einen Fall, in dem das Bedürfnis des Mannes, eine Frau ganz allein für sich zu haben, größer war als seine Fähigkeit, sie zu lieben, wie sie ist.«

»Sie sprechen von Göttern«, sagte der Inspektor, »nicht von Menschen.« Freuds Augen wurden schmal. Der bittere Unterton des Inspektors verwunderte ihn.

»Wie dem auch sei«, sagte Freud, »sie ist eine Frau, die schon viel gelitten hat. Ich habe ihren Fall ursprünglich von einem Kollegen übernommen, der sie zweimal vor einem Suizidversuch mit Chloral gerettet hat. Ich habe viel Mühe darauf verwendet, ihr die Gelegenheit zu verschaffen, das Leben wieder lebenswert zu finden. Dieser Mann hat das fast wieder zunichte gemacht. Ich bin zuversichtlich, daß sie die Kraft finden wird, diesen Schlag zu überwinden, allerdings nur, wenn man sie jetzt überaus rücksichtsvoll und zartfühlend behandelt. Es ist eine sehr ernste Angelegenheit, und ich kann Ihnen nur meine Beobachtung zur Verfügung stellen, daß sie ein äußerst zerbrechlicher Mensch ist. Ich nehme an, Sie sind nicht so töricht, sich die Verantwortung für einen Tod aufzuladen, während Sie sich einen anderen aufzuklären bemühen. Suchen Sie sie nicht auf! Das kann warten.«

»Ich wüßte nicht, warum ich mit einer hysterischen Frau Nachsicht üben sollte«, sagte der Inspektor mit vor Verachtung triefender Stimme, »wie verwirrt sie auch immer sein mag. Ich bin sicher, daß sie einen Liebhaber finden wird, der dem letzten in nichts nachsteht. Sie ist eine reiche und schöne Frau. Ich muß leider sagen, daß ich keinerlei Mitgefühl empfinde.«

Der Inspektor bemerkte, daß Freud in einer für ihn ganz untypischen Körperhaltung im Arbeitszimmer auf und ab ging. Die Schultern waren nach vorn gekrümmt, die Hände hatte er hinter dem Rücken verschränkt. Offenbar grübelte er über das nach, was er als nächstes sagen wollte. »Ich«, setzte er zweimal an, dann wandte er sich rasch ab. Endlich ergriff er doch das Wort. »Ich denke, Herr Inspektor« – es klang schnörkellos und sehr professionell –, »daß die Verachtung und Bitterkeit in Ihrem Ton etwas ganz anderes nahelegen.«

Dem Inspektor lief es eiskalt den Rücken hinab. »Ich verstehe nicht, was Sie damit sagen wollen.« Er hörte den Klang seiner eigenen Stimme, brüchig, fast bebend, aber kalt.

»Ihr Ton legt die Vermutung nahe, daß Sie mehr Mitgefühl für ihren Zustand empfinden, als Sie zugeben können. Wir verabscheuen ja oft bei anderen, was wir in uns selbst am allerwenigsten zu dulden vermögen. Ihr Mangel an Einfühlungsvermögen in das Gefühl des Betrogenseins zeigt mir, daß dieses Gefühl Ihnen offenbar selbst nicht fremd ist. Ihre Verachtung, möchte ich Ihnen sagen, ist höchstwahrscheinlich eine gegen Sie selbst gerichtete. Denken Sie einmal darüber nach. Aus medizinischer Erwägung insistiere ich, daß Sie meine Patientin mit keinen weiteren Vernehmungen sekkieren. Die Entscheidung, ob Sie dies befolgen, überlasse ich Ihrem Gewissen und«, sagte er langsam und sah dem Inspektor direkt in die Augen, »Ihrem Charakter. Auf Wiedersehen.« Freud drehte sich um und ließ den Inspektor im Arbeitszimmer stehen.

Der Inspektor wußte, daß Freud ihn nie allein hier im Arbeitszimmer hätte stehenlassen, wenn er nicht zutiefst erregt gewesen wäre. Zu seiner Überraschung stellte er fest, daß die Bemerkungen des Doktors ihn gänzlich unberührt gelassen hatten. Er empfand eine Art eisiger Ruhe, ging in dem Raum umher, betrachtete nacheinander alle Gegenstände auf dem Schreibtisch und notierte sich, was er bereits notiert hatte – die Anordnung der Gegenstände auf dem Schreibtisch. Er wollte gerade gehen, als er plötzlich schrecklich müde wurde, fast so, als hätte man ihm ein Mittel gegeben. Er hatte jedoch weder Kaffee noch Tee getrunken, denn beides war ihm vom Doktor gar nicht erst angeboten worden. Dennoch fühlte er sich schwer, ja, wie betäubt, und es schien ihm eher Stunden als Minuten zu dauern, bis er die Kraft aufbrachte, einen Fuß vor den anderen zu setzen, auf die Tür zum Vorzimmer zuzugehen und Wohnung und Haus zu verlassen. Nach dieser großen Anstrengung fand er sich endlich auf der Straße wieder.

Er machte sich auf den Weg. Er ging immer schneller. Die Worte des Doktors kreisten in seinem Kopf. »Sie hat mehrere Suizidversuche mit Chloral unternommen ... Der Mann hat charakterlich versagt ...« Auf einmal war ihm, als wäre das Treiben auf der Straße, der Lärm der Kutschen, das Geschrei und Getümmel der Menschen in *ihm*. Er fühlte sich bedrängt, gestoßen, verfolgt. Gepeinigt begann er zu laufen, in seinen Schläfen pochten einzelne Wörter. Seine Empörung über den Doktor braute sich mit neuer Kraft zusammen, verband sich mit seiner Angst, seinen Erinnerungen, seinem Haß, seiner Verletztheit, der unsäglichen Kränkung. Was sie ihm angetan hatte – der Doktor hatte es gewußt und nahm an, er habe *sie* betrogen, trotz seiner Liebe, seines Vertrauens zu ihr, habe er *sie* betrogen!

Dieser Doktor war ein Verrückter, verrückt und grausam war er, ein Höllenbote, der ihn mit seinen Worten und Gedanken noch einmal töten würde und ihn einer Gefühlswoge aussetzte, die über ihm zusammenschlug, seine Arme, seine zitternden Beine, seine Augen durchflutete, bis, ohne daß er wußte, woher, sich ein Laut durch seine Kehle bahnte und er in rasender Eile durch die Gassen jagte, blind vor Gefühl, den Wind im Gesicht, mit hämmerndem Herzen, schmerzender Kehle, rennend, als verfolgten ihn die Furien der Hölle, als zerrten sie an ihm, rissen ihm das Fleisch vom Gesicht. Dann blieb er plötzlich stehen, alles blieb stehen, und sank erleichtert ins Schwarze.

Sigmund Freud starrte in die Nacht hinaus. Er war indiskret gewesen. Es war so gar nicht seine Art, so viel über eine Patientin zu offenbaren. Zuerst tröstete er sich mit dem Gedanken, seine Indiskretion sei einem Impuls entsprungen, sie zu beschützen. Aber das glaubte er selbst nicht lange. Dann wurde ihm nach und nach klar, wer der Inspektor war.

27

An diesem Abend fand die Premiere von Mr. James' Theaterstück statt, und Cecilys Begleiter war Mr. James persönlich. Sie gingen zwar natürlich alle zusammen, aber Cecily wußte doch, daß er ihr »Begleiter« war, und hatte den ganzen Nachmittag über geschwankt, welches Kleid sie anziehen sollte. Die Gräfin war zu krank, um mitgehen zu können, aber offenbar waren alle überzeugt, daß sie sich auf dem Weg der Besserung befand.

Ida betrachtete Cecily mit ganz neuen Augen. Jahrelang hatte sie sie für ein reines Modepüppchen gehalten, das sich nur für Kleider und Partys interessierte, aber an dem schmerzlichen Ausdruck in ihrem Gesicht und in ihren Augen hatte sie erkannt, daß es Cecily ernst war mit ihrem Wunsch, Medizin zu studieren, und daß sie gleichzeitig wußte, wie unmöglich dies im Hinblick auf ihre Eltern war. Im Gegenzug war sie äußerst »feminin« geworden, zumindest war das Idas Interpretation, und obendrein hatte sie mit ihrer Liebe zu dem russischen Offizier zu kämpfen, der, Gott sei Dank, nach Moskau zurückgekehrt war, sowie mit ihrer Verliebtheit in Mr. James und seine Heldinnen.

Ida hatte den Verdacht, daß Cecily sich im Zustand einer schrecklichen Rebellion gegen sich selbst befand, der schlimmsten Rebellion, die es gab. Ihre verzehrende Sehnsucht danach, eine von Mr. James' Romanheldinnen zu sein, gehörte für Idas Geschmack viel zu sehr dem Reich der Phantasie an; trotzdem faszinierte sie der Kampf in Cecily so stark, daß sie Cecilys Bemühung, an diesem Abend »genau das Richtige« zu tragen, überaus ernst nahm. Sie war mit Cecily einkaufen gegangen, weil Cecily mit dem, was ihre Mutter ausgesucht hätte, nie zufrieden gewesen wäre. Ida dachte sich, sie müsse dem immer gequälter wirkenden Mädchen einfach versichern, was immer sie tragen wolle, werde dem Anlaß perfekt entsprechen.

28

Als Edith Wharton sich an diesem Abend für den Theaterbesuch umkleidete, hoffte sie um Henrys willen, daß sich die Vorstellung nicht als allzu große Katastrophe erweisen würde. Für *Dramatik* hatte Henry, ihrer Meinung nach, einfach kein Gespür. Seine Welt war eine innere, in der das dramatische Geschehen seltsamerweise keine unmittelbare Konfrontation aufkommen ließ, eine Finesse, die ihres Erachtens den Anforderungen der Bühne keineswegs entsprach.

Aber sie freute sich darauf, mit Fullerton ins Theater zu gehen, und ihre letzten beiden Gespräche mit diesem Inspektor, den sie dort wohl ebenfalls sehen würde, hatte sie sogar ein wenig genossen. Beide interessierten sich für Nietzsche, einen Autor, den sie als so aufwühlend empfand, daß sie immer nur wenige Seiten auf einmal lesen konnte. Sie hoffte, ihre Konversation mit dem Inspektor an diesem Abend fortsetzen zu können, obwohl seine offensichtliche Verliebtheit in die Gräfin dies vielleicht unmöglich machte – was allerdings keinen allzu schmerzlichen Verlust darstellen würde, denn Fullertons Anwesenheit allein bereitete ihr solche Freude, daß sie schon jetzt wußte, sie würde glücklich sein, was immer sich an diesem Abend ereignen mochte.

29

Henry war erleichtert, als er sah, daß Edith und Fullerton am Theatereingang auf ihn warteten.

»Beinahe wärst du zu spät gekommen!« tadelte Edith ihn, und er gestand, daß dies absichtlich geschehen war. Er hatte beschlossen, spät zu kommen und früh zu gehen. Cecily und ihre Schwester sahen wunderhübsch aus, und er freute sich, sie verschwenderisch mit Komplimenten über ihre Kleider bedacht zu haben. Als sie zu ihren Plätzen geführt wurden, erloschen die Lichter.

Während der ganzen Aufführung hatte Henry keine Ahnung, ob das Stück nun großartig oder schrecklich war. Er hatte solche Angst, möglicherweise ausgebuht zu werden, daß er den höflichen, zurückhaltenden Applaus zunächst überhaupt nicht wahrnahm. Das Klatschen brachte ihm die Erinnerung an die tiefe Demütigung mit *Guy Domville**, einem früheren Stück, zurück. Woher er den Mut genommen hatte, es noch einmal zu versuchen, konnte er nicht sagen. Aber dann bemerkte er, daß sie der Hauptdarstellerin, Fräulein Hohenfels, zujubelten. Zuerst gab er sich dem Applaus ganz hin; ihm wurde fast schwindelig. Aber dann erkannte er inmitten der bittersüßen Aufregung, die der Beifall für Fräulein Hohenfels, die Schauspielerin, ihm brachte, daß seine Gefühle seltsam gemischt waren. Denn plötzlich *beneidete* er sie, die Diva. Es quälte ihn, daß er noch nie so verehrt, so – nun ja – *geliebt* worden war. Als Fräulein Hohenfels sich verbeugte, stieg eine große Traurigkeit in ihm auf. Tränen sammelten sich in seinen Augen, und seine Lippen zitterten, als er mit jahrealter Geübtheit die seinen ganzen Körper durchbebende Erschütterung einzudämmen versuchte. Aber es stimmte: Fräulein Hohenfels' Auftritt brachte ihm seine verlorene Hoffnung auf das Theater ins Bewußtsein zurück, die Hoffnung, von Hunderten klatschender Hände, von Bravos, Jubelrufen, Hosiannas umgeben zu sein. Er liebte seine Bücher; jede seiner Figuren war eine Entdeckung, eine wertvolle, erlesene Essenz, aber es war ein so irreales Leben. Es bedeutete solche Einsamkeit. Plötzlich quollen ihm die Tränen aus den Augen, er konnte sie nicht mehr zurückhalten.

---

* Dieses Stück wurde für James zum Desaster. Als er damals in London unter »Autor! Autor!«-Rufen auf die Bühne trat, wurde er lautstark ausgebuht.

Als Cecily sah, daß Mr. James weinte, beugte sie sich voller Mitgefühl zu ihm hinüber. »Ach, Mr. James, wie schön, einen Gentleman zu sehen, der keine Angst vor seinen Gefühlen hat! Wie edel das ist, wie edel!« Sie vergaß sich, griff nach seiner Hand. »Der Applaus rührt Sie so sehr, daß Sie *ihretwegen* Freudentränen weinen... Sehen Sie nur, Mr. James!« Er blickte sie an und sah ihre Augen erleuchtet – wie von Fieber, dachte er, denn ihr Gesicht war schon den ganzen Tag über gerötet gewesen und hatte geglänzt – oder aber von Liebe. War es möglich, dachte er, daß Cecily eine unsterbliche, leidenschaftliche, verzehrende Hals-über-Kopf-Liebe zu niemand anderem als zu seiner eigenen gravitätischen Person empfand?

Als James Cecilys Hand auf seiner spürte, entwand er sich ihrer Berührung, als brächte er sich vor einem Feuer in Sicherheit. Seine Wangen brannten vor Scham darüber, daß ihn die mädchenhafte Schwärmerei einer jungen Frau so aus der Fassung brachte.

»Oh«, sagte Cecily stotternd, »ich habe nur... Verzeihen Sie.« Obwohl sie ihre Hand zurückgezogen hatte, stellte er erleichtert fest, daß sie nicht im geringsten befangen war. »Es ist so wunderbar, einen Menschen mit einer solchen Seele zu kennen.« Dies sagte sie so ernsthaft, so zärtlich, daß sich in ihm etwas weitete und aufbrach. Ein schwerer Seufzer entrang sich ihm, und wieder traten Tränen in seine Augen. Und einen Augenblick lang verwandelte sich im Bannkreis von Cecilys unerschütterlicher Leidenschaft seine Scham in Stolz. Vermöge des Mißverständnisses, der hingebungsvollen Liebe dieses jungen Mädchens, stahl sich der alte Schmerz durch seine Tränen, als sie noch einmal seinen Arm drückte. Als die Lichter angingen, war er so erleichtert, daß er, einem Impuls folgend, die Arme nach Cecily ausstreckte und sie an sich zog, ihr liebendes Herz an seinen Busen drückte und hoffte, es möge die Kraft besitzen, seine Inbrunst in sein eigenes Herz zu pressen.

Und dann wurde er mit Gratulationen überschüttet.

Als er am nächsten Tag erwachte, dachte er darüber nach und beschloß, Maßnahmen zu ergreifen, die dazu angetan waren, jedwede peinliche Situation zu verhindern, in der Cecily aus einer schulmädchenhaften Begeisterung heraus seine Absichten mißdeuten könnte. Er würde von nun an anders mit ihr sprechen und sie weniger häufig sehen, und wenn er bei ihrer Familie zu Besuch wäre, würde er sich bemühen, mehr mit den anderen zu reden. Sie war ein reizbares und leicht zu beeinflussendes Mädchen. Es wurde ihm jedoch auch bewußt, daß sie etwas in ihm ausgelöst hatte, Eifersucht möglicherweise, als sie ihm nach der Aufführung beim Abschied zuflüsterte: »Ich lese jetzt Tolstoi; er ist genauso großartig wie Sie.«

30

Das erste, was der Inspektor wahrnahm, als er erwachte, war der lästige Anblick seiner Wirtin, die ihm gerade Eis auf die Stirn legte.

»Sie hobn Eahna g'steßn und san in Ohnmacht g'foin«, erklärte sie. »Kennan S' dös hoitn?«

Seine Hand tastete nach dem Eisbeutel und fand ihn.

»Wann?« fragte er.

»Irgendwann gestan nocht san S' an an Laternapfoi g'rannt. Heit miaßn S' an gonzn Dog liegnbleibn.«

31

Sabina hatte zwar Carl vor dem Urteil des Inspektors in Schutz genommen, an diesem Abend jedoch hatte sie das Gefühl, sich selbst gegen ihre eigenen Emotionen nicht so gut wappnen zu können.

Mit diesem Keuchen hatte es angefangen. Sie hatte sich Klimts Gemälde der Judith mit Holofernes' Kopf angesehen und war davon unendlich erschüttert worden. Sie hatte sofort an die Situation zwischen ihr und Carl denken müssen. Unmöglich. Sie setzte sich, ohne eine Sekunde zu zögern, und schrieb an Freud.*

---

* Sabina schrieb tatsächlich an Freud (s. Aldo Carotenuto (Hg.), *Tagebuch einer heimlichen Symmetrie. Sabina Spielrein zwischen Jung und Freud*, Freiburg i. Br.: Kore 1986, S. 90), sie selbst sei mit Jung in einer ähnlichen Situation wie Judith, die Holofernes geliebt habe, ihn jedoch habe ermorden müssen, um sich zu retten. Dies ist besonders insofern interes-

Sie ging hinaus, warf den Brief in den Postkasten und kehrte, noch immer in Gedanken vertieft, in ihr Zimmer zurück. Heute nacht, das wußte sie, wollte sie Jung aus ihrem Leben und aus ihrem Kopf drängen. Sie nahm ihren Notizblock wieder zur Hand und versuchte mit der Feder zu denken, zu verstehen, zu erklären und so die wachsende Gedankenlast zu erleichtern:

Wenn in der Seele alles gleichzeitig stattfindet, oder sagen wir, wenn die Dinge sich ineinanderschieben und verdichten und bei nochmaliger Untersuchung dann in neuen Gestalten ausgeworfen werden; wenn in der Seele Traum und Wirklichkeit oft eins sind, dann kann das, was wir erinnern und was uns beeinflußt, ebensogut ein Traum wie die Wirklichkeit sein. Wir sind genauso traumbestimmt, wie wir wirklichkeitsbestimmt sind. Wenn wir tatsächlich in gleichem Maße traumbestimmt wie wirklichkeitsbestimmt sind, bedeutet dies dann, daß wir Hervorbringungen von Träumen sind? Daß wir uns selbst geträumt haben? Daß der Traum das Wort ist, das hinter unserem Sein, unseren Handlungen, unseren Selbstentwürfen steht?

Sabina Spielrein legte den Federhalter nieder und las sich ihre eigenen Worte laut vor. Sie hatte kaum den ersten Satz zu Ende gesprochen, als sie vom Stuhl aufsprang, hochschnellte vielmehr, quer durchs Zimmer lief, dann sofort wieder zur anderen Wand zurück und zu schreien begann: »Raus hier! Raus hier! Raus hier!« Dann stürzte sie wieder durch den Raum auf den großen Mahagoni-Schreibtisch zu, auf dem Papiere, Bücher, Diagramme und die Brille des guten Doktors lagen – denn er hatte seine Brille in einem Augenblick der Müdigkeit auf den Schreibtisch gelegt –, und fegte alles zu Boden. Ihre Arme, die sich wie die Flügel eines Propellers bewegten, fuhren nacheinander über die Tischplatte und stießen die Brille, die Papiere, die Bücher zu Boden.

»Raus hier! Raus hier! Raus hier!« brüllte sie.

sant, als in dem Bericht über Judith, einem apokryphen Bibeltext, in der ursprünglichen Fassung nichts über Judiths Liebe zu dem assyrischen Feldhauptmann Holofernes zu finden ist. Die in ihren verschiedenen Versionen sehr widersprüchliche Handlung besagt, daß die schöne jüdische Witwe Judith sich in Holofernes' Feldlager schlich, da dieser ihre Stadt Bethulia belagerte. Als er eines Nachts betrunken war, schnitt Judith ihm den Kopf ab und rettete so die Israeliten. Unklar ist, ob Sabina tatsächlich vor Klimts Gemälde zu diesem Brief inspiriert wurde.

32

Der Inspektor raffte sich auf und begab sich direkt an den Fundort der Frauenleiche. Er las den Autopsiebericht. Sie war Witwe. Er vernahm ihre Verwandten. Er vernahm ihre Freunde. Er sprach verärgert mit Kriminalkommissär Voll. Kam es Voll nicht überaus verdächtig vor, daß die Frau Näherin gewesen war? Eine Näherin, die ebenfalls in Madame Pacquins Atelier gearbeitet hatte? Dies bedeutete nämlich, daß im Verlauf zweier Jahre drei Frauen aus dem Geschäft der Madame Pacquin verschwunden waren. Voll zuckte mit den Achseln.

»Zufall, Herr Inspektor. Für die Pacquin haben viele Näherinnen gearbeitet. Zum Zeitpunkt des Selbstmordes war sie woanders tätig.«

»Des mutmaßlichen Selbstmords«, sagte der Inspektor.

»Madame Pacquin ist möglicherweise fortgegangen, wir wissen es nicht«, sagte Voll.

»Zwei wären schon verdächtig genug – aber drei?«

»Es *ist* verdächtig«, stimmte Voll widerwillig zu. »Aber die Waffe ist da. An ihren Händen befinden sich Pulverspuren, außerdem sind ihre Fingerabdrücke auf der Pistole.«

Der Inspektor sah Voll scharf an. Der Mann überraschte ihn immer wieder.

»Was?« fragte der Inspektor.

Voll hob die Schultern. »Sie finden es sicherlich nicht sehr überzeugend, aber auf bestimmten Gegenständen wurden Fingerabdrücke, Handabdrücke gefunden. In London hat mir jemand von dieser Technik erzählt, und ich war sehr beeindruckt.«

Der Inspektor betrachtete Voll. Er hatte bisher geglaubt, der einzige auf dem Kontinent zu sein, der von den englischen Experimenten mit Fingerabdrücken wußte. Ein guter Freund von ihm, der aus Indien zurückgekehrt war, hatte es geschafft, Scotland Yard von der Wirksamkeit seiner Methode zu überzeugen. Er hatte sein Wissen dem Inspektor mitgeteilt, der genau wußte, daß es unmöglich gelingen konnte, Bertillon von der Nützlichkeit dieser Technik zu überzeugen. Bertillon hielt stets an seinen eigenen Ideen fest. Daß aber ein Provinzler wie Voll davon erfahren hatte, war wirklich beeindruckend.

Denn es paßte einfach nicht zu seinem Charakter – ebensowenig, wie, auf der anderen Seite, seine Schludrigkeit, die in der

Auswahl fehlerhafter Laboruntersuchungen zum Ausdruck gekommen war. Vielleicht, überlegte der Inspektor, hatte er kein Gespür für Menschen. Volls Hauptermittler sah so schlecht, daß man ihn fast als blind bezeichnen mußte, und obendrein hieß es, er lasse sich bestechen. Voll hatte dies eifrig geleugnet, dann aber nur allzu rasch eingewilligt, als der Inspektor einen anderen vorschlug. Rasch, aber zähneknirschend, dachte der Inspektor. Wahrscheinlich war er berechnend und wußte genau, daß der Inspektor in jedem Fall auf eigenen Laboruntersuchungen bestanden hätte. Er war sich nicht sicher.

Einem Impuls gehorchend, wandte er sich wieder an Voll: »Haben Sie die Freudsche Wohnung nach Fingerabdrücken abgesucht?«

Die Wangen des Kommissärs verfärbten sich rötlich. »Eine solche Vorgehensweise ist hier nicht gestattet«, erklärte er.

»Zu Ihrer eigenen Erbauung möglicherweise, dachte ich«, sagte der Inspektor.

»Auf diese Idee bin ich leider nicht gekommen«, erwiderte Voll. »Das ist eben der Grund, weshalb nicht ich als der Große Inspektor gelte.«

Der Inspektor ignorierte den sarkastischen Unterton. »Ich weiß nichts von einem Großen Inspektor. Ich hätte eher angenommen, daß es andere Kräfte gibt, die auf diesen Titel Anspruch erheben. Ich überlege und beobachte und frage mich, wer und warum, und das ist manchmal das beste, was man tun kann, Herr Kriminalkommissär. Ein Härchen hier und ein Abdruck dort, das alles ist nützlich und notwendig, aber das erledigen andere. In bestimmten Fällen ist es unabdingbar, in die Gedankenwelt des Mörders einzudringen, denn nur dort kann ich verhindern, daß er wieder zuschlägt, nur dort werde ich den Schlüssel finden, mit dessen Hilfe er seiner gerechten Strafe zugeführt werden kann.«

Er drehte sich um und ließ den Kommissär in Gedanken versunken stehen; denn der Kommissär hatte gesehen, daß er ein ungewöhnlicher Vernehmer und genauer Beobachter war. »Er bleibt jedesmal sehr lange am Tatort«, hatte Stekal gesagt. In Freuds Wohnzimmer war er *stundenlang* gesessen, als ob der Raum das Verbrechen noch einmal hervorbringen würde, als ob die dort erfolgten Ereignisse noch einmal passierten, wenn er nur genau hinsah und er ihre Gespenster durch die Leidenschaftlichkeit seiner Nachforschungen dazu bewegen könnte, sich noch einmal zu zeigen.

»›Der Tod tanzt vor ihm‹, heißt es«, hatte ein Kollege über den Inspektor berichtet, und genau das meinte er. Seine Konzentration war so intensiv, daß die Gespenster selbst sich zeigten und die Geschichte erzählten.

33

Er beschloß, noch einmal in den Stadtpark zu gehen. Diesmal stellte er sich der Bank gegenüber, damit er sehen konnte, aus welcher Richtung sie gekommen sein mochte, welche Möglichkeiten es gab. Aber die Bank stand unter einem Baum, einem sehr auffälligen Baum, an einer nach allen Seiten hin offenen Stelle, unmöglich, sich dort zu verstecken. Vielleicht irrte er sich ja doch. Ihm war klar, daß er verzweifelt nach Verbindungen suchte. Er war immer schon stolz gewesen auf seine intuitive Fähigkeit, den noch nicht geprüften Hinweis zu finden, das unwahrscheinliche Geständnis zu entlocken, vom unwilligen Zeugen das Schlüsseldetail zu bekommen, das ihn zum nächsten Indiz führte. In diesen Dingen war er sonst stets unermüdlich, nur hier nicht. Hier war er nur nervös und erschöpft. Er wollte einfach, daß es vorbei wäre, und manchmal hatte er den Eindruck, als würde ihn ironischerweise gerade diese Sehnsucht, es endlich hinter sich zu haben, von der Lösung abhalten. Der Fall ging nicht glatt auf. Die Frau, dessen war er sicher, hatte nicht Selbstmord begangen. Sie war nicht verzweifelt gewesen, nicht arm, war auch nicht der Prostitution nachgegangen wie so viele Frauen im Schneidergewerbe. Aber auf der Waffe befanden sich ihre Fingerabdrücke.

Es begann zu regnen, doch der Inspektor hatte keine Lust, Unterschlupf zu suchen. Nach einer Weile hielt er in seinem Rundgang inne, setzte sich auf eine Parkbank und betrachtete den kleinen See. Schwäne sah er nicht, dafür war es noch zu früh. Er saß einfach so im aufsteigenden Nebel, und um seine glänzenden braunen Schuhe bildeten sich Regenpfützen.

Er wußte nicht, wie lange er schon so saß, ohne die Tropfen gespürt zu haben. Die roten Tropfen, die vom Baum hinter der Bank auf seine glänzenden braunen Schuhe fielen. Tropf. Tropf. Tropf. Er sah die roten Tropfen von den Ästen über seinem

Kopf hinabrinnen, zu den Rändern der nassen grünen Blätter rollen und dann an seiner linken Schulter vorbei exakt auf die Spitze seines braunen Schuhs fallen. Von dort aus liefen die roten Tropfen zum Rand des Schuhs und tropften in die Pfützen. Es regnete nun schon seit einigen Minuten, und genau das hatte, wie er später mutmaßte, das Blut zum Tropfen gebracht. Als er später darüber nachdachte, wurde ihm klar, daß er mehrere Minuten lang an gar nichts gedacht und kaum wahrgenommen hatte, daß es sich um Blut handelte, so sehr war er in seine Gedanken vertieft gewesen. Aber dann wurde es ihm blitzartig klar, noch bevor seine Augen die Farbe erkannten; er sprang von der Bank auf und drehte sich, die Hand an der Dienstpistole, mit einem Ruck um. Außer großen, sich wiegenden Ästen und Bäumen sah er nichts.

Wie immer würde er also auch hier einer Blutspur folgen müssen. Nur daß man sich dazu normalerweise nicht aufwärts bewegte, schon gar nicht auf einen Baum. Er trat hinter die Bank und blickte nach oben. Dort floß rotes Wasser über die Äste die Blätter hinab. In der Ferne hörte er einen Hund heulen, und dann sah er ihn auch. Ein schwarzer, winselnder Hund, der allein und verwirrt im Regen den Hügel hinabgelaufen kam und sofort auf den Baum zulief.

Der Inspektor hob den Blick und sah es, nur wenige Sekunden ehe das Tier keuchend und erbärmlich winselnd am Baum angelangt war. Dann stellte sich der Hund auf die Hinterläufe, lehnte sich an den Stamm und jaulte traurig. Der Inspektor starrte entsetzt nach oben. Er hatte sie noch nie gesehen, aber diese Augen erkannte er überall. Tote Augen. Zwei tote blaue Augen sahen zu ihm herunter, leer und blicklos. In die Astgabelung gebettet lag der eingeschlagene Schädel einer toten Frau.

Der Hund gebärdete sich jetzt wie toll, winselte und kratzte am Stamm. Er war jung, noch nicht voll ausgewachsen. Der Inspektor versuchte ihn zu beruhigen und wegzuführen, erreichte jedoch nur, daß das Tier sich, fortwährend wimmernd, niederlegte. Der Inspektor blickte hinauf. Wenn er sich anstrengte, konnte er den Baum erklettern. Er richtete den Blick auf die niedrigsten Äste. Er mußte sie springend erreichen, sich dann hinaufschwingen und versuchen, Fuß zu fassen. Doch dann überlegte er, daß der Schädel durch ein solches Manöver in Bewegung geraten könnte. Er wollte ihn vorher photographieren. Vielleicht würde das die Suche nach demjenigen erleichtern, der ihn dort plaziert hatte, denn man mußte schon ziemlich beweglich sein, um mit einem blutigen Kopf im Arm auf diesen Baum klettern zu können – es sei denn, der Schädel war hinaufgeworfen worden. Wieder hob der Inspektor den Blick zu den leblosen blauen Augen, dann löste er seine Krawatte, bückte sich und band sie dem heulenden Hund um den Hals. Das traurige Gewinsel des Tiers rührte ihn; ruhig auf ihn einredend, führte er den Hund langsam Richtung Bahnhof.

Der Frauenkopf paßte zu den Körperteilen der Frau namens Gertrud van de Loo, von der in den Gedichten die Rede gewesene war – das heißt der Hals, der einem der Arme beigegeben worden war, paßte offensichtlich zum Kopf. Der Inspektor schickte Stekal auf die Suche, aber in den Akten über abgängige Personen in Wien gab es keine Frau dieser Beschreibung. Am Haaransatz der linken Gesichtshälfte hatte sie ein kleines rötliches Muttermal. Er hoffte, mit Hilfe dieses Zeichens Neues in Erfahrung zu bringen.

In der Zwischenzeit verschickte er Unmengen von Telegrammen mit der Beschreibung der Leiche an jede Großstadt in Österreich, Deutschland und Frankreich in der Hoffnung, unter den Hunderttausenden abgängiger Personen würde eine die richtige sein. Auch Bertillon telegraphierte er – aus Höflichkeit, wegen dessen angeblicher Sachkenntnis hinsichtlich vermißter Personen.

Erst spät am Abend dieses Tages verließ der Inspektor das Revier. Er spürte sofort, daß es viel kälter geworden war, denn unter der Tür hindurch blies ein kühler Wind. Als er sie öffnen wollte, zupfte es in Fersenhöhe an seiner Hose. Er senkte den Blick und sah ein Paar rührender brauner Augen sowie einen wedelnden Schwanz. Der Hund legte die Vorderbeine auf die Oberschenkel des Inspektors und winselte.

»Fort da!« befahl der Inspektor verärgert und schob den Hund weg. »Stekal!« rief er. Der Leutnant kam. »Hat denn noch niemand den Hund da abgeholt?«

Stekal wirkte leicht entnervt. »Nein, niemand. Hier in der Gegend kennt keiner das Viecherl. Es kann von überallher stammen. Am besten schauen wir, daß wir den Köter loswerden.« Der Inspektor betrachtete den Hund. Die Hoffnung in den Augen des Tiers machte ihn fast verrückt.

»Gut, dann nehmen eben Sie ihn, Stekal!« befahl er. »In meinen Zuständigkeitsbereich fällt das nicht.«

»Ich«, warf Stekal hastig ein, »bin allergisch gegen Hunde!« Er begann zu schnaufen. »Das Viecherl wird sich ein anderes Zuhause suchen müssen. Ich gebe einfach einem Fiaker Anweisung, er soll es in den Wald fahren und aussetzen.«

»Nein, tun Sie das nicht!« sagte der Inspektor, den Blick nach draußen auf den Schnee gerichtet. Er seufzte. »Sperren Sie den Hund bis morgen früh in mein Büro, dann sehen wir weiter.« Stekal nieste, nahm den Hund, der den Inspektor nur widerwillig verließ, an der Krawatte und zog ihn hinter sich her, so daß die Pfoten die Stufen hinaufschlitterten und die Behelfsleine fast über den dünnen Hals des Tiers rutschte. Der Inspektor sah die Rippen des Hundes und daß das »Halsband« viel zu weit war. »Sie haben ihm doch zu fressen gegeben, oder?« fragte er Stekal verärgert.

»Jawohl, Herr Inspektor«, antwortete Stekal.

»Dann tun Sie's jetzt gleich noch einmal«, sagte der Inspektor barsch, schlug den Kragen seines Mantels hoch und ging die Treppe hinunter. Vage war ihm bewußt, daß er hoffte, die Stufen möchten vereist sein, so daß er ausrutschen und die Schwärze und das Dunkel seinen Schmerz lindern würden. Seine Gefühle waren so wirr, daß er nicht mehr wußte, was er eigentlich fühlte, sondern nur mehr, daß es unerträglich war.

Er hatte erst zwei Querstraßen überquert, als er das Kläffen vernahm; er drehte sich um und sah durch den wirbelnden Schnee hindurch das nasse, keuchende Tier auf sich zurasen, Stekal atemlos ein ganzes Stück dahinter. Der Hund sprang ihn an, doch als er sich bückte, um ihn zu züchtigen, fuhr ihm die warme, rosarote Zunge über die kalte Hand.

Dann war Stekal, völlig außer Atem, bei ihm angelangt. »Er ist mir ausgekommen, Herr Inspektor, entschuldigen S', Herr Inspektor, aber der will wohl bei Ihnen bleiben. Aber jetzt hab' ich was.« Er hielt einen ausgefransten Strick in die Höhe, bückte sich und befestigte ihn mit einer Schlaufe um den Hals des Tieres, während der Wind um sie blies. Der Inspektor hatte die Hände wieder in die Taschen gesteckt und stampfte vor Kälte mit den Füßen auf den Boden. Stekal wollte zum Revier zurückgehen, aber der Hund blieb im Schnee sitzen; Stekal mußte ihn ziehen, so daß der Unterleib des Tiers wie ein Schlitten über den Gehsteig rutschte.

Der Inspektor sah zu. Plötzlich rief er, zu seiner eigenen Überraschung: »Lassen Sie ihn mir hier, Stekal!«, und Stekal ließ den Strick erleichtert los. Der Hund rannte zum Inspektor, stellte sich auf die Hinterbeine und versuchte, ihm das Gesicht abzulecken. Der Inspektor stieß einen Seufzer aus, griff nach dem Strick, und dann gingen die beiden weiter, der eine schwerfällig und mit hängenden Schultern, aber der andere tanzte vor Freude und drehte Pirouetten im Schnee.

Der Hund riß ihn aus seinen Träumen. Er winselte, und der Inspektor sah, daß er versucht hatte, auf sein Bett zu springen. Das Bett war hoch, und ein Hinterlauf des Tiers war geschwächt und zitterte, so daß er sich damit nicht abstützen konnte. Der Inspektor fand es lästig, aber als der Hund seine Bemühungen nach einer Weile immer noch nicht aufgegeben hatte, empfand er Mitleid. Am Fenster stand ein großer Schaukelstuhl; um das Tier endlich zur Ruhe zu bringen, stand der Inspektor auf, zog seinen Hausmantel und Socken an und setzte sich in den Stuhl. Es war ein wenig heller dort; er beugte sich zu dem Hund hinunter und stellte fest, daß an dem zitternden Hinterlauf keine frische Wunde war. Er hob den Hund zu sich, nahm ihn in die Arme und begann den Stuhl zu schaukeln und sich selbst und das Tier mit dem steten Quietschen zu beruhigen. So wiegte er den Hund eine Zeitlang, bis plötzlich Tränen aus seinen Augen strömten; dann waren beide bald eingeschlafen.

»Wir haben am Ufer weitere Schmuckstücke von Madame Pacquin gefunden«, verkündete Kriminalkommissär Voll am nächsten Morgen. »Es handelt sich also zweifelsfrei um Selbstmord. Ein Dieb oder Mörder hätte den Schmuck mitgenommen. Er ist nämlich wertvoll. Das bedeutet, daß wir es in allen Fällen außer dem Van-de-Loo-Fall mit Selbstmord zu tun haben.«

»Hm«, machte der Inspektor.

Voll konnte den Inspektor nicht ausstehen. Der Beweis für Selbstmord war praktisch hieb- und stichfest. Trotzdem hielt der Inspektor stur an seiner unhaltbaren Theorie fest, daß es Mord gewesen sei.

34

Als Freud Sabinas Brief erhielt, in dem sie über die Ermordung des Holofernes durch Judith schrieb und sie mit ihrer und Jungs Situation verglich, erschrak er gewaltig, beruhigte sich dann jedoch wieder und schämte sich seines anfänglichen Entsetzens. Die Aura des Gemäldes hatte sie in diese Stimmung versetzt, sagte er sich. Trotzdem blieb ein sehr unangenehmes Gefühl in ihm zurück.

35

Alle glaubten, die Gräfin sei mitten in der Nacht nach Paris aufgebrochen. Ihre Zofe hatte versucht sie zurückzuhalten, da sie fand, der Zustand der Gräfin erlaube es ihr nicht, allein zu verreisen. Was dann geschah, wußte niemand genau, allerdings entdeckte man im Speisezimmer ein Briefchen, in dem sie schrieb, daß sie fort sei; alle waren besorgt. Als das Dienstmädchen dann unter dem Bett der Gräfin eine Flasche Chloral fand, hörte ich einen Schrei. Kurz darauf entdeckten sie die Gräfin auf dem Boden des Durchgangs zu ihrem Atelier und riefen den Arzt. Im ganzen Haus herrschte hektisches Treiben, aber niemand erklärte mir irgend etwas. Schließlich kam Papa mit sehr ernstem Gesicht aus dem Arbeitszimmer. »Setz dich!« sagte er zu mir. Ich hatte insgeheim gehofft, die Gräfin wäre mit dem Inspektor durchgebrannt oder etwas ähnlich Romantisches, aber jetzt blieb mir fast das Herz stehen, als ich den Ausdruck auf ihren Gesichtern sah.

»Die Gräfin«, sagte Papa langsam, »ist sehr, sehr krank.«

»Was hat sie denn?« rief ich beinah kreischend. Tante Ida hielt meinen Arm.

»Sie hat offenbar Chloral genommen«, erklärte Timothy hastig und fügte sofort hinzu: »Nicht genug für eine tödliche Dosis, aber fast. Vielleicht wollte sie sich nur beruhigen... Oder vielleicht ist ihr auch bewußt geworden, was sie getan hat, und sie ist hinaus in die Kälte gegangen, um wieder wach zu werden... Wir wissen es nicht.«

Tante Ida legte das Gesicht in die Hände. »Wenn ich sie nur gesehen hätte, ich hätte sie doch sehen müssen!« Sie konnte nicht weitersprechen.

»Ihre Großmutter«, sagte Papa, »wird in Kürze aus Rußland anreisen. Wir versuchen, auch Leopold zu benachrichtigen.«

»Und was ist...«, mir stockte fast der Atem – würde ich es wirklich wagen, das auszusprechen? – »mit ihrem Freund, dem Inspektor?«

Tante Ida schüttelte den Kopf.

Ich war ganz durcheinander und sagte, ich müsse sofort zu ihr. Erstaunlicherweise erlaubten mir Papa und Mama nach einer Weile tatsächlich, zur Gräfin hinaufzugehen.

Ich lief an ihr Bett. Als ich sie sah, blieb mir der Mund offenstehen. Der Ausdruck in ihren Augen war völlig leer, so als könnte sie weder sehen noch hören; dann senkte sie die Lider. Ich ergriff ihre Hand, die sehr warm war, und sprach auf sie ein, aber sie schlug die Augen nicht mehr auf und sagte kein einziges Wort.

36

Voll hatte das Gefühl, daß der Inspektor die Situation immer weniger im Griff hatte. Er vergaß vieles. Er trank zuviel. Er sinnierte immer wieder über dieselben Indizien, als würden sie sich dadurch auf magische Weise widersprechen. Unter seinen Augen hatten sich dunkle Ringe gebildet. Seine Untergebenen fuhr er grob an. Es wurde schon gemurrt. Voll seufzte. So etwas hatte er bei Ermittlungen schon des öfteren erlebt. Es dauerte bestimmt nicht mehr lange, dann würde der Inspektor aufgeben.

37

In den folgenden Tagen herrschte große Aufregung im Haus, weil die Großmutter der Gräfin mit mehreren anderen Damen gekommen war; es wurde viel gekocht, ständig gingen Leute aus und ein. Von der Gräfin gab es gute Nachrichten.

»Es ist erstaunlich«, sagte Timothy, »sie befindet sich tatsächlich auf dem Weg der Besserung. Aber sie wollen mir nicht sagen, was sie da in diesen Töpfen zusammenbrauen. Irgendeine Kräutermischung. Jeden Tag«, fügte er erstaunt hinzu, »reiben sie ihren ganzen Körper mit irgendwelchen Kräuterölen ein, zweimal täglich sogar.«

»Das hast du doch hoffentlich nicht mit eigenen Augen gesehen!« sagte Mama entsetzt. Timothy gab keine Antwort.

»Sie darf nur essen, was sie kochen!« fuhr Timothy entrüstet fort. »Und die Ärzte lassen sie tun, was sie wollen!«

Beim Frühstück fragte ich eine der Frauen nach den Bräuten, von denen mir die Gräfin erzählt hatte, die ihre Wünsche und Träume in den Stoff weben, aber sie hatte gesagt, daß diese Tradition sich verändert habe, seit die Priester gekommen waren. Tante Ida übersetzte das meiste, und ich glaube nicht, daß sie, wie Mama später behauptete, »Unsinn übersetzt« hatte. Die Frau erzählte mir, früher hätten die Mütter die Mädchen gedrängt, sich den Mann, den sie wollten, zu fangen wie »einen herrlichen Falken über dem offenen Feld«; Cecilys Phantasie regte das sehr an. Und dann sagte die Frau, daß früher die Mutter der Braut den Zopf abschnitt und ihn mit Honig und Butter einrieb und dann mit Geld und Brot bedeckte. Das sollte zeigen, wie wertvoll eine Ehefrau ist. »Jetzt«, sagte sie, als brächte sie dafür nicht das geringste Verständnis auf, »tritt der Bräutigam der Braut auf den Fuß, bis er blutet, und wenn sie ins Schlafzimmer gehen, muß sie sich bücken und ihm die Schuhe ausziehen.« Sie war sehr wütend, als sie das erzählte, und als Tante Ida es übersetzte, wurde sie auch sehr wütend.

38

Der Inspektor nahm ein Blatt Papier zur Hand und schrieb die Uhrzeiten auf:

Um 5:40 Uhr hörte der Wachmann, als er vor der Berggasse 19 seine Runde drehte, die Kutsche, die in Richtung des Freudschen Hauses fuhr.
Um 5:50 Uhr hörte Martha draußen die Pferde.
Gegen 6:00 Uhr sah Minna die Leiche.
Um 6:15 Uhr war die Leiche verschwunden.
Um 6:30 Uhr hörte der Wachmann auf dem Heimweg die Pferde die Berggasse hinauflaufen. Er sah, wie sie stehenblieben, und beobachtete einen Streit; dann liefen die Pferde in eine andere Richtung weiter.
Um 6:30 Uhr überquerten die Pferde die Liechtensteinstraße, als die Mains gerade vor dem Haus der Gräfin vorfuhren.
Um 6:36 Uhr überquerten die Pferde die Roßauer Lände, wo Sabina im Schnee lag. Die Ereignisse deuteten auf eine Änderung des Plans hin. Oder auf eine falsche Adresse. Erst einige Zeit später hatte der Mörder –

Was war das nur? Warum kam er nicht weiter?

39

Als der Inspektor durch die Straßen Wiens flanierte, mußte er plötzlich an die Römer denken und sah vor seinem geistigen Auge ihre donnernden Legionen, die einem Teil des Straßenverlaufs in der Innenstadt das Muster verliehen hatten. Was den Straßenbau betraf, so waren das Verrückte, murmelte er vor sich hin. Er wußte, wie leicht er sich in Wien verlaufen konnte, aber gerade das gefiel ihm.

Das letzte Gespräch mit Freud hatte in ihm ein unangenehmes Gefühl hinterlassen wie keines vorher. Sie hatten sich über den Mord unterhalten, und der Inspektor hatte gestanden, welche Schwierigkeiten ihm die Aufklärung des Falls bereitete. Dann hatte er zu Freud gesagt: »Wie Pascal es ausdrückte: ›Das Herz hat seine Gründe, die die Vernunft nicht kennt.‹« Da hatte Freud ihn mit einer Mischung aus Mitleid und Ärger angesehen.

»Das glauben Sie doch nicht im Ernst, Inspektor. Ich jedenfalls glaube es nicht. Das Herz hat seine Gründe, aber es ist meine Aufgabe, diese Gründe unter Zuhilfenahme der Vernunft zu entdecken, und genau dies beabsichtige ich zu tun. ›Die die Vernunft nicht kennt‹, das bedeutet nur Angst. Darin werden Sie mir sicherlich zustimmen.«

Der Inspektor war ziemlich verblüfft gewesen, als Freud das zu ihm sagte. Ein sonderbarer Schreck durchfuhr ihn. »Vielleicht«, gab er zu bedenken, »könnte sich Pascal, wenn er jetzt hier wäre, besser rechtfertigen, als ich es zu tun vermag.«

»Hier geht es doch nicht um Pascal, Inspektor«, hatte der Doktor erwidert, »sondern um Sie.«

Der Inspektor drehte sich mit einem Ruck um. Da, er spürte es wieder. Da war etwas. Welcher Blick folgte ihm durch die dunklen Gassen? Er drehte sich noch einmal um. Der Dieb rannte die steile Treppe bei der Rotenturmstraße hinauf und verschwand.

Auf halbem Weg nach oben geriet der Inspektor außer Atem. »Verfluchte Römer!« keuchte er. »Und verfluchte Türken!«

In Paris wäre ihm so etwas nicht passiert. In Paris verlief er sich nie so. Aber hier?

Sein einziger Trost waren die Mehlspeisen. Der Topfenstrudel flüsterte ihm aus den Tiefen seiner Müdigkeit zu, die Palatschinken riefen ihn aus der Dunkelheit herbei.

Er konnte den Dieb, die Dunkelheit und seinen Magen verfluchen – oder essen.

Als sollte sein Optimismus auf der Stelle belohnt werden, winkte ihm um die Ecke ein kleines Licht, und als er seine Schritte darauf zu lenkte, wußte er, daß er in solchen Augenblicken weder ein religiöser noch ein intellektueller Mensch war. Denn ein solcher Mensch hätte nicht die Vorfreude empfunden, die ihn jetzt durchströmte, als er das aufgereihte Zwetschken- und Marillengebäck sah, und ganz besonders einen Kuchen, den er erst beim zweiten Hinschauen entdeckte, einen kleinen Kuchen, mit Schwarzbeeren und Ribiseln belegt, rot und schwarz, dessen rotblaue Fülle den Teigrand durchschmolzen hatte wie die Pilzspuren einen guten Blauschimmelkäse.

Das Wasser lief ihm im Munde zusammen, als er die Tür des Ladens aufstieß, und er war viel zu dankbar für die Genüsse, die ihn dort erwarteten, für die Wärme und das Licht, als daß er die dicht hinter ihm sich entfernenden Schritte hätte hören können.

40

Freud war überrascht, als der Inspektor vor seiner Tür stand. »Ich dachte, Sie hätten Ihre Ermittlungen hier abgeschlossen«, sagte er.

»Ich bin nicht gekommen, um Sie zu vernehmen, Herr Doktor«, erklärte der Inspektor, »sondern wegen einer dringenden Angelegenheit, die von einiger Bedeutung für Sie sein dürfte. Darf ich hereinkommen?« Freud fiel auf, daß der Inspektor zum ersten Mal überhaupt um Einlaß gebeten hatte.

»Es handelt sich um eine dringende Sache«, wiederholte der Inspektor. »Ich werde auf Schritt und Tritt verfolgt. Ich glaube, daß ich der Lösung des Falls ganz nahe bin, aber irgend etwas behindert die Aufklärung, etwas, das ich nicht greifen kann.« Freud überlegte, daß er dem Inspektor nur aus einem einzigen Grund helfen würde: um das alles endlich hinter sich zu haben, was immer es auch war.

Freud hörte zu. Der Inspektor erklärte: Er habe sich gezwungen gesehen, diese Bitte zu äußern, da sein eigenes Blickfeld nicht groß genug dafür sei. In seinem Kopf sei eine Art Vorhang gefallen, dort, wo die Intuition ihren Sitz habe, jetzt gehe es nicht weiter. Er habe sich gedacht, daß vielleicht wieder etwas in Gang kommen werde, wenn er sich hypnotisieren lasse.

»Für meinen Plan, den Mörder zu finden, ist das von größter Bedeutung.«

»Können Sie mir Ihre Gründe darlegen?« fragte Dr. Freud.

»Nein.«

Freud beschäftigte sich eine Weile mit seiner Zigarre. »Ich bin nicht geneigt, es zu tun. Aber ich werde darüber nachdenken«, sagte er. Er schwieg eine Zeitlang, dann fragte er: »Glauben Sie, Inspektor, tatsächlich noch immer, daß in dieser Wohnung ein Mord stattgefunden hat?«

»Ich *weiß* sogar, daß in dieser Wohnung ein Mord stattgefunden hat«, erwiderte der Inspektor. »Aber da ist etwas, das ich einfach nicht verstehen kann. Ich habe das Gefühl –« Er unterbrach sich. Freud zeigte sich beeindruckt davon, daß der Inspektor bereit gewesen war, seine Autorität durch dieses Eingeständnis aufs Spiel zu setzen.

»Ich habe das Gefühl, daß da etwas ist, ein persönliches Versagen, an das ich mich erinnere und doch nicht erinnere und das die Aufklärung des Falles verhindert. Ich kann Ihnen versichern, daß ich schon in weit komplizierteren Fällen als diesem zu Lösungen gelangt bin. Aber ich –« Er sprach nicht weiter. Er drehte sich um. »Wenn Sie sich weigern – könnten Sie mich dann wenigstens in diese Technik einführen, so daß ich sie selbst an mir anwenden kann? Ich bin sehr verzweifelt und obendrein überzeugt, mittlerweile zur Zielscheibe des Mörders geworden zu sein. Wenn ich diesen Verbrecher nicht aufspüre, wird er mich aufspüren.«

Freud betrachtete ihn. »Sie sind *kein*« – er betonte es – »guter Kandidat für Hypnose, und was die anderen Techniken betrifft, nun ... ich bin bisher der einzige Mensch, der imstande war, sich selbst zu analysieren, und glaube nicht, daß Sie *dazu* fähig sind. Es gibt jedoch einige Mittel, mit denen Sie Ihr Erinnerungsvermögen stimulieren können, da Sie ja das Gefühl haben, in Ihrem Gedächtnis sei etwas, das Sie auf spezifische Weise behindert.«

»Ja«, bestätigte der Inspektor.

»Für den Anfang könnten Sie das Haus besuchen, in dem Sie aufgewachsen sind und das sich ja hier in Wien befindet.«

Der Inspektor wirkte plötzlich angespannt. »Das wäre völlig sinnlos«, wandte er ein. »Es ist eine Ruine, völlig überwachsen. Welchen Zweck hätte das denn?« Freud bemerkte den veränderten Tonfall, einen höchst untypischen Tonfall. Es klang fast wie eine Ausrede.

»Es könnte Ihnen beim Erinnern behilflich sein«, erklärte der Doktor. Als er den Inspektor musterte, sah er, daß dessen sonst so unerbittlich wirkendes Gesicht blaß geworden war und sich auf seiner Stirn Schweißtröpfchen gebildet hatten.

»Das Haus hieß ›L'Avventura‹«, sagte der Inspektor langsam. »Es wurde im achtzehnten Jahrhundert von einem italienischen Grafen gebaut und ist schon seit vielen Jahren nur mehr eine Ruine.« Den letzten Teil des Satzes sprach er sehr traurig und undeutlich aus. »Meine Mutter liebte es sehr.« Seine Stimme brach.

Als der Doktor ihm Fragen über seine Mutter zu stellen begann, wurde er wütend.

»Ziehen Sie meine Mutter nicht mit hinein, wenn ich bitten darf!« fuhr er Freud an.

»Aber Sie haben das doch bereits selbst getan«, sagte der Doktor ruhig.

Als der Inspektor sich wenig später zum Gehen wandte, sagte der Doktor zu ihm: »Auch ich liebe meine Mutter sehr. Und ich bin immer ihr Liebling gewesen. Die Zuneigung zu Ihrer Mutter ist ein gutes Omen für Ihr Schicksal. Meiner Ansicht nach trifft dies ausnahmslos auf alle herausragenden Männer zu.« Mit diesen Worten schloß er die Tür.

TEIL VI

SCHEITERHAUFEN

Souvenir, o bûcher, dont le vent
d'or m'affronte.
Erinnerung, o Scheiterhaufen, dessen
goldner Wind mich bestürmt.

Baudelaire

1

Zwei Tage später stahl sich der Inspektor nach Mitternacht in den Stall und sattelte den Rappen.

Er steckte seine Pistole in die Satteltasche, stieg rasch auf und lenkte die Stute in ein schmales Seitengäßchen, um unbemerkt fortzukommen. Wenig später waren sie außerhalb der Stadt, und er ließ das Pferd in kurzen Galopp fallen, denn es war ein langer Ritt dort hinaus und wieder zurück, auch wenn das Tier kräftig und willig war. Er zählte auf das helle Mondlicht und erschrak, als sich eine Zeitlang Wolken auftürmten und die Straße recht dunkel wurde. Eine große Strecke Wegs mußte er die Stute traben lassen, denn die Straße war von Rinnen durchzogen, und er sah nichts. Um so größer war seine Erleichterung, als Wind aufkam und die Wolken vertrieb. Schließlich lenkte er das Pferd von der Straße weg quer über ein Feld, das er kannte. Es erregte ihn und erfüllte ihn gleichzeitig mit Grauen, als er jenseits des Hügels die Türmchen aufsteigen sah. Man hatte ihm erzählt, daß das Haus in den letzten fünf, sechs Jahren nicht vermietet worden war. Er sah, daß es in Trümmern lag.

Er ritt zum Tor. Das alte schmiedeeiserne Gitter war umgekippt, aber der Schriftzug L'AVVENTURA war noch zu lesen. Er hatte das Gefühl, er sollte die Stute besser nicht hier stehenlassen. Es war zwar absurd anzunehmen, hier draußen könnten sich mitten in der Nacht Pferdediebe herumtreiben, aber er wollte vorsichtig sein und führte sie durch das wirre Gestrüpp zum hinteren Teil des Hauses. Der Mond verschwand hinter den Wolken und trat wieder hervor, und der Inspektor sah mit einem Schlag, wie von einem Scheinwerfer erhellt, die efeuerstickten Zimmer, fallende und gefallene Steine, hier und da einen Zugang, einen Ausgang, etwas, von dem er wußte, daß es unberührt war, als wäre die Zeit hier behutsam hindurchgegangen, ohne auch nur das geringste anzutasten. Er war nervös, als beträte er einen heiligen Ort, und versuchte seinen Aberglauben abzuschütteln. Er wußte, daß er einen Grund gehabt hatte, hierherzukommen, aber welcher Grund das war, wußte er nicht genau.

Eine Tür quietschte, als er eintrat, und fiel aus den verrosteten Angeln. Als er sich, nur vom Mondlicht geleitet, über den Boden vorantastete, hörte er ein kleines Tier vorbeihuschen. Er hatte eine Lampe mitgenommen, sie aber in der Satteltasche vergessen. Er zögerte, beschloß dann aber, sie nicht zu holen. Es würde bestimmt hell genug sein, denn er wollte ja weniger sehen als sich erinnern. Langsam schlurfte er über den Boden des Salons und dann durch die Eingangshalle, wo der Wind mit wildem Gesang durch die Fenster blies. Wieder hatten die Wolken sich vor den Mond geschoben, und er glaubte im Wind Regen zu riechen. Er wollte nicht naß werden. Er würde sich beeilen. Er durchquerte die Eingangshalle und betrat den Ballsaal. Er hatte Angst davor gehabt, hierher zurückzukommen, Angst vor dem, was sich ihm hier offenbaren würde. Wie um sich aus einem Traum zu reißen, begab er sich in ein anderes Zimmer und wurde von einer alten, vertrauten Mattigkeit befallen. Hier spürte er, wie die Erinnerung ihn streifte, aber er drehte sich wieder um und eilte weiter. Er fand es erstaunlich, daß die Leute, von denen das Haus zuletzt bewohnt worden war, da und dort Möbelstücke zurückgelassen hatten, die vor sich hin moderten. Plötzlich fand er es töricht, hierhergekommen zu sein. Es würde nur zu weiteren schlimmen Erinnerungen führen, und die Reise nach Wien hatte ihn allein schon fast all seine Kraft gekostet. Er fühlte sich von diesem dummen Doktor hinters Licht geführt. Der hatte ihn noch elender machen wollen, um ihn loszuwerden. Nun, es war ihm gelungen. Er war jetzt bereit, abzureisen, Wien seinen Verbrechen und Morden zu überlassen und nach Paris zurückzukehren. Er würde es nicht länger ertragen, mit Bettina in derselben Stadt zu sein.

Er strich ein Zündholz an und sah, daß er vor der Treppe zum Keller stand. Dort waren vielleicht Kerzen – war das möglich nach all den Jahren? Das Zündholz verlosch, aber die Flamme hatte so lange gebrannt, daß er die Stufen zählen konnte. Vorsichtig ging er hinab, bis er die Tür ertastete. Noch ein Zündholz. Er stieß gegen die Tür, sie fiel auf, und er sah die Weinflaschen. Das zweite Zündholz war erloschen; er tastete sich vorwärts und zog und zerrte an der Schublade, bis sie endlich nachgab. Seine Hand fuhr über die dunkle Schublade; er fand die Kerzen. Immer noch da, nach all den vielen Jahren. Sie waren dort deponiert worden, damit man Licht hatte, wenn man in den Weinkeller ging. Er fand es erstaunlich, daß die Weinflaschen, von Spinnweben umhüllt, noch dalagen.

Er hatte jetzt eine Kerze und wollte die Treppe wieder hinaufsteigen, als er gegen ein Regal stieß und ein Glasgefäß auf den Steinboden fiel, das einen Schwall verschiedener Düfte ausströmte. Er roch die Blumen im Dunkeln, sie schienen aus den winterlichen Hallen zu ihm aufzusteigen wie ein Frühlingsseufzer. Rosen, er roch die Rosen, die seine Mutter überall im Haus aufgestellt hatte. Und erinnerte sich an ihren Rosengarten, ihre ganze Liebe. Den hatte er völlig vergessen. Plötzlich wußte er wieder, daß der Garten ein wichtiger Teil seines Lebens gewesen war. Bilder tauchten vor ihm auf – wie er den Kübel hielt, während sie sie beschnitt, wie er ihr half, die Blumen in der Vase anzuordnen, ihre zärtliche hohe Stimme, die ihn für seine Blumenkompositionen lobte. »Du bist aber sehr talentiert, Maurice, vielleicht wirst du einmal ein Maler.« Sofort fiel ihm mit verblüffender Deutlichkeit ein, wie er einmal mit einer Vase, die er selbst mit Blumen gefüllt hatte, am Rand des Ballsaals stand und wie seine Mutter die Vase – und ihn selbst – fröhlich empfing. Ein intensives Gefühl stieg in ihm auf; er holte tief Luft und machte sich auf den Weg zum Ballsaal.

Die Wolken hatten sich aufgelöst, das Mondlicht schien herein. Er blieb stehen, so überwältigten ihn dieser Anblick und die Walzerklänge und sein Vater und seine Mutter, die durch den großen Ballsaal tanzten, seine Mutter in einem weißen, duftigen Kleid, das schwarze Haar mit Rosen geschmückt, und Rosen auch an ihrer Taille, und alle hatten gesagt, frische Blumen – wie merkwürdig, wie ungewöhnlich, wie schön. Seine Mutter, wie merkwürdig, wie ungewöhnlich, wie schön, und er war dagestanden und hatte zugesehen, während sie durch den Saal schwebten, tanzten, als wären sie allein, und in seinen Augen waren sie allein. Er hörte das Geplapper, das den Saal gefüllt hatte, die süßen, glücklichen Momente, die wunderbare Musik und die Tänze in dem Haus, das voller Schönheit war und das er liebte. Er stand da und schwelgte in der Freude dieser Erinnerung und fragte sich plötzlich, warum er sich davor gefürchtet hatte – ganz so, als würde er, wenn er hierher zurückkäme, nur an ihren Tod denken –, da ihm nun dies geschenkt worden war: sie im Mondlicht wiederzusehen, wie sie mit seinem Vater tanzte und dann im Tanzen die Arme ausbreitete und ihn rief, und er lief fröhlich über den Tanzboden, und sie hob ihn auf, und sie tanzten zu dritt, und er war glücklich.

Er wußte nicht, wie lange er so gestanden hatte und in welchem Zustand, aber plötzlich hörte er einen Ast brechen, und er wußte, daß es nah war, gleich draußen vor dem mondhellen Saal. Er trat aus dem Licht. Eine Sekunde später zerriß ein Schuß die Stille. Die Kugel prallte an der Wand hinter ihm ab.

Er griff nach seiner Pistole, da fiel ihm ein, daß er auch sie in der Satteltasche gelassen hatte. Blitzschnell überlegend und sich bewegend, tastete er sich an dem alten Treppengeländer entlang und stieg die Stufen ins Souterrain hinab. Wer war das? Ein Räuber? Leopold? Jemand, der das Gelände bewachte? Das war ja lachhaft! Das hier war eine Ruine! In tiefer Dunkelheit tastete er sich an den Wänden entlang vorwärts, bis es nicht weiterging. Aufgeregt durchsuchte er seine Taschen und fand ein Zündholz. Vom Souterrain aus führte eine Tür in den Garten.

Jetzt waren Schritte zu hören, direkt über ihm. Sein Mörder war im Haus. Er suchte nach dem Hölzchen, zündete die Kerze an, ließ den Blick auf der Suche nach der Tür über die Wände gleiten und fand sie endlich. Es war etwas davorgeschoben, aber er zwängte sich daran vorbei und sah im Licht der Kerze die zum Garten führenden Stufen. Er zögerte. Er wollte erst dann ins Mondlicht treten, wenn sich die Schritte der Tür näherten. Auf der Treppe knarzte ein Brett. Er ging durch die Tür und durch den dunklen, feuchten Gang in die Nacht hinauf. Der Mond schien hell.

Auch hier roch etwas, etwas, an das er sich nicht recht erinnern konnte. Bis zu der festgebundenen Stute war es ein weiter Weg. Er bog sofort rechts ab, weil dort die hohe Hecke wuchs, und zwängte sich durch sie hindurch. Das Labyrinth! Sein Kindertraum, seiner kindlichen Phantasie zuliebe entworfen und gepflegt! Wie gern hatte er Kinder, die auf Besuch waren, ins Labyrinth gelockt, das der Gärtner seines Vaters aus wunderschön geformtem Buchsbaum mit Bögen und Spiralen angelegt hatte und dessen Faszination sich kein Besucher je entziehen konnte. Wie stolz er immer gewesen war, wenn er sie hierhin geführt hatte!

Das Labyrinth war noch da, er sah es im Mondlicht, von Efeu und anderen Kletterpflanzen überwuchert. Dann hörte er die

Schritte unmittelbar hinter sich. Wie viele waren es? Man hatte ihn gewarnt – die Antisemiten wollten nicht, daß er diesen Mordfall aufklärte, und gierten nach seinem Tod. Würden sie wirklich so weit gehen? Seine Pistole konnte er nur dann aus der Satteltasche holen, wenn er sie durch das Labyrinth führte, denn dort würden sie sich verlaufen. Er mußte sie dazu bringen, ihm zu folgen. Er trat absichtlich auf einen Zweig und lief sofort los, glitt durch die Hecke und rannte durch eine der Labyrinthbahnen. Schon wenig später hatte er das Gefühl, sein Trick funktioniere. Er hatte den Verfolger eine Weile hinter sich gehört, dann nicht mehr.

Leise schlich er durch das Labyrinth, entsann sich der Serpentine, in der jetzt umgestürzte Bäume und Schutt lagen, die aber ihre alte Form behalten hatte und ihn mit ihrem dichten Blattwerk schützte. Wer immer es auch war – er stand jetzt vor der ersten Wand des Labyrinths. Bis er den Weg hinaus gefunden hatte, blieb dem Inspektor Zeit, zum Ausgang des Irrgartens zu laufen und seine Pistole zu holen. Aber dann hörte er es, nur wenige Schritte entfernt. Durch einen glücklichen Zufall war es seinem Feind gelungen, die erste Wand zu überwinden. Jetzt lief der Inspektor sehr schnell die nächste Bahn entlang, lief im Zickzack, um sich den Weg zu ertasten, übersprang, so gut es ging, Steine und faulendes Holz, erschrak bei dem Gedanken, auch er könnte sich verirren. Er hörte ein lautes Geräusch, dann schoben sich die Wolken wieder gnädig vor den Mond, so daß er Zeit gewann. Seine Augen gewöhnten sich an die Dunkelheit, und er sah, daß er einen Fehler gemacht hatte – das Gebüsch war zu dicht, als daß er durch die Hecke rechts entweichen konnte. Er hatte gedacht, möglicherweise gebe es dort einen Ausweg, und hatte sich in die Hecke gedrückt, die aber nicht nachgab. Statt dessen hatte er einen Zweig abgebrochen und sich durch das Geräusch verraten.

Er hörte, wie die Schritte hinter ihm schneller wurden; im letzten Augenblick fand er den Weg nach draußen, schob sich durch die Hecke, fand sich in einer anderen Bahn wieder und lief, so schnell er konnte, in die Dunkelheit. An die Länge der nächsten Bahn erinnerte er sich ganz genau; er lief bis fast ans Ende und wollte gerade durch den Ausgang, da hörte er seine Mutter seinen Namen rufen. »Maurice –« Und dann rief Bettina: »Maurice –« Und dann wieder seine Mutter. Wie *ähnlich* ihre Stimmen einander waren! Dann hörte er die Stute leise wiehern, alles innerhalb weniger Sekunden, gerade als er sich durch den Ausgang zwängte, und das Mondlicht kam und ging, und ihm war alles klar. Dann wurde es dunkel, und er wußte mit grauenhafter Sicherheit, daß, wer immer auf der anderen Seite des Labyrinths war, unmöglich so vom Glück hatte begünstigt sein können: Dies war jemand, der das Labyrinth genauso gut kannte wie er selbst, und mit einem plötzlichen Satz warf er sich nach hinten und rollte sich über den Boden bis hinein in die ferne Hecke, und die Schüsse drangen durch die Nacht, einer, zwei, drei, vier, fünf.

Er hatte die Stute nicht fest genug angebunden; als sie die Schüsse hörte, riß sie sich los und lief zu den Bäumen. Sein Feind floh. Er hörte, wie er sich in den Sattel setzte, hörte ein Gebrüll – war da noch jemand? Dann galoppierende Pferdehufe. Die Stute war entlaufen. Als er einige Zeit später vorsichtig die Stelle inspizierte, an der sein ermordeter Leib gelegen hätte, sah er im Mondlicht fünf Patronen aus einer Pistole. Er hob sie auf und steckte sie in die Tasche, dann setzte er sich auf die verfallene Treppe seines Hauses. Er hatte sie gehört, er hatte Bettina gehört, sie hatte so sehr wie seine Mutter geklungen, und das Grauen und das Mitleid, das er um seiner selbst und um der Welt willen empfand, hatte ihn überwältigt.

2

Am nächsten Tag ging er allein in den Stadtpark. Gedanken an den Kopf im Baum verfolgten ihn. Jetzt, inmitten der grünen Wiesen, erinnerte er sich an die unverkennbare rote Spur, das Blut, das Tropfen für Tropfen hinabgefallen war, seinen Schuh getroffen hatte, an der Seite der glänzenden braunen Fläche als Rinnsal hinabgeflossen war und sich mit dem stärker werdenden Regen in Pfützen aus rotem Wasser verbunden hatte. Es brachte ihn in die Vergangenheit zurück.

»Wir sehen uns bald wieder, ich lasse dich nachkommen, mein Liebling«, hörte er sie sagen, sah die Kußhände, die sie ihm zuwarf, ihren federgeschmückten Hut, ihre weißen Handschuhe, mit denen sie ihm nachwinkte, seine Mutter, die hinter dem ovalen Kutschfenster verschwand.

Sie ertrank nicht, nicht ganz. Sie lag zu lange im Wasser, sagten die Leute, und als sie sie nach Wien zurückbrachten, war sie nicht mehr seine Mutter. Sie sah aus wie seine Mutter, aber sie bewegte sich so sonderbar und war so kühl und erkannte ihr eigenes Kind nicht wieder. »Nicht mehr ganz g'scheit im Kopf«, sagten die Leute. Und es geschehe ihr recht, sagten sie, der jungen schönen Frau, die einen älteren Mann geheiratet hatte, seinen Vater, und mit einem Liebhaber durchgebrannt war.

Jetzt wußte der Inspektor es wieder. Über seine Mutter war Schande gekommen. Und als sie wiederkehrte, lief er die Auffahrt hinunter, um sie zu sehen, und als sie, an jeder Seite gestützt von einer Krankenschwester, wie in einem Traum von der Kutsche weggeführt wurde, blickten ihre Augen durch ihn hindurch. Er lief zu ihr und schlang seine Arme um sie, aber es war, als umarmte er einen Steinblock. Sie erkannte ihn nicht. Eine Woche später bewegte sie sich überhaupt nicht mehr, lag nur noch im Bett und starrte an die Decke. Die Ärzte kamen und gingen. Boshaftes Geflüster erfüllte die Gänge. Dann war sie tot. Als sie die Leiche forttragen wollten, trafen sie auf seinen gramgebeugten Vater, der völlig verzweifelt war. Niemand hatte gesehen, wie der entsetzte Junge hinter der Schrankwand hervorgekommen war und dann zitternd unter dem Bett lag. Als die Verwandten ihn fanden, war er still und gefaßt. Er müsse jetzt stark sein und dürfe nicht weinen, habe seine Mutter gesagt, sagte sein Vater, und dann war sie fort.

Es würde lange dauern, hatten sie prophezeit. Als der Inspektor im Park saß und die Bäume anstarrte, spürte er, wie die Last der langen Suche sich hob, so wie sich der Nebel über einer Bucht hebt. Ihm fiel wieder ein, daß sie, als er ein kleiner Junge war, gesagt hatte: »Es wird lange dauern.« Es hatte fast vierzig Jahre gedauert.

Er erhob sich von der Bank und spürte in den Beinen wieder die alte Kraft.

3

»Ich glaube«, sagte Slotkin zu ihm und strich sich langsam über den Bart, »daß die Leichen woanders zerstückelt und dann an die verschiedenen Orte verbracht wurden.«

Der Inspektor musterte ihn aufmerksam. In seiner äußersten Verzweiflung hatte er den widerstrebenden, schon alten Slotkin nach Wien beordert, damit er ihm bei der Identifizierung der Leichenteile half. Slotkin war schon seit Jahren Pensionist, aber er war immer noch hervorragend.

Slotkin hielt das Teil eines Beins hoch und deutete auf die ausgefranste Schnittstelle. Dann griff er zur Lupe. »Wenn Sie sich beispielsweise dieses Teil ansehen, gelangen Sie zu der Ansicht, daß es von einem Verrückten abgehackt wurde. Nun, vielleicht war es tatsächlich ein Verrückter, auf jeden Fall aber ein sehr gut ausgebildeter. Das Bein wurde nämlich, wie Sie hier erkennen«, er deutete auf das Gewebe unter der Lupe »ursprünglich chirurgisch abgetrennt.«

Der Inspektor sah durch die Lupe.

»Dann aber«, fuhr Slotkin fort und deutete auf eine Stelle am Knie, wo Muskeln und Knochen hervortraten, »hat irgend jemand aus irgendeinem Grund daran herumgepfuscht, hat alles zerschmettert, und zwar absichtlich, wie ich glaube – wie um Spuren zu verwischen.«

»Die Beweislage verändert, um den Arzt zu schützen?« fragte der Inspektor hastig. »Sie sagten, es müsse sich um einen Chirurgen handeln, nicht wahr?«

Slotkin nickte langsam. »Ja, das glaube ich. Nur ein Chirurg würde genau an dieser Stelle einen Schnitt machen. Wiewohl die Sache an sich selbstverständlich grauenhaft ist, entbehrten die ersten Schnitte nicht einer gewissen Eleganz, wenn Sie verstehen, was ich meine. Leider sind alle Leichenteile mit Ausnahme der aus dem Fall Van de Loo stammenden zu verstümmelt, als daß man sichere Erkenntnisse daraus gewinnen könnte. Wir müssen jedoch annehmen, daß in allen Fällen dieselbe Methode Anwendung fand.

Und Sie haben sicherlich recht, Herr Inspektor – die beiden Hälse, die wir identifizieren konnten, weisen darauf hin, daß die Opfer an Asphyxie starben; es ist demnach wahrscheinlich, daß die Frauen allesamt erdrosselt und dann zerstückelt wurden.«

»Ja«, sagte der Inspektor. Er war sehr ernst gestimmt. Slotkin hatte bestätigt, was er selbst seit geraumer Zeit gemutmaßt hatte. Inmitten all des Grauens mußte er immer wieder an die Gräfin denken und daran, wie es ihm gelingen könnte, sie wiederzusehen.

4

Ich weiß nicht, ob es von der Aufregung herrührte, die durch Cecilys Verliebtheit in den hübschen russischen Soldaten vom Ball entstanden war, oder von dem Theaterabend, den sie mit Mr. James verbracht hatte und über den sie zunächst ziemlich viel erzählte, oder von der Krankheit der Gräfin, aber da die Gräfin wieder sie selbst zu sein schien, glaube ich nicht, daß es daran lag. Auf jeden Fall bemerkten in den folgenden Wochen alle, daß Cecily tief in Gedanken versunken war. Totenstill war sie geworden.

5

Die Gräfin erwachte mit einem Ruck und spürte die feine, kühle Seide ihres Bettbezugs an der Innenfläche ihrer Hand. Langsam strichen ihre Fingerspitzen über die Seide, als wäre es der Pelz eines Tiers, das sie zu beruhigen versuchte. Etwas hatte sie geweckt, irgendein Bedürfnis, eine innere Unruhe. Dabei hatte sie sich doch so wohl gefühlt und bereits wieder zu arbeiten begonnen. Sie war ganz aufgeregt über die Entwürfe, die sie erst gestern fertiggestellt hatte und in Paris zeigen wollte. Vielleicht war es das gewesen.

Rasch erhob sie sich im schwachen Morgenlicht von ihrem Bett, trat an den Schrank und nahm ihren japanischen Seidenmorgenmantel mit den roten, schwarzen und goldenen Drachen heraus, über deren Rücken sich eine breite gestickte Schlängellinie zog. Sie schlang sich die schwarze Schärpe um die Taille, schlüpfte in ihre Pantöffelchen und ging leise zur Tür und die Treppe hinunter. Die Bediensteten schliefen noch.

Sie kannte die Treppe gut, ihre Hände tasteten an den Wänden entlang, befühlten die Krümmungen und Risse, als wäre es ein Körper, an dem sie eine Anprobe vornahm, ein in Form und Umriß vertrauter Körper, obgleich, so ging es ihr im Halbbewußtsein der dunklen Morgenfrühe durch den Kopf, wenn die Wände Frauen wären, würden sie sich allmählich verändern, und dort, wo jetzt nur glatte, weiche Oberflächen waren, würden im Lauf der Jahre Unebenheiten entstehen. Nie aber wären dann die spitzwinkligen Ecken zu finden, über die ihre Hände jetzt glitten, die starren Verbindungen von einer Wand zur angrenzenden. Sie erinnerte sich kurz an eine Anprobe bei Lady Wolfe, die wohl den gewaltigsten Brustkorb hatte, den es gab – kein Fett, einfach nur dieses Hervortreten von festen, spitzen Knochen, und während der Anprobe hatte sie sich überlegt, daß Lady Wolfes Gatte entweder einen sonderbaren Geschmack besaß oder aber sein ganzes Leben lang an seiner Frau wohl kaum Erquickung fand.

Sie eilte ins Atelier. Die drei Capes, welche die Schneiderinnen tags zuvor fertiggenäht hatten – ein elfenbeinfarbenes, ein dunkelgrünes, das dritte in leuchtendem Scharlachrot –, hingen an der Wand gegenüber. Die Gräfin fröstelte, denn im Atelier war es um diese Zeit kalt und dunkel. Schon seit Monaten war sie nachts nicht mehr hierhergekommen. Früher hatte sie sich oft ins Atelier geschlichen, um Trost zu suchen. Im Halbdunkel ging sie auf das erste Cape zu, das dunkelgrüne hing zuvorderst, und strich darüber, als suchte sie etwas, befühlte das Seidenfutter und die schweren, dicken Samtschließen, dann vergrub sie das Gesicht in den Falten der Kapuze, atmete in den weichen, kostbaren Samt, der kühl und doch warm war, warm an ihrer Haut, aber kühl, weil er die ganze Nacht im ungeheizten Atelier gehangen hatte. Dann nahm sie das Cape vom Bügel, legte es sich über die Schultern und ging ans Fenster, setzte sich auf den Stuhl, schaukelte, strich über den edlen weichen Samt und stellte sich vor, sie ritte durch den Park. Sie begann ganz leise vor sich hin zu summen.

Sie befand sich in einem Zustand wohltuender Besinnlichkeit, da hörte sie plötzlich nicht weit entfernt hinter sich ein Geräusch. Einen Schritt. Sie bewegte sich erst, als der Schritt deutlich in ihrem Bewußtsein war, sprang auf, doch da hielten zwei große Hände ihre Schultern fest und drückten sie sanft, aber bestimmt hinunter, und eine vertraute, sanfte, beruhigende Stimme sagte: »Ich wollte dich nicht erschrecken, Bettina.«

Ihr Herz schlug laut gegen die Rippen, als sie nach oben griff, ehe sie wußte, was sie tat, nach oben griff und die Hände auf ihren Schultern berührte und atemlos den Kopf wandte: »Maurice... Was machst du hier?« Als sie sich im Zwielicht zu ihm umdrehte und in sein scharfes, von tiefen Falten durchzogenes Gesicht blickte, in dieses wundersam schöne Gesicht mit dem schwarzen Schnurrbart und den eindringlichen Augen, das jetzt nur wenige Zentimeter von ihrem entfernt war, pochte ihr Herz lauter als vorher in ihrer Angst.

»Warum bist du hier?« Es war eine traurige Frage, Bitte, Forderung, Flehen, alles in einem.

»Ich warte und halte schon seit Tagen Ausschau, in der Hoffnung, du mögest kommen... Ich schäme mich so, weil ich...« Seine tiefe Stimme klang brüchig. »Kannst du mir das je verzeihen, Bettina?«

»Ich muß dich bitten zu gehen, Maurice«, sagte die Gräfin und wandte ihm rasch den Rücken zu. »Ich brauche einen sicheren Ort, einen Zufluchtsort. Deswegen kam ich hierher... Ich kann mit dir nicht über diese... diese Dinge sprechen. Bitte geh!«

»Du mußt mich anhören!« Es klang flehentlich. Sie drehte sich halb zu ihm um. »Wenn du mir mein Geständnis nicht um meinetwillen erlauben kannst, Bettina – was ich akzeptiere –, so mußt du mich doch wenigstens deinetwegen anhören. Es nützt nichts, wenn du dich weigerst, dir anzuhören, was du mißverstanden hast. Ich bin um meinetwillen hierhergekommen, natürlich, aber ebenso« – seine Stimme klang jetzt leiser, weicher – »für dich Bettina, für dich. Du mußt es dir anhören!«

Sie hatte sich noch immer nicht wieder ganz ihm zugewandt. Nach einer Weile sagte sie: »Sag, was du zu sagen hast, und dann geh!«

»Ich erwarte nicht, daß du wieder dasselbe für mich empfindest, was du einst« – er stockte – »empfunden hast. Aber ich habe viel gelernt und gestehe, daß ich mich verachte für das, was ich dir antat. Ich war ein Feigling.«

»Maurice!« Es war kein verzeihender, sondern ein sehr sachlicher Tonfall. »Es ist – war – zuviel, von dir Verständnis zu erwarten.« Sie blickte ihn an, und er sah, daß ihre Augen zu glänzen begannen. »Dennoch glaubte ich, du würdest verstehen. Es war ein schrecklicher Schlag für mich zu sehen, was ich in deinen Augen sah, und ich kann es nicht vergessen. Ich sah, welchen Haß, welche Verachtung du für mich empfandest.« Sie hatte die Stimme fast zu einem Flüstern gesenkt.

»Ja, ich empfand Verachtung«, sagte er langsam, »aber nicht nur für dich, Bettina. Ja, ich war wütend... Ich war außer mir.« Er sah ihr in die Augen. Sein Geständnis, vor dem sie solche Angst gehabt hatte, wirkte nun seltsam tröstlich auf sie. »Ja, das alles empfand ich, aber meinetwegen. Ich war eifersüchtig darauf, daß dich je ein anderer Mann berührt hatte, das ist die Wahrheit. Wahnsinnig vor Eifersucht. Ich glaubte, du würdest mich fallenlassen, wie du es mit Philippe getan hattest, glaubte, ich bedeutete dir nichts. Die Verachtung galt mir selbst. Sie entsprang nicht einem Mangel an Gefühl, Bettina, sondern einem Übermaß.«

»Ach!« Sie sah ihn mit zornblitzenden Augen an. »Du bittest mich, dich nicht nach dem zu beurteilen, was meine Augen sahen – nämlich Verachtung –, nicht nach deinem haßerfüllten Verhalten, das dazu führte, daß du mich abschobst wie etwas Lästiges. Nein, Maurice, du bittest mich, dich nach etwas Unsichtbarem in dir zu beurteilen, von dem du jetzt plötzlich glaubst, es sei damals vorhanden gewesen und für das du, wie ich annehme, die Bezeichnung *Liebe* wählen wirst!« Sie spie ihm das Wort mit solcher Heftigkeit entgegen, daß er erschrak.

Angespannte Stille legte sich über die beiden Menschen. »Du glaubtest mich zu lieben, Maurice.« Ihre Stimme klang jetzt voller, und sie sprach sehr langsam. »Und du hattest mich davon überzeugt. Aber es entsprach nicht der Wahrheit. Es war eine Lüge.« Ihr starrer, unversöhnlicher Blick traf seine Augen. Er ging einen Schritt zurück, verlor das Gleichgewicht und hob die Hände, wie um einen Schlag abzuwehren.

»Nein«, sagte er. »Nein, es war keine Lüge, nein.« Er setzte erneut zum Sprechen an, zögerte jedoch. Er hob die Hände und verbarg sein Gesicht darin. Die Gefühle ließen seinen ganzen Körper erzittern.

Als die Gräfin das sah, erwachte in ihr ein fast unwiderstehlicher Fluchtimpuls. Später wunderte sie sich darüber, daß sie ihr Mitleid als so gefährlich empfunden hatte.

»Verzeih mir«, sagte er schließlich. Sie wußte nicht mehr genau, was sie ihm verzeihen sollte.

»Bitte hör dir an, was ich dir zu sagen habe!« Er wollte ihren Arm berühren, aber sie entzog sich seiner Hand. Er sprach jetzt mit einer Glaubwürdigkeit auf sie ein, die er vorher nicht besessen hatte. »Wenn du mir nicht verzeihen kannst, Bettina, wirst du einen hohen Preis dafür bezahlen müssen – glaub mir, ich weiß es. Dich zu verlieren, ist schrecklich für mich.« Sie hörte, daß seine Stimme wieder zitterte, und dieses Zittern durchströmte sie wie eine Welle. »Aber gänzlich unerträglich wäre es mir, wenn ich glauben müßte, ich hätte deinen Selbsthaß bewirkt, weil du mir nicht vergeben kannst.«

»Wer ist nun spitzfindig, du oder ich?« fragte die Gräfin und begann zu weinen.

»Du sagst, du wärst schon seit Tagen jede Nacht hierhergekommen«, sagte sie nach einer Weile. »Warum?«

»Ah!« Der Schrei entfuhr ihm, bevor er ihn zurückhalten konnte. »Nur um dich zu sehen!«

Sie konnte sich nicht mehr halten; die Gefühle, die in seiner Stimme mitschwangen, packten sie. Sie suchte verzweifelt nach etwas, das ihr helfen könnte, das alles zu verstehen.

»Ich... ich bin zurückgegangen«, sagte er nach einer Weile. Sie wußte sofort, was er damit meinte, und war sehr erstaunt.

»Wie lange warst du dort?« fragte sie.

So sprachen sie miteinander die lange Nacht hindurch. Als das Morgenlicht die Stadt erreichte, wandte er sich zum Gehen.

»Nun?« fragte er mit hoffnungsbanger Stimme.

»Ich... Maurice, ich... ich weiß nicht...«, stammelte sie und sah ihm in die Augen. Sein Blick hielt sie fest, und als er leise aufstand, erkannte sie seine Trauer und bewegte sich den einen verhängnisvollen Zentimeter zu ihm hin und nahm seine Hände in ihre und lehnte sich an seine Schulter und preßte ihren Körper an seinen. Er hatte das Jackett ausgezogen, nur sein Hemd und ihr dünnes Nachtgewand waren zwischen ihnen. Sie spürte sein Herz schlagen.

»Das ist...«, sie hörte, daß er um einen förmlichen Ausdruck rang, der sie schützen sollte.

»Ja...«, sagte sie, »...wie lange wartest du schon?«

»Schon seit Tagen. Ich bin gekommen, weil ich dich zu finden hoffte.«

»Du hast mich gefunden...«, sagte sie, sah ihn an, drückte ihre Lippen auf seinen Mund, und dann waren sie verloren, sie wußte es ebensogut wie er, und in dem kalten kleinen Raum, in dem das Licht allmählich heller wurde, liebten sie sich auf den roten, den grünen und weißen Samtstoffen, wärmten einander mit den Pelzen, die hinten im Atelier hingen; mit den Vielfraßen, den russischen Zobeln, den Pelzen der Adeligen, die ausgebessert werden sollten, hatten sie es warm. Sie waren ganz erfüllt, ganz außer sich.

Schließlich mußten sie sich erheben, denn das Morgenlicht fiel auf sie, die Sonne goß ihre Strahlen in das Atelier. »Wir müssen gehen«, sagte er und fuhr ihr mit den Lippen zärtlich über die Stirn. »Wir müssen.«

»Ich kann nicht«, sagte sie, und sie konnte wirklich nicht. Er mußte ihre Finger den seinen entwinden, ihr die Hand von seinem Arm reißen, sie konnte ihn einfach nicht lassen und berührte ihn immer wieder, als gäbe es kein Licht, keinen Tagesbeginn, keine Stadt, keine Arbeit, keinen Ehemann, keine Familie, kein Schneideratelier, keine Schneiderin, keinen Stoff, kein Nähgarn, keine Seide, keinen Samt, nichts außer dieser verzehrenden, wunderbaren Nähe zwischen ihnen beiden, dieser zarten, dunklen und gefährlichen Übereinkunft, die ihr alles entrissen, dann aber hundertfach zurückgegeben hatte. Sie hatte, sagte sie sich, die Angst vor der Welt verloren.

Er küßte ihr die Tränen fort, die seine Lippen salzig machten, und berührte ihre Fingerspitzen mit seinen Fingerspitzen. Sie küßte sein Gesicht hundertmal, nein, dachte sie später, wohl tausendmal. Er mußte wiederkommen, er würde wiederkommen, schon bald, am Vormittag, wiederkommen, bitte, er mußte, irgendwie. Er sagte, er werde wiederkommen. Und sie wußte – sie erkannte es daran, wie sein Mund sich anfühlte, als er an ihrem Arm entlangglitt, ihren Rücken hinunterfuhr –, daß dieser Mund, der ihren Rücken mit solch warmen Küssen bedeckt hatte, sie nie belügen würde, nie belügen könnte.

6

Draußen regnete es stark, so daß Henry James das hartnäckige Klopfen an der Tür seines Hotelzimmers zunächst gar nicht hörte. Die Sekretärin, die er angestellt hatte, sollte erst in einer Stunde kommen, und er ärgerte sich, seine Lektüre unterbrechen und zur Tür gehen zu müssen. Er öffnete und sah zu seinem großen Schrecken Cecily, die mit funkelnden Augen dastand. Sie stürzte sich auf ihn, schlang ihre Arme um seinen Nacken, rief: »*Je suis Karenina!*« und wurde auf der Stelle ohnmächtig.

»Gütiger Himmel!« sagte Henry James entgeistert, verstört, besorgt und verärgert zugleich. Er sah sich verpflichtet, das bewußtlose Mädchen in seinen Armen zu tragen, und zwar auf eine höchst unziemliche Art und Weise, wie er fand, wobei er die ganze Zeit hindurch sich selbst die absurdesten Dinge faseln hörte. »O du meine Güte, du meine Güte!« Und dann: »Zimmermädchen! Zimmermädchen!« Der Name dieser unangenehmen Frau fiel ihm nicht mehr ein, aber sie erschien nach einer Weile tatsächlich und sah ihn mißtrauisch an, was ihm überhaupt nicht half. »Bitte tun Sie etwas, sie ist ohnmächtig geworden!« Das Zimmermädchen, eine praktische Frau, ging Riechsalz holen.

Als Cecily wieder zu sich kam, wurde Henry James klar, daß seine Probleme damit nicht etwa gelöst waren, sondern erst richtig begannen. Sie sah ihn mit verstörender Ernsthaftigkeit an und sagte: »Mein Leben ist eine Tragödie. Deshalb bin ich zu Ihnen gekommen.«

Er wußte sehr wohl Bescheid über die dramatische Vorstellungskraft heranwachsender Mädchen. Aber hier handelte es sich noch um etwas anderes, mit dem er absolut nichts zu tun haben wollte. Er versuchte sie zu beruhigen. »Nach einer Tasse Tee wirst du dich viel besser fühlen, da bin ich sicher, meine Liebe. Es gibt Zeiten, da empfindet man das Leben als überwältigend, was es in Wirklichkeit jedoch nicht ist. Wir werden eine Lösung finden, das versichere ich dir. Weiß deine Mutter, wo du dich aufhältst?«

Cecilys Augen wurden schmal. »Seien Sie nicht albern!« sagte sie. Das schockierte ihn.

»Entschuldigen Sie«, sagte sie und senkte den Blick. »Ich, ich hätte nicht kommen sollen, aber ich, ich bin in einer schrecklichen Zwickmühle.« Sie begann zu weinen.

Es vergingen mehrere Stunden mit Teetrinken und Reden, bis sie sich beruhigt hatte. Sie war wild entschlossen, nach Paris zu gehen, und wollte die Namen einiger Leute dort in Erfahrung bringen, die sich ihrer annehmen würden. Sie bat ihn, ihren Eltern nichts davon zu erzählen, womit sie ihn in eine entsetzliche Lage brachte. Er riet ihr, sich an die Gräfin zu wenden, sie könne ihr möglicherweise besser helfen, da sie oft nach Paris reise, aber Cecily schüttelte nur den Kopf. »Das würde *sie* in eine unmögliche Lage bringen«, sagte sie. Das müsse schon *er* tun und ihr obendrein versprechen, über die Namen, die er ihr genannt habe, Stillschweigen zu bewahren.

In seiner Panik erklärte er sich dazu bereit, einen Brief für sie zu schreiben, ein Empfehlungsschreiben, und versicherte ihr, diese speziellen Freunde hätten ein großes Haus und würden sie auf seine Bitte hin als Gast aufnehmen. Dann flehte er sie an, diese Reise ganz allein nach Paris gar nicht erst anzutreten, da sie ihr letztendlich große Schwierigkeiten bereiten werde. Sein Überredungsversuch fruchtete nicht im geringsten. Immerhin aber hatte er sie um vier Uhr nachmittags so weit, daß sie bereit war, zu ihren Eltern zurückzukehren. Es regnete nicht mehr, und er bestand darauf, sie zu begleiten, was sie sichtlich freute. Zehn Meter vor dem Haus der Gräfin begann sie jedoch plötzlich am ganzen Körper zu zittern und wurde leichenblaß.

»Ich kann nicht hineingehen!« Sie warf ihm einen verzweifelten Blick zu. »Bitte, ich flehe Sie an!« Sie packte ihn am Arm und begann zu schluchzen. Und schon spürte er, daß sie wieder erschlaffte, nahm all seine Kraft zusammen, hob sie auf und trug sie zur Tür.

Als ich Mama schreien hörte, lief ich zur Tür und sah einen verstörten Henry James, der eine ohnmächtige Cecily in seinen Armen trug.

»Was ist denn? Was ist denn?« rief Tante Ida, als Papa und sie herbeiliefen und Cecily Mr. James aus den Armen nahmen. Sie legten sie auf das Sofa, wo sie sofort zu stöhnen begann.

»Sie verliert einfach nur ständig das Bewußtsein«, sagte Mr. James, dessen Gesicht ganz rot war und komisch aussah. »Heute morgen, es war noch ziemlich früh, stand sie vor meiner Tür. Sie klopfte, und als ich öffnete, stand sie da und weinte. Sie ist so leicht beeinflußbar, wissen Sie – sie rief mir zu: ›*Je suis Karenina*‹ und sank in meine Arme. Ich, ich ließ einen Arzt holen, der nicht weit weg wohnt. Nachdem wir sie wieder zu Bewußtsein gebracht hatten, schärfte ich ihr ein, daß es unabdingbar sei, hierher zurückzukehren, wo sie jedoch« – hilflos hob er den Blick zur Decke – »wiederum in Ohnmacht sank. Sie ist sehr verwirrt.«

Das waren wir alle. Mr. James lehnte es ab, zum Abendessen zu bleiben. Niemand wußte so recht, was man nun tun sollte, aber wir waren uns einig, daß wir bis zum nächsten Morgen mit Cecily nicht darüber sprechen sollten.

Am nächsten Morgen war es dann allerdings zu spät.

Als ich am nächsten Tag erwachte, war Cecilys Bett leer. Ich erschrak, denn die Decke war nicht aufgeschlagen, sondern ordentlich gefaltet und ganz glatt, als sollte niemals mehr jemand darunter schlafen. So etwas hatte Cecily noch nie getan. Ich setzte mich auf, und da sah ich den Zettel auf dem Kopfkissen liegen.

Lieber Leser:

Ich weiß, daß dies unerwartet kommt, aber ich muß für eine Weile weg von hier. Mach Dir keine Sorgen um mein Wohlergehen! Ich bin zu der Ansicht gekommen, daß ich einen Punkt in meinem Leben erreicht habe, an dem ich eine Reise unternehmen muß. Ich denke Dinge und lerne Menschen kennen, wie ich sie mir nie zuvor hätte träumen lassen. Das alles hat eine starke Wirkung auf mich. Ich kann hier nicht mein ganzes Herz ausschütten, ich kann nur sagen, daß ich es tun muß. Ich versichere Dir, daß ich in Paris Freunde und Geld habe und daß es mir gutgehen wird. Ich muß es einfach tun! Ich werde mich melden. Danke und alles Liebe,

Cecily

Cecily war weg. Weg! Und »Lieber Leser« – als wären wir ein anonymes Publikum. Mama und Papa waren außer sich und schickten sofort nach dem Inspektor. Tante Ida flüsterte mir zu, wir sollten mit Mr. James und Mrs. Wharton in Kontakt treten, um herauszufinden, was einer leicht zu beeindruckenden jungen Frau, die sich einbildete, eine Romanheldin zu sein, zuzutrauen sei beziehungsweise wohin sie gegangen sein könnte.*

---

* Der nächste Teil des Manuskripts fehlt; nur einige wenige Aufzeichnungen sind erhalten. Cecily fuhr offenbar tatsächlich nach Paris, wo sie von einer Gruppe Feministinnen aufgenommen wurde, welcher auch eine radikalfeministische Ärztin namens Madeleine Pelletier angehörte. Der Inspektor fuhr mit Informationen, die er von Henry James erhalten hatte, nach Paris, um Cecily zu suchen, und fand sie, der Passage zufolge, die ich bisher entziffern konnte, mit mehreren Frauen zusammenlebend, darunter die berüchtigte Natalie Barney. Barney war eine enge Freundin der Fitzgeralds, denen James Cecily anvertraut hatte. Als Cecily ankam, waren die Fitzgeralds gerade im Urlaub, und der Butler verwies sie an Natalie Barney, die die beiden Hunde der Fitzgeralds sowie deren vier Katzen in Pflege hatte. Dann lernte sie Frau Dr. Pelletier kennen. Frau Dr. Pelletier gehörte zu den seltenen Frauen am Ende des letzten Jahrhunderts, die eine ärztliche Approbation erhalten hatten. Sie war in Armut aufgewachsen und, Berichten zufolge, von ihrem Vater sexuell mißbraucht worden. Sie wurde eine

7

»Da wäre noch die Frage«, sagte Kriminalkommissär Voll, das Büro des Inspektors betretend, »wie über die diversen, äh ... Leichenteile verfügt werden soll.«

»Was schlagen Sie vor?« fragte der Inspektor.

»Da wir keine vollständigen Leichen identifizieren können, schlage ich vor, die Teile in ein einziges Grab zu legen. Ich habe diesbezüglich – vorbehaltlich Ihres Einverständnisses – bereits Vorkehrungen getroffen.«

»Wie viele Teile sind es bis jetzt?« fragte der Inspektor.

Voll kam mit einer Liste wieder. »Wir haben acht Herzen, dreißig Stück Leber und Teile von fünf verschiedenen Hirnen. Des weiteren fünf Hände – zwei linke, drei rechte –, fünf linke Füße, vier rechte Füße – darunter jedoch kein Paar –, vierzehn Schläfen inklusive Augenhöhlen sowie circa fünfzehn nicht erkennbare Fleisch- und Knochenteile. Allesamt weiblich. Die einzige Ausnahme ist die Leiche der Frau im Park, welche selbstverständlich an die Familie überführt wurde.«

---

fanatische Feministin, bestand darauf, zum Medizinstudium zugelassen zu werden, und schaffte es, sich mit ihrer Arbeit selbst zu ernähren. Sie war eine hervorragende Studentin und widmete sich ganz der medizinischen Versorgung der Frauen, vor allem armer Frauen.

Aus dem Manuskript geht nicht hervor, ob Cecily damals schwanger war oder sich dies nur einbildete. Wenn sie schwanger war, dann wohl aufgrund ihrer Liebesaffäre mit dem jungen russischen Kavallerieoffizier, den sie beim Ball des Barons Todesco kennengelernt hatte. Wie auch immer – Inspektor LeBlanc kannte die feministischen Frauen und gehörte zu den wenigen Männern, die Pelletier respektierte.

Wie es kam, daß Cecily in Natalie Barneys Salon zugelassen wurde, zu dessen Gästen viele Radikale und Lesbierinnen zählten, läßt sich nur mutmaßen. Cecilys Mutter wäre sicherlich bereits bei der Vorstellung in Ohnmacht gefallen, obwohl Barney selbstverständlich eine unglaublich intelligente und sympathische Frau war und Cecily wohl kaum einen sichereren Zufluchtsort hätte finden können.

Aus dem Manuskript läßt sich deutlich ersehen, daß sie sich dort nur kurze Zeit aufhielt, nämlich bis die Gräfin und der Inspektor sie dazu gebracht hatten, nach Wien zurückzufahren. Der Vorfall wurde so gut vertuscht, daß niemand etwas davon merkte. Es gibt jedoch Indizien, die darauf hinweisen, daß Cecilys Mutter in Wien von mehreren Ärzten wegen eines nervösen Leidens behandelt wurde, das in dieser Zeit entstand.

»Die kann nicht vom selben Mörder stammen«, sagte der Inspektor plötzlich sehr aufgebracht. »Sie wurde nicht zerstückelt.«

»Ich dachte, das hätte ich Ihnen mitgeteilt«, sagte Voll. »Daß er dabei gestört wurde. Er weiß, daß wir unsere Augen offenhalten.«

»Nun ja, mag sein«, sagte der Inspektor müde. Plötzlich glaubte er seinen Kopf nicht länger halten zu können, er kam ihm schwer vor wie ein Felsbrocken.

»Begraben Sie sie!« sagte er.

8

Cecily kam als ein völlig neuer Mensch aus Paris zurück. Sie war Feministin geworden und dachte über alles ganz anders als vorher. Sie sagte, die Feministinnen seien in Paris viel einflußreicher als in Österreich oder Deutschland.* Sie war viel ernster, gleichzeitig aber in gewisser Hinsicht auch unbeschwerter. Ihre sarkastischen Bemerkungen konnte sie immer noch nicht unterdrücken: »Ach, Mrs. Wharton und Mr. James nimmt doch niemand richtig ernst«, erklärte sie Tante Ida. »Das sind doch im Grunde nur verzopfte Leute unter den wahren Kunstkennern.«

»Unter den wahren Kunstkennern«, sagte Tante Ida, »gibt es leider immer einen hitzigen Konkurrenzkampf um das größte Maß an ›Authentizität‹.«

»Nun, meine Freunde in Montparnasse«, sagte Cecily, »finden die beiden überhaupt nicht avantgardistisch.«

»Man kann avantgardistisch und doch fade sein«, erklärte Tante Ida. »Auch wenn die Leute das nie zugeben würden.«

Ich sagte gar nichts, sondern sah mir das Ganze aus der Distanz an. Es erinnerte mich an etwas, das Mrs. Wharton eines Abends gesagt hatte, als sie zu dem alten, aufreizenden Thema befragt worden war, ob eine Schriftstellerin anders sei als ein

---

* Dies traf nicht auf alle Bereiche zu. Die französischen Frauen waren sogar die letzten Europäerinnen, denen endlich das Wahlrecht zugestanden wurde, nämlich im Jahre 1945.

Schriftsteller. Sie war wütend geworden und hatte gesagt: »Ein Schriftsteller ist ein Schriftsteller, unterschiedliche Themen ziehen unterschiedliche Individuen an« – oder etwas ähnliches. Als aber die Frau – sie war Photographin – ihr die nächste Frage stellte, reagierte Mrs. Wharton darauf so überrascht, daß sie zunächst gar nicht antworten konnte.

Die Frau fragte nämlich: »Wenn ein Schriftsteller versuchen würde, über ein bestimmtes Thema zu schreiben, das bis dahin ein Thema für Schriftstellerinnen gewesen war, sagen wir, beispielsweise, das Innenleben der Frauen...« An dieser Stelle schaltete sich Mr. James ein und spöttelte: »Das Innenleben ist, so will ich doch hoffen, das Gebiet aller Schriftsteller und Schriftstellerinnen!« – »Ich meine«, hatte die Photographin weitergebohrt, »wenn eine Schriftstellerin versuchen würde, über etwas zu schreiben, das man bis dahin für etwas typisch Männliches hielt, sagen wir Seeabenteuer oder die Enthüllung männlicher Gefühle – dann würde man sie doch angreifen, meinen Sie nicht?«

»Wenn es gut wäre, würde man sie nicht angreifen, wenn es nicht gut wäre, würde man sie angreifen«, hatte Mrs. Wharton mit Nachdruck erwidert. Daraufhin hatte die Frau sich mit vielsagender Miene vorgebeugt und zu Mrs. Wharton gesagt: »Stellen Sie sich das doch einmal vor! Glauben Sie, Sie könnten alles, was Sie schreiben, auch veröffentlichen? Würden Sie vor keinem einzigen Thema zurückschrecken – vor einem Thema, beispielsweise, das für einen Mann weniger, nun ja, sagen wir: schockierend wäre?« Die Augen der Frau wurden ganz schmal. Mrs. Whartons Gesicht lief zu meiner Überraschung rot an. Sie trank einen Schluck Eiswasser und sagte dann sehr geziert: »Ich denke, daß ich die Freiheit besitze, jedes Thema zu behandeln, das mich interessiert, und so halte ich es auch!« Kurze Zeit darauf entschuldigte sie sich, und ich traf sie auf der Terrasse wieder, wo sie sich sehr laut und heftig mit Tante Ida zankte, aber als ich Tante Ida später fragte, um was es gegangen sei, sagte sie nur, es sei »sehr kompliziert«, und sie werde es mir irgendwann einmal erklären, was bedeutete, daß sie hoffte, ich würde es vergessen, aber ich vergaß es nicht. Ich dachte immer wieder daran, zum Beispiel einige Tage später, als Cecily darauf zu sprechen kam, ob es besser wäre, in einem von einer Schriftstellerin oder in einem von einem Schriftsteller geschriebenen Roman vorzukommen, und uns dann etwas für uns alle sehr Überraschendes verkündete.

Ich hatte eine auffällige Veränderung an Cecily bemerkt, die darin bestand, daß sie ganz plötzlich sehr glücklich wirkte. Irgend etwas war in Paris mit ihr passiert und hatte sie stark verändert. Diese Vermutung bestätigte sich, als sie auf einmal sagte: »Ich will keine Heldin in irgendeinem Roman mehr sein, sosehr ich Mr. James und Mrs. Wharton auch bewundere. Ich will selbst entscheiden, was mit mir geschieht und wer ich bin.« Als sie uns das mitteilte, waren, wie gesagt, alle sehr überrascht.

»Du willst also nicht mehr Isabel Archer sein?« fragte Tante Ida.

»Nein«, sagte Cecily. »Ich glaube inzwischen zwar, daß sie nur deshalb nach Italien zurückkehrte, um Pansy zu *helfen*, und daß sie Mr. Osmond irgendwann verlassen hätte. Ihre Handlungsweise wurde also doch nicht mißbilligt.« Das hielten wir alle für eine sehr interessante Interpretation, auf die keiner von uns gekommen wäre, und wir waren uns einig, daß wir darüber noch weiter diskutieren mußten. Ich beneidete Cecily um das, was sie da gesagt hatte. Ich hatte den Eindruck, daß sie von einer inneren Enge befreit war, die bei mir selbst noch immer vorhanden war, obwohl ich nicht den geringsten Wunsch verspürte, eine Romanfigur zu sein, zumindest nicht, soweit es mir bewußt war.

9

Es war erstaunlich warm geworden, so wie manchmal am Frühlingsanfang, und die Gräfin hatte uns zu einem Ausflug an eine schöne Uferstelle außerhalb von Wien eingeladen. Ich freute mich, als ich erfuhr, daß Sabina, die ihr Medizinstudium sehr erfolgreich weiterführte, mitkommen würde. Ich glaube, es lag auch an diesem Wetterumschwung, der Sommergefühle hervorrief, und nicht nur an unseren Gesprächen, daß die Gräfin plötzlich aufstand und vorschlug, wir sollten alle eine Bootsfahrt auf dem Fluß machen, obwohl es schon spät am Nachmittag war.

Wir stimmten zu und gingen alle sehr aufgeregt zum Bootshaus hinunter. Ich dachte mir, daß es doch nicht allein am Wetter liegen könne, denn Tante Ida und die Gräfin hatten sich, wie gewöhnlich, über verschiedene Streitfragen ereifert. Diesmal war es um Frauen und Geschichte gegangen, und auch Sabina hatte sich erregt in den Streit eingeschaltet. Die anderen Leute im Restaurant hatten sich schon nach uns umgedreht, so ein Spektakel war das! Als wir zum Bootshaus gingen, fragte ich Tante Ida, warum sie so vehement die Ansicht vertrat, daß Frauen, unabhängig von den historischen Umständen, niemals so kriegerisch wären wie Männer. Ich sagte ihr auch, daß die Gräfin in diesem Fall vielleicht recht hatte.

»Sag das bloß nicht!« drohte sie mir mit blitzenden Augen. »Das führt doch zu nichts! Zu gar nichts! Die Gräfin hat unrecht. Sie glaubt, es sei eine Frage des Systems. Das stimmt nicht. Niemals würden Frauen so grausam sein wie Männer, wenn sie die Herrschaft hätten!« Die Gräfin hatte das mit angehört. »Ach, Ida«, sagte sie, »wenn das, was du da sagst, nur wahr wäre! Aber wie du weißt, kann ich nicht recht daran glauben. Ich denke, daß das System dafür verantwortlich ist, und selbstverständlich dürfen wir ... Oh, schaut nur!« Sie deutete plötzlich auf ein anderes Boot draußen auf dem Fluß, das auf das Bootshaus zufuhr.

»Schaut her, sie vermieten schon!« rief sie und sprang vor uns her, und dann stürmte sie auf einmal so schnell davon, daß wir uns beeilen mußten, um sie einzuholen.

10

Als wir die steile Treppe zum Bootshaus hinuntergingen, schnatterten alle durcheinander. Vor dem Bootshaus waren Paddel- und Ruderboote und ziemlich lange, gondelähnliche Boote vertäut.

»Die können wir nicht nehmen«, sagte die Gräfin, »die kentern zu leicht. Die Strömung kann nämlich sehr stark werden.« Sie wandte sich an Sabina und fragte: »Können Sie rudern?«

»Aber ja, sehr gut«, antwortete Sabina und sah Ida an. »Ida bestimmt auch, oder?«

»Nun, ich habe es zwar noch nie gemacht, aber wenn man mir sagt, wie es geht, werde ich sicherlich dazu in der Lage sein«, erklärte Tante Ida, und Cecily und ich sagten, wir seien beide sehr gute Ruderinnen.

Dann wurden wir allerdings schwer enttäuscht, als der Mann vom Bootshaus uns mitteilte, daß er noch keine Boote vermiete, weil noch immer Eis in der Donau treibe. Das Boot draußen auf dem Fluß gehörte einem Mann, der für ihn arbeitete. Jetzt plapperten wieder alle durcheinander, aber dann sprach die Gräfin auf den Mann ein und hatte ihn bald überredet. Wir mußten mehrere Papiere unterschreiben, und die Gräfin zahlte einen großzügig bemessenen Preis, und unsere Taschen und Parasols ließen wir in dem kleinen Büro. Sabina wollte ihren Schirm mitnehmen, weil es ziemlich sonnig war, aber die Gräfin sagte, dadurch würde es im Boot nur noch enger werden.

Der Bootsmann brachte uns ein kleines grünes Boot, in dem wir alle gleich darauf sicher saßen – Sabina und die Gräfin hinten, Cecily und ich rudernd in der Mitte und Tante Ida vorne wie auf dem Ausguck.

»Ach, das ist wirklich aufregend!« rief Tante Ida. Der Bootsmann sagte uns, wir sollten auf Eisbrocken achten und in einer Stunde zurück sein, weil es dann noch hell wäre. Bald hatte jede von uns eine bequeme Sitzhaltung gefunden, nur Tante Ida nicht, die nie zuvor in einem Boot gewesen war und die wir bitten mußten, sich nicht so ruckartig zu bewegen, weil wir sonst kentern könnten. Von da an saß sie so mucksmäuschenstill, daß die Gräfin zu ihr sagte, sie solle sich nicht so anspannen, sonst würde sie ja wie ein Masttopp aussehen!

Cecily und ich ruderten das Boot mühelos zur Flußmitte, wo die Strömung viel stärker war als in Ufernähe und wir ziemlich schnell flußabwärts getrieben wurden. Nach einigen Minuten meinte die Gräfin, wir sollten versuchen, wieder näher ans Ufer zu kommen, weil die Strömung dort schwächer sei und wir nicht so weit flußabwärts fahren sollten, um die Rückkehr nicht zu erschweren.

»Wißt ihr, es ist schon vorgekommen«, sagte sie, »daß die Strömung richtig tückisch wurde und wir gezwungen waren, ans Ufer zu gehen und jemanden zu suchen, der uns in die Stadt zurückbrachte.«

Als ich das hörte, sagte ich zu Cecily, ich würde jetzt lieber umkehren. Es erstaunte mich, daß Cecily nichts dagegen einzuwenden hatte, und ich dachte mir, daß sie wohl selbst ziemlich erschrocken war, wie weit wir uns schon vom Bootshaus entfernt hatten. Zuerst steuerten wir das Boot quer durch die Strömung aufs Ufer zu, und als wir schon ziemlich nahe waren, drehten wir mit einiger Anstrengung um, wobei die Gräfin Anweisung gab, wer rückwärts und wer vorwärts rudern sollte. Dabei wären wir fast ans Ufer gestoßen.

Wir ruderten wie wild, obwohl die Strömung in Ufernähe viel schwächer war. Die Gräfin und Sabina führten hinten im Boot ihr Gespräch fort, und Tante Ida sah geradeaus, während Cecily und ich einfach die Anstrengung genossen, die es uns kostete, die Ruderblätter gegen die Strömung zu ziehen. Nur kurze Zeit darauf – jedenfalls erschien es mir so – bot Sabina mir an, die Plätze zu tauschen, und ich stimmte bereitwillig zu. Beim Bootfahren gefiel es mir immer am besten, mich zurückzulehnen, den Kopf auf den Bootsrand zu legen und mein gekräuseltes Spiegelbild im Wasser zu betrachten. Die Gräfin bestand darauf, daß wir das Boot fast ganz ans Ufer steuerten, weil sie befürchtete, daß der Platzwechsel nicht ohne Malheur abgehen würde. Wir befolgten ihren Rat, und bald darauf konnte ich es mir hinten neben der Gräfin bequem machen, während Sabina und Cecily, die wirklich unermüdlich war, in der Mitte ruderten.

Wir hatten noch nicht viel von unserem Rückweg zurückgelegt, da trieb plötzlich ein sehr großes Stück Eis an uns vorbei. Sabina gab sich alle Mühe, aber ich sah, daß wir uns kaum vorwärts bewegten. Als die Gräfin fragte, ob sie sie ablösen sollte, sagte Sabina nein. Alles war vollkommen in Ordnung, bis wir merkten, daß Wind aufkam und Wolken die Sonne bedeckten.

»Könnt ihr nicht schneller rudern?« fragte die Gräfin besorgt. »Es wird bald dunkel.«

Sabina, die schon ganz außer Atem war, strengte sich noch mehr an, und Cecilys Gesicht war ziemlich rot, doch sie wollte nicht aufhören. Aber kurz darauf begann sich das Boot zu drehen. Ich hatte die Augen geschlossen und spürte plötzlich einen Ruck. Sabina rief: »Ohhh!« Cecily schrie auf, und da trieb Sabinas Ruder nicht weit vom hinteren Teil des Bootes entfernt auf dem Wasser. Cecily versuchte das Boot auf Sabinas Ruder zuzusteuern.

»Wir sind mit irgend etwas zusammengestoßen«, sagte die Gräfin beunruhigt, aber Sabina lehnte sich ganz weit über den Bootsrand und versuchte ihr Ruder zu packen. Gerade als sie ihre Finger danach ausstreckte, entfuhr ihr ein Schrei, und sie fiel nach vorn, als wollte sie etwas im Wasser ergreifen. Ihr Gesicht war nur wenige Zentimeter von der Wasseroberfläche entfernt, wodurch das Boot in eine gefährliche Schieflage geriet, was die Gräfin sofort bemerkte und sich, mich mitziehend, rasch auf die andere Seite warf, während sie gleichzeitig Sabina befahl, das Ding im Wasser sofort loszulassen und sich wieder hinzusetzen. Cecily und Ida versuchten verzweifelt, sie am Rock hineinzuziehen, was ihnen schließlich auch gelang. Aber Sabinas Gesicht war leichenblaß. Sie saß da und starrte uns mit weit aufgerissenem Mund an, aus dem jedoch kein einziger Laut kam.

»Was ist denn?« fragte Tante Ida, entsetzt über Sabinas Aussehen. Dann warf sie selbst einen Blick ins Wasser, schrie: »O mein Gott!« und stand auf. Sofort brüllte Cecily: »Hinsetzen!« Wieder legte sich das Boot schief, so daß die Gräfin und ich beinahe über Bord fielen, und in diesem Moment sah ich es. Dort, wo eigentlich mein Spiegelbild hätte sein sollen, trieb das Gesicht einer Frau mit langem blondem Haar und weit offenen, starren Augen.

Ich kreischte auf. Sofort erhob sich Tante Ida, wieder von ihrem Platz. Cecily beugte sich vor, um sie wieder hinunterzuziehen, verlor dabei das Gleichgewicht und fiel, Ida mit sich reißend, auf Sabina. Tante Ida stürzte über die beiden hinweg ins Wasser, und dann kippte das Boot um, und wir waren alle im Wasser und keuchten und husteten, und die Unterseite des Bootes schwamm obenauf, und die eiskalte Strömung trieb uns weiter. »O Gott, o Gott!« rief Tante Ida, nach Luft schnappend, und Sabina, die sich von ihrem Schreck zu erholen begann, rief uns zu, wir sollten uns alle am Boot festhalten und nur ja nicht loslassen. Und dann befahl sie uns zu schwimmen, aber unsere Röcke waren so schwer, daß ich wirklich nicht wußte, wie ich schwimmen sollte, aber sie schrie immer weiter, wir müßten uns festhalten und versuchen, ans Ufer zu kommen.

Das Wasser war sehr kalt, und ich hatte fürchterliche Angst. Ich fühlte, wie schwer mein Rock und mein Unterrock waren, und außerdem spürte ich, daß mich etwas unter Wasser zog. Ich merkte, daß ich immer weiter sank, und gleich darauf war mein Gesicht der toten Frau so nah, daß meine Lippen sie berührten. Da hatte ich keine Angst mehr, mir wurde ganz warm, und dann fühlte ich den Arm der Gräfin, der sich mit erstaunlicher Kraft unter den meinen schob und mich hinaufzog, während sie mich anschrie: »Du mußt dich festhalten! Mein Gott, halt dich doch fest!« Sie brüllte: »*Hilfe! Hilfe! So helf' uns doch einer!*« Aber für uns dauerte es eine Ewigkeit, bis endlich ein paar Fischer um uns waren und uns in ihr Boot zogen.

Einer der Männer hatte seine Kleider ausgezogen und war ins Wasser gesprungen, um uns zu helfen. Ich sah, daß er fast nackt war, denn er stand gleich neben uns auf dem Deck. Inzwischen hatte sich dichter Nebel ausgebreitet, und wir klapperten mit den Zähnen. Die Fischer führten uns hinunter, sagten, wir müßten die nassen Kleider ausziehen, gaben uns Männerkleider und bestanden darauf, daß wir sie anzogen.

Einige Zeit später gingen wir wieder an Deck. Die Männer hatten die Leiche inzwischen gefunden. Sie standen mit Laternen da. Sie hatten unser Ruderboot umgedreht; darunter hatte sich die gefrorene Leiche verfangen, die Sabina und Ida und ich gesehen hatten, und als ich sie so im Wasser liegen sah, als ich mich im Licht der Laternen über die Kante des Fischerboots lehnte, blieb mir das Herz stehen, und ich dachte, ich würde nie mehr atmen. Als die Gräfin das starre Gesicht im Wasser betrachtete, ergriff sie ein Schauder, und sie sah aus, als würde sie ohnmächtig werden. Sabina näherte sich der Leiche wie in Trance, als wollte sie sie berühren, und mußte von einem der Fischer zurückgehalten werden. Cecily war bleich und schweigsam und starrte genau wie ich. Das steifgefrorene Gesicht gleich unterhalb der Wasseroberfläche war der grauenhafteste Anblick, den ich jemals erlebt hatte. In diesem Moment schien es, als wäre das Wasser ein Spiegel, auf dessen Oberfläche sich mein eigenes Gesicht zeigte, so als wäre mein Gesicht das der toten Frau, die gleich darunter still und kalt trieb. Tante Ida weinte; Sabina hatte sich wieder aufs Deck gesetzt und hielt ihre Hände. Ich weiß nicht, was dann passierte. Plötzlich waren Polizisten da, und ich erinnere mich daran, daß die Gräfin hinter mir das Boot verließ, was bedeutet, daß ich die erste gewesen sein muß, und daß sie eine Hose und ein Männerhemd und eine Mütze trug, Cecily genauso, die gleich hinter ihr kam und das Haar unter einer Mütze versteckt hatte, und Sabina auch – sie trug einen langen Mantel und hatte sich eine Wollmütze über die Ohren gezogen, und dann Tante Ida, als stünden alle unter Schock und hätten sich verwandelt und wären fast nicht mehr wirklich.

Es war eines von den Ereignissen, die man durchlebt, und hinterher sitzt man im Salon, es gibt Tee und Gebäck, und man trägt wieder seine eigenen Kleider und denkt sich, das alles kann ich doch nicht wirklich erlebt haben. Das kann doch unmöglich wirklich passiert sein. Man kann doch nicht fast im Fluß ertrunken sein, wobei in Reichweite eine tote Frau neben einem trieb, eine tote Frau, die das Gesicht von einem selbst hatte, und dann zog einen ein halbnackter Mann durch die Strömung und eine Leiter hinauf, und man fror und war ganz ausgekühlt und voller Angst, und dann war einem wieder warm, und man sah in den Spiegel und war wie ein Mann angezogen – als wäre das Ganze ein Traum und man wüßte nicht, ob das nun wirklich geschah oder ob es überhaupt geschah.

Erst später, viel später verändert sich alles. Wenn die Sache mit der Erinnerung verschmilzt, verschmilzt sie offenbar ebensosehr mit dem Vergessen, und alles wird viel *schöner*, darstellbarer, so daß ich, als ich mit Mama und Papa sprach, sagte, es sei alles ganz fürchterlich gewesen, aber irgendwie stimmte das gar nicht. Plötzlich sagte meine Stimme: »Ach, es war so ein schöner Nachmittag, und wir unternahmen eine wunderbare Ruderpartie auf dem Fluß, und dann passierte diese schreckliche Sache.« Das war alles, was ich sagte, sagen konnte, und die Worte »passierte diese schreckliche Sache« waren gar keine Worte, sondern einfach nur Laute, denn sie gaben vor, das Ereignis zu beschreiben, besagten aber gar nichts, nicht das geringste über mein eigenes Gesicht, das tot und steifgefroren im Wasser gelegen hatte.

11

Die einzige Information, die der Inspektor für glaubwürdig hielt, war die Mitteilung, es habe unten am Fluß beinahe einen Unfall gegeben, und irgendeine Leiche sei gefunden worden. Er war so schnell wie möglich an den Ort des Geschehens geeilt und sah, als er dort anlangte, daß sich bereits eine kleine Menschenansammlung gebildet hatte. Er schritt noch schneller aus und lief ans Ufer.

Als er dort ankam, traf er auf einen bleichen Mann, der sich schreiend vornüberbeugte, und erkannte zu seinem Erstaunen, daß es sich um den sonst so selbstbeherrschten Kriminalkommissär Voll handelte, der immer wieder brüllte: »Die haben eine Leiche im Fluß gefunden!«

Als der Inspektor sich umdrehte, sah er ein dickes Seil und einen Haken, der zur Ausnutzung der Hebelkraft um einen Balken gelegt worden war, und daran die aus dem Fluß gezogene, im Licht wie ein riesiger silbriger Fisch leuchtende Leiche, eine eisbedeckte Frauenleiche, die im Schein der Laternen schwankte und kreiste. Das Haar war lang und blond und klebte am Körper wie Tang. Als er näher kam, fühlte er den Nachmittagskaffee und das Gebäck in der Brust hochsteigen und wurde von einem brennenden Schmerz erfaßt. Er betrachtete das gefrorene, von der Kälte konservierte Gesicht, das ihm schrecklich lebendig erschien. Er überlegte, ob sie wohl noch gelebt hatte, als man sie in den Fluß warf, so natürlich fand er ihren Gesichtsausdruck. Das Wasser hatte ihr Kleid gesteift und die Kette am Hals festgefroren, so daß sie aussah, als wäre sie mitten in einer Bewegung angehalten worden, die Augen offen, als würde sie, sobald das Eis geschmolzen war, losgehen und sich auf eine Tasse Tee in den Demel setzen. Die Kombination von unheimlicher Lebensähnlichkeit und Morbidität in der Gestalt ließ den Inspektor erschaudern.

»A jeda, der wos so wos siecht, find's grauslig«, sagte der Mann mit dem Haken und der Winde zum Inspektor.

»Wer hat sie gefunden?« fauchte der Inspektor Voll an. Seine Stimme klang sonderbar metallisch. Sein Gehör funktionierte plötzlich nicht mehr richtig. Während Voll sprach, hörte er ständig ein Echo im Kopf, als stünde er in einer Höhle.

»Ein paar Frauen in einem Ruderboot, das kenterte und von einem Fischerboot aufgenommen wurde. Man hat sie nach Haus geschickt... Nur Schock... keine Verletzungen...« Er hörte es nur sehr schwach, während er die Leiche betrachtete.

»Wer ist diese Frau?« fragte er leise. »Wissen wir das?« Eine kurze Zeitlang herrschte Schweigen. Dann sagte Voll: »Die Schneiderin. Madame Pacquin.« Er wandte sich ab.

»Geben Sie mir eine Fackel«, sagte der Inspektor und streckte einen Arm aus, während er den gefrorenen Kopf betastete. Er hielt die brennende Fackel über das Haar, so daß das Eis in dicken Brocken wegschmolz. »Sie muß an einer seichten Stelle unmittelbar unter der Wasseroberfläche gelegen haben«, erklärte er. »Weiter draußen fließt das Wasser zu schnell, um gefrieren zu können.« Die anderen sahen zu, wie er mit der Hand durch das gefrorene Haar strich und es vorsichtig vom Kopf hob.

»Es handelt sich zweifelsohne um Madame Pacquin«, sagte Voll. »Und zweifelsohne um Selbstmord.« Er hielt einige

Schmuckstücke in die Höhe. »Das da haben wir gefunden. Und in ihren Taschen waren große Steine, damit sie untergehen würde.«

Der Inspektor ignorierte ihn und beugte sich hinunter, um die Leiche näher zu untersuchen. Nach einiger Zeit richtete er sich wieder auf.

»Es war kein Suizid«, sagte er.

»Bei allem Respekt, Herr Inspektor«, erwiderte Voll gereizt, »halten Sie es wirklich für normal, daß eine Frau sich Steine in die Taschen steckt?«

Der Inspektor sah ihn an. »*Sie* hat sie sich ja auch nicht hineingesteckt. Im unteren Nackenbereich befindet sich ein kleines, deutlich fühlbares Einschußloch. Sie ist ermordet worden.«

12

Es stimmt, daß ich in den folgenden Tagen weder essen noch trinken konnte. Ich ging umher wie im Fieber. Wenn jemand etwas sagte, wandte ich den Blick ab. Lange Stunden lag ich allein in meinem Zimmer und weinte. Timothy bestand darauf, einen Arzt kommen zu lassen. Ich weigerte mich. Ich hatte nur diese eine Leiche im Fluß gesehen. Aber danach sah ich in den Träumen vieler Nächte Hunderte von Leichen. Wenn das Eis brach, trieben sie wie tote Fische in einem trägen Bach ans Ufer. Schreiend erwachte ich.

Cecily trat an mein Bett und fragte, was denn los sei, aber ich stieß sie zu meinem eigenen Erstaunen weg, so daß wir beide überrascht waren, welche Kraft ich noch besaß – ich öffnete die Tür unseres Zimmers und schob sie hinaus. Dann sperrte ich ab und sprach mit niemandem mehr. Ich wollte schlafen, nur schlafen, aber nie wieder träumen. Ich war im Innersten getroffen.

Einmal hörte ich, daß draußen vor der Tür geflüstert wurde.

»Es hängt mit diesem Schrecklichen zusammen, das sie mit ansehen mußte«, sagte Mama schluchzend. Die Gräfin bat mich freundlich, die Tür zu öffnen. Ich konnte mich nicht bewegen. Nicht einmal Tante Ida zuliebe.

Ich weiß nicht, wieviel Zeit vergangen war, auf jeden Fall wachte ich auf und sah auf dem Bett gegenüber Mama und einen Arzt sitzen. Mama war ganz ruhig und gab mir Tee.

Ich fühlte mich viel besser und wußte, daß ich mich ziemlich schlecht benommen hatte.

Einige Zeit später ging ich die Treppe hinunter und wagte mich ins Wohnzimmer. Dort saß der Inspektor, er hatte auf mich gewartet. Als ich ihn sah, spürte ich, daß ich ohnmächtig werden würde. In diesem Moment fürchtete ich mehr denn je, er könnte mich zum Reden bringen.

13

Mehrere Tage vergingen. Keiner sprach mehr davon, und bald merkte ich, daß ich mich gar nicht mehr recht daran erinnern konnte. Nur an Sonnenlicht auf dem Wasser und daß das Boot gekentert war. Außerdem sah ich die Gräfin mit einem Männermantel, einen Männerhut auf dem Kopf, über den Steg gehen. Alles andere vergaß ich. Soweit ich wußte, hatte ich nichts gesehen. Ich vergaß das Gesicht der Frau und irgendwie natürlich auch mein eigenes. Wenn ich jetzt daran denke, finde ich es sehr merkwürdig, daß etwas so Eindrucksvolles und Erschreckendes einfach vergessen ist, als wäre es niemals geschehen.

14

Der Inspektor drehte sich, die Hand an der Pistole, mit einem Ruck um. Er hatte auf der Straße hinter sich wieder einmal Schritte gehört und gesehen, wie sich etwas im Schatten bewegte. Wurde er wirklich verfolgt, oder waren es die Schritte des Unsichtbaren, der ihm nachstellte? In Nächten wie dieser konnten die Schritte seiner Ängste sehr laut sein. Er drehte sich noch einmal um. Manchmal hörte er Schritte. Die Schritte waren nicht so arg. Das Ärgste war, wenn er Flügelschlagen hörte, wenn große schwarze Schwingen sein Haar streiften.

15

Sabina hatte schließlich eingewilligt, Olga, die Frau, die Carl seine Großmutter nannte, auf einem ihrer Spaziergänge durch die Innenstadt zu begleiten. Sabina wußte, daß die alte Frau kräftig war, aber sie wußte nicht, wie lange sie dieses Tempo durchhalten würde. Sie waren früh aufgebrochen und rasch losgegangen und eilten nun schon einige Zeit durch die gewundenen Gassen und Straßen. Die Sonne stand jetzt höher, und Sabina war trotz ihrer Müdigkeit fröhlich. Die alte Frau hatte einen wunderbaren Humor und schien heute in völlig anderer Stimmung zu sein als bei ihrer letzten Begegnung.

Sie hatten gerade den neunten Bezirk betreten und waren in eine kleine, enge Gasse eingebogen, als die alte Frau plötzlich stehenblieb, blaß wurde und sich zitternd an eine Hauswand lehnte. »Was ist Ihnen denn?« fragte Sabina. Die alte Frau gab keine Antwort, sondern deutete auf eine Haustür – Nummer 32. »Da«, sagte sie, »da hab' ich's gesehn.«

Es dauerte einige Minuten, bis Sabina die alte Frau dazu bringen konnte, ihr von einem Vorfall zu erzählen, deren Zeugin sie viele Jahre zuvor geworden war. Sie war an dieser Stelle offenbar einer Frau begegnet, die, außer sich vor Wut, ihr Baby schlug und dabei immer wieder schrie: »A Mäderl hab' ich wollen!« Schließlich mußte man sie von dem Kind trennen und rief die Polizei. Die alte Frau erzählte so lebendig, daß es Sabina kalt den Rücken hinablief.

Gleich darauf sah Sabina erleichtert eine Querstraße weiter ein Kaffeehaus, das sie kannte, den Schwartzpanierhof, und überredete Olga, auf eine Tasse Kaffee mit ihr hineinzugehen.

Im Kaffeehaus bemerkte Sabina, daß die alte Frau sehr schwach wurde. Besorgt versuchte sie Olga zu überreden, etwas zu essen, aber sie wollte nicht. Sie sagte nur leise, sie müsse heimgehen. Sabina stand sofort auf und bat den Ober, einen Fiaker zu holen. Während sie warteten, sprach die alte Frau nur sehr wenig. Im Fiaker saß sie schweigend, mit verzerrtem Gesicht in der Ecke. Sabina wußte, daß ihr hier, in Wien selbst, der rote Himmel erschienen war, von dem sie an dem Wochenende auf dem Land gesprochen hatte.

»Es ist hier, nicht wahr?« fragte Sabina. »Das Feuer, das Sie gesehen haben, ist hier in Wien.«

Die alte Frau antwortete matt: »Es ist hier. In Rußland. Überall. Ich suche nach einem sicheren Ort für dich, irgendwo, ich werde versuchen, einen zu finden.« Dann legte sie den Kopf in die Hände. Sabina wußte nicht, was sie zu diesem hoffnungslosen Thema sagen sollte. Wie immer dieser Alptraum aussehen mochte, weit mehr beunruhigte Sabina, daß die alte Frau keinen Ausweg daraus sehen konnte... Irgendein entsetzliches Ereignis in Wien, ja ein Schrecknis, das hier seinen Ausgang nahm – aber eines, das auf die ganze Welt übergriff? Was für ein Pogrom war das – ein Pogrom der ganzen Menschheit – eine Verbannung aus der Welt?

16
SABINAS TRAUM

Am Morgen führte sie den Traum auf ihre Erschöpfung zurück. Aber er quälte sie weiter.

Im Traum ging sie durch eine lange, enge Gasse. Sie kam zu einem Haus, über dessen Tür in einem Fenster die Nummer 32 leuchtete. Sie bekam Angst und ging rasch weiter zu dem Laden an der Ecke.

Sie betrat den Laden und spürte, daß ihr ganzer Körper steif wurde.

Da, keinen Meter von ihr, stand eine scheußliche Frau in einem langen grauen Rock und einer Art Dreispitz vor einem Kinderwagen. Sabina hatte eine dunkle Vorahnung, wie sie noch nie eine so stark empfunden hatte. Was war mit dieser Frau und dem Kinderwagen? Welch sonderbares Omen war das? Sabina versuchte an der Frau vorbeizugehen, in den Teil des Ladens, wo in Körben Obst lag, aber die Frau machte plötzlich einen Schritt zurück und drehte sich mit wildem Blick um, als wäre

Sabina ihr in den Weg getreten. Das Kind, das sie hielt, trug ein langes weißes Taufkleid und ein Taufkäppchen und schrie. Sein Gesicht war ganz rot und verzerrt, der Kopf mißgestaltet. In den Sekunden, die dabei verstrichen, hob Sabina auch den Blick zu der schwarzbehüteten Gestalt. Auch sie war sehr häßlich, die häßlichste Frau, die Sabina je gesehen hatte. Ihr Gesicht war riesengroß und knollig und voller Falten. Sie grinste Sabina höhnisch an.

Wutentbrannt und verächtlich schrie die Frau: »Gib Obacht, wos'd hingehst, dalkerte Gans!« Sie knurrte wie ein Tier. Sabinas Gesicht wurde ganz naß von ihrem Speichel. Als Sabina zurücktrat, schrie die Frau weiter: »Weg da, aus'm Weg!« In diesem Augenblick hob das Kind seine Hand zur Oberlippe der Frau, wo ein großer Furunkel saß, und schlug auf den Schorf, so daß der Eiter herausströmte und der Frau übers Kinn lief. Sabina stieß einen leisen Schrei, ein »Uhh!« aus. In ihrer Miene spiegelte sich der Ekel, den sie empfand, und sie drehte sich weg, wie um den Stangensellerie und die Karotten auf der anderen Seite des Gangs zu verdecken, während die Frau das Baby unter ständigem Schlagen und Schreien in seinem weißen Kleidchen herumschob. Sie schlug das lange Ende des Kleidchens nach oben und über die winzigen Händchen und band sie fest. Das Kind schrie. In ihrer Wut nahm die Frau dem Baby das Mützchen vom Kopf und stopfte es ihm in den Mund, erstickte es, wobei sie ununterbrochen brüllte und das Kind mit einem Stock schlug.

»A Mäderl hab' ich wollen, a Mäderl, a Mäderl!« schrie sie immer wieder. Da eilte ein Mann herbei, ein Arzt, und packte den Stock. Er hatte blaue Augen wie Carl und einen schwarzen Bart wie Freud. Er kämpfte mit der Frau, aber sie stieß ihn zu Boden und begann das Kind mit einem langen Stock von neuem zu schlagen. »A Mäderl hab' ich wollen! A Mäderl hab' ich wollen!« Dann ging Sabina auf sie zu, und die Frau schlug auch auf sie schreiend ein.

Jetzt verwandelte sich der Arzt in einen Gendarmen. Er hatte einen Bleistift und einen Notizblock und verhörte die Frau. »Haben Sie daheim noch weitere Kinder?«

Die Frau, plötzlich ganz gefügig, nickte.

»Auch Töchter?«

Die Frau nickte.

»No, was is' denn dann an dem da so schlimm? Is' doch ganz gleich, ob der da a Bub oder a Mäderl is'.«

»Is' doch ganz gleich, ob der da a Bub oder a Mäderl is'!« schrie der Polizist, und Sabina wachte auf.*

17

Stekal hatte dem Inspektor unter einem Vorwand vorgeschlagen, ihn wegen der späten Stunde zu seiner Unterkunft zu begleiten. Stekal war ein loyaler Polizist. Man hatte ihn dem Inspektor zugeteilt; er würde ihn beschützen. Davon hing das

---

* Es stellt sich die Frage, ob dies eine Erinnerung beziehungsweise Vision Olgas war oder nicht und ob wir es hier mit einer Prophezeiung oder mit dem reinen Zufall zu tun haben. Es ist nämlich verbürgt, daß Hitlers Mutter in Wien Ärzte aufsuchte. Hitler wurde 1889 geboren. Ob die Möglichkeit besteht, daß Olga diese Frau tatsächlich gesehen hat, weiß ich nicht, halte aber einen solchen Zufall für unwahrscheinlich. Sabinas Traum wirkt wie eine Neuinszenierung des Vorfalls, den Olga ihr geschildert hatte. Der Hinweis, sie besitze die gleichen »psychischen« Kräfte wie die alte Frau, hatte Sabina wohl sehr bestürzt; dennoch könnte sie sich auf sehr komplexe Weise mit ihr identifiziert haben. Aber was immer Olga nun mit angesehen hatte – Sabinas Traum wirft eine wichtige Frage auf.

Es gibt Menschen, die es als ein Scheinproblem – wenn nicht sogar als eine triviale Angelegenheit – betrachten, die Schrecken des Dritten Reichs schlicht auf eine Transformation in einer Zygote zu reduzieren. Selbstverständlich wäre Hitler, so er als weibliches Kind zur Welt gekommen wäre, nicht zum Führer der Nazipartei aufgestiegen. Leider bedeutet das jedoch weder, daß es dann überhaupt keine Nazipartei gegeben hätte, noch daß es dann kein Drittes Reich gegeben hätte. Die Tatsache, daß es Frauen gab, die an den Gasöfen in den Konzentrationslagern sozusagen ihren Mann standen, bleibt davon unberührt. Bestimmte Feministinnen sind anderer Meinung als ich; sie glauben, genau das hätten diese Frauen getan: »ihren Mann gestanden«, d. h. männliche Werte und Einstellungen internalisiert. Ich muß gestehen, daß ich dies weder als ein Scheinproblem noch als trivial empfinde, sondern die ganze Sache für höchst beunruhigend erachte. Die Frage des Geschlechts und der Geschichte erlaubt, wie Sie, liebe Leserin, lieber Leser, wohl wissen, keine einfachen Antworten. Denn Sie selbst werden sicherlich bereits Urteile gefällt und Vermutungen angestellt haben bezüglich *meines* Tonfalls, *meines* Wissens, *meines* Stils, und diese Urteile haben Ihnen mein Geschlecht bereits definiert – mein Geschlecht, von dem auch meine Autorität abhängt, nicht wahr?

Wohlergehen der Stadt Wien ab. Aber der Inspektor war schwierig, er wollte keinen Schutz. Er glaubt, er ist unbesiegbar, dachte sich Stekal. Aber Stekal hatte Schritte vernommen, er hatte Gestalten verschwinden sehen, und einmal hatte er sogar einen Schuß gehört. Das war keine eingebildete Bedrohung. Der Mörder war dem Inspektor auf den Fersen.

Als sie vor der Pension angelangt waren, sagte Stekal: »Vielleicht geh' ich besser noch mit hinauf, Herr Inspektor?«

»Was?« sagte der Inspektor. »In mein Zimmer hinauf? Glauben Sie, ich brauche ein Kindermädchen?«

»Da ist jemand, Herr Inspektor – das haben Sie doch bestimmt auch gehört!« Er sah sich um. »Jemand folgt uns, Herr Inspektor!«

»Ich habe es gehört.«

»Und was, wenn der in Ihrem Zimmer auf Sie wartet? Wenn der Sie erwischt, erwischt er mich auch.«

»Aber jetzt ist nichts mehr zu hören«, sagte der Inspektor. »Zu meinem Zimmer hat niemand Zutritt, Stekal, nicht einmal die Wirtin selbst.« Er zog den Schlüssel aus der Tasche. »Sehen Sie, ich bin der einzige, der einen Schlüssel hat.« Stekal trat nervös von einem Bein aufs andere.

»Gehen Sie heim und legen Sie sich schlafen«, sagte der Inspektor. »Ich werde es schon merken, wenn er herumschleicht.« Er klopfte sich an die Hüfte. »Bewaffnet bin ich auch. Außerdem habe ich ja den Hund. Der wartet dort drin auf mich.« Der Inspektor nickte Stekal zu. Stekal ging.

Als der Inspektor die Treppe emporstieg, knarzten die Stufen, aber anders als sonst, wenn er spät zurückkehrte, stellte sich ihm die Wirtin nicht schimpfend entgegen. Er lauschte an seiner Tür. Irgend etwas stimmte nicht. Normalerweise war der Hund sofort an der Tür, bellte und kratzte. Der Inspektor drehte den Schlüssel leise im Schloß, drückte sich an die Wand und ließ die Tür langsam aufschwingen. Nichts. Er schlich hinein, sprang aber sofort wieder in den Gang zurück. Sein Herz raste.

Kein Laut. Kein Laut von dem Hündchen. Langsam, die Hand an der Waffe, griff er um den Türstock und knipste die Lampe an. Nichts rührte sich. Alles war ganz still. Dann fiel sein Blick aufs Bett. Leintuch und Decke waren blutrot. Genau an der Stelle, wo der schwarze Hund Trost gesucht hatte, dort, wo der Inspektor jede Nacht schlief.

»O Gott!« sagte er, ohne einen klaren Gedanken zu fassen, und lief ins Zimmer. Das Tier war tot.

Er hämmerte an die Tür der Wirtin. Zu seiner Erleichterung erschien sie endlich, laut über die nächtliche Störung schimpfend. »Mein Hund ist tot«, sagte er. »Erschossen. Es ist wichtig. Haben Sie den Schuß gehört?«

18

Die Gräfin hatte Sabina gebeten, sich mit Mrs. Wharton und ihr in einem Kaffeehaus zu treffen. Die Gräfin empfand Mrs. Wharton als zwar anstrengende, aber auch anregende Gesellschaft. Die Frau kannte sich so unglaublich gut in der Architekturgeschichte aus; sie hatten sich den ganzen Vormittag über die Häuser von Adolf Loos und Wagner sowie deren Pläne für zukünftige Bauten angesehen. Was die Architektur betraf, dachte die Gräfin, hatte sie einen erstaunlich avantgardistischen Geschmack.

Trotzdem war sie erleichtert, als Sabina das Kaffeehaus betrat; doch dann sah sie ihren Gesichtsausdruck.

»Aber Sabina, was ist denn geschehen?« fragte die Gräfin. »Sie sehen aus, als wäre Ihnen ein Gespenst begegnet.«

Zuerst sagte Sabina gar nichts; dann erzählte sie den beiden Frauen von Olgas Prophezeiung.

»Ich bitte Sie«, sagte die Gräfin, »Sie können doch nicht im Ernst alten Frauen glauben, die Weissagungen von sich geben! Ich finde das entsetzlich. Wenn man den freien Willen aus dem Leben beseitigt, beseitigt man das Leben selbst. Ich muß ehrlich sagen, ich bin sehr erstaunt«, ließ sie Sabina verärgert wissen, »daß Sie einen solchen Unsinn unterstützen.«

»Normalerweise... würde ich so etwas... ja niemals glauben«, murmelte Sabina. »Sie hat gesagt, daß es sich vielleicht verhindern läßt, aber sie war nicht sicher... Und dann hatte ich diesen Traum.« Sabina zitterte.

»Sie sind ja ganz durcheinander«, sagte Mrs. Wharton. »Ich muß gestehen, daß es hin und wieder ziemlich schwierig ist, in Wien zu sein. In gewisser Hinsicht ist es einfach zu aufregend!«

»Wie meinen Sie das?« fragte Sabina.

»Nun«, sagte Mrs. Wharton und warf der Gräfin einen Blick zu, »dieses viele Walzertanzen, die vielen Bälle, die Secessionisten-Kunst überall, all die vielen *Individuen*, die mit Macht dafürhalten, es gebe gar keine Individuen – das alles ist, nun, ziemlich widersprüchlich, und dann auch noch diese Tischgespräche! In Paris ist es ja schon schlimm genug, aber hier... Menschen wie Kraus... Man bekommt allmählich den Eindruck, daß hier überhaupt niemand an irgend etwas glaubt.«

»Schnitzler hatte recht«, sagte die Gräfin. »Was hat er damals gleich gesagt? Daß wir in einer Zeit leben, in der niemand an irgend etwas glaubt, nicht einmal an sich selbst, und daß die Leute damit völlig recht hätten.«

»Aber das geht doch nicht«, warf Mrs. Wharton zunehmend gereizt ein, »das sind doch nur Spitzfindigkeiten! Selbstverständlich glauben die Menschen an etwas. Selbst das Nichts ist etwas, an das man glauben kann. Ich halte dieses ständige Zweifeln an der Sprache für eine sehr gefährliche Modeerscheinung. Das führt nur zum Nihilismus, und der ist immer gefährlich.«

»Ich kann Sie wirklich nicht verstehen, Sabina«, sagte die Gräfin. »Wien hat viele Probleme. Das ganze moderne Leben besteht aus Problemen. Ich bin doch die erste, die das zugibt. Aber dieses... dieses Grauen, von dem Sie da sprechen... Doch nicht hier!«

Edith Wharton betrachtete die beiden Frauen. Sie wußte nicht genau, was eigentlich vor sich ging. Sabina war eine beeindruckende junge Frau. Und die Gräfin, dachte sie, war noch nicht sehr vertraut mit der Hoffnung, die sie seit kurzem empfand, und würde sie bis zum letzten verteidigen. Was sie selbst betraf, so wußte Edith Wharton nicht recht. Natürlich hegte sie Hoffnung auf eine bessere Zukunft für sich selbst und die ganze Menschheit. Aber man konnte nicht hoffen, davon war sie überzeugt, ohne gleichzeitig einen ausgeprägten Sinn für das Individuelle zu haben, für die Persönlichkeit, für diese grundlegende Erfahrung, die sie in ihrem Leben machte und die Morton Fullerton ihr eröffnet hatte. Irgend etwas hatte einen Schatten auf das funkelnde Licht Wiens geworfen, doch sie wußte nicht genau, was. Das Gerede über die Juden verstand sie nicht. Sie fand, daß man sich da viel zu sehr hineinsteigerte. Aber irgend etwas lag in der Luft, das war klar. Ein Angriff auf das Ich, ein Angriff auf das Individuum, der hier seinen Ausgang nehmen und die Stimme des einzelnen vernichten konnte. Doch je mehr sie darüber nachdachte, um so unwahrscheinlicher erschien es ihr. Nicht hier und auch nicht in Paris, unmöglich konnte so etwas in solchen Stätten der Belesenheit und Gelehrsamkeit entstehen.

»Meine Liebe«, sagte sie zu Sabina, »es gibt hier viel zu viele hochgelehrte Persönlichkeiten, *kultivierte* Menschen, als daß etwas so sehr entgleisen könnte, finden Sie nicht selbst? Ich meine, sehen Sie sich doch einmal um!«

Aber Sabina blickte nicht auf. Sie glaubte verrückt zu werden. Sie mußte ihren Traum vergessen und sich bemühen, an produktivere Dinge zu denken. Das alles lag nur an ihren starken Gefühlen für Carl*; sie hatte ihn noch immer nicht überwunden. Sie hatte wieder viel zuviel Emotionalität in sich zugelassen.

---

* Obwohl ich selbst den Schriften Jungs nicht wohlwollend gegenüberstehe, muß ich hervorheben, daß das vorliegende Manuskript das doch sehr ungerechte Porträt eines Mannes konstruiert, der immerhin wichtige Beiträge zum Verständnis der menschlichen Seele geliefert hat. Des weiteren muß darauf hingewiesen werden, daß Spielrein sich während ihrer Lehrzeit bei Freud in einem sehr schwierigen Konflikt zwischen den beiden Männern sah. Aldo Carotenuto stellt in seinem Buch *Tagebuch einer heimlichen Symmetrie. Sabina Spielrein zwischen Jung und Freud*, Freiburg i. B.: Kore 1986, die These auf, daß sie für Jungs Konzept des Männlichen und Weiblichen – also Animus und Anima – von größter Bedeutung war. Obwohl sie sich als Freuds Schülerin verstand, schickte sie ihre Träume an Jung, der Freuds Theorien für »hoffnungslos rationalistisch« hielt.

In einem später verfaßten, sehr interessanten Brief an Jung beschrieb Sabina ihr überwältigendes Bedürfnis, die Theorien der beiden Männer miteinander zu verbinden. Sabina schrieb an Jung: »Haben Sie den Mut, Freud in seinem ganzen Umfange zu anerkennen, selbst wenn Sie nicht mit allem bei ihm einverstanden sein sollten, selbst wenn Sie einen großen Teil Ihrer eigenen Verdienste dabei Freud zuschreiben sollten. Erst dann sind Sie vollkommen frei und erst dann sind Sie der Größere« (Brief Spielrein an Jung, vermutlich vom 27./28. Januar 1918, Carotenuto, S. 317).

Spielrein ging weiterhin bei Freud in die psychoanalytische Lehre und wurde schließlich Psychoanalytikerin. Während der Revolution von 1917 kehrte sie nach Rußland zurück in dem festen Glauben, daß die Versprechen einer »wirklichen Revolution« auch mittels der Freudschen Therapie zu erfüllen seien. Es ist strittig, ob sie im Zusammenhang mit den von Stalin angeordneten Säuberungsaktionen oder in Rostow von den Nationalsozialisten umgebracht wurde.

19

Die Methoden des Inspektors befremdeten Kriminalkommissär Voll immer mehr. Daß der Inspektor wegen seines Hundes sehr bestürzt war, konnte nicht verwundern, aber er wirkte ja geradezu verzweifelt.

»Wie ich höre«, sagte Voll, »haben Sie eine weitere Autopsie angeordnet. Ich gebe zu, daß ich mich geirrt habe. Es war kein Selbstmord, trotz des Abschiedsbriefs und der Steine. Aber da nun feststeht, daß sie erschossen wurde – was wollen Sie denn durch eine Autopsie noch herausbekommen?« Er stand in der Tür. »Das ist so ... so unlogisch. Ich muß Ihnen sagen, Inspektor, Sie machen mir den Eindruck, als würden Sie endlos nach Anhaltspunkten suchen.« Der Inspektor hob den Blick. Volls Logik war ziemlich durcheinandergeraten, das sah der Inspektor, und es befriedigte ihn. Er lächelte in sich hinein. Voll sollte nur erst seinen nächsten Schachzug entdecken!

20
DAS GROSSE PILZESSEN

Als der Inspektor bekanntgegeben hatte, daß er mit zehn der Verdächtigen eine Landpartie machen wolle, war Kriminalkommissär Voll der Mund offenstehen geblieben. Jetzt gab es keinen Zweifel mehr – der Inspektor war entschlossen, die Sache zu Ende zu bringen. Verwundert betrachtete er die Gruppe, die der Inspektor da versammelt hatte. Der Inspektor kam ins Polizeirevier und fragte, ob Voll den großen Picknickkorb gesehen habe, den er vorbereitet hatte. Er hatte sich viel Mühe gegeben, damit der Korb auch die richtigen Weine enthielt, darunter einen herrlichen Weißen, den er extra für die Landpartie gekauft hatte, sowie mehrere Sorten Käse und Brot, Valentinas Zwetschkenknödel, Almas Sachertorte und Lisettes Mohnstrudel – von seinen selbstgemachten Zuckerharfen ganz zu schweigen.

Als der Inspektor den Korb endlich aufgestöbert hatte, den irgendwer in den Schrank eines anderen Zimmers gestellt hatte, gingen alle hinaus und stiegen wieder in ihre Kutschen. Der Inspektor und die Gräfin, Mrs. Wharton, Mr. Fullerton und Mr. James saßen in der ersten und wir in der zweiten, danach kam die Familie Freud. Sabina und Carl Gustav Jung konnten nicht kommen, weil sie schon in Jungs Landhaus waren. Die Stelle, zu der er uns bringen werde, sagte der Inspektor, sei berühmt für die vielen Pilze, die dort wuchsen. Obwohl der Inspektor viele Köstlichkeiten mitgenommen hatte, wollte er, daß wir Pilze sammelten und sie mit nach Hause nahmen, um am Abend ein großes Pilzessen zu veranstalten. Es dauerte einige Zeit, bis wir an der Stelle anlangten, und als es dann soweit war, konnten wir es kaum erwarten, aus den Kutschen zu steigen und unsere Decken und Bündel aufs Gras zu legen. Denen, die nicht recht wußten, was sie eigentlich suchen sollten, zeigte der Inspektor einige Pilze, und dann brachen wir in kleinen Grüppchen auf.

Es herrschte eine sehr entspannte Atmosphäre, alle freuten sich, dabei zu sein. Über den Mord wurde gar nicht gesprochen – wir liefen einfach nur herum und sammelten Pilze. Mr. James erwies sich als ein überaus vorsichtiger Sammler; jeden Pilz brachte er zum Inspektor und fragte: »Ist dieser Pilz in Ordnung?« Das sollte heißen: Kann man den essen? Dann nickte der Inspektor, und Mr. James steckte den Pilz in seinen Beutel. Der einzige, der nie beim Inspektor nachfragte, war Dr. Freud; er sagte, mit Pilzen kenne er sich aus.

Als wir uns dann später auf unsere Decken gesetzt und den Käse aus dem Korb genommen hatten, blickte ich auf und merkte, daß dieser Ausflug wirklich etwas sehr Fröhliches hatte. Dort lehnte Mr. Fullerton in einem leuchtendweißen Anzug an einem Baum, den Strohhut keck nach hinten geschoben; Mr. James, der sich auf einen Ellbogen stützte, hatte seine langen, in braunen Tweed gehüllten Beine auf Tante Idas rosarotem Quilt ausgestreckt und den Hut abgelegt, so daß sein braunes Haar ein ganz klein wenig im Wind flatterte. Und Mrs. Wharton saß Mr. Fullerton zu Füßen in einem hellgelben Kleid, auf dem Kopf einen großen Hut mit viel Schleier und vielen blauen Rosen, der einiges Aufsehen erregt hatte. Sie streckte immer ihr Kinn nach oben, um Mr. Fullerton ansehen zu können, der in die Hocke gegangen war, und sie lachte immer wieder und schlug den Schleier zurück und hielt sich die Hand an die Stirn, um ihre Augen vor der Sonne zu beschatten.

In langen, goldenen Streifen schien die Spätvormittagssonne durch die Bäume und brach sich an Mr. Fullertons Hut, den dort, wo das Hutband sich überlappte, ein großer Messingknopf zierte. Ich konnte Mrs. Wharton in die Augen sehen, und während ich sie beobachtete, fand ich, daß sie eigentlich hübscher war, als ich immer gedacht hatte. Dieses Kinn, das so schrecklich wirkte, wenn man es direkt auf sich zukommen sah, war jetzt, nach oben auf Mr. Fullerton gerichtet, ein völlig anderes Kinn, das in einer weichen, bedächtigen Linie in ihren Hals überging wie der Flügel eines fliegenden Vogels; jenes feine Knöchelchen, das den Vogel so elegant in die Lüfte trug, war derselbe Knochen, der schonungslos fünfhundertmal in der Minute im starken Wind schlug, eine unermüdliche Formation aus Willen und Anmut. Reine Freude neigte dieses Kinn nach oben in genau die Position, die das Gewicht ungeahnter, nie gewagter Höhen zu tragen vermochte. Ich fand sie faszinierend in dem grellen Licht – Mrs. Wharton und Mr. Fullerton, der mit Abstand der bestaussehende und betörendste Mann war, den ich jemals kennengelernt hatte – und war wie gelähmt von dieser Verwandlung: daß eine Frau von so entnervender Gemütsruhe plötzlich, inmitten ihres Lachens, errötete, wenn auch nur ein kleines bißchen, und ihre Hände in die sommerlichen Falten ihres Kleids preßte vor lauter Lebensfreude und in diesem Augenblick das einzige Objekt von Mr. Fullertons entzückter Aufmerksamkeit war.

So vollkommen war das Bild, das Mr. Fullerton, das Sonnenlicht, Mr. James' Beine und Tante Idas rosarote Decke abgaben, daß ich ganz hingerissen war und sie im Kontrast zu all den umherhastenden anderen sah, die sich wie bunte Kreideskizzen, kleine blaue, rosa und rote Farbtupfer, auf diese Leinwand zu bewegten und wieder davon entfernten, in deren Mitte jemand stand, etwas Wirkliches und so Wunderbares, daß mir der Atem stockte, und ich sah, was die anderen nicht sahen – Cecily saß tief in Gedanken versunken neben Mr. James und betrachtete ein Blatt, sie hatte sich gerade umständlich auf einen Ellbogen gestützt, und die Gräfin schaute den Inspektor an –, ich erfaßte mit einem einzigen Blick, warum die Maler malten und die Komponisten Lieder schrieben und wir anderen einfach nur dasaßen und vor uns hinstarrten. Ich erkannte, daß dies der goldene, geheime, kostbare Moment war, in dem die gefühlten Dinge hinter dem Licht hervorsprangen, so daß man geblendet wurde, wenn man sie sah und doch nicht sah, sondern sie wie den Wind auf der Haut spürte, wie den Duft der Rosen in der Luft roch – diese rasche Beseelung, wenn sich die Form eines Kinns und das Gefühl in der Brust zu einem einzigen grandiosen, schwungvollen Flug vereinten.

An diesem Abend beim Essen geschah es. Die Köchin der Gräfin hatte die Pilze, die als erster Gang serviert werden sollten, nach dem Rezept des Inspektors zubereitet. Es waren sehr viele verschiedene. Nur Cecily sagte, sie finde sie ekelhaft, und wollte sie auf keinen Fall essen. Uns anderen wurden sie serviert, und dann hob die Gräfin ihr Glas, hielt es so, daß es im Kerzenlicht funkelte, und brachte einen Trinkspruch aus: »Auf die Freude und das Glück!«

»O köstliches Ding!« sagte Dr. Freud und hielt seine Gabel, auf der ein Pilz steckte, ins Licht, aber in dem Augenblick, als er den Pilz in den Mund schieben wollte, schrie der Inspektor plötzlich auf, warf sich quer über den Tisch, brach durch das Blumenarrangement auf dem Tafelaufsatz, verschüttete das Wasser über den Braten, verteilte das Gemüse auf dem ganzen Tisch, warf Weingläser um und stieß den entgeisterten Doktor vom Stuhl.

Mama schrie auf. Tante Ida rief oh, oh, oh. Die Gräfin schnappte nach Luft, als der Inspektor halbausgestreckt quer über dem Doktor landete, der rücklings unter ihm lag und mit den Beinen in die Luft stieß wie ein zerdrücktes Insekt. Als Dr. Freud brüllte: »Herunter da, herunter da, so san S' doch g'scheit!«, erhob sich der Inspektor verdrießlich, strich sich mit der Hand die Sauce, die Blumen und das Gemüse vom Hemd, richtete seinen strengen, zornigen Blick auf uns und sagte trocken: »Rühren Sie weder die Speisen noch die Getränke an!«

»Was hat dieses empörende Verhalten zu bedeuten?« fragte Freud finster dreinblickend.

»Es geht um Ihr Leben, guter Doktor. Sie waren soeben im Begriff, *Amantis canthraxis* zu verspeisen.« Er drehte sich um, nahm den Pilz in die Hand und hielt ihn hoch. »Er besitzt eine gefährliche Ähnlichkeit mit dem höchst vertrauenswürdigen Pfifferling. Daß Sie die beiden miteinander verwechselten, überrascht mich nicht. Aber Gott sei Dank sah ich gerade noch rechtzeitig diesen dunkelroten Fleck hier, sonst hätte Sie der Pilz innerhalb einer Sekunde getötet.«

Ein merkwürdiges Schweigen senkte sich auf uns. Der Doktor saß wie betäubt da. Dann nahm er den Pilz in die Hand. »Ich habe diese Pilzsorte schon oft gegessen. Ich glaube einfach nicht... daß dies hier kein...« Er stockte.

»Riechen Sie daran!« sagte der Inspektor.

Der Doktor hielt sich den Pilz unter die Nase.

»Riechen Sie es?«

Der Doktor sah ihn an; in seinen funkelnden schwarzen Augen stand tiefe Verwunderung. »Ja.«

»Der Geruch des Todes«, sagte der Inspektor.

»Aber das ist doch nicht möglich«, wandte Freud ein. »Wie... wie kann der hier wachsen? Ich habe noch nie so einen...« Er war sichtlich erschüttert.

»Es ist eine Laune«, erklärte der Inspektor, »eine Laune der Natur – wie Sie, wie ich. Dieser Pilz steht im gleichen Verhältnis zur Natur wie wir zur Geschichte. Unvermutet. Nur zum Teil erklärt. Wie unsere gesamte Gattung im Grunde ja nur aus Launen der Natur besteht. Auf diesem Gebiet müssen wir noch viel lernen. Naturkatastrophen, die als unschuldigste Vergnügungen auftreten. Verhängnisvolle Ähnlichkeiten. Ungenaues Wissen. Die Imitation mit dem Original zu verwechseln, zieht wahrlich gefährliche Folgen nach sich.«

Einzelne Bemerkungen wurden laut – Bemerkungen, wie man sie hört, wenn Leute sich von einem Schock erholen.

»Ich bin sehr dankbar für Ihre Intervention, Inspektor«, sagte der Doktor förmlich, »obwohl ich Ihre Philosophie nicht teilen kann. Ich betrachte mich nicht als eine Laune der Natur. Was Ihre eigene Zugehörigkeit zu dieser Gattung betrifft, so überlasse ich die Beurteilung darüber Ihrer Selbsterkenntnis. Auch an ungenauem Wissen glaube ich nicht zu leiden. An *unvollständigem* vielleicht, im Hinblick auf Menschen, aber doch nicht an *ungenauem*, will ich wohl hoffen. Was aber die Pilze betrifft, so ist mein Sachverstand kleiner als meine Leidenschaft – was einen Irrtum beinahe schon vorhersehbar macht. Es ist gar nicht einfach, in dem Wald dort einen giftigen Pilz zu finden; es muß eine Erklärung dafür geben.«

»Folgen Sie mir!« sagte der Inspektor, und wir alle folgten ihm in die Küche. Die Köchin hatte nicht alle Pilze verarbeitet, weil es zu viele gewesen waren. Der Inspektor ging zum Pilzkorb, leerte den Inhalt in die Mitte des Fußbodens und bedeutete uns, zur Seite zu treten. Die Pilze, braun und weiß und milchig, einige orangefarben, sandten einen feinen, feuchten Duft aus. Der Inspektor nahm einen nach dem anderen in die Hand, hielt ihn sich an die Nase und warf ihn dann auf einen

Haufen. Nach ungefähr einer Minute nahm er einen, sagte: »Giftig« und warf ihn auf einen anderen Haufen. Dieses Sonderungsritual sahen wir uns bis zum Schluß an; ein großer Haufen giftiger Pilze hatte sich angesammelt.

»Genug, um eine ganze Armee zum Schweigen zu bringen«, sagte er und deutete auf den Haufen. »Das Gift dieses Pilzes wirkt auf sehr signifikante Weise. Zuerst bemerkt man überhaupt nichts. Erst bei der Aufspaltung während der Verdauung werden die Öle frei. Das dauert etwa vier Stunden. Es ist schon vorgekommen, daß Menschen ihn wieder ausgespuckt und überlebt haben. Er schmeckt jedoch sehr angenehm, so daß das Ausspucken wenig wahrscheinlich ist. Das Bedeutsamste aber« – mit diesen Worten warf er alle giftigen Pilze in den Korb zurück und ließ die guten in der Mitte des Küchentisches liegen –, »das Bedeutsamste ist, daß diese Pilze von keinem von uns gepflückt wurden. Ich hatte vorhin den Denkfehler begangen anzunehmen, sie würden dort wachsen. Launen der Natur. Statt dessen wurden sie von einer anderen Laune der Natur produziert. Diese Pilze sind mindestens einen Tag alt. Sie sind trocken. Sie wurden wesentlich früher gepflückt und für uns hierhergebracht, davon bin ich überzeugt. Das Ganze wirkt viel zu geschickt, als daß es sich um einen Zufall handeln könnte.«

»Wollen Sie damit sagen«, fragte der Doktor, »daß irgend jemand uns absichtlich vergiften wollte?«

»Jawohl.«

Jetzt entstand eine große Aufregung, denn wir wollten alle wissen, wer genau denn nun die giftigen Pilze essen und daran sterben sollte.

Die Gräfin war sehr bestürzt, wie wir alle. Nur die Freuds stiegen wenig später ziemlich nüchtern in ihre Kutsche.

Kaum waren sie gegangen, sagte der Inspektor plötzlich zur Gräfin: »Du hast Minna, die Schwägerin von Freud, zuerst als Frau Freud begrüßt. Wie konntest du die beiden verwechseln?«

»Weil immer sie die Tür öffnet und einen in die Wohnung bittet.«

»Nur deshalb hast du angenommen, sie wäre die Frau des Doktors?« fragte der Inspektor. Die Gräfin wirkte plötzlich ein bißchen durcheinander. »Nein. Als wir uns kennenlernten, hat sie sich mir als Frau Freud vorgestellt«, erklärte sie.

»In Freuds Wohnung?«

»Nein«, sagte die Gräfin, »ich habe sie bei einer Kräuterfrau kennengelernt. Sie heißt Didi.«

21

Als der Inspektor am nächsten Abend das Haus der Gräfin betrat, überlegte ich mir, daß er wohl deshalb früher gekommen war, weil er versuchen wollte, der Köchin irgendwelche Geheimnisse zu entlocken. Aber an diesem Abend war er nicht wegen der Köchin früher gekommen, sondern meinetwegen.

»Du mußt mir erzählen«, sagte er, während wir in den Garten gingen, »was du damals an jenem Morgen gesehen hast und warum du dich schämst, es mir zu sagen. Was du mir anvertraust, ist bei mir sicher aufgehoben. Ich werde nichts weitergeben und mich nur an das halten, was ich brauche, um den Mörder zu fassen. Ich glaube, daß es für die Aufklärung des Falls sehr wichtig sein wird – du könntest sowohl die Mordwaffe als auch den Mörder selbst gesehen haben. Ich muß dich dringend bitten, dich daran zu erinnern.«

»Ich kann nicht«, sagte ich. Eine schreckliche Angst stieg in mir hoch. »Ich würde Ihnen wirklich gerne helfen, aber es geht nicht.« Er betrachtete mich und sah, daß mein Gesicht vor Angst ganz blaß war.

»Dann«, sagte er, während wir ein bißchen tiefer in den Garten hineinschlenderten, »wirst du mir vielleicht erlauben, eine Methode anzuwenden, die dich sehr schläfrig macht und es dir vielleicht ermöglicht, dich an etwas Wichtiges zu erinnern und es mir zu erzählen. Wenn du dann wieder aufwachst, wirst du überhaupt nicht mehr wissen, daß du mir irgend etwas gesagt hast. Nun, was hältst du davon?«

»Ich weiß nicht«, sagte ich.

»Und wenn Dr. Freud diese Methode bei dir anwenden würde? Würdest du ihm erlauben, sich die Information zu verschaffen, vorausgesetzt du merkst nichts davon?«

Ich sagte noch einmal, daß ich es nicht wüßte. Da legte er mir sanft die Hand auf die Schulter und sagte, er werde mir mehrere Gründe nennen, damit ich erführe, warum es so wichtig sei.

Er habe mir etwas zu sagen, sagte er, und wenn ich mir das anhören würde, würde ich mich viel wohler fühlen. Zitternd saß ich da, während er mir von seinem Plan erzählte, und da wußte ich, daß ich einige Entscheidungen zu treffen hatte.

22

Wo liegt die Madame Pacquin?
Unterm Wasser liegt sie
Und ist hin.
Ihre Füße sind an Land,
Doch ihr Kopf wird sein im Sand.

»Was ist das?« fragte der Inspektor den Kriminalkommissär Voll.

»Ein neues Gedicht. Wurde erst heute früh gefunden. Ich muß mich wohl ein weiteres Mal bei Ihnen entschuldigen, Herr Inspektor. Die beiden Morde stehen miteinander im Zusammenhang. Der Mörder will sie erst noch zerstückeln.«

»Es sind offenbar die gleichen Zettel«, sagte der Inspektor und sah Voll an. »Das müssen wir jetzt nur noch beweisen.«

»Ich glaube, daß ich der Lösung sehr nahe bin«, erklärte Voll. »Mit Ihrer gefälligen Erlaubnis, Herr Inspektor – darf ich Ihnen einmal etwas zeigen?«

23

Der Inspektor zeigte Didi, der Kräuterhändlerin, die Photographien von dem Kopf im Baum. Sie wandte den Blick ab. Ihre Stimme zitterte.

»Sie heißt nicht van de Loo«, sagte sie. »Das ist Suzanne des Champs. Sie ist zu mir gekommen, weil sie unbedingt etwas vergessen wollte ...«

Leise sprach Didi weiter. »Ich hab' noch nie in meinem Leben eine so desperate Frau g'sehn – und ich hab' schon viele desperate Frauen g'sehn ... Ich hab' sie g'fragt, ob sie mir nicht irgend etwas erzählen möcht', aber sie hat nur den Kopf g'schüttelt und g'sagt, es wär' ›unsagbar grauslig‹, und dann ist sie zusammengebrochen. Was es auch war, sie hat es wohl gerade erst herausg'funden g'habt ... Irgend etwas muß kurz davor g'schehn sein. Sie hat wollen davonlaufen.«

»Und Sie haben keine Ahnung, was es war?« fragte der Inspektor.

»Naa, ich hab' s' nicht dazu bringen können, was zu sagen«, erklärte Didi und betrachtete ihre Hände. »Ich hab' 'glaubt, sie möcht' sich was antun, und die Verantwortung hab' ich nicht wollen übernehmen, und da bin ich zu ihrem Gatten 'gangen und hab' mit ihm über ihren Zustand g'sprochen. Er war sehr durcheinander. Er hat sich bei mir bedankt.«

»Ihr Ehemann?«

»Ja. Er ist ein bekannter Arzt, der Dr. Löffler; er ist Anatomieprofessor an der Universität. Er hat sich sehr g'sorgt. Ich hab' schon 'glaubt g'habt, daß die Sach' inzwischen erledigt wär'. Hab' nie was g'hört, daß sie vermißt wird.«

Während dieser letzten Bemerkung verabschiedete sich der Inspektor zu Didis Überraschung mit geradezu unhöflicher Eile. Er machte auf dem Absatz kehrt und war aus der Wohnung, ehe sie auch nur den Satz zu Ende gesprochen hatte.

24

In dem Moment, als der Inspektor Dr. Löfflers Haus in der Burggasse 91 betreten wollte, öffnete sich die Tür, und der Inspektor sah sich zu seinem Erstaunen dem Kriminalkommissär Voll gegenüber.

»Einen schönen Nachmittag wünsch' ich, Herr Inspektor«, sagte Voll. »Sie kommen gerade rechtzeitig, um mich zur Aufklärung der Morde zu beglückwünschen. Ich habe soeben Dr. Eduard Löffler verhaftet.«

25

Am Abend dieses Tages – Mr. James und Mrs. Wharton machten sich gerade für einen Restaurantbesuch fertig – stattete der Inspektor Mrs. Wharton in ihrem Hotel einen unerwarteten Besuch ab. Er hatte einen Aktenordner bei sich, den er jetzt öffnete.

»Ach, ich hatte ja keine Ahnung, daß ein Mörder seine Mitteilungen so *ordentlich* abfassen würde!« sagte Mrs. Wharton.

»Ich verstehe«, sagte Henry James. »Die Buchstaben sind aus Zeitungen geschnitten und aufgeklebt.«

»Die Zettel stammen augenscheinlich von ein und derselben Person«, erklärte der Inspektor. »Ich habe jedoch Gründe anzunehmen, daß sie nicht alle vom selben Autor stammen. Ich möchte Sie, wenn Sie nichts dagegen haben, um Ihre professionelle Meinung bitten.«

»Sehen wir es uns mal an«, sagten beide wie aus einem Munde.

»Nun, typische Kinderreime sind es nicht gerade«, sagte Mrs. Wharton. »Sie basieren meines Wissens nach weder auf französischen noch auf englischen oder deutschen Kinderversen, und ich kenne viele!«

»Außerdem sind die Reimschemata ganz anders«, bekräftigte Mr. James.

»Genau«, stimmte Mrs. Wharton zu, »dieser Vers hier hat ja überhaupt keinen einheitlichen Rhythmus.«

»Die betonten und unbetonten Silben bilden ein völlig anderes Metrum als das der Van-de-Loo-Gedichte«, sagte Mr. James.

»Sie wurden also, bei aller Ähnlichkeit, nicht von ein und derselben Person geschrieben?« fragte der Inspektor.

»Nun, der eine hat ein Gefühl für das Versmaß, der andere nicht. Ich bezweifle daher, daß es sich um dieselbe Person handelt.« Auch das sagten sie beinahe gleichzeitig, fast unisono.

»Henry«, sagte Edith, »ziehen wir uns zur Beratung zurück!« Sie traten einige Schritte zur Seite und baten den Inspektor zu warten.

Henry betrachtete die vor ihm liegenden Zettel. Vielleicht würden sie ja tatsächlich etwas verraten. Er war weiß Gott gewillt, bei der Entdeckung des Mörders mitzuhelfen! In diesem Augenblick sah er es.

»Sieh nur!« sagte er zu Edith und deutete auf die an den unteren Rändern der Papiere verstreuten Buchstaben. Es war sonderbar – vom Standpunkt der Polizei jedoch bedeutungslos –, daß der Mörder die Gewohnheit hatte, auf dem jeweiligen Blatt Papier einige wenige zusätzliche Buchstaben anzubringen, nachdem er die Wörter für seine Verse zusammengestellt hatte. Henry reichte Edith die Zettel.

»Ich weiß nicht, was du meinst«, sagte sie. »Die Versmaße sind jedenfalls unterschiedlich, deshalb glaube ich, daß es sich um zwei verschiedene Personen handelt.

»Ja, auf jeden Fall«, sagte Henry. »Aber da ist noch mehr – sieh dir diese Extrabuchstaben an!«

Edith Wharton nahm ihm die Zettel aus der Hand und studierte sie. An den unteren Rändern waren jeweils einige Buchstaben in immer genau derselben Art angebracht. Auf dem neuesten Zettel waren es die Buchstaben *e, i, o, u*. Vielleicht hatte Henry daraus ein Wort geformt, ein Wort, das sie noch nie gehört hatte.

»Ich weiß immer noch nicht, was du meinst«, sagte sie, ein wenig enttäuscht darüber, daß er offenbar etwas entdeckt hatte, dessen Sinn ihr entging.

»Nun«, sagte er aufgeregt, »ich weiß nicht, ob das etwas Entscheidendes ist, aber all die verstreuten Buchstaben auf den anderen Zetteln mit Ausnahme dieses einen hier – desjenigen, dessen Vers nicht im gleichen Maß gehalten ist –, nun, alle diese anderen Zettel haben Konsonanten, siehst du – *t, n, r, w, q* –, während sich auf dem letzten hier ausschließlich Vokale befinden!«

Edith starrte ihn an. »Ganz außerordentlich, daß du das bemerkt hast!«

»Jawohl.« Er fand das auch und war ziemlich stolz auf sich. »Weißt du«, sagte er, wie um seinen Triumph noch auszuschmücken, »ich habe mich schon immer sehr für Vokale interessiert. Und dann las ich einmal etwas über diese bemerkenswerte Theorie, die besagt, daß die Griechen die Vokale erfunden hätten.«

»Wirklich klug von dir, dich daran zu erinnern«, sagte sie.

»Nun«, meinte Henry, »wenn man einmal darüber nachgedacht hat, kann man es praktisch nie vergessen. Stell dir nur einmal vor, daß all die vielen Sprachen vor dem Griechischen nur aus Konsonanten bestanden! Ich meine, kannst du dir vorstellen, wie aufregend es gewesen sein muß, einen Laut mit einem Buchstaben bezeichnen zu können? Denk doch nur einmal darüber nach!« rief er.

»Oh«, sagte Edith Wharton.

Als die beiden auf ihn zutraten, erhob sich der Inspektor von seinem Stuhl.

»Unserer Ansicht nach handelt es sich eindeutig nicht um ein und dieselbe Person«, teilte Henry mit. »Auch wenn man das

Versmaß ändert – sein Gefühl für Metrik könnte man nicht ändern.«

»Ich danke Ihnen«, sagte der Inspektor mit einem angedeuteten Lächeln, verbeugte sich kurz, nahm die Zettel entgegen und wünschte den beiden eine gute Nacht.

26

Am nächsten Morgen kam die Gräfin bleich und nachdenklich an den Frühstückstisch.

»Der Mord ist aufgeklärt«, sagte sie leise. »Der Inspektor hat uns alle gebeten, um zehn Uhr in die Wohnung von Dr. Freud zu kommen, damit er uns über das Ergebnis der Ermittlungen informieren kann.«

Wir fanden das alle enorm aufregend, aber die Gräfin blickte ziemlich finster drein. »Vielleicht deshalb«, sagte Cecily, »weil der Inspektor jetzt wieder nach Paris zurückfährt.«

»Aber das ist doch kein Problem«, wandte ich ein. »Die Gräfin ist doch selbst ständig in Paris.«

27

Im Polizeirevier herrschte helle Aufregung. Löffler war in Haft genommen worden, das wußte jeder. Und jetzt das! Niemand wußte, wie er daran gekommen war. Löffler hatte Arsen genommen und sich damit umgebracht. Der Inspektor habe vor Wut so laut gebrüllt, daß man es auf dem ganzen Ring habe hören können, hieß es.

28

Am nächsten Vormittag hatten wir uns alle Punkt zehn Uhr in Dr. Freuds Wohnung versammelt. Henry James und Mrs. Wharton saßen an der Treppe, neben ihnen saß Sabina. Dr. Jung, der nicht mehr mit Dr. Freud sprach, war in Zürich. Leopold stand hinter der Gräfin. Dr. Fließ und Emma Eckstein sowie ihr Vater saßen an gegenüberliegenden Seiten des Raums, Fräulein Bernays und Frau Freud saßen auf dem Sofa. Mama, Papa, Timothy und ich standen; Cecily saß neben Tante Ida auf einem Hocker.

Gespannt warteten wir darauf, daß der Inspektor uns die Lösung mitteilte. Der Inspektor setzte sich mit hängenden Schultern. Wir waren alle ziemlich überrascht, als er uns mit ernster Miene und leiser Stimme erklärte, daß sein talentierter Kollege Kriminalkommissär Voll einen Erfolg vermelden könnte, während er selbst versagt hätte, daß es Kriminalkommissär Voll zu verdanken wäre, daß die Ermittlung zu einem Abschluß gekommen sei, und er aus diesem Grund nun Kriminalkommissär Voll das Wort erteilen würde. Es entstand ein kurzes Geraune, aber im Grunde waren wir alle sehr erleichtert, daß die Mordfälle endlich aufgeklärt waren.

Kriminalkommissär Voll triumphierte fast unmäßig, fand ich. Seine Augen funkelten, und er war ganz rot im Gesicht. Er stellte sich vor uns hin und erzählte genau, was geschehen war. Ich warf einen Blick hinüber und sah, daß Dr. Freud eine Zigarre rauchte.

Kriminalkommissär Voll erklärte, daß die Leiche, die man im Fluß gefunden hatte, einen wichtigen Hinweis erbracht habe. Es war die Leiche einer Schneiderin, einer gewissen Madame Pacquin, von der man zunächst angenommen hatte, sie hätte Selbstmord begangen. Der Inspektor hatte dann jedoch die Würgemale an ihrem Hals entdeckt, und Kriminalkommissär Voll hatte diesen Mord daraufhin scharfsinnig mit den Vorfällen in Dr. Freuds Arbeitszimmer in Zusammenhang gebracht. Er hatte den Schluß gezogen, daß ein und derselbe Mörder getötet, amputiert und die Gedichte über die Gertrud van de Loo genannte Frau verfaßt hatte, deren Leichenteile über ganz Wien verteilt worden waren, und daß dieser Mörder außerdem mindestens acht andere Frauen getötet hatte. Alles begann erstaunt zu murmeln, und Mama war sehr bestürzt, aber dann sagte Kriminalkommissär Voll, daß der Mörder ein Arzt war, ein Dr. Eduard Löffler, den man bereits verhaftet habe. Bei dieser Mitteilung seufzten wir erleichtert auf, denn das bedeutete ja, daß keiner von uns hier im Raum der fürchterliche Mörder war, obwohl ich gestehen muß, daß ich an diese Möglichkeit sowieso nie wirklich geglaubt hatte. Als unsere erste Aufregung verflogen war, konnten wir den Bericht über die Ereignisse aufmerksam verfolgen:

Die Baronesse Jessica des Champs, ledig und bereits vor ihrer Heirat schwanger von Dr. Eduard Löffler, unternahm eine Reise zu Verwandten nach Amsterdam. Während ihres Aufenthalts dort wurde sie entbunden und gab das Baby zur Adoption frei, woraufhin der Name des Kindes von den neuen Eltern in Gertrud van de Loo geändert wurde. Kurz darauf heiratete Mademoiselle des Champs Dr. Löffler, dem sie versichert hatte, nicht schwanger gewesen zu sein. Gertrud wuchs heran, beschloß, Schauspielerin zu werden und nahm den Namen Suzanne de Montezuma an, den sie als sehr exotisch empfand. Zunächst arbeitete sie als Serviererin am linken Seineufer in Paris. Ihre Schauspielkarriere verlief nicht sehr erfolgreich, aber irgendwann wurde sie immerhin als Mannequin angestellt. Bei einem Aufenthalt in Paris sah Jessica des Champs-Löffler sie ganz zufällig und staunte über die frappierende Ähnlichkeit, die trotz des Altersunterschieds von sechzehn Jahren zwischen den Frauen bestand. Gertrud van de Loo, inzwischen Suzanne de Montezuma, wurde auf der Stelle von dem Pariser Modeatelier, in dem sich Jessica des Champs, mittlerweile Madame Löffler, einzukleiden pflegte, als »Double« engagiert.

Eduard Löffler, der seiner widerspenstigen, schwierigen Frau überdrüssig war, verliebte sich rasend in deren »Double« Suzanne, die ihrerseits in Liebe zu ihm erglühte. Er ermordete Jessica, tarnte den Mord als Unfall, überredete Suzanne, ihn einen Monat später zu heiraten, und nahm sie zu sich nach Wien. Dann aber wurde er über der Schuld an seiner ermordeten Frau sehr wunderlich, und die bestürzte Suzanne schrieb ihren Eltern mit der Bitte, sie zu besuchen.

Als ihre Eltern in Wien eintrafen, war Suzanne, also eigentlich Gertrud, gerade ausgegangen, und so unterhielten sie sich mit Dr. Löffler. Wie es der Zufall wollte, enthüllten ihm die Eltern während dieses Gesprächs die Geschichte ihres Kindes, das man ihnen nach seiner Geburt in Amsterdam gegeben hatte und dessen ursprünglicher Name des Champs gewesen war. Dr.

Löffler wurde klar, daß er seine eigene Tochter geheiratet hatte, aber er sagte nichts.

Mehrere Monate später beschloß Dr. Löffler, Suzanne mitzuteilen, daß sie in Wirklichkeit seine Tochter war. Er war überzeugt, daß sie ihm verzeihen und auf der Aufrechterhaltung der Ehe bestehen würde. Zuerst nannte sie ihn einfach verrückt, dann überkam sie ein verständliches Grauen, und schließlich lief sie weg. In dieser Zeit suchte sie sowohl bei einer Kräuterfrau als auch bei ihrer Schneiderin Madame Pacquin Hilfe. Löffler war außer sich; er schlich sich an Suzanne heran, brachte sie, vor Wut und Schuldgefühlen rasend, um und zerstückelte ihre Leiche. Dann begann er die Zettel mit den Gedichten zu verteilen und tobte frauenmordend durch Wien.

Voll fand nun heraus, daß Löffler Angst bekommen hatte, Suzannes Schneiderin, Madame Pacquin, könnte ihn verdächtigen, und daß er daher Vorkehrungen traf, sie in jener Gewitternacht ebenfalls zu ermorden. Er kaufte sich eine Pistole – Kriminalkommissär Voll hatte die Rechnung gefunden – und versuchte, das Ganze wie einen Selbstmord aussehen zu lassen.

Er erschoß sie also und ließ die Leiche in sein Haus in der Burggasse 91 bringen, um sie dort zu zerstückeln. Der beauftragte Kutscher war jedoch Analphabet und lieferte die Leiche in der Berggasse 19 ab. Als Löffler den Irrtum erkannte, schickte er den Kutscher zurück, um die Leiche wieder mitzunehmen, aber da es zu diesem Zeitpunkt bereits dämmerte, wollte Dr. Löffler nicht, daß man sie bei ihm zu Hause ablieferte, was möglicherweise beobachtet worden wäre, sondern ließ sie in den Fluß werfen, hoffend, sie werde tief sinken. Der einzige fehlende Gegenstand war die Pistole; sie wurde nie gefunden.

Ein ungläubiges Raunen ging durch den Raum – jeder sagte, das sei doch einfach nicht zu fassen, und alle waren sehr beeindruckt. Kriminalkommissär Voll sah sehr zufrieden drein.

»Guter Gott«, sagte Papa, »das alles ist so schockierend, das hätte ich mir im Leben nicht träumen lassen!«

»Es sind Ihnen hiermit Erklärungen präsentiert worden, welche in ihrer Gesamtheit die Aufklärung der Mordfälle darzustellen scheinen. Denjenigen unter Ihnen, die damit zufrieden sind, stelle ich frei, jetzt heimzugehen«, sagte der Inspektor und erhob sich von seinem Stuhl. Dann machte er eine kurze Sprechpause. »Diejenigen unter Ihnen jedoch, die gerne die Wahrheit in dieser Sache erfahren möchten, müssen noch bleiben. Denn wiewohl die vorliegende Erklärung ausführlich und logisch ausfiel, ist sie nichtsdestoweniger *falsch*. Zwar hat Dr. Löffler diese Frauen tatsächlich ermordet, *nicht* jedoch Madame Pacquin, deren Leiche *hierher* gebracht wurde. Das kann ich beweisen.« Er sah mich an. Ich errötete.

Kriminalkommissär Voll war fassungslos, als der Inspektor das sagte, und stand auf. Der Inspektor befahl ihm, wieder Platz zu nehmen, und die beiden anderen Polizisten setzten sich neben ihn.

»Sie müssen wissen«, sagte der Inspektor und trat in die Mitte unserer kleinen Versammlung, »daß dieser Mord brillant und mit einer geradezu unglaublichen, in jeder Hinsicht seltenen Zielstrebigkeit geplant und ausgeführt wurde. Ich verstand einfach nicht, warum mir die Aufklärung dieses Falls solche Schwierigkeiten bereitete – bis der Mörder selbst es mir zeigte. Die ganze Angelegenheit ist für mich sehr privater Natur. Der Mörder der Madame Pacquin kennt mich; unsere gemeinsame Geschichte spielt bei diesem Verbrechen eine zentrale Rolle.

Als ich noch sehr klein war, lebte auf dem Gut meiner Eltern noch ein anderes Kind. Nun wollte es der Zufall, daß ein böses Kindermädchen ihm einredete, in Wahrheit gehöre es ins Herrenhaus und ich ins Gärtnerhaus. Wir waren am selben Tag und fast zur gleichen Stunde geboren worden, seine Mutter aber war bei der Geburt gestorben. Das Kindermädchen überzeugte den kleinen, leicht beeinflußbaren Buben nun davon, daß ich mich seiner Stellung bemächtigt hätte, daß die Säuglinge in Wahrheit vertauscht worden seien.

Das alles hatte ich längst vergessen, da ich damals noch sehr klein war, doch bemerkte ich stets, mit welch zärtlicher Liebe er an meiner Mutter hing. Dieses eifersüchtige Kind, dessen Vater seiner Veranlagung noch Vorschub leistete, wurde immer unbeherrschter, bis es eines Tages im Alter von sieben Jahren in einem unglaublichen Eifersuchtsanfall versuchte, mich umzubringen. Diesen Vorfall habe ich noch immer aus meinem Gedächtnis ausgeblendet, aber ich erinnere mich, daß mein Vater mir davon erzählte. Der Bub hatte mich lebensgefährlich verletzt. Mein Vater fand mich in letzter Minute; der Bub und sein Vater wurden von dem Gut vertrieben. Er war damals mein einziger Freund gewesen, und ich liebte ihn wie einen Bruder. Dieses Ereignis erschütterte mich tief, aber ich vergaß es vollständig, womit er zweifellos rechnete. Denn der Name dieses Kindes war Johann Heinrich Vollmann, und es handelt sich um niemand anderen als um Kriminalkommissär Heinrich Voll, der sich endlich an mir rächen wollte, indem er ein Verbrechen verübte, von dem er annahm, daß ich es niemals aufklären würde, und darüber hinaus versuchte, einen perfekten Mord zu begehen.«

Alle riefen aufgeregt durcheinander. Heinrich Voll erhob sich und brüllte: »Unerhört ist das! Einfach unerhört! Sie haben nicht den geringsten Beweis!« Der Inspektor streckte ihm den Arm entgegen und gebot ihm zu schweigen, und die beiden anderen Polizisten drückten Voll auf seinen Stuhl zurück, so daß wir uns in Ruhe den Rest der erstaunlichen Geschichte anhören konnten.

»Das Ganze war sehr schlau eingefädelt«, fuhr der Inspektor fort, »wirklich außerordentlich schlau. Nur bedachte Kriminalkommissär Voll nicht den Aspekt des Motivs. Dr. Löffler hatte seine Frau und Tochter in einem Anfall rasender Leidenschaft getötet. Danach war er außer sich geraten und mordend durch Wien getobt. Der Mord an der Schneiderin hätte nun viel ausgeklügelter sein müssen, auch wenn er, zugegebenermaßen, durchaus möglich war, denn Löffler hatte mittlerweile den Verstand verloren. Kommissär Voll beging jedoch einen fatalen Fehler. Sehen Sie, die Löffler-Morde hatte er bereits vor meinem Eintreffen in Wien aufgeklärt. Deshalb befahl er, nachdem er Madame Pacquin erdrosselt hatte, die Leiche in Löfflers Wohnzimmer im Haus Burggasse 91 abzulegen, um jeden Verdacht von sich abzulenken. Der Kutscher aber las den Straßennamen falsch – der Unterschied lag in einem einzigen Buchstaben. Und so brachte der analphabetische Kutscher die Leiche zur falschen Adresse, nämlich in die Berggasse 19, in die Wohnung von Dr. Freud, wo er sie einfach auf den Boden legte. Kommissär Voll hatte Löfflers Fingerabdrücke auf der Pistole und plante, auf die bereits tote Frau zu schießen, um Dr. Löffler zu belasten. Erst achtundvierzig Stunden, nachdem er sie erdrosselt hatte, schoß er auf Madame Pacquin, das ergab die Autopsie. Als er die Pferde über den Ring und an der Burggasse vorbeilaufen sah, wurde ihm klar, daß der Kutscher sich geirrt hatte. Er rannte zum Freudschen Wohnhaus in der Berggasse, wo er den Kutscher unten auf der Straße traf, und befahl ihm, die Leiche mit ihm zusammen zurückzuholen und im richtigen Haus zu plazieren. Während der Rückholung aus Freuds Arbeitszimmer schoß er auf die Leiche, bevor sie zur Kutsche zurückgebracht wurde, um beweisen zu können, daß die Tatwaffe Löfflers Pistole war; als aber im Hause Freud Schreie ertönten, verlor er die Nerven, geriet in Panik und rannte zum Fluß. In seiner Angst legte er viel zuviel Gewicht auf sein Alibi. An der Donau füllte er die Taschen der Leiche mit Steinen und warf einige ihrer Schmuckstücke ans Ufer. Er beschloß, den Mord wie einen Selbstmord aussehen zu lassen; selbst wenn dieser Suizid je in Frage gestellt würde, hatte er ja immer noch die Pistole mit Löfflers Fingerabdrücken, die er an einem sicheren Ort im Keller seines Hauses versteckte. Genau diese Bemühungen, die Wahrheit zu vertuschen, verrieten ihn aber am Schluß.

Kriminalkommissär Voll ist ein gestandener Polizeiermittler. Um so merkwürdiger, dachte ich mir, daß ihm beim Durchsuchen von Madame Pacquins Schreibtisch etwas Wichtiges entgangen war. Er dachte nämlich nicht daran, nach einem Liebesbrief zu suchen, da er den Gedanken an den Rivalen, der ihn rasend eifersüchtig gemacht hatte, nicht ertragen konnte. An ebendiesem Rivalen sollte er jedoch scheitern. Heinrich Voll war Madame Pacquins Liebhaber gewesen, sie war seiner überdrüssig geworden und hatte ihren neuen Geliebten für den Tag nach ihrem ›Selbstmord‹ zu sich bestellt. Einer der Briefe beweist dies. Eine Frau, die ihren Liebhaber erwartet, bringt sich nicht um. Warum also Würgemale und eine Schußwunde und Steine in den Taschen ein und derselben Leiche? Die Steine mußten absichtlich in die Tasche gesteckt worden sein.«

»Das haben Sie mir nie erzählt«, platzte Voll plötzlich heraus.

Der Inspektor hob den Blick. »Natürlich nicht«, sagte er sanft. »Ich bin mehrere Stunden spazierengegangen und habe versucht, mich in die Frau hineinzuversetzen, habe dann ihre Wohnung durchsucht und die Briefe gefunden. Als ich ihre Leiche untersuchte und die Würgemale und die Schußwunde entdeckte, war mir klar, daß ich nur noch die Tatwaffe finden mußte. Sie, Heinrich Voll, sind in gewisser Hinsicht der Verfasser Ihres eigenen Untergangs, denn Ihre Dichtung ist wahrlich bewundernswert in ihrer Detailgenauigkeit und dem Bestreben, Löfflers Zettel zu imitieren. Die gereimte Mitteilung bestand aus ausgeschnittenen Zeitungsbuchstaben, um Löfflers Gedichten möglichst zu ähneln. Dr. Löffler aber war zwar ein schlechter Dichter, nicht aber ein so schlechter wie *Sie*, was mein Mißtrauen weckte.«

Er nickte Mr. James und Mrs. Wharton zu.

»Und mein Mißtrauen wurde bestätigt. Als Sie von meinem Vorhaben erfuhren, alle hypnotisieren zu lassen, reagierten Sie auf dem Bahnhof geradezu schockiert. Unter Hypnose würden Sie entlarvt werden, das wußten Sie. Deshalb folgten Sie uns zum Pilzessen und hätten uns, wenn nötig, samt und sonders aus dem Weg geräumt.«

Voll schwieg. Der Inspektor wandte sich an uns. »Zu diesem Zeitpunkt war er völlig verzweifelt und sah darin seine einzige Chance. Ich ging dann mit Leutnant Stekal zu Volls Haus, nachdem ich dafür gesorgt hatte, daß der Kriminalkommissär nicht daheim war, und fand dort den auffälligen Spazierstock mit dem Silberknauf, der sehr geschickt unter einem Kleiderhaufen im Keller versteckt lag. Selbstverständlich handelte es sich dabei um den Spazierstock von Sabina. Wie passend, daß wir nach der Durchsuchung von Dr. Löfflers Räumlichkeiten keinen Spazierstock gefunden hatten, daß Kriminalkommissär Voll jedoch, als er danach suchte, den Stock entdeckte, den er dort plaziert hatte und der in Wahrheit ihm gehörte. Er selbst legte ihn in Dr. Löfflers Wohnung!«

»Lüge, alles Lüge!« rief Voll. »Sie selbst, Inspektor, haben den Stock aus Löfflers Wohnung mitgenommen und in meinem Haus versteckt und sind dann mit Stekal gekommen, um den Verdacht auf mich zu lenken!«

»Es gibt noch mehr, Herr Voll, weit mehr!« Der Inspektor sah mich an. Ich spürte alle Blicke auf mir ruhen. »Wir haben, neben Sabina, noch eine weitere Zeugin«, sagte er und deutete auf mich. »Darüber hinaus«, fuhr er fort, ging an die gegenüberliegende Wand und machte dann eine dramatische Wende zu mir hin, »hat sie in ihrem Tagebuch, in das nur ich Einblick erhielt, einen Mann beschrieben und gezeichnet, der Ihrem Aussehen entspricht, Herr Voll, und dieses Tagebuch führte uns auch zur Tatwaffe.«

Alles murmelte aufgeregt vor sich hin. Cecily starrte mich unverwandt an.

»Das ist eine Phantasie!« sagte Voll rasch. »Wissen Sie denn nicht über die Aussprüche und Gedanken hysterischer junger Frauen Bescheid, Frauen, die am besten heiraten sollten? Das alles stellt keinen Beweis dar, es handelt sich um reine Mutmaßungen. Das ganze ist reine Phantasie. Sie haben nichts weiter als dieses Mädchen mit einem Bleistift, aber Sie brauchen einen Mann mit einer Pistole.« Er lehnte sich zurück.

»In diesem Fall ist ein Mädchen mit einem Bleistift einem Mann mit einer Pistole überlegen. Ist auch diese Skizze hier« – der Inspektor hielt die kleine Zeichnung in die Höhe, die ich aus meinem Tagebuch gerissen und ihm gegeben hatte – »reine Phantasie? Sie können alle sehen, daß sie ein dem Ihren außerordentlich ähnliches Gesicht gezeichnet hat. Und dann hat sie auch noch die Pistole gezeichnet, die Sie zu Ihrem Unglück unbedingt mitnehmen und in Ihrem Keller verstecken mußten, wo wir sie in den hier dargestellten roten Stoff gehüllt fanden. Sie hatten alles sehr durchdacht in einer einzigen Schachtel verstaut, was sehr geschickt war, denn auf der Pistole befinden sich Eduard Löfflers Fingerabdrücke, was den Verdacht auf ihn lenken sollte. Aber natürlich sind auch *Ihre* Fingerabdrücke darauf zu finden. Denn Sie haben diese Pistole *noch einmal* benutzt« – er sah uns grimmig an – »und zwar gegen mich.«

Er warf die Patronen auf den Tisch; sie rollten zu Boden.

»Am zweiten April von einem exzellenten Schützen auf mich abgefeuert«, sagte er. Da warf Voll die Arme zurück und rannte schreiend auf den Inspektor zu: »Ich bring' dich um!« Er stürzte sich auf den Inspektor, schob die beiden Polizisten zur Seite und drückte ihn, die Hände um seinen Hals gelegt, zu Boden. Alle schrien auf; nur Mr. James nicht. Der ergriff eine kleine steinerne Statue vom Schreibtisch und rettete den Inspektor, indem er dem Kriminalkommissär Voll damit über den Schädel schlug. Voll sackte stöhnend zu Boden und wurde sofort mit Handschellen gefesselt. Aber er war nicht bewußtlos. Als sie ihn aus dem Zimmer schleifen wollten, erwachte er plötzlich zu neuer Kraft.

»Warten Sie nur, Inspektor!« brüllte er, wobei er sein blutbeflecktes Gesicht mühsam vom Boden hob. »Sie haben diesen Mord ganz und gar nicht geklärt. Sie, der Große Inspektor – ha!« Sein gehässiger Ton überraschte uns sehr. »Gar nichts haben Sie gelöst ... Gut, ich gestehe, daß ich Madame Pacquin umgebracht habe. Sie war ein Haufen *Dreck*!« Er spuckte aus. »Sie drohte mir, sie würde zu meiner Frau gehen, da engagierte ich einen Kutscher, der ihre Leiche in die Donau werfen sollte. Aber *hier* war Madame Pacquin nie!« Seine zischende, fast flüsternde Stimme ließ alle erschaudern. »Sie, Inspektor, den *großen* Inspektor, haben sie alle an der Nase herumgeführt. Ha, ha, ha!« Er lachte plötzlich los, und ich sah, daß Cecily, die ihm am nächsten saß, ganz bleich wurde. »Der Mörder, der die Leiche hier ablegte, ist nämlich immer noch auf freiem Fuß, und Sie werden ihn *niemals* fangen!« Allen stockte der Atem. »Denn nicht ich habe den Kutscher veranlaßt, die Leiche hierherzubringen ... Nein, Inspektor, es war ein ganz anderer Kutscher. Eine Nacht wie gemacht für Leichen war das damals, nicht wahr? Ha, ha, ha!«

»Sie waren es«, sagte der Kutscher, der plötzlich aus einem anderen Zimmer hereinkam. »Ich erinnere mich an den Bart ...«

»Sehen Sie genau hin, Mann – ich war es nicht!« sagte Voll.

»Aber der Spazierstock, Sie haben den Spazierstock!« rief der Kutscher. »An den erinnere ich mich ganz genau!«

»*Genau*«, brüllte Voll weiter, »und Sie, Inspektor, Großer Inspektor, gehen am besten selbst zum Versatzamt. Ich gebe Ihnen den Pfandschein, dann können Sie sehen, daß ich den Stock erst vor zwei Tagen gekauft habe – Ha!« Volls Stimme war schrill, er kreischte in den höchsten Tönen.

»Warum hätten Sie diesen Stock kaufen sollen?« fragte der Inspektor mit verzerrtem Gesicht.

»Weil ich wußte, daß er zu dem Mörder führen würde«, sagte Voll, »und ich wollte, daß er *frei* ist. Sie sind nicht der einzige Schlaue hier! Auch ich habe Fräulein Spielrein vernommen, auch ich wußte, wie wichtig der Spazierstock war. Ja, ja, *ich* habe die Fingerabdrücke auf der Pistole der Frau im Park angebracht, damit Sie es für einen Selbstmord hielten. Ich war immer der erste am Tatort, um dafür zu sorgen, daß Sie in die Irre geführt wurden, und zwar genau so, wie ich es wollte. *Ich* habe die Spuren gelegt, die Sie in Ihrer Arroganz entdeckt zu haben glaubten. *Ich* habe den Kopf in den Baum gelegt! Sie haben versagt, Inspektor, und zwar vollkommen!« brüllte er.

»Aber Slotkin«, sagte der Inspektor. »Slotkin hat bestätigt, daß die Leichenteile chirurgisch abgetrennt worden waren. Wollten Sie uns weismachen, daß ein *zweiter* verrückter Arzt im Spiel wäre?« In der Stimme des Inspektors schwangen Anspannung und Unsicherheit mit.

»Slotkin hat sich doch nur die van de Loo angesehen!« rief Voll hysterisch lachend. »Das wußte ich schon zu arrangieren!«

»Aber die Gedichte ...« sagte der Inspektor, »sie waren alle im gleichen Stil verfaßt – im Stil der Van-de-Loo-Gedichte eben.«

»Es gab noch viel mehr!« kreischte Voll. »Hunderte! Hunderte hatte er geschrieben.« Sein Gesicht war rot angelaufen wie ein Luftballon. »Ich habe sie doch bloß verteilt, um Sie auf die falsche Fährte zu locken!« Ein grauenhaftes Lachen durchschnitt die Luft.

»Aber warum nur?« fragte der Inspektor. Er war sehr blaß geworden. Irgendwer, ich weiß nicht, wer, begann zu weinen.

»Warum?« fragte der Inspektor heiser.

»*Darum!*« Volls Stimme brach mit einem Quietschen, das an das Geräusch einer Rasierklinge auf Glas erinnerte. »Damit Sie sehen, daß Ihr Mörder immer noch auf freiem Fuß ist und weiter tötet und daß noch viele andere Leichen in der Donau liegen werden! Unentdeckte Leichen! Und daß er in die Nacht hinein verschwunden ist wie der Nebel und Sie nur einen verwirrten Kutscher mit einer falschen Adresse haben. Der Mörder geht frei herum! Ha, ha, ha!« Da lief ich aus dem Zimmer und hielt mir die Ohren zu, um dieses schreckliche Lachen nicht mehr hören zu müssen.

29
MEIN TRAUM

In dieser Nacht träumte ich von Tante Ida.

»Dann werden wir also durch das Erzählen geschaffen – durch das, was wir erzählen, wieviel wir erzählen, ob wir erzählen?« fragte Tante Ida spöttisch, den Kopf leicht geneigt, den Regenschirm fest im Griff, als wollte sie dem Wetter trotzen – wie eine Revolutionärin auf den Barrikaden, dachte ich.

Solange ich von Tante Ida träumte, fühlte ich mich ziemlich sicher. Aber ich träumte viele Träume in dieser Nacht. Und obwohl ich wußte, daß es viele waren, konnte ich mich am nächsten Tag an keinen einzigen erinnern. Nur an die mit Tante Ida. Ich machte mir schreckliche Sorgen, denn wenn wir wirklich diese vielen anderen Ichs hatten, konnte ja im Grunde jeder von uns die grauenhaften Morde begangen haben – als eines dieser anderen Ichs –, und vielleicht war dieses Ich dann gerade dasjenige, von dem Herr Voll gesagt hatte, es würde unbehelligt durch die Straßen laufen. Ich weiß, daß es viele waren, denn sie mußten mich immer wieder wecken, weil ich so schrie.

30
HENRYS TRAUM

Wörter blühen und glühen unter dem dunklen See des Unbewußten. Jetzt kommen schwarze Schwäne vom Köder gesättigt an die Oberfläche. Dann waren sie verschwunden. Schatten. Vielleicht waren es gar keine Vögel. Schatten. Nicht einmal Schatten womöglich. Und mitten darin konnte Nietzsche frohlocken. Er war ein mutigerer Mann als ich, dachte Henry, und beugte sich zu Freud hinüber, der neben ihm saß. Sie saßen auf einer Bank an einem See und warfen Brotstücke hinein. Die Brotstücke verteilten sich auf dem Wasser. Sie sanken auf den Grund. Und am Morgen konnte er sich nicht mehr erinnern, ob sie beide wie Hänsel und Gretel mit den Brotstücken den Weg aus dem Wald bezeichnet hatten oder einfach nur da gewesen waren, die Schatten betrachtet und die Schwäne gefüttert hatten.

Es war eine unruhige Nacht gewesen. Er hatte nicht gedacht, daß alles so kommen würde, wie es gekommen war. Was für eine kuriose Geschichte das war mit dem Inspektor und Voll und den Morden und den armen Frauen – wie kurios das alles! Und welche Erleichterung, daß es vorbei war! Er konnte es kaum erwarten, nach Italien zu fahren. Und doch hatte er das nagende Gefühl tiefen Unbefriedigtseins. Jetzt wußte er, was es war: Er hätte nie geglaubt, daß etwas so Böses einem scheinbar so fernen Erlebnis wie einem enttäuschten Kindheitstraum entspringen könnte.

31
NOCH EIN TRAUM DES INSPEKTORS

Voll sprach zu ihm. »Sie haben völlig recht. Ich habe Madame Pacquin erschossen, aber nicht ihre Leiche lag im Arbeitszimmer von Dr. Freud. Das Rätsel bleibt ungelöst, Herr Inspektor. Ein Mörder, den Sie niemals fassen werden, ist auf freiem Fuß. Ha, ha, ha!« Das Lachen hallte im Zimmer wider, raubte ihm den Schlaf.

Der Inspektor erwachte. Das Ganze war zu einem Alptraum geworden, dem er nicht entrinnen konnte. War es möglich, daß Voll die Wahrheit sprach? Daß er tatsächlich bei einem Pfandleiher einen Spazierstock gekauft hatte, der dort von einem Mörder hinterlegt worden war – einem Mörder *zusätzlich* zu Voll und Löffler? Von einem Irren, der nach Belieben Menschen abschlachtete? Oder hatte Voll von Anfang an vorgehabt, den Stock in die Pfandleihe zu geben, und es dann so eingerichtet, daß er ihn zurückkaufen konnte – alles nur eines verrückten, teuflischen Plans wegen, dessen Zweck es war, jede, wirklich jede Ermittlung zu vereiteln?

Die Uhr zeigte drei Uhr morgens. Unruhig stand er auf und begann sich anzuziehen. Auch diese Nacht würde er also wieder im Fauteuil sitzen und Baudelaire lesen. Das lenkte ihn wenigstens ab.

Als er zum Schrank gehen wollte, rutschte er plötzlich aus und fiel hin; ein stechender Schmerz schoß ihm seitlich in den Hals. Seine Reaktion darauf erschütterte ihn tief, denn auf einmal quollen ihm Tränen aus den Augen, und er setzte sich, von einer reißenden, unerträglichen Trauer überwältigt, auf den Boden.

In diesem Moment kam sie zurück, die Erinnerung an Voll. Jetzt sah er ihn vor sich, den kleinen Buben Johann Vollmann, sah ihn so überaus deutlich, daß er gar nicht verstand, wie er es jemals hatte vergessen können.

Denn dieses Kind von sieben Jahren war jetzt über ihm und drückte ihn mit erstaunlicher Kraft zu Boden. Zuerst war es ein Spiel gewesen. Ein einfaches Spiel. Der Inspektor erinnerte sich an den milden Sommertag und daran, daß sein Freund Johann ihn neckend von hinten ansprang und zu Boden riß. Zuerst lachte er, dann nicht mehr. Er konnte sich nicht bewegen. Johann drückte sein Knie mit aller Kraft auf seinen Hals und hielt ihm mit der Hand die Schulter fest. Aber es waren diese Augen, diese Kinderaugen vor der strahlenden Sonne, es waren diese Augen, die zu sehen der Inspektor sich geweigert hatte und die er jetzt sah, den schieren, unverhohlenen Haß, der in diesen Augen glomm, als der rasende Bub den großen, spitzen Stein nahm und dem anderen mit aller Gewalt auf den Kopf hieb, einmal, zweimal, und das Kind Johann seine Eifersucht und Wut hinausschrie: »Meine Mama, meine, meine!«

Eine Weile blieb der Inspektor reglos sitzen und versuchte sich zu beruhigen, bis die Erlösung von jenem Sommertag vor dreiundvierzig Jahren über ihn kam.

32

Henry James kam aus dem Badezimmer und blieb zitternd und bibbernd in der Zugluft stehen. Er wußte nicht, warum, aber es gab für ihn nichts Schlimmeres, als zu frieren. Manchmal glaubte er der verfrorenste Mensch zu sein, der je gelebt hatte. Wohlig schaudernd hüllte er sich in das auf dem Ofen vorgewärmte Handtuch und kleidete sich dann so rasch er konnte an. Bestimmt würde Cecily heute nachmittag beim Tee der Gräfin erscheinen. Er bürstete sich das Haar und rückte die Krawatte gerade. Daß jemand über ihn schrieb, hatte ihn gequält, ja zutiefst gequält hatte es ihn. Und jetzt plötzlich stellte er fest, daß es ihm eigentlich recht gut gefiel. Der alte Schmerz durchfuhr ihn, aber gleich darauf spürte er ihn nicht mehr. Er war voller Energie. Denn wenn man über ihn schrieb, erfand man ja vielleicht das, was in seinem Leben genau das Richtige gewesen wäre, was er aber versäumt hatte, weil es zu tun ihm vom Leben nicht gestattet worden war! Er ging zum Frühstück hinunter und nahm die letzten beiden Stufen in einem Sprung.

»Ach, Mr. James«, sagte die verdutzte Haushälterin, »es klang gar nicht nach Ihnen.« Er lächelte sie an und bestellte einen Kaffee. Er spürte ungeahnte Möglichkeiten in sich. Er war kein Beobachter mehr, er hatte endlich die Freiheit zu handeln.

33

Den ganzen nächsten Vormittag hindurch hatte die Gräfin versucht, uns davon zu überzeugen, daß Voll uns einen schrecklichen Streich gespielt hatte, daß er uns quälen wollte, indem er unsere Phantasie anstachelte. »Er hat es nicht nur getan, sondern legte auch die Leiche dorthin, dessen bin ich sicher«, sagte sie lächelnd, und angesichts der Überzeugtheit, die aus ihrer Miene sprach, fühlten wir uns alle viel besser.

Sie erzählte uns, sie hätte vom Inspektor gehört, daß der Fall auf Befehl des Kaisers zu den Akten gelegt werden sollte und der Inspektor nach Paris zurückkehren würde. Cecily flüsterte mir zu, sie finde es merkwürdig, daß die Gräfin darüber so glücklich zu sein schien, aber ich sagte ihr, daß die Gräfin bestimmt auch nach Paris fahren werde, obwohl mir nicht klar war, wie sie das genau anstellen wollte. Sie hatte in letzter Zeit etwas ausgestrahlt, das niemandem entgangen war, eine Glückseligkeit, die nicht einmal die schrecklichen Ereignisse mit Voll und dem Mord ihr hatten nehmen können.

Als die Gräfin uns sagte, sie habe alle, die die Stadt verlassen wollten – also Mr. James und Mrs. Wharton –, in ihr Atelier zum Tee eingeladen, freuten wir uns sehr. Sie hatte wunderschöne Kleider entworfen für den bevorstehenden Blumencorso, eine Parade durch den Prater mit dem Kaiser und vielen Kutschen, bei der alle in der Stadt Blumensträuße trugen.

Mama sagte, sie sei erstaunt über die Einladung, denn sie selbst wisse zwar von dem Modeatelier, sie wisse aber auch, daß die Gräfin es vor ihrem Mann geheimhalten mußte. Die Gräfin hatte nur gelächelt und gesagt, Leopold habe schon vor Monaten davon erfahren; sie habe es ihm gesagt, und er habe angeordnet, daß sie es sofort schließen solle. »Aber«, sagte sie mit ihrem rätselhaften Lächeln, »er hat keinen Einfluß mehr auf mich.«

Dann entschuldigte sie sich, denn der Inspektor war im Atelier eingetroffen, wo sie, wie sie uns sagte, etwas ganz Besonderes hatte, was sie ihm unbedingt zeigen wollte.

34

Es war Frühling geworden. Die schönen Bürger Wiens paradierten, schlenderten, sprangen umher und zeigten sich in der Kärntner Straße, im Burggarten und im Prater. Der Inspektor blieb stehen und schaute eine Weile zu. Dann ging er weiter den Ring hinunter und tadelte sich selbst, weil er ganz vergessen hatte, wie wunderbar Wien sein konnte. Wie hatte die Stadt ihn nur so niederdrücken können, wenn er doch jetzt, beim Flanieren über die Boulevards, beim Anblick der zierlichen, schönen Votivkirche, der funkelnden Goldkuppel des Secessionsgebäudes, der Gärten vor dem Rathaus, der Statuen von Schiller und Goethe, beim Lauschen der durch die Straßen klingenden Melodien – denn dies hier war die Welt von Brahms und Beethoven, Strauß und Schönberg – nur das Herrliche daran empfand? Wie hatte es sein können, daß er so wenig darauf reagiert und die Freude an einer solchen Stadt nicht tiefer empfunden hatte, in der das Beste in Kunst, Musik, Malerei und Bildhauerei ersonnen und gezeigt wurde? Wie hatte er nur der unglaublichen Schönheit gegenüber so blind sein können, die jetzt, im Frühling, in jeder Gasse, jedem Kastanienbaum zum Leben erwachte? Er ging ein wenig schneller und spürte bei jedem Kaffeehaus, an dem er vorbeikam – wo die Wiener stritten, die Tschechen, Deutschen, Kroaten, Slowaken, Polen und Magyaren heftig gestikulierten –, daß in der Zukunft dieser großen Menschenmasse das Beste bereitlag, was überhaupt gedacht und gesagt werden konnte. Das Allerbeste! In diesem Augenblick durchflutete ihn neue Zuversicht; munter und unbeschwert schritt er dahin.

Als er über die Brücke ging, die zu seiner Pension im Prater führte, warf er einen Blick zurück und sah den Ring als ein riesiges Hufeisen. Er stellte sich vor, bis zur Statue der Maria Theresia in der Mitte dieses Hufeisens schauen zu können, die ihre Arme ausbreitete, wie um die Stadt ans Herz zu drücken. Als er sich wieder dem Prater zuwandte, sah er Kinder umhertollen, und ein herrliches Orchester hatte am Eingang in den Park zu spielen begonnen. Ein Stück von Schubert; er blieb stehen und lauschte.

In der Nacht aber, im Zug, als er beim Rattern der Räder zu schlafen versuchte, kamen seine Ängste zurück und quälten ihn weiter.

Er stand hoch oben, wo, das wußte er nicht, auf einer Brüstung, die es nicht gab, und sah auf die Stadt hinunter, und es war, als wären seine verlängerten Arme die Ringstraße, welche die goldenen Kuppeln und gewundenen Gäßchen der Wiener Innenstadt umfaßte. Wie der Ring, so weit reichten auch seine Arme, als streckten sie sich nach etwas, und während er die Stadt in seinen Armen wiegte, sah er das Rathaus und die Hofoper, die Hofburg, das Parlament, den Volksgarten, den Stephansdom, die Gebäude wurden immer kleiner, verschwanden und tauchten wieder auf, und das historisierende Gepränge des Rathauses und des Burgtheaters verwandelte sich plötzlich in den Louvre, in die Isaaks-Kathedrale in Sankt Petersburg, den Petersdom und das Kolosseum, die Ringstraße umgab jetzt Paris und Prag, Berlin und Budapest, Sankt Petersburg, Moskau, Sarajevo und Rom. Der Ring erstreckte sich um alle diese Städte, deren Wahrzeichen sich vor ihm erhoben und dahinsanken wie Hunderte winziger Dioramas. Seine Arme begannen vom Ausstrecken zu schmerzen, und plötzlich färbte sich die Ringstraße rot, troff von Blut, die Arme brachen ihm von den Schultern, und die Statue, die Statue seiner selbst, stürzte zu Boden.

Und dann war er nur mehr ein Mensch, der lief. Er war ein Mensch, der durch die bluttriefenden Seitenstraßen des Rings rannte, und eine Kutsche mit sechs schwarzen Pferden fuhr schwankend hinter ihm her. Immer schneller galoppierten sie und versuchten ihn zu erreichen. Er schlug Haken, aber dann wurden ihm die Beine schwer vor Angst und zogen ihn hinab. Er hob den Blick und sah die Gräfin; sie reichte ihm die Hand und zog ihn in Sicherheit. Aber dann hatte er sie schon wieder verloren.

»Wo bist du?« rief er im Dunklen nach der Gräfin.

»Hier«, sagte sie in heiterem Singsang. »Wir sind hier drüben. Komm doch her zu uns!« Es wurde heller, und er sah, daß er jetzt in einem Raum voller Frauen war, die plauderten und vor sich hin summten und nähten. Überall waren Köpfe und Arme und Rümpfe, und die Frauen, die plappernd prächtige Gewänder nähten, nähten die Arme wieder an die Rümpfe, als wäre das Leben eine große Puppe, die sie durch Zauberkraft reparieren könnten. Während er durch den Raum ging, sah er, daß einige der Frauen für die Leichen Kleider nähten, wunderschöne Kleider aus Gold- und Silberstoffen, Kleider aus Satin und Wolle und Seide und Taft mit Spitzen und Bändern fein wie Spinnweben, und während sie arbeiteten, sangen sie, ihre Finger stießen in den Stoff und kamen wieder daraus hervor, immer lauter sangen sie, und bald war der ganze Raum mit einem Gespinst aus Bändern und Gesang überzogen. Da kamen Edith Wharton und James herein, setzten sich und hörten zu. Auch Freud war da, er hielt mit bestürzter Miene einen Leichenarm und einen Leichenkopf fest, während Jung und Sabina winkend auf der Türschwelle standen. Aber sie hörten nicht auf, die Frauen sangen und nähten weiter, und ihre Stimmen wurden immer lauter und drangen in einem mächtigen Gesang aus dem Fenster und ergossen sich auf die Straßen, bis sich der ganze Raum durch diese Kraft vom Boden zu erheben schien. Nie hatte er schöneren Gesang gehört, und nun begann er in dessen Strom dahinzugleiten, während sie alle in den ländlichen Himmel hinauf und über die Seen und Täler schwebten in ein Land, das er nicht kannte.

35

Ich war für jeden Vorwand dankbar, der es mir ermöglichte, ins Modeatelier der Gräfin zu gehen, und erkannte, daß dies auch für Mrs. Wharton und für Mr. James galt und sogar für Sabina, denn an diesem Nachmittag gingen wir umher und betrachteten die vielen schönen Capes und Kleider, Federn und Pailletten. Und als wir im vorderen Teil des Ateliers waren, konnten wir hinten die Näherinnen hören, wie sie plauderten und lachten und manchmal vor sich hin summten. Da fiel mir ein, daß ich schon einmal da gewesen war, und ich sagte zur Gräfin, daß die Frauen, die dort arbeiteten, bestimmt sehr glücklich seien, und dann brach es aus mir heraus, daß auch ich gerne ein Modegeschäft hätte, in dem die Menschen glücklich wären und schöne Dinge herstellten.

»Sei nicht so romantisch!« erwiderte sie. »Hier geht es allen gut. Aber es gibt Schneidereien, da bluten den Frauen die Finger, und sie werden schon in jungen Jahren blind. Meiner Meinung nach ist das eine Frage des Systems.«

Zu meiner Überraschung erschien dann auch Dr. Freud mit Minna und Martha; sie machten der Gräfin Komplimente wegen ihres Kaffees, Tees und Gebäcks. Minna probierte ein Cape an, und als ich mich zu ihr umdrehte, kam es mir vor, als errötete sie beim Anblick ihres Spiegelbildes. Das Cape war rot, ein Farbton namens Claret, und ich weiß nicht, ob das Glas oder das Licht reflektierte, auf jeden Fall waren ihre Wangen sehr gerötet, und sie sah ungemein hübsch aus.

Martha musterte sie mit großem Interesse. »Wo würdest du *das* denn überhaupt tragen?« fragte sie.

Mrs. Wharton und Mr. James unterhielten sich über ein Ballkleid, das die Gräfin selbst entworfen hatte. Sie waren voller Bewunderung.

Die Gräfin hatte sich bereit erklärt, uns diese Robe vorzuführen, und bat mich, ihr beim Ankleiden zu helfen. Als ich es nicht schaffte, das Kleid an der Taille zuzuhaken, sah sie mich ganz aufgeregt an und sagte: »Wirklich?« Ich zögerte, denn ich wußte, wie stolz sie auf ihre Figur war, und wollte ihr nicht sagen, daß sie *dick* geworden war, sondern sagte statt dessen ziemlich verzweifelt: »Es ist viel zu eng.« Da sprang die Gräfin mit beiden Beinen in die Luft, klatschte in die Hände und drehte eine Pirouette, als wäre ihr noch nie im Leben etwas Besseres widerfahren. Darüber zerbrach ich mir noch den Kopf, als wir in den vorderen Teil des Ateliers zurückgingen und die Gräfin aufgeregt erklärte, sie müsse noch einige Änderungen vornehmen, ehe sie das Kleid vorführen könnte. Mrs. Wharton beäugte sie sehr aufmerksam.

Ich war ein bißchen traurig, denn wir waren hier wohl zum letzten Mal alle zusammen; der Inspektor war sogar schon abgereist. Da sagte Minna plötzlich, ganz unvermittelt, während sie in den Spiegel starrte: »Es gibt einem wirklich zu denken – ein böser Mensch wie Voll, das gibt einem wirklich Anlaß, über alles mögliche nachzudenken.«

Ich spürte, wie ein Schauder durch den Raum ging, doch dann sagte Mrs. Wharton: »Aber Henry, was ist denn?« und wir wandten uns alle zu Henry James um, der mit einem sehr gekünstelten Gesichtsausdruck dasaß und nun verwundert den Blick hob.

»Ach«, sagte er, »ich lausche nur.« Er hatte den Kopf ein bißchen zur Seite geneigt.

»Wem lauschst du?« fragte Mrs. Wharton mit zitternder Stimme. Mr. James' Miene war so starr, so unbewegt, als wäre er eine Photographie. Dann beugte er sich verzweifelt vor, in der Hoffnung auf einen Laut, ein Wort, ein Versprechen, irgendeine Möglichkeit, sich festzuhalten, um nicht in den gräßlichen

Abgrund zu stürzen. Er streckte den Oberkörper nach vorn. Da war doch etwas! Die Worte erstarben in der Luft. Die stimmlose Stimme fragte ihn etwas, aber er konnte es nicht hören.

»Ich lausche dem Lied«, sagte er. Ich glaube nicht, daß irgendwer gleich wußte, was er meinte – ich jedenfalls nicht –, aber die Gräfin und Dr. Freud und Mrs. Wharton sahen ihn eine Weile so an, als wüßten sie es.

»Ich höre nichts«, sagte Martha und betrachtete Minnas Rücken im Spiegel. »Wahrscheinlich haben wir es uns eingebildet«, sagte sie leise.

»Alles?« fragte jemand. »Das Ganze?« Aber keiner wußte es. Nichts war sicher. Der einzige Beweis – Fragmente, Papierfetzen, Schreie, aus einer Schachtel gerissen.

NACHWORT DES HERAUSGEBERS

*Der Engel der Geschichte muß so aussehen. Er hat das Antlitz der Vergangenheit zugewendet. Wo eine Kette von Begebenheiten vor uns erscheint, da sieht er eine einzige Katastrophe, die unablässig Trümmer auf Trümmer häuft und sie ihm vor die Füße schleudert. Er möchte wohl verweilen, die Toten wecken und das Zerschlagene zusammenfügen. Aber ein Sturm weht vom Paradiese her, der sich in seinen Flügeln verfangen hat und so stark ist, daß der Engel sie nicht mehr schließen kann. Dieser Sturm treibt ihn unaufhaltsam in die Zukunft, der er den Rücken kehrt, während der Trümmerhaufen vor ihm zum Himmel wächst. Das, was wir den Fortschritt nennen, ist dieser Sturm.**

Walter Benjamin
Über den Begriff der Geschichte

So endete das Manuskript. Ich fragte mich, ob da nicht noch etwas sei, denn ich hatte das Gefühl, einige Kapitel fehlten. Allen Versuchen, die Quelle dieses Dokuments zu eruieren, war jedoch Mißerfolg beschieden, sosehr ich mich auch, wie bereits erwähnt, bemühte. Wie ich schon in meiner Einführung dargelegt habe, bin ich Mediävist und glaubte ursprünglich, das Manuskript sei mir wegen mei-

---

* Die Parallelen zwischen dieser Geschichte und unserer eigenen Zeit, insbesondere die Fragen der Separation und Assimilation sowie die allgegenwärtige Suche nach Definitionen von »Identität« und »Ich« sind fast schon unheimlich. Aufgrund von Überlegungen dieser Art gelangte ich zu der Auffassung, daß sich Walter Benjamins Darstellung des Engels als Motto für dieses Nachwort eignet.

ner Fähigkeiten im Entziffern von Handschriften zugesandt worden sowie aufgrund der Tatsache, daß das Buch wie ein mittelalterliches Manuskript eingebunden und geschrieben war, d. h. es wies einige merkwürdige Konventionen jenes Zeitalters auf. So war es beispielsweise auf Leder geschrieben – welcher Art von Leder, konnte ich nicht ohne weiteres feststellen. Keinesfalls aber war es Ziegen- oder Kalbsleder. Es ähnelte keinem Pergament, das ich bisher gesehen hatte. Es war auf beiden Seiten weiß. Eine »haarige« Seite, wie wir Mediävisten das zu nennen pflegen, gab es offenbar nicht. Und dann war da noch das Problem mit dem Einband. Im Mittelalter war es üblich, die Körperteile von Königen, Königinnen, Heiligen und Märtyrern in verschiedenen Teilen des Königreichs zu bestatten, wodurch die Orte, an denen die Reliquien begraben waren, »heilig« wurden.

Ebenfalls üblich war es, Reliquien – Knochensplitter und Haarsträhnen – in den Einband der Bücher einzuarbeiten. An dem mir zugesandten Buch verwirrte mich nun die Tatsache, daß ich deutlich hören konnte, daß Knochen im Einband waren, und ich fragte mich, was wohl der Zweck dieser Reliquien – relativ große Knochenteile und dicke Haarbüschel – in diesem Buch war? Schließlich handelte es sich ja um keine Bibel oder ein heiliges Buch. Hier war niemand den Märtyrertod gestorben. Am Ende blieb mir nichts anderes übrig, als den Einband abzutrennen. Zu meiner nicht geringen Überraschung entdeckte ich, daß gar keine Reliquien vorhanden waren. Aber was hatte ich dann gehört? Mit größter Sorgfalt befestigte ich den Einband wieder, doch als ich das Buch aufschlug, um darin zu lesen, hörte ich erneut etwas den Einband entlangkullern – ein schauriges Rieseln.

Ich weiß nicht, ob die Geräusche, die ich hörte, die Geister vergangener oder zukünftiger Gebeine waren. Ich überlegte, ob die alte Frau, Jungs Großmutter, womöglich eine Prophetin gewesen sei oder ob dies nach den Ereignissen dieses schrecklichen Jahrhunderts nur so schien. Der Antisemitismus hat in meinem eigenen Privat- wie Berufsleben keine geringe Rolle gespielt. Ich verlor meine ganze Familie, und der innerhalb der Mediävistik herrschende Antisemitismus führte dazu, daß es zwischen 1920 und 1940 keinen einzigen jüdischen Mediävisten gab.

Es bleiben viele unbeantwortete Fragen. Noch hat die Vernunft in mir die Oberhand, aber das Herz wird mir schwer, wenn ich über diese Dinge nachdenke. Und in dunklen, einsamen Nächten höre ich jetzt manchmal – wieder – Pferde, das Stampfen von Hufen, das Läuten von Schellen. Ihr Atem bläst mir warm in den Nacken, und im Einband des Buchs höre ich etwas knistern. Ist es etwas, das herausgelassen werden will? Und wenn ja – was ist es? Und es quält mich die Frage: Werde ich jetzt, da ich um all diese Dinge weiß, noch den Klang von Liedern hören können?

DANKSAGUNG

Den bereitwilligen Lesern und Kiebitzen unter meinen Freunden und Angehörigen sei an dieser Stelle herzlich für ihre hochwillkommene Unterstützung und die großzügig aufgewendete Lesezeit gedankt. Mein besonderer Dank gilt Bradley Albert, Tamara Follini, Carol Mack und Tom Weyr für ihre durchdachten und einfallsreichen Verbesserungsvorschläge, wenn ich auch nicht dic Klugheit besaß, sie ausnahmslos zu befolgen. Danken möchte ich auch Susan Margolis, Liz Darhansoff, Irene Skolnick und Anne Freedgood für ihre Hilfe und Ermutigung. Sandra Davis leistete unschätzbare Arbeit, als sie das komplizierte, unleserliche Manuskript wiederholt ins reine schrieb. Sehr wichtig war für mich die hervorragende Arbeit meiner Redakteurin, Melinda Mousouris, und selbstverständlich meiner außergewöhnlichen Lektorin und Verlegerin, Ann Patty. Ein ganz besonderes Dankeschön gilt wie immer meinem Mann Jerry Albert.